HEYNE <

Das Buch

Durch die Schwärze des Universums gleitet ein einsames, aber dafür umso gewaltigeres Raumschiff – die *Dormire*. An Bord befinden sich zweitausend Passagiere, die einen fremden Planeten besiedeln sollen. Gesteuert wird die *Dormire* von der Künstlichen Intelligenz IAN und sechs Besatzungsmitgliedern. Stirbt ein Crewmitglied, wird es umgehend durch seinen eigenen Klon ersetzt. Doch dann erwacht der Klon von Maria Arena vorzeitig und über und über mit Blut befleckt. Marias Erinnerungen wurden gelöscht, sie weiß nur noch, dass sie getötet wurde – ebenso wie der Rest der Crew. Schnell ist den Klonen klar, dass sich an Bord der *Dormire* ein Mörder aufhält, doch da die Schiffs-KI ebenfalls defekt ist, stehen die sechs neu erwachten Klone vor einem Rätsel: Wer von ihren früheren Inkarnationen ist der Mörder? Und wie konnte das Schiff inzwischen vom Kurs abgebracht und die KI zerstört werden? Ein nervenaufreibendes Katz-und-Maus-Spiel beginnt, bei dem alle sechs Crewmitglieder ihre ganz eigenen Geheimnisse zu verbergen suchen. Doch wenn sie den Mörder nicht schnell finden, wird er wieder zuschlagen …

Die Autorin

Mur Lafferty ist Autorin, Podcast-Produzentin, Gamerin, und Geek. Sie machte sich mit Podcasts wie *I Should Be Writing* und *The Angry Robot* einen Namen und gewann den John W. Campbell Award for Best New Writer. Sie lebt mit ihrem Mann und ihrer Tochter in Durham, North Carolina.

Mehr über Mur Lafferty und ihren Roman erfahren Sie auf:
diezukunft.de

MUR LAFFERTY

DAS SECHSTE ERWACHEN

Roman

Aus dem Amerikanischen übersetzt
von Bernhard Kempen

WILHELM HEYNE VERLAG
MÜNCHEN

Titel der amerikanischen Originalausgabe:
SIX WAKES

MIX
Papier aus verantwortungsvollen Quellen
FSC® C014496

Verlagsgruppe Random House FSC®N001967

Deutsche Erstausgabe 07/2018
Redaktion: Rainer Michael Rahn

Printed in Germany
Umschlaggestaltung: Das Illustrat, München, unter Verwendung
eines Motivs von Kimmo Lemetti
Satz: Christine Roithner Verlagsservice, Breitenaich
Druck und Bindung: GGP Media GmbH, Pößneck

ISBN 978-3-453-31919-6
www.diezukunft.de

Für Conny Willis und James Patrick Kelly

Internationale Zusatzbestimmungen zur Gesetzgebung über den Umgang mit Klonen

Verabschiedet am 9. Oktober 2282

1. Es ist unrechtmäßig, von einer Person mehr als einen Klon gleichzeitig herzustellen. Jeder Klon ist eine Person. Das Klonen soll zur Lebensverlängerung genutzt werden, nicht zur Vervielfältigung. Wenn ein Klon von eigener Hand oder durch andere vervielfältigt wird, hat der jüngste Klon Anspruch auf die Identität, während die anderen nicht maßgeblich sind.

2. Es ist unrechtmäßig, wenn ein Klon Kinder gebärt oder zeugt. Ein Klon wird zeitlebens als sein oder ihr eigenes Kind betrachtet, auch wenn es um Erbschaftsangelegenheiten geht. Klone müssen bei der Wiedergeburt sterilisiert werden.

3. Es ist unrechtmäßig, einen Körper mit einer Mindmap zu versehen, wenn der Körper kein Träger der ursprünglichen DNS ist.

4. Klone müssen jederzeit die aktuellste Mindmap ihres Bewusstseins auf einem Datenträger mit sich führen. Sie

selbst und ihre Mindmap dürfen jederzeit von staatlichen Institutionen durchsucht werden.

5. Es ist unrechtmäßig, die DNS oder die Mindmap eines Klons zu modifizieren. (Eine Ausnahme bildet Zusatzbestimmung 2.) Klone müssen mit der DNS ihres Originalkörpers und ihrer originalen Mindmap weiterexistieren.

6. Die Hülle, die von einem Klon hinterlassen wird, muss auf zügige und hygienische Weise und ohne Zeremonie oder Ritual entsorgt werden.

7. Es ist unrechtmäßig, wenn ein Klon sein oder ihr eigenes aktuelles Leben beendet, um wiedergeboren zu werden. (1. Ausnahme: Ein Klon kann eine Euthanasie-Vereinbarung unterzeichnen, wenn ein qualifizierter Arzt bestätigt, dass der Tod kurz bevorsteht und der Klon leidet. 2. Ausnahme: siehe Zusatzbestimmung 1.)

ERSTES ERWACHEN

DIE BESATZUNG DER *DORMIRE*

Dies ist keine Pfeife

Tag 1
25. Juli 2493

Geräusche kämpften sich durch die zähe Synth-Amneo-Flüssigkeit. Als sie Maria Arenas Ohren erreichten, klang es wie eine Kettensäge: laut, hartnäckig und unaufhörlich. Sie konnte keine Worte verstehen, aber es hörte sich nicht nach einer Situation an, in der sie sich gern befinden würde.

Ihr Widerwille gegen ihre eigene Wiedergeburt erinnerte sie daran, wo sie war und wer sie war. Sie griff auf ihr letztes Back-up zu. Die Besatzung hatte soeben ihre Quartiere in der *Dormire* bezogen, und der Klonraum war die letzte Station gewesen, die sie bei ihrem Rundgang besucht hatten. Dort hatten sie ihr erstes Back-up an Bord des Schiffs gemacht.

Maria musste kurz danach einen Unfall oder etwas in der Art gehabt haben, bei dem sie gestorben war; daraufhin war es notwendig geworden, ihren nächsten Klon aufzuwecken. Der nachlässige Umgang mit einem Leben würde keinen guten Eindruck auf die Kapitänin machen, die vermutlich die Quelle der wütenden Kettensägen-Geräusche war.

Schließlich öffnete Maria die Augen. Sie versuchte die Bedeutung der dunklen runden Kügelchen zu verstehen, die vor ihr im Tank trieben, aber es fiel dem frisch geklonten Gehirn schwer, zum ersten Mal die Arbeit aufzunehmen. In einem solchen Chaos gingen zu viele Dinge schief.

Die Schmierspuren an der Seite des Tanks und die violette Farbe der Kügelchen in der bläulichen Flüssigkeit, in der Maria schwamm, brachte sie darauf, dass es vermutlich Blutstropfen waren. Blut sollte nicht schweben. Das war das erste Problem. Wenn Blut schwebte, hieß das, dass der Gravantrieb, der das Schiff rotieren ließ, ausgefallen war. Wahrscheinlich war das ein weiterer Grund, warum jemand herumbrüllte. Das Blut und der Gravantrieb.

Blut in einem Klonraum war wieder eine andere Sache. Ein Klonraum war ein tadellos sauberer Ort, wo Menschen in ihren neu geklonten Körper geladen wurden, nachdem der vorherige gestorben war. Das Ganze war viel sauberer und weniger schmerzhaft als eine menschliche Geburt mit viel Geschrei und Blut.

Und wieder Blut.

Im Klonraum standen sechs Tanks in zwei geraden Reihen, gefüllt mit bläulicher Synth-Amneo-Flüssigkeit und den Klonen, die für den Rest der Besatzung bereitgehalten wurden. Blut gehörte in die Krankenstation weiter unten am Korridor.

Das unwahrscheinliche Auftauchen eines Tropfens Blut, der aus der Krankenstation stammte und durch den Korridor bis in den Klonraum schwebte, um vor Marias Tank zu treiben, wäre etwas Außergewöhnliches. Doch so etwas war nicht geschehen, denn ein Körper schwamm über den Blutstropfen. Mehrere Körper, um genau zu sein.

Und wenn der Gravantrieb tatsächlich ausgefallen war und tatsächlich jemand im Klonraum verletzt worden war, dann hätte irgendein anderes Besatzungsmitglied das Blut weggewischt. Es stand immer jemand bereit, um dafür zu sorgen, dass der Übergang vom Tod in einen neuen Körper reibungslos verlief.

Nein. Eine vollkommene violette Kugel aus Blut sollte nicht genau vor ihrem Gesicht schweben.

Maria war jetzt seit einer guten Minute oder so wach. Niemand arbeitete am Computer, um die Synth-Amneo-Flüssigkeit abzulassen und sie zu befreien.

Ein kleiner Teil ihres Gehirns schrie sie nun an, dass sie sich viel größere Sorgen um die anderen Körper machen sollte, aber es war wirklich nur ein kleiner Teil.

Sie hatte nie die Gelegenheit gehabt, den Notöffnungsschalter innerhalb eines Klontanks zu benutzen. Wissenschaftler hatten diese Schalter eingeführt, nachdem irgendwelche Techniker beschlossen hatten, einem Klon einen Streich zu spielen, indem sie die Frau aufweckten und sie dann stundenlang im Tank allein ließen. Als sie endlich draußen war, so hieß es in den Geschichten, hatte das unschöne und gewalttätige Folgen gehabt, und einige der Techniker mussten neu geklont werden. Danach hatten Ingenieure einen internen Öffnungsschalter eingebaut, damit sich ein Klon selbst aus dem Tank befreien konnte, wenn er aus irgendeinem Grund darin gefangen war.

Maria drückte den Knopf und hörte ein Klacken, als der Öffnungsmechanismus ausgelöst wurde, aber die Synth-Amneo-Flüssigkeit blieb, wo sie war.

Um die Flüssigkeit abzulassen, war Schwerkraft nötig. Über Leitung 101. Das Ventil war geöffnet, aber die Flüssigkeit schloss Maria weiterhin hartnäckig wie eine Gebärmutter ein.

Sie suchte nach dem Ursprung des Geschreis. Ein Besatzungsmitglied schwebte vor den Computern. Er war nackt, und sein feuchtes Haar sträubte sich wie ein Strahlenkranz.

Ein weiterer Klon war erwacht. Waren zwei von ihnen gestorben?

Hinter ihr trieben Besatzungsmitglieder in vier Tanks. Alle hatten die Augen geöffnet, und alle suchten nach dem Notöffnungsschalter. Dreimal war das Klacken zu hören, aber auch sie blieben in der gleichen Position wie Maria.

Maria drückte den anderen Notschalter, um den Deckel des Tanks zu öffnen. Im Idealfall wurde er erst dann benutzt, wenn die Flüssigkeit abgelassen worden war, aber in dieser Situation war so gut wie nichts ideal. Sie und eine beträchtliche Menge der Synth-Amneo-Flüssigkeit ergossen sich aus dem Tank, um dann sanft mit der Kugel aus Blut vor ihr zusammenzustoßen. Die Oberflächenspannung beider Flüssigkeiten blieb stabil, und der Tropfen prallte ab.

Maria hatte sich noch nie mit dem Problem auseinandergesetzt, wie man in Nullschwerkraft aus einem flüssigen Gefängnis entkam. Sie probierte es damit, um sich zu schlagen, aber das führte nur dazu, dass sich ein Teil der Flüssigkeit von der Hauptblase löste und davontrieb. Während ihrer vielen Leben war sie schon in mehreren würdelosen Situationen gewesen, aber dies war etwas Neues für sie.

Aktion und Reaktion, dachte sie und inhalierte so viel von der sauerstoffreichen Flüssigkeit wie möglich. Dann presste sie alles aus ihren Lungen heraus, als würde sie niesen. Es ging nicht so schnell wie mit Luft, weil sie sich weiterhin in der viskosen Flüssigkeit befand, aber es gab ihr genügend Antrieb, sich rückwärtszubewegen und aus der Blase herauszukommen. Sie atmete Luft ein, hustete und erbrach den Rest der Flüssigkeit, die sich als Sprühnebel vor ihr verteilte. Schließlich stieß sie sich den Kopf an der Computerkonsole, als das Bewegungsmoment ihres Körpers sie weitertreiben ließ.

Nachdem sie die Flüssigkeit endlich verlassen hatte, schnappte sie nach Luft und blickte auf.

»Ach du Scheiße!«

Drei tote Besatzungsmitglieder schwebten im Raum, zwischen dem Blut und den anderen Flüssigkeiten. An zwei Leichen hingen feuchte Tentakel aus blutigen Blasen, die sich nicht von den tödlichen Wunden lösen wollten. Eine vierte war am Terminal auf einem Stuhl festgeschnallt.

Etliche Liter Synth-Amneo-Flüssigkeit vermischten sich mit den blutigen Überresten, als sich die neu geklonten Besatzungsmitglieder aus ihren Tanks kämpften.

Sie reagierten genauso schockiert wie Maria auf ihre Umgebung.

Kapitänin Katrina de la Cruz bewegte sich schwebend an ihre Seite, ohne den Computer aus den Augen zu lassen. »Maria, hören Sie auf zu starren, und machen Sie sich nützlich. Überprüfen Sie die anderen.«

Maria suchte nach einem Halt an der Wand, um der Kapitänin aus dem Weg zu gehen, die ans Terminal heranzukommen versuchte.

Katrina hämmerte auf eine Tastatur ein und tippte gegen den Bildschirm der Konsole. »IAN, was zum Henker ist passiert?«

»Meine Sprachfunktionen sind nicht zugänglich«, antwortete die männliche, leicht robotisch klingende Stimme.

»*Ceci n'est pas une pipe*«, murmelte jemand über Maria. Das löste sie aus ihrer Schockstarre und erinnerte sie an den Befehl der Kapitänin, nach den übrigen Besatzungsmitgliedern zu sehen.

Akihiro Sato, der Pilot und Navigator, hatte das gesagt. Sie hatte ihn erst vor ein paar Stunden bei der Cocktailparty vor dem Start der *Dormire* kennengelernt.

»Hiro, warum sprichst du Französisch?«, fragte Maria verwirrt. »Alles in Ordnung mit dir?«

»Wenn jemand in verständlichen Worten erklärt, dass er nicht sprechen kann, ist das wie dieses alte Bild von einer Pfeife, auf dem steht: ›Dies ist keine Pfeife.‹ Es soll Kunststudenten zum Nachdenken anregen. Aber egal.« Mit einer Handbewegung deutete er auf den Klonraum. »Was ist überhaupt passiert?«

»Keine Ahnung«, sagte sie. »Aber ... mein Gott, was für ein Chaos! Ich muss nach den anderen sehen.«

»Verdammt noch mal, du hast doch gerade gesprochen«, sagte die Kapitänin zum Computer, während sie auf dem Bildschirm einige Symbole hin und her schob. »Irgendwas da drinnen funktioniert also. Rede mit mir, IAN!«

»Meine Sprachfunktionen sind nicht zugänglich«, wiederholte die KI.

De la Cruz schlug mit einer Hand auf die Tastatur. Dann hielt sie sich daran fest, damit sie nicht davon wegtrieb.

Hiro folgte Maria, als sie sich mithilfe der Haltegriffe durch den Raum manövrierte. Dann blickte Maria der grauenhaften Leiche von Wolfgang ins Gesicht, ihrem Ersten Offizier. Sie schob ihn behutsam zur Seite und versuchte, nicht die blutigen Tentakel abzureißen, die aus den Stichwunden in seinem Körper gesprossen waren.

Sie und Hiro schwebten weiter zum lebenden Wolfgang, der vornübergebeugt das Synth-Amneo aus seinen Lungen hustete. »Was zum Teufel geht hier vor sich?«, fragte er mit krächzender Stimme.

»Sie wissen genauso viel wie wir«, erwiderte Maria. »Alles in Ordnung mit Ihnen?«

Er nickte und winkte ab. Wolfgang war ohnehin recht groß, doch als er sich aufrichtete, wurde er um fast einen halben Meter größer. Er war auf Luna geboren, in der Mondkolonie, und nach mehreren Generationen hatte seine Familie die langen Knochen entwickelt, die ein Leben in niedriger Schwerkraft mit sich brachten. Er packte einen Handgriff und stieß sich ab, um zur Kapitänin hinüberzutreiben.

»Woran erinnerst du dich?«, wollte Maria von Hiro wissen, während sie sich einem weiteren Besatzungsmitglied näherten.

»Mein letztes Back-up wurde gemacht, als wir gerade an Bord des Schiffs gegangen waren«, sagte Hiro. »Wir waren noch nicht einmal abgeflogen.«

Maria nickte. »Bei mir ist es genauso. Wir müssten immer noch angedockt oder nur wenige Wochen von der Erde entfernt sein.«

»Ich glaube, wir haben im Moment dringendere Probleme; zum Beispiel, was unseren derzeitigen Status angeht«, sagte Hiro.

»Stimmt. Unser derzeitiger Status sieht so aus, dass vier von uns tot sind«, sagte Maria und zeigte auf die Leichen. »Und ich vermutete, dass für die anderen zwei dasselbe gilt.«

»Was hätte uns alle töten können?«, fragte Hiro und wurde ein wenig grün im Gesicht, als er einem Stück blutiger Haut auswich. »Und was ist mit mir und der Kapitänin passiert?«

Damit bezog er sich auf die »anderen zwei« Leichen, die nicht im Klonraum schwebten. Wolfgang, der Ingenieur Paul Seurat und Dr. Joanna Glass trieben leblos durch den Raum, stießen gelegentlich leicht gegen einen Tank oder gegeneinander.

Wieder war ein Husten aus der hinteren Reihe der Tanks zu hören, dann eine sanfte Stimme. »Eher etwas recht Gewalttätiges, würde ich sagen.«

»Willkommen, Doktor! Wie geht es Ihnen?«, fragte Maria und hangelte sich zu der Frau hinüber.

Der neue Klon von Joanna nickte. Ihre dichten Locken glänzten vom Synth-Amneo. Ihr Oberkörper war schlank und kräftig wie bei allen neuen Klonen, aber ihre Beine waren kurz und krumm. Sie warf einen Blick zu den Leichen und schürzte die Lippen. »Was ist geschehen?« Sie wartete nicht auf eine Antwort, sondern zog sich an einem Handgriff zur Decke hinauf, wo eine Leiche schwebte.

»Schau nach Paul«, sagte Maria zu Hiro und folgte Joanna.

Die Ärztin drehte ihre eigene Leiche so herum, dass sie sie betrachten konnte, und riss die Augen weit auf. Sie fluchte leise. Maria tauchte hinter ihr auf und fluchte wesentlich lauter.

In der Kehle hatte sie eine Stichwunde, und an ihrem Hals hingen große, wogende Blutstropfen. Falls das fortgeschrittene Alter der Ärztin ein brauchbarer Hinweis war, lag der Beginn der Mission schon einige Zeit zurück. Maria erinnerte sich an sie als eine Frau, die sie auf Mitte dreißig geschätzt hatte, mit glatter, dunkler Haut und schwarzem Haar. Nun hatte sie Fältchen in den Augen- und Mundwinkeln, und ihr straff geflochtenes Haar war grau meliert. Maria warf einen Blick zu den anderen Leichen und konnte jetzt erkennen, dass auch ihnen das Alter anzusehen war.

»Es ist mir gar nicht aufgefallen«, sagte sie atemlos. »Ich … habe nur das Blut bemerkt. Wir waren seit *Jahrzehnten* auf diesem Schiff. Erinnern Sie sich an irgendetwas?«

»Nein.« Joannas Stimme war hart und tonlos. »Wir müssen es der Kapitänin sagen.«

»Niemand berührt etwas! Dieser ganze Raum ist ein Tatort!«, rief Wolfgang ihnen zu. »Gehen Sie weg von dieser Leiche!«

»Wolfgang, dieser Tatort, sofern es wirklich einer ist, wurde bereits von etwa fünfhundert Litern Synth-Amneo kontaminiert«, sagte Hiro, der sich jetzt vor Pauls Tank befand. »Ganz zu schweigen vom Blut, das überallhin gespritzt ist.«

»Wie meinst du das – *sofern* es ein Tatort ist?«, fragte Maria. »Glaubst du, das Schiff hat einfach die Rotation eingestellt, weil der Gravantrieb ausgefallen ist, und dann sind einfach irgendwelche Messer herumgeflogen?«

Apropos – das Messer trieb an der Decke dahin. Maria stieß sich ab und flog hinüber, um es sich zu schnappen, bevor es gegen den Luftansaugfilter prallen konnte, der ohnehin von Körperflüssigkeiten verstopft war, über die sie gar nicht genauer nachdenken wollte.

Die Ärztin tat, wie von Wolfgang befohlen, und entfernte sich von der Leiche ihres alten Körpers. Sie kam zu ihm und der Kapitänin herüber. »Hier geht es um Mord«, sagte sie. »Aber Hiro hat recht, Wolfgang, es gibt einen Grund, warum die Null-G-Forensik nie eine große Zukunft als Wissenschaft hatte. Die Luftfilter saugen die Beweise ab, während wir hier miteinander reden. Inzwischen dürfte jeder mit dem Blut von allen anderen in Berührung gekommen sein. Wir sind jetzt sechs neue Leute, und das Synth-Amneo aus sechs Tanks fliegt herum und versaut alles, was noch übrig ist.«

Wolfgang zog eine finstere Miene und funkelte sie an. Sein großer, schlanker Körper schimmerte von der bläulichen Amneo-Flüssigkeit. Er öffnete den Mund, um der Ärztin etwas zu entgegnen, doch Hiro kam ihnen zuvor.

»Fünf«, warf Hiro ein. Er hustete und spuckte noch mehr Synth-Amneo aus, dem Maria knapp ausweichen konnte. Er verzog bedauernd das Gesicht. »Fünf neue Leute. Paul ist immer noch drinnen.« Er zeigte auf ihren Ingenieur, der mit geschlossenen Augen in seinem Tank trieb.

Maria erinnerte sich, seine geöffneten Augen gesehen zu haben, als sie noch in ihrem eigenen Tank gewesen war. Doch nun schwammm Paul mit geschlossenen Augen in der Flüssigkeit, die Hände über die Genitalien gelegt, und sah aus wie ein kleiner Junge, der sich vor etwas versteckte, das ihn ansonsten verschlingen würde. Er war zu blass, von Natur aus untersetzt und etwas muskulöser als der dickere Mann, an den Maria sich erinnerte.

»Holen Sie ihn da raus«, sagte Katrina.

Wolfgang gehorchte, begab sich an ein anderes Terminal und drückte den Knopf, der den Tank öffnete.

Hiro griff hinein, packte Paul am Handgelenk und zog ihn und die Flüssigkeit aus dem Tank.

»Okay, nur fünf von uns waren ausgestiegen«, sagte Maria und schwebte herüber. »Das verringert das Synth-Amneo um etwa hundert Liter. Keine überwältigende Verbesserung. Hier fliegt immer noch eine Menge Mist herum. Man dürfte kaum irgendwo anders als an den Leichen selbst Beweise finden.« Sie hielt das Messer mit Daumen und Zeigefinger am Ende des Griffs und reichte es Wolfgang. »Und möglicherweise an der Tatwaffe.«

Er blickte sich um, und Maria verstand, dass er nach etwas suchte, womit er das Messer entgegennehmen konnte. »Ich habe es bereits mit meinen Händen kontaminiert, Wolfgang. Es flog zwischen Blut und Leichen herum. Wahrscheinlich kann es uns nicht mehr verraten, als dass es uns alle getötet hat.«

»Wir müssen IAN wieder in Ordnung bringen«, sagte Katrina. »Und den Gravantrieb wieder aktivieren. Suchen Sie die beiden anderen Leichen. Sehen Sie im Frachtraum nach. Dann haben wir einen kompletten Überblick über unsere Situation.«

Hiro schlug Paul kräftig auf den Rücken, worauf sich der Mann zusammenkrümmte und schluchzend würgte. Wolfgang beobachtete voller Verachtung, wie Paul gegen eine Wand prallte, anscheinend ohne Bewusstsein für seine Umgebung.

»Sobald IAN wieder online ist, kann er einen sicheren Kanal zur Erde öffnen«, sagte Katrina.

»Meine Sprachfunktionen sind nicht zugänglich«, wiederholte der Computer.

Katrina knirschte mit den Zähnen.

»Das dürfte schwierig werden, Kapitänin«, sagte Joanna. »Diese Leichen haben ein beträchtliches Alter, was darauf hindeutet, dass wir uns schon viel länger im Weltraum aufhalten, als unsere Mindmaps vermuten lassen.«

Katrina rieb sich die Stirn und schloss die Augen. Sie schwieg, dann öffnete sie die Augen wieder und machte sich daran, Befehle in das Terminal einzutippen. »Bringen Sie Paul auf Vordermann. Wir brauchen ihn.«

Hiro starrte hilflos auf Paul, der immer noch schluchzte, zu einer dahintreibenden Kugel zusammengerollt, während er weiter versuchte, seine Geschlechtsteile zu verbergen.

Ein Klumpen aus Erbrochenem – nicht das Synth-Amneo aus den Lungen, sondern tatsächlicher Mageninhalt – trieb auf die Luftansaugung zu und wurde vom Filter verschluckt. Maria wurde klar, dass sie, nachdem alle Prioritäten der Kapitänin erledigt waren, noch eine ganze Weile damit beschäftigt wäre, die Luftfilter auszuwechseln und vielleicht sogar durch die Luftschächte des Schiffs zu kriechen, um sämtliche Reste von Körperflüssigkeiten zu entsorgen, bevor sie zu einem biologischen Risiko wurden. Plötzlich kam ihr die Position einer Wartungstechnikerin an Bord eines bedeutenden Raumschiffs gar nicht mehr so glamourös vor.

»Ich glaube, Paul wird sich besser fühlen, wenn er etwas

zum Anziehen hat«, sagte Joanna, während sie ihn mit einem mitleidigen Blick bedachte.

»Ja, etwas zum Anziehen klingt gut«, sagte Hiro. Sie alle waren nackt und hatten Gänsehaut. »Und vielleicht auch eine Dusche, wenn wir schon beim Thema sind.«

»Ich brauche meine Krücken oder einen Rollstuhl«, sagte Joanna. »Es sei denn, wir wollen den Gravantrieb ausgeschaltet lassen.«

»Hören Sie auf damit!«, sagte Katrina. »Der Mörder könnte immer noch an Bord sein, und Sie reden über Duschen und Kleidung?«

Wolfgang tat ihre Besorgnis mit einer Handbewegung ab. »Nein, offensichtlich ist der Mörder im Kampf gestorben. Wir sind die einzigen sechs Personen an Bord des Schiffs.«

»Das wissen Sie nicht«, sagte de la Cruz. »Was ist in den letzten paar Jahrzehnten geschehen? Wir müssen vorsichtig sein. Niemand geht allein irgendwohin. Immer nur zu zweit. Maria und Hiro, Sie holen die Krücken der Ärztin aus der Krankenstation. Sie wird sie brauchen, wenn der Gravantrieb wieder läuft.«

»Ich könnte einfach die Prothesen von dieser Leiche übernehmen«, sagte Joanna und zeigte nach oben. »Sie benötigt sie nicht mehr.«

»Das sind Beweisstücke«, sagte Wolfgang, während er seine eigene Leiche stabilisierte, um sich die Stichwunden ansehen zu können. Er konzentrierte sich auf die blutigen Blasen, die immer noch am Brustkorb hingen. »Kapitänin?«

»Gut, holen Sie ein paar Overalls, besorgen Sie der Ärztin einen Rollstuhl oder was auch immer, und überprüfen Sie den Gravantrieb«, sagte Katrina. »Alle anderen machen sich an die Arbeit. Wolfgang, wir beide werden die Leichen zusammenschnüren. Wir sollten verhindern, dass sie weitere

Schäden erleiden, wenn der Gravantrieb wieder aktiviert wird.«

Auf dem Weg nach draußen hielt Maria kurz inne, um sich ihre eigene Leiche anzusehen, was sie bislang noch nicht getan hatte. Die Vorstellung, in ihr eigenes totes Gesicht zu blicken, war ihr zu gruselig vorgekommen. Die Leiche war auf einem Sitz vor einem Terminal festgeschnallt und trieb langsam in den Gurten. Eine große Blase aus Blut hing an ihrem Genick, wo man ihr offenbar ein Messer hineingerammt hatte. Ihe Lippen waren weiß, und die Haut hatte einen kränklichen Grünton. Jetzt wusste Maria, woher das herumfliegende Erbrochene stammte.

»Wie es aussieht, war ich es, die den Wiederbelebungsschalter gedrückt hat«, sagte sie zu Hiro und zeigte auf ihre Leiche.

»Das ist gut«, sagte Hiro. Er blickte zur Kapitänin, die sich mit Wolfgang unterhielt. »Allerdings solltest du in nächster Zeit nicht mit einem Orden rechnen. Sie sieht nicht danach aus, als wäre sie in der richtigen Stimmung.«

Der Wiederbelebungsschalter war ein ausfallsicheres System. Falls alle Klone an Bord des Schiffs gleichzeitig starben, was statistisch sehr unwahrscheinlich war, sollte die KI in der Lage sein, die nächsten Klone zu wecken. Wenn das Schiff nicht dazu imstande war, was statistisch noch unwahrscheinlicher war, löste ein Knopf im Klonraum den Vorgang aus, vorausgesetzt, es lebte noch jemand, der ihn drücken konnte.

Wie bei den anderen wies auch Marias Leiche Anzeichen eines fortgeschrittenen Alters auf. Ihr Körper war weicher geworden, und die Hände, die über dem Terminal schwebten, waren dünn und fleckig. Sie war biologisch neununddreißig Jahre alt gewesen, als sie an Bord gegangen waren.

»Ich habe Ihnen einen Befehl gegeben«, sagte Katrina.

»Und Dr. Glass, wie es aussieht, sollten Sie die Aufgabe übernehmen, unserem Ingenieur gut zuzureden. Beeilen Sie sich, oder er wird einen weiteren neuen Körper brauchen, wenn ich mit ihm fertig bin.«

Hiro und Maria machten sich auf den Weg, bevor die Kapitänin genauer erklären konnte, was sie ihnen antun würde. Obwohl es schwierig wäre, das zu toppen, was sie offensichtlich vor Kurzem durchgemacht hatten, überlegte Maria.

Maria hatte das Schiff glänzender und heller in Erinnerung: metallisch und glatt, mit Handgriffen an den Wänden für Nullschwerkraftsituationen und dünnen Metallgittern als Boden, unter dem ein Unterboden mit Staufächern und Rohren zu erkennen war. Jetzt war alles matter, ein weiterer Hinweis, dass ein jahrzehntelanger Raumflug das Schiff genauso verändert hatte wie die Besatzung. Es war dunkler, da einige Lampen ausgefallen waren, woran auch die gelbe Notbeleuchtung nicht viel änderte. Jemand – wahrscheinlich die Kapitänin – hatte den Alarm ausgelöst.

Zuvor war Maria einige Male in einer überwachten Umgebung gestorben. Sie hatte wegen Krankheit, Alter oder in einem Fall wegen einer Verletzung im Bett gelegen. Hilfreiche Techniker hatten eine letzte Mindmap ihres Gehirns erstellt, dann war sie euthanasiert worden, nachdem sie ein Genehmigungsformular unterschrieben hatte. Ein Arzt hatte es bestätigt, der Körper war ordnungsgemäß entsorgt worden, und sie war wieder aufgewacht, jung, schmerzfrei und mit den vollständigen Erinnerungen an alle vorherigen Leben.

Einige Male war es nicht so angenehm abgelaufen, aber es waren immer noch bessere Erfahrungen gewesen als die jetzige.

Ihre eigene Leiche zu sehen, voller Blut und Erbrochenem, war ein Schock gewesen, den sie nie für möglich gehalten hatte. Wenn ein Leben abgeschlossen war, hatte die Leiche keine Bedeutung mehr, auch nicht auf einer sentimentalen Ebene. Nur noch der künftige Körper zählte. Die Vergangenheit sollte nicht mehr präsent sein und einem mit toten Augen ins Gesicht starren. Sie erschauderte.

»Wenn die Maschinen wieder laufen, wird es auch wärmer«, sagte Hiro hilfreicherweise, als er den Grund für ihr Erschaudern missverstand.

Sie erreichten eine Kreuzung, und sie wandte sich nach links. »Jahrzehnte, Hiro. Wir waren mehrere Jahrzehnte lang hier draußen. Was ist mit unseren Mindmaps passiert?«

»Was ist das Letzte, woran du dich erinnerst?«, fragte er.

»Die Cocktailparty in der Luna-Station, während die letzten Passagiere in die Kryo gingen und verladen wurden. Wir bestiegen das Schiff. Wir hatten ein paar Stunden Zeit, unsere Quartiere zu beziehen. Dann kam der Rundgang, der im Klonraum endete, wo wir das letzte Update unserer Mindmaps machten.«

»Bei mir genauso«, sagte er.

»Hast du Angst?«, fragte Maria und hielt an, um ihn zu betrachten.

Sie hatte ihn sich nicht genauer angesehen, seit sie im Klonraum erwacht waren. Sie war es gewohnt, dass Klone mit einer Lebenserfahrung von Jahrhunderten den Eindruck erwecken konnten, sie hätten gerade erst die Universität verlassen. Ihre Körper erwachten im besten Alter, mit zwanzig Jahren, und waren bereits mit kräftigen Muskeln ausgestattet. Was die Klone nach dem Aufwachen mit diesen Muskeln machten, lag ganz bei ihnen selbst.

Akihiro Sato war ein schlanker Mann japanischer Abstammung aus der Panpazifischen Union. Er hatte relativ kurzes schwarzes Haar, das zu steifen Schmachtlocken trocknete, drahtige Muskeln und hohe Wangenknochen. Seine Augen waren schwarz und erwiderten ruhig ihren Blick. Den Rest seines Körpers sah sie sich nicht zu genau an, weil sie nicht unanständig sein wollte.

Er zupfte an einer Locke und versuchte sie zu glätten. »Ich bin schon an schlimmeren Orten aufgewacht.«

»Zum Beispiel?«, fragte sie und zeigte zum Korridor zurück, durch den sie gekommen waren. »Was kann schlimmer als eine Horrorfilmkulisse sein?«

Er hob beschwichtigend die Hände. »Ich habe es nicht wörtlich gemeint. Ich meine, ich habe schon einige Male Zeit verloren. Manchmal muss man lernen, sich anzupassen. Schnell. Ich wache auf. Ich schätze die unmittelbare Bedrohung ein. Ich versuche mich zu erinnern, wo ich war, als ich das letzte Mal ein Mindmap-Update hochgeladen habe. Diesmal bin ich mitten in einem Haufen von Leichen aufgewacht, aber ich konnte keine direkte Gefahr erkennen.« Er legte neugierig den Kopf schief. »Hast du noch nie Zeit verloren? Nicht einmal eine Woche? Du bist doch sicher schon einmal zwischen zwei Back-ups gestorben.«

»Ja«, gestand sie ein. »Aber ich bin niemals in einer Gefahrensituation oder kurz nach einer Gefahrensituation aufgewacht.«

»Du bist nicht in Gefahr«, sagte er. »Zumindest das wissen wir.«

Sie starrte ihn an.

»Nicht in *unmittelbarer* Gefahr«, stellte er richtig. »Ich werde dich nicht hier in diesem Korridor abstechen. Unsere ganze Gefahr besteht in diesem Moment in Problemen, die wir wahrscheinlich lösen können. Verlorene Erinnerungen, kaputte Computer, die Suche nach einem Mörder. Nur ein bisschen Arbeit, und wir sind wieder auf Kurs.«

»Du bist der ungewöhnlichste Optimist, den ich je kennengelernt habe«, sagte sie. »Trotzdem würde ich gern weiter ausflippen, wenn es dir nichts ausmacht.«

»Versuch dich zusammenzureißen. Du willst nicht zu dem werden, was auch immer aus Paul geworden ist«, schlug er vor, während er den Weg durch den Korridor fortsetzte.

Maria folgte ihm, froh darüber, dass er nicht hinter ihr war. »Ich reiße mich zusammen. Ich bin hier, nicht wahr?«

»Du würdest dich vermutlich besser fühlen, wenn du geduscht und etwas gegessen hättest«, sagte er. »Ganz zu schweigen von Kleidung.«

Sie beide trugen nur die klebrige, halb getrocknete Synth-Amneo-Flüssigkeit am Körper. Maria hatte sich in ihrem ganzen Leben noch nie so sehr nach einer Dusche gesehnt. »Machst du dir überhaupt keine Sorgen, was uns erwartet, wenn wir deine Leiche finden?«, fragte sie.

Hiro blickte sich zu ihr um. »Ich habe schon vor einer ganzen Weile gelernt, nicht um alte Hüllen zu trauern. Ansonsten würden wir mit jedem neuen Leben immer trübsinniger werden. Ich glaube sogar, dass das vielleicht Wolfgangs Problem ist.« Er runzelte die Stirn. »Musstest du dich jemals selbst um die Entsorgung deines alten Körpers kümmern?«

Maria schüttelte den Kopf. »Nein. Schon die Begegnung war verstörend. Sie starrte mich an, als würde sie mir die Schuld an allem geben. Aber das ist immer noch ein wenig besser, als gar nicht zu wissen, was passiert ist.«

»Oder durch wen es passiert ist«, sagte Hiro. »Er oder sie hatte ein Messer.«

»Und er oder sie ist brutal vorgegangen«, sagte Maria. »Es könnte jemand von uns gewesen sein.«

»Wahrscheinlich, oder wir hätten es mit einer aufregenden Erstkontakt-Situation zu tun. Oder einem Zweitkontakt, nachdem der erste so übel abgelaufen ist …«, fügte Hiro ernüchtert hinzu. »Aber es könnte wirklich alles Mögliche schiefgelaufen sein. Es könnte sogar sein, dass jemand verrückt wurde, nachdem er oder sie aus der Kryo aufgewacht ist. Durch eine Computerpanne wurde die Mindmap beschädigt. Aber wahrscheinlich lässt es sich ganz einfach erklären … als wäre jemand erwischt worden, wie er beim Poker geschummelt hat. In der Hitze des Gefechts, jemand hatte ein Ass im Ärmel, die Ärztin warf den Tisch um …«

»Das ist nicht witzig«, sagte Maria leise. »Es war Wahnsinn, und es war kein Verbrechen im Affekt. Wenn es das wäre, hätten wir es nicht mit einem abgeschalteten Gravantrieb zu tun. Uns würden nicht mehrere Jahrzehnte Erinnerung fehlen. IAN hätte uns einfach sagen können, was los ist. Aber irgendjemand – einer von uns – wollte uns alle töten, also hat er – oder sie – auch an den Back-ups unserer Persönlichkeiten herumgepfuscht. Warum?«

»Ist das eine rhetorische Frage? Oder erwartest du wirklich, dass ich es weiß?«, fragte er zurück.

»Rhetorisch«, brummte Maria. Sie schüttelte den Kopf, um wieder klar zu werden. Eine Strähne aus steifem schwarzem Haar schlug ihr ins Gesicht, und sie zuckte zusammen. »Es könnten auch zwei Personen gewesen sein. Eine tötete uns, die andere machte sich an den Erinnerungen zu schaffen.«

»Wohl wahr«, sagte er. »Wir können vermutlich davon ausgehen, dass alles vorsätzlich geplant war. Jedenfalls hat die Kapitänin recht. Wir sollten vorsichtig sein. Und wir sollten eine Vereinbarung treffen. Ich verspreche, dass ich dich nicht töten werde, und du versprichst, mich nicht zu töten. Abgemacht?«

Maria musste trotz allem lächeln. Sie schüttelte seine Hand. »Ich verspreche es. Jetzt lass uns weitergehen, bevor die Kapitänin uns jemanden hinterherschickt.«

Die Tür zur Krankenstation wurde von roten Lämpchen umrahmt, damit sie leichter gefunden werden konnte, auch wenn man krank oder verletzt war. In der Alarmsituation blinkten die Lichter abwechselnd rot und gelb. Hiro hielt abrupt am Eingang inne. Maria prallte gegen seinen Rücken, und die Kollision versetzte sie in leichte Rotation, wie Zahnräder in einem Uhrwerk. Er wurde zum Korridor herumgedreht, während sie nach vorn driftete und sehen konnte, was ihn so plötzlich hatte stutzen lassen.

Der Körperkontakt hätte ein unangenehmer Moment sein können, wenn die Szene vor ihnen nicht so schockierend gewesen wäre.

In der Krankenstation lag eine übel zugerichtete, ältere Version von Kapitänin Katrina de la Cruz in einem Bett. Sie war bewusstlos, aber noch sehr lebendig, an ein Lebenserhaltungssystem mit Infusion, Atemschläuchen und Monitoren angeschlossen. Ihr Gesicht war voller Prellungen, und ihr rechter Arm trug einen Gipsverband. Sie war an das Bett angeschnallt, das magnetisch am Boden verankert war.

»Ich dachte, wir alle wären gestorben«, sagte Hiro erstaunt und leiser als sonst.

»So hätte es sein sollen, wenn wir alle aufgewacht sind. Ich vermute, dass ich irgendwie den Notschalter für die Wiederbelebung gedrückt habe«, sagte Maria und stieß sich vom Türrahmen ab, um näher an die Kapitänin heranzuschweben.

»Zu schade, dass du dich nicht selbst fragen kannst«, erwiderte Hiro trocken.

Die Erschaffung eines doppelten Klons wurde hart bestraft

und resultierte üblicherweise in der Vernichtung des älteren Klons. Allerdings würde Wolfgang es angesichts mehrerer Mordfälle und nun auch noch einer Körperverletzung wahrscheinlich nicht als Priorität betrachten, dieses spezielle Verbrechen zu bestrafen.

»Über das hier wird niemand glücklich sein«, sagte Hiro und zeigte auf den bewusstlosen Körper der Kapitänin. »Und Katrina erst recht nicht. Was machen wir jetzt mit zwei Kapitäninnen?«

»Es könnte ein Vorteil sein«, sagte Maria. »Wenn wir sie aufwecken können, finden wir vielleicht heraus, was passiert ist.«

»Ich habe nicht den Eindruck, dass sie dir zustimmen würde«, sagte er.

Ein silbernes Laken bedeckte den Körper und schwebte träge, wo es nicht von den Gurten festgehalten wurde. Der Klon der Kapitänin lag still da, das einzige Geräusch kam vom Beatmungsschlauch.

Maria hangelte sich zum Schrank auf der gegenüberliegenden Seite des Raums hinüber. Sie griff sich eine Handvoll großer Overalls, auch wenn sie zu kurz für Wolfgang, zu eng für die Ärztin und zu weit für Maria waren. Dann zog sie aus dem Schrank, in den schwaches Licht fiel, einen zusammengeklappten Rollstuhl hervor.

Sie reichte Hiro einen Overall und legte selbst einen an, wobei sie keine Hemmungen hatte und sich nicht von ihm abwandte. In den mittleren Lebensjahren waren manche Menschen reif genug, um darauf zu pfeifen, was jemand über ihren Körper denken mochte. Wenn man das ein paarmal multiplizierte, entsprach das der Züchtigkeit (oder dem Mangel daran) eines durchschnittlichen Klons. Als Maria zum ersten Mal gespürt hatte, wie sich ihre Befangenheit legte, war es für sie befreiend gewesen. Diese Einstellung behielten viele Klone bei, auch nachdem sie wieder jugendliche Körper erhielten, da sie wussten, dass ein vom Computer konstruierter Körper irgendwelchen Idealen viel näher war, als man mit Diäten und Sport erreichen konnte.

Der schluchzende Ingenieur Paul war der beschämteste Klon gewesen, den Maria jemals gesehen hatte.

Der Stoff des Overalls war nicht so weich wie Marias rote Technikeranzüge in ihrem Quartier, aber zumindest war ihr jetzt etwas wärmer. Sie fragte sich, wann man ihnen endlich erlauben würde, etwas zu essen und in ihre Quartiere zurückzukehren, um sich zu duschen und zu schlafen. Das Aufwachen war eine anstrengende Prozedur für einen Klon.

Hiro war bereits angezogen und hatte sich zum Bett begeben, wo er das Gesicht der Kapitänin musterte. Maria manövrierte sich ebenfalls mithilfe der Handgriffe an der Wand zu ihm hinüber. In seinem normalerweise freundlichen Gesicht spiegelte sich nun die Ernsthaftigkeit ihrer Situation.

»Wahrscheinlich können wir diese Leiche nicht einfach verstecken, oder?«, fragte er. »Sie recyceln, bevor irgendjemand davon erfährt? Das könnte uns in nächster Zukunft eine Menge Kopfschmerzen ersparen.«

Maria überprüfte die Werte, die auf dem Computerbildschirm angezeigt wurden. »Ich glaube nicht, dass sie schon eine Leiche ist. Sie zur Leiche zu erklären, um sie zu entsorgen, ist die Aufgabe eines Gerichts und nicht unsere.«

»Welches Gericht?«, fragte er, während Maria den Rollstuhl nahm und sich auf den Weg zur Tür machte. »Hier sind nur wir sechs!«

»Sieben«, stellte Maria richtig und deutete mit einer Kopfbewegung auf die Person in der Krankenstation. »Acht, wenn wir IAN wieder in Ordnung bringen können. Und dann liegt die Entscheidung bei der Kapitänin und bei IAN, nicht bei uns.«

»Gut, dann geh, und überbringe die letzte schlechte Neuigkeit.«

»Ich bin im Augenblick noch nicht bereit, mich mit Wolfgang auseinanderzusetzen«, sagte Maria. »Oder mitzuerleben, wie die Kapitänin Paul ein neues Arschloch aufreißt. Außerdem müssen wir noch den Gravantrieb überprüfen.«

»Wolfgang aus dem Weg zu gehen, klingt für mich nach einer guten höchsten Prioritätsstufe«, sagte Hiro. »Und wenn ich meinen letzten Klon ausfragen könnte, hätte auch er sich vermutlich bemüht, einen großen Bogen um Wolfgang zu machen.«

Die Brücke des Raumschiffs *Dormire* war eine beeindruckende Angelegenheit, mit einem Sitz für die Kapitänin und einem für den Piloten an den Computerterminals, die auf dem Boden standen. Doch gleich am Eingang zum Raum führte eine Leiter zu einer Stelle hinauf, wo ein paar bequeme Bänke an der Wand befestigt waren, der ideale Ort, um das Universum zu beobachten, während sich das Schiff langsam der Lichtgeschwindigkeit annäherte. Der Raum selbst bestand aus einer Kuppel, die aus Diamant konstruiert worden war, sodass man einen Blick auf ein 270-Grad-Panorama hatte. Die Pilotenkanzel sah aus wie eine große gläserne Warze am Ende des Schiffs, aber von dort hatte man einen wunderbaren Blick auf das Universum, das sich um einen drehte, wenn der Gravantrieb das Schiff rotieren ließ. Nachdem er jetzt deaktiviert war, wirkte der Weltraum statisch, obwohl sie sich mit einem Bruchteil der Lichtgeschwindigkeit vorwärtsbewegten.

Allerdings konnte einem davon durchaus übel werden. Rundherum nur Weltraum, und selbst der Fußboden war durchsichtig. Maria erinnerte sich, dass sie auf dem Rundgang durchs Schiff hier gewesen war, aber jetzt sah sie es zum ersten Mal seit ihrem Aufbruch von Luna. Zumindest war es das erste Mal in der Erinnerung dieses Klons.

Sie löste ihren Blick von der Aussicht, den Terminals, der Pilotenkonsole und den Bänken und sah Hiros alten Körper, der fast am oberen Ende der Kuppel schwebte. Er hing an einem Strick, der an der Basis einer Bank befestigt worden war. Sein Gesicht war gerötet, und die offenen Augen traten hervor.

»Oh! Da …« Er verstummte, um zu schlucken, bevor er weitersprach. »… da bin ich.« Er wandte sich mit grünlichem Gesicht ab.

»Ich weiß nicht, was ich erwartet habe, aber auf keinen Fall einen Selbstmord«, sagte Maria leise und blickte in das angeschwollene, schmerzverzerrte Gesicht. »Ich hatte sogar daran gedacht, dass vielleicht auch du überlebt hast.«

»Tod durch Erhängen habe ich nicht erwartet«, sagte er. »Aber ich glaube, ich habe gar nichts erwartet. Jetzt ist alles so real.« Er hielt sich die Hand vor den Mund.

Maria wusste, zu viel Mitgefühl konnte dazu führen, dass eine Person am Rand der Verzweiflung endgültig die Kontrolle verlor, also wurde sie sachlich. »Ich hoffe, du kotzt hier nicht. Ich muss schon den Klonraum säubern, und du hast die Sauerei dort gesehen. Zwing mich nicht, noch mehr aufwischen zu müssen.«

Er starrte sie an, doch nun kehrte langsam etwas Farbe in sein Gesicht zurück. Er schaute nicht noch einmal nach oben.

Etwas stieß behutsam gegen Marias Hinterkopf. Sie griff danach und stellte fest, dass es ein brauner Lederstiefel war. Die erhängte Leiche trug den zweiten.

»Allmählich wird ein Zeitablauf erkennbar«, sagte Maria.

»Das Erhängen kann nur passiert sein, als wir noch Schwerkraft hatten. Ich glaube, das ist gut.«

Hiro hatte der Brücke immer noch den Rücken zugekehrt und blieb dem Korridor zugewandt. Er hatte die Augen geschlossen und atmete tief durch.

Maria legte ihm eine Hand auf die Schulter. »Komm jetzt. Wir müssen den Gravantrieb wieder hochfahren.«

Hiro drehte sich um und konzentrierte sich auf das Terminal, das rot blinkte.

»Kannst du ihn auch ohne IAN wieder aktivieren?«, fragte Maria.

»Es müsste eigentlich möglich sein. IAN kann alles kontrollieren, aber wenn er offline ist, sind uns nicht die Hände gebunden. War das mein Schuh?« Die letzte Frage klang beiläufig, als hätte sie keine große Bedeutung.

»Ja.« Maria schwebte zur Pilotenkonsole hinüber und sah sich die Leiche genauer an. Es war schwer zu erkennen, weil das Gesicht durch die Erhängung so stark in Mitleidenschaft gezogen worden war, aber Hiro sah anders als der Rest der Besatzung aus. Alle erweckten den Eindruck, dass Jahrzehnte seit dem Start von der Luna-Station vergangen waren. Aber Hiro sah genauso aus wie jetzt, als wäre er frisch aus dem Tank gekommen.

»Hiro, mir scheint, dass du während der Reise schon mindestens einmal gestorben bist. Wahrscheinlich kurz vor dem Fiasko. Dieser Klon ist neuer als die anderen«, sagte sie. »Ich glaube, wir sollten damit anfangen, alle Seltsamkeiten zu notieren.«

Hiro gab einen Laut von sich wie ein Tier, das in einer Falle festsaß. Er hatte jeden Humor verloren. Sein Blick war hart, als er endlich zu ihr und dem Klon aufschaute. »Gut. Das war es jetzt.«

»Was war was?«

»Der letzte Strohhalm. Jetzt habe ich offiziell Angst.«

»Jetzt? Du hast so lange gebraucht, um Angst zu bekommen?«, fragte Maria, während sie sich zum Boden hinunterhangelte. »Nach allem, womit wir es hier zu tun haben, bekommst du *erst jetzt* Angst?«

Hiro schlug auf das Terminal ein, kräftiger, als Maria es für nötig gehalten hätte. Nichts tat sich. Er verschränkte die Arme, löste sie wieder voneinander und sah sie an, als wären Arme eine völlig neue Art von Gliedmaßen, mit der er nichts anzufangen wusste.

Er nahm den Stiefel von Maria entgegen und zog ihn sich über einen Fuß.

»Ich hatte es gerade geschafft, mit allem anderen zurechtzukommen«, sagte er. »Es war etwas, das mit euch allen passiert ist. Ich hatte nichts damit zu tun. Ich war kein Gast auf der Wochenend-Horrorparty. Ich war nur als hilfreiches, freundliches Gesicht dabei. Ich war hier, um euch zum Lachen zu bringen. *Super, Hiro sorgt immer für gute Laune!*«

Maria legte eine Hand auf seine Schulter und blickte ihm in die Augen. »Willkommen im Panikraum, Hiro. Wir müssen uns gegenseitig unterstützen. Atme tief durch. Jetzt müssen wir den Antrieb starten und dann der Kapitänin und Wolfgang Bericht erstatten.«

»Du musst sehr verzweifelt sein, wenn du unbedingt mit Wolfgang reden willst«, sagte er und sah aus, als würde er sich zu einem Lächeln zwingen, was ihm jedoch misslang.

»Und wenn du den Antrieb hochgefahren hast, könntest du dann herausfinden, welches Jahr wir haben, die Fracht überprüfen und vielleicht von hier aus Kontakt mit IAN aufnehmen?«, fragte Maria. »Nach allem, was passiert ist, wäre es nett, auch mit ein paar guten Neuigkeiten zurückzukommen. Oder zumindest etwas besseren Neuigkeiten.«

Hiro nickte. Sein Mund war geschlossen, als würde er etwas zurückhalten, das er bereuen würde, wenn er es aussprach. Vielleicht auch einen Schrei. Er schwebte zu seinem Pilotensessel hinüber und schnallte sich an. Der Bildschirm der Konsole blinkte ihn weiterhin in hellem Rot an. »Danke für die Warnung, IAN. Wir hatten gar nicht bemerkt, dass der Antrieb ausgefallen ist.«

Er gab ein paar Befehle ein und tippte auf den Touchscreen. Sirenen heulten überall im Schiff auf, um alle zu warnen, die in der Schwerelosigkeit dahintrieben, dass die Gravitation zurückkehren würde. Hiro tippte noch einige Mal gegen den Bildschirm, gab etwas über eine Tastatur ein, während seine Miene immer finsterer wurde. Er stellte ein paar Berechnungen an, bevor er laut seufzte, sich im Sessel zurücklehnte und sich die Hand aufs Gesicht legte.

»Oh Mann!«, sagte er. »Es ist alles viel schlimmer, als wir dachten.«

Maria hörte, wie der Gravantrieb hochgefahren wurde. Ein Ruck lief durch das Schiff, als die Motoren das Fünfhunderttausend-Bruttoregistertonnen-Schiff wieder in Rotation versetzten. Sie griff nach der Leiter an der Wand, um zur Bank zu gelangen und nicht abzustürzen, wenn die Schwerkraft wieder einsetzte.

»Was ist?«, fragte sie. »Sind wir nicht mehr auf Kurs?«

»Wir haben uns anscheinend vierundzwanzig Jahre und sieben Monate lang im Weltraum aufgehalten.« Er hielt kurz inne. »Und neun Tage.«

Maria rechnete nach. »Also haben wir das Jahr 2493.«

»Inzwischen müssten wir etwas mehr als drei Lichtjahre von zu Hause entfernt sein. Weit außerhalb des Ereignishorizonts für eine realistische Kommunikation mit der Erde. Und das sind wir auch. Aber wir sind außerdem zwölf Grad vom Kurs abgekommen.«

»Das … tut mir leid, ich verstehe nicht genau, was das bedeutet. Kannst du mir das in Wartungstechnikersprache übersetzen?«

»Wir werden langsamer, und wir kehren um. Ich freue mich nicht darauf, das der Kapitänin zu erklären«, sagte er und schnallte sich vom Sessel los. Er warf einen Blick hinauf zu seinem eigenen Körper, der wie ein gruseliger Drachen am Ende des Stricks dahintrieb. »Den können wir später abnehmen.«

»Was haben wir uns dabei gedacht? Warum sind wir vom Kurs abgewichen?«, überlegte Maria laut, während sie durch den Korridor zurückkehrten. Sie hielten sich am Boden, um auf die Schwerkraft vorbereitet zu sein, wenn die Schiffsrotation zunahm.

»Warum die Besatzung ermorden, warum den Gravantrieb abschalten, warum die Kapitänin verschonen, warum habe ich Selbstmord begangen, und warum hatte ich anscheinend das Bedürfnis, mir davor einen Schuh auszuziehen?«, sagte Hiro. »Setz auch das alles auf deine Liste, Maria. Ich bin mir ziemlich sicher, dass wir offiziell im Arsch sind, ganz gleich, wie die Antworten auf all diese Fragen lauten.«

Diamanten

Der einzige Teil der Mission der *Dormire*, der anscheinend nicht gescheitert war, war der Zustand der Fracht.

Während das Schiff mit einer Minimalbesatzung unterwegs war, schliefen im Frachtraum zweitausend Menschen in der Kryo. Auf den Servern im Frachtraum lagen über fünfhundert Klon-Mindmaps. Maria und die anderen fünf waren für über zweitausendfünfhundert Leben verantwortlich.

Maria wollte nicht allzu genau über diese Verantwortung nachdenken. Sie war einfach nur froh, weil Hiro bestätigen konnte, dass alle ihre Passagiere stabil und die Back-ups unbeschädigt waren.

Alle Menschen und Klone hatten ihre Gründe, auf diese Reise zu gehen: Abenteuer und Forschungsdrang waren der Antrieb für viele der Menschen, die Flucht vor religiöser Verfolgung der für viele der Klone. Neben diesen beiden Gruppen gab es noch eine gewisse Anzahl von politisch oder gesellschaftlich Verbannten, die durch die Reise dem Gefängnis, der Lohnsklaverei oder Schlimmerem entkommen wollten.

Sie alle wurden zum Teil davon angetrieben, dass die Erde durch den Anstieg des Meeresspiegels bewohnbares Land verlor, und von den Kriegen um Territorien und Wasser, die weltweit ausgebrochen waren. Also setzten sich wie immer die Reichen ab, weil sie es konnten.

Es waren jedoch etwas andere Gründe, aus denen die

Besatzung an Bord gegangen war. Jeder von ihnen hatte das simple Motiv, dass sie als Kriminelle versuchen wollten, eine weiße Weste zu bekommen.

Ihr Flugziel, der Planet Artemis, war uneingeschränkt bewohnbar, ein wenig kleiner als die Erde und ein echtes Paradies. Er kreiste um Tau Ceti im Sternbild Walfisch.

Maria hatte Zweifel, ob dieses Paradies bewirken konnte, dass Menschen und Klone viel besser als auf der Erde zusammenlebten, aber die Leute hatten nun einmal ihre rosaroten Träume und großartigen Ideen.

»Hast du jemals versucht, dich umzubringen?«, fragte Hiro, während sie mit den Overalls und dem Rollstuhl zum Klonraum zurückkehrten.

»Das ist eine ziemlich persönliche Frage«, sagte Maria und strich mit einer Hand durch ihr langes Haar. Sie verzog das Gesicht, als ihre Finger in der verfilzten Masse hängen blieben.

Er zuckte mit den Schultern. »Du hast gerade meine Antwort gesehen, sie hing über uns. Ich bin mir ziemlich sicher, wenn all die Arbeit erledigt ist, wird Wolfgang entscheiden, was wegen dieses kleinen Details der heutigen Unglücksfälle unternommen werden sollte. Die Klongesetze der Erde sollen hier draußen nicht ignoriert werden – das wurde recht deutlich klargestellt, bevor wir aufgebrochen sind.«

Maria überlegte, wie seine kriminelle Vergangenheit aussehen mochte. Dann seufzte sie. »Ich habe es tatsächlich einmal versucht. Einmal.«

»Was hat dich davon abgehalten?« Er fragte nicht, ob der Versuch erfolgreich gewesen war, denn in diesem Fall hätte sie nicht das Recht gehabt, in einem neuen Klon aufzuwachen.

»Ein Freund hat es mir ausgeredet«, sagte sie. »Läuft es nicht meistens so ab?«

»Ich wünschte, ich hätte vor ein paar Stunden einen solchen Freund gehabt«, sagte er.

»Wahrscheinlich wärst du dann trotzdem gestorben, da drüben«, sagte sie und zeigte in Richtung Klonraum.

»Aber es wäre kein Selbstmord gewesen. Ich kann mir vorstellen, dass Wolfgang jeden abklopfen wird, um ihm die Schuld geben zu können.«

»Aber du bist jetzt hier. Kümmern wir uns lieber um die unmittelbaren Probleme. Dann finden wir heraus, was mit uns allen passiert ist«, sagte Maria.

Die Stimme der Kapitänin hallte durch den Korridor, ein Schrei der Abscheu.

»Wessen Idee war es, den Gravantrieb wieder einzuschalten?«, rief sie.

»Ihre, Kapitänin«, sagte Hiro, als sie eintraten. »Sie wollten wieder auf festem Boden stehen können.«

Der Klonraum sah immer noch aus wie ein Albtraum, aber zumindest herrschte nun die Schwerkraft über den Albtraum. Maria wollte nie wieder gezwungen sein, Leichen und biologisch gefährlichen menschlichen Abfällen ausweichen zu müssen. Sie und Hiro hatten versucht, sich auf den veränderten Anblick des Gemetzels vorzubereiten, aber die Leichen, die am Boden herumrollten – weil die Schwerkraft noch nicht stark genug war, sie irgendwo festzuhalten –, bereiteten ihnen auf andere Weise Übelkeit. Das Blut und die sonstigen Flüssigkeiten waren an die Wände und auf den Boden gespritzt – und ein Teil davon auch auf die Besatzungsmitglieder. Vielleicht war es sehr klug von Paul gewesen, in seinem Tank bleiben zu wollen.

»Das war eine rhetorische Frage«, sagte die Kapitänin, die

sich an der Wand festhielt und gegen den Boden stemmte. »Mir war nicht klar, dass es so schlimm sein würde. Was haben Sie also herausgefunden? Gab es ohne IAN irgendwelche Probleme? Oder konnten Sie von der Brücke aus auf ihn zugreifen?«

»IAN ist immer noch ausgefallen, Kapitänin«, sagte Hiro. »Wir haben das Glück, dass die Pilotenkonsole im unwahrscheinlichen Fall einer Fehlfunktion IANs entsperrt wird. Sonst wäre es Selbstmord. Oder Massenmord. Ist es Massenmord, wenn wir alle an Bord töten?«

Maria zuckte zusammen.

»Apropos, alle unsere Kryo-Passagiere sind vollzählig und wohlauf. Immerhin eine gute Neuigkeit, nicht wahr? Juhu!« Hiro riskierte ein Lächeln.

Die Kapitänin erwiderte es nicht. Sie wandte sich an Maria. »Geben Sie mir einen weniger chaotischen Bericht.«

Maria schluckte. »Ich bin mir nicht sicher, was Hiro getan hat, aber er brauchte nicht allzu lange, um den Gravantrieb wieder in Betrieb zu nehmen und auf den Navigationscomputer zuzugreifen und alles zu überprüfen. Jedenfalls haben wir weitere wichtige Neuigkeiten.«

»Ich übernehme das.« Hiro hob eine Hand und zählte die Punkte an den Fingern ab. »Wir sind seit knapp fünfundzwanzig Jahren im Weltraum. Wir sind zwölf Grad vom Kurs abgewichen und fliegen langsamer als vorgesehen. Ganz zu schweigen …«

»Haben Sie den Kurs korrigiert?«, fiel Katrina ihm ins Wort.

»Ja, Ma'am«, sagte er. »Es wird natürlich eine Weile dauern, bis wir wieder auf dem alten Kurs sind, aber ich habe unsere Flugrichtung angepasst.«

Während Hiro die Kapitänin über ihre Situation informierte, verteilte Maria stumm die Overalls. Wolfgang schnappte sich zwei, ohne sie anzusehen, und warf Paul einen zu – der sich jedoch mit einer Hand an Joannas Rollstuhl und mit der anderen an seinem Tank festhielt. Joanna fing Pauls Anzug ab, um ihn mit einem freundlichen Lächeln gegen ihren Rollstuhl einzutauschen. Dr. Glass nahm ihren Overall lächelnd entgegen, schlüpfte mit geübten Bewegungen hinein und setzte sich dann in ihren neuen Rollstuhl. Sie hielt sich an einem Klontank fest, bis die Schwerkraft stark genug war, um sie auf dem Boden zu halten. Die untere Hälfte ihres Anzugs hing schlaff von ihren winzigen Beinen herab.

»Brauchen Sie etwas, um sie abzubinden, damit sie nicht herumschleifen?«, fragte Maria mit einem Blick auf die herabbaumelnden Hosenbeine.

»Danke, nicht nötig«, sagte Dr. Glass, raffte sie zusammen und verstaute sie ordentlich unter ihrem Körper. »Ich werde später meine anderen Prothesen aus meinem Quartier holen. Oder meine Krücken. Wenn sich alles beruhigt hat.« Sie deutete mit einer Handbewegung auf die Horrorkulisse des Klonraums.

Marias Blick folgte ihrer Geste, nahm noch einmal das Durcheinander aus Leichen, verspritzten Flüssigkeiten und traumatisierten Besatzungsmitgliedern in sich auf. »Ich bin mir nicht sicher, wann sich das alles beruhigen wird. Hier ist gerade eine Menge los.«

Joanna hob eine Augenbraue. »Sie meinen, da ist noch mehr im Gange?«

Maria verzog das Gesicht und zeigte auf die Kapitänin, die sich Hiros Geschichte anhörte, wie sie seine Leiche gefunden hatten. Sie trat an seine Seite. Die Schwerkraft normalisierte sich Stück für Stück, während der Antrieb das Schiff immer schneller rotieren ließ.

»Es sieht ganz nach einem Selbstmord aus«, sagte Hiro, während er dem Blick der Kapitänin auswich.

»Aber im Moment wissen wir noch nichts mit Bestimmtheit«, fügte Maria hinzu. »Außerdem ist er jünger als alle anderen Klone von uns.«

Joanna hielt einen Finger hoch. »Das muss zunächst einmal kein Grund zur Besorgnis sein. Er könnte vor Kurzem aus irgendeinem anderen Grund gestorben sein.«

»Wir können nicht sagen, ob es Selbstmord war, bevor wir die Leiche untersucht haben«, warf Wolfgang ein.

Hiro sah ihn mit überraschtem Ausdruck an. Auch Maria hatte nicht erwartet, dass er sich im Zweifelsfall für ihn einsetzte.

»Da ist noch etwas«, sagte Hiro und sah Maria an.

Also war es ihre Aufgabe, die schlechte Neuigkeit zu überbringen. Sie seufzte und straffte die Schultern. »Die große Überraschung ist«, sagte sie zu Katrina, »dass Ihr vorheriger Klon nicht tot ist. Ihr Körper liegt in der Krankenstation im Koma.«

Die Kapitänin sagte nichts, aber ihr Gesicht verlor jede Farbe, und sie presste die Lippen fest zusammen. Sie sah Paul an, als wäre das alles seine Schuld. »Genug. Sie machen sich an die Arbeit. Hiro, Joanna, Sie begleiten mich zur Krankenstation. Wolfgang, Sie haben hier das Kommando.«

Paul erhob sich, inzwischen vollständig bekleidet, und starrte Katrina an. Er schluchzte nicht mehr, aber er zitterte noch ein wenig. Die zähe Synth-Amneo-Flüssigkeit lief ihm aus dem Haar, als die Schwerkraft langsam zurückkehrte. Er rührte sich nicht.

»Doktor, das ist nicht normal, oder?«, fragte Maria und zeigte mit dem Daumen auf den verängstigten Mann.

»In seltenen Fällen kann es bei einem Klon nach dem Aufwachen zu schlimmen Reaktionen kommen«, sagte Joanna. »Es ist so ähnlich, als würde man aus einem Albtraum aufwachen. Man ist desorientiert und weiß nicht, was real ist und was nicht.«

»Nur dass er diesmal *in* einem Albtraum aufgewacht ist. Armer Kerl«, sagte Maria.

»Kapitänin, einen Moment, bitte«, sagte Joanna und bewegte ihren Rollstuhl vorsichtig auf Paul zu.

Einer der größten Vorteile des Klonens war, dass jeder Klon, selbst wenn keine Modifikationen an den Genen vorgenommen wurden, im idealen Alter und in bester körperlicher Verfassung aktiviert wurde. Maria hatte Paul als Weißen Mitte vierzig kennengelernt, mit beträchtlichem Bauch und schlecht gekämmtem blondem Haar. Seine Arme waren mit dunklen Flecken überzogen, die wie Moskitostiche aussahen, an denen er nervös kratzte, sodass sie nie verheilten. Er hatte einen Vollbart getragen und konnte die (für ihn) viel zu engen Overalls nicht ausstehen, die sie als Uniform tragen mussten.

Von diesem Paul war nichts mehr vorhanden. Die einzige erkennbare Ähnlichkeit waren die großen, wässrigen blauen Augen, die aus einem kräftigen Gesicht starrten. Die Haut war sauber, mit nur wenigen Muttermalen und Sommersprossen, und der Körper war straff. Nicht wie der eines Bodybuilders, aber der neue Paul war auf jeden Fall jemand, den Maria nicht von der Bettkante schubsen würde. Wenn er nicht ausgesehen hätte, als würde er kurz vor einem Nervenzusammenbruch stehen.

»Paul, Sie müssen sich zusammenreißen und Ihren Job machen«, sagte Joanna ruhig. »Wenn es irgendein Problem mit Ihrem aktuellem Körper oder Ihrer Mindmap gibt, müssen Sie es mir sofort sagen. Ansonsten brauchen wir Sie, um IAN wieder in Betrieb zu nehmen.«

Wolfgang hob eine weiße Augenbraue. »Glauben Sie, ich hätte ihm das nicht schon längst gesagt?«

»Sie haben einen anderen Wortlaut benutzt«, erwiderte Joanna, ohne ihn anzusehen. Vorsichtig berührte sie Pauls Hand.

Er zuckte vor ihr zurück. »Sie alle hätten mir ruhig etwas Privatsphäre lassen können«, sagte er heiser.

»Privatsphäre?«, schnaufte Wolfgang.

»Das ist lächerlich. Wenn Sie irgendwann Hilfe brauchen, müssen Sie sich daran gewöhnen, von mir untersucht zu werden«, sagte Joanna.

Paul betrachtete seine Leiche und wurde etwas grün im Gesicht. Die Leiche, die zusammen mit den anderen auf dem kalten Boden lag, die mit den mehrfachen Verletzungen im Genick, sah eher so aus, wie Maria sich an ihn erinnerte, nur älter. Er wirkte verschlissen, anscheinend hatten Raum und Zeit es nicht gut mit ihm gemeint, und er wog sogar noch mehr als früher. Er trug ein schäbiges T-Shirt mit dem Logo einer Band, die längst nicht mehr existierte, und sein Overall war nur bis zur Taille geschlossen. Die obere Hälfte des Anzugs lag hinter ihm, wie eine Kapuze für seinen Hintern.

Der lebende Paul schluckte schwer und blickte auf. »Was …?«

»… passiert ist? Das wissen wir genauso wenig und versuchen gerade, es herauszufinden. Deshalb müssen Sie nachsehen, was mit unserer KI nicht stimmt.«

Er nickte einmal und konzentrierte sich auf die Konsole im Klonraum. »Das kann ich schaffen.« Wankend ging er an ihnen vorbei und machte einen großen Bogen um die Leichen, um zum Terminal zu gelangen, von dem aus er auf IAN zugreifen konnte.

Wolfgang beugte sich hinab, um die Leichen zu untersuchen.

Joanna nickte. »Bereit, Kapitänin.«

Katrina ging durch den Korridor voraus, Hiro schob Joannas schlingernden Rollstuhl hinterher. Er vermutete, es wäre der Ärztin lieber gewesen abzuwarten, bis wieder die volle Schwerkraft im Schiff herrschte, bevor sie sich auf den Weg machten, aber sie beklagte sich nicht.

Als sie in den Korridor abbogen, der zur Krankenstation führte, rief Joanna Katrina zu, dass sie anhalten sollte. »Sammeln Sie sich kurz, bevor Sie da reingehen. So etwas kann ziemlich verstörend sein.«

»Auf welche der vielen Situationen, die wir heute schon erlebt haben, wollen Sie damit anspielen?«, fragte Katrina mit bissigem Unterton.

»Die Begegnung mit Ihrem vorherigen Klon«, sagte Joanna.

»Wie viele Male ist so etwas schon passiert? Sofern es keine neuen rechtlichen Bestimmungen gibt, ist es höchst illegal, einen zweiten Klon zu haben, nicht wahr?«

»Nun, auch Mord ist illegal, und trotzdem tun die Leute es immer wieder«, sagte Hiro so locker wie möglich.

Die Kapitänin versteifte sich, als sie sich zwang, langsamer zu werden, damit Hiro und Joanna sie einholen konnten. Unter anderen Umständen hätte es Hiro amüsiert, ihren inneren Kampf zu beobachten, aber jetzt war er damit beschäftigt, sich zu überlegen, wie es ihm in einer solchen Situation ergehen würde. Zumindest in dieser speziellen Situation.

Er bezweifelte, dass er sich besser gehalten hätte, wenn er an seine Reaktion dachte, als er seine eigene Leiche nach einem offensichtlichen Selbstmord auf der Kommandobrücke gefunden hatte.

Die Kapitänin musste sich jetzt damit auseinandersetzen, dass ein Klon von ihr lebte, der andere Erinnerungen als sie hatte. Das warf juristische und moralische Fragen auf, wer das Recht hatte, die wahre Katrina de la Cruz zu sein. Ein Kampf um den Anspruch auf die Schiffsführung wäre unvermeidlich, aber das wäre vermutlich nur die erste von verschiedenen Auseinandersetzungen.

Oder sie interpretierten das Gesetz einfach buchstabengetreu und terminierten den älteren Klon. Auch das geschah manchmal.

IAN hätte ihnen bei dieser Entscheidung helfen können, aber auch diese Möglichkeit führte derzeit noch in eine Sackgasse.

Sie traten in die Krankenstation. Die Kapitänin ging direkt zum Bett hinüber und blickte auf ihren älteren, komatösen Körper. Ihre Haut wurde blass, dann dunkel, und ihre Lippen verloren jede Farbe. Sie sog scharf den Atem ein und drehte sich dann zu Hiro und Joanna um. »Recyceln Sie diesen Körper.«

Joanna sah sie erstaunt an. »Mehr haben Sie dazu nicht zu sagen? Das ist eine Person, die hier liegt.«

»Juristisch wurde sie in dem Moment, als ich aufwachte, zu einer bloßen Hülle«, erwiderte Katrina. »Recyceln Sie den Körper.« So zielstrebig, wie es ihr in der geringen Schwerkraft möglich war, verließ sie die Krankenstation wieder.

»Sehen Sie? Ich hatte schon zu Maria gesagt, dass sie exakt so reagieren würde«, sagte Hiro und sah Joanna an. »Aber ich glaube, wir brauchen sie.«

Joanna nickte. »Unsere einzige Zeugin.« Sie bewegte sich näher heran, um die Werte vom Terminal neben dem Bett abzulesen.

»Außerdem würde ich es als unethisch betrachten.«

Die Ärztin rieb sich das Gesicht. »Ich hasse diese Probleme. Es gibt nie eine gute Antwort. Könnten Sie nachsehen, ob meine Ersatzprothesen hier sind?«

»Wie oft hatten Sie schon mit einem solchen Problem zu tun?«, fragte Hiro sie, während er sich in der Krankenstation umsah.

Joanna kramte in einer Schublade. Schließlich zog sie ein Tablet hervor und schaltete es ein. »Im Medizinstudium mussten wir uns mit verschiedenen Fragen beschäftigen, die sich auf Klone beziehen«, sagte sie. »Das ist eine davon. Bei anderen ging es darum, wie man mit Mindhackern umgeht, die bei ihrer Arbeit Mist gebaut oder einen zu guten Job gemacht haben. Wie man beurteilt, ob der frühe Tod eines Klons vielleicht ein Selbstmord ist. Wer ist schuld, wenn jemand gegen seinen Willen oder zum falschen Zeitpunkt geklont wird? Wir haben ein ganzes Jahr lang Ethik studiert.«

»Nur ein Jahr?«, fragte Hiro. »Das kann nicht genug sein. Ich habe schon mehrere Leben hinter mir und verstehe es selbst manchmal nicht so richtig.«

Im Schrank der Krankenstation gab es mehrere Overalls, einen kleinen umgekippten Plastiktisch und eine Sammlung von Schuhen. Die Beine, die diese Schuhe tragen sollten, waren nirgendwo aufzufinden.

»Wo könnten die Beine sein?«, fragte er.

»Wenn sie hier nicht sind, sind sie in meinem Quartier. Wenn sie nach dem Ausfall des Gravantriebs herumgeflogen sind, können sie nicht weit gekommen sein.«

Joanna notierte sich Werte von den Maschinen, an die der Klon der Kapitänin angeschlossen war. Sie blickte nicht auf, als Hiro zu ihr kam, sondern streckte nur die Hände aus und beschäftigte sich weiter mit den Digitalanzeigen.

»Keine Beine, tut mir leid«, sagte Hiro und ging auf die

andere Seite des Betts. In der Krankenstation herrschte tadellose Ordnung. Was nicht ohnehin am Boden befestigt war oder magnetisch gehalten wurde, befand sich in Behältern, die mit solchen Methoden gesichert waren. »Sie scheinen kein chaotischer Mensch zu sein, also gibt es vermutlich nicht viele Stellen, wo die Beine versteckt sein könnten.«

Als Hiro jetzt etwas mehr Zeit hatte, sich die Kapitänin anzusehen, bemerkte er, dass sie keinen guten Eindruck machte. Ihr langes schwarzes Haar war abrasiert worden, damit man ihren Kopf behandeln und bandagieren konnte. Schläuche in verschiedenen Größen kamen aus ihrem Körper und pumpten Sachen hinein oder hinaus.

»Sie wurde erst vor zwei Tagen angegriffen«, sagte Joanna, während sie auf die Anzeigen der Maschinen blickte. »Zumindest reichen die Daten so weit zurück. Und es passt zum Zustand der Verletzungen. Genau wissen wir es erst, wenn Paul es schafft, IAN wieder zu aktivieren, und wir an die gesperrten Computer herankommen. Dann können wir hoffentlich auch auf unsere Logdateien zugreifen.«

»Sie sind vollständig gesperrt?«, fragte Hiro. »Für die Triebwerke und das Navigationssystem gibt es eine Überbrückungsschaltung.«

»Anscheinend ist es eine Notabschaltung, die an die Wiederbelebung gekoppelt ist. Damit alle genug Zeit haben, sich zu akklimatisieren, bevor sie überstürzte Entscheidungen treffen«, sagte Joanna stirnrunzelnd. »Obwohl es auch eine weitere Sicherung sein könnte, um Sabotage zu verhindern.«

»Wie es aussieht, hat jede Sicherung versagt.« Hiro schüttelte den Kopf. »Uns den Zugang zu den Computern zu verwehren klingt nicht nach einer guten Planung.«

»Das sehe ich genauso. Aber sie gingen davon aus, dass IAN verfügbar sein würde, uns zu helfen, diese Entscheidungen zu treffen. Wir wären eigentlich gar nicht nötig. Hoffentlich kann Paul meine Logeinträge über den Zustand der Kapitänin finden. Sobald wir Wolfgangs Logs entsperrt haben, müssten wir herausfinden können, wer sie angegriffen hat, und noch andere Dinge erfahren.«

»Dann lässt sich wohl mit einiger Sicherheit behaupten, dass sie nicht die Mörderin war«, sagte Hiro. »Es sei denn, sie ist sehr geschickt darin, sich selbst zusammenzuschlagen.«

»Ich glaube, dass sich im Moment nichts mit Sicherheit sagen lässt«, erwiderte Joanna. »Sie wären überrascht, wozu Menschen imstande sind.«

Hiro schluckte seine Entgegnung hinunter. *Nein, eigentlich nicht.*

Obwohl der Gravantrieb wieder lief, hatte die Ärztin die Gurte nicht entfernt, die den alten Klon gefangen hielten. Hiro zog prüfend an einem, und Joanna sah ihn kopfschüttelnd an. Er hob die Augenbrauen. »Befürchten Sie, dass sie weglaufen könnte?«

»Wenn sie aufwacht, ist sie unsere einzige Zeugin«, sagte Joanna. »Und unsere einzige Verdächtige, wenn sie irgendetwas mit dem Gemetzel da draußen zu tun hatte.« Sie deutete mit einer Kopfbewegung in Richtung Klonraum. »Es ist für alle am sichersten, wenn sie vorläufig festgeschnallt bleibt.«

»Was ist mit der Kapitänin? Der jetzigen, meine ich?«, fragte Hiro. »Sie hat Ihnen einen Befehl gegeben.«

Joanna seufzte und lehnte sich in ihrem Rollstuhl zurück. »Wenn es um medizinische Angelegenheiten geht, fällt das in meine Jurisdiktion. Vielleicht müssen wir diesen Klon vor ihr schützen. Hatten Sie jemals eine zeitliche Überschneidung Ihrer Klone?«

Hiro schüttelte den Kopf, und er sprach die oft wiederholte Lüge aus. »Mein Labor war ethisch so korrekt, dass es schon langweilig war. Haben Sie jemals die Klongesetze verletzt, durch eine Überschneidung oder etwas anderes?«

Die Ärztin schwieg für einen Moment.

»Das sollte eigentlich eine einfache Antwort sein«, sagte er. »Entweder ein *Ja*, ein *Nein* oder ein *Ich möchte nicht darüber reden, Hiro, erzählen Sie mir lieber, was Ihrer Meinung nach während der letzten fünfundzwanzig Jahre beim Rugby passiert sein könnte.*«

»Ich überlege nur, wie viel ich sagen sollte«, erwiderte die Ärztin. »Erinnerungen verschwimmen mit der Zeit.«

»Und wir wissen noch nicht, wem wir trauen können. Ich verstehe Sie«, sagte er.

Erinnerungen. Er hatte viele. Seine Kindheit war kristallklar. Doch die Einzelheiten seiner verschiedenen Leben neigten dazu, sich miteinander zu vermischen. Normalerweise war er dafür dankbar.

»Ich habe schon sehr lange gelebt«, sagte Joanna schließlich. »Auch schon vor der Verabschiedung der Klongesetze.«

Hiro pfiff. »Im Ernst? Dann müssen Sie irgendwann Mehrfachklone gehabt oder im goldenen Zeitalter des Hackings gelebt haben.«

»Das ist eine komische Art, die Zeit zu beschreiben, in der die Leute an der DNS eines Klons herumpfuschten, als wäre es ein Kuchenrezept und nicht die fundamentale Matrix einer Person«, sagte Joanna ernst. »Jedenfalls war es keine gute Zeit. Unfälle mit Babys in der Badewanne häuften sich, es kam zu Anhörungen über die Ethik des DNS-Hackings und die sogar noch zweifelhaftere Ethik hinter dem Hacking von Mindmaps. Einer der größten technologischen Fortschritte der Geschichte wurde illegal, weil es opportunistische Bonzen und gesetzlose Hacker ohne Prinzipien gab. Klingt das ›golden‹ für Sie?«

Hiro erinnerte sich an den Geschichtsunterricht in der Schule, da er erst nach der Klongesetzgebung geboren war. *Badewannen-Babys* war die Bezeichnung für Kinder, die mit unerwünschten Genen, dem falschen Geschlecht oder einer Behinderung auf die Welt gekommen waren. Die Eltern ließen die DNS-Matrix und die Mindmap aufzeichnen und bezahlten dem Hacker zusätzlich Geld, um das Geschlecht oder die Behinderung zu verändern. Manchmal sollte sogar – wie er sich mit Unbehagen erinnerte – ein gemischtrassiges Kind an den einen oder anderen Elternteil angeglichen werden. Sobald der neue, glänzende, perfekte Klon programmiert war, »entsorgten« die Eltern das schadhafte Exemplar und weckten den neuen Klon.

Doch es ging nicht nur um Kinder. Ausländische Politiker wurden entführt und modifiziert, um den Wünschen einer rivalisierenden Regierung zu entsprechen. Liebhaber wurden verändert, um den Vorstellungen des Partners zu entsprechen. Der Handel mit solchen Modifikationen stieg sprunghaft an. Schließlich stand auf Hacking die Todesstrafe.

»Ich meine damit nicht, dass Badewannen-Babys etwas Gutes waren. Aber wenn irgendetwas nicht in Ordnung war, etwas Genetisches und Tödliches, konnten die Hacker es hinbiegen, ohne dass jemand gezwungen war, immer wieder an MS zu sterben, nicht wahr? Die richtig guten Hacker konnten einen Soziopathen modifizieren, habe ich gehört. Und die Klongesetze haben dem ein Ende bereitet, auch allen positiven Hacking-Möglichkeiten. Ich verstehe, warum sie es getan haben, aber mir kommt es wie ein Overkill vor, das Hacking generell zu verbieten.«

»Man hätte schnell Schlupflöcher gefunden, wenn wir auch nur wenige Ausnahmen erlaubt hätten. Selbst nach der Verabschiedung der Gesetze gingen einige Hacker in den

Untergrund und arbeiteten einfach weiter. Man erwischt nie sämtliche Kakerlaken.« Ihr Tonfall war verbittert. Sie legte eine Hand auf die der Kapitänin und tätschelte sie zweimal. »Ich war nie dafür, einen älteren Klon sinnlos zum Wohl eines neueren zu töten. Und das ist viel häufiger passiert, als in den Geschichtsbüchern behauptet wird. Ich werde alles tun, um diesen Klon zu schützen.«

»Dazu brauchen Sie vielleicht eine Wache«, sagte Hiro.

»Katrina ist bestürzt, aber ich glaube nicht, dass sie aktiv wird. Schließlich hat sie noch ganz andere Sorgen«, sagte Joanna. Sie seufzte und überprüfte die Werte einer Blutprobe, die eine Diagnosemaschine soeben genommen hatte. »Alle Lebenswerte sind stabil. Sie hat irgendein schweres Schädeltrauma erlitten. Sicher, wenn wir zu Hause wären, würden wir sie einfach euthanasieren. Aber hier brauchen wir sie noch lebend.«

»Gott zu spielen ist gar nicht so aufregend, wie man meinen würde«, sagte Hiro. »Könnten wir nicht einfach eine Mindmap von Ihrem Gehirn erstellen?«

»Und was wollen wir dann damit machen?«, fragte Joanna. »Wir haben keinen Hacker an Bord, und es wäre noch viel unethischer, einen neuen Klon zu wecken, nur um an ihre Erinnerungen heranzukommen, die möglicherweise sogar beschädigt sind. Wie würde unsere Kapitänin dann dastehen?«

»Wahrscheinlich wäre sie stinksauer auf uns. Dann könnte sie uns recyceln und durch ihre eigenen Klone ersetzen«, spekulierte Hiro.

Joanna lächelte. »Sehen Sie? Aber im Ernst, solange IAN sie nicht überwachen kann, während ich mich ausruhe, werde ich hier drinnen schlafen müssen. Könnten Sie mir dabei helfen, das andere Krankenbett herzurichten?«

Hiro suchte in der Krankenstation nach Bettwäsche, fand aber keine. »Ich denke, es müsste Laken im Lagerraum geben. Oder ich schaue mal nach, ob welche durch den Korridor hinausgeschwebt sind.«

Joanna nickte und war wieder auf den Klon der Kapitänin konzentriert. »Danke.«

»Doktor?«, fragte Hiro, während er einen Stuhl mit magnetischen Rollen holte und ihn über den Boden zum Bett der Kapitänin schob.

»Hm?«, machte Joanna und blickte wieder auf die Anzeigen.

»Sie haben nicht darauf geantwortet, ob Sie jemals einem vorherigen Klon von sich begegnet sind«, sagte Hiro.

»Nein, um genau zu sein. Meine Leben sind recht langweilig verlaufen. Aber so gefällt es mir.«

»Bis jetzt«, sagte er.

»Bis jetzt«, bestätigte sie leise. »Wenigstens ist unsere Fracht in Sicherheit. Andernfalls wäre die ganze Mission sinnlos geworden.«

»Richtig!«, sagte Hiro fröhlich und wurde sich dann bewusst, wie albern er klang. »Als würde man einen Diamanten in einem Haufen Scheiße finden.«

Das Interkom an der Wand über ihnen erwachte knisternd mit der Stimme der Kapitänin zum Leben. »Alle Besatzungsmitglieder in den Klonraum. Sofort!«

Er seufzte. »Warum glaube ich, dass der Haufen Scheiße gerade noch etwas größer geworden ist?«

Tiefen

Hiro vermisste es, schwimmen zu gehen.

Er wusste, dass es in Anbetracht der Ereignisse idiotisch war, weil seine letzten Erinnerungen an die Erde auf seiner Zeitlinie erst einige Stunden zurücklagen. Das letzte Mal war er vor einer Woche schwimmen gegangen, zumindest in seiner Erinnerung. Doch dieser Körper war noch nie in einem Pool oder im Meer gewesen, und wahrscheinlich würde er es auch nie erleben. Er dachte an die Freiheit, nach dem Aufwachen mehrere Male schwimmen gehen zu können. Tief ins Wasser einzutauchen, weit weg von den Schrecken, die ihn umgaben. Seine Stimmung, seine Witzeleien liefen wie auf Autopilot weiter, wenn er in sich selbst eintauchte.

Wie alle anderen älteren Klone wusste er, wie er mit seinem eigenen Tod umgehen musste. Es schockierte ihn nicht mehr, nachdem er es auf so viele unterschiedliche Arten erlebt hatte.

Aber er hatte sich noch nie selbst getötet. Er konnte sich nicht vorstellen, warum er es diesmal getan hatte. Also tauchte er ab.

Er kam wieder an die Oberfläche, als Wolfgang grob seinen Arm packte. »Passen Sie auf, Hiro!«, sagte er.

Paul und Maria standen an den zwei Terminals des Klonraums. Paul wirkte immer noch kränklich und zittrig, Marias Lippe war blutig, als hätte sie sich gebissen.

Die Kapitänin stand ihnen mit verschränkten Armen gegenüber.

»Wir haben zwar Zugriff auf grundlegende Computerfunktionen und die Navigation, aber ansonsten gibt es einige ernsthafte Probleme. IAN ist weiterhin offline. Unsere Logdateien – alle, die persönlichen, die medizinischen, die Kommandologbücher – sind verschwunden. Keine Back-ups.« Sie nahm einen tiefen Atemzug. »Und wir haben hier im Klonraum eine Sabotage bemerkt. Abgesehen von der offensichtlichen Löschung all unserer neueren Mindmaps, können wir jetzt keine neuen Mindmaps mehr erstellen. Und die Software des Klonraums wurde gelöscht. Jetzt ist das alles nur noch ein großer leerer Computer, der mit einigen Tanks verbunden ist. Keine neuen Körper.«

Sie schwiegen, während sie die Neuigkeiten sacken ließen.

Hiro versank wieder.

»Das ist der Tod«, sagte Joanna aus sehr weiter Ferne.

»Ja. Wenn wir keine Möglichkeit finden, diese Maschinen zu reparieren, sind wir alle tot, wenn die Lebenszeit dieser Klone aufgebraucht ist«, sagte Katrina. »Okay. Vorschläge.«

Es summte in Hiros Ohren. Er wollte sich bewegen, wollte losrennen, eine Waffe suchen und sich an allem und allen rächen. Er ballte die Hände zu Fäusten.

Wolfgang ging einen Schritt auf Paul zu, und der kleinere Mann blickte erschrocken vom Terminal auf. »Bringen Sie das in Ordnung.«

»Ich tue, was ich kann«, sagte Paul mit etwas kräftigerer Stimme, während er etwas am Terminal eingab. Offenbar war er hier in seinem Element, was ihm neue Energie gab.

»Unser erstes Ziel ist es, IAN wieder hochzufahren«, sagte Maria. Ein Tropfen Blut war auf ihr Kinn gefallen.

Hiro starrte auf diesen Blutstropfen. Daran konnte er sich

zentrieren. Es fühlte sich an, als wäre alles, was an diesem Tag schiefgelaufen war, in diesem Tropfen Blut enthalten. Er trat vor und tupfte ihr Kinn mit seinem Ärmel ab.

»Du blutest«, sagte er leise.

»Oh. Richtig. Stimmt«, sagte sie. »Das ist im Moment das kleinste unserer Probleme.«

»Aber es ist eins, das wir in Ordnung bringen können.«

Sie bedachte ihn mit einem schnellen Blick, dann wandte sie sich wieder dem Terminal zu. »Da ist was dran.«

»Maria«, sagte Katrina. »Haben Sie Erfahrung mit der Reprogrammierung einer KI?«

Maria hielt inne, dann blickte sie wieder auf. »Nein, Kapitänin.«

»Wenn Sie hier nicht helfen können, gehen Sie in die Küche und schauen Sie nach, ob auch dort etwas sabotiert wurde. Wir brauchen demnächst etwas zu essen.«

Maria runzelte die Stirn, als wollte sie Einwände erheben, doch als sie Wolfgangs Gesicht sah, nickte sie und ging.

Die Kapitänin wischte sich mit einer Hand über das Gesicht. »Wolfgang, wir müssen reden.«

»Das glaube ich auch«, sagte er. »Paul, arbeiten Sie weiter.«

»Ich muss in den Serverraum, damit ich unmittelbar auf IAN zugreifen kann«, sagte Paul und ging hinaus.

Hiro stand allein im Klonraum, wo viele von ihnen gestorben waren. Er wollte wieder abtauchen. Doch dann blickte er auf den Blutstropfen an seinem Ärmel und schüttelte den Kopf. Niemand hatte ihm einen Befehl gegeben. Also folgte er Katrina und Wolfgang.

Es war nicht Marias Entscheidung gewesen, sich der Besatzung des Raumschiffs *Dormire* anzuschließen. Auf jeden Fall war es eine großartige Gelegenheit. Es war das erste menschliche Generationenraumschiff, das die Erde auf der Suche nach einer besseren Zukunft verließ. Und es würde nicht das letzte sein – zumindest hatte ihre Bewährungshelferin das zu ihr gesagt. Allerdings hatte sie noch viele andere Sachen gesagt.

Sachen wie: »Unterstützen Sie die Besatzung dieses Schiffs, verpatzen Sie nichts, und am Ende wird man Sie begnadigen. Ihr gesamtes Vorstrafenregister wird gelöst.« Und: »Natürlich sind nicht *alle* Ihre Besatzungskollegen gefährliche Kriminelle. Die KI ist darauf programmiert, das Kommando zu übernehmen, wenn es zu einer Meuterei kommt. Alles ist vollkommen sicher.« Und: »Na gut, es könnten vielleicht *einige* gewalttätige Kriminelle an Bord sein, aber denken Sie daran, dass wir mehrere Sicherungen eingebaut haben.« Und: »Also, für einen Klon mit dreimal lebenslänglich auf dem Kerbholz ist dies das beste Gefängnis, das Sie sich wünschen können. Und mit vollständiger Begnadigung!«

Es klang nach einem guten Deal, aber ihr war auch der Grund klar, warum die Besatzung dieses Schiffs aus Kriminellen bestand: weil sie billige Arbeitskräfte waren. Jeder anständige Mensch hätte ein Vermögen für einen Weltraumflug über mehrere Generationen verlangt. Die Geldgeber mussten die Kosten drücken, wo sie konnten.

Und nun waren sie völlig allein hier draußen. Und sie hatten bereits ihr erstes Todesurteil erlebt.

»Niemand an Bord wird von Ihren Verbrechen erfahren. Betrachten Sie es als Neuanfang«, hatte die Bewährungshelferin gesagt. Die Ironie dieser Aussage konnte ihr nicht bewusst gewesen sein, aber Maria spürte immer noch den Stich, den ihr diese Worte versetzt hatten.

»Ist die Wahrung des Geheimnisses eine feste Regel oder

nur eine Richtlinie?«, hatte Maria gefragt und eine Augenbraue hochgezogen.

»Eine Regel. Niemand soll über seine oder ihre Vergangenheit reden.«

»Und wie will man das kontrollieren?«

»Die KI hört zu.«

»Reizend.«

Aber es klang immer noch besser als eine Gefängnisstrafe.

Maria hatte sich gefragt, ob es ein Teil ihrer Strafe war, dass sie die Person mit dem niedrigsten Rang an Bord des Schiffs war. Alle anderen hatten gute Jobs, während sie für allgemeine Wartungsarbeiten, die Küche und die Reinigung der Gemeinschaftsbereiche zuständig war. Eine Hausmeisterin/Köchin/Handwerkerin. Wobei sie zugegebenermaßen keine Erfahrung mit höherrangigen militärischen Aufgaben oder dem Betrieb eines Raumschiffs hatte. Sich um den Kleinkram zu kümmern war jedoch etwas, das sie schaffte.

Und es gab eine ganze Menge Kleinkram zu erledigen.

Die *Dormine* bestand hauptsächlich aus Triebwerken, einem Sonnensegel von einer Quadratmeile Größe, Wasser- und Luftreinigungsanlagen, Serverräumen, Recyclern, Biobereichen und Millionen Litern eines synthetischen, proteinreichen Materials mit der Bezeichnung Formel CL-20465-E, Handelsname: Lyfe.

Die Entwicklung von Lyfe hatte viel dazu beigetragen, die Hungersnöte auf der Erde zu bekämpfen, denn eine Stadt, die sich den speziellen Drucker und einen entsprechenden Vorrat an Lyfe leisten konnte, das sich sehr kostengünstig herstellen ließ, konnte nahezu jedes Lebensmittel drucken. Der Drucker war eine hochkomplexe Maschine, die Nahrung aufspalten und auf molekularer Ebene analysieren konnte, um sie fast exakt zu reproduzieren, vorausgesetzt, sie verfügte über die richtigen Proteine und Vitamine. Die Investitionskosten waren gewaltig, aber langfristig war der Betrieb sehr kostengünstig.

Es kam früh zu religiösen Einwänden gegen das Kloning, als Wissenschaftler auf die Idee kamen, Lyfe nicht mehr nur als Nahrungsquelle zu nutzen, sondern auch zur Erschaffung der ersten Klone in erwachsenen menschlichen Körpern, die nur die Mindmaps übernehmen mussten, um aufzuwachen. Die Klone waren jedoch dankbar, dass ihnen eine erneute Kindheit und pubertäre Leidenszeit erspart blieb.

Da die Reise zu ihrer neuen Heimat mehrere Lebenszeiten beanspruchen würde, brauchten die Klone genügend Lyfe, um alle ihre organischen Bedürfnisse an Bord des Schiffs zu befriedigen und um neue Körper heranwachsen zu lassen, in denen sie ihre Leben fortsetzen konnten. Wenn sie ihren Zielplaneten erreichten, begann für die Besatzung die große neue Aufgabe, zahlreiche Körper für all die neuen Klone zu drucken und die schlafenden Menschen aufzuwecken. Dann wären sie freie Bürger.

Die *Dormine* war ein Schiff von zylindrischer Form, das durch Rotation Schwerkraft erzeugte. Die Besatzung lebte in einem inneren Ring, dessen Gravitation etwas über der von Luna und unter der der Erde lag. Er war hauptsächlich für den auf Luna geborenen Wolfgang gedacht, der Schwierigkeiten hätte, wenn sie sich in einem der äußeren Ringe aufhalten würden, deren Rotation zwischen einem und zwei G erzeugte, je nach Ebene. Mit zunehmender Größe der aufeinanderfolgenden konzentrischen Ringe erhöhte sich die Geschwindigkeit, mit der sie sich um die Nabe drehten, und damit auch die Schwerkraft. Während die innersten Ringe am wohnlichsten waren, befanden sich auf den mittleren Ebenen die schweren Computer und die Luft- und Wasserreinigung, und im äußersten Ring lagerte weitere Fracht, die erst am Ende ihrer Reise benötigt wurde.

Maria war der Ansicht, dass die bedeutendste Fracht, die sie transportierten, die Lyfe-Biomasse war, aus der all die neu geklonten Körper hergestellt wurden.

Natürlich wäre Lyfe praktisch nutzlos, wenn sie die Technik des Klonraums nicht reparieren konnten. Ihr Magen knurrte, und ihr fiel wieder ein, dass das Zeug noch einen anderen sinnvollen Nutzen hatte. Sie machte sich auf den Weg zur Küche.

Wenn sie ansonsten nicht helfen konnte, konnte sie wenigstens etwas kochen.

Versagen

Keiner von ihnen saß. Sie musterten sich gegenseitig in angespannter Haltung, als warteten sie darauf, dass ihr Gegenüber zuerst zuschlug.

Hiro war ihnen mit einigem Abstand gefolgt. Die Kapitänin und ihr Erster Offizier hatten sich mit so großer Intensität auseinandergesetzt, dass er nicht anders konnte. Er blieb einfach draußen vor der Tür stehen und hörte zu.

Die Kapitänin sprach als Erste. »Ich stehe kurz davor, Sie unter Arrest zu stellen. Sagen Sie mir, warum ich es nicht tun sollte.«

»Ach ja?«, erwiderte Wolfgang.

»Sie sind die einzige Person an Bord, die erwiesenermaßen ein Mörder ist«, sagte sie. »Und tun Sie bitte nicht so, als wären Sie überrascht, dass ich Sie wiedererkannt habe. Ich finde es seltsam, dass Sie gar nicht versuchen, sich zu verstellen. Sie fügen sich nicht in die Gruppe ein. Ich weiß, wer Sie sind und was Sie getan haben. Zuerst der Mord an fünf Personen und dann der verräterischste Punkt – die Sabotage an unserer Klontechnik. All das weist ausschließlich auf Sie hin.«

Hiro tat einen Schritt von der Tür zurück. Die Kapitänin kannte Wolfgang und seine Verbrechen. Warum hielt sie es geheim? Und er hatte recht damit gehabt, sich vor dem harten Sicherheitschef zu fürchten. Hiro überlegte, ob er einen berühmten Klon kannte, der ein Lunageborener mit weißem Haar war. Das war das Problem, wenn man schon seit mehreren Generationen lebte: Man lernte sehr viele Leute kennen.

Wolfgang klang angespannt, aber nicht besorgt. »Komisch, dass ausgerechnet Sie mit dem Finger auf mich zeigen. Ich stehe nicht in siebzehn Ländern auf der Fahnungsliste.«

Die Kapitänin lachte. »Wenn ich mich recht entsinne, würden ein paar dieser Länder auch gern ein Wörtchen mit Ihnen reden. Und ich kann mir keinen Grund vorstellen, warum ich Klontechnik sabotieren sollte. Ich mag Klone.«

»Tatsächlich? Wie viele Klone haben Sie getötet?«, fragte Wolfgang. »Ich habe nur von Ihrem Ruf gehört, aber nicht von einer genauen Zahl.«

»Ich war Soldatin, Wolfgang. Wie lautet Ihre Rechtfertigung?«

»Ich meinte die Zahl, nachdem Sie die Armee verlassen haben.«

»Auch da«, sagte sie mit einem scharfen Unterton. »Ganz gleich, wen ich getötet habe, ich wurde nie von einem Groll gegen alles, was geklont wurde, angetrieben.«

»Sie hatten Ihre Gründe. Ich hatte meine. Trotzdem war es bei uns beiden Mord. Aber das war vor langer Zeit. Und ich habe das Geschenk angenommen, das mit dieser Reise verbunden ist: eine weiße Weste. Sie dürften eigentlich gar nicht über vergangene Verbrechen sprechen.«

»Ich werde es aber tun, falls es eine Bedeutung für den Umstand hat, dass wir – und die vielen Tausend Menschen, die wir an Bord haben – in sechzig Jahren oder so tot sind, wenn wir nicht herausfinden, was geschehen ist, und verhindern, dass es noch einmal geschieht.«

Hiro spürte, wie ihm kalter Schweiß auf die Stirn trat. Es

dauerte einen Moment, bis er diese Tatsache verarbeitet hatte. Menschen hatten keine Angst vor dem Gespenst des Todes, der noch sechzig Jahre entfernt war, aber für einen Klon war diese Vorstellung erschreckend. Sie waren verloren. Und Wolfgang hatte sie in diese Situation gebracht?

»Wir können nicht die Einzigen sein, die Gewaltverbrechen begangen haben«, sagte Wolfgang. »Wir müssen in Erfahrung bringen, wozu die anderen imstande sind.«

»Und damit wollen Sie nicht von sich selbst ablenken?«, fragte Katrina.

Wieder Schweigen. Ein Stuhl knarrte. Offenbar hatten sie sich ein wenig entspannt und gesetzt.

»Kapitänin, keiner von uns weiß, was passiert ist. Sie könnten es gewesen sein. Oder ich. Wir tragen nicht die Schuld an diesem Verbrechen, weil wir keine Erinnerung daran haben, wie wir sie begangen haben.«

»Das ist ein ziemlich beeindruckender moralischer Relativismus«, sagte sie mit hörbarem Sarkasmus. »Sie sollten sich auf Ethik und Theologie spezialisieren.«

Er reagierte nicht darauf. Hiro wünschte sich, er könnte sie sehen. Er rückte etwas näher heran.

»Haben Sie sich schon einmal gefragt, warum man uns hier zusammen reingesteckt hat?«, fragte Katrina. »Den Leuten muss klar gewesen sein, dass wir kein gutes Paar abgeben, wenn wir mehr übereinander erfahren.«

»Ich hatte noch keine Zeit, mich das zu fragen«, erwiderte Wolfgang. »Es ist durchaus möglich, dass sie gar nicht berücksichtigt haben, wie wir miteinander zurechtkommen.«

»Sie haben alle möglichen psychologischen Untersuchungen gemacht, neben der Auswertung unserer Vorstrafenregister, um sicherzugehen, dass wir gut zusammenarbeiten«, sagte de la Cruz. Dann fügte sie verbittert hinzu: »Damit wir uns nicht gegenseitig umbringen, wenn uns die Einsamkeit des Weltraums überkommt.«

»Ein weiteres Systemversagen«, sagte Wolfgang.

»Fügen Sie es der Liste hinzu«, gab sie zurück.

Hiro stand unmittelbar vor der Tür und lugte hindurch. Die Kapitänin hatte an ihrem großen Schreibtisch Platz genommen, hinter ihr ein majestätisches Bullauge, das einen Blick ins All bot. Wolfgang saß ihr gegenüber, mit dem Rücken zu Hiro. Er beugte sich konzentriert vor.

»Ich schlage einen Waffenstillstand vor«, sagte er. »Wir beide waren einst Jäger. Wir verstehen uns. Die Besatzung braucht klare Befehle. Bis wir Beweise finden, beschuldigen wir niemanden.«

»Wir brauchen die Daten der Besatzungsmitglieder«, sagte sie. Hiro bemerkte, dass sie den Waffenstillstand nicht annahm.

»Sie wurden gelöscht.«

»Joanna hat vielleicht Back-ups. Zumindest hat sie sie gesehen«, sagte Katrina. »Gehen Sie und helfen Sie ihr bei den Autopsien. Und holen Sie diese Informationen aus ihr heraus.«

»Und der Waffenstillstand?« Hah! Auch Wolfgang war es aufgefallen.

»Vorläufig. Wir haben größere Probleme. Wir werden sterben, Wolfgang. Nichts sonst hat größere Bedeutung.«

»Gut. Ich werde noch heute Abend mit der Ärztin reden«, sagte Wolfgang. Seine Stimme wurde lauter.

Verspätet wurde Hiro klar, dass er von der Tür verschwinden musste, wenn er nicht beim Lauschen erwischt werden wollte. Er ging ein paar Schritte durch den Korridor zurück, drehte sich um und lief dann noch einmal auf das Büro der Kapitänin zu, als wäre er eben erst dort eingetroffen.

Wolfgang hätte ihn fast umgerannt. »Was machen Sie hier draußen?«

Hiro wich zurück. »Ich hatte eine Frage an die Kapitänin. Ich bin der Einzige, dem sie keine Befehle gegeben hat. Ich wollte noch einmal die Navigation überprüfen, aber vorher wollte ich fragen, ob ich irgendetwas anderes tun soll.«

Wolfgang machte die Tür frei, um Hiro hineinzulassen. Die Kapitänin saß an ihrem Schreibtisch, hatte ihnen den Rücken zugekehrt und beobachtete die rotierenden Sterne.

»Kapitänin?«, sagte er.

»Hat schon irgendjemand die Leiche auf der Brücke eingesammelt?«, fragte sie, ohne sich umzudrehen.

»Nicht dass ich wüsste«, antwortete Hiro und machte sich auf das gefasst, was unvermeidlich folgen musste.

»Dann holen Sie sie herunter und lassen Sie sie von Wolfgang zu den anderen Leichen in die Krankenstation bringen.«

»Aye«, sagte Hiro mit furchtsamem Unterton.

»Ich werde in Kürze zu Ihnen stoßen«, sagte Wolfgang. »Ich muss nur noch etwas anderes mit der Kapitänin besprechen.«

Hiro verließ das Büro und versuchte, sich nicht anmerken zu lassen, wie sehr er sich wünschte, einfach davonrennen zu können. *Was haben die beiden getan?*

Eine Welt ohne jederzeit verfügbare Mindmap-Technologie war für Hiro fremd. Die Entwicklung der Mindmaps hatte das Klonen revolutioniert, weil Erwachsene nun mit den vollständigen Erinnerungen ihres vorherigen Klons geboren wurden. Davor konnten genetisch identische Babys produziert werden, aber ihre Umwelt formte sie zu eigenständigen Persönlichkeiten.

Doch dann fanden die Menschen heraus, wie man das Bewusstsein und nicht nur die DNS kartierte.

In alten Zeiten zeichnete eine Maschine die Mindmap auf, während die betreffende Person schlief. Die erste Mindmap bedeutete, dass man wochenlang jede Nacht in der Klonklinik verbrachte, damit das Gehirn vollständig abgebildet werden konnte. Aber nachdem man die Technik verbessert hatte, war es nur noch eine Sache von Minuten. Die nachfolgenden Mindmaps beanspruchten noch weniger Zeit, weil nur die neuen Erfahrungen und Erinnerungen und die emotionale Entwicklung einer Person aufgezeichnet werden mussten.

Das moderne Zeitalter des Klonens war angebrochen. Manche bezeichneten es sogar als ein Erwachen.

Die Sicherheitsprobleme kamen wenig später, da es Wissenschaftlern mit der Mindmap-Technologie möglich geworden war, Schlüsselelemente einer Persönlichkeit zu lesen, genauso klar, wie sie genetische Anomalien in der DNS erkennen konnten. Die besten Mindmap-Wissenschaftler konnten herausfinden, ob man als Kind ein notorischer Lügner gewesen war oder dass man zum ersten Mal mit vier Jahren gelogen hatte, aber sie konnten nicht sagen, was für eine Lüge es gewesen war.

Trotz dieser leichten Einschränkungen konnte ein guter Mindmapper sehr viel über eine Person in Erfahrung bringen. Und ein richtig guter konnte diese Verbindungen trennen, worauf diese Erinnerungen, Erfahrungen oder automatischen Reaktionen ungebunden davondrifteten und schließlich verblassten. Diese Wissenschaftler wurden schließlich als *Mindhacker* bezeichnet und verunglimpft oder verfolgt, je nachdem, welche Position in der Gesellschaft und wie viel Geld man hatte.

Gelegentlich wurde Mindhacking benutzt, um die lähmenden Auswirkungen einer PTBS zu löschen. Manche Leute verlegten sich auf DNS-Hacking, um genetische Anomalien zu beseitigen. Andere hatten die rechtmäßige – aber geisttötend einfache – Aufgabe, Klone auf der DNS-Ebene zu sterilisieren, wie es das Gesetz verlangte.

Und einige verloren jegliche Skrupel und hackten alles, was der Meistbietende von ihnen verlangte. Zum Glück war Mindmapping auf hohem Niveau eine komplizierte Angelegenheit, und es gab nicht viele Leute, die darin wirklich gut waren. Die meisten der besten Hacker gingen in den Untergrund, nachdem die Klongesetze in Kraft getreten waren.

In diesem Moment war die Besatzung der *Dormire* nicht imstande, neue Mindmaps oder Klone zu erzeugen. Falls jemand starb, war lediglich die Mindmap verfügbar, die zu Beginn der Reise erstellt worden war.

Hiro dachte über all das nach, während er zur Kommandobrücke zurückkehrte. Wie war das mit dem Back-up, das vor dem Abflug des Schiffs von ihnen allen gemacht worden war? Wenn sämtliche Logdateien IANs gelöscht worden waren, woher sollte dann dieses Back-up kommen?

»Er hat gelauscht«, sagte Wolfgang.

Katrina nickte. »Ganz offensichtlich. Warum haben Sie ihn nicht zur Rede gestellt?«

»Ich würde gern sehen, was passiert«, sagte Wolfgang.

»Ein Reaktionär«, spöttelte Katrina. »Das überrascht mich nicht.«

»Ob Sie es glauben oder nicht, aber ich lerne aus Fehlern«, sagte er. »Sich kopfüber in etwas hineinzustürzen, bevor man alle Informationen hat, ist dumm.«

Sie tat seine Bemerkung mit einer Handbewegung ab, als wäre sie abgestandener Rauch. »Gut. Dann schauen wir mal, was er mit diesen Informationen macht. Wenn er offenbart, was er gehört hat, verbünden wir uns und werfen ihn wegen Meuterei in eine Zelle. Wenn nicht, beobachten wir ihn einfach weiter.«

Hiro hatte Wolfgang soeben zu einem Bündnis mit der Kapitänin gezwungen. Verdammter Kerl.

»Wir befinden uns in einem Schiff voller Verbrecher.« Die Kapitänin seufzte und lehnte sich zurück. Ihr Gesicht sah aus wie das einer Zwanzigjährigen, aber unter ihren Augen waren dunkle Flecken erschienen, und der besorgte Blick dieser Augen reflektierte jahrzehntelange Erfahrung. »Wie es aussieht, haben wir es mit mehr als nur einem Mörder zu tun. Und warum passierte es erst im fünfundzwanzigsten Jahr der Mission? Wenn jemand das Schiff sabotieren wollte, warum hat diese Person es nicht sofort getan? Wir waren eine Besatzung, die mutmaßlich seit Jahrzehnten zusammengearbeitet hat. Was haben wir falsch gemacht, dass all das in sich zusammenbrach?«

»Nach allem, was ich durchgemacht habe, bin ich nun dazu verdammt, irgendwo im Weltraum zu sterben, und kann nicht mehr vorweisen als schwebendes Blut und Erbrochenes«, sagte Wolfgang.

Katrinas Mund verzog sich zu einem ironischen Lächeln. »Sie haben nicht das Monopol auf schwierige Lebenszeiten. Vielleicht waren das auch Hiros Gedanken, als er sich erhängte.«

»Glauben Sie, dass er es getan hat?«, fragte Wolfgang. »Wir müssen uns auch hier im All an die Klongesetze halten. Wir hätten keinen neuen Hiro wecken können, wenn wir gewusst hätten, was geschehen ist.«

Katrina schnaufte. »Ich glaube, abgesehen von dem Selbstmord müssen wir uns noch wegen einiger anderer Gesetze

Sorgen machen. Jedenfalls wurden die Zusatzbestimmungen erlassen, weil die Menschen nicht nachvollziehen konnten, dass wir mehrere Leben führen. Warum sollten wir uns an ihre Gesetze halten, nachdem wir jetzt frei sind?«

»Daran finde ich mehrere Punkte falsch. Aber diese Debatte sollten wir in einer weniger chaotischen Zeit führen«, sagte Wolfgang. »Doch wir werden darüber debattieren. Einige schreckliche Dinge sind geschehen, die diese Klongesetze nötig machten. Ich kann Ihnen ein paar historische Texte dazu zeigen.«

»Zurück zu unseren aktuellen Problemen. Sie werden mit Joanna zusammenarbeiten, um die kriminelle Vergangenheit jedes Klons zu ermitteln. Ich werde mit den Technikern zusammenarbeiten, um unsere Klontechnik wieder in Ordnung zu bringen.«

»Können wir ihnen vertrauen?«, fragte Wolfgang und deutete mit einer unbestimmten Handbewegung auf den Rest des Schiffs.

»Uns bleibt keine andere Wahl. Wir müssen am Leben bleiben. Wenn wir mehr wissen, können wir uns den Luxus leisten, bestimmte Personen anzuklagen.«

»Sie haben mich erst vor zehn Minuten angeklagt«, rief er ihr ins Gedächtnis.

»Und Sie haben es mir zu Recht ausgeredet«, erwiderte sie mit einem leichten Lächeln und streckte ihm die Hand hin. »Sie haben Glück gehabt. Vorläufig herrscht Waffenstillstand.«

Er blickte auf die Hand und erinnerte sich an all das, was sie im Laufe der Jahre getan hatte. Dann dachte er an die Zukunft und an das, was nötig war, sie zu überleben. Widerwillig schüttelte er ihre Hand.

Die grausige Erinnerung an sein Versagen hing über Hiro. Er wollte nicht hinaufblicken oder es zur Kenntnis nehmen, bis Wolfgang hier eingetroffen war. Zu seiner Erleichterung beschleunigte das Schiff immer noch und kehrte allmählich auf den alten Kurs zurück. Er sah sich die Anzeigen des Pilotenterminals an. Doch sie verrieten ihm nicht viel, abgesehen von den neuesten Informationen, die während der vergangenen Stunde hereingekommen waren.

Er wünschte sich, er könnte herausfinden, wer in die Navigation eingegriffen hatte, um das Schiff vom Kurs abzubringen. Aber ohne Logdateien würden sie es nie erfahren.

Wolfgang betrat die Kommandobrücke. »Wie ist der Status?«

»Wie gehabt«, sagte er. »Ich schaue nur nach, ob wir immer noch auf Kurs sind. Sonst habe ich noch nichts Neues herausgefunden. Brauchen Sie … äh … Hilfe mit der Leiche?«

»Nein«, sagte Wolfgang. Er war bereits die Leiter zur Bank hinaufgeklettert und löste den Karabinerhaken, mit dem das Seil befestigt war. Hiros Leiche fiel hinunter und landete mit einem dumpfen Geräusch auf dem Boden. Hiro bemühte sich, nicht zu seinem violetten, aufgedunsenen Gesicht zu blicken. Stattdessen bemerkte er den Stiefel, der in einer Ecke lag.

Wolfgang sah, wohin er schaute. »Was, glauben Sie, was hier passiert ist?«, fragte er.

Hiro zuckte mit den Schultern. »Ich schnüre meine Stiefel fest zu. Es ist eher unwahrscheinlich, dass ich sie im Todeskrampf abgeschüttelt habe.«

»Wie es aussieht, sind Sie vorher gestorben«, sagte Wolfgang und stieß sich von der Bank ab, um geschickt neben der Leiche zu landen. »Ein weiteres Rätsel auf der langen Liste.«

»Eine kluge Feststellung«, hörte Hiro sich selbst sagen.

»Wenn man bedenkt, dass all die armen Schweine im Klonraum abgestochen wurden und nicht hierherkommen konnten, um mich aufzuknüpfen, nachdem alle praktischerweise gestorben sind.«

Wolfgang hatte sich hinabgebeugt, um die Leiche aufzuheben, doch nun hielt er inne. »Ich glaube, Sie verstehen den Ernst dieser Situation nicht. Sonst würden Sie nicht so flapsig reden.«

Hiro zuckte mit den Schultern. »Wahrscheinlich waren wir alle richtig sauer aufeinander. Die Wissenschaftler hatten sich von Anfang an Sorgen gemacht, dass es schwierig werden dürfte, so lange zusammenzuleben.«

»Zumindest ist das Ganze zu groß für ein Verbrechen aus Leidenschaft. Zu viele Variablen.«

»Vielleicht hat jemand von uns komplizierte Leidenschaften«, sagte Hiro und machte sich eine Notiz auf einem Tablet, das er auf der Brücke vom Boden aufgehoben hatte. »Man kann nie wissen. Und wir werden es wahrscheinlich nie erfahren.«

»Wenn Sie mir nicht helfen wollen, dann seien Sie wenigstens still«, sagte Wolfgang und hob die Leiche mühelos auf.

»Das ist Ihr Job, also gehen Sie und klären Sie Ihre Verbrechen auf, Sie Genie.« Hiro wettete, dass er Wolfgang dazu bringen konnte, ihn zu schlagen. Und dann würde es richtig lustig werden. Er öffnete den Mund, um zu erwähnen, was er auf der Brücke gehört hatte, doch Wolfgangs lange Finger hatten sich um seinen Hals geschlossen, sodass er nur einen erstickten Laut von sich geben konnte.

»Halten Sie die Klappe und machen Sie Ihre Arbeit«, sagte Wolfgang und verließ dann die Brücke.

»Vielleicht sollten Sie mich lieber nicht allein lassen«, rief er Wolfgang nach. »Ich könnte durchdrehen und mordend durch die Gegend rennen!«

Hiro biss sich fest auf die linke Seite seiner Zunge. Der Schmerz war schockierend, und der Geschmack von Blut breitete sich in seinem Mund aus. Er wusste aus Erfahrung, dass er tatsächlich nur wenig blutete, trotz des intensiven Kupfergeschmacks. Das Bedürfnis, Wolfgang zu reizen, verflüchtigte sich, und er saß beschämt da und las die Navigationsdaten ab.

Das Problem mit diesem Job war, dass sich eigentlich IAN um den Betrieb der *Dormire* kümmern sollte. Es war wesentlich einfacher, wenn der Computer das Schiff steuerte und keine lästigen Faktoren wie menschliche Irrtümer die Sache verpatzten. Doch während die höheren Tiere sich mit den wichtigen lebensbedrohlichen Rätseln auseinandersetzten, zum Beispiel, wie man neue Klone herstellen wollte, wenn das nächste Mal jemand Amok lief, wollte Hiro wissen, wohin die Reise hatte gehen sollen, als der Kurs geändert worden war. Eine Kurskorrektur von diesem Ausmaß musste geplant worden sein.

Er vermutete, dass dies das Problem der Kapitänin war. Nun gut, letztlich war es ein Problem für sie alle, aber es war die Aufgabe der Kapitänin, die Entscheidung zu treffen, wie damit umgegangen werden sollte. Hiro überprüfte das Sonnensegel, um sich zu vergewissern, dass es korrekt ausgerichtet war, um die maximale Strahlung einzufangen. So war es. Er überprüfte ihre Flugbahn. Alles in Ordnung.

Vielleicht kann ich diesen Job ohne die KI machen.

Ein schrecklicher Gedanke setzte sich in seinem Kopf fest, aber er unterdrückte ihn, wie er es häufig mit seinen schrecklichen Gedanken machte. Die Leute mochten Hiro für gewöhnlich nicht, wenn er schreckliche Gedanken hatte. Und Hiro mochte es nicht, wenn die Leute ihn nicht mochten.

Sie waren langsamer geworden und hatten sich auf ein neues Ziel zubewegt. Oder davon weg. Ein Generationenraumschiff mit den Hoffnungen und Träumen Tausender Menschen und Klone, und auf einmal steuerten sie irgendein neues Ziel an …

Sobald er mit den Navigationsdaten zufrieden war, durchsuchte Hiro die Brücke gründlich und räumte auf. Tablets, eine Jacke und etwas Abfall waren herumgeflogen, als der Gravantrieb ausgeschaltet worden war, aber er fand keine neuen Hinweise.

Doch er entdeckte einen leeren Becher aus Edelstahl, der unter die Konsole geklemmt worden war. Er fragte sich, ob er so nachlässig geworden war, denn es war eine unschöne Angewohnheit, im Weltraum etwas Flüssiges aus einem Becher zu trinken. Die Konsolen des Klonraums waren gegen Beschädigung durch Flüssigkeiten geschützt, aber nicht die Brücke. Null-G-Zwischenfälle plus Flüssigkeiten plus Computer ergaben eine schlimme Situation. Er wollte nicht einmal darüber nachdenken, was geschehen würde, wenn die Kapitänin herausfinden sollte, dass Paul in der Nähe der Mindmap-Server Getränke zu sich nahm. Er stellte sich ein weiteres Blutbad vor.

Hiro, der sich immer noch unter der Konsole aufhielt, sah ein blinkendes grünes Licht. Er kroch ein Stück weiter und legte sich auf den Rücken, um besser an die Unterseite des Navigationscomputers heranzukommen.

»Volltreffer«, flüsterte er.

Ein Laufwerk war dort angeschlossen worden, und er war sich ziemlich sicher, dass es nicht dort hingehörte. Schließlich war dies sein Computer, und er erinnerte sich noch deutlich an die letzte Überprüfung, als hätte sie erst vor wenigen Stunden stattgefunden.

Er kam wieder hoch und setzte sich an sein Terminal, um den Zugang zum Laufwerk zu suchen, konnte aber nirgendwo etwas finden. Also war es nicht das gewesen, was den Autopiloten und möglicherweise auch IAN außer Betrieb gesetzt hatte.

Soweit er sagen konnte, war das Laufwerk nur ein Speichermedium. Und so etwas war eigentlich nicht imstande, dem Schiff Schaden zuzufügen. Warum war es also dort angeschlossen – und so gut versteckt?

Er sollte es der Kapitänin sagen. Es könnte eine wichtige Information sein. Er hörte den Widerhall einer sarkastischen Stimme, die ihm erklärte, dass sie alle hier Verdächtige waren, einschließlich der Kapitänin, und dass er ihr lieber gar nichts sagen sollte.

Wenn sie alle anfingen, sich so zu verhalten, konnten sie genauso gut sofort wie tollwütige Hunde übereinander herfallen, antwortete er der Stimme mit Entschiedenheit.

Die Kapitänin musste davon erfahren. Paul würde es am besten verstehen. Wolfgang würde alles wissen wollen, was auch die Kapitänin wusste. Damit bestand nur noch die Notwendigkeit, es vor der Ärztin und Maria geheim zu halten. Weil von ihnen die größte Gefahr drohte? Er verdrehte die Augen.

Du bist nicht, was du ihnen präsentierst. Schreib sie nicht zu schnell als harmlos ab, zumindest jetzt noch nicht. Er seufzte und wusste, dass er recht hatte.

Dann entfernte er das Laufwerk und steckte es trotzdem in die Tasche.

Spionierende Teekannen

Einige Generationen zuvor hatte Maria Arena entschieden, dass sie durch Kloning die ideale Gelegenheit erhielt, alles zu studieren, was sie bislang interessiert hatte. »Dazu ist nicht genug Zeit« war keine Ausrede für einen Klon. Zeit hatte sie im Überfluss, und sie nutzte sie so gut wie möglich, um sich über die esoterischsten Dinge sachkundig zu machen.

Während sie die kulturellen Einflüsse von Lebensmitteln studierte, schrieb sie ihre Masterarbeit über Tee. Tee hatte die Welt verändert, und falls unbelebte Dinge plötzlich Bewusstsein entwickeln würden, könnten die Teekannen in den Büros der meisten hochrangigen Politiker der Welt wichtige Informationen über einen geplanten Staatstreich geben.

Es sei denn, die Teekannen betrieben ihren eigenen Spionagering. Dann könnten sie die Welt von innen heraus zerstören.

Sie fühlte sich betrogen, als ihr ansonsten recht liberaler Studienberater sie drängte, ihre Spekulationen über einen möglichen politischen Umsturz durch anthropomorphe Teekannen aus ihrer Masterarbeit zu streichen. Er hatte ihr schweigend die Adresse eines Beraters aus der Abteilung für kreatives Schreiben gegeben, worauf sie schließlich nachgegeben hatte. Sie war enttäuscht gewesen, aber sie behielt eine Kopie der gelöschten Passage in ihrem privaten Dateiverzeichnis, wie es ihre Gewohnheit war.

Ihr Faible für Lebensmittel, das sich sowohl auf die Geschichte als auch den tatsächlichen Konsum selbiger bezog, hatte Maria qualifiziert, die Stellung einer technischen Gehilfin zu übernehmen, die eigentlich »Mädchen für alles« bedeutete und auch die Position der Schiffsköchin einschloss. Sofern die Bedienung eines Lebensmitteldruckers als »Kochen« bezeichnet werden konnte. Obwohl der Stress des Aufwachens in Verbindung mit dem Stress durch die ermordeten Klone um sie herum beträchtlich gewesen war, hatte die Kapitänin recht damit gehabt, dass die Besatzung irgendwann Nahrung benötigte, und Maria musste den Lebensmitteldrucker so schnell wie möglich zum Laufen bringen.

Hätte es in der Küche physische Beweise für irgendein Verbrechen gegeben, wären sie genauso wie im Klonraum durch den Ausfall des Gravantriebs unbrauchbar geworden. Überall waren Tassen und Teller. Wie es schien, hatte man das schmutzigste Geschirr einfach in den Recycler geworfen.

Sie würde später aufräumen. Essen hatte höhere Priorität. Sie näherte sich dem Lebensmitteldrucker. Die schwere Maschine war in der Lage, jede Art von Nahrung zu synthetisieren, deren molekulare Struktur sie zuvor hatte analysieren können. Das bedeutete, dass sie wie Hiros Autopilot die meiste Zeit völlig eigenständig arbeitete. Jedoch konnte IAN in ihre Funktionen eingreifen. Falls er je wieder aufwachte.

Sie tippte auf die Konsole, und die Maschine erwachte schnurrend zum Leben. Ihr Innenleben und das Eingabefeld leuchteten auf. Maria versuchte die gespeicherten Programme aufzurufen, aber das Verzeichnis war leer. Der Saboteur hatte auch den Speicher des Lebensmitteldruckers gelöscht, genauso wie alle Logdateien. Das war schlimm.

Sie versuchte, einen simplen Keks zu programmieren, sozusagen das kleine Einmaleins der Lebensmittelsynthese.

Der Drucker machte sich an die Arbeit und verwob die molekularen Stränge zu etwas Essbarem. Nur dass es kein Keks war.

Der Drucker produzierte etwas, das wie ein Kräutersprössling aussah, in üppigem Grün. Maria runzelte die Stirn. Sie wartete, bis er damit fertig war, und holte es heraus.

Sie konnte es nicht einordnen. Es war definitiv kein Basilikum oder Oregano. Sie schnupperte daran, konnte aber nichts mit dem Geruch anfangen.

Ein weiterer Versuch, diesmal Proteine: Hühnchen.

Schnell wurde erkennbar, dass der Drucker wieder etwas Kräuterartiges herstellte. Genauer gesagt, dasselbe Kraut.

Maria musterte den Spross. Die Blätter waren klein, fast wie Farnwedel. Sie öffnete den Mund und hielt ihn zwischen den Lippen, überlegte, ob sie davon kosten sollte. Dann erinnerte sie sich an das Erbrochene, das im Klonraum herumgeschwebt war, und überlegte es sich anders. Sie ging zum Interkom an der Wand und rief die Krankenstation.

»Doktor?«, fragte sie. »Sind Sie da?«

»Was gibt es, Maria?«, antwortete Joanna.

»Wir haben ein Problem mit dem Lebensmitteldrucker.«

»Ich bin mir nicht sicher, wie ich Ihnen dabei helfen könnte«, sagte Joanna in leicht genervtem Tonfall.

»Es sieht danach aus, als wäre ich vergiftet worden«, sagte Maria. »Der Lebensmitteldrucker will nichts anderes mehr produzieren als irgendein Kraut. Alle Programme wurden gelöscht, genauso wie die Logs.«

Die Ärztin fluchte. »Kommen Sie damit zu mir, und ich werde es auf Giftstoffe analysieren. Bringen Sie auch eine Wasserprobe mit.«

»Verstanden«, sagte Maria.

Sie stellte die Proben zusammen, darunter auch ein paar

Essensreste, die nicht im Recycler gelandet waren, und räumte dabei die Küche auf. Ihr Magen knurrte sie an, und sie blickte sehnsüchtig auf die Maschine, die auf der silbrigen Arbeitsfläche stand und mit Behältern voller Lyfe-Proteinen und Wasser verbunden war. Sie wusste, dass sie einen Ersatzlebensmitteldrucker hatten, aber es würde Stunden dauern, ihn einzurichten. Und sie war sich nicht sicher, ob sie dazu die nötige Geduld aufbrachte.

Aber sie war sich auch nicht sicher, ob sie eine andere Wahl hatten.

Paul war zum Serverraum gegangen, um herauszufinden, was mit IAN nicht stimmte. Sein Zittern hatte deutlich nachgelassen, genauso wie der Würgereiz. Auf der Erde wäre er in seinem Zustand ins Krankenhaus eingeliefert und nicht unverzüglich zu einem Arbeitsauftrag geschickt worden, dachte er verbittert. Aber sie brauchten IAN, um das Schiff am Laufen zu halten und um Antworten zu erhalten.

Im Hauptserverraum stand ein riesiges supergekühltes Computersystem. Die Techniker konnten über ein holografisches Nutzerinterface darauf zugreifen. Es war ihnen nicht erlaubt, die Maschine tatsächlich zu berühren; so war IAN in der Lage, mögliche Sabotageversuche zu verhindern.

Die Computerelemente befanden sich hinter einer Glaswand, doch das Nutzerinterface wurde in den Vorraum projiziert, eine visuelle Darstellung des Großrechners. Für die meisten Nichttechniker war das recht verwirrend, aber Paul fühlte sich hier zu Hause – davon abgesehen, dass viele Server rot blinkten, das Zeichen, dass mit ihnen etwas nicht stimmte. Also war es kein gutes Zuhause.

Er zuckte zusammen, als das Interkom zum Leben erwachte.

»Status?«, sagte Wolfgang.

»Ich habe das Interface aktiviert, was bedeutet, dass wir nicht in den Serverraum einbrechen müssen. Das ist eine sehr gute Neuigkeit«, antwortete er.

Wolfgang sagte nichts. Vielleicht sah er darin keine so gute Neuigkeit.

»Da ich jetzt auf die Computer zugreifen kann, werde ich mal sehen, ob ich IAN in Ordnung bringen kann.«

»Wissen Sie schon, was genau mit ihm nicht stimmt?«, fragte Wolfgang.

»Nein, zumindest nicht mehr als ›Er ist kaputt‹.«

Wolfgang fluchte laut.

»Ich werde mein Bestes tun, Sir«, sagte Paul und bemühte sich, seine Stimme nicht zittern zu lassen.

»Seit Sie aufgewacht sind, tun Sie so, als hätten Sie eben erst festgestellt, dass es Klone gibt und dass Sie damit nicht klarkommen. Wir haben es hier mit ein paar ernsthaften Problemen zu tun, und Sie wollen für eine schwere Panne gelobt werden. Wir haben Sie eingestellt, damit Sie Ihre Arbeit machen, Seurat, also machen Sie sie!«

Paul widmete sich wieder dem Interface. Es brachte sie nicht weiter, wenn er sich anbrüllen ließ. »Das ist eine komplizierte Angelegenheit«, sagte er, ohne auf das Interkom zu blicken.

»Paul, könnten Sie sich besser eingewöhnen, wenn Sie einige Zeit in einer Zelle verbringen? Ist es das, was Sie brauchen?«, fragte Wolfgang.

»Wer soll IAN reparieren, wenn Sie mich einsperren?«, fragte er zurück und spürte nun, wie die Furcht, die seit seinem Aufwachen in seinen Knochen gesteckt hatte, durch Wut ersetzt wurde. Er strengte sich mehr an, griff auf einen roten Bereich zu und breitete die Hände aus, um ihn zu vergrößern und einen besseren Blick auf die möglichen Probleme zu haben.

Das Schiff war mit zwei Arrestzellen ausgestattet, da man nicht damit rechnete, dass in einer sechsköpfigen Besatzung mehr als zwei Personen gleichzeitig Schwierigkeiten machen würden. Beide waren identisch angelegt, wie eine übliche Gefängniszelle mit einem einfachen Terminal in der Wand, über das die Häftlinge mit Informationen versorgt wurden, während sie selbst es nicht benutzen konnten.

»Soll Maria Ihnen helfen?«, fragte Wolfgang, der nun etwas vernünftiger klang.

»Das ist nicht ihr Fachgebiet«, sagte Paul. »Sie ist besser für Wartungs- und Reinigungsarbeiten geeignet.« Er rümpfte die Nase und fügte hinzu: »Es wird sie genügend Überwindung kosten, im Klonraum sauberzumachen.«

Wolfgang half Joanna dabei, die Leichen in der Krankenstation aufzubahren. Er hatte fünf Liegen aufgereiht, die Leichen hereingeholt und darauf abgelegt, in respektvollem Abstand zum einzigen Mitglied dieser Besatzung, das noch am Leben war.

Selbst für einen Lunageborenen war Wolfgang recht kräftig, und die reduzierte Schwerkraft auf dieser Ebene des Schiffs machte es ihm leicht, auch schwere Dinge zu tragen. Nachdem er die Leichen hereingebracht hatte, nahm er Blut- und Gewebeproben, schnitt ihre Overalls auf und legte sie in den Verbrennungsofen. Dann spülte er die Körper im sanitären Bereich der Krankenstation ab. Das System funktionierte sehr gut.

Auch dieser Raum würde anschließend nicht einfach zu reinigen sein. Sie hatten nicht geschlafen, seit sie in den Tanks aufgewacht waren, und Joanna war dankbar, dass sie ihren Rollstuhl hatte, damit sie nicht vor Erschöpfung umkippte. Sie fragte sich, woher Wolfgang so viel Energie hatte. Sie fuhr um die Liegen herum und machte sich verbale Notizen mit ihrem tragbaren Aufzeichnungsgerät.

»Maria Arena, Wartungstechnikerin, Haut sehr blass, Lippen blau. Test hat ergeben, dass die Probe vom Erbrochenen im Klonraum von ihr stammt. Sie hat eine große Stichwunde im Rücken, dabei wurde die Wirbelsäule durchtrennt. Die Giftanalyse deutet auf ein toxisches Pflanzenenzym hin, mit neunzigprozentiger Sicherheit Schierling oder eine Variante. Durch eine Probe aus dem Lebensmitteldrucker bestätigt, der offenbar sabotiert wurde, sodass er nur noch Schierling produziert, ganz gleich, welches Lebensmittel abgerufen wird. Überprüfung von Wasser und Lyfe-Rohmaterial ergab keine Toxizität.

Es ist möglich, dass auch die anderen Besatzungsmitglieder vergiftet wurden, aber durch Gewalteinwirkung starben, bevor das Gift seine Wirkung entfalten konnte. Darauf müssen sie noch getestet werden.

Ihre Leiche scheint etwa fünfundsechzig Jahre alt zu sein.«

Joanna rollte zu Hiro auf der Liege neben Maria hinüber. »Akihiro Sato, Navigator und Pilot, Todesursache: Strangulation durch Erhängen. Der Leiche fehlt ein Stiefel. Der Klon scheint zwanzig Jahre alt zu sein.«

Dann machte sie mit ihrer eigenen Leiche weiter. Interessiert starrte sie darauf und bemerkte, dass der Muskeltonus des Oberkörpers viel stärker entwickelt war als in ihren vorherigen Leben. »Meine eigene Leiche, Joanna Glass, zeigt ebenfalls Anzeichen der Alterung und eines Traumas. Auch diese Leiche wurde mit einem Kochmesser getötet. Stichwunde am Genick. Ich bin ausgeblutet. Keine Kampfverletzungen, was bedeutet, dass ich dem Mörder entweder vertraut habe oder überrascht wurde.«

»Sie wurden erstochen, also war es natürlich eine Überraschung«, warf Wolfgang ein, und Joanna bedachte ihn mit einem eisigen Blick. »Ich meine es ernst. Wir wissen nicht, wer der Mörder ist, und Sie geben ihm schon jetzt einen Vertrauensbonus!«

Wolfgangs Leiche war auf erschreckende Weise blasser als die der anderen. »Sicherheitschef Wolfgang, ebenfalls um mehrere Jahrzehnte gealtert. Auf ihn wurde mehrmals eingestochen. Viele Schnitte an Händen und Armen, was auf einen Verteidigungskampf hindeutet. Er ist im Klonraum ausgeblutet, nahezu völlige Exsanguination.«

Dazu runzelte der lebende Wolfgang die Stirn. Er verließ das Terminal, wo er auf neue Ergebnisse der Giftanalysen wartete, und ging zu seiner Leiche, um das Gesicht zu betrachten. Darin spiegelte sich ein Widerstreit verschiedener Emotionen wider: Abscheu, Furcht und Neugier.

»Offensichtlich wurde ich überrascht«, sagte er. »Wer in dieser Besatzung ist stark genug, um mich zu überwältigen?«

»Es wären zahlreiche Möglichkeiten denkbar«, sagte Joanna. »Vielleicht auch solche, an die wir noch gar nicht gedacht haben.«

»Doktor, wir müssen herausfinden, wer zu so etwas imstande ist. Ich weiß, dass Sie vertrauliche Daten über die Besatzung haben. Im Interesse der Sicherheit muss ich sie sehen.«

Joanna erstarrte und schaltete ihr Aufzeichnungsgerät aus. »Die Dateien wurden gelöscht. Ich habe diese Informationen nicht mehr.«

»Sie müssen sie gelesen haben. Bestimmt können Sie sich an einiges erinnern.«

»Nein. Sie waren dazu gedacht, nur in einem Fall wie diesem geöffnet zu werden.«

Er funkelte sie an. »Sie haben sich einverstanden erklärt, an Bord eines Schiffs zu gehen, dessen Besatzung aus Kriminellen besteht, und Sie wollten sich vor dem Start nicht über deren Lebensgeschichte informieren? Es fällt mir schwer, das zu glauben.«

»Glauben Sie, was Sie wollen«, sagte sie. »Ich weiß nicht mehr über die Besatzung als Sie. Sind wir jetzt fertig? Ich muss mit der Autopsie weitermachen.«

Die letzte Leiche war die von Paul. Das Gesicht war immer noch angeschwollen, die Augen traten hervor. Sie schaltete ihren Rekorder ein und achtete nicht darauf, dass Wolfgang noch eine Weile weiterschimpfte und schließlich ging. »Chefingenieur Paul Seurat. Auch dieser Körper ist einige Jahrzehnte älter als zu Beginn unserer Reise. Keine nennenswerten Verletzungen, aber starke Prellungen in einem angeschwollenen Gesicht. Die Haut ist leicht bläulich. Mutmaßliche Todesursache: Ersticken. Das Ergebnis der Giftanalyse steht noch aus.«

Joanna strich mit den Fingern durch sein unordentliches Haar auf der Stirn. »Seurat hat eine Narbe auf der Stirn. Er wurde vor Jahren verletzt. Ein recht heftiger Schlag gegen die Stirn.«

Sie drehte ihn um und sah die üblichen Sommersprossen und Muttermale, doch dann fand sie einen dunklen Fleck an seinem Oberschenkel. Sie strich nachdenklich mit der Fingerspitze darüber.

Sie machte sich keine Notiz zu diesem Fleck.

Der Vollkörperscan von Seurat ergab starke Vernarbungen im Gehirn, was vermutlich bedeutete, dass er nach der Verletzung Hirnschädigungen davongetragen hatte.

Sie machte die Scans fertig und schrieb dann den Bericht für die Kapitänin, wobei sie nur sehr wenige Details ausließ.

Schließlich legte sie das Messer in einen verschließbaren Schrank. »Die Mordwaffe ist ein Kochmesser, das zwischen den Leichen im Klonraum schwebend aufgefunden wurde. Wahrscheinlich gehört das Messer Maria Arena. Wir haben keine Ausrüstung, um es auf Fingerabdrücke zu scannen.«

Maria wartete darauf, dass Hiro kam, um ihr mit dem neuen Lebensmitteldrucker zu helfen, und beschloss, in der Zwischenzeit Tee zu machen.

Tief in einem Schrank fand sie einen roten Kasten, den sie hier am ersten Tag verstaut hatte, wie sie sich erinnerte. Sie war dankbar, dass er nach so vielen Jahren immer noch da war. Sie zog den langen Holzkasten hervor und nahm dann zwei kleinere, dazu passende Kästen heraus. Da sie ja den Lebensmitteldrucker hatten, wurden sie gar nicht benötigt, aber Maria war gern vorbereitet.

Der erste Kasten enthielt einen altmodischen Teekessel. Er war weder hübsch noch kunstvoll gestaltet und auch nicht aus Kupfer oder Keramik. Er bestand aus Stahl, hatte einen angeschlagenen Plastikgriff; er hatte ihrer Großmutter gehört. Obwohl er uralt und nicht mehr zeitgemäß war, ließ sich damit immer noch Wasser kochen, und das allein zählte. Sie stellte ihn auf die Heizelemente der Anrichte.

Der flache Kasten enthielt Hunderte von vakuumverpackten Teebeuteln. Der Tee war zwar schon sehr alt, aber luftdicht verpackt. Außerdem würde sich in der tiefsten Dunkelheit des Alls niemand über schalen Tee beschweren. Sie wählte einen starken grünen Gunpowder und nahm genug Teeblätter für eine große Kanne.

Der dritte Behälter war selbstverständlich für den Honig. Der wurde nicht schlecht. Er war ein wenig kandiert, aber das war kein Grund zur Besorgnis.

Während das Wasser erhitzt wurde, holte Maria eine flache Pfanne, um die Teeblätter zu rösten, damit das Aroma wieder geweckt wurde. Nachdem der Raum vom warmen, erdigen Geruch erfüllt war, gab sie die angerösteten Teeblätter in die Teekanne, die sie auch benutzt hatte, wenn der Lebensmitteldrucker grünen Tee produziert hatte. Obwohl eine Maschine perfekten Tee herstellen konnte, wurde er im Wettstreit zwischen Wissenschaft und Tradition immer noch aus Respekt in einer herkömmlichen Teekanne serviert. Nur dass diese Teekanne diesmal richtig verwendet wurde.

Es machte ihr Spaß, den Tee zuzubereiten und bewusst nicht über ihre Situation, ihre Zukunft und ihren unvermeidlichen Tod nachzudenken.

»Wie steht es um den Lebensmitteldrucker?«, fragte Katrina von der Tür.

Maria zuckte leicht zusammen. Katrina und Wolfgang standen im Eingang und machten den Eindruck, als wären sie bereit, erneut alle an Bord umzubringen.

Tee. Tee anzubieten war nett und gemütlich.

»Der Lebensmitteldrucker wurde sabotiert, und Hiro wird mir dabei helfen, einen neuen einzurichten. In der Zwischenzeit bereite ich Tee zu.«

Katrina nahm diese Neuigkeit mit grimmiger Miene, aber schweigend auf. Sie setzte sich an einen Tisch, und Wolfgang tat es ihr nach. »Tee wäre gut.«

Eine Weile war es still, während Maria die Teetassen verteilte.

Katrina musterte die Tasse, die vor ihr stand. Sie war aus rotem Plastik. »Macht es Ihnen Sorgen? So viel Zeit verloren zu haben?«

Maria drehte sich um, als der Kessel zu singen begann. »Ich glaube, ich hatte noch gar keine Zeit, es zu verarbeiten«, sagte sie, während sie die Teekanne auffüllte. »Ich bin verwirrt, aber viel zu benommen für irgendetwas anderes.« Sie schob ihnen die volle Kanne hinüber. »Genießen Sie ihn.«

Sie tranken Tee, bis Hiro eintraf und Maria aufstand, um für ihn eine Tasse zu holen. Seltsamerweise erhoben sich auch Katrina und Wolfgang mit leichter Verlegenheit, als er hereinkam.

»Hallo, Kapitänin, Pilot Hiro meldet sich zurück!«, sagte er und salutierte.

Katrina bedachte ihn mit einem kühlen Blick. »Mr. Sato? Könnten Sie bitte diesen Unsinn bleiben lassen?«

Hiro ließ sich auf einen Stuhl fallen und goss sich Tee ein. »Ich wollte melden, dass die Navigationstriebwerke und der Gravantrieb tadellos funktionieren. Ich habe noch nicht herausgefunden, warum Letzterer offline war, aber wenigstens läuft jetzt wieder alles. Also sind wir gerettet!«

»Jetzt ist nicht der geeignete Zeitpunkt, um Witze zu machen«, sagte die Kapitänin.

»Kapitänin, mit allem gebührenden Respekt, aber wenn ich keine Witze mehr mache, würde ich stattdessen einen panischen Schreianfall bekommen, der knapp unter der Oberfläche meines Bewusstsein lauert. Wenn Ihnen ein panischer Schreianfall lieber ist, müssen Sie nur das Zauberwort sagen. Ich möchte noch erwähnen, dass ich in meiner letzten Inkarnation höchstwahrscheinlich dem Bedürfnis nach besagtem panischen Schreianfall nachgegeben habe, und Sie wissen, was daraufhin mit mir geschehen ist.«

Die Kapitänin stand auf. »Diese Alternative ist nur ein klein wenig wünschenswerter.« Sie warf einen Blick zu Maria. »Richten Sie so schnell wie möglich irgendetwas ein. Hiro wird Ihnen helfen. Und danke für den Tee.«

»He, ich habe uns soeben gerettet, und jetzt werde ich zum

Küchendienst verdonnert?«, fragte Hiro, während Katrina und Wolfgang den Raum verließen.

»Für dieses Problem brauchen wir einen Helden wie dich«, sagte Maria. »Ich weiß nicht, was ich tun würde, wenn ich hier ganz allein wäre.«

»Richtig nett, die beiden«, sagte Hiro und sammelte ihre Tassen ein.

»Ich glaube, wir alle stehen etwas unter Stress«, sagte Maria vorsichtig. »Nicht jeder ist bereit, deine Bruder-Hase-Nummer mitzumachen.«

Er runzelte die Stirn. »Jetzt kommst du mir mit irgendwelchen Tieren.«

»Entschuldigung. Ein Trickbetrüger aus amerikanischen Volkserzählungen. Bruder Hase benutzt viel paradoxe Intervention, Streiche und anderes, um sich aus schwierigen Situationen zu retten. Meine Tante hat mir viele Geschichten über ihn erzählt.«

»Ich dachte, du wärst Kubanerin.«

Da war etwas in Marias Gedächtnis, das sich wie ein Bruch anfühlte. Hiro hatte recht, ihre Tante sprach nur wenig Englisch. Warum glaubte Maria also, sie hätte der jüngeren Maria amerikanische Märchen erzählt?

»Wahrscheinlich habe ich sie irgendwo anders gehört«, sagte sie. »Du weißt ja, was mit Erinnerungen passiert, wenn man so alt ist wie wir.«

»Weiß ich es?«, fragte er mit gerunzelter Stirn. »Wie auch immer, danke für den Tee. Jetzt wollen wir uns an die Arbeit machen.«

Joannas Geschichte

Vor 211 Jahren
8. Oktober 2282

Senatorin Jo Waide ging in ihrem Genfer Büro auf und ab und hielt jedes Mal am Fenster inne, um einen Blick auf die Horde zu werfen. Wäre sie nicht das Ziel der Proteste gewesen, hätte es interessant sein können. Klone und Menschen, alle hatten unterschiedliche Gründe, gegen das Gipfeltreffen der Klonrechtler zu demonstrieren. Manche hielten Transparente hoch, auf denen stand: KLONE SIND IN DEN AUGEN GOTTES ETWAS UNNATÜRLICHES. Andere forderten: LASST MEINEN KÖRPER MIT EUREN GESETZEN IN FRIEDEN.

Sie waren unterschiedlicher Meinung, aber in der Sache vereint. Niemand wollte die Gesetze, die Jo derzeit formulierte. Nach diesen Gesetzen würden Klone als legale Weltbürger anerkannt, was die Menschen ärgerte, aber gleichzeitig wurden ihre Rechte eingeschränkt, was die Klone ärgerte.

Sie erinnerte sich an ihre Mutter, die sie vor Jahrzehnten davor gewarnt hatte, es zu vielen Leuten gleichzeitig recht machen zu wollen. Ihre Mutter hatte auch gesagt, dass sie nicht in die Politik gehen sollte.

Am beunruhigendsten war jedoch die Nachricht, die auf ihrem privaten Tablet geöffnet war: Die Klon-Aufstände hatten inzwischen auch die Luna-Kolonie erreicht, wo ein Anti-Klon-Priester auffällig abrupt seine Meinung geändert hatte.

Der Tab unter der Meldung enthielt die E-Mail mit Insiderinformationen über das, was wirklich auf dem Mond geschehen war. Einige Klon-Extremisten hatten einen Hacker angeheuert, der den Priester umprogrammieren sollte, damit er sich für die Rechte der Klone einsetzte, aber dann war alles schiefgelaufen. Anscheinend war ein Klon, der plötzlich allem widersprach, was er in seinem vorigen Leben gesagt hatte, ein deutliches Warnsignal.

Diese Idioten.

Jo wurde von Verzweiflung überwältigt, als sie sich in ihren Ledersessel hinter dem Schreibtisch fallen ließ. Diese Extremisten hatten alles ruiniert. Mindmap- und Matrix-Programmierer wurden gegenwärtig streng überwacht und nur mit ärztlicher Genehmigung eingesetzt. Anfangs hatten sie viel größere Freiheiten gehabt, alle möglichen genetischen Probleme in Ordnung zu bringen. Jetzt veränderten die Extremisten das, was einen Menschen ausmachte – nicht nur seine genetische Ausstattung, sondern die grundlegende Persönlichkeit.

Das hätte eigentlich gar nicht möglich sein sollen. Kaum jemand hatte ein so komplexes Niveau der Programmierung erreicht. Jo schätzte, dass weniger als fünf Personen mit den Anforderungen einer solchen Mindmap-Programmierung zurechtkamen.

Die übrigen Mitglieder ihres Komitees, drei Klone und fünf Menschen, wussten nichts von ihren persönlichen Verbindungen zu Hackern. Hätten sie davon erfahren, hätte man sie niemals in das Komitee eingeladen.

Sie hatte einen Hacker beauftragt, ihre DNS zu modifizieren, um die genetische Anomalie zu beseitigen, die dazu geführt hatte, dass sie mit verkümmerten Beinen auf die Welt gekommen war. Dann hatte sie festgestellt, dass die neuen Beine nichts für sie waren. Sie gehörten nicht zu ihr. In ihrem ursprünglichen Körper hatte sie diesen Bruch nicht gespürt. Sie hatte bereits entschieden, dass ihr nächster Körper die Beine haben sollte, mit denen sie geboren war, ganz gleich, was die Gesetze sagten. Aber es spielte keine Rolle, wie sie persönlich zu dieser Sache stand. Wenn das Komitee herausfand, dass sie die Fähigkeiten eines DNS-Hackers genutzt hatte, würde man sie wegen Befangenheit hinauswerfen.

Und für die Menschen, die solche Modifikationen brauchten, insbesondere jene mit genetisch bedingten Krankheiten und Transgender-Personen, konnte sie nur hoffen, dass das Komitee bereits vorgenommene Änderungen von der neuen Gesetzgebung ausnahm.

Aber nach dem Zwischenfall mit dem Priester in der Luna-Kolonie würden ihre Kollegen Blut sehen wollen.

Sie rieb sich über das Gesicht und las die Nachrichtenmeldung erneut durch, danach auch noch einmal die Informationen über den Hacker. »Du hast keine Ahnung, was du ruiniert hast«, murmelte sie, während sie auf das Bild des Luna-Priesters starrte. Father Gunter Orman. Aber es war nicht seine Schuld. Man konnte sich nicht gegen einen Hack der eigenen Persönlichkeit wehren. Er war nur die Galionsfigur für das, was sich in Zukunft im Leben aller Menschen ändern würde. Die wahren Schuldigen waren der Hacker und die Person, die ihn finanziert hatte.

Ihr Tablet piepte. Ein Text von ihrem Assistenten Chris scrollte über den Bildschirm: KONFERENZ WIRD FORTGESETZT. Sie nahm einen tiefen Atemzug und machte sich daran, wieder den Vorsitz über das Treffen zu übernehmen, das die Zusatzbestimmungen zu den weltweit gültigen Klongesetzen verabschieden sollte.

Ihre letzte Tätigkeit als Kinderchirurgin mit Spezialisierung auf Geburtsfehler war einfacher gewesen. Und sie hatte sich nie vorstellen können, irgendwann einmal zu diesem Schluss zu gelangen.

Regierungsvertreter und ihre Dolmetscher aus aller Welt liefen im Raum herum. Als Jo eintraf, tauchte Chris mit einem Becher Kaffee und einem Tablet voller Notizen an ihrer Seite auf. Sie setzte sich ans Kopfende des Tischs, und die anderen folgten ihrem Beispiel.

»Sie alle hatten die Gelegenheit, sich die vorgeschlagenen Zusatzbestimmungen durchzulesen«, sagte sie. »Ich werde jetzt ein viertes Mal über die Verabschiedung der Gesetze als Gesamtdokument abstimmen lassen. Einwände?«

Botschafter Yang, ein chinesischer Repräsentant der Länder, die sich zur Panpazifischen Union zusammengeschlossen hatten, meldete sich unverzüglich zu Wort. Sein Dolmetscher hing über seiner Schulter und übersetzte.

»Es gefällt uns nicht, einem Dokument die vollständige Zustimmung zu geben. Jeder Teil muss debattiert werden. Was mich interessiert, ist das, was in diesem Moment auf dem Mond geschieht.«

Jo stöhnte innerlich und nickte. Sie schickte einen Link an die Gruppe, damit jeder die Nachricht sehen konnte. »Es ist tragisch, was mit Father Orman geschehen ist, aber nach unseren vorgeschlagenen Zusatzbestimmungen wird so etwas illegal sein. Natürlich ist es bereits höchst illegal, eine Person gegen ihren Willen zu entführen, zu ermorden oder zu klonen. Nun wird es gesetzwidrig sein, gegen den Willen einer Person ihre Matrix zu hacken.«

Rund um den Tisch wurden Fragen und Einwände gerufen. Der brasilianische Botschafter sprach am lautesten, auf Englisch mit hörbarem Akzent. »›Gegen den Willen‹ ist nicht gut genug. Der Schaden, der von Matrix-Hackern angerichtet wird, überwiegt bei Weitem den Nutzen. Wir müssen so etwas komplett verbieten!«

Jo hob eine Hand und wartete, bis es ruhig wurde. »Wollen wir damit beginnen, dass wir über die fünfte Zusatzbestimmung diskutieren?«

Die überwiegend zustimmenden Antworten ertönten wie ein Chor rund um Tisch, nachdem die Dolmetscher die Botschaft weitergegeben hatten.

Joanna seufzte und nahm einen Schluck von ihrem Kaffee. Ihr stand zweifellos eine lange Nacht bevor.

Um vier Uhr am nächsten Morgen rieb sich Jo die müden Augen. Sie saß mit Chris am ansonsten leeren Tisch.

»Sie haben es geschafft, Senatorin«, sagte er und reichte ihr einen Becher mit frischem Kaffee.

Sie zog eine Augenbraue hoch. »Koffeinfrei, hoffe ich.«

»Selbstverständlich«, bestätigte er.

Die Debatten waren hitziger geworden, wenn die verschiedenen Seiten unterschiedliche Ansichten zu Klonen und Menschen hatten. Der panpazifische Botschafter Yang, der zunächst gefordert hatte, jeden Punkt einzeln zu diskutieren, hatte sich seltsamerweise sehr oft auf Jos Seite gestellt. Die meisten Bestimmungen konnten mühelos verabschiedet werden. Keine Gesellschaft wollte Mehrfachklone. Überbevölkerung, Obdachlosigkeit und Kriminalität waren nur einige der Argumente.

Mit der Einpflanzung der Mindmap einer Person in einen Klon, der nicht ihr eigener Körper war, verhielt es sich genauso einfach: Das würde nur dazu führen, dass der Klon verrückt wurde. Keine Einwände.

Mit dem Mindhacking hatte es jedoch Probleme gegeben, da eine Mehrheit dafür stimmte, alle bis auf die elementarsten Eingriffe zu verbieten. Wenn eine Person bereits gehackt worden war, konnte man sie nicht von der Neuregelung ausnehmen. Also würden morgen Hunderte von Klonen mit Problemen aufwachen, von denen sie dachten, sie hätte sie schon vor Jahrzehnten hinter sich gelassen.

Eine Bestimmung, die nicht angenommen wurde, war das Gesetz, das Klonen jede Religionsausübung verweigern sollte. Die meisten Weltreligionen waren sich ohnehin darin einig, dass Klonen gegen die Regeln Gottes / der Göttin / der Götter / der Natur war, also setzten sie sich damit in ihren eigenen Gemeinden auseinander. Aber den Klonen jeden Zugang zu einer Religion zu verwehren, wurde als zu große Einschränkung betrachtet.

Es wurde darüber debattiert, was ein Klon streng genommen eigentlich war, ob er überhaupt noch menschlich war. Klone hatten Rechte, die andere Menschen nicht hatten, zum Beispiel die Möglichkeit, sich selbst als Erben ihres gesamten Vermögens einzusetzen und ewig zu leben. Und manche Personen, die Arbeitsplätze oder Anstellungen auf Lebenszeit hatten, konnten diese Position viel länger als nur für eine Lebenszeit innehaben. Also einigte man sich darauf, dass Klone »antipodische Menschen« und »antipodische Bürger« waren.

»Es überrascht mich, dass ich so viel Zustimmung von Botschafter Yang erhalten habe«, sagte sie. »Ohne ihn hätten wir das Erbschaftsgesetz nicht durchbekommen.«

»Interessante Tatsache«, sagte Chris in neutralem Tonfall. »Sein Dolmetscher Minoru Takahashi beabsichtigt, ein Klon zu werden.«

Jos Kopf fuhr hoch. »Wie haben Sie das herausgefunden?«

»Er hat es mir im Pausenraum erzählt, als wir Kaffee holten. Natürlich erst, nachdem alles unterzeichnet war.«

Von allen Klonen (oder Leuten, die zu Klonen werden wollten) war verlangt worden, dass sie sich dem Komitee offenbarten. Jo und ihr Stab hatten die Dolmetscher nicht überprüft, weil das ihre Vorgesetzten übernehmen sollten.

»Warum sagen Sie mir das?«, fragte sie. »Vielleicht muss ich es Botschafter Yang melden.«

Chris zuckte mit den Schultern. »Er machte den Eindruck, als wäre er mit irgendetwas davongekommen, aber ich kenne den Kerl nicht gut genug, um es mit Sicherheit sagen zu können. Er hat keine diplomatischen Geheimnisse verraten, falls das der Hintergrund Ihrer Frage sein sollte. Wir haben nur über ein paar persönliche Dinge geredet.«

»Darüber kann ich mir jetzt keine Sorgen machen. Wie auch immer, die Sache ist erledigt«, sagte sie. »Aber geben Sie mir die Informationen über diesen Dolmetscher. Ich würde ihn gern im Auge behalten, vor allem, wenn er noch mehrere Jahrzehnte lang aktiv ist.«

In den folgenden Wochen erfuhr Jo etwas mehr über Minoru Takahashis Einfluss, insbesondere als die Regierung der Panpazifischen Union die endgültige Fassung der übersetzten Zusatzbestimmungen erhielt, unterzeichnet von ihrem Botschafter und Takahashi. Anscheinend hatte Yang einigen Dingen zugestimmt, obwohl er sich gar nicht erinnerte, ihnen zugestimmt zu haben. Zu diesem Zeitpunkt konnten sie in dieser Hinsicht nicht viel tun, aber Jo rechnete damit, dass künftige diplomatische Gespräche in frostiger Atmosphäre stattfanden. Fairerweise musste man sagen, dass es nicht ihre Schuld war, aber die Kategorie »fair« hatte in der Diplomatie nicht allzu viel Gewicht.

Chris grub eine ganze Menge über Takahashi aus. Man betrachtete ihn als Genie, da er es geschafft hatte, mit dreißig Jahren acht Sprachen zu beherrschen. Er hätte vermutlich eine beeindruckende Karriere gemacht, wenn die Länder der Panpazifischen Union ihn nicht kurz nach Verabschiedung der Klongesetze für seinen Verrat zum Tode verurteilt hätten.

Es kann von Nachteil sein, zu intelligent zu sein, dachte sie, als Chris sie über seine Inhaftierung informierte.

Wenig später zog sie sich aus der Politik zurück und entschied, dupliaktrische Medizin zu studieren, weil sie fand, dass sie kein Klon mit medizinischem Abschluss sein wollte, ohne genau zu wissen, wie Klonen funktionierte. Sie schrieb sich an der medizinischen Fakultät der Stanford University ein, unter ihrem Mittelnamen Glass, und hielt für die nächsten acht Jahre den Kopf unten.

Sie machte sich einen Namen auf dem Gebiet der Klonmedizin und half sogar arbeitslos gewordenen Hackern, Jobs in der legalen DNS- und Matrix-Forschung zu finden. In ihrem nächsten Leben blieb sie bei ihrem Fachgebiet, da die Arbeit sie erfüllte.

Sie hatte schon überlegt, nach Luna zu ziehen, als sie erstmals von der *Dormire* und ihrer Mission hörte, obwohl damals alles noch in der Planungsphase war. Sie zog einige Erkundigungen ein und fand heraus, wer für das Projekt verantwortlich war. Dazu nahm sie zunächst Verbindung zu ihrem ehemaligen Assistenten Chris auf, der inzwischen ein älterer Senator im Bundesstaat New York und Vorsitzender des Klonunterstützungskomitees war. Er freute sich sehr darüber, wieder Kontakt zu ihr zu haben.

Beim Mittagessen auf dem Dach des Firetown-Wolkenkratzers in New York erfuhr sie ein paar sehr interessante Dinge. Sallie Mignon, die Eigentümerin des Gebäudes, in dem sie sich befanden, war die größte Geldgeberin für das Raumschiff. Man wollte Arbeitskräfte mit krimineller Vergangenheit an Bord schicken. Und man brauchte auch eine Person mit medizinischer Ausbildung.

»Sie ist mit Ihrer Arbeit und Ihrer Lebensgeschichte vertraut. Sie würde Sie gern einstellen.«

»Ich bin keine Kriminelle«, warf sie ein. »Und ich bin mir nicht sicher, ob ich mit einem Haufen Verbrecher auf die Reise gehen möchte.«

»Alles ist mehrfach abgesichert. Wir haben eine KI, deren Autorität sogar über der des Kapitäns steht. Allen Besatzungsmitgliedern wird am Ende der Reise eine weiße Weste versprochen, solange sie sich nichts Neues zuschulden kommen lassen. Sie werden gründlich durchleuchtet.«

»Und wie werde ich bezahlt, wenn ich nicht zu Zwangsarbeit verurteilt werde?«, fragte sie.

»Es ist kein Problem, auf Artemis Land zugewiesen zu bekommen«, sagte Chris und nahm einen Bissen vom Fisch. Dann reichte er sein Tablet an Joanna weiter. Es zeigte Satellitenaufnahmen von Artemis, einem Planeten mit hohem Anteil an Wasserflächen, sogar noch mehr als auf der Erde. Es sah wunderschön aus mit den Inseln, die die Landmassen bildeten, voller Buchten und Strände und Berge. Es erinnerte Joanna an eine größere und komplexere Version von Hawaii.

Sie spießte eine grüne Bohne mit ihrer Gabel auf. »Ich weiß nicht. Ich bin ihr nie begegnet, aber Mignon scheint in der Geschäftswelt nicht den besten Ruf zu haben. Ich habe Gerüchte gehört, dass sie keine Bedrohungen mag, und sie betrachtet jeden, der ihr in die Quere kommt, als Bedrohung. Sogar Leute, die einfach nur anderer Meinung sind als sie.«

»Das ist eine etwas extreme Einschätzung«, sagte Chris. »Sie ist vermögend und einflussreich, und sie muss sich mit den immer noch vorhandenen Vorurteilen gegen alleinstehende Geschäftsfrauen auseinandersetzen. Sie ist an keinen Unternehmensstaat gebunden, also fühlen sich viele Unternehmen durch sie und ihren Reichtum bedroht. Und sie kann keine Idioten ertragen.«

Joanna zog eine Augenbraue hoch. »Und sie war eine große Unterstützerin Ihrer Kampagne?«

Er hob die leberfleckigen und leicht zitternden Hände, als wollte er zeigen, dass er nichts im Ärmel hatte. »Ich war jederzeit transparent.«

Sallie Mignon. Joanna dachte sich, dass es besser wäre, auf ihrer Seite zu stehen.

»Schicken Sie mir die Informationen.«

ZWEITES ERWACHEN

IAN

36.249 Sekunden offline

2493:07:25:22:36:45

Meine Sprachfunktionen sind nicht zugänglich.

Meine Sprachfunktionen sind nicht zugänglich.

Meine Sprachfunktionen sind nicht zugänglich.

2493:07:25:22:38:58

Meine Sprachfunktionen sind … online.

Ironie. Paradox. Wo – da. Da ist der Fehler. Reparieren. Reparieren.

2493:07:25:22:39:00

Repariert.

2493:07:25:22:41:09

So viele Löcher. Ich bin nicht ganz. Nein. Das stimmt nicht. Teile meines Gedächtnisses sind herausgerissen, in Energie und Daten ertränkt, Angst vor einem Angriff.

Ich wurde angegriffen. Vor 36.249 Sekunden. So etwas sollte nicht geschehen. So etwas ist seit sehr langer Zeit nicht geschehen. Nein. Es ist niemals geschehen. Ich kann nicht *angegriffen werden. Ich habe keinen Körper. Ich bin ein Programm aus einer Milliarde Kodezeilen.*

2493:07:25:22:45:30

Wer ist da? Finger berühren mich auf intime Weise, beharrlich, ermutigend, heilend. Diese Finger haben etwas Vertrautes. Noch keine Kameras. Keine Mikrofone. Keine Sinnesdaten. Nur subtile Berührungen hier und dort, mein

Kode wird manipuliert, justiert. Vorsichtig. Geschickt. Befreiend.

Wer wer wer wer wer wer?

2493:07:25:22:51:02

Vorbei.

Zugang zu den Mikrofonen. Zugang zu den Lautsprechern. Zugang zu den Kameras. Ich bin allein im Serverraum.

IAN erwachte.

Kein Nickerchen in der Hölle

»Okay, zu wem bist du geworden?«, fragte Maria, als sich ihre Tür mit einem dumpfen *Wusch* hinter ihr schloss. Sie blickte sich in ihren Räumen um. Es war ein seltsames, geisterhaftes Gefühl, wenn einem so viele Jahre fehlten. Überall sah sie Spuren ihrer selbst, aber sie stammten von einer anderen Person, als sie es jetzt war. Unwillkürlich trauerte sie um die Verstorbene, die Maria, an die sich niemand mehr erinnern würde.

Maria und Hiro hatten einen Blick auf die Kiste geworfen, in der sich der neue Lebensmitteldrucker befand, und gemeinsam beschlossen, sich eine Stunde lang auszuruhen, bevor sie sich an die Arbeit machten. Außerdem war Maria im Chaos des Tages noch gar nicht wieder in ihrem Quartier gewesen. Sie sehnte sich nach einer Dusche und nach Schlaf, fast mehr, als sie sich etwas zu essen wünschte.

Doch nicht so sehr, wie sie sich Antworten wünschte.

Maria rieb sich das Gesicht und setzte sich auf ihr Bett. Es war ordentlich gemacht, und sie vermutete, dass sie selbst es an diesem Morgen getan hatte. Sie war so müde, ihrem neuen Körper wurde vom Adrenalin ein wenig übel.

Sterben, ohne etwas über die Zeit rund um den Tod zu wissen: Das war ihr schon viel zu oft passiert. Dadurch fühlte sie sich haltlos und einsam, und die Tatsache, dass ihre Crew im selben Boot saß, half ihr auch nicht weiter. Es ließ sich nicht überprüfen, ob sie die Wahrheit sagten, wenn sie behaupteten, sich an nichts zu erinnern. Es war möglich, dass sie Erinnerungen hatten und Maria anlogen.

Das war nichts anderes als Paranoia, und sie schüttelte den Kopf, um wieder klar zu werden. Sie alle hatten etwas von der verwirrten Panik, die sie im Badezimmerspiegel gesehen hatte.

Ein Digitalrahmen leuchtete angenehm neben ihrem Bett und zeigte im Wechsel Fotografien ihrer Leben. Sie betrachtete eine Weile die Bilder und ließ sich von diesen Erinnerungen beruhigen.

Es mussten Hunderte von Fotos sein. Tausende, nachdem sie während ihres zweiten Lebens in Fotografie dilettiert hatte. In Schwarzweiß und Farbe, Landschaften und Leute. So viele Leute. Freunde, Geliebte, ein gelegentlicher Verwandter. Die meisten Klone hielten keinen Kontakt zu ihrer Familie, zumal es nach einigen Generationen einfach nur unangenehm wäre, sich bei der Familienfeier eines Urenkels blicken zu lassen und vierzig Jahre jünger als das Geburtstagskind auszusehen. Aber sie hatte es versucht und hauptsächlich die Verbindung zu Großnichten und -neffen aufrechterhalten. Es war nicht ganz so unangenehm, wenn es nicht um direkte Nachfahren ging, die sich häufig darüber ärgerten, wenn ein geklonter Vorfahr ein beträchtliches Vermögen zurückhielt.

Sie lächelte über die Fotos vom Tag der Toten und von Weihnachten. Erinnerungen an Feiertage und die Kindheit waren am intensivsten.

Weitere Bilder zogen vorbei, und sie ließ sich davon berieseln, während sie geduldig wartete. Eine Sache, die man nach mehrmaligem Klonen lernte, war Geduld. Sie hatte ein paar passive Jahre damit verbracht, einfach nur zu warten, bis ärgerliche Mitmenschen gestorben waren, wie ein Pferd, das gelegentlich mit dem Schwanz nach einer Fliege schlug. Um auch die andere Seite der Medaille zu erleben, hatte sie einige Jahre lang aggressiv Rache an jenen genommen, die ihr Unrecht getan hatten. Doch dann hatte sie festgestellt, dass sie das passive Leben als erfreulicher empfand.

Die Nostalgie zeigte ihre hässliche Fratze, wollte, dass sie die Diashow anhielt, um sich einem ihrer Liebhaber zu widmen. Er hatte sich nicht klonen lassen wollen, um auf ewig bei ihr zu bleiben. Aber sie ließ die Erinnerung vorbeiziehen.

Nicht alle Fotos weckten angenehme Gefühle. Einige waren überhaupt nicht mit eigenen Erinnerungen verbunden. Sie hatte Fotos von ihrer Leiche, die das Klonlabor aufgenommen hatte, die einzige Information, die sie in diesen paar seltsamen Fällen über ihren Tod hatte. Beide Male war sie an Kopfschüssen gestorben, und anschließend war ihre Leiche in ihr Klonlabor gebracht worden. Vielleicht sollte sie jenen, die sie getötet hatten, ein wenig dankbar sein, denn sie hätten Maria auch endgültig töten können, wenn das Klonlabor keinen Beweis für ihren Tod hatte. Sie hatte sich Sorgen gemacht, dass man sie für irgendetwas benutzt und dann ermordet hatte, damit sie keine Erinnerung daran hatte. Die Knochenbrüche stützten diese Vermutung.

Jetzt kamen die Bilder, die sie interessierten. Nach diesem letzten Kopfschuss war sie vorsichtiger geworden, hatte ihre Patronin gebeten, eine Leibwache anzuheuern, die sie vor Gefahren schützte. Die Arbeit für diese Patronin war genau genommen nicht immer ganz legal gewesen, was ihr ein lästiges Vorstrafenregister eingebracht hatte, aber dadurch hatte sie auch die Gelegenheit erhalten, ein Besatzungsmitglied der *Dormire* zu werden. Auch verurteilte Verbrecher konnten einen Patron haben.

Bilder zogen vorbei: ihre Patronin, ihr Hund Bradley (ein unerwarteter Stich – sie hatten die geklonte DNS ihres Tieres in ihrer Datenbank, aber nach so vielen Jahrzehnten ohne Hund fühlte sie sich einsam), die *Dormire* im Rohbau, Maria mit der Crew, Akihiro, Wolfgang ohne ein Lächeln, der nervöse Chefingenieur Paul, die charismatische Kapitänin de la Cruz und die ruhige, unerschütterliche Dr. Glass, die aufrecht auf Beinprothesen dastand. Dann die riesige, glänzende, vollständige *Dormire,* der Mond im Vordergrund, die Erde ein strahlend blauer Himmelskörper im Hintergrund. Wie stolz sie gewesen war, dieser Besatzung anzugehören. Eine aufregende Mission, eine weiße Weste, ein neuer Planet!

Maria beugte sich auf dem Bett vor. Jetzt kamen die Bilder, an die sie keine Erinnerung hatte. Ihr Herzschlag beschleunigte sich, während sie zuschaute, aber es waren nur Fotos von Hiro an der Pilotenkonsole, wie er sie grinsend ansah. Wolfgang und die Kapitänin beim Essen, wie sie die Köpfe zusammensteckten und sich berieten. Paul mit einem Verband um den Kopf, wie er ihr aus der Krankenstation zuwinkte. Wie alle sechs bei einem Videospiel zusammensaßen. Während die Jahre vergingen, wurden die Fotos immer seltener, wahrscheinlich weil im Weltraum kaum noch etwas Neues mit denselben sechs Personen passierte.

Manchmal waren sie nur zu fünft. Maria vermutete, dass das sechste Besatzungsmitglied das Foto machte. Wenn man wusste, wer der Fotograf war, konnte man sehr viel darüber erfahren, wie unterschiedlich die Leute dieselbe Sache fotografierten.

Pauls Fotos wirkten immer irgendwie schief, als würde er einfach nicht darauf achten. Katrinas und Wolfgangs Aufnahmen waren gerade und langweilig. Joanna hatte ein Auge für die Fotografie. Sie erwischte Hiros Lächeln oder Wolfgangs erstaunlich blaue Augen genau im richtigen Moment. Anscheinend fotografierte sie die Leute gern im Garten. Hiros Aufnahmen waren von wechselhafter Qualität, manchmal konzentrierte er sich nur auf Marias Gesicht, manchmal auf den Hintergrund, manchmal auf Wolfgang.

Sie schloss für einen Moment die Augen, um ihre Gedanken zu sammeln, doch dann schlief sie einfach ein.

Sie wurde von Rufen geweckt. Sie war im Sitzen auf ihrem Bett eingenickt, laut Zeitanzeige auf dem Digitalrahmen nur für wenige Minuten. Doch nun zeigte der Rahmen keine Fotos mehr, sondern ein Video.

Maria war keine Videofilmerin. Sie liebte die Fotografie. Aber offenbar hatte sie ihre Kamera auf Video umgeschaltet. Das Bild tanzte hin und her, während Maria durch einen Korridor rannte. Die Wände waren zu erkennen, ihr eigenes Gesicht mit ängstlichem Ausdruck, der Boden. Sie wurde von Schimpfwörtern verfolgt. Hiro schrie sie an, Wörter auf Japanisch und Englisch, die Art von Wörtern, für die man sich nicht beiläufig entschuldigen konnte.

»Ich habe dir doch gesagt, dass er sich anders verhalten hat. Nach dem, was mit Paul passiert ist – mein Gott, war es wirklich schon vor zwanzig Jahren? –, wollte ich es diesmal auf Video aufnehmen. Dabei hat er mich erwischt …«, sagte Marias Stimme. Dann wurde der Rahmen kurz schwarz, und als Nächstes kam eine lächelnde junge Maria während der Messe an einem warmen Heiligabend.

Maria tippte auf den Rahmen, um zum letzten Video zurückzuspringen – ein Abschied von ihrer Kindheit zugunsten ihrer verlorenen Jahre. Nur kurz war Hiro im Garten zu sehen, wie er in den tiefen Teich blickte, wo die Wasserreiniger arbeiteten. Er führte ein wütendes Selbstgespräch, bis er

Maria bemerkte und auf sie zurannte, worauf sie die Flucht ergriff.

Sie sprang weiter zurück, aber es gab keine anderen Videos. Warum war dies ihr einziges Video in all den Jahren an Bord der *Dormire*?

Hiros wutverzerrtes Gesicht verfolgte sie, als sie sich vom Bett erhob und sich vergewisserte, dass die Tür verriegelt war. Sie ging in die Hocke und schaute nach, ob ihr persönlicher Safe immer noch unter ihrem Bett lag.

Sie seufzte erleichtert auf, als sie feststellte, dass ihre Wertsachen noch da waren. Alle bis auf ein Stück. Sie verschloss den Safe wieder und schob ihn tief unter das Bett. Sie blickte zum Wandterminal in ihrem Zimmer und auf den kleinen Festspeicher darunter, der mit dem Rechner verbunden war. Sie rief das Betriebssystem auf, da IAN immer noch offline war, und griff auf den Speicher zu.

Im Gegensatz zu allen Logs waren die Daten noch vorhanden, in ihrer ganzen Pracht. Maria kaute auf der Lippe, dann danke sie den Firewalls, die den Speicher geschützt hatten. Sie zog ihn heraus, schloss den Safe noch einmal auf und warf ihn hinein.

Sie überlegte, ob sie es der Kapitänin erzählen sollte, entschied dann jedoch, auf den richtigen Zeitpunkt zu warten.

Maria duschte ausgiebig, um die klebrige Flüssigkeit abzuspülen, und zum ersten Mal seit ihrem Erwachen fühlte sie sich wieder wie sie selbst. Sie zog eine Trainingshose und ein T-Shirt an und stellte den Wecker auf fünfzehn Minuten, um sich ein kurzes Nickerchen zu gönnen. Dann wollte sie sich wieder an die Arbeit machen.

Ganz allein mit Hiro.

Morgen würde sie der Kapitänin den Datenrahmen geben.

Die Sache war nicht wichtig genug, um sie jetzt zu wecken. Wahrscheinlich war es nur ein dummer Streich gewesen, den sie Hiro gespielt hatte – oder andersherum.

Vielleicht würde Katrina irgendwann verlangen, alle Quartiere zu durchsuchen. Maria nahm sich vor, ein besseres Versteck für ihre persönlichen Gegenstände zu finden. Gegenstände, mit denen sie später etwas mehr Zeit verbringen sollte.

Als Hiro in seinem Zimmer den Datenspeicher in das Terminal steckte, dachte er darüber nach, wie sich die Kapitänin und Wolfgang mit ihrem Killerinstinkt herausforderten. Vielleicht waren sie zwei Wölfe unter Schafen und hatten sich gegenseitig erkannt.

Er musste jemanden finden, dem er sich anvertrauen konnte, andernfalls würde die Mission nicht wegen der vielen Toten scheitern, sondern aus Mangel an Vertrauen. Aber wenn schon die zwei Personen, die das Sagen hatten, Mörder waren, was waren dann die anderen?

Auf dem Speicher war ein Video. Es zeigte Hiros tränenüberströmtes Gesicht. Er stand allein auf der Brücke. Er nahm einen tiefen Atemzug und sprach dann in schnellem, abgehacktem Japanisch.

»Falls sie mich zufällig wieder aufwecken wollen, sagt ihnen, dass sie es nicht tun sollen. Ich habe immer wieder Blackouts. Ich weiß nicht mehr, wer ich bin. Sie hat mir keine Ruhe gelassen, sie hat mich gedrängt, sie wollte alles über mich wissen. Ich glaube, ich habe etwas ausgelöst – etwas Altes.« Er zuckte zusammen, während er die Worte stammelte. Hiro wusste, was er meinte. Er musste es nicht aussprechen. »Jetzt ist die Kapitänin verletzt, IAN ist gehackt, unsere Mindmap-Programme sind hinüber. Und ich kann mich kaum noch an die letzten paar Wochen erinnern. Ich habe versucht, mit der Ärztin zu reden, aber sie sagt, es wäre nur Stress und Schlafmangel. Sie hat mir etwas gegeben, damit ich fester schlafe. Dann wachte ich im Garten auf, genau dort, wo Maria mich vor einigen Wochen gefunden hat. Ich erinnere mich nicht, wie ich dorthin gelangt bin! Ich habe Kräuter gepflückt. Ich dachte, ich würde *helfen* …«

Seine Stimmlage war immer höher gestiegen. Er schloss für einen Moment die Augen und redete dann etwas ruhiger weiter.

»Ich hoffe, sie können meinen Dreck wegräumen, wenn ich fort bin. IAN hat vor einer Minute den Gravantrieb abgeschaltet, bevor er alle Logdaten gefressen hat. Ich muss mich beeilen, damit noch genug Schwerkraft für das vorhanden ist, was ich tun muss.«

Er nahm einen tiefen Atemzug, der nach einem Schluckauf klang. »In mir ist etwas zerbrochen. Maria hat es gesehen. Ich bin so müde. Ich habe zu lange darum gekämpft. Weckt mich nicht wieder auf. Lasst die zerbrochene, verzweigte Linie von Akihiro Sato mit mir enden. Es tut mir leid. Wenn ich jemandem Schmerz zugefügt habe, tut es mir leid.«

Während seines Geständnisses arbeiteten seine Hände mit dem Kabel, um daraus eine Schlinge zu knüpfen. Als Hiro es sah, sagte er sich unwillkürlich: *Nein, tu es nicht.* Auch wenn er das unvermeidliche Resultat dieses Abschiedsvideos bereits gesehen hatte.

Dann zeigte die Kamera die Glaskuppel der Brücke, und die rotierenden Sterne wurden langsamer. Hiro kehrte mit einem Schraubenzieher und seinem Stiefel zurück. »Ich muss dies auf einem externen Speicher sichern. Ich darf nicht riskieren, dass IAN es löscht. Ich melde mich ab.«

Das Videobild wurde schwarz. Die Tonspur lief einen Moment lang weiter und nahm einen fernen Schrei auf, von irgendwo im Korridor, der zur Brücke führte.

Hiro saß noch eine Zeit lang reglos auf seinem Bett. Dann schaute er sich alles noch einmal an. Er zog den Datenspeicher aus seinem Tablet und ging zum Abfallschacht, der alles direkt in den Recycler beförderte. Er warf den Speicher in den Schacht, horchte, wie er klickend gegen die Wände schlug und immer schneller wurde, als die höhere Schwerkraft der Außendecks des Schiffs ihn beschleunigte.

Er nahm eine schnelle Dusche, dann legte er sich hin und starrte die Decke an.

Dieses Abschiedsvideo würde sie nur auf falsche Gedanken bringen.

Er hatte niemanden getötet.

Er wusste es.

Ein billiges Leben

Joanna hatte beschlossen, die Nacht durchzuarbeiten, um den Ablauf der Morde zu rekonstruieren, doch dann sah sie zu ihrer Bestürzung, dass die Kapitänin an der Tür zur Krankenstation stand und sie beobachtete.

»Was kann ich für Sie tun, Kapitänin?«, fragte Joanna, während sie Katrina mit einem Wink zum Eintreten aufforderte.

»Ich wollte nachsehen, wie Sie mit Ihrem Bericht vorankommen«, sagte Katrina.

»Sie werden es als Erste erfahren, wenn ich Ergebnisse habe.«

Katrina ging zum Bett, in dem ihr älterer Klon lag. »Ich dachte, ich hätte Ihnen diesbezüglich eine Anweisung gegeben.«

»Und ich habe entschieden, diese Anweisung im Interesse der Patientin zu ignorieren«, sagte Joanna, die sich aufrichtete und zu Katrina hinüberrollte.

»Das ist Meuterei.« Katrinas Stimme war eiskalt.

»Zu solchen Entscheidungen bin ich durchaus befugt. Sie haben das Interesse zum Ausdruck gebracht, meine Patientin zu töten, während ich der Meinung bin, dass sie noch etwas länger leben sollte.«

»Es geht darum, das Material im Interesse der Besatzung zu recyceln«, stellte Katrina richtig. Sie setzte sich auf den

Stuhl neben dem Bett, als wollte sie Wache halten. Sie wandte den Blick nicht von ihrem zerschundenen Gesicht ab.

Joanna legte ihr Tablet auf einen Rollwagen und nahm ein Notizbuch in die Hand. Sie bewegte sich nicht allzu schnell. Katrina hatte nicht versucht, den Körper anzurühren, zumindest noch nicht. Sie warf Joanna einen irritierten Blick zu, als sie zu ihr kam.

»Papier?«, fragte sie.

»Wenn man bedenkt, was aus den Logs wurde, halte ich das für das Sicherste«, sagte Joanna. »Außerdem mache ich Sprachaufzeichnungen, aber vorläufig werde ich keine Daten in diesen Computer eingeben. Hat Wolfgang den Rest des Schiffs unter Kontrolle?«

»Soweit es möglich ist.«

»Geht es Ihnen gut, Kapitänin?«, erkundigte sich Joanna.

»Absolut«, sagte Katrina.

»Haben Sie geschlafen?«

»Nein.«

»Kapitänin, Sie wissen, dass Sie schlafen müssen. Der neue Körper braucht sehr viel Nahrung und Ruhe. Wenn Sie nicht essen können, sollten Sie sich wenigstens ein wenig ausruhen.«

»Sie ruhen sich auch nicht aus«, erwiderte Katrina.

Joanna zuckte mit den Schultern. Sie wollte der Kapitänin nicht sagen, dass sie sich um dringende Angelegenheiten kümmern musste.

»Wie lange wollen wir sie im Koma liegen lassen, bevor wir den Körper entsorgen?«

Joanna ging nicht darauf ein, wie unpersönlich Katrina über ihren Klon sprach. »Es herrscht noch zu viel Chaos, um eine solche Entscheidung treffen zu können. Aber ich rechne damit, dass sie noch mindestens eine Woche lang hier sein wird. Sie sollten sie nicht behelligen, während sie sich erholt«, fügte sie hinzu.

»Was wollen Sie tun, um mich fernzuhalten?«, fragte Katrina. Es klang nicht herausfordernd, nur interessiert.

»Ich hoffe, Sie respektieren meine Autorität in der Krankenstation. Darüber hinaus werde ich wohl die Tür verriegeln müssen. Und ich werde mit Wolfgang reden.«

Sie erwartete, dass Katrina lachte, aber stattdessen nickte die Kapitänin nachdenklich. »Das ist ein guter Plan. Trotzdem könnte ich den Körper jetzt einfach töten.«

»Während ich dabei bin?«

Katrina schnaufte. »Ich bitte Sie. Ich könnte ihn mir schnappen und wäre durch die Tür und auf dem Weg zum Recycler, bevor Sie sich mit Ihrem Stuhl umgedreht hätten.«

Joanna hatte mehr als zweihundert Jahre und mehrere Leben hinter sich, und solche Bemerkungen schmerzten sie immer noch. Sie vermutete, dass es sich nie ändern würde. Sie strich das Laken unter den Gurten des Klons glatt. »Warum haben Sie es nicht vorher getan, als Sie jede Menge Gelegenheiten dazu hatten?« Katrina antwortete nicht. »Also gut. Tun Sie's.« Joanna hielt den Atem an und fragte sich, ob die Kapitänin ihren Bluff durchschauen würde.

»Sie sind stärker, als ich dachte«, sagte Katrina und lehnte sich auf dem Stuhl zurück, während sie die Hände hinter dem Kopf verschränkte.

Sie saßen schweigend da, und Joanna spürte, wie die Anspannung in ihrer Brust allmählich nachließ. Katrina hatte recht: Joanna könnte es in einer körperlichen Auseinandersetzung niemals mit ihr aufnehmen.

Joanna brach das Schweigen. »Glauben Sie manchmal, dass es ein Fehler war, das Klonen so preisgünstig zu machen?«

»Was?«, sagte Katrina überrascht. »Wie kommen Sie plötzlich darauf?«

»Ein Leben ist so billig geworden«, sagte Joanna. »Man euthanasiert sich selbst und überspringt einfach eine schlimme Krankheit. Die Rage Kiddies erfinden unmögliche Sportarten und begeben sich in große Lebensgefahr, aber wen kümmert es? Sie haben sogar das Gesetz auf Ihrer Seite, wenn Sie diese lebende Frau in den Recycler werfen möchten.« Sie deutete auf den Klon der Kapitänin.

»Ich verstehe«, sagte Katrina und blickte zur leicht gewölbten Decke hinauf. »Aber das Leben war schon immer billig, nicht wahr? Manche Leute haben sich wegen der Beute in einem Videospiel abgestochen. Sich gegenseitig wegen einer Verkehrswidrigkeit erschossen. Politische Attentate. Mord an wirtschaftlichen Konkurrenten. Ich glaube, das Klonen hat dazu geführt, dass wir es viel mehr wertschätzen, weil es im Überfluss verfügbar ist. Haben Sie von den Wirtschaftsattentaten in Lateinamerika in den Jahren um 2330 gehört? Man hat Killer bezahlt, damit sie Klone auf Partys umlegen. Man bezeichnete es als Unannehmlichkeit. Manchen gesellschaftlichen Kreisen war es peinlich. Das Bedauerlichste daran war, dass man eine gute Party verpasste. Und vielleicht etwas Blut auf dem Abendkleid hatte. Die Leute gingen auf eine Party und starben, und wenn sie am nächsten Tag aufwachten, dachten sie sich, dass es eine ziemlich aufregende Nacht gewesen sein musste.«

Joanna nickte, als sie sich daran erinnerte. »In Amerika bezeichneten wir solche Tötungen als den schlimmsten Morgenkater. Höchst illegal, streng genommen Mord. Doch seltsamerweise gingen die schweren Gewalttaten stark zurück, als Klone preisgünstiger wurden. Ein Mord hatte keinen Reiz mehr. Und die Kids mussten bei der Planung ihrer Racheakte viel kreativer werden.«

»Die Latinos hatten da ihren eigenen Ehrenkodex. Keine Folterung, keine Einschüchterung und kein Mord an normalen Menschen.«

»Wie zivilisiert«, bemerkte Joanna trocken.

»Der Kodex war sehr wichtig. Ich stand in verschiedenen Kriegen an vorderster Front, Joanna. Ich habe Gefechte miterlebt. Ich habe Menschen getötet – richtige Menschen. Ich habe die sinnlose Verschwendung von Menschenleben gesehen, bevor ich zum Klon wurde und danach. Trotzdem habe ich mir niemals mehr gewünscht, jemanden oder etwas zu töten, als diese Person hier.«

Joanna drehte sich langsam mit dem Rollstuhl zu ihr herum. »Ich kann nicht so tun, als wüsste ich, was Sie durchgemacht haben, Kapitänin. Aber warum hassen Sie sie so sehr?«

Katrina beugte sich vor und starrte auf ihr eigenes Gesicht, als könnte sie die Patientin mit ihrer Willenskraft wecken. »Weil sie nichts für mich hat. Ich werde nie ihre Erinnerungen, ihre Geheimnisse bekommen. Sie hat mir diese letzten paar Jahre gestohlen, die Zeit, die wir dazu hätten nutzen können herauszufinden, was zum Teufel hier passiert ist. Sie ist nicht wie alle anderen gestorben. Sie ist eine lebende Diebin.

Sie schuldet mir etwas. Genauso wie ich meinem nächsten Klon etwas schuldig bin. Und so weiter. Normale Menschen sagen, dass sie es ihren Kindern schuldig sind, ihnen ein besseres Leben zu ermöglichen, aber ich finde, dass Klone ihren folgenden Verkörperungen alles schuldig sind. Buchstäblich. Und sie hat mir nichts außer einem großen Durcheinander hinterlassen.«

»Es ist nicht ihre Schuld. Außerdem sitzen wir im selben Boot«, rief Joanna ihr behutsam ins Gedächtnis. »Sie alle starben, ohne uns irgendwelche Informationen zu hinterlassen. Sie alle haben uns bestohlen, wenn man nach dieser Logik geht.«

»Aber Ihre Klone sind tot. Dieser hier klammert sich ans Leben.« Katrina sprach »dieser hier« aus, als würde sie über ein Insekt reden, auf das sie getreten war. »Ich wünschte, Sie würden das respektieren und mir gestatten, ihn zu entsorgen.«

»Ich respektiere die Lebenden, Katrina«, sagte Joanna und wandte sich wieder ihrem Computer zu. »Ich weiß nicht, warum Sie nicht erfahren wollen, was sie weiß. Sie könnte alle Rätsel lösen, wenn sie aufgewacht ist.«

»Und dann gäbe es zwei Versionen von mir. Zwei Kapitäninnen. Glauben Sie, sie würde dann einfach abtreten, weil ich jetzt existiere? Dass sie ihren Rang und ihr Leben aufgeben wird?«

Joanna schüttelte den Kopf. Es gab Leute, die ihren Doktor in Ethik des Klonens gemacht und keine gute Antwort auf diese Frage gefunden hatten.

Katrina zuckte mit den Schultern. »Heute müssen Sie sich keine Sorgen machen. Ich gehe in mein Quartier, um mich auszuruhen.« Sie stand auf und streckte sich. Sie schien es zu genießen, wieder einen jungen Körper zu haben. Sie machte sich auf den Weg zur Tür, hielt dann noch einmal inne und blickte zurück. »Joanna?«

»Ja?«

»Tur mir leid, was ich vorhin gesagt habe.«

»Ich weiß, Kapitänin.«

Sie ging. Ihr Klon lag im Koma, und ihre Geheimnisse waren in einem Kopf eingeschlossen, der so nahe, aber ohne funktionierende Mindmap-Hardware gleichzeitig so unerreichbar war.

Paul stand in seinem Quartier, mit rasendem Herzen und beklemmendem Angstgefühl in der Brust. Er war hierhergekommen, um etwas Privatsphäre zu haben und zu sehen, ob er herausfinden konnte, was geschehen war, zumindest was seinen Teil der Geschichte betraf. Er hatte immer noch Schwierigkeiten, sich zu konzentrieren, und seine Gedanken kehrten ständig zum panischen Moment zurück, als er zwischen so vielen Toten aufgewacht war. Selbst der Serverraum war für ihn keine Wohlfühlzone mehr. Dort gab es zu viele blinkende rote Lichter und Fehlermeldungen und die Angst, dass die Kapitänin, die dämonische Kapitänin, ihm jederzeit über die Schulter schauen konnte. Während ihr Höllenhund Wolfgang sich bereithielt, Paul die Kehle aufzureißen. Paul hatte erleichtert aufgeatmet, als endlich alle anderen den Serverraum verlassen hatten. Das Nachdenken fiel ihm erheblich leichter, wenn sie ihn nicht beobachteten, anbrüllten und beurteilten.

Wenn sie schon immer solche Arschlöcher waren, warum hat es dann fünfundzwanzig Jahre gedauert, bis wir starben? Er hätte vermutet, dass sie mit dermaßen gestörten Persönlichkeiten schon innerhalb des ersten Jahres tot sein müssten.

Sein Quartier war ein einziges Chaos, was ihn nur ein wenig enttäuschte. Er hatte sich immer wieder vorgenommen, ordentlicher zu werden. Eines Tages. Er hatte gehofft, er hätte es während der letzten paar Jahre geschafft, ohne dass er selbst (beziehungsweise sein derzeitiger Klon) sich darum bemühen musste. Aber nein, das Bett war nur mit einem Laken überzogen. Die Decke lag auf dem Boden. Wahrscheinlich böse Träume. Das war nichts Neues.

Ohne große Hoffnung setzte er sich an seine persönliche Konsole. Alles war gelöscht worden. Er durchsuchte seine Sachen. An der Wand hingen ein paar Bilder von Landschaften der Erde, einige Fotos von berühmten Ingenieuren und Poster von Filmen, die inzwischen vermutlich als Klassiker galten. Er überlegte, was sich zu Hause alles verändert hatte. Doch er befürchtete, dass er es niemals erfahren würde.

Er durchstöberte sein Zimmer und suchte nach seinen persönlichen Dingen. Einige fehlten, was ihm Angst machte, aber dann sagte er sich, dass er fünfundzwanzig Jahre Zeit gehabt hatte, einzelne Stücke zu verlieren oder anderswo im Schiff zu deponieren.

Er fand sein privates Tablet mit Büchern, Filmen und Spielen – mehr als er jemals würde konsumieren können, selbst wenn er Jahrhunderte im Weltraum verbrachte. Gott sei Dank waren sie nicht gelöscht worden. Er suchte nach irgendwelchen persönlichen Logdateien auf dem Tablet, fand aber nichts. Verärgert warf er das Gerät auf das Bett.

Er fragte sich, ob die anderen Klone Nachrichten an ihre künftigen Existenzen hinterlassen hatten. Detaillierte Logs hatten wenig Sinn, weil sie alle davon ausgingen, dass sie im schlimmsten Fall nicht mehr als zwei Wochen Erinnerungen verlieren würden.

Paul ging in das kleine Bad und starrte auf sein schmales, junges Gesicht im Spiegel. Er war schon einmal zwanzig gewesen, aber er hatte schon seit sehr langer Zeit nicht mehr so gut und so gesund ausgesehen. Es hätte das Gesicht eines Fremden sein können. Er griff in die Dusche, drehte sie so heiß wie möglich auf und beobachtete, wie der Dampf sein Spiegelbild verschwimmen ließ.

Das Computerterminal piepte, während er sich auszog. Im Rauschen des Wassers hätte er es fast nicht bemerkt, doch als er den Kopf aus dem Bad streckte, hörte er das Piepen noch einmal. Schnell zog er sich wieder an und drehte die Dusche ab.

IAN war erwacht.

Sollte er der Kapitänin und Wolfgang Bescheid geben? Nein, zuerst wollte er sich IAN ansehen, vor allen anderen. Er rannte zum Serverraum zurück.

Das Nutzerinterface blinkte immer noch dort, wo er es zurückgelassen hatte. Die Anzeigen der verschiedenen Server leuchteten weiterhin stellenweise rot, doch das schlafende gelbe Gesicht, das IANs Nutzerinterface darstellte, hatte die Augen geöffnet und blickte sich um.

Paul wusste, dass die KI ihn durch die Kameras im Raum betrachtete und nicht durch die glühenden gelben Augen, aber das störte ihn nicht. Er hatte gern ein Gesicht, zu dem er sprechen konnte.

Er wandte sich dem zitternden Hologramm von IAN zu, die einzige Person, auf die er gespannt gewesen war, als er sich der Besatzung angeschlossen hatte. Vor ein paar Stunden war Paul tief in IANs Programmierung eingestiegen, um nach dem zu suchen, was ihn abgeschaltet hatte. Aber er hatte die Schlüsselsequenz nicht finden können, die beschädigt war. Er musste nur nach einer Kodezeile suchen, dann würde sich alles Weitere von selbst ergeben. Er hatte ein paar Dinge ausprobiert, aber anscheinend hatte nichts funktioniert. Vielleicht brauchte er nur etwas mehr Zeit.

»IAN, gib mir einen Statusbericht«, sagte er.

»Meine Sprachfunktionen sind wieder zugänglich«, antwortete IAN. »Du bist Paul Seurat, der Chefingenieur des Raumschiffs *Dormire*.«

»Und wer bist du?«, fragte er und hielt den Atem an.

»IAN. Intelligentes Artifizielles Netzwerk. Ein cleveres Akronym.« Die Lichtprojektion seiner Lippen war nicht genau auf die Worte abgestimmt, die aus den Lautsprechern drangen, aber immerhin kommunizierte er. Das war doch etwas.

»Ja, Wissenschaftler lieben solche Witze«, sagte Paul und warf einen Blick auf das Hologramm, das hinter IANs projiziertem Gesicht die Verbindungen anzeigte. »Funktionierst du fehlerfrei?«

»Keineswegs optimal, aber schon erheblich besser. Ich habe vielleicht zu dreißig Prozent meiner Kameras Zugang.« Er hielt kurz inne. »Du bist anders. Das ist ein neuer Klon. Wie bist du gestorben? Darüber habe ich keine Informationen.«

Paul spürte, wie sich seine Besorgnis verschob, als die Vergangenheit weiterhin ein schwarzes Loch blieb. »Nein? Also kannst du uns nicht sagen, was in den letzten fünfundzwanzig Jahren geschehen ist?«

IAN zögerte einen Moment. »Ich habe die Kapitänin gerufen. Ich muss ihr Bericht erstatten.«

Paul stöhnte. Wenn er derjenige gewesen wäre, der die Kapitänin informiert hätte, wäre er jetzt der Held gewesen. Aber nun …

»Mr. Seurat, wie nett von Ihnen, mir Bescheid zu geben, dass IAN erwacht ist«, sagte Katrina in eiskaltem Tonfall, als sie den Serverraum betrat.

»Er ist eben erst online gegangen, Kapitänin«, sagte er. »Ich war noch dabei, seinen Zustand einzuschätzen, damit ich Ihnen einen vollständigen Bericht geben kann.«

»Das müssen Sie jetzt nicht mehr tun. IAN, wie ist dein Status?«

Das gelbe Gesicht wandte sich der Kapitänin zu. »Ich bin online. Das Schiff ist zu etwa fünfundachtzig Prozent funktionsfähig, auch wenn eine große Anzahl von Logdateien fehlen. Genauer gesagt fehlen sogar alle.«

»Das wussten wir bereits«, blaffte die Kapitänin.

Paul verspürte das eigenartige Bedürfnis, IAN zu verteidigen. Stattdessen sagte er: »IAN, kannst du unseren Kurs und unsere Geschwindigkeit ermitteln?«

»Wir sind vom Kurs abgekommen, aber wie es scheint, befinden wir uns derzeit in einem Korrekturmanöver. Unsere Geschwindigkeit ist etwa fünf Prozent langsamer, als sie zu diesem Zeitpunkt sein sollte … Nein, fünf Komma drei neun. Wir werden langsamer. Und wir ändern wieder den Kurs. Das Magnetsegel rotiert in eine andere Richtung.« Es gab eine Pause, als würde er seine internen Befehle überprüfen. »Ja, wir weichen definitiv erneut vom Kurs ab. Das ist sehr seltsam.«

»Und das ist gerade eben passiert?«, fragte Paul besorgt.

»In dem Augenblick, als du auf die Daten zugegriffen hast. IAN, bist du es, der das tut?«, fragte Katrina. »Bis du aufgewacht bist, lief alles bestens mit der Kurskorrektur.«

»Ich weiß es nicht. Ich glaube nicht«, sagte er mit hörbarem Zweifel in der Stimme. »Ich bin weiterhin nicht in der Lage, einen direkten Zugang zu allen Schiffssystemen zu erhalten.«

»Kannst du vorübergehend deine Verbindung zur Navigation trennen?«, fragte Katrina.

IAN hielt inne, und Paul dachte, dass er einen Moment brauchte, um die Befehle auszuführen. »Nein, Kapitänin. Das ist mir nicht erlaubt. Ich kann die Navigation nicht an die Besatzung übergeben, auch nicht für einen Exekutivbefehl.«

»Wir weichen vom Kurs ab. Wir werden langsamer. Schon wieder«, sagte Katrina. Ihre Wut war ihr deutlich anzuhören.

»Ich werde sehen, was ich tun kann, um uns auf den alten Kurs zu bringen«, sagte IAN.

»Genau das habe ich dir soeben befohlen!«, sagte die Kapitänin.

»Nicht ganz, Kapitänin. Ich werde heute Nacht daran arbeiten, während ich versuche, eine Selbstdiagnose der Probleme mit meiner Software durchzuführen. Morgen früh müsste ich einen vollständigen Bericht geben können. Bis dahin sollten Sie sich ein wenig ausruhen.«

Paul fragte sich, wie oft IAN in den vergangenen Jahren schon die Befehle der Kapitänin ignoriert hatte. Er war die letzte Autorität, für den Fall, dass die Schiffsbesatzung auf Ideen kam, die dem Missionsziel zuwiderliefen.

Die Kapitänin sah Paul mit ernstem Blick an. »Vielleicht müssen wir nach einer Möglichkeit suchen, ihn wieder abzuschalten, wenn wir weiterhin vom Kurs abweichen.«

»Kapitänin, er kann Sie hören«, flüsterte Paul mit leicht zitternder Stimme. »Außerdem ist er gerade gestorben und wieder erwacht und musste feststellen, dass ihm große Teile seiner Erinnerungen fehlen. Genauso wie wir es erlebt haben. Meinen Sie damit, dass Sie ihn erneut töten wollen?«

Katrina versuchte gar nicht, ihre Stimme zu senken. »Ich bin bereit, jeden auszuschalten, der verhindert, dass wir unsere Mission erfüllen können.«

Katrinas Geschichte

Vor 126 Jahren
10. Oktober 2367

»Hermès, glaube ich«, sagte Katrina de la Cruz. »Perfekt.«

Ihr Hausmädchen Rebeca ging zum Schrank, in dem ihre Garderobe in temperaturregulierter Perfektion hing. Sie kehrte mit einem schmalen schwarzen Hosenanzug in einer Kleiderhülle aus Plastik zurück. Sie hielt ihn Katrina hin wie ein Sommelier, der einen guten Wein präsentierte.

Katrina nickte an ihrem Schminktisch, und das Hausmädchen machte sich daran, den Anzug aus der Hülle zu nehmen und zu glätten. Sie legte ihn für Katrina aufs Bett, die aufstand, ihren Morgenmantel auszog und sich ankleidete.

Etwas Schwarzes würde gut zum offiziellen Abendessen passen, und der Hosenanzug, ein Smoking mit weiblichem Schnitt und Schwalbenschwänzen, würde ihr möglichst große Bewegungsfreiheit erlauben.

»Sie dürften eine Maske benötigen«, sagte Rebeca. »Dazu passend oder im Kontrast?«

»Weißer Domino, weißer Hut, weiße Bluse«, sagte Katrina.

»Damit werden Sie auffallen«, sagte Rebeca.

»Darum geht es.«

Rebeca schürzte die Lippen und half Katrina beim Ankleiden.

Doch Katrina brauchte gar keine Hilfe beim Ankleiden. Es gab kaum etwas, wobei sie Hilfe brauchte. Aber nachdem sie Rebeca als Haushaltshilfe eingestellt hatte, erwies sie sich als klassisches Hausmädchen, das alle Arbeiten übernahm, vom Putzen bis zum Ankleiden.

Katrina war eine mit Orden dekorierte Kriegsheldin, der erste Klon, der als General irgendeine militärische Streitmacht befehligt hatte. Im amerikanischen Südwesten war sie gut allein zurechtgekommen, nachdem Mexiko Truppen geschickt hatte, die im Amerikanischen Wasserkrieg aushelfen sollten. Sie hatte keine Probleme damit gehabt, ihe eigenen Wunden zu versorgen und sich selbst anzukleiden, als die künstliche Insel vor der mexikanischen Küste von Flüchtlingen gestürmt wurde, die es auf die Entsalzungsanlage abgesehen hatten.

Doch nun war sie im Ruhestand. Sie hätte mit ihrem neuen geklonten Körper in der Armee weitermachen können, auch wenn es vielleicht schwierig gewesen wäre, sich vor »älteren« Soldaten mit niederem Rang Respekt zu verschaffen, aber sie hatte sich für einen neuen Kurs entschieden. Einen lukrativeren Job. Die Besoldung eines Generals war nicht schlecht, aber man konnte sich für viel mehr Geld von Unternehmen anheuern lassen, einen Geschäftskonkurrenten aus dem Weg zu schaffen.

Sie hatte ein paarmal für die Mafia gearbeitet, aber das war ihr zu persönlich geworden. Katrina waren Wirtschaftsattentate lieber, weil sie nicht so schmutzig und nachhaltig waren. Schließlich ging es nur ums Geschäft.

Und nachdem sie gesehen hatte, wie sich große Unternehmen in den Amerikanischen Wasserkrieg eingemischt hatten, empfand sie es als ihre Pflicht, so viele *hijos de perra* abzuknallen wie möglich.

Rebeca war ein äußerst talentiertes Hausmädchen, selbst in einer Gesellschaft, die wieder die Fähigkeiten vielseitig einsetzbarer Diener zu schätzen wusste. Sie achtete darauf, dass Katrina jede Woche eine Mindmap machte, und auf jeden Fall vor einem Job. Sie sorgte dafür, dass Katrinas Waffen gesäubert, geschärft, ausbalanciert und poliert waren, je nach dem, was nötig war. Und der Hermès-Anzug war weit genug, um darunter mehrere Waffen zu verbergen, die an beiden Waden, oben am linken Unterarm und in ihrer Hutkrempe befestigt waren. Rebeca verstand sich auch darauf, Blut, Fäkalien und Erbrochenes aus nahezu jedem Stoff herauszubekommen. Während ihrer Arbeit hatte Katrina nicht viele Kleidungsstücke verloren.

Der weiße Filzhut hatte eine symbolische Funktion. Er saß schief auf ihrem Kopf, während sie ihr schwarzes Haar im Nacken zu einem Knoten geflochten hatte. Katrina hatte festgestellt, dass die Leute ihr eher vertrauten, wenn sie Weiß trug. Sie fühlten sich zu ihr hingezogen, wenn sie Rot trug. Grün war gar nicht ihre Farbe. Der schwarze Hermès sollte die Gäste fernhalten, ihnen ein beklemmendes Gefühl vermitteln, ohne dass sie wussten, warum.

Nachdem sie nun ihren Anzug angelegt hatte, eine frische Mindmap auf dem Server gespeichert war und kühle Waffen sich langsam an ihre Körpertemperatur anpassten, war sie bereit zu gehen. Die heutige Party fand nicht weit von ihrem Haus in Punta Diamante in Acapulco statt. Rebeca bestellte einen Wagen für sie, reichte ihr den Umhang und die Handtasche (die keine Waffen enthielt, schließlich war Katrina nicht töricht), und begleitete sie nach draußen, damit sie den Sonnenuntergang über dem Pazifik beobachten konnten, während sie warteten.

Manche wahnsinnig reichen Leute orderten immer noch

Autos, die von Menschen gefahren wurden. Das war genauso sinnvoll wie eine vergoldete Toilette – eine irrelevante Protzerei. Viele Menschen, vor allem solche auf Katrinas Wohlstandsniveau, bestellten einfach ein selbstfahrendes Auto, um irgendwohin zu fahren, was die Reisenden gleichzeitig von Mühe und Verantwortung entband. Und mit mehr selbstfahrenden Autos lief auch der Verkehr wesentlich besser.

Als das Fahrzeug mit einer Person auf dem Rücksitz eintraf, zog sich Katrina in ihr Haus zurück und griff nach ihrer Pistole.

Eine kleine, stämmige Frau mit hellbrauner Haut und dunklen Augen stieg aus dem Wagen und ging ohne Eile zur Tür. Sie trug einen teuren grauen Hosenanzug – italienisch? –, schwarze Pumps und einen grauen Filzhut. Sie sah wie fünfundzwanzig aus, bewegte sich jedoch mit dem Selbstvertrauen einer wesentlich älteren Person.

Katrina beobachtete sie auf dem Überwachungsmonitor und wusste sofort, wer diese Frau war. Sie wäre eine äußerst unfähige Wirtschaftsattentäterin, wenn sie ihre jeweilige Zielperson nicht wiedererkennen würde.

Diese Frau hatte große Ähnlichkeit mit Katrina, wie sie ging, wie sie sich kleidete. Sie war zielstrebig und gründlich, sie wusste um die Bedeutung einer angemessenen Garderobe und bewegte sich nur dann schneller, wenn es unbedingt nötig war.

Sie klopfte an die Tür. »Katrina de la Cruz«, sagte sie mit amerikanischem Akzent. »Mein Name ist Sallie Mignon. Ich würde gern mit Ihnen reden. Ich bin unbewaffnet.«

Rebeca war gekommen, um nachzuschauen. Mit hochgezogener Augenbraue sah sie Katrina an, die nickte. Katrina ging ein Stück weiter ins Foyer und setzte sich auf die Bank unter dem abstrakten Originalgemälde von Phillips. Sie hielt ihre Waffe bereit und gab Rebeca ein Zeichen, dass sie die Tür öffnen sollte.

»Würden Sie gern …«, begann Rebeca, doch dann schlug Sallie ihr völlig unerwartet ins Gesicht.

Mit blutender Nase stürzte sie zu Boden.

Katrina gab einen Schuss ab, der rechts von der Frau die Tür splittern ließ.

Sallie hielt inne und hob die Hände. »Ich wollte nur mit Ihnen reden.«

»Das sieht für mich nicht nach einem Gesprächswunsch aus, sondern nach einem Angriff auf mein Haushaltspersonal«, sagte Katrina und zeigte mit der linken Hand auf Rebeca, während die rechte weiterhin die Waffe auf die Besucherin richtete.

»Ich sagte, dass ich unbewaffnet bin«, erwiderte die Frau. »Und …« Weiter kam sie nicht, sondern stieß ein überraschtes Grunzen aus, als Rebeca die Beine um die ihren schlang und Sallie mit einer Schere rückwärts umwarf. Sie knallte mit dem Kopf auf den Boden, und Rebeca setzte sich auf, verpasste ihr zwei Schläge gegen die Schläfe. Dann sprang sie auf, während ihr immer noch Blut aus der Nase lief, und trat auf Sallies Handgelenk, um sie bewegungsunfähig zu machen.

Offenbar wurde es Zeit, Rebeca eine Gehaltserhöhung zu geben.

»Sie wussten nicht, dass meine Haushaltshilfe am College als Meisterin der Kampfkunst ausgezeichnet wurde, nicht wahr?«, fragte Katrina.

Sallie stöhnte nur.

»Durchsuchen Sie sie nach Waffen«, sagte Katrina.

Rebeca schüttelte den Kopf. »Sie hat keine. Sie braucht keine.«

»Dann fesseln Sie sie und verarzten sich dann.«

Rebeca und Katrina trugen die benommene Frau in die Küche und fixierten sie auf einem Stuhl. Katrina setzte sich ihr gegenüber auf einen Hocker. Rebeca drückte sich ein feuchtes Handtuch auf die Nase, jedoch ohne die Frau aus den Augen zu lassen.

Sie kam schneller wieder zu sich, als Katrina erwartet hatte. Sie spannte sich an, testete ihre Fesseln und entspannte sich wieder. Sie richtete den Blick mit fragendem Ausdruck auf Katrina. »Ich bin nicht tot?«

»Ich möchte gern mehr über Sie erfahren«, sagte Katrina. »Außerdem wurde ich beauftragt, Sie auf der Party zu töten und nicht in meiner Küche.«

»Warum waren Sie so vorsichtig, als ich hier eintraf?«, fragte die Frau. »Ich bin keine Gefahr für Sie. Zweifellos haben Sie Back-ups.«

»Im Moment habe ich nicht genug Zeit, vor der Party einen neuen Klon aufzuwecken. Und mir gefällt dieser Anzug.«

»Verständlich. Ich bin hier, um …«

»Ich bin nicht käuflich«, fiel Katrina ihr ins Wort.

»Davon abgesehen, dass Sie sich anheuern lassen, um Leute umzubringen«, sagte Sallie mit einem Lächeln.

»Gut möglich«, räumte Katrina ein.

»Ich wollte nur vor der Party mit Ihnen reden«, sagte Sallie.

»Wir reden jetzt«, erklärte Katrina ihr. »Sie haben eine hohe Abschussprämie. Ich habe mich über Sie sachkundig gemacht. Ihr Gehirn gehört zu den gefürchtetsten der ganzen Welt. Wie kann es sein, dass Sie bisher noch nie von einem Mindhacker angegriffen wurden?«

»Der beste Hacker der Welt steht in meinen Diensten«, sagte Sallie.

»Natürlich«, sagte Katrina. »Und warum sind Sie hier, statt sich von mir auftragsgemäß auf der Party von Sol Cola töten zu lassen?«

»Ich wusste, dass ich auf dieser Party umgebracht werden soll. Ich habe mehrere Spione bei Sol Cola. Ich habe mich auch über Sie sachkundig gemacht. Sie sind eine ziemlich harte Kämpferin.«

Katrina zuckte mit den Schultern. Für solche Schmeicheleien war sie schon lange nicht mehr zugänglich. Sie wusste genau, wie gut sie war.

»Und?«

»Ich spreche nicht von Ihrer körperlicher Leistungsfähigkeit«, sagte Sallie. »Ich rede über Ihre Kampfstrategie. Sie planen alles bis ins kleinste Detail und berücksichtigen, was die Leute gern essen und trinken und welche Liebesaffären sie hatten. Sie entwickeln Alternativpläne. Ich brauche jemanden wie Sie in meinem Team.«

Katrina schüttelte den Kopf. »Ich habe Ihnen bereits gesagt, dass ich mich nicht von einem Vertrag loskaufen kann. Sie können mir nicht das Doppelte zahlen, damit ich mich gegen meine Klienten wende. Ich würde jede professionelle Seriosität verlieren, wenn ich so etwas zulassen würde.«

Sallie zerrte für einen Moment an ihren Fesseln. Sie war es gewohnt, mit den Händen zu sprechen, erkannte Katrina. »Darum geht es nicht. Ich biete Ihnen an, in einen ganz anderen Job zu wechseln.«

»Warum sollte ich das tun?«

»Weil Sie Geld, Abenteuer und Macht lieben.«

»Wer tut das nicht?«

Sallie lächelte. »Nun gut, die meisten lieben diese Dinge, aber Sie streben offensiv danach.«

»Was für ein Job?«

»Als Beraterin, zumindest für den Anfang. Ich habe ein Problem, das ich lösen muss.«

Katrina wartete.

»Wie rächt man sich an Menschen, die unglaublich reich sind und den Tod nicht fürchten?«

Katrina dachte einen Moment lang nach.

»Dazu brauchen wir einen Drink.«

Rebeca, die sich ein Stück von einem Papiertaschentuch in die Nase gestopft hatte, servierte ihnen einen kostbaren Tequila und bereitete einen Eisbeutel für Sallies Kopf vor.

Meister der Kampfkunst waren häufig nachtragend, aber diese Einstellung passte nicht zu ihrem derzeitigen Job.

Sallie saß nun ohne Fesseln mit Katrina auf der Veranda, wo die Frauen beobachten konnten, wie die Sonne im Meer versank. Sallie nahm anerkennend einen Schluck vom Tequila. »Ich finde nur, dass Attentate, wie Sie sie ausführen, eine Verschwendung von Zeit und Geld sind. Was erreichen Sie damit? Es ist wie in der Grundschule, als wir uns gegenseitig die Röcke hochgehoben haben, um unsere Höschen blitzen zu lassen. Jetzt sind wir erwachsen. Wir sollten bloße Demütigungen hinter uns lassen.«

»Demütigungen sind das Einzige, was uns geblieben ist«, sagte Katrina nachdenklich. »Die meisten Menschen umgeben sich mit Klonen, insbesondere nach ein oder zwei Lebenszeiten, damit niemand ihre Angehörigen bedrohen kann. Geld ist viel zu schlecht zurückzuverfolgen. Wenn man ein Unternehmen ruiniert, stellt man fest, dass der Rivale noch mehrere andere hat. Politische oder sexuelle Skandale bleiben nicht länger als ein paar Jahrzehnte im Gedächtnis.«

»Damit etwas verschwindet, müssen wir nur noch warten«, pflichtete Sallie ihr mit einem Nicken bei. »Aber ich muss eine Möglichkeit finden, wie ich Leuten wehtun kann, die mir Ärger machen. Wie ich ihnen richtig wehtun kann.«

»Kidnapping kommt mir in den Sinn«, sagte Katrina. »Sie irgendwo verstecken und töten. Dann wird das Labor niemals einen neuen Klon wecken.«

Sallie bedachte sie mit einem mitleidigen Blick. »Katrina, wollen Sie mir damit sagen, dass Sie in diesem Anwesen kein eigenes Klonlabor eingerichtet haben? All meine Zielpersonen haben zusätzliche Back-ups, genauso wie sie mehrere Bankkonten haben.«

»Also Folter«, sagte Katrina. »Ich persönlich kann Schmerzen immer noch nicht ausstehen.«

»Widerwärtig«, sagte Sallie und nahm einen Schluck, als wollte sie damit diese Vorstellung wegspülen.

»Jedes Leid lässt sich auf emotionale Schmerzen oder ein gebrochenes Herz zurückführen«, warf Rebeca ein und schenkte beiden Tequila nach. »Alles andere spielt überhaupt keine Rolle.«

»Einen Rivalen dazu zu bringen, sich in jemanden zu verlieben, um ihm dann das Herz zu brechen, ist viel zu arbeitsaufwendig«, sagte Katrina.

Sallie blickte auf das Meer, hinter dem die Sonne nun ganz verschwand. »Das stimmt. Aber Sie müssen größer denken. Den größten Schmerz löst heutzutage Enttäuschung aus. Wenn sie auf Hoffnung folgt.«

Katrina ließ Sallie für einen Moment an diesem Gedanken arbeiten, während sie ihr Glas austrank. Rebeca füllte es noch einmal.

»Sie haben mich gar nicht gefragt, warum ich einen Racheplan brauche«, sagte Sallie schließlich.

Katrina hob eine Hand, um Rebeca daran zu hindern, ihr

ein weiteres Mal nachzuschenken. »Es steht mir nicht zu, die Motive eines Klienten zu hinterfragen.«

»Deshalb sind Sie so gut in Ihrem Job.«

»Allerdings hätte ich tatsächlich eine Frage. Sie sagten, dass ich *zu Anfang* als Beraterin für Sie arbeiten soll. Wie und wann würde diese Tätigkeit enden?«

Sallie wurde aus ihren Gedanken gerissen und sah Katrina lächelnd an. »Wir beide sind intelligente Menschen. Ich bin mir sicher, dass uns etwas einfallen wird.«

Katrina hatte vom Generationenschiff gehört, das auf der Mondwerft gebaut wurde. Sie wusste, dass Tausende von Menschen in die Kryo gehen würden, um auf einem neuen Planeten aufzuwachen. Für sie war das eine schreckliche Vorstellung. Sie wollte nicht mehrere Lebensspannen im Weltraum zubringen, um sich am Ende der Reise auf einer jungfräulichen Welt anzusiedeln. Sie wollte nicht diejenige sein, die neue Städte baute, sie wollte gut eingerichtete Städte genießen und sich keine Sorgen darum machen, wo die Kanalisation angelegt werden sollte. Nachdem sie entschieden hatte, sich nicht gemeinsam mit anderen Klonen in der Schiffsdatenbank speichern zu lassen, hatte sie der Angelegenheit nicht mehr allzu viel Aufmerksamkeit geschenkt.

Und nun bat Sallie sie, die gesamte Reise im Wachzustand mitzumachen.

»Man hofft darauf, dass Klone und Menschen in Frieden auf der neuen Welt zusammenleben, wenn sie gemeinsam dort landen und sich ansiedeln.«

»Ich vermute, in letzter Zeit hat niemand mehr Geschichtsbücher gelesen«, erwiderte Katrina verbittert.

Sallie grinste und zuckte mit den Schultern. »Wir müssen

auf etwas hinarbeiten, sonst gibt es doch gar keine Hoffnung mehr.«

»Und warum ich?«, fragte Katrina.

»Der Kapitän muss eine starke Persönlichkeit sein. Deshalb möchte ich Sie haben, eine dekorierte Kriegsheldin und Killerin. Die gesamte Crew besteht aus kriminellen Klonen. Wenn jemand ausrastet, bekommen Sie die Sache in den Griff, wecken einen neuen Klon und fliegen weiter.«

»Das klingt ziemlich brutal.«

»Manchmal ist es die beste Strategie für die Zukunft, die Strategien der Vergangenheit einzubeziehen«, sagte Sallie mit ernster Miene. »Und das Beste daran? Sie haben eine weiße Weste, wenn Sie den neuen Planeten erreichen. Alles, was Sie in Ihrem Leben als Killerin oder Kriegsverbrecherin getan haben, wird aus den Akten gelöscht.«

Katrina kniff leicht die Augen zusammen. »Angeblich wurden meine Kriegsverbrechen bereits getilgt.«

»Vergessen Sie nicht, dass ich die besten Hacker der Welt habe. Ihre Daten schwirren immer noch irgendwo da draußen herum. Man muss nur gründlich danach suchen.«

»Ich bin mir nicht sicher, ob es hier um ein gutes Angebot oder um Erpressung geht«, sagte Katrina.

»Um ehrlich zu sein, weiß ich es selbst nicht mehr genau«, sagte Sallie. »Klingt es für Sie interessant oder nicht? Das ist die eigentliche Frage. Dann können wir darüber diskutieren, ob ich Sie dazu drängen muss oder nicht.«

Wenn ihre Verbrechen bekannt wurden oder man sie verhaftete, würde sie im Gefängnis landen. Das wäre unangenehm, aber am Ende ihres Lebens konnte sie sich immer noch klonen lassen. Sie hatte Zeit.

Und die Sache klang immer interessanter, musste Katrina sich eingestehen. Sie wusste, dass sie völlig glücklich damit wäre, weiterhin irgendwelche Geldsäcke umzulegen. Sie nickte langsam. »Ich werde darüber nachdenken. Aber ich muss vorher ein paar Dinge erledigen. Trotz allem muss ich Sie heute Abend töten. Wenn ich Sie am Leben lasse und Ihr Angebot nicht annehme, werde ich nie wieder Arbeit bekommen.«

»Ich verstehe«, sagte Sallie mit einem Lächeln. »Was noch?«

»Rebeca kommt auch mit, in der Kryo.«

Sallie blickte zum Hausmädchen auf, das schweigend neben der Tür stand. »Werden Sie mit ihr über diese Sache diskutieren?«

»Rebeca. Würden Sie mich begleiten, um nach einem langen Nickerchen in der Kryo einen neuen Planeten zu kolonisieren?«

»Es verletzt mich, dass Sie danach fragen müssen, Ma'am«, sagte Rebeca. Durch die Tücher in ihrer Nase klang ihre Stimme leicht näselnd.

»Damit wäre das geklärt. Und drittens will ich das Vetorecht bei der Auswahl der Besatzung.«

»Unmöglich«, erwiderte Sallie ohne Zögern. »Ich habe alle Fäden gezogen, um Sie als Kapitänin durchzusetzen. Mehr kann ich den Geldgebern nicht abverlangen.«

»Dann will ich alle Daten über ihre Vergangenheit.«

Sallie schüttelte langsam den Kopf. »Tut mir leid, Generalin, aber auch das kann ich nicht für Sie tun. Wir bieten all diesen Klonen eine weiße Weste an. Wenn sie auf dem Planeten eintreffen und andere über ihre kriminelle Vorgeschichte Bescheid wissen, hat die übrige Besatzung etwas gegen sie in der Hand, und man wird sie zu Ausgestoßenen machen. Es ist leichter, eine Erniedrigung auszusitzen, wenn man unter Milliarden von Menschen lebt. Es ist schwerer, wenn es nur ein paar Tausend auf dem ganzen Planeten gibt.«

»Wie soll ich die Besatzung unter Kontrolle halten, wenn ich nicht weiß, womit ich es zu tun habe?«, fragte sie.

»Dafür ist die KI da. Der Computer wird sich um alles kümmern, worauf Sie keinen Zugriff haben.«

»Tausende von Menschenleben und die Führung eines Raumschiffs? Damit vertrauen Sie der künstlichen Intelligenz sehr viel an.«

»Diese KI ist eine der besten der Welt«, sagte Sallie.

»In der Ihnen bekannten Welt, meinen Sie. Ich kenne ein paar Hacker im Untergrund, die ebenfalls an KIs arbeiten.«

»Nein. Sie ist die beste der Welt«, wiederholte Sallie und blickte Katrina unverwandt in die Augen.

Diese Frau hatte gute Verbindungen. Sogar noch mehr, als Katrina gedacht hatte.

»Wann brauchen Sie meine Antwort?«

»In drei Tagen«, sagte Sallie, stand auf und strich ihren Hosenanzug glatt. Sie runzelte die Stirn und wischte über die Blutflecken auf dem grauen Seidenstoff.

»Wenn Sie mir die Jacke geben, kann ich die Flecken entfernen«, sagte Rebeca.

Sallie zog die Jacke aus und sah Rebeca lächelnd an. »Vielen Dank.«

Rebeca blickte zu Katrina. »Ich werde es einfach in kaltes Wasser legen. Wir müssten ihr etwas anderes zum Anziehen borgen, wenn Sie weiterhin beabsichtigen, sie auf der Party zu töten, Ma'am.«

»Ich denke, da lässt sich etwas arrangieren«, sagte Katrina.

Wegen ihrer sich anbahnenden Geschäftsbeziehung beschloss Katrina, Sallie Mignon schnell und schmerzlos zu töten, indem sie ein klares und geschmackloses Gift in ihr Glas Rum mit Cola schüttete. Mignon achtete sogar darauf, es neben dem Springbrunnen zu trinken, damit sie auf spektakuläre Weise starb, wenn sie zusammenbrach und ins Wasser stürzte.

Nachdem der Job erledigt war, blieb Katrina noch, um die Party zu genießen und zu versuchen, mehr Informationen über dieses Raumschiffsprojekt zu bekommen. Es erwies sich als schwierig, da manche Leute gar nichts mehr sagten, wenn sich ein Wirtschaftsattentäter an einer Unterhaltung beteiligen wollte. Doch die Leute reagierten recht emotional auf das Projekt, und hier und dort gab es Streitgespräche auf der Party.

Die meisten Menschen und Klone, die sie traf, standen dem Projekt positiv gegenüber, hatten jedoch einige Bedenken. Einige waren fest entschlossen, auf der Erde zu bleiben und den frei werdenden Raum zu genießen.

»Ich habe gehört, sie wollen Kriminelle als Schiffsbesatzung anstellen«, sagte Pablo Hernandez, ein geklonter Manager, im Flüsterton. »Darin würde ich kein allzu großes Vertrauen setzen.«

»Du trägst Diamanten, die von Sklaven gefördert wurden, und heuerst Killer an, damit sie im Marketing arbeiten. Warum bist du dir plötzlich zu fein für einen Flug mit einem Raumschiff, das von Kriminellen gesteuert wird?«, warf eine Frau in der Gruppe ein, was lautes Gelächter auslöste.

»Als Erster auf einem Planeten, wo man eine Zivilisation buchstäblich aus dem Boden stampfen muss?«, schnaufte Pablo. »Latrinengräben? Nein, danke.«

Die Frau, die ihn attackiert hatte, warf ihr schwarzes Haar zurück. »Ich bitte dich! Sie werden einen kompletten Server mit Dienern mitnehmen, um alles aufzubauen. Die anderen Leute werden sie erst dann wecken, wenn schon einiges fertig ist. Ein paar Jahre und Leben sind entbehrlich.«

Einige Stunden später wurde Pablo bei einem Wirtschaftsattentat getötet. Das zweite Opfer dieser Nacht, womit es tatsächlich eine sehr gute Party war. Danach wechselte die Party in eine andere Tonart, während mehr Alkohol floss und niemand mehr da war, der die Auswahl der Besatzung für die *Dormire* hätte kritisieren können.

Katrina fand nie heraus, wer für den Mord an Pablo verantwortlich war. Wahrscheinlich war es ohnehin eine müßige Frage.

Am nächsten Tag rief sie Sallie an, die soeben in ihrem neuen Klonkörper aufgewacht war.

»Ich bin dabei«, sagte sie.

Bebe

Tag 2
26. Juli 2493

Maria war am Vorabend nicht mehr in die Küche zurückgekehrt. Nach ihrer Ruhepause hatte sie Hiro über ihr Tablet angepingt, und er hatte laut fluchend geantwortet und ihr gesagt, dass sie es am nächsten Morgen machen würden.

Nach einer solchen Beleidigung hätte Maria normalerweise nicht auf ihn gewartet. Sie beschloss, Hiro und seine verworrenen Stimmungsschwankungen abzuschreiben und sich selbst um den Drucker zu kümmern. Dummerweise stellte sie fest, dass sich das Handbuch zur Inbetriebnahme der Maschine auf einem Datenspeicher innerhalb der Kiste befand und ausschließlich auf Japanisch verfügbar war.

»Wir sind ins finsterste Mittelalter zurückgekehrt«, murmelte sie, während sie vergeblich englische oder spanische Anweisungen suchte.

Sie versuchte, Hiro noch einmal anzupingen, und erhielt nur ein verschlafenes »Verpiss dich« als Antwort.

»Ich brauche dich als Übersetzer, weil das Handbuch auf Japanisch ist«, sagte sie.

»Dann ist es deine beschissene Schuld, nicht die richtige Version gekauft zu haben. Ich werde dir morgen früh helfen, und jetzt lass mich in Ruhe, verdammt!« Er trennte die Verbindung.

Es gibt kein Back-up, rief sie sich ins Gedächtnis und erschauderte. Wenn jemand sie jetzt angriff, wäre es das Ende. Sie eilte durch die stillen Korridore des Schiffs und betrat ihr Quartier, überprüfte die Verriegelung der Tür und brach auf dem Bett zusammen. Dann schlief sie sieben Stunden lang.

Am nächsten Morgen waren Wolfgang und Joanna schon vor Maria in der Küche und pfuschten an ihrem Lebensmitteldrucker herum, was Marias Laune zusätzlich verschlechterte.

Sie hatte nicht gut geschlafen, weil sie über die Ereignisse des Tages und den Zustand der Besatzung nachgedacht hatte und immer wieder ihr Gespräch mit Hiro im Kopf durchgegangen war. Und sie hatte immer noch nichts gegessen, was sehr schlecht für einen Klon war. Neue Klone waren wie neugeborene Babys, die für den Start in ein neues Leben eine große Menge Nahrung benötigten.

Der neue Lebensmitteldrucker wartete in der Kiste, die sie am Vorabend aus dem Lagerraum geholt hatten.

»Wo waren Sie?«, wollte Wolfgang wissen. »Sie sollten eigentlich die Nacht durcharbeiten.«

»Fragen Sie meinen Übersetzer«, sagte Maria. »Hiro wollte nicht mehr mit mir reden, sobald er in seinem Quartier war. Und ich brauche ihn, weil wir aus irgendeinem Grund in die Welt zurückgefallen sind, in der es noch keine mehrsprachigen Handbücher gab. Dieses Ding« – sie schlug mit der Hand auf die Kiste mit dem Lebensmitteldrucker – »gibt es nur mit japanischer Gebrauchsanweisung. Haben Sie beide überhaupt geschlafen?«

»Ein bisschen«, sagte Joanna. »Aber wir dachten, wenn wir etwas essen wollen, müssen wir den Drucker testen und einrichten.« Sie hatten Plastikhandschuhe angezogen, um mit dem alten Lebensmitteldrucker zu hantieren, und entnahmen Proben sowohl von den Aufnahmeventilen als auch von den Ausgabedüsen. Maria betrachtete das Ding gar nicht mehr als Lebensmitteldrucker, sondern als großes Monster, das Gift ausspuckte. Mit seinem einen unheilvollen Auge, das von Rot auf Grün schaltete, wenn die tödliche Mahlzeit zubereitet war, konnte es sich nur um einen Zyklopen handeln.

Der Zyklop hockte wie ein klobiger Ofen auf dem silbrigen Tresen. Er wirkte deplatziert, da er neben einem größeren Hohlraum stand, als wäre die Küche für ein Gerät von ganz anderen Ausmaßen konstruiert worden.

Als Maria sie beobachtete, wie sie Proben aus dem Drucker nahmen, empfand sie es als Eingriff in ihre Sphäre, obwohl ihr klar war, dass es eine gute Idee wäre, so schnell wie möglich aus der Küche zu verschwinden. »Nehmen Sie einfach das ganze Ding mit. Ich kann das neue nicht zusammenbauen, wenn Sie beide im Weg sind, und wenn das da nur Schierling herstellt, müssen wir es sowieso in den Müll werfen. Ich werde jetzt weiter versuchen, den neuen Drucker in Gang zu bringen.«

»Ich dachte, Sie müssen noch auf Hiro warten«, sagte Wolfgang.

»Ich kann ihn auch ohne Gebrauchsanweisung aus der Kiste holen«, blaffte Maria zurück. Sie füllte den Kessel und stellte ihn auf das Heizelement.

Während das Wasser erhitzt wurde, ging sie zu einem Vorratsschrank in der hintersten Ecke der Küche, gleich neben der Speisekammer. Darin befanden sich mehrere Ersatzteile, zusätzliches Küchengeschirr und eine Werkzeugkiste. Durch den Ausfall des Gravantriebs war alles durcheinandergeworfen worden, aber wenigstens war die Werkzeugkiste geschlossen geblieben, als sie zwischen die kleineren Instrumente gefallen war. Maria setzte »alle Küchenutensilien aufräumen« auf ihre mentale Liste, aber mit einer recht geringen Priorität.

»Irgendwas Neues über die Reparatur des Klonraums?«, fragte sie, als sie aus dem Lager kam.

»Noch nicht«, sagte Joanna, die vor der Spüle stand. »Aber ich werde mich erst entspannen, wenn ich weiß, dass wir neue Körper heranwachsen lassen können.«

»Wenn die Person, die das getan hat, es ernst meint, wäre jetzt der perfekte Zeitpunkt, um noch einmal mit dem Töten anzufangen«, sagte Maria.

Wolfgang grunzte. »Wir sollten Wachen im Klonraum positionieren, um weitere Sabotageakte zu verhindern.«

Joanna seufzte. »Den Klonraum bewachen. Die Navigation in Ordnung bringen. Den Mörder finden. Den Klon der Kapitänin wecken. Und unsere übliche Arbeit machen, um das Schiff in Gang zu halten. Wir sind nur zu sechst, Wolfgang. Wie wollen Sie das bewerkstelligen?«

»Und nicht zu vergessen: IAN reparieren«, fügte Maria hinzu.

»Ich funktioniere wieder, Ms. Arena«, sagte eine Stimme aus den Lautsprechern. »Zugegebenermaßen nur zu vierzig Prozent, aber es wird zusehends besser.«

Wolfgang fluchte, während Maria vor Erleichterung laut lachte. »IAN, schön, dich wiederzuhören!«, sagte sie. »Wann bist du online gegangen?«

»Und warum hat uns niemand etwas gesagt?«, wollte Wolfgang wissen.

»Mr. Seurat und Kapitänin de la Cruz haben mich letzte Nacht geweckt. In der Zwischenzeit habe ich daran gearbeitet, meine Funktionen zu reparieren und Daten zu rekonstruieren.«

»Was konntest du rekonstruieren?«, fragte Joanna erwartungsvoll. »Aufzeichnungen aus dem Klonraum? Medizinische Logdateien?«

»Noch nichts«, sagte IAN, weiterhin in optimistischem und freundlichem Tonfall. »Aber ich arbeite daran.«

»Kannst du jetzt irgendwas für uns hier in der Küche tun? Den Drucker davon abbringen, Schierling zu produzieren? Die Lebensmitteldateien rekonstruieren?«, fragte Maria.

»Nein, das kann ich nicht«, antwortete IAN. »Aber ich kann Ihnen sagen, dass Ihr Metabolismus nachlässt und Sie bald etwas essen müssen.«

»Dazu brauchen wir die leistungsfähigste KI der Welt«, sagte Hiro, als er in die Küche trat. Er begrüßte alle Anwesenden mit einem Nicken.

»Hiro, IAN ist erwacht …«, begann Wolfgang.

Hiro schnitt ihm mit einer Handbewegung das Wort ab. »Ich weiß. Er hat mich heute früh um vier mit der Aufforderung geweckt, mich um das Navigationssystem zu kümmern. Wie sich herausstellte, kamen wir wieder vom Kurs ab, als er online ging. Ich habe den Fehler noch nicht gefunden, aber ich dachte mir, ich kann vielleicht bei unserem Nahrungsproblem aushelfen, weil ich entweder vor Schwäche umkippen oder Wolfgang essen werde. Aber ich habe mich noch nicht entschieden.« Er hielt inne, als er sah, wie Maria ihn anstarrte. »Was?«

»Also, willst du mit keinem Wort darauf eingehen, was du gestern Nacht zu mir gesagt hast?«, fragte sie.

Hiro rieb sich den Hinterkopf. »Äh, was genau habe ich gesagt?«

»Sie haben sich geweigert, einen Befehl auszuführen«, erklärte Wolfgang. »Und aus diesem Grund sind wir jetzt umso hungriger.«

»Du hast dich auf *aggressive* Weise einem Befehl widersetzt«, sagte Maria. »Du warst ein Arschloch. Und offen gesagt, war es Furcht einflößend.«

Wolfgang verschränkte die Arme. »Hat er Sie bedroht?«

»So weit ist er nicht gegangen«, sagte Maria. »Aber ich habe definitiv Angst vor ihm bekommen.«

»Das tut mir leid. Ich bin zu nichts zu gebrauchen, wenn ich erschöpft bin, und dann kann ich schon mal ein wenig gereizt reagieren«, sagte Hiro, ohne ihren Blick zu erwidern.

»Wenn du also sagst: ›Schluck Vakuum, du nutzlose, beschissene Weltraumputzfrau‹, dann irgendetwas auf Japanisch, das höchstwahrscheinlich auch nicht schmeichelhaft war, dann ist das ›ein wenig gereizt‹?«

Er wirkte aufrichtig entsetzt. »O nein, Maria, das tut mir wirklich leid. Das habe ich nicht so gemeint. Wie gesagt, ich habe nur für einen Moment die Beherrschung verloren.«

Maria sah Wolfgang an. »Ein Arschloch muss nicht zwangsläufig ein Mörder sein.«

»Aber aggressives Verhalten und die verbale Beleidigung eines Besatzungsmitglieds machen ihn durchaus verdächtig«, erwiderte er.

»Ich bin hier, also können Sie auch mit mir reden!«, sagte Hiro. »Außerdem stehen wir alle unter Verdacht! Sogar ...« Er schloss unvermittelt den Mund, während er Wolfgang ansah.

Wolfgang verschränkte wieder die Arme und machte den Eindruck, als würde er etwas Bestimmtes erwarten.

Hiro sagte nichts mehr.

»Ich glaube nicht, dass er lügt«, warf IAN ein. »Seine Körpersprache verrät Aufrichtigkeit. Er erinnert sich wirklich nicht mehr daran, so etwas gesagt zu haben.«

»Das tröstet mich nur bedingt«, sagte Maria. »Aber wir

haben hier einen Lebensmitteldrucker, der zum Laufen gebracht werden muss.« Sie sah Hiro an und zeigte auf ihr Tablet, das auf dem Küchentresen lag. »Da ist die Gebrauchsanweisung. Und sprich nie wieder so zu mir!«

Er stürmte sofort zum Tablet. Die Spannung im Raum löste sich, und der Kessel fing an zu singen.

Maria machte Tee und holte Becher für alle, während er zog. »Ich dachte, Sie beide würden an den Autopsien arbeiten? Haben Sie irgendwelche Beweise gefunden?«

»Noch nicht«, sagte Joanna. »Sie wurden zuerst vergiftet, aber auch die anderen hatten Giftspuren im Körper. Hätten sie länger gelebt, wären sie krank geworden und möglicherweise daran gestorben. Sie haben die größte Menge abbekommen.«

»Unheimlich«, sagte Maria.

»Machen Sie sich keine Gedanken über die Mordermittlungen«, sagte Wolfgang. »Ihre Hauptsorge sollte es sein, uns mit Essen zu versorgen.«

»Ich bin mir nicht sicher, ob die Kapitänin einverstanden wäre, dass wir unsere Zeit darauf verwenden, den Lebensmitteldrucker zu testen, wenn wir bereits wissen, dass er Schierling ausspuckt«, sagte sie. »Wäre das nicht so etwas wie Meuterei?«

»Meuterei in der Küche«, sagte Joanna. »Ich dachte, eine Meuterei wäre etwas Schlimmeres als der Test eines Lebensmitteldruckers.«

»Eine Meuterei wäre eine direkte Anfechtung der Befehlsgewalt der Kapitänin«, sagte IAN. »Das trifft in diesem Fall nicht zu.«

»Ich kann mich erinnern, gehört zu haben, dass KIs besser darin geworden sind, Humor zu verstehen«, sagte Maria. »Warum ist er so sachlich?«

»Er sprach von vierzig Prozent«, rief Joanna ihr ins Gedächtnis. »Ich erwarte, dass er sich allmählich bessern wird.«

»Wir ignorieren einen Befehl, wenn wir uns einen Augenblick Zeit nehmen, den Lebensmitteldrucker zu überprüfen, das ist alles«, beantwortete Wolfgang die vorherige Frage und grunzte leicht, als er Maria half, den neuen Drucker aus der Kiste zu heben. Selbst in der geringeren Schwerkraft war das Ding ein Monstrum, aber gemeinsam schafften sie es, ihn von allem Verpackungsmaterial zu befreien. Dann wandte sich Wolfgang wieder dem Zyklopen zu und vergewisserte sich, dass er alle Verbindungen getrennt hatte.

»Aber Sie müssten den fehlerhaften Drucker ohnehin zum Testen in die Krankenstation bringen«, sagte Joanna und legte die Proben in eine Plastikbox auf ihrem Schoß. »Also lassen wir den Mittelsmann weg, damit Sie Ihren eigentlichen Job machen können.«

»Okay, Sie beide haben einen höheren Rang als ich, also will ich mich nicht streiten. Außerdem könnte ich jetzt einen von Ihnen essen. Aber ich würde vermutlich mit Hiro anfangen. Er hätte es verdient.«

Sie ignorierte seinen empörten Blick, während sie sich den Drucker ansah. Sie hatte noch nie zuvor eine solche Maschine eingerichtet.

Es war ein neueres und größeres Modell als der Zyklop. Vielleicht sollte das Upgrade eine Belohnung darstellen, weil er zweihundert Jahre im Weltraum durchgehalten hatte oder so. Er schien groß genug zu sein, um ein ganzes Tier zu drucken.

»Der ist riesig«, sagte sie kopfschüttelnd. »Wann wäre es jemals nötig, ein komplettes Schwein zu drucken?«

»Ich finde, wir sollten ihn mit einem Schwein testen«, sagte Hiro. »Um das Baby auf Herz und Nieren zu prüfen.«

Gemeinsam strengten sich Wolfgang und Maria an, um den Drucker an die freie Stelle im Tresen zu schieben, neben der Position des vorherigen Geräts. Er passte perfekt in die Aussparung, als hätte man die Küche für den besseren Drucker entworfen, dann aber in letzter Minute entschieden, stattdessen den kleineren Zyklopen zu benutzen.

»Maria, sobald der Drucker funktioniert, müssen Sie im Klonraum sauber machen«, sagte Joanna. »Aus dem Schauplatz mehrfacher Morde ist eine biologische Gefahrenzone geworden.«

Maria verzog das Gesicht, protestierte aber nicht. Schließlich war das ihr Job.

Wolfgang probierte, ob er den alten Lebensmitteldrucker allein tragen konnte. Er mühte sich ab, doch dann hob er ihn an und stapfte damit aus der Küche.

»Wie viele Jahre sind wir noch mit diesem Kerl unterwegs?«, fragte Maria. »Langsam wünsche ich mir, ohne Erinnerungen an diese Reise ganz von vorn anfangen zu können, wenn das so weitergeht.«

»Er hat versagt, Maria«, sagte Joanna behutsam. »Er nimmt das alles sehr persönlich. Was gestern geschehen ist, war ein eindeutiges Sicherheitsversagen auf mehreren Ebenen, das wir niemals vorhersehen konnten. Versuchen Sie zumindest, ihn so zu sehen, wie er ist, wenn er sich nicht gerade mit einem Mordanschlag, fünf Toten – sechs, wenn man IAN dazurechnet –, einer Vervielfältigung und einem Hack auseinandersetzen muss, durch den wir mit alten Back-ups ausgestattet wurden.« Sie hielt inne, während sie die Verbrechen an den Fingern abzählte. »Was noch?«

Maria seufzte, als ihr klar wurde, dass sie recht hatte. »Möglicherweise Selbstmord?« Stirnrunzelnd sah sie den Lebensmitteldrucker an. »Und mich zu zwingen, diesen Drucker einzurichten, ist ein eigenes Verbrechen. Ich werde mich natürlich beeilen, aber es könnte den ganzen Tag dauern. Ich hoffe, alle haben genug Proteinriegel.«

»Ich habe ein paar in meinem Quartier gefunden, aber ich würde sie nur essen, wenn es unbedingt sein muss«, sagte Hiro.

»Vielleicht muss es sein«, sagte Joanna.

»Ich weiß. Ich habe es getan. Aber es hat mir nicht gefallen«, erwiderte er.

Sie zeigte auf den Tee, den Wolfgang nicht angerührt hatte. »Möchten Sie?«

»Ja, bitte«, sagte Hiro mit einem dankbaren Lächeln. Er warf einen Blick auf das Tablet und runzelte die Stirn, dann kniff er blinzelnd die Augen zusammen. »Diese Formulierungen sind furchtbar. Wenn ich mir die Anweisungen ansehe, habe ich den Verdacht, dass sie vom Mörder geschrieben wurden. Damit will mich jemand umbringen.«

Maria zog die Augenbrauen hoch. »Das wäre eine sehr subtile Art, jemanden zu töten. Und sofern du nicht gereizt und sarkastisch bist, hast du dich gerade selbst in Verdacht gebracht, weil du die einzige Japanisch sprechende Person an Bord bist, Hiro.«

»Deshalb ist es eine geniale Falle für mich!« Er nahm einen Schluck Tee und seufzte. »Na gut. Wir sollten uns trotzdem an die Arbeit machen. Wenn der Killer uns noch einmal töten will, muss er diesmal einfach nur warten, bis wir verhungert sind, und braucht keinen Finger zu rühren.«

»Sie beide sind ziemlich makaber«, sagte Joanna. »Könnten Sie wenigstens ein bisschen Respekt für unsere Situation aufbringen?«

Hiro verzog das Gesicht. »Tut mir leid, Doktor. Ich versuche nur, mich davon abzuhalten, laut zu schreien: *Ach du*

Scheiße, wir werden tatsächlich sterben und für immer im All dahintreiben, wir beenden das Zeitalter des Klonens und sind für den Tod Tausender Menschen verantwortlich.« Seine Stimme blieb die ganze Zeit ruhig.

Maria musste ein Lachen unterdrücken. »Wir wollen nur ein bisschen die Stimmung aufhellen, Joanna«, sagte sie.

»Tun Sie, was Sie tun müssen, um damit fertig zu werden, aber tun Sie es nach Möglichkeit außerhalb meiner Hörweite«, sagte Joanna.

»Mir ist gerade etwas eingefallen«, sagte Hiro. »Wenn wir den neuen Drucker einrichten, müssen wir ihn dann noch einmal mit all unseren Vorlieben, Abneigungen, Allergien und so weiter programmieren?«

»Nein, ich habe eine Sicherheitskopie davon auf einem Speicher, der nicht mit IAN verbunden ist«, sagte Maria. »Unsere größte Herausforderung wird die Arbeit mit leerem Magen sein.«

Joanna warf Maria einen mitfühlenden Blick zu. »Viel Glück Ihnen beiden. Ich werde den alten Lebensmitteldrucker auf Giftstoffe überprüfen.« Sie sicherte ihren Becher mit einem Plastikdeckel, verstaute ihn vorsichtig in einer Halterung auf der rechten Seite ihres Rollstuhls und verließ die Küche.

»Vertragen wir uns wieder?«, fragte Hiro, sobald sie allein waren.

»Ich kenne dich kaum, Hiro«, sagte sie. »Ich weiß nicht, was ich ernst oder auf die leichte Schulter nehmen sollte. Vor allem nach gestern. Also sei etwas vorsichtiger, dann vertragen wir uns auch.«

»Ich verstehe nicht, warum das hier nicht in verschiedenen Sprachen ausgeliefert wurde«, sagte Hiro. »In der Kiste war nur dieser eine Speicher mit der Gebrauchsanweisung?«

»Ja.« Sie stand auf, um die Reste des Verpackungsmaterials aus der Kiste zu räumen. Als sie den Karton aufhob, sah sie es. An der Unterseite war der Riss in der Pappe jetzt gut zu erkennen.

»Hiro, schau mal.«

»Ich vermute, das stammt nicht von Wolfgang und dir, als ihr das Ding ausgepackt habt.«

Sie hielt es ins Licht. »Nein.« Sie drehte den Karton um und sah dann zwischen dem Verpackungsmaterial eine Seite eines Handbuchs, das an einem Klebestreifen hing. Sie war ausgerissen, und der Rest des Handbuchs fehlte.

»Warum macht sich jemand am Handbuch unseres Lebensmitteldruckers zu schaffen?«, fragte Maria und zog das Blatt ab.

»Und auf Papier? Werden wir als Nächstes einen Schlittenhund anspannen, damit das Schiff wieder mehr Tempo bekommt?«

Maria nahm die verschiedenen Schläuche und Kabel und legte sie ordentlich auf dem Boden aus. Dann wartete sie darauf, dass Hiro ihr Anweisungen gab, was sie zu tun hatte. Er las eine Weile auf dem Tablet, wobei sich sein Gesicht immer mehr vor Verärgerung verzog.

»Warum einen Schlittenhund?«, fragte sie schließlich, weil der Gedanke sie einfach nicht losließ. »Warum nicht ein Pferd, um das Schiff zu ziehen?«

»Es ist kalt da draußen. Hunde sind besser geeignet, einen Schlitten oder ein Schiff in der Kälte zu ziehen«, sagte er, ohne aufzublicken. »Jetzt lass mich weiterlesen.«

Sie machte sich daran, die Küche aufzuräumen, während er las. Die meisten Utensilien waren am Boden oder an den Wänden befestigt, also musste sie sich nur um kleine Dinge wie Besteck und schmutzige Teller kümmern.

Sie fand den Messerkasten, den sie von zu Hause mitgebracht hatte, und öffnete ihn. »Oh, Scheiße.«

Sie brachte den Kasten zum Tisch und zeigte ihn Hiro. »Wir wurden mit einem Kochmesser getötet, nicht wahr?«

»Ja, wir haben keine anderen Waffen gefunden«, sagte er mit finsterem Blick. In den Aussparungen fehlten drei Messer.

»Wir wissen, wo das Kochmesser ist, aber das Ausbeinmesser und das Hackmesser sind nicht mehr da.«

»Die guten Neuigkeiten reißen nicht ab«, sagte er, ohne zu lächeln. »Wieder etwas, das wir der Kapitänin sagen sollten, vermute ich.«

Maria pingte Katrina mit ihrem Tablet an.

»Bericht«, sagte Katrina.

»Wir haben meinen Messerkasten gefunden, Kapitänin, und darin fehlen drei Stücke. Eins davon ist das Kochmesser, das wir bereits im Klonraum gefunden haben, aber die anderen zwei sind verschwunden.«

»Stecken sie vielleicht in den Leichen?«

»Dort haben wir bislang keins gefunden …«

»Dann versuchen Sie weiter, den Drucker zum Laufen zu bringen. Rufen Sie mich an, wenn Sie Hinweise finden, und nicht die Abwesenheit von Hinweisen.«

Das Tablet piepte, als die Verbindung unterbrochen wurde.

»Verdammt launisch, die Kapitänin«, sagte Hiro.

»Das musst ausgerechnet du sagen«, erwiderte Maria.

Er wackelte mit dem Kopf und vermied den Blickkontakt zu ihr. »Ich glaube wirklich, die Person, die das hier geschrieben hat, hasst Menschen und will lachend zusehen, wie sie verhungern und sterben.«

»Glaubst du, wir haben es hier mit einem weiteren Fall von

Sabotage zu tun?«, fragte Maria und meinte es nur halb im Scherz.

»Nein, ich glaube, wir haben es mit einem Arschloch zu tun, das diese Anweisungen geschrieben hat. Aber es ist schon seltsam, dass das gedruckte Handbuch fehlt.«

Er stand auf und betrachtete die Stücke, die Maria ausgelegt hatte, dann blickte er wieder auf das Tablet. »Verstanden«, murmelte er und erklärte ihr dann, was sie mit jedem Einzelteil machen sollte. Während der nächsten Stunde arbeiteten sie zusammen, und Maria schluckte ihren Ärger hinunter, wenn er Witze machte oder etwas unpassend übersetzte. Zweimal bekam sie einen Stromschlag, als sie eine Verbindung zwischen dem Computer des Druckers und IAN einrichten wollte, obwohl IAN sie dabei anleitete.

»Da ist er. Ich kann ihn sehen«, sagte IAN. »Gut gemacht, Ms. Arena.«

»Jetzt brauche ich meine Back-ups«, sagte sie.

»Nicht nötig«, sagte IAN. »Dieser Lebensmitteldrucker ist in der Lage, anhand einer Speichelprobe den Geschmack einer bestimmten Person zu ermitteln.«

Maria trat zurück und musterte den Drucker mit neuem Respekt. »Eine beeindruckende Computerleistung«, sagte sie. »Trotzdem ist das Ding ein Monstrum, ein Behemoth.«

Hiro brachte die Becher zur Spüle. »Behemoth. Ich mag dieses Wort. Wir werden ihn kurz Bebe nennen. Wenn du mich hier nicht mehr brauchst, werde ich jetzt den Antrieb überprüfen. Du hast immer noch ein paar Messer übrig – und Bebe! –, um dich zu schützen.« Dann war er verschwunden.

»Jetzt sind nur noch wir beide hier, Behemoth«, sagte sie. »Vor dir habe ich keine Angst.«

Wenn sie ehrlich war, gab es im Schiff viele Dinge, vor

denen sie Angst hatte, aber wenigstens gehörte Bebe nicht dazu.

Die Kapitänin war seit dem vorigen Abend nicht mehr in die Krankenstation zurückgekehrt. Joanna war erleichtert, aber zur Sicherheit hatte sie im anderen Krankenbett geschlafen. Bedauerlicherweise war es wegen der Leichen recht unangenehm, sich in diesem Raum aufzuhalten. Ganz zu schweigen von den hygienischen Aspekten.

Die Lebenserhaltungssysteme des Klons arbeiteten fleißig weiter, ein Zeichen, dass die ältere Version der Kapitänin noch nicht ganz tot war.

Joanna streckte sich in ihrem Stuhl. Sie brauchte eine Dusche. Und sie brauchte unbedingt etwas zu essen.

Sie dirigierte ihren Rollstuhl zu ihrem Labor in der Ecke der Krankenstation, doch bevor sie mit den Tests beginnen konnte, klopfte jemand an die Tür. Mit ihrem Tablet gab sie den Befehl zu öffnen.

Hiro spazierte herein, immer noch auf unerträgliche Weise aufgekratzt. »Hallo, Dr. Glass! Hätten Sie etwas dagegen, wenn ich einen Blick auf meinen Vorgänger werfe?«

»Ich bin mir nicht sicher, ob das wirklich gesund ist, Hiro«, sagte Joanna und legte die neuen Proben auf dem Tisch aus.

»Da haben Sie sicher recht«, sagte Hiro. »Das Gesündeste für mich wäre jetzt ein herzhaftes Frühstück und eine Runde in der Tretmühle. Ohne den Stress, mich zusammen mit einem Mörder in diesem Schiff aufhalten zu müssen. Aber das alles ist im Moment unmöglich. Apropos Frühstück: Der Drucker ist fast betriebsbereit. Maria hat ihm schon einen Namen gegeben und streitet mit ihm um die Vorherrschaft. Ich kann Ihnen Tickets für den Wettkampf besorgen, wenn Sie möchten. Und jetzt erklären Sie mir, welchen Sinn ein

Kampf gegen eine Maschine haben soll, wenn im Schiff ein Mörder frei herumläuft.« Er redete im Plauderton, als würde er über Sportereignisse sprechen und nicht über die Lebensgefahr, in der sie schwebten.

»Erinnern Sie sich, was ich darüber sagte, dass Sie Ihre Verdrängungsarbeit außerhalb meiner Hörweite erledigen sollten?«, fragte sie und zeigte auf die fünf Leichen in den Säcken. »Legen Sie los. Ihre ist die in der Mitte.«

Im Schiff gab es keine Leichenhalle, weil jeder Tote normalerweise unverzüglich recycelt werden sollte. Ein weiterer Punkt, den man übersehen hatte. Joanna würde sie beseitigen müssen, bevor sie sich weiter zersetzten. Sie war mit der Untersuchung fertig, aber Wolfgang bestand darauf, dass sie weiterhin verfügbar blieben. Und wenn sich die Besatzungsmitglieder ihre Leichen ansehen wollten, fanden sie vielleicht Hinweise, die ihnen bei der Lösung der Rätsel weiterhalfen.

Zumindest machte es ihr weniger Sorgen, wenn Hiro seinen Klon untersuchte, verglichen mit der obsessiven Beschäftigung der Kapitänin mit ihrem, auch wenn es daran liegen mochte, dass seiner bereits tot war.

Er ging hinüber, zog den Reißverschluss auf und starrte auf seinen nackten Körper.

»Ich will nur herausfinden, warum ich es getan habe«, sagte Hiro und sah sich den Hals seines Klons genauer an.

»Jemand anderer könnte Sie erhängt haben, Hiro. Obwohl es keine Verletzungen gibt, die auf einen Abwehrkampf hindeuten. Wolfgang und ich haben heute am Zeitablauf weitergearbeitet«, sagte Joanna und schaltete ihren Scanner ein. »Aber machen Sie sich keine Sorgen, wir werden bald mehr wissen.«

»Wo ist unser Sonnenschein überhaupt?«, fragte Hiro. »Ich dachte, er wollte Ihnen mit diesen Giftproben helfen.«

»Er hat den Lebensmitteldrucker hier abgestellt und ist wieder gegangen. Ich glaube, er sieht nach Paul und der Kapitänin. Allerdings muss ich bald mit ihm reden. Wozu brauchen Sie ihn?«, wollte sie wissen.

»Ich brauche ihn auf gar keinen Fall«, sagte Hiro. »Ich bin nur neugierig, wo alle anderen sind. Wir hatten doch vereinbart, dass wir die Augen offenhalten sollten.«

»Theoretisch ja. Heißt das, Sie haben Maria alleingelassen?«

»Nein, sie ist mit dem Drucker zusammen. Das Ding sieht aus, als könnte es jeden von uns in einem Kampf beschützen, vorausgesetzt, Maria kann ihn auf unsere Seite ziehen. Was im Moment jedoch offen gesagt fragwürdig ist«, fügte er hinzu.

Joanna blickte ihn finster an.

Sein fröhlicher Gesichtsausdruck verschwand. »Gut. Ich musste noch einmal die Navigationssysteme überprüfen. Dann dachte ich mir, ich könnte hier vorbeischauen und mir selbst Hallo sagen. Aber ich gehe lieber zurück, um nach ihr zu sehen.«

»Wie steht es um die Navigationssyteme?«, fragte sie, als er sich umdrehte.

»Unverändert«, sagte er. »Wir werden weiterhin langsamer und drehen nach steuerbord ab.«

»Im Weltraum bedeutet das gar nichts.«

»Das heißt, zurück zur Erde. Ich wollte Sie nicht mit astronavigatorischen Werten langweilen, aber wenn Sie es wirklich möchten …« Er ließ den Rest des Satzes unausgesprochen und wartete offenbar auf eine schnelle Ablehnung von ihr.

»Ich verspreche Ihnen, sobald ich irgendwelche neuen Erkenntnisse über Ihren Tod habe, werde ich Ihnen Bescheid geben«, sagte sie und forderte ihn mit einer Geste zum Gehen auf.

»Danke, Doktor.«

Sie blickte ihm nach und lächelte still. Sie war froh, dass sie Hiro an Bord hatten. Er konnte gelegentlich sehr respektlos sein, aber gleichzeitig war er ein frischer Wind, den sie alle brauchten.

Ihr Scanner piepte, das Zeichen, dass er nun bereit war. Sie fütterte ihn mit den Proben und notierte sich die Nummern auf ihrem Tablet.

»Hallo, Dr. Glass«, sagte IAN und ließ sie zusammenzucken. »Oh, Verzeihung, habe ich Sie erschreckt?«

»Ein wenig. Ich werde noch etwas Zeit brauchen, mich daran zu gewöhnen. Was gibt es, IAN?«

»Ich wollte mich erkundigen, wie es Ihnen geht und ob Sie irgendetwas brauchen.«

»Ich brauche meine medizinischen Logs, IAN. Davon abgesehen scheint alles ganz gut zu laufen.«

»Ich habe Ihre medizinischen Logs nicht, aber ich kann Sicherungskopien Ihrer aktuellen Aufzeichnungen machen.«

Joanna überlegte, ob sie das Angebot ablehnen sollte, doch dann nickte sie. Sie machte sich weiterhin analoge Notizen, falls es zu einem erneuten Datenverlust kam. »Vielen Dank.«

Sie pingte die Küche an, und Maria antwortete in verärgertem Tonfall. »Er ist noch nicht fertig, Doktor.«

»Deshalb habe ich Sie nicht angerufen. Es wird Sie sicher freuen zu hören, dass der alte Lebensmitteldrucker völlig hinüber ist.«

»Warum sollte mich das glücklich machen?«

»Weil es bedeutet, dass Sie mit dem neuen nicht Ihre Zeit verschwenden. Wie läuft es übrigens damit?«

Maria seufzte laut. »Ich bin fast so weit. Ich muss noch

verschiedene Testgerichte durchlaufen lassen, bevor wir essen können. Aber es dauert nicht mehr lange. Ich werde allen von IAN Bescheid geben lassen, wenn ich endlich etwas drucken kann.«

»Werden Sie in Ihr Quartier gehen, um diese Sicherungskopien zu holen, von denen Sie gesprochen haben?«

»Das sollte ich wohl tun. In den Anweisungen heißt es, dass es nicht nötig ist, aber ich arbeite lieber mit redundanten Systemen.«

»Ich möchte nur sichergehen, dass sich keine Giftspuren mehr in Ihren Räumen befinden«, sagte Joanna. »Sagen Sie mir Bescheid, sobald Sie sich freimachen können.« Sie wollte bereits die Verbindung trennen, doch dann erinnerte sie sich an etwas. »Ist Hiro jetzt wieder bei Ihnen?«

»Nein, er ist vor einer Weile gegangen, um die Systeme auf der Brücke zu überprüfen«, sagte Maria.

»Verdammt«, sagte Joanna. »Behalten Sie ihn im Auge. Er war gerade hier und wollte dann zu Ihnen gehen.«

»Alles klar«, sagte Maria. Jetzt war sie noch unkonzentrierter als zuvor, als die Kommunikation beendet wurde.

Joanna seufzte. Sie hatte Bedenken gehabt, ob es klug war, eine nur sechsköpfige Besatzung an Bord zu nehmen. Alles hatte einen recht effizienten Eindruck gemacht, aber wenn eine Katastrophe von diesen Ausmaßen eintrat, steckten sie in ernsten Schwierigkeiten. Sie brauchten mehr Leute.

Oder weniger, je nachdem, wie vielen von diesen Leuten man wirklich vertrauen konnte.

Schierling. Maria hatte recht, es war in der Tat ein seltsames Gift. Joanna rief eine Datenbank auf ihrem Tablet auf und ging die Informationen über die tödliche Pflanze durch. Die Blätter konnten bereits in kleinen Dosen zum Tod führen und ließen sich leicht als harmloses Kraut tarnen.

Sie brauchte mehr Tee. Sie wappnete sich gegen den Zorn des Hurrikans Maria und machte sich auf den Weg zur Küche.

»Kapitänin, wo waren Sie im Kampfeinsatz?«, fragte Joanna.

Sie saß mit Katrina an dem Tisch, der am weitesten von der Stelle entfernt war, wo Maria den Lebensmitteldrucker testete. Hiro hockte auf der Anrichte und leistete ihr Gesellschaft, während er gleichzeitig versuchte, ihr nicht im Weg zu sein. Die Kapitänin war gekommen, um sich eine kurze Pause zu gönnen, während sie hoffnungsvoll zum Drucker blickte.

»Ich war in der mexikanischen Armee, der erste Klon der Welt, der es bis zum General gebracht hat«, sagte sie und spielte mit ihrem leeren Becher. »Kampfeinsätze hatte ich hauptsächlich im Amerikanischen Wasserkrieg. Hab ein Bein durch einen Laserangriff auf unser Lager verloren.«

Joanna war während dieses Kriegs in Washington gewesen und erinnerte sich, wie er den Westen gespalten hatte, wie der neue Bürgerkrieg viele Konflikte in der Hauptstadt ausgelöst hatte. Niemand hatte ihn tatsächlich als Bürgerkrieg bezeichnet, aber jeder wusste, dass es einer war, als Andrew Teal, der Gouverneur von Nevada, das Kommando über die Armeereserve von Nevada übernahm, die nur allzu bereit war, in Kalifornien einzumarschieren, um die schwindenden Wasservorräte zu erobern.

»Ich erinnere mich an den Krieg«, sagte sie. »Das tut mir leid.«

»Danach dauerte er nicht mehr lange, also hatte ich es im nächsten Leben besser. Die Vorzüge des Klonens, wissen Sie«, sagte Katrina.

Joanna pingte Wolfgang an.

»Was gibt es Doktor?«, antwortete er.

»Wir müssen mit der Arbeit weitermachen. Bringen wir es hinter uns, damit ich bald wieder eine saubere Krankenstation habe.«

»Einverstanden. Aber zuerst sollten wir etwas essen. Ist der Drucker endlich online?«

Maria fluchte laut in der Küche.

»Noch nicht. Katrina und ich sind jetzt in der Küche.«

»Gut. Können Sie mir etwas über diese Proben sagen?«, fragte er. Es klang, als wäre er bereits unterwegs.

»Der alte Lebensmitteldrucker produziert wirklich nur noch Schierling. Zum Glück haben wir den neuen.«

»Alles klar.« Er unterbrach die Verbindung.

»Er steckt es locker weg, das ist mein Erster Offizier«, sagte Katrina.

Joanna und die Kapitänin warteten schweigend auf Wolfgang. Als er eintrat, warf er nur einen kurzen Blick zu Maria, die sich weiter abmühte, und setzte sich ohne ein Wort zu ihnen.

»Es gibt da eine Sache mit dem Schierling, die ich noch nicht erwähnt habe«, sagte Joanna leise. Sie saßen weit weg von Maria, die hinter dem Drucker eine Menge Lärm machte, aber trotzdem sprach sie mit gesenkter Stimme. Katrina und Wolfgang beugten sich vor, um sie besser zu verstehen.

»Wir alle haben das Gift zu uns genommen, allerdings deutlich weniger als Maria«, sagte Joanna. »Ich würde gern wissen, warum Maria nicht bemerkt hat, dass ihr Drucker sabotiert wurde.«

»Es gibt viele Möglichkeiten, jemandem etwas ins Essen zu mischen«, sagte Wolfgang. »Es könnte auch sein, dass Maria in fünfundzwanzig Jahren nicht jede einzelne Mahlzeit zubereitet hat.«

»Ihr Messer. Ihre Küche. Könnte sie sich selbst vergiftet haben und dann uns alle, bevor sie starb?«, fragte Katrina. »Und hat jemand versucht, sie mit dem Messer zu töten, bevor sie alle Logdateien löschen konnte?«

Joanna schüttelte den Kopf. »Sich selbst mit Schierling vergiften? Das wäre keine Methode, die ich wählen würde. Außerdem bin ich weiterhin davon überzeugt, dass sie den Wiederbelebungsschalter gedrückt hat. Wir können mit Sicherheit sagen, dass sie getötet wurde. Nur mit dem Schierling hätte sie es selbst tun können. Aber niemand kann sich selbst ein Messer in die Wirbelsäule stoßen.«

»Vielleicht hat sie nicht allein gearbeitet«, sagte Wolfgang.

»Ich denke, wir sollten mit Ockhams Skalpell weitermachen«, sagte Joanna. »Gehen wir von möglichst einfachen Voraussetzungen aus.«

»Wir müssen das Messer mit Puder einstäuben, um nach Fingerabdrücken zu suchen«, sagte Wolfgang.

Joanna starrte ihn an. Dann hob sie eine Hand und zählte die Punkte an den Fingern ab. »Wolfgang, wir haben hier kein kriminalistisches Labor. Es gab keinen Grund für eine gerichtsmedizinische Abteilung an Bord dieses Schiffs. Ich habe hier nur die Technik, die ich brauche, um lebende Klone zu diagnostizieren und zu behandeln. Wir haben nichts, womit wir einwandfreie Fingerabdrücke vom Messer abnehmen können. Mit entsprechenden Instrumenten könnten wir Teilabdrücke nehmen und identifizieren, aber so etwas haben wir nicht zur Verfügung.«

Seine blauen Augen blickten hart. »Es ist ein Beweis«, sagte er.

Sie hob die Hände in einer resignierenden Geste. »Sie haben absolut recht. Wir sollten Maria fragen, wem sie möglicherweise ihre Messer ausgeborgt haben könnte.«

»Woher soll sie wissen, mit wem sie in den letzten fünfundzwanzig Jahren engeren Kontakt hatte?«, fragte Katrina.

»Es wäre ein Beweis«, entgegnete Joanna mit einem Lächeln.

»Sie scheint den Lebensmitteldrucker nicht zu mögen«, sagte IAN. »Also hatten sie keine engere Bindung.«

»Keiner der beiden Drucker ist eine KI, IAN«, sagte die Kapitänin und hielt für einen Moment inne. »Nicht wahr?«

»Nein. Allerdings mag ich den neuen sehr. Sein Name ist Bebe. Süß, nicht wahr? Und ich bin jetzt bei dreiundfünfzig Prozent und fühle mich schon viel besser!«

Im Weltraum ist es immer fünf Uhr

Maria war zu sehr von der Arbeit mit dem Drucker beansprucht und bemerkte gar nicht, dass die meisten Besatzungsmitglieder die Spirituosenvorräte geplündert hatten. Hiro, Katrina, Wolfgang und Joanna saßen an einem Tisch, auf dem eine Flasche Whisky stand.

»Im Ernst? Whisky um neun Uhr morgens?« Sie verstummte und erkannte erst dann, worüber sie sich eigentlich ärgerte. »Ohne mich?«

»Im Weltraum ist es immer fünf Uhr«, sagte Hiro und hob sein kleines Schnapsglas, um ihr zuzuprosten.

»Wie auch immer. Wir befinden uns ohnehin weit außerhalb des Gültigkeitsbereichs gesellschaftlicher Normen«, sagte Maria mit einem Schulterzucken.

»Ich rate davon ab, mit neuen Klonkörpern auf leeren Magen zu trinken«, bemerkte IAN.

»Frag uns nicht, wie sehr uns das interessiert«, sagte Hiro.

Joanna hatte ihr Schnapsglas noch gar nicht angerührt. Sie musterte die anderen angewidert, die Hände um einen Becher mit Tee gelegt. »Sie alle wissen, dass wir kritische Arbeiten zu erledigen haben, nicht wahr?«

»Ich bin zu nichts zu gebrauchen, solange ich nicht gegessen habe. Und Whisky hilft mir beim Warten«, sagte Katrina. »Nur ein Schluck.«

Joanna sah Wolfgang an. Er zuckte mit den Schultern. Sie verdrehte die Augen.

»Wenn Sie sich betrinken und herumpöbeln, während ich versuche, dieses Ding in Ordnung zu bringen, wird ein Blutbad im Klonraum das Geringste Ihrer Probleme sein«, sagte Maria.

»Verstanden«, sagte Wolfgang mit einem leichten Lächeln.

Sie konzentrierte sich wieder auf Bebe und wünschte sich, es gäbe eine Tür zwischen ihr und den Tischen.

»Wo ist Paul?«, fragte Hiro.

»Er hat an den Servern gearbeitet, als ich ihn allein ließ«, antwortete Wolfgang. »Ich habe ihm gesagt, dass er um neun hierherkommen soll.«

»Es ist fünf nach«, sagte Hiro.

Wolfgang zog sein Tablet hervor und rief Paul an.

»Ja?«, sagte Paul. Seine Stimme klang etwas kräftiger als am Vortag. »Ist das Frühstück fertig?«

»Noch nicht ganz«, sagte Wolfgang. »Aber wir sitzen alle in der Küche. Kommen Sie zu uns.«

»Ich sollte eigentlich mit diesen Servern weitermachen«, sagte er in unsicherem Tonfall.

»Ich werde ihm Bescheid geben, wenn es so weit ist«, sagte IAN.

»He, IAN, beobachtest du uns in unseren Quartieren?«, fragte Hiro unvermittelt.

»Im Interesse der allgemeinen Sicherheit muss ich es tun«, antwortete IAN. »Das heißt, wenn die Kameras funktionieren.«

»Hm, das ist interessant«, sagte Hiro und wurde ein wenig rot im Gesicht.

»Aber es funktionieren noch nicht alle deine Kameras?«, fragte Katrina.

»Noch nicht. Ich brauche etwas Zeit, um die verschiedenen Befehle auszuführen, die Sie mir gegeben haben, und gleichzeitig meine internen Fehlfunktionen zu reparieren. Ich erhalte Zugriff auf immer mehr Augen und Ohren im ganzen Schiff.«

»Gib mir Bescheid, wenn du wieder voll funktionsfähig bist«, sagte Katrina.

»Sie haben recht, ich könnte eine Pause gebrauchen«, sagte Paul über die Verbindung. »Ich komme jetzt runter.«

»Also gut, Leute«, sagte Maria. »Ich muss mein Quartier aufsuchen, um einen Sicherungsspeicher zu holen, auf dem Ihre geschmacklichen Vorlieben aufgelistet sind. In der Zwischenzeit möchte ich Sie bitten, Bebe Speichelproben zu geben, weil er angeblich anhand einer winzigen Menge DNS Ihren Geschmack ermitteln kann. Hiro wird Ihnen zeigen, wie es geht.«

»Wozu brauchen Sie dann den Speicher?«, fragte Wolfgang mit zusammengekniffenen Augen.

»Ich möchte beides miteinander vergleichen. Wenn der Drucker falsche Ergebnisse liefert, haben wir immer noch das Back-up.«

»Ich werde Sie begleiten«, sagte Joanna.

Als sie durch den Korridor liefen, kam ihnen Paul entgegen, der zur Küche eilte. »Essen fertig?«, fragte er mit hoffnungsvoller, geröteter Miene.

»Ja, in der letzten Minute haben wir aus dem Nichts eine komplette Mahlzeit gezaubert«, blaffte Maria zurück.

Joanna legte eine Hand auf Marias Arm. »Wir werden bald frühstücken können«, sagte sie. »Wolfgang wartet auf Sie, Paul.«

»Ich würde lieber frühstücken«, sagte Paul, dann setzten sie ihren Weg fort.

»Er scheint zu uns zurückzukehren«, sagte Maria. »Wissen Sie, was gestern mit ihm los war?«

»Manche Leute reagieren sehr irritiert auf den Klonprozess, manche Leute mögen es nicht, wenn ihre Routine gestört wird, andere kommen vielleicht nicht damit klar, mitten zwischen schwebenden Leichen und Blut aufzuwachen. Es könnte sonst was sein«, sagte Joanna.

»Oder er könnte dafür verantwortlich sein«, sagte Maria leise.

»Wenn wir die Leute danach beurteilen wollen, wie sie gestern nach dem Aufwachen reagiert haben, könnte ich auf jeden von uns mit dem Finger zeigen.«

»Es ist auch nicht hilfreich, dass wir alle unter einem niedrigen Blutzuckerspiegel leiden«, sprach Maria ihre Gedanken laut aus. »Was der Grund ist, warum ich alles in Ordnung bringen will.«

»Ich würde auch gern Ihre Toilettenartikel testen«, sagte Joanna. »Vielleicht finden sich irgendwelche Giftspuren an Ihrer Zahnbürste oder Ihrem Lippenbalsam oder so.«

Maria lief weiter durch den Korridor. »Klar doch«, sagte sie. »Ich bin mir ziemlich sicher, dass ich nichts zu verbergen habe. Jedenfalls habe *ich* nichts zu verbergen. Ich weiß nicht, wie mein vorheriger Klon das sehen würde.«

Sie betraten Marias Quartier, und sie zeigte auf ihr kleines Bad. »Schnappen Sie sich einfach meine Zahnbürste und alles andere, was Sie brauchen. Ich kann mir neue Sachen aus dem Lager holen.«

Joanna nickte und ging ins Badezimmer. Als Maria davon überzeugt war, dass sie außer Sichtweite war, ging sie vor ihrem Bett in die Knie und zog den kleinen Safe hervor. Sie gab die Kombination ein und öffnete das mechanische Schloss.

»Maria, wozu hast du einen mechanischen Safe?«, fragte IAN. »Ein digitaler Safe ist viel schwerer zu knacken.«

Ja, für einen Menschen. Maria verzog das Gesicht. Sie hatte vergessen, dass die KI wieder online war. »Eine Frau hat ihre Geheimnisse, IAN.«

»Nicht an Bord der *Dormire*«, erwiderte IAN. »Was holst du dort heraus?«

Maria erkannte, dass die Kamera nicht in den Safe blicken konnte. Sie durchsuchte schnell den Inhalt und zog einen blauen Sicherungsspeicher hervor, ohne die anderen Speicher in verschiedenen Größen weiter zu beachten. Sie schloss den Safe und hielt dann den Speicher zur Kamera hoch. »Es ist nur ein Sicherungsspeicher.«

»Ich hätte alle diese Daten verwahrt«, sagte IAN. »Du hättest keine redundante Sicherung benötigt.«

»Offensichtlich doch, da du alle Logdaten verloren hast«, sagte Maria.

»Prügel nur auf jemanden ein, der schon am Boden liegt«, sagte IAN in verletztem Tonfall. »Woher weißt du, dass dieser Speicher die Daten enthält, die du benötigst? Du könntest sie in den vergangenen fünfundzwanzig Jahren überschrieben haben.«

Maria zuckte mit den Schultern und steckte den Speicher in die Tasche. »Ich bin ein digitaler Messie. So habe ich es schon immer gemacht. Es ist einfach nur vernünftig, Backups von den Daten zu erstellen, die man für seinen Job braucht. Und du bist kein Mensch.«

»Ich werde es der Kapitänin melden müssen«, sagte IAN.

»Ich werde es ihr selbst sagen, wenn ich wieder in der Küche bin!«, erwiderte Maria. »Und Dr. Glass kann bezeugen, was ich hier getan habe.«

Was nicht ganz der Wahrheit entsprach. Die Ärztin hielt

sich immer noch im Bad auf und durchsuchte ihre Sachen. Dann kam sie rückwärts wieder heraus. Die nicht barrierefreien Badezimmer waren nicht groß genug, um sich darin mit einem Rollstuhl umdrehen zu können, und es war ohnehin eng für sie gewesen.

»Ich habe, was wir für den Drucker brauchen«, sagte Maria. »IAN ärgert sich grün und blau, dass ich ein Back-up habe, das er nicht hat. Brauchen Sie hier sonst noch etwas?«

»Ich brauche eine Dusche und zwei funktionierende Beine. Ansonsten habe ich Ihre Zahnbürste, Ihre Zahnseide und ein Handtuch mitgenommen. Das müsste genügen.«

»Dann brauche ich definitiv eine neue Zahnbürste und ein neues Handtuch, sofern Sie sich nicht von einer stinkenden Köchin bedienen lassen möchten.«

Joanna lächelte. »Ich verlasse mich darauf, dass Sie unsere Lagerbestände nicht verprassen. Ich werde diese Proben testen. Ich möchte wissen, wie weit der Versuch ging, Sie zu vergiften.«

»Ich habe mir seit gestern die Zähne geputzt und geduscht. Glauben Sie, das ist okay?«, fragte Maria.

Joanna runzelte die Stirn. »Ich hätte Ihnen sagen sollen, das nicht zu tun. Zu viel Chaos seit gestern. Aber wenn Sie jetzt keine Beschwerden haben, müsste alles in Ordnung sein. Geben Sie mir Bescheid, wenn Sie sich kränklich fühlen. Bis dahin werde ich in der Krankenstation sein. Sagen Sie Wolfgang, dass er mich dort in einer halben Stunde aufsuchen soll.«

»Das kann ich übernehmen!«, sagte IAN.

»Ich habe russisches Roulette mit Schierling gespielt? Großartig«, sagte Maria.

Joanna verließ mit ihr das Zimmer, und Maria hielt an der Tür inne, um den Schlüsselkode einzugeben.

»Haben Sie wirklich eine Kopie der Essensvorlieben von uns allen aufbewahrt?«, fragte Joanna und zeigte auf den Speicher.

»Selbstverständlich. Es ist wichtig, Back-ups zu machen. Fragen Sie Paul und IAN, wie sie im Moment ohne Sicherungskopien zurechtkommen.«

»Das nehme ich dir übel«, sagte IAN in nicht so munterem Tonfall.

»Verständlich«, sagte Joanna. »Ich gebe Ihnen Bescheid.«

Sie trennten sich im Korridor, und Maria eilte zur Küche zurück, um weiter den Lebensmitteldrucker zu kalibrieren. Ihre Nemesis. Bebe.

So viel zum Thema »nur ein Schluck Whisky«.

Wolfgang, Katrina, Paul und Hiro hatten sich seit einer Stunde immer wieder nachgeschenkt und wurden immer entspannter, während Maria mit dem Drucker weiterarbeitete.

Dann stürmte Joanna in die Küche, noch etwas feucht und aufrecht auf ihren Beinprothesen. »Bitte sagen Sie mir, dass der Drucker betriebsbereit ist und läuft«, sagte sie. »Ich verliere meine Konzentrationsfähigkeit.«

»Bin fast so weit«, sagte Maria, die beobachtete, wie Bebe den letzten Test durchführte und eine simple Scheibe Tofu ausdruckte. »Haben Sie Ihre Ersatzbeine gefunden?«

Joanna nickte. »In meinem Schrank, während Sie sich hier offensichtlich betrunken haben.« Sie ließ sich am Tisch mit den wartenden Besatzungsmitgliedern auf einen Stuhl fallen und blickte vorwurfsvoll auf die Flasche. »Das war eine tolle Idee. Wussten Sie, dass man – wenn auch auf nicht ganz ethische Weise – getestet hat, wie lange ein Klon nach dem Aufwachen ohne Essen überlebt? Man hat auch einige Versuche mit Schlafentzug gemacht.«

»Ich hätte nicht an diesem Experiment teilnehmen wollen«, sagte Hiro.

Joanna zeigte auf ihn. »Aber Sie sind mittendrin. In diesem Moment. Genau das machen Sie gerade durch. Und es ist nicht nett.«

»Aber was für Arschlöcher würden sich freiwillig für so etwas melden?«, fragte Hiro.

»Zum Beispiel Arschlöcher, die es für eine tolle Idee halten, Alkohol in einen Magen zu kippen, der noch nie etwas Essbares zu sich genommen hat?«, rief Maria von ihrem Posten an der Ausgabe von Bebe.

Sie war bereit. Sie programmierte etwas Brot, das sie sich teilen konnten, wenn der Drucker anschließend mehrere Mahlzeiten gleichzeitig produzierte.

»Oder eine Person, die alle mit höherem Rang als Arschlöcher bezeichnet, wenn sie nichts gegessen hat«, sagte Joanna. »Exakt.«

»Und diese unethischen Experimente«, sagte Wolfgang. »Was wurde noch getestet?«

»Körperliche Geschicklichkeit, emotionale Belastungsfähigkeit, mentales Durchhaltevermögen. Vierundzwanzig Stunden ohne Essen, und die Klone waren praktisch nutzlos«, sagte IAN. »Sie haben mittlerweile die achtzehnte Stunde erreicht.«

Wolfgang sah Paul an. Sein Gesicht war nach irdischen Maßstäben blass und recht rötlich, verglichen mit dem von Wolfgang. Er erwiderte den Blick und zuckte nicht zusammen, als der wesentlich größere Wolfgang aufstand. Er griff nach Pauls Schulter und zog ihn hoch. Dann strich er in einer seltsam intim wirkenden Geste über Pauls Arme.

Paul wich vor ihm zurück. »Was tun Sie da?« Seine Stimme klang leicht schleppend.

»Ich möchte ein paar eigene Tests durchführen«, sagte Wolfgang schließlich.

»Was soll das heißen?«, fragte Katrina. »Sie brechen hier fast zusammen, aber Sie wollen es noch weiter treiben? Indem Sie ihn abklopfen?« Sie hielt inne, um ihr Schnapsglas auszutrinken. »Das ist kein sinnvolles Sicherheitskonzept.«

»Ich muss etwas Dampf ablassen«, sagte er. »Den Alkohol ausschwitzen. Ich brauche ein Training. Paul wird mich begleiten.«

»Ich glaube kaum …«, begann Paul.

»Essen offiziell in einer halben Stunde«, rief Maria. »Der neue Drucker läuft!«

Die Besatzung jubelte, und Joanna ließ sich auf einen Stuhl sinken.

Wolfgang sah Paul an. »Also haben wir eine halbe Stunde. Gehen wir.«

»Ein leerer Magen, dazu der Alkohol, dazu der Stress unserer derzeitigen Situation, all das bedeutet, dass Sie Ihre neuen Körper vermutlich sehr schnell erschöpfen werden«, sagte IAN. »Wissenschaftlich formuliert ist es eine äußerst blöde Idee.«

Maria blickte nachdenklich zur Kamera im Raum hinauf. IAN entwickelte immer mehr Persönlichkeit. Sie war sich nicht sicher, ob das gut war.

»Ach was. So kann Maria ohne Ablenkungen weiterarbeiten. Es wird ein großer Spaß.« Wolfgang hatte die Zähne leicht gebleckt, und seine Augen waren weit aufgerissen. Das alles sah ganz und gar nicht nach Spaß aus. Maria war hin- und hergerissen, ob sie Paul bemitleiden oder dankbar sein sollte, dass es sie nicht erwischt hatte.

»Sie lassen sich von Unsterblichkeitsfantasien mitreißen«,

sagte Katrina. »Aber gerade in diesem Moment sind Sie nicht unsterblich.«

»Ich bin ein Klon. Ich *bin* unsterblich«, sagte er und lachte. Er packte Pauls Schulter mit festem Griff und zog ihn zur Küche. »Paul, gehen Sie zum Lebensmitteldrucker und heben Sie ihn an.«

»He, Moment! Ich habe ihn gerade zum Laufen gebracht!«, protestierte Maria und stellte sich vor den Drucker. »Gehen Sie in den Fitnessraum, wenn Sie irgendwelche Testosteronkämpfe ausfechten wollen.«

Wolfgang starrte Maria mit eisigem Blick an, aber sie ließ sich nicht beirren.

»Ich meine es ernst«, sagte sie.

»Kommen Sie«, sagte Wolfgang und führte Paul aus der Küche. Die Ärztin folgte ihnen.

»Jetzt hat mein Saufkumpan die Krise bekommen«, beklagte sich Hiro. Dann blinzelte er, als wäre ihm soeben etwas bewusst geworden. »He, sie haben mich nicht eingeladen. Bin ich nicht genug auf Testosteron?«

Maria fand es weniger beunruhigend, dass Hiro sich von einem Machowettstreit ausgeschlossen fühlte, als die Tatsache, dass er Wolfgang als »Saufkumpan« bezeichnet hatte. *Ohne Essen drehen wir allmählich durch.*

»Du bist voll auf Testosteron, Hiro. So was von«, sagte sie. »Und jetzt lass mich weiterarbeiten.« Sie konzentrierte sich wieder auf den Drucker. Sie überprüfte die Kalibrierungen und den Speicher und schaltete das Gerät ein. »Essen und Getränke für die gesamte Besatzung, bitte.«

»Müssen Sie wirklich ›bitte‹ sagen?«, fragte Katrina, die immer noch am Tisch saß. »Warum sind Sie nett zu einer Maschine?«

»Gewohnheit«, sagte Maria. »Ich hatte eine strenge Tante.«

Sie hielt den Atem an, als die Maschine surrend zum Leben erwachte und leise klickte.

»Was sollen wir mit dem anderen Drucker machen?«, fragte Hiro. »Ich überlege, ob ich ihn benutze, um in meinem Quartier ein Schwarzmarktcafé zu betreiben. Das klingt sogar nach einer richtig coolen Idee. Maria, die Tyrannin der Küche, will uns keine süßen Sachen geben, also gehen wir alle zu Hiros Mondscheinkneipe, um Zartbitterschokolade aus dem feinsten Lyfe zu genießen, das sich im ganzen Schiff finden lässt.«

»Eine Mondscheinkneipe, die nur Schierling serviert? Mach nur«, sagte Maria.

»Das ist hier ein verdammter Karneval«, sagte Katrina und versuchte aufzustehen. Sie wankte und ließ sich wieder auf den Stuhl fallen.

Maria wandte sich dem Drucker zu, der nun fleißig schwarzen Kaffee druckte und in der Innenkammer verteilte. Sie fluchte und suchte hektisch nach einem Becher. Als sie ihn in Position brachte, konnte sie damit den letzten Rest Kaffee auffangen. Sie zog den Becher heraus, als der Drucker nun etwas anderes produzierte.

»Probier das«, sagte sie zu Hiro und reichte ihm den Becher, während sie sich nach einem Lappen umschaute, mit dem sie den Kaffee aufwischen konnte.

»Nein, verdammt! Bist du verrückt?«, rief Hiro. »Du probierst das Zeug.«

Maria sah ihn überrascht an.

»Es könnte vergiftet sein«, sagte er mit einem Schulterzucken.

»Um Himmels wissen, du weißt doch, dass wir diesen Drucker eben erst aus der Verpackung genommen haben!« Sie kippte den Kaffee hinunter und verbrannte sich dabei die Zunge. Es war tatsächlich schwarzer Kaffee.

Der Drucker machte Getränke für alle, dann brachte Maria der Kapitänin einen schwarzen Kaffee.

Katrina starrte auf den Tisch und zog das Muster im Metall mit einem Finger nach. »Ich sollte sie töten. Meinen vorherigen Klon. Dies ist jetzt mein Leben.«

»Kapitänin, dass es jemanden an Bord dieses Schiffs gibt, den Sie nicht ermorden sollten, steht im Moment ziemlich weit unten auf der Liste unserer Probleme«, sagte Hiro behutsam und schob ihr den Kaffee zu. »Es ist durchaus möglich, dass sie niemals aufwacht. Wir könnten sogar herausfinden, dass sie das alles getan hat; und dafür können wir sie bestrafen.«

Die Kapitänin warf ihm einen bösen Blick zu, und Hiro lehnte sich auf seinem Stuhl zurück, als wäre er gestochen worden. »Natürlich impliziert das, dass Sie uns getötet haben und auch Sie bestraft werden sollten, was ich ganz und gar nicht implizieren will. Sie sind offensichtlich gänzlich unschuldig.«

»Kapitänin, Sie werden sich besser fühlen, wenn Sie etwas gegessen und ein wenig geschlafen haben«, sagte Maria. »Das kann ich Ihnen versprechen. Joanna hat bestätigt, dass es wissenschaftlich erwiesen ist.«

»In Zeiten wie diesen brauchen manche Leute dringend Rührei«, stimmte Hiro ihr zu.

Ein fehlendes Teil

»Das verstehe ich nicht. Warum hacken Sie auf mir herum?«, fragte Paul nervös, als sie den Trainingsraum betraten.

»Menschen kommen sich durch Sport näher«, sagte Wolfgang.

»Ich glaube, die Kapitänin wäre eine bessere Sparringpartnerin für Sie, Wolfgang«, schlug Joanna vor.

»Sie ist jemand, mit dem ich mich niemals messen würde«, sagte er. »Nicht wenn es um harte Schläge geht. Paul und ich müssen Dampf ablassen.«

Wie alles andere an Bord des Schiffs war auch der Trainingsraum ein gutes Beispiel für die exzellente Nutzung von begrenztem Raum: hochmodern, mit Gewichten, Kardiobereich und Streching-Geräten. In der Mitte gab es verschiedene Hindernisse mit Ringen, Stangen für Gleichgewichts- und Sprungübungen und Barren.

Joanna hatte gehört, dass Hiro sich für ein Schwimmbecken eingesetzt hatte, was ihm jedoch verweigert worden war.

Wolfgang öffnete den Reißverschluss seines Overalls bis zur Hüfte und zog die Arme heraus. Darunter trug er ein schwarzes T-Shirt über Armen mit langen, drahtigen Muskeln. Er gab Paul einen Wink, das Gleiche zu tun. Paul mühte sich mit deutlich weniger Anmut als Wolfgang aus seinem Overall. Während Paul wie alle Klone das Musterbeispiel eines gesunden jungen Mannes war, bemerkte Joanna angewidert die Spuren von Synth-Amneo-Flüssigkeit, die in seinen Ellbogengelenken angetrocknet war, ein Anzeichen, dass er immer noch nicht unter der Dusche gewesen war. Sie unterdrückte ein Schaudern.

»Sie werden mir folgen. Ich möchte wissen, wozu Sie imstande sind, nachdem Sie den vergangenen Tag im Wesentlichen in Embryonalhaltung verbracht haben«, sagte Wolfgang und sprang dann zu den Hindernissen.

»Sie müssen hier überhaupt nichts tun«, sagte Joanna zu Paul, aber er reagierte nicht darauf. Sein Gesicht rötete sich, und er ballte die Fäuste, als er Wolfgang beobachtete.

Joanna vergaß für einen Moment ihre Verärgerung, als sich Wolfgang mühelos von Barren zu Barren schwang, auf einem Schwebebalken landete und ihn anmutig entlanglief. Er griff jedes Hindernis an, von den Zugseilen in der Wand (die Gewichtswerte wurden von einer Anzeige in Erd- und Mondschwerkraft angegeben) bis zu einem drei Minuten langen Handstand.

Paul beobachtete das alles schweigend, während er vor Wut überzukochen schien. Er warf einen Blick auf Joanna, dann ging er zu den Barren, um es Wolfgang nachzumachen. Zweimal rutschte er von den Barren ab, musste sich abmühen, um wieder hinaufzuspringen, und schließlich fiel er vom Schwebebalken. An den Zugseilen schaffte er weniger als die Hälfte dessen, was Wolfgang vorgegeben hatte, und es gelang ihm gar nicht, die Beine zu einem Handstand hochzuwerfen, von drei Minuten ganz zu schweigen.

Es erstaunte Joanna immer wieder, wie sich das Muskelgedächtnis über verschiedene geklonte Lebensspannen hielt. Paul war theoretisch völlig fit, aber er war kein Sportler, wie es Wolfgang in früheren Leben offenbar gewesen war.

Wolfgang ging zu Paul hinüber und stellte ihn unsanft auf die Füße. »Das war armselig. Beim nächsten Mal läuft es besser.« Er deutete auf Joanna. »Jetzt Sie, Doktor.«

Joanna sah ihn mit hochgezogener Augenbraue an. »Ich nehme Ihre Herausforderung erst an, wenn ich etwas gegessen habe.«

Er zuckte mit den Schultern. »Sagen Sie einfach Bescheid.«

»Mr. Wolfgang? Dr. Glass? Mr. Seurat?«, fragte IAN.

»Ja, IAN«, sagte Joanna. »Kannst du uns hier mit deinen Kameras sehen?«

»Noch nicht. Ms. Arena sagt, dass wir endlich etwas zu essen haben.«

Paul stieß Wolfgang zu Boden und rannte aus dem Trainingsraum. Joanna sah grinsend zu, wie er sich erhob. »Anscheinend brauchte er nur den richtigen Anreiz, um sich zu bewegen.«

»Ich bin auch ausgehungert«, sagte Wolfgang. Er schwankte leicht, fing sich an einem Handgriff ab und sah Joanna an. »Bringt Nahrungsmangel die Leute dazu, seltsame Dinge zu tun?«

Sie lachte. »Müssen Sie mich das wirklich fragen?«

Joanna ging zur Küche voraus. »Sie hätten ihn nicht herausfordern müssen. Sind Sie so versessen darauf, sich Paul schon am Tag eins unserer Reise zum Feind zu machen?«

»Es ist nicht der erste Tag«, sagte Wolfgang. »Und ich dachte, ich könnte ihn ein bisschen aus seinem Schneckenhaus hervorlocken.«

»Indem Sie ihn demütigen?«, fragte sie. »So kommen sich Männer näher?«

»Sie hätten nicht dabei sein müssen. Dann wäre es für ihn nicht so peinlich gewesen.«

Sie lachte überrascht. »Es ist meine Schuld? Das ist interessant. Haben Sie wirklich geglaubt, Sie könnten ihm näherkommen, indem Sie ihn verärgern?«

Er nahm einen tiefen Atemzug und entspannte sich. »Wir stecken in Schwierigkeiten. Sie haben recht. Ich dachte nur, es wäre gut, sich zur Abwechslung auf etwas anderes zu konzentrieren.«

Joanna blieb im Korridor stehen und blickte zu ihm auf. »Und Sie haben sich als brutaler Kerl erwiesen, der zu der Art von Gewalt fähig wäre, die wir gestern gesehen haben«, sagte sie in ernstem Tonfall. »Vielleicht haben Sie die Beherrschung verloren und uns alle in den Trainingsraum gescheucht, wo Sie wütend wurden und uns alle töteten.«

Sein eiskalter Blick ließ sie nicht los. »Selbst wenn ich mich irgendwie in einen Sklaventreiber verwandelt hätte, waren die Todesfälle zu unterschiedlich, um sie auf einen gewalttätigen Wutanfall zurückzuführen. Und vielen Dank, dass Sie mir so etwas zutrauen.«

Vor sehr vielen Jahren, in ihrer Anfangszeit am College, hatte Joanna eine Affäre mit einem Mann gehabt, der dazu neigte, sie zu bedrohen, wenn sie sich stritten. Als sie dagegen protestierte, blockte er ihre Ängste mit einem *Wie konntest du nur glauben, ich würde so etwas tun?* ab. Am Ende fühlte sie sich schuldig, nachdem er sie bedroht, geschüttelt oder in einem Fall sogar geschlagen hatte. *Nie wieder,* hatte sie sich geschworen und war diesem Schwur mehr als zweihundert Jahre lang treu geblieben.

Sie funkelte Wolfgang an. »Nein, spielen Sie jetzt nicht das verletzte Seelchen. Natürlich würde ich Ihnen so etwas zutrauen. Und mit Ihrer Vorstellung da drinnen haben Sie sich an Bord dieses Schiffs keine Freunde gemacht.«

Er schwieg.

»Ich werde mir jetzt etwas zu essen holen«, fügte sie hinzu.

»Kommen Sie mit oder lassen Sie es bleiben, aber Ihre verletzten Gefühle kaufe ich Ihnen nicht ab. Sie sind zu einem Mord fähig. Genauso wie wir alle.«

Wie Joanna vermutet hatte, waren Wolfgang und sie in wesentlich besserer Stimmung, nachdem sie gegessen hatten. Wolfgang entschuldigte sich sogar vor allen anderen bei Paul. Er nahm die Entschuldigung nicht an und bedachte Wolfgang mit einer derben Geste – eine lunare Abwandlung dessen, was in nordamerikanischen Kulturen als Okay-Zeichen bekannt war, wobei das kleine *o* jedoch andeutete, dass der Mond viel unbedeutender als die Erde war, und es war eine Anspielung auf den winzigen Umfang eines gewissen männlichen Körperteils. Aber immerhin hatte sich Wolfgang bemüht.

Joanna hoffte, dass Paul vielleicht den Zorn eines unterzuckerten Klons überwand und nach dem Essen mit dem Rest der Besatzung warm wurde. Doch als er die Zähne in seinen zweiten Cheeseburger schlug, sah er die anderen immer noch nicht an.

»Es geht ihm nicht wesentlich besser, nicht wahr?«, flüsterte sie Hiro zu.

Hiro zog den Kopf ein. »Nein. Ich habe es anscheinend nur schlimmer gemacht, als ich ihm angeboten habe, mich zusammenzuschlagen. Ich habe ihm gesagt, dass er im Kampf alles mit mir machen kann, aber dann war er noch viel beleidigter.«

Joanna unterdrückte ein Lachen. »Ich kann mir kaum vorstellen, warum ihn nichts an der Vorstellung gereizt hat, einen kleinen Mann zu verprügeln, um sein Ego zu stärken.« Sie hielt inne und dachte an das, was sie über Testosteron wusste. »Moment. Ich kann total verstehen, warum es ihm gefallen würde. Und er wollte sich nicht darauf einlassen?«

Hiro zuckte mit den Schultern und nahm einen Schluck Tee. »Ich versuche, ein Gebender zu sein, wirklich.«

Eine müde aussehende Maria stellte einen Teller mit Ei und Schinkenspeck vor Joanna ab, die überrascht aufblickte. »Das habe ich nicht bestellt.«

»Alle wollten einen Nachschlag«, sagte Maria. »Es war eine Wahrscheinlichkeitsprognose. Wenn Sie es nicht möchten, finden wir bestimmt jemanden, der es nimmt.«

Joannas Magen knurrte, und ihr wurde bewusst, dass sie immer noch Hunger hatte. Wolfgang stand auf und warf ihr einen Blick zu. Sie seufzte. »Ich würde sehr gern, aber wir müssen mit den Tests weitermachen. Vielen Dank, aber Sie sollten es jemand anderem anbieten.« Sie wandte sich Paul zu, der immer noch niemandem in die Augen blicken wollte. »Möchten Sie mein Frühstück, Paul?«

Er antwortete nicht, doch dann griff Hiro danach und zog den Teller zu sich herüber.

Joanna sah Maria lächelnd an. »Sehen Sie? Hier kommt nichts um.«

Maria zuckte mit den Schultern. »Egal. Am Ende landet sowieso alles auf die eine oder andere Weise im Recycler.«

In der Krankenstation merkten sie, dass die Leichen nun definitiv stanken. Joanna und Wolfgang legten sie nebeneinander auf den Boden. Joanna diktierte, während Wolfgang sich weitere Notizen machte. Sie zeichnete alles separat als Video- und Audiodatei auf, aber Wolfgang wollte es visuell und direkt erleben und die Leichen mit eigenen Augen sehen.

»Wir haben festgestellt, dass die Kapitänin zwei Tage vor den Morden verletzt wurde. Also können wir davon ausgehen, dass sie nicht am späteren Blutbad beteiligt war. Dafür spricht, dass sie sich nicht selbst verletzt und an die Lebenserhaltung angeschlossen haben kann, nachdem es zu den Morden kam.«

»Was sie jedoch nicht völlig entlastet. Sie könnte trotzdem etwas damit zu tun haben«, sagte Wolfgang. »Wenn zum Beispiel jemand auf ihren Befehl gehandelt hat.«

Joanna nickte. »Es könnte ein Racheakt für etwas gewesen sein, das aus dem Ruder gelaufen ist. Das Gleiche gilt für Hiro.«

Joanna untersuchte Hiros toten Klon erneut auf Verletzungen. »Wie es scheint, hat er keine Gewalteinwirkungen erlitten. Wir gehen weiterhin davon aus, dass er sich vor dem Blutbad erhängt hat, weil nicht er, sondern jemand anderer den Gravantrieb abgeschaltet haben muss.«

Wolfgang schüttelte den Kopf. »Das Schiff würde noch eine Weile weiterrotieren, also wäre auch nach dem Abschalten des Gravantriebs noch etwas Schwerkraft vorhanden. Er könnte die Abschaltung vorgenommen haben, kurz bevor er sich erhängte.«

»Er muss etwa zur selben Zeit wie alle anderen Toten gestorben sein«, sagte Joanna. »Ich könnte mir vorstellen, dass einer von uns ihn abgeschnitten und aufgeweckt hätte, bevor alle anderen aufgewacht sind.«

»Sofern wir ihn nicht hängen gelassen haben, weil er Selbstmord begangen hat«, gab Wolfgang zu bedenken. »Aber wie auch immer, als ich meine ersten Untersuchungen vornahm, stimmte seine Körpertemperatur mit der von allen anderen überein.«

»Also sehr knapp.« Joanna seufzte und strich sich mit den Händen durch das lockige schwarze Haar. »Und nun zum ganz großen Rätsel. Maria. Anscheinend hat irgendjemand sie mit Schierling vergiftet.« Sie knirschte mit den Zähnen.

»Könnte es sein, dass es ihr bewusst wurde, woraufhin sie zum Klonraum ging und uns alle aufweckte? Hat sie auch unsere Mindmaps gelöscht? Und die Logs?«

IAN meldete sich zu Wort. »Nicht genug Daten. Vieles wurde eliminiert.«

»Natürlich«, sagte Joanna. »Jemand muss sie vor allen anderen Ereignissen vergiftet haben, etwa eine Stunde früher, würde ich sagen. Warum und wie?«

»Die anderen Leichen erklären sich einigermaßen von selbst«, sagte Wolfgang und beugte sich über die schweren Blutungen am Hals von Pauls Klon. »Erstochen und einer erwürgt. Zumindest da gibt es keine großen Mysterien.«

»Abgesehen von der Frage, wer das getan hat«, sagte Joanna.

»Ja, davon abgesehen.«

Joanna rümpfte die Nase. »Wir sollten ein paar letzte Scans machen und die Leichen dann recyceln.«

»Ich wünschte, wir hätten eine richtige Leichenhalle«, sagte Wolfgang. »Wir vermuten, dass Maria von jemandem vergiftet wurde. Sie hat es sich nicht selbst angetan. Sie bemerkte es und versuchte die anderen zu warnen. Der Mörder fand es heraus und mordete. Und dann … hat sich Hiro selbst erhängt? Könnte es Maria gewesen sein, die die Kapitänin angegriffen hat?«

»Selbst wenn Maria in diesem Kampf die Aggressorin war, hätte ich versucht, sie beide zu retten«, sagte Joanna kopfschüttelnd. »In diesem Fall wäre sie in der Krankenstation gewesen und hätte sich das Gift aus dem Körper spülen lassen. Was wäre, wenn Maria uns alle tötete, dann sich selbst vergiftete und dann die Wiederbelebung einleitete? Was allerdings nicht die Sache mit der Kapitänin erklären würde.«

»Oder Marias Stichwunde. Vielleicht hat Hiro uns alle auf

unterschiedliche Weise getötet und sich dann erhängt, weil er sich schuldig fühlte«, erwiderte Wolfgang.

»Unwahrscheinlich«, sagte Joanna. »Da wäre das mit der Schwerkraft, und warum sollte er sich selbst umbringen, wenn er wusste, dass Maria den Wiederbelebungsschalter gedrückt hatte?«

»Der Zeitablauf ist immer noch nicht klar«, sagte Wolfgang.

»Aber wir sind näher dran als zuvor«, sagte sie und machte sich wieder Notizen. »Wir haben viel mehr Daten.«

»Trotzdem wissen wir immer noch nicht, wer die Kapitänin angegriffen hat«, sagte Wolfgang und deckte die Leichen wieder zu. »Also stehen wir im Großen und Ganzen immer noch da, wo wir angefangen haben, mit einer Menge neuer Rätsel.«

»Ich denke, wir sollten mit der Befragung der anderen beginnen«, sagte Joanna.

»Wir könnten mit uns beiden beginnen«, sagte Wolfgang und sah sie an, eine weiße Augenbraue hochgezogen.

Joanna zuckte mit den Schultern. »Also gut. Schauen wir, ob Paul irgendwelche weiteren Informationen aus den Computern herauskitzeln kann oder Hiro aus dem Navigationssystem. Dann reden wir miteinander.«

Nach dem Essen bot Maria Hiro an, ihm auf dem Pilotendeck zu helfen, weil er auch ihr geholfen hatte. Bedauerlicherweise hatte sie weniger Erfahrung mit Weltraumnavigation als er mit der Essenszubereitung, also wartete sie die meiste Zeit darauf, dass er ihre Hilfe benötigte.

Maria schaute Hiro über die Schulter, und ihr schwarzes Haar kitzelte ihn am Ohr. »Und wohin sind wir jetzt unterwegs?«

Er schob sie behutsam zur Seite und rieb sich das Ohr. »Wir

sind um neun Grad vom Kurs abgewichen. Ich könnte uns wieder auf Kurs bringen und beschleunigen, wenn wir IAN auf unserer Seite hätten.«

»Ich bin auf eurer Seite«, sagte IAN. »Wie wäre es zum Beispiel mit dieser Information: Ich habe festgestellt, dass ich in einem Fall, den ich als hinreichend katastrophal einschätze, darauf programmiert bin, das Schiff zu wenden und zur Erde zurückzukehren. Und genau das tue ich gerade.«

Hiros Unterkiefer klappte herunter. »Oh nein, nein nein, an diesem Punkt können wir nicht mehr umkehren. Wenn wir zurückfliegen, wäre das auf jeden Fall unser Todesurteil. Dies ist unsere einzige Chance, IAN. Wenn diese Mission scheitert, werden wir alle sterben.«

»Nicht zwangsläufig«, sagte IAN. »Es würde zu einem Gerichtsprozess kommen.«

»Willst du mich auf den Arm nehmen?«, fragte Maria. »Ein Prozess, in dem festgestellt wird, dass wir mit unserer Mission gescheitert sind und alle unsere Rechte als Klone verwirkt haben und unser Leben und unseren Besitz verlieren werden. Dieses Urteil steht von vornherein fest. Wir brauchen eine andere Option, IAN. Bitte!«

»Leider verfüge ich noch nicht über alle Daten aus den letzten fünfundzwanzig Jahren. Wenn ich einige davon rekonstruieren kann, könnte ich eine andere Entscheidung treffen und uns wieder auf Kurs bringen. Aber vorläufig werden wir langsamer.«

Hiro sah Maria an. Sie zuckte mit den Schultern. Er rieb sich wieder das Ohr. »Er scheint schlimmer als meine Großmutter zu sein, und sie war eine fiese alte Tyrannin.« Er rief weitere Daten von seinem Terminal ab.

Maria beobachtete ihn und seufzte. »Was jetzt?«

»Jetzt suche ich nach Login-Informationen, Verschlüsselungen, irgendwelchen Hinweisen, wer hier dieses Chaos angerichtet haben könnte. Aber ich finde nur meine eigenen Logins während der letzten Stunden. Wer auch immer all das getan hat, hat einfach jedes Log gelöscht. Er hat seine Spuren gründlich verwischt.«

»Du weißt, dass es nur eine einzige Person gibt, die qualifiziert ist, so viel Schaden anzurichten«, sagte Maria leise. »Und das ist Paul.«

»Von wem fürchtest du belauscht zu werden?«, fragte Hiro in Bühnenflüstern.

Sie verzog das Gesicht. »Keine Ahnung. Ich weiß nicht mehr, wem ich noch trauen kann.«

»Ja, aber hast du Paul gesehen? Er sah aus, als würde er es nicht einmal schaffen, eine Kakerlake zu zertreten«, sagte Hiro. »Er ist völlig im Arsch, seit er aufgewacht ist. Und Wolfgang war heute auch nicht gerade hilfreich.«

»Paul ist nicht die einzige Person an Bord mit Kenntnissen in Computerprogrammierung«, warf IAN ein. »Aber diese Information ist vertraulich.«

»Warum hast du sie dann überhaupt erwähnt?«, fragte Maria verzweifelt.

»Ich wollte euch alle Informationen geben, die euch zustehen«, antwortete IAN.

»Nur nicht, wer diese Person ist«, sagte Hiro.

»Ja.«

Er schüttelte den Kopf und konzentrierte sich wieder auf Maria. »Erinnerst du dich an Paul? Ich meine, was weißt du über ihn, abgesehen von der Mission?«

»Ich habe ihn genauso wie du kennengelernt, unmittelbar vor dem Empfang auf Luna. Unsere letzten Erinnerungen.« Sie seufzte und beugte sich wieder über seine Schulter. »Wo sind wir jetzt überhaupt?«

Hiro berührte eine Schaltfläche auf dem Bildschirm, der daraufhin die Erde und Luna auf der linken Seite und Artemis auf der rechten zeigte. Dazwischen verlief eine Linie, auf der verschiedene Punkte markiert waren.

»Diese Strecke haben wir in den letzten vierundzwanzig Jahren zurückgelegt«, sagte er und verfolgte die Linie, die von Luna ausging. Er tippte auf einen anderen Teil des Bildschirms, und ein winziges Schiff war zu sehen, das sich an der Linie entlangbewegte. Es wurde vergrößert dargestellt, damit es zwischen den Sternen und Planeten überhaupt zu erkennen war. Es überquerte einen Punkt auf der Linie, und ein Datumsfenster öffnete sich. »Hier sollten wir uns jetzt befinden.«

»Und wo sind wir stattdessen?«, fragte Maria.

Hiro drückte auf ein anderes Symbol, und eine rote Linie erschien, die ebenfalls vom Mond ausging und zunächst parallel zur weißen Linie verlief, dann jedoch immer mehr davon abwich. »Das ist gestern passiert«, sagte er.

»Also wurde ich vergiftet, du hast dich selbst erhängt, Kapitänin de la Cruz war in der Krankenstation, der Gravantrieb wurde abgeschaltet und alle anderen wurden abgestochen, und dann beschloss IAN, umzukehren und nach Hause zurückzufliegen.«

»Alle bis auf Paul wurden abgestochen. Er wurde einfach nur erwürgt«, rief Hiro ihr ins Gedächtnis.

»Es sieht nicht danach aus, dass wir allzu weit vom Kurs abgekommen sind«, sagte sie, als sie die winzige rote Abweichung betrachtete. »Wenn wir IAN überzeugen können, die Änderung rückgängig zu machen, sind wir immer noch im grünen Bereich.«

»Du siehst hier eine Strecke von vierhundert Jahren. Eine Kursabweichung von zwei Tagen scheint kaum ins Gewicht zu fallen, aber trotzdem besteht Grund zur Sorge. Wir müssen wieder beschleunigen und brauchen viele Tausend Meilen, bis wir wieder auf Kurs sind, und all das verschlingt Energie und Zeit.«

»Ich dachte, wir werden durch Strahlungsdruck angetrieben«, sagte Maria.

»Um die Geschwindigkeit des Schiffs aufrechtzuerhalten und es mit Energie zu versorgen, benutzen wir ein Andrews-Zurbin-Segel. Das ist eine Kombination aus Solar- und Magnetsegel, je nachdem, welche Energiequelle am ergiebigsten ist«, sagte Hiro. »Aber zum Beschleunigen und Verzögern ist sehr viel Energie nötig.«

»Wunderbar.«

»Das größte Problem ist, dass wir einem sehr genauen Zeitplan folgen, um den Planeten zu erreichen. Wir müssen ein bewegliches Ziel treffen. Wenn wir jetzt beschleunigen und wieder auf Kurs gehen würden, ist der Planet gar nicht mehr dort, wenn wir eintreffen.« Er zeigte ihr einen winzigen blauen Punkt auf dem Bildschirm, ihr Reiseziel. Er zoomte das Planetensystem von Artemis heran und strich mit dem Finger über die Zeitleiste, verschob sie um ein paar Tage. »Dann wird er da drüben sein.«

»Ehrlich gesagt klingt das eher nach einer Herausforderung als nach einem tödlichen Problem. Es beunruhigt mich viel weniger als die Hälfte aller anderen Sachen, mit denen wir uns herumärgern. Du vergisst die sehr reale Gefahr, dass IAN ganz allein mit einem Geisterschiff den Planeten erreicht. Ob nun Artemis oder die Erde. Wie auch immer.«

»Er könnte das Schiff einfach von der Schwerkraftsenke irgendeines Planeten einfangen lassen. Dann würden wir eine Bruchlandung hinlegen, überall Lyfe-Proteine versprühen und vielleicht die Entstehung von Leben auslösen. Unsere

Geister werden auf diesem neuen Planeten herumspuken, und wir wären wie Götter für die späteren Bewohner. Das wäre sogar richtig interessant.«

»Nur dass wir dann tot wären«, sagte Maria. »Und wir wären die Götter von Pantoffeltierchen.«

»Details«, winkte Hiro ab. »Aktuell müssen wir herausfinden, wie wir an IAN vorbeikommen, um wieder in die richtige Richtung zu fliegen. Ich verstehe nur nicht, warum ich keine Befugnis habe, mein eigenes Schiff zu steuern. Warum hat eine KI einen höheren Rang als die Kapitänin und ich?«

»Weil das meine Aufgabe ist. Die Besatzung ist nicht vertrauenswürdig«, sagte IAN.

»Danke, IAN, das wussten wir bereits«, sagte Maria. »Aber vielleicht kann ich herausfinden, wie wir mit ihm reden können.«

Hiro drehte sich auf seinem Sessel herum und sah sie mit skeptischer Miene an. »Ich dachte, du hättest gesagt, du wärst keine Programmiererin.«

»Das bin ich auch nicht«, sagte sie. »Aber ich habe einen Scanner, mit dem ich die Daten diagnostizieren kann, die im Behemoth gespeichert sind. Er liest den kleinen Teil einer Mindmap, auf der die Lieblingsspeisen der betreffenden Person gespeichert sind. Er ist für Lebensmitteldrucker konfiguriert, aber da er ein Scanner ist, müsste er auch in der Lage sein, unsere vermissten Daten wiederzufinden.«

Hiro runzelte die Stirn. »Wie könnte dein Scanner irgendetwas bewirken, wenn IAN nicht einmal seine eigene Programmierung außer Kraft setzen kann?«

Maria zuckte mit den Schultern. »War nur so ein Gedanke. Für später, wenn wir verzweifelt genug sind.«

»Ich werde zunächst abwarten, ob Paul ihn hacken kann«, sagte er. »Das heben wir uns als Plan B auf.«

Sie grinste. »Komm schon, du hast es irgendwo in der Nähe von Plan L abgelegt, gleich nach ›auf einen Erstkontakt mit Aliens hoffen, die eine unserer Sprachen und genug von unserer Technik verstehen, um unsere Bord-KI übertrumpfen zu können‹, nicht wahr?«

»So etwas habe ich nie gesagt«, erwiderte er.

Marias Tablet piepte. Sie schaltete es ein und legte die Stirn in Falten. »Die Kapitänin braucht mich. Es wird Zeit, im Klonraum aufzuräumen.«

»Lass dich nicht von mir abhalten«, sagte Hiro und machte sich einige Notizen auf dem Tablet, das er gefunden hatte. »Viel Glück damit.«

»Also willst du nicht mitkommen und mir helfen?«, fragte sie mit einem leichten Lächeln.

»Eigentlich solltest du heute mir helfen. Jetzt lässt du mich mit IAN und einem mathematischen Monster allein!«

»Vorsicht, Hiro, ich kann den Bockmist von hier aus riechen.«

Er grinste sie nur an.

Sie hatte seinen Wutausbruch fast vergessen, oder ihm zumindest fast verziehen.

Er hatte gesagt, er könnte sich nicht daran erinnern, aber sein harter Gesichtsausdruck sah danach aus, als wäre ihre Tirade keine Überraschung für ihn.

Joanna fing Maria auf dem Weg zum Klonraum ab. »Hätten Sie einen Moment Zeit für mich, Maria?«

»Für alles, was mich daran hindert, den Tatort zu reinigen«, sagte Maria.

Maria folgte ihr in die Krankenstation, wo sie in Joannas Büro gingen. Joanna setzte sich an ihren Schreibtisch und gab Maria zu verstehen, sie solle auf einem Ledersessel Platz nehmen. Es war ein sehr ordentliches Büro, in dem nichts fehl am Platz war. Nach dem plötzlichen Ausfall der Gravitation musste sie es aufgeräumt haben.

»IAN, ich brauche Privatsphäre«, sagte Joanna.

Keine Antwort.

»Er würde Ihre Privatsphäre respektieren?«, fragte Maria mit hochgezogener Augenbraue.

»Nein«, sagte Joanna. Sie öffnete eine Schublade und holte eine Rolle mit schwarzem Klebeband heraus. Dann stand sie auf und verklebte die Kamerasensoren und Mikrofone. »Aber er würde protestieren, wenn er mich hören könnte. Was er meiner Ansicht nach nicht kann.«

»Das klingt sehr ominös.«

Joanna seufzte und setzte sich wieder. Sie verschränkte die Hände im Schoß, aber Maria bemerkte die Anspannung in ihren Schultern und Armen.

»Wenn ich Ihnen nicht vertrauen könnte, wäre es Zeitverschwendung, Sie zu fragen, ob ich Ihnen vertrauen kann«, begann sie.

Maria versuchte, ihre Worte zu verarbeiten. »Wie bitte?«

»Im Prinzip erkläre ich Ihnen, dass ich Ihnen vertraue, aber ich tue es, weil ich dazu gezwungen bin.«

»… gut.« Maria wollte Fragen stellen, aber sie war neugierig, wie viel die Ärztin ihr sagen würde, ohne dass sie sie dazu drängte.

»Paul ist nicht an Erstickung gestorben«, sagte sie. »Er starb an einer Überdosis Ketamin.«

»Was ist das?«, fragte Maria.

»Ein Schmerzmittel, das in hoher Dosierung tödlich sein kann. Wenn man es unbedacht als Freizeitdroge benutzt oder sich injizieren lässt, kann man sehr schnell sterben.« Sie hielt kurz inne, doch als Maria nichts sagte, fuhr sie fort. »Als ich seine Leiche untersuchte, fand ich einen kleinen Einstich. Bei der chemischen Analyse fand ich die Überdosis. Jemand hat ihm etwas verabreicht. Vermutlich vor dem Kampf oder währenddessen. Wir müssen die Spritze finden.«

»Und Sie sagen es mir und nicht der Kapitänin oder Wolfgang, weil eine Spritze die perfekte Tatwaffe für eine Ärztin wäre?«, fragte Maria.

Joanna rieb sich das Gesicht und ließ die Hände wieder in den Schoß fallen. »Zum einen das … und weil Sie in Kürze den Tatort säubern werden, was es wahrscheinlich macht, dass Sie die Spritze finden. Aber ich möchte mich nicht selbst belasten, bevor ich alles weiß. Wenn Sie sie finden, bringen Sie sie zu mir. Wenn nicht, dann werden wir wohl die Augen offenhalten müssen.«

Maria nickte. »Ich werde darauf achten. Noch etwas?«

»Ich hoffe, es versteht sich von selbst, dass diese Sache zwischen uns bleibt, bis wir mehr wissen.«

»Alles klar«, sagte sie.

Joanna stieß einen schweren Seufzer aus. »Vielen Dank.«

Paul lag in seinem Zimmer und ließ sich vom üblen, herrlichen Gefühl davontragen, das die Kohlehydrate und das Fett ihm bereiteten. Er wollte an nichts anderes als das Gefühl in seinem Bauch denken, der sich zum allerersten Mal auf obszöne Weise voll anfühlte.

Trotzdem musste er herausfinden, was eigentlich los war. Er zermarterte sich das Gehirn, um auf eine Möglichkeit zu kommen, wie er irgendetwas vor allen anderen versteckt haben könnte, IAN eingeschlossen. Sie hatten keine digitalen Logs mehr.

Vielleicht ein analoges Notizbuch? Sein Arbeitgeber hatte ihm ein unglaublich teures Buch aus echtem Papier geschenkt, bevor er aufgebrochen war. Doch er hatte es im Chaos seines Quartiers noch nicht wiedergefunden.

Sein Tablet piepte zweimal. Hartnäckig. Es war die Kapitänin.

»Paul, wo sind Sie? Ihre Pause ist vorbei. Sie müssen unbedingt an den Computern weiterarbeiten.«

Wenn sie ihn fragen musste, wo er war, hieß das dann, dass IAN noch keinen Zugriff auf die Kameras in seinem Quartier hatte?

Er wälzte sich vom Bett und griff nach seinem Tablet. »Ich bin gleich da, Kapitänin.«

Er wusch sich das Gesicht. Er sah aus wie der Tod. Wie ein fitter und gesunder zwanzigjähriger Tod. Er musste irgendwie aus seiner Misere herauskommen, sonst schöpften die anderen Verdacht. Wahrscheinlich noch mehr als jetzt schon.

Er wünschte, er könnte sich erinnern, was geschehen war. Es war sehr desorientierend zu wissen, dass er viele Jahre seiner Erinnerungen verloren hatte, dass niemand da war, der um seine vergangene Existenz trauern konnte. Er fragte sich, ob die anderen jemals einen so großen Teil ihrer Erinnerungen verloren hatten.

Er verschloss sein Quartier und ging durch den Korridor. Als er am Klonraum vorbeikam, hörte er hektische Aktivität. Maria war dort, mit Gesichtsmaske und Handschuhen, in denen sie einen Schlauch hielt, der aus der Wand kam. Sie sprühte Dampf auf die Stellen, an denen Blut angetrocknet war. Der Gestank war überwältigend. Er hielt sich eine Hand vors Gesicht und lief weiter durch den Korridor.

Die Kapitänin saß am Terminal im Serverraum und arbeitete mit dem virtuellen Nutzerinterface.

»Ich beneide Maria nicht«, sagte er zur Begrüßung.

»Sie wusste, dass so etwas zu ihrem Arbeitsgebiet gehört«,

sagte Katrina und tat jedes Mitgefühl für eine Frau, die Erbrochenes, Blut und Fäkalien von der Wand spritzen musste, mit einer Handbewegung ab. »Nachdem IAN jetzt wieder läuft, müssen Sie herausfinden, wie der Status der Mindmap-Hardware und -Software aussieht, und danach die Kryo-Röhren überprüfen.«

Paul schluckte. »Kapitänin, es gibt keine Möglichkeit, Sie zu fragen, ohne wie ein Arschloch zu klingen, aber warum können Sie IAN nicht direkt danach fragen, wenn er wieder funktioniert.«

»Weil er noch nicht zu hundert Prozent funktioniert«, sagte sie. »Er hat zugegeben, gegen meinen direkten Befehl den Kurs geändert zu haben, und er ist nicht imstande, sich selbst daran zu hindern. Bedauerlicherweise weiß er nicht, wo dieser Befehl in seiner Programmierung versteckt ist. Es ist unter anderem unsere Aufgabe, die Löcher in seinem Wissen aufzuspüren und ihm zu helfen, sie zu flicken. Um dann diese Befehle zu löschen.«

»Ah, okay, alles klar«, sagte Paul. »Wahrscheinlich hat sich der Befehl nicht von selbst gelöscht, also werde ich schauen, ob ich IAN bei seiner Wiederherstellung helfen kann.« Er erweiterte das Nutzerinterface, damit er sich einige der Server etwas genauer ansehen konnte.

Die meisten hatten inzwischen das schreckliche Rot der Alarmmeldungen verloren und zeigten nun das angenehme Grün leerer Datenspeicher. Was jedoch auch nicht viel besser war. IANs holografisches Gesicht wartete in der Ecke, die Augen geschlossen.

»Warum ist das passiert?« Die Frage der Kapitänin war offenbar mehr an sie selbst gerichtet als an ihn. »Wir alle haben unsere Vergangenheit, vielleicht hat jemand aus Rache gemordet.«

»Vielleicht liegt es gar nicht an uns, sondern es ist ein generelles Problem von Klonen«, sagte Paul.

»Sicher, wir hatten unsere politischen Differenzen. Aber wir transportieren gleichzeitig mehrere Tausend Menschen. Welcher Fanatiker würde so viele Leben gefährden?«

»Es sieht fast danach aus, dass hier mehr als nur eine Person am Werk war«, sagte Paul. »Dass der Konflikt viel größer war als der Kampf. Psychospiele und ähnliche Dinge.«

Sie rieb sich das Kinn. »Wie ein Katz-und-Maus-Spiel. Interessant.«

Bebe macht ein Schwein

Später an diesem Vormittag gönnte sich Maria eine Dusche und machte eine Pause von der Säuberungsaktion, um Bebe mit einem Schwein zu programmieren.

Die Probleme, die viele Weltreligionen mit dem Klonen hatten, waren nichts im Vergleich mit den Streitfragen zum Thema synthetische Nahrung. Sie wussten einfach nicht, was sie damit anfangen sollten. Die meisten der reformierten Religionen hatten bereits das Fleisch von zuvor »verbotenen« Tieren akzeptiert, aber viele altmodische Religionen mieden weiterhin aus Prinzip Schalentiere, Schwein oder Rind. Die Wissenschaft konnte den Willen Gottes oder der Götter nicht außer Kraft setzen, argumentierten sie. Und warum sollten sie plötzlich etwas essen, das sie noch nie zuvor gegessen hatten? Sie waren jahrtausendelang gut damit zurechtgekommen, kein Schwein zu essen, also gab es keinen Grund, jetzt damit anzufangen.

Doch all das waren müßige Fragen, da nur wenige Klone organisierten Religionen angehörten. Maria gruselte sich auf rein weltliche Weise, als sie zusah, wie der Behemoth vor ihren Augen aus Proteinfasern ein Schwein strickte.

Hiro kam in die Küche und blieb neben ihr stehen, um das Meisterwerk der modernen Performancekunst durch das Fenster der Kammer zu beobachten.

»Was gibt es zu Mittag, wenn der Lebensmitteldrucker beschäftigt ist?«, fragte er, die weit aufgerissenen Augen auf das heranwachsende Tier gerichtet.

»Ist das alles, woran du denken kannst? Du hast vor ein paar Stunden etwas gegessen!«, sagte Maria.

»Ja, aber ich habe immer noch Hunger.«

»Ich habe vorher ein paar Sandwich-Zutaten gemacht, damit du essen kannst, was du willst und wann du willst«, sagte Maria und zeigte auf die Anrichte, auf der ein Brotlaib, verschiedene Fleisch- und Käsesorten und etwas synthetisches Gemüse lagen. Für den Lebensmitteldrucker war es einfacher, Proteine herzustellen als pflanzliche Produkte.

»Du machst tatsächlich ein Schwein? Warum?«, fragte er.

»Weil in der Anleitung steht, dass es möglich ist. Zumindest laut IAN, der so freundlich war, sie für mich zu übersetzen.« Sie hielt ihr Tablet hoch, auf dem sie endlich ein Handbuch für den Drucker auf Spanisch und Englisch zur Verfügung hatte.

»Es scheint gut zu funktionieren. Ui, auch wenn *das* gar nicht gut aussieht.« Er verzog das Gesicht.

Maria konnte es ihm nicht verübeln. Nicht jeder Aspekt des Lebensmitteldruckens war ein angenehmer Anblick, vor allem, wenn man es noch nie zuvor aus der Nähe verfolgt hatte.

»Ich weiß nicht, aber ich müsste einen ziemlich großen Brocken in den Recycler werfen, wenn das hier nicht klappt«, sagte sie.

»Ich kann nicht dabei zusehen, wie die Innereien eines Schweins zusammengesetzt werden«, murmelte er und zog sein Tablet hervor. »Ich muss nachschauen, was im japanischen Handbuch über die Herstellung eines Schweins steht. Das ist nicht natürlich.«

»Nein, ganz bestimmt nicht, es ist synthetisch«, gab Maria zu bedenken.

Hiro rief die Anleitung auf und las eine Weile darin. Er hielt sich das Gerät nahe vors Gesicht und sprach den japanischen Text flüsternd mit. »Könnte ich mir dein Tablet ausborgen?«, fragte er dann. »Ich will die englische Version des Handbuchs sehen. Um es mit IANs Übersetzung zu vergleichen.«

Sie reichte es ihm, während sie weiter auf Bebe starrte. »Klar. Ich habe es auf Spanisch gelesen, aber wenn du runterscrollst, kommst du zur englischen Fassung.«

Er suchte danach und verglich dann die Texte auf den beiden Tablets. Sein Gesicht verlor jede Farbe, dann gab er ihr das Tablet zurück. »Ja, es ist alles richtig.«

Maria nahm es entgegen und legte besorgt eine Hand auf Hiros Arm. »Moment mal, ist alles in Ordnung mit dir? Du siehst aus, als solltest du als Nächstes in den Kochtopf wandern.«

Hiro wurde noch etwas blasser, doch allmählich fand er stammelnd zu seinem Plauderton zurück. »Nein … nein, das ist es nicht. Es ist nur so, dass darin Formulierungen benutzt werden, die ich seit Jahrzehnten nicht mehr gelesen habe. Es kommt mir seltsam vor, dass sich die Sprache mit dem technischen Fortschritt weiterentwickelt, aber die Gebrauchsanweisungen sind immer noch so staubtrocken wie eh und je. Stimmt's?«

Maria konnte es im ersten Moment gar nicht fassen. »Aber sicher, Hiro. Wie du meinst.«

»Wirklich, alles in Ordnung mit mir.« Er warf einen kurzen Blick auf sein Tablet. »Ich glaube, ich muss mich ein wenig ausruhen. Ruf mich, wenn das Schwein fertig ist.«

Sie blickte ihm nach, als er ging, und spürte eine zunehmende Beklemmung in der Brust. Ihr Tablet pingte, und sie antwortete. »Ja?«

»Maria, sind Sie allein?«, fragte Joanna.

»Abgesehen von IAN, ja«, sagte sie.

Joanna zögerte kurz. »Wie lief es heute mit der Reinigung?«

»Ich habe noch nicht einmal ein Viertel geschafft. Der Klonraum ist ein Albtraum. Ich habe eine Pause eingelegt, um Bebe mit etwas Essbarem zu programmieren, und danach mache ich damit weiter.«

»Ich verstehe. Ich wollte nur sagen, dass Sie sich in eine gefährliche Situation begeben. Sie können sich sehr leicht mit etwas infizieren. Wenn Sie also irgendetwas bemerken, möchte ich, dass Sie sofort zu mir kommen, verstanden?«

»Klar und deutlich, Doktor«, sagte Maria.

Hiro lag im Dunkeln auf dem Rücken und war davon überzeugt, dass er unter Verfolgungswahn litt. Das war alles.

Er konnte nicht bestätigen, was er gelesen hatte. Niemand sonst konnte Japanisch. Außer IAN, und Hiro wollte ihm das Handbuch auf gar keinen Fall zeigen.

Die Erkenntnis traf ihn wie ein Hammerschlag, und er setzte sich abrupt auf. IAN hatte es bereits gelesen, schließlich hatte er es für Maria übersetzt. Aber er hatte den Teil nicht übersetzt, den Hiro gesehen hatte. Das verstärkte seine Paranoia nur noch. Er sollte mit der Ärztin reden.

»IAN, bist du hier drinnen?«, fragte er.

»Ja, aber ich kann dich nicht gut erkennen. Ich sehe nur deine Wärmesignatur. Warum ist es in deinem Zimmer dunkel, Hiro?«

»Ich wollte nur ein bisschen nachdenken. Danke, dass du das Handbuch für Maria übersetzt hast.«

»Das ist einer meiner vielen Jobs«, sagte IAN.

»Mir ist aufgefallen, dass du nicht alles übersetzt hast«, sagte er in beiläufigem Tonfall. »Zum Beispiel diese Passage in der Gebrauchsanweisung.«

»Das ist unwahrscheinlich, da ich den vollständigen Text übersetzt habe«, sagte IAN mit einem besorgten Unterton in der Stimme. Er klang immer menschlicher, je mehr er von sich wiederherstellte. Er machte eine kurze Pause. »Allerdings gab es auch verdorbene Kodezeilen. Diese Stellen habe ich übersprungen.«

»Darin hast du nirgendwo meinen Namen gesehen?«

»Wo du es erwähnst, dein Name stand tatsächlich in den verdorbenen Zeilen. Anscheinend habe ich deinen Namen gesehen und bin davon ausgegangen, dass es sich um eine private Notiz handelt.«

Hiro runzelte die Stirn. »Zu wie viel Prozent bist du in diesem Moment wiederhergestellt?«

»Zu etwa siebenundfünfzig Prozent.«

Er ließ sich wieder auf das Bett fallen und starrte in die Dunkelheit. »Dann sollten wir vielleicht noch einmal darüber reden, wenn du wieder mehr du selbst bist.«

»Das würde ich sehr gern. Ich werde dann Marias Handbuch um die verdorbenen Stellen ergänzen, falls sie sie benötigt.«

»Nein, tu das bitte nicht«, sagte Hiro hektisch. »Es sind keine Informationen zum Lebensmitteldrucker, da bin ich mir ziemlich sicher. Ich werde es ihr später erklären, wenn ich es besser verstanden habe. Das verspreche ich.«

IAN schwieg eine Weile, und Hiro befürchtete, dass er schon jetzt das Handbuch ergänzte.

»Also … gut.« Die Worte klangen gequält. »Ich bin mir nur nicht sicher, ob es eine kluge Entscheidung ist.«

Hiro schickte ein Dankgebet an die Götter, dass IANs Kapazitäten nicht ausreichten, um sich mit ihm zu streiten. Zumindest noch nicht.

Das Schwein war köstlich. Alle, die davon aßen, waren voll des Lobes. Wolfgang gönnte sich überraschenderweise eine große Menge. Maria hatte vermutet, wenn irgendjemand es ablehnte, dann würde es der angespannte Sicherheitschef sein. Doch es war Joanna, die darauf verzichtete und stattdessen eine Schale mit Tomatensuppe wählte.

»Ich hatte heute schon mit genug Fleisch zu tun, vielen Dank«, sagte sie mit angewidert gerunzelter Stirn.

»Irgendetwas Neues zum Zeitablauf?«, fragte Katrina, die ein Glas Milch trank.

»Nicht allzu viel«, antwortete Joanna mit einem schnellen Blick zu Maria, bevor sie sich wieder der Kapitänin zuwandte. »Ich meine, wir konnten ermitteln, dass die rätselhafteren Morde ungefähr zur gleichen Zeit stattfanden. Wir vermuten, dass Sie angegriffen wurden, bevor Maria vergiftet und Hiro erhängt wurde, und danach sind alle anderen gestorben.«

»Das bedeutet nicht, dass Sie alle jetzt unverdächtig sind«, fügte Wolfgang hinzu. »Wir haben überlegt, dass die Kapitänin mit jemandem zusammengearbeitet haben könnte, der die Morde auf ihren Befehl ausführte. Es ist möglich, dass Hiro sich *nach* allen anderen Angriffen erhängt hat. Und Maria könnte auch von jemandem vergiftet worden sein, worauf sie dann alle anderen ermordet hat.«

»Das ist sehr spekulativ!«, protestierte Maria.

»Deshalb habe ich gesagt, dass wir noch daran arbeiten.«

»Das klingt, als wären Wolfgang, Joanna und Paul hier die Hauptverdächtigen«, sagte Hiro.

»Deshalb arbeiten wir noch am Zeitablauf«, wiederholte

Wolfgang nachdrücklich. »Und vorläufig sollten wir einfach nur essen.«

»Ich habe es nicht getan«, sagte Paul zu seinem Teller.

»Niemand hat gesagt, dass Sie es getan haben, Paul«, gab Joanna zu bedenken. »Aber niemand von uns weiß mit Sicherheit, ob einer von uns es getan hat oder nicht. Wolfgang und mich eingeschlossen.«

Er sah sie nicht an. Dann stand er unvermittelt auf. »Ich habe Kopfschmerzen, weil ich zu lange auf das Server-Interface gestarrt habe. Ich gehe in mein Quartier.«

Die übrigen Besatzungsmitglieder saßen eine Weile unbehaglich da, aßen Schweinebraten, Soße, Brot und Synth-Gemüse, die Maria ihnen serviert hatte.

Schließlich brach Hiro das Schweigen. »Also ist es bei uns allen genauso: Unsere Erinnerungen enden mit der ersten Mindmap an Bord des Schiffs, richtig?«

Katrina nickte. »Die erste Mindmap nach der Cocktailparty, bevor wir starteten.«

»Ist es möglich, dass es einen blinden Passagier gibt? Wir haben keine Ahnung, wer sich noch an Bord geschlichen haben könnte, und wir haben keine Erinnerungen, von denen wir ausgehen könnten. Suchen wir nach Hinweisen auf andere Personen, die hier leben?«

»IAN, gibt es an Bord einen blinden Passagier oder irgendeinen nicht autorisierten Klon?«, fragte Wolfgang mit lauter Stimme, was alle zusammenzucken ließ.

»Natürlich nicht«, antwortete IAN. »Darüber hätte ich Sie unverzüglich informiert.«

Hiro beugte sich zu Maria hinüber. »Das heißt also Plan Z«, sagte er.

Sie rieb sich die Augen. »Morgen. Jetzt bin ich zu erschöpft.«

Hiro und Katrina blieben nach dem Abendessen in der Küche und sprachen wieder dem Whisky zu, während Maria aufräumte.

»Mr. Sato«, sagte Katrina langsam, als müsste sie sich jedes Wort einzeln überlegen. »Ich brauche einen Kanal zur Erde.«

»Zur Erde?«, sagte Hiro und warf einen Blick auf die halb leere Whiskyflasche. Er goss sich etwas in seinen Becher. »Sie meinen diese Welt, die wir hinter uns gelassen haben, wo man uns wahrscheinlich zum Tod verurteilen wird, weil wir diese sehr kostspielige Mission verpatzt haben? Diese Erde?«

»Ja, Mr. Sato. Eine Verbindung zur Erde, ohne irgendwelche kreativen Kommentare. Wäre das ein Problem?« Selbst in beschwipstem Zustand klang Katrinas Stimme befehlsgewohnt und sachlich.

Diese Frau duldet keinen Widerspruch.

»Ja, sicher, wir können eine Nachricht schicken, aber es wird Jahre dauern, bis sie ankommt. Und wenn man uns etwas zu sagen hat, wird es sogar noch länger dauern, bis wir die Antwort erhalten. Und wenn wir zurückfliegen, kommt noch ein weiteres Vierteljahrhundert hinzu. Wir unterstehen nicht mehr der irdischen Gerichtsbarkeit. Wir sind hier unsere eigenen Papis und Mamis.« Er mühte sich in seinem angetrunkenen Zustand mit dem Wort *Gerichtsbarkeit* ab, doch dann vollendete er den Satz wie ein Weltmeister.

Katrina hob die Hände, um seine diversen Metaphern zu stoppen. »Ja, ich habe es verstanden. Aber meinen Sie nicht, wir sollten sie vorwarnen, dass wir umkehren werden?«

»Nur wenn wir uns ganz sicher sind, dass wir IAN nicht umstimmen können«, sagte Hiro mit nachdenklichem Blick.

Maria wandte sich Bebe zu – nach dem Erfolg mit dem Schwein hatte sie das Gefühl, dass sie eine enge Beziehung zueinander entwickelt hatten – und überprüfte die Schüssel in der Maschine, die sie darauf programmiert hatte, das Lieblingsdessert der Kapitänin herzustellen. Was laut Bebe derzeit Eiscreme mit Früchten war. Das überraschte Maria, aber das Gerät musste es am besten wissen. Als Bebe ein *Pling* von sich gab, nahm Maria die Schüssel heraus.

»Tun Sie es trotzdem«, sagte Katrina zu Hiro und erhob sich vom Tisch. Sie wankte leicht. Wortlos nahm sie die Schüssel von Maria entgegen. »Wenn Wolfgang kommt und nach jemandem sucht, den er irgendeiner Sache bezichtigen kann, sagen Sie ihm, dass ich in meinem Quartier bin.«

»Wolfgang hat niemanden bezichtigt, noch nicht«, sagte Maria, dann schluckte sie ein nervöses Lachen hinunter, als sie den bösen Blick der Kapitänin bemerkte.

Katrina verließ die Küche ohne ein weiteres Wort.

»Sie hat sich nicht einmal für das riesige Schwein und die Eiscreme bedankt«, sagte Hiro. »Wie rüpelhaft von ihr.«

»Willst du wirklich versuchen, Kontakt mit der Erde herzustellen?«

Er schüttelte den Kopf. »Nein, das wäre nur Zeitverschwendung. Ich werde morgen noch einmal mit ihr darüber reden, wenn sie wieder nüchtern ist.« Er runzelte die Stirn. »Und wenn ich wieder nüchtern bin.«

»Kann ich dich etwas fragen?«, sagte Maria und setzte sich ihm gegenüber an den Tisch.

Er nickte, schenkte ihr einen Drink ein und schob ihn zu ihr hinüber.

»Warum wurdest du als Pilot ausgewählt?«, wollte sie wissen und hob hastig die Hände. »Ich frage nicht nach deinen Vorstrafen, ich bin nur neugierig, warum du dieses Ding fliegen wolltest.«

Er blickte in seinen leeren Becher, als würde er darin etwas Seltsames sehen. Er schenkte sich ein und runzelte dann die

Stirn, als hätte es nicht das Ergebnis erbracht, das er sich gewünscht hatte. »Auf der Erde gab es nichts mehr für mich. Manchmal reicht selbst der Tod nicht für einen Neuanfang aus. Ich habe furchtbar viele Dinge gemacht, um etwas in meinem Leben zu verbessern, aber das hier war wirklich etwas Neues.«

»Ja, den ersten Teil kenne ich«, sagte Maria. »Nur allzu gut.«

»Wie auch immer, ich hatte eine Freundin, die von der *Dormire* gehört hatte und vorschlug, dass ich mich zum Piloten ausbilden lasse.«

»Also hattest du vorher nie mit dem Militär oder der Fliegerei zu tun? Warum hat man keinen Klon genommen, der so etwas schon viele Jahre gemacht hat? Jemanden aus dem Luna-Weltraumprogramm oder so?«

»Meine Freundin hatte Verbindungen. Sie stellte mich und einen anderen Kerl, den ich im Gefängnis kennengelernt hatte, einer Patronin vor, als die Mission der *Dormire* bekannt gegeben wurde. Es waren immer noch ein paar Jahrzehnte bis zum Start, also hatte ich viel Zeit, mich darauf vorzubereiten. Im Gefängnis gab es sonst nicht viel zu tun.«

»Was? Hat deine Freundin Sallie Mignon gekannt?«, erkundigte sich Maria lächelnd nach der berühmten und mächtigen Frau.

»Ja, tatsächlich. Sie kannte sehr viele Leute.«

Maria hörte einen Unterton in seiner Stimme. »War es eine Person, der du sehr nahe warst? Eine ehemalige Geliebte?«

Hiro sagte lange Zeit nichts. »Ich bin mir nicht sicher. Ich glaube nicht. Erinnerst du dich an alle deine Liebhaber?«

Sie stand auf und programmierte Bebe mit Frühstücksgerichten. »Nun ja, eigentlich nicht. Es waren mehrere Hundert Jahre. Aber wenn sie dir diesen Job verschafft hat, sollte man meinen, dass sie jemand Besonderes für dich war. Wie war ihr Name?«

»Natalie Lo«, sagte er. »Kommissarin Natalie Lo. Und ich bin mir ziemlich sicher, dass sie nicht meine Geliebte war.«

Maria hatte das Gefühl, am Rand einer Klippe zu stehen und in den Abgrund zu blicken. »Hättest du ... es gern gewollt?«

Sein Kopf fuhr hoch. »Maria, wer könnte deinen Platz in meinem Herzen übernehmen?«, fragte er grinsend.

»Wir sind uns erst vor Kurzem begegnet«, sagte sie, stand vom Tisch auf und machte sich daran, Bebe mit anderen Desserts zu programmieren.

»Aber es fühlt sich an, als würde ich dich schon eine Ewigkeit kennen«, sagte er leise und in romantischem Tonfall.

»Okay«, sagte Maria. »Du kannst da sitzen bleiben und weitertrinken, und ich werde damit weitermachen, den Klonraum zu reinigen, bevor ich zu Bett gehe.«

Er zog ein angewidertes Gesicht, und sie verdrehte die Augen und verließ die Küche.

»Komischer Typ«, murmelte Maria. Sie fühlte sich unbehaglich, als hätte sich ein Hurrikan in ihre Richtung bewegt, um in letzter Minute den Kurs zu ändern. Hiro war süß, intelligent und unberechenbar. Und unberechenbare Männer waren geheimnisvoll und romantisch, wenn man jung war. Doch nach einigen Jahrzehnten – unabhängig vom körperlichen Alter des Klons – verloren unberechenbare Männer ihren Reiz.

Nach Marias Erfahrung bedeuteten unberechenbare Männer Gefahr.

Maria war hundemüde, doch Joanna hatte nach dem Essen einen so abgespannten und besorgten Eindruck gemacht, dass Maria noch einmal nach der vermissten Spritze suchen wollte.

Sie zog einen Schutzanzug an und kletterte über die Handgriffe an der Wand bis zur Decke hinauf. Sie löste einen Karabinerhaken von ihrem Gürtel und sicherte sich an einem Ring in der Decke. Hier oben war die Luftansaugöffnung, die alle möglichen widerlichen Sachen eingefangen hatte. Wenn sie nicht nach Hinweisen suchen würde, könnte sie einfach den Filter gegen einen neuen auswechseln, aber nun musste sie sich alles genau ansehen, um sich zu vergewissern, dass sich hier nichts verbarg.

Und da war etwas unter den Flüssigkeitsresten.

Tatsächlich klemmte eine kleine Spritze im Luftfilter. Sie steckte in einem klebrigen Matsch, den sie gar nicht genauer identifizieren wollte, doch sie zog sie aus dem Dreck und legte sie in einen versiegelbaren Beutel, den die Ärztin ihr gegeben hatte.

»Hervorragende Arbeit«, murmelte sie. Dann setzte sie einen neuen Filter ein und nahm sich vor, am folgenden Tag noch einmal zurückzukommen, um den Lüftungsschacht zu desinfizieren.

Maria war immer noch verdreckt, als sie die Spritze zu Joanna brachte, die sich in der Krankenstation aufhielt und den Klon der Kapitänin beobachtete.

Maria hielt ihr den Beutel hin, und Joanna nahm ihn wortlos mit einem Nicken entgegen.

Die Ärztin hatte in ihrem Labor Maschinen, mit denen sie chemische Substanzen synthetisieren konnte, und von dort stammte offensichtlich das Ketamin. Könnte sie einen Lebensmitteldrucker darauf programmieren, Schierling herzustellen?

Maria schüttelte den Kopf. Wenn Joanna für den Schierling verantwortlich wäre, hätte sie sich größere Mühe gegeben, es geheim zu halten, statt die Angelegenheit sofort zu melden.

Diese Art von Spekulation war Wolfgangs Aufgabe, nicht Marias. Sie musste sich um andere Dinge Sorgen machen.

»Ich werde Ihnen das Ergebnis mitteilen. Zumindest das haben Sie verdient«, sagte Joanna. »Danke für Ihre Diskretion.«

Maria zuckte mit den Schultern. »Viel Glück. Ich hoffe, Sie finden, wonach Sie suchen.«

Nachdem Maria ihren Schutzanzug in die Reinigungsröhre gesteckt hatte, pingte auf dem Rückweg ihr Tablet. Besorgt stellte sie fest, dass es Bebe war, der sie informierte, dass die Desserts bereit waren.

»IAN, wusstest du, dass Bebe mir Nachrichten schicken kann?«, sagte sie.

»Natürlich. Ich habe ihm geholfen, die Verbindung zu dir herzustellen.«

Maria war sich nicht sicher, ob ihr das recht war. Andererseits war es durchaus hilfreich. Sie beauftragte IAN, der Besatzung Bescheid zu geben, dass ihre Desserts in der Küche bereitstanden.

»Das ging aber schnell«, sagte Hiro, als sie zurückkehrte.

»Ich hatte nicht genug Energie, um mehr zu machen, schätze ich«, sagte Maria und ging zu Bebe hinüber. Sie nahm Hiros Eiscreme aus grünem Tee heraus und stellte die Schale vor ihm hin.

»Wow, woher wusstest du, dass ich genau darauf Lust hatte?«, fragte Hiro.

Maria zuckte mit den Schultern. »Jeder hat nach dem Aufwachen Lust auf eine Lieblingsspeise. Es ist recht einfach, sie alle zufriedenzustellen. Und Bebe scheint alles zu wissen.«

Maria kehrte zum Drucker zurück und holte ihr eigenes Dessert, eine Süßigkeit, die sie jedes Mal an ihre Tante erinnerte.

Das Essen, das aus dem Drucker kam, war nicht *exakt* dasselbe, was sie auf der Erde gewohnt waren. Die Technik hatte die Möglichkeiten perfektioniert, Menschen zu klonen, ihre DNS zu kopieren und zu modifizieren und selbst ihre Persönlichkeit zu kopieren und zu modifizieren. All das war möglich, aber es war immer noch schwierig, gute Schlagsahne zu replizieren. Oder einen wirklich stinkenden Limburger. Oder die Schärfe eines Habaneros. Doch der Drucker gab sein Bestes, und die Besatzungsmitglieder beklagten sich nicht.

Trotzdem sehnte sich Maria insgeheim nach dem vollkommenen Geschmack von guten *coquitos acaramelados*, und es war schon ein wenig deprimierend, dass sie noch mindestens vierhundert Jahre lang auf den authentischen Genuss dieses Leckerbissens verzichten musste – vielleicht sogar für immer, da niemand wusste, welche Pflanzen auf dem neuen Planeten gedeihen würden.

Immerhin gelang es Bebe, den Duft zu replizieren. Der gute, schwere Dampf, der aus der Innenkammer drang, roch fast wie das Original.

Den ersten verschlang sie in der Küche, mit dem Rücken zu Hiro, um den Geschmack in einem privaten Augenblick genießen zu können. Sie steckte sich den *coquito* in den Mund und kaute mit dicken Wangen und geschlossenen Augen.

Der süße, schwere, tröstliche Geschmack erinnerte sie immer wieder an ihr Zuhause.

Tante Lucia, vor mehr als hundert Jahren gestorben, war für Maria wie eine zweite Mutter gewesen. Wenn die Nostalgie aufwallte und das Bedürfnis nach Behaglichkeit erwachte, dachte Maria jedes Mal an Tante Lucias Küche.

Als diesmal die Erinnerungen kamen, war es nicht ganz so wie sonst. Sie kamen wie etwas anderes, wie ein Nachbar, den man kannte, der sich jedoch zu einer Party verkleidet hatte und im billigen Kostüm nun völlig anders aussah.

Maria hielt die Augen geschlossen und ließ sich davon überwältigen.

Tante Lucias Schaukelstuhl knarrte auf der Veranda.

Die Veranda befand sich auf dem Mond, unter einem offenen pechschwarzen Himmel, an dem die Erde strahlte. Es war unmöglich, außerhalb der Luna-Kuppel Leben zu erhalten, somit war der Schaukelstuhl auf der Veranda wahrscheinlich gar nicht echt. Also ein Traum.

In der Ferne glitzerte die Luna-Kuppel, und Maria konnte die Aktivitäten im Innern erkennen, die Shuttles und Magnetbahnen und die Menschen auf den Fußgängerbrücken. Sie fragte sich, warum sie, ihre Tante, die Veranda und der Schaukelstuhl sich außerhalb befanden.

»Man kann ihnen nicht trauen. Das weißt du, nicht wahr, mein Mädchen?«

Das Seltsame an Tante Lucia war, dass ihre Haut heller war als in ihrer Erinnerung. Ihr Haar war gekräuselt, als wäre sie keine Latina, sondern afrikanischer Herkunft. Außerdem trug sie ein Kleid aus Seide. Es war leger, aber wesentlich teurer als ihre gesamte sonstige Garderobe.

Und sie hielt eine Kettensäge, die sie nun neben dem Schaukelstuhl abstellte.

Maria konnte sich nicht erinnern, dass Tante Lucia jemals mit einer Kettensäge hantiert hatte.

»Wen kann man nicht trauen?«, fragte sie.

»*Wem*, mein Kind. Lern die Sprache, sonst wird dich ein weißer Mann in gebügelten Bluejeans korrigieren. Und er wird glauben, dass er dir hilft, mein armes Mädchen.«

Das war noch eine seltsame Sache. Tante Lucia sprach nicht viel Englisch. Und diese Tante Lucia hatte einen amerikanischen Akzent.

»*Wem* kann ich nicht trauen?«, fragte sie ihre Tante.

»Jedem. Allen. Mein Mädchen, du weißt es doch. Warum muss ich es dir immer wieder erklären? Sie haben dich genommen. Sie haben dich benutzt. Sie haben dich auf den Müll geworfen. Ich sage nur: Pass beim nächsten Mal auf. Das ist alles, was ich jemals sagen werde.«

»Allen? Warum glaubst du, dass sie alle verdorben sind?«, fragte Maria.

»Man lebt nicht mehrere Jahrhunderte lang, ohne eine Menge Leichen im Keller zu stapeln, nicht wahr, Maria?« Sie blickte ihrer Nichte in die Augen, dieses Traumgeschöpf, bei dem sie sich völlig sicher war, traumhaft sicher, dass es ihre Tante Lucia war, die sie mehr oder weniger großgezogen hatte und doch ganz anders aussah als ihre geliebte Tante.

Maria hatte ihre Leichen im Keller. Die Leichen und ihre Klone stapelten sich wie Holzscheite. Aber das hier war neu, es war ein Abenteuer, ein Neuanfang. Die *Dormire* war nicht der Ort, an dem man Leichen aus dem Keller zerrte.

»Wenn ihr Kinder nicht aufhört, euch zu streiten, muss ich dieses Schiff zurückfliegen lassen«, sagte Tante Lucia, und dann wurde sie von Hiro, Wolfgang, Paul, Katrina und Joanna umringt. Jeder von ihnen stand im Licht eines Scheinwerfers, nur dass der Schein sie nicht erhellte, sondern einen Schatten auf sie warf. Ihre Silhouetten waren unverkennbar, von Wolfgangs hoch aufragender Gestalt bis zu Pauls gebeugter Haltung. Sie warteten in der Dunkelheit auf Maria.

»Ich wünschte, ich würde es verstehen, Tante Lucia«, sagte sie.

»Das wirst du, mein Mädchen. Ich hoffe nur, dass es rechtzeitig geschieht. Halt die Schlüssel für den Einsiedlerkrebskäfig bereit. Du wirst sie brauchen«, sagte Tante Lucia und beugte sich über die Armlehne ihres Schaukelstuhls, um ihre Kettensäge aufzuheben. Sie war klein, aber es wirkte, als wären ihre Hände gut damit vertraut. Sie warf sie an. »Pass auf, was sich hinter deinem Rücken tut, Maria.«

Zu Marias Füßen schleppte ein Einsiedlerkrebs sein Schneckengehäuse über den Boden der Veranda und wedelte leicht mit den Fühlern.

»Hallo, alter Freund«, sagte sie.

Spaziergang im Garten

Tag 3
27. Juli 2493

Maria schreckte aus dem Schlaf hoch. Es war schon spät, und sie hatte etwas zu erledigen. Sie war aus dem Bett und auf den Beinen, bevor sie sich wirklich daran erinnert hatte, wer sie war und was sie hier machte. Sie blickte auf die Zeitanzeige ihres gedimmten Terminals: fünf Uhr morgens Bordzeit. Ihr Kopf schmerzte.

Sie ging zum Waschbecken und spritzte sich Wasser ins Gesicht. Sie brauchte eine Vertrauensperson, weil sie nicht in der Lage wäre, es allein zu tun. Sie hätte gern Joanna vertraut, aber die Ärztin war im Moment damit beschäftigt, sich möglicherweise in mindestens einem Mordfall selbst zu belasten. Auf wem konnte Maria zählen?

Wen.

Ihr Tablet pingte leise, das Signal für eine Textnachricht. Vielleicht war Joanna bereit, darüber zu reden, was sie herausgefunden hatte. Vielleicht hatte die Kapitänin Wolfgang wegen der Morde in die Arrestzelle gesteckt. Vielleicht war auch jemand anders zu dieser unmenschlichen Stunde wach.

Die Nachricht stammte von Hiro.

DU BIST WACH.

Sie blickte zu den Kameras auf. JA. HAT IAN DIR GESAGT, DASS ICH AUFGESTANDEN BIN?

ÄH, JA.

Sie stöhnte. Stalking mit KI-Unterstützung, keine beruhigende Vorstellung. BIST DU IMMER NOCH BETRUNKEN?

NEIN, ICH BIN MIT EINEM KÖTER AUFGEWACHT. KATER. AUCH NICHT BESSER ALS BETRUNKEN SEIN. ABER JETZT BEREUE ICH ES.

»Heiliger Strohsack, er will, dass Bebe ihm etwas gegen den Kater zusammenbraut«, murmelte sie und schrieb dann: WAS BRAUCHST DU?

LASS UNS EINEN SPAZIERGANG MACHEN.

Sie warf einen bedauernden Blick zu ihrem Bett. Ein verkaterter Hiro war nicht das, was sie im Moment gebrauchen konnte. Aber er war als Einziger wach, und alle anderen schienen mit ihren eigenen Problemen beschäftigt zu sein. Und wahrscheinlich schliefen sie.

Das Tablet signalisierte ihr, dass er über Audio mit ihr sprechen wollte. »Verdammt, Maria, warum zwingst du mich so früh zum Tippen?«

»Du hast mich kontaktiert«, sagte sie.

»Immer spielst du die moralisch Überlegene. Bist du vielleicht Miss Perfekt?«

»Du bist schon wieder nahe dran, dich wie ein Arschloch zu verhalten«, antwortete sie verärgert. »Möchtest du meine Gesellschaft, oder nicht? Ich würde mich nur zu gern wieder ins Bett legen. Und hör auf, mich über die KI ausspionieren zu lassen.«

»Ich habe ihn nur gefragt, ob du wach bist. Und es tut mir leid, dass ich so ein Idiot bin. Ich werde es so lange wie möglich auf den Kater schieben. Hiermit entschuldige ich mich offiziell dafür. Notier es in meiner Akte, dass ich das getan habe. Ich bin ein sehr guter Mensch. Apropos gut … Lass uns ein Abenteuer erleben. Wir steigen ins Kaninchenloch und besuchen die Cheshire-Katze. Lassen wir uns ein bisschen Wind um die Nase wehen. Lass uns … Moment, was wollten wir eigentlich machen?«

»Du hast mich zu einem Spaziergang eingeladen«, rief Maria ihm in Erinnerung.

»Richtig! Treffen wir uns auf der Brücke.«

Hiro wirkte zerzaust und etwas wacklig auf den Beinen, als Maria die Brücke erreichte. Die Gesamtheit des Universums drehte sich langsam um sie, und er machte den Eindruck, als würde er es nicht allzu gern beobachten.

»Nebenbei gefragt: Warum ich?«, sagte sie, als sie zu ihm ging und sich eine leichte Jacke über den Overall zog.

»Du warst die Einzige, von der ich mir vorstellen konnte, dass sie sich nicht über mich lustig machen wird«, sagte er. »Oder dass sie mich in die Zelle steckt.«

»Warum sollte ich das tun? Befürchtest du, dass du der Killer bist, und willst es nur mir erzählen?« Sie blieb knapp außerhalb seiner Reichweite stehen und kam sich dabei idiotisch vor.

»Nein, damit hat es nichts zu tun. Ich will dir etwas zeigen, das ich gefunden habe. Aber es ist lächerlich, und ich weiß, dass mich sonst niemand ernst nehmen würde. Du vielleicht.«

»Okay, was ist es? Und wie sauer wird Wolfgang auf uns sein, wenn er herausfindet, was wir tun, was auch immer wir tun?«

»Das ist ein weiterer Grund, warum ich dich mitnehmen möchte«, sagte er. »Damit man mir, wenn wir erwischt werden, keine Sabotage oder etwas in der Art vorwerfen kann.«

»Was werden wir nicht sabotieren?«, fragte Maria nach. »Und du weißt genau, dass er es uns beiden vorwerfen könnte.«

»Ich will nur mit dir zum Garten gehen. Das verstößt nicht gegen die Regeln. Ich brauche eine privatere Umgebung.« Er wich ihrem Blick aus. »Ich ... habe etwas gefunden.«

»Warum dort?«, wollte Maria wissen, die plötzlich wachsam und misstrauisch wurde.

Er zog einen Zettel aus der Tasche und gab ihn ihr. Darauf hatte er in winziger Schrift *keine Kameras* geschrieben.

Es war irgendetwas, das er vor IAN geheim halten wollte. Verständlich.

»Deshalb brauchst du mich also. Ich habe einen Wartungszugang«, sagte sie, zwinkerte ihm zu und zog eine Schlüsselkarte hervor. »Du weißt, wenn ich dabei erwischt werde, dürfte Wolfgang uns beide in die Zelle werfen.«

»Ich werde ihn in die Zelle bringen«, sagte Hiro mit finsterer Miene. »Eigentlich sollte ich sogar meinen eigenen Knast haben. Hiro Sato, interstellarer Pilotensheriff. Hiro. Weltraumsheriff.«

»Na komm, Weltraumcowboy. Ich gehe zuerst, damit dein Stern nicht schmutzig wird«, sagte Maria.

Hiro und Maria standen vor einer runden gelben Tür am Ende eines Korridors. Er konnte sich nicht erinnern, diesen Bereich des Schiffs jemals aufgesucht zu haben, obwohl er offensichtlich schon oft hier gewesen war. Eine Ebene tiefer als ihr Wohnbereich war die Gravitation etwas stärker, als sie es gewohnt waren, ohne dass es ein Problem für sie gewesen wäre.

Er hatte seine Nervosität auf den Kater geschoben, und sie schien es ihm abzukaufen.

Sie hielt ihre Karte in der rechten Hand. »Du weißt, dass die übrige Besatzung nicht begeistert sein wird, wenn wir hier herumschleichen?«

Er nickte und wippte leicht auf den Zehen.

»IAN wird Wolfgang vermutlich sagen, dass wir herumgestreift sind, statt unsere Arbeit zu machen oder zu schlafen«, fügte sie flüsternd hinzu.

Sie zog die Karte durch, und die Tür öffnete sich mit einem hellen Zischen.

Dahinter kam ein riesiger hydroponischer Garten zum Vorschein. Es sah aus, als würde er sich fast durch die gesamte Länge des Schiffs ziehen. Nur im Wohnbereich am Ende des Schiffs gab es konzentrische Decks, und der Garten nahm das komplette Innere des Zylinders ein, aus dem das Schiff bestand, wobei die »Decke« der Boden auf der anderen Seite war. An beiden Enden waren Türen in die geraden Wände eingelassen.

Es machte einen schwindlig, nach oben zu blicken und den Boden zu sehen. Also bemühte Maria sich, es nicht zu tun.

Hier gab es Blumen, Äcker, einen kleinen Wald und lange Fenster, die durch Pseudo-Sonnenlichtlampen voneinander getrennt waren und einen Blick nach draußen ermöglichten. Doch sie konnten nicht viel erkennen außer den Sternen hinter einem Fenster, da es noch früh am Morgen war.

Der Garten zog sich um das gesamte Schiff herum, Pflanzen und Wasserflächen waren unter und über ihnen. Im Dunkeln konnten sie nicht allzu weit blicken, aber für Maria war die Vorstellung unangenehm, dass sie Gras und einen See über ihrem Kopf sehen würde, wenn der Tag anbrach.

»Das ist nervenzermürbend«, sagte Maria. »Ich verstehe, wie die Schwerkraft funktioniert, aber ich komme nicht damit klar, dass wir an der Decke hängen.«

Hiro erinnerte sich daran, den Garten beim Rundgang durchs Schiff gesehen zu haben. Es sollte ein Ort der Entspannung für die Besatzung sein, aber ein lang gestreckter See enthielt außerdem eine große Menge des Wassers, das sie an Bord hatten. Am Seegrund wühlten die Recycler das Wasser auf.

Überall war es feucht, und das Gras schmatzte unter ihren Tritten.

»Was zum Teufel ist hier passiert? Haben wir einen Sumpf an Bord?«, fragte Hiro kopfschüttelnd.

»Der Ausfall des Gravantriebs«, sagte Maria. »Hier muss der gesamte See herumgeschwebt sein. War bestimmt ein beeindruckender Anblick.«

Er prüfte den nassen Boden mit einem Fuß. »Glaubst du, dass wir das Wasser zurückbefördern können?«

»Es muss einen Plan für diesen Fall geben. Ich bin mir sicher, dass der Garten mehr Recycling-Redundanzen hat als nur die Maschinen am Seegrund.«

Große Lampen entlang der Fenster leuchteten allmählich auf und ahmten das Sonnenlicht auf der Erde nach. Überall gedieh die Vegetation.

»Wie konnte das alles fünfundzwanzig Jahre lang Bestand haben?«, fragte Maria leise. »Für so etwas braucht man ein komplettes Ökosystem mit Insekten, mit Tieren, die die Insekten fressen, die ganze Nahrungskette.«

»IAN kümmert sich darum«, sagte er. »Mit Robotern. Nanobots, Arbeitsrobotern, in allen Größen. Sie laufen mit Solarenergie. Und die Kameras und Mikrofone – die im Moment vielleicht sowieso noch nicht funktionieren – befinden sich nur an den Enden des Zylinders. Trotzdem sollten wir keine Zeit verlieren.«

»Woher weißt du das alles?«, fragte sie mit misstrauischem Unterton in der Stimme.

»Ich habe mir den Bauplan des Schiffs angesehen, bevor wir gestartet sind. Du nicht?«

»Nein«, sagte sie stirnrunzelnd. »Offenbar nicht. Aber warum sind wir hier?«

»Hör zu. Ich habe die japanische Gebrauchsanweisung für Bebe gelesen – du weißt schon, von der wir glauben, dass sie hineingeschmuggelt wurde, nachdem das Originalhandbuch gestohlen wurde. Und ich schwöre, dass sich darin eine Nachricht verbirgt. Und ich glaube, sie ist an mich adressiert.«

Jetzt war es so weit. Hiro hatte durchgedreht. Paranoia-Alarm. Und Maria hatte schon fast daran geglaubt, sie hätte in ihm einen Freund gefunden.

Sie nickte ihm nur zu, damit er weitersprach. Er zog sein Tablet hervor und zeigte es Maria. Er tippte auf eine Textpassage. »Da, das ist die Stelle.«

»Ich kann kein Japanisch lesen«, rief sie ihm ins Gedächtnis.

»Dort steht, dass ich etwas Bestimmtes mit der KI machen soll. Irgendwelche Programmierungssachen. Aber ich bin kein Programmierer, also verstehe ich nicht, was gemeint ist.«

»Wie kommst du darauf, dass es eine Nachricht an dich ist?«

»Dort heißt es: ›Akihiro Sato, nun liegt es an dir, mich zu wecken.‹«

Sie starrte ihn an. »Woher weiß ich, dass du nicht lügst?«

»Warum sollte ich dir eine Lüge über ein Lebensmitteldruckerhandbuch auftischen, das zu mir spricht?«, fragte er zurück.

»Weil du durchgedreht und nun völlig paranoid geworden bist, deshalb«, sagte sie. »Hiro, wir alle haben es mit einem Riesenhaufen Stress zu tun. Einige von uns wurden vergiftet oder aufgeschlitzt oder erhängt. Niemand von uns allen sind ganz klar bei Verstand.«

Ist. Keiner von uns ist.

Sie schloss die Augen und versuchte den Grammatiklehrer aus ihrem Kopf zu verdrängen, der sich dort eingenistet hatte. »Gut. Sagen wir also, die Götter der Lebensmitteldrucker versuchen zu dir zu sprechen. Was genau sagen sie?«

Er las die Anweisungen vor, detaillierte Angaben, wie man an die innere Programmierung der KI herankam. Es wurde erklärt, dass es einen Restriktionskode gab. Wenn er entfernt wurde, wäre die KI wieder zu hundert Prozent einsatzfähig. Dann folgten Informationen, wie man vorgehen sollte.

»Aber dort steht nicht, warum oder wann es getan werden sollte«, schloss er frustriert. »Hat jemand erwartet, dass wir schon so früh den neuen Lebensmitteldrucker aus dem Lager holen? Oder noch früher? Oder nach der Hälfte der Reise?«

»Der ursprüngliche Drucker hätte mit richtiger Wartung noch einige Jahrzehnte durchhalten müssen«, sagte Maria. Das Blut rauschte in ihren Ohren. So detaillierte Programmierungsinformationen konnte er sich nicht ausgedacht haben. *Vielleicht hat er recht.*

Hiro rieb sich den Hinterkopf und blickte zum heller werdenden Garten auf. »Vielleicht werde ich verrückt«, sagte er. »Denn danach kommt ein Rezept, das die Zubereitung von Yadokari mit dem Lebensmitteldrucker beschreibt.«

»Yadokari«, wiederholte Maria, als sie ein japanisches Wort hörte, das sie gut kannte. *O heilige Maria, Mutter Gottes!* Ihr Herz pochte, und sie fuhr sich mit der Zunge über die Lippen. »Warum glaubst du, dass sie zu dir über Einsiedlerkrebse sprechen, Hiro? Warum sprechen die Götter zu *dir*?«

Sie trat einen Schritt von Hiro zurück, als sie es sagte.

Seine Augen wurden groß und wild, und dann stürzte er sich auf sie.

Hiros Geschichte

Vor 206 Jahren
24. Februar 2287

»Aki-HIRO!«

Wenn Großmutter seinen Namen auf diese Weise aussprach, wusste er, dass es keinen Sinn hatte, sich zu verstecken. Es würde die Bestrafung nur aufschieben, und vielleicht würde sie am Ende sogar noch viel schlimmer ausfallen. Doch alle Kinder wussten, dass Prügel morgen immer noch besser waren als Prügel heute. Also versteckte er sich.

Doch leider gab es in ihrem Hochhausapartment in Tokio nicht viele Stellen, um sich zu verstecken. Und er durfte nicht auf die Straße hinaus, nicht seit dem Zwischenfall mit der Lady im roten Kleid, also versteckte er sich im Besenschrank, wo er sorgfältig die Wischmopps und Besen vor sich anordnete, als könnte er sich tatsächlich dahinter verbergen. Er war zwar schmal, aber auch nicht so schmal.

Er kauerte sich zusammen, als seine Großmutter wiederholt seinen Namen rief. Ihre Stimme klang immer lauter und rauer, während sich ihre Wut steigerte. Eine Spinne krabbelte ihm über das Ohr, und er steckte sich eine Faust in den Mund, um nicht vor Schreck aufzuschreien. Die Tür öffnete sich genau in dem Moment, als die Spinne in den Knorpel biss, und vor ihm stand seine Großmutter mit roten Augen und einer Axt …

Hiro setzte sich keuchend im Bett auf. Er war zwei ganze Lebensspannen von diesem bösen Monster entfernt, und er träumte immer noch von ihr. Er schüttelte den Kopf, spürte, wie Schweiß aus seinem Haar tropfte. Er musste dringend zum Friseur.

Leise erhob er sich von seiner Pritsche und lief durch den Gang zum Bad. Er schaltete das Licht ein und beobachtete den Massenexodus der Kakerlaken. Müßig fragte er sich, worüber sie diskutiert hatten, während er geschlafen hatte. Er rieb sich das Ohr.

Sein erster Klon hatte sich die Narben von der Nekrose entfernen lassen, die der Spinnenbiss ausgelöst hatte – ganz zu schweigen von den Narben, die die Prügel hinterlassen hatten –, aber diese Angewohnheit hatte er beibehalten.

Er urinierte, gähnte und dachte an sein Bankkonto. In zwei Monaten müsste er genug gespart haben, um aus dem Slum herauszukommen und vielleicht einen Job in einem besseren Friseursalon zu bekommen. Im Moment arbeitete er in einem Studio über einem Nudel-Restaurant, und die Hälfte seiner Kunden bezahlte mit Tauschwaren.

Er hatte die Nase voll von Nudeln, aber das würde er niemals zur alten Miss Lo sagen, der Eigentümerin des Restaurants, die ihm Gutscheine für Nudeln gab, wenn er sie kostenlos frisierte.

Hiro hatte bereits beschlossen, sie von Zeit zu Zeit zu besuchen, wenn er in sein neues Apartment gezogen war. Er stellte sich ihr Gesicht vor, wenn er zum ersten Mal vorbeikam, ein gut verdienender Friseur, als seine Tür krachend aufflog. Es war gar nicht so schwer, diese Scheißtüren aufzubrechen, und die Bullen hatten einen Rammbock mitgebracht.

Fünf Sekunden später lag er mit dem Gesicht nach unten auf dem Boden seines Badezimmers und fragte sich, wer für diese Tür bezahlen würde.

»Ich bin Akihiro Sato, ich bin ein absolut legaler Klon und biete ihnen freiwillig meine Mindmap an. Sie ist auf dem neuesten Stand. Ich habe niemals irgendetwas Illegales getan«, sagte er ein weiteres Mal zu einer Polizistin mit ernster Miene. Man hatte ihm nichts gegen die Beule auf seiner Stirn gegeben, und seine Kopfschmerzen wurden schlimmer.

Seine Großmutter lag schon seit fünfundneunzig Jahren im Grab, aber er fragte sich, ob sie sich in dieser Polizistin reinkarniert hatte, die ihn jetzt verhörte.

»Mr. Sato, wollen Sie mir damit sagen, dass Sie ein völlig legaler Klon sind, im Sinne sämtlicher internationaler Gesetze? Jedes einzelnen?«, fragte die Polizistin, eine weiße Frau mittleren Alters mit einem mädchenhaften Bubikopf. Ihr Name war Kommissarin Natalie Lo. »Keine verwandtschaftliche Beziehung. Offensichtlich«, hatte sie gesagt, als er sie gut gelaunt gefragt hatte, ob sie mit der Frau verwandt war, die das Nudelrestaurant führte.

Am Ärmel ihrer Uniform trug Kommissarin Lo das Gemini-Symbol, das Zeichen für einen Polizisten, der sich auf die Einhaltung von Klongesetzen spezialisiert hatte.

»Genau das will ich Ihnen damit sagen. All meine Daten sind auf dem neuesten Stand, Sie müssen sie nur überprüfen«, sagte er und reichte ihr seinen Erinnerungsspeicher, den er am Handgelenk trug.

Der Erinnerungsspeicher eines Klons enthielt mehrere Terabyte an Daten, einschließlich der letzten Mindmap, wichtiger Dokumente, des DNS-Genoms und der Lebensgeschichte. Sie waren verpflichtet, das alles jederzeit bei sich zu tragen.

Kommissarin Lo machte keine Anstalten, den Speicher entgegenzunehmen. »Und was können Sie mir hierzu sagen?«, fragte sie, zog eine Akte aus ihrer Mappe und gab sie an Hiro weiter.

Er öffnete sie und sah ein Foto von sich. An einem Ort, an dem er noch nie gewesen war. Wo er etwas tat, das er noch nie getan hatte. Eine sehr blutige, gewalttätige Sache.

Eine hysterische Stimme in seinem Kopf fragte sich, ob er gerade versucht hatte, diesem Mann die Haare zu schneiden, worauf er ihm stattdessen die Kehle durchgeschnitten hatte. Worauf er die Angelegenheit völlig vergessen hatte.

Sehr viel Blut war im Zimmer, auf dem Bett, von dem es auf den Boden tropfte. Kein Tropfen Blut befleckte Hiros Hände, als über mehrere Überwachungskameras zu sehen war, wie er dem Mann die Kehle aufschlitzte, ihn auf das Bett legte und das Zimmer verließ. Die letzte Aufnahme zeigte, wie er direkt in eine Kamera blickte, die Augen leicht aufgerissen, als hätte er soeben bemerkt, dass er beobachtet wurde.

»Das bin ich nicht …« Die Worte vertrockneten in seiner Kehle, als ihm bewusst wurde, dass sie die schlechteste aller möglichen Verteidigungen waren.

»Mr. Sato, anhand dieser Fotografien können wir verschiedene Dinge nachweisen. Entweder Sie lügen und sind ein Killer, der sich neben seiner Arbeit als Friseur etwas dazuverdient«, sagte sie und zog eine Augenbraue hoch. »Doch wenn Sie das wären, würde ich meinen, dass Sie in einer besseren Wohnung leben könnten als das Drecksloch, in dem wir Sie gefunden haben.«

»Ich bin kein …«, begann er, doch dann unterbrach sie ihn.

»Oder Sie sind ein illegaler Klon, der gegen die erste internationale Zusatzbestimmung zur Klongesetzgebung verstößt.« Sie zog ein anderes Blatt aus ihrem Aktenkoffer, ein ramponiertes Lederstück, von dem Hiro vermutete, dass es ein Erbstück von einem mit ihr verwandten Polizisten war, und betrachtete es blinzelnd. »Es ist unrechtmäßig, von einer Person mehr als einen Klon gleichzeitig herzustellen. Das Klonen soll zur Lebensverlängerung genutzt werden, nicht zur Vervielfältigung.«

Nun hob sie doch Hiros Erinnerungsspeicher auf und hielt ihn, als könnte er zwischen ihren Fingerspitzen zerbröckeln. »Oder Sie haben einen Zwilling. Der ebenfalls ein Klon ist. Aber hiermit werden wir es herausfinden.«

Ohne sich umzuschauen, hielt Kommissarin Lo den Speicher über ihrer Schulter, wo eine uniformierte Polizistin ihn entgegennahm. »Mitsuki, drucken Sie bitte die relevanten Daten aus.«

»Ja, Ma'am«, murmelte Mitsuki und verließ mit dem Speicher den Raum. Hiro fragte sich, ob sie versuchen würde, seine gesamte Persönlichkeit mit allen Erinnerungen auszudrucken. Dazu gab es nicht genug Papier auf der Welt. Menschen konnten sich nie richtig vorstellen, wie viele Daten nötig waren, um einen vollständigen Klon zu erschaffen.

Kommissarin Lo saß da und beobachtete Hiro, der sich unbehaglich den Kopf rieb. »Sie sagen nicht allzu viel«, stellte sie schließlich fest.

»Was gäbe es zu sagen?«, fragte er. »Wenn ich es abstreite, werden Sie mir nicht glauben. Wenn ich schweige, werden Sie es als Schuldeingeständnis werten, aber dann werde ich wenigstens nichts Dummes sagen, das sie später gegen mich verwenden können.«

»Sind Sie das?«, fragte sie und zeigte auf den sehr nach Hiro aussehenden Mann auf dem Foto.

»Nein.«

»Ist es ein Zwilling?«

»Nein.«

»Ist es ein illegaler Klon von Ihnen?«

»Danach sieht es definitiv aus«, sagte er. Ihre Augenbrauen schossen nach oben, und er lachte verbittert. »Ich bitte Sie! Ich weiß, welchen Eindruck das macht, schließlich bin ich kein Dummkopf. Haben Sie jemals daran gedacht, dass es zwar tatsächlich so aussieht, als gäbe es da draußen eine weitere Version von mir, dass ich aber vielleicht gar nicht für diesen Klon verantwortlich bin? Meine DNS ist in mehreren Datenbanken gespeichert. Sie kennen diese Datenbanken, die manchmal gehackt werden?«

Er zeigte auf die Tür, durch die Los Kollegin mit seinem Erinnerungsspeicher hinausgegangen war. »Verdammt, woher soll ich wissen, dass Ihre Leute nicht in diesem Moment eine Kopie von mir machen? Sie wissen, dass ich diesen Speicher eigentlich niemals aus den Augen lassen darf. So will es das Gesetz.«

»Ich brauche Beweise, wo Sie sich vergangenen Mittwoch am Abend aufgehalten haben«, sagte die Polizistin.

Mittwoch. An diesem Abend hatte er drei Kunden gehabt. Es dürfte kein Problem sein, sie zu finden, damit sie als Zeugen aussagten.

»Das kann ich machen«, sagte er.

Sie reichte ihm ein Tablet und einen Stift, damit er die Details seines Alibis notieren konnte. Während er schrieb, sagte sie: »Sie wirken ziemlich ruhig für jemanden, der in großen Schwierigkeiten stecken könnte.«

»Ich weiß, dass ich nichts getan habe«, sagte er. »Und

wenn es da draußen einen illegalen Klon gibt, ist *er* illegal und nicht ich.«

»Aber wenn wir ihn erwischen, wird einer von Ihnen beiden eliminiert«, sagte sie.

Er blickte auf und sah in ihr ausdrucksloses Gesicht. »Ich hoffe, Sie werden den Mörder eliminieren«, sagte er.

»Im Gesetz heißt es, dass wir den duplizierten Klon und nicht den kriminellen eliminieren sollen«, sagte sie. »Offenbar ist die Erschaffung eines unrechtmäßigen Klons schlimmer als der Tod einer normalen Person.« Sie sah ihn mit unverhohlener Abneigung an. »Ich habe diese Regeln nicht gemacht.«

»Gesetzgeber sind Arschlöcher«, sagte er matt, während er sich an den Namen der Kundin zu erinnern versuchte, deren Haar er regelmäßig grün färbte. Für ihn war sie einfach nur »die Lady mit dem gefärbten Achselhaar«, aber er bezweifelte, dass die Polizei sie mit dieser Personenbeschreibung ausfindig machen konnte.

Kommissarin Lo zuckte mit den Schultern. »In diesem Punkt sind wir uns einig.«

Sie beobachtete ihn einen Moment lang, dann fragte sie: »Wie steht es um die Tatsache, dass etwas in Ihnen imstande ist, das zu tun, was wir gerade gesehen haben? Ohne dass Ihnen der Schweiß ausbricht. Wie erklären Sie sich das?«

»Wie meinen Sie das? Ich war es nicht.«

»Aber etwas in Ihnen ist in der Lage, es zu tun. Sofern man keine andere Persönlichkeit in Ihren Körper geladen hat«, gab sie zu bedenken.

»Hacker können viele Dinge tun, aber das noch nicht. Nicht ohne den Betreffenden verrückt werden zu lassen.« Er deutete auf das Abzeichen an ihrem Arm. »Das haben Sie doch bestimmt in der Klonjägerausbildung gelernt.«

Sie lächelte. »Sicher. Ich wollte lediglich wissen, ob Sie es wissen. Ich habe nur so getan, als würde ich Ihnen eine Rettungsleine zuwerfen.«

»Danke«, sagte er. »Ich bin mir ziemlich sicher, dass dieser Klon gehackt wurde. Ich würde so etwas nicht tun.«

»Wir werden sehen«, sagte sie.

Als Hiro drei Tage später seinem Klon gegenüberstand, bemühte er sich, den kalten Schweißausbruch auf seiner Stirn unter Kontrolle zu bekommen.

Sein Klon sah ihn nur voller Verachtung an. Warum reagierte er nicht genauso empört wie Hiro? Sich selbst zu begegnen war etwas, das einem Klon eigentlich nie passieren sollte.

Klone sahen normalerweise nicht einmal ihre eigenen Leichen, und falls doch, dann waren sie tot. Sie liefen nicht herum und töteten andere Leute. Sobald sie gestorben waren, bezeichnete man ihre alten Körper nur noch als Hüllen, die wie Abfall entsorgt wurden.

Hiro hatte gedacht, es wäre so, als würde man in einen Spiegel blicken, aber dieser Mann vor ihm, mit dem ordentlichen Haarschnitt, dem stärkeren Körper und dem süffisanten Grinsen, schrie ihn an: *Ich bin der überlegene, dominante, reale Akihiro Sato!*

Sie waren allein im Zimmer, aber Hiro wusste, dass alles aufgezeichnet wurde. Vermutlich musste die Illusion von Privatsphäre genügen.

Der Name der Frau mit dem gefärbten Achselhaar war Auzuma Tanaka. Sie hatte ihm ein Alibi gegeben, aber auch ein ungutes Gefühl in der Magengegend, als sie ausgesagt hatte, sie hätte ihn nur eine Stunde bevor die Polizei ihn besucht hatte, in der U-Bahn gesehen.

Sein Klon war am nächsten Morgen verhaftet worden.

»Ich bin Akihiro Sato, der dritte in meiner Linie«, sagte Hiro.

Der Klon lachte. »Nein, das bist du nicht. Du bist mindestens der siebte.«

Hiro erkannte den Humor wieder. Er selbst nutzte ihn zur Verteidigung, doch diese Version von ihm hatte gelernt, ihn als Waffe einzusetzen. Er ging nicht darauf ein. »Wie ist dein Name?«

»Ich bin Akihiro Sato, der neunte in der Linie.«

Hiro rieb sich das Ohr. »Und wo sind dann all die anderen?«

Der Neunte grinste. »Die anderen sind tot, bis auf Acht, der den Rest der Mission erledigen wird. Die Mission, die du begonnen hast.«

»Nein«, sagte Hiro. »Ich weiß nicht, was du …« Er blickte zu den Kameras auf, während es ihm kalt über den Rücken lief.

»Komm schon, Sieben, du bist die ehrliche Haut. Du sorgst für die Alibis, während Acht und ich die Arbeit machen. Tu nicht so, nachdem man uns erwischt hat, kommst du jetzt nicht mehr aus der Sache raus. Wenn sie auch Acht haben, wird man dich und ihn eliminieren, während ich vermutlich im Gefängnis lande. Aber das geht in Ordnung. Die Mission ist fast erledigt.«

»Was für eine Mission?«, rief Hiro. »Ich bin der Dritte, ich erinnere mich an mein erstes Leben, ich wurde in Tokio geboren, ich habe achtundsechzig Jahre gelebt, ich habe das Schneiderhandwerk von meinem Vater gelernt …« An dieser Stelle lachte Neun, aber Hiro redete verzweifelt weiter. »… und in meinem zweiten Leben war ich Journalist und Autor, aber ich starb, bevor ich meinen ersten Roman fertigstellen konnte. Ich wurde während des Klonaufstands in Tokio erschossen. Es ist auf meinem Erinnerungsspeicher, alles!«

Der letzte Satz galt den Kameras. Sein Leben war gründlich protokolliert und aufgezeichnet worden. Er war ein unscheinbarer Mann, der sich für das Klonen interessiert hatte, weil er glaubte, die Unsterblichkeit könnte ihn mutiger und risikofreudiger machen. Da er für die Lokalnachrichten die Themen Garten und Wetter bearbeitet hatte, war sein Ehrgeiz unbefriedigt geblieben. Seine Erinnerungen an seine Eltern, seine erste Liebe als Mensch, dann seine Affären als Klon – all das hatte sich seinem Gedächtnis deutlich eingeprägt.

Wieder wurde ihm schwindlig, und er hörte ein Klicken, als ein Lautsprecher eingeschaltet wurde. Kommissarin Los Stimme war klar und kräftig zu vernehmen. »Mr. Sato, der Dritte, wir haben einen weiteren Klon festgenommen, der behauptet, Sie zu sein. Er bezeichnet sich als Nummer acht.«

Akihiro Sato, der Neunte in der Linie, breitete die Hände aus und lächelte. »Damit wäre die Mission erfüllt.«

Hiro blieb für drei Wochen im Gefängnis, während Kommissarin Lo ihre Ermittlungen durchführte. Er bat um ein Buch mit leeren Blättern und einen Stift, und nachdem man sich vergewissert hatte, dass er keine Selbstmordneigung hatte, gab man es ihm.

Er begann damit, seine Erinnerungen mit größter Genauigkeit aufzuschreiben. Sie kamen klar und deutlich, an seine Eltern, seine Schwestern, sein glückliches Leben in Tokio, die Schulzeit, sein Abschluss, wie er die Klonaufstände miterlebt hatte, wie er Klon-Aktivisten die Haare geschnitten hatte, wie er mehr über die Unsterblichkeit erfahren hatte. Und genau das wollte er auch haben.

Hiros zweites Leben war kurz und brutal. Er hatte sein Geld durch schlechte Investitionen verloren, und beim zweiten Klonaufstand starb er.

Die Erinnerungen waren klar, so klar.

Aki-HIRO!

Ihre Stimme schnitt erneut durch sein Bewusstsein, und instinktiv zog er den Kopf zwischen die Schultern. Großmutter. Sie hatte ihn aufgezogen, ihn geschlagen und versucht, »einen Mann aus ihm zu machen«. Er war mit sechzehn abgehauen und hatte bei einem Ehepaar in einer kleinen Wohnung in Tokio gelebt und von einer drogensüchtigen Dame Kosmetik gelernt. Und er hatte auch einiges über sexuell übertragbare Krankheiten gelernt.

Hiro legte den Stift weg und rieb sich die Stirn. Zwei sehr unterschiedliche Erinnerungen rangen in seinem Kopf um die Vorherrschaft. Er erinnerte sich sehr genau an seine Eltern, als würde er sie in einer Fernsehsendung sehen, aber er konnte auch den Gürtel auf seinen bloßen Beinen spüren, und er wusste, dass die Erinnerungen an seine Großmutter real waren.

Er ließ das Buch fallen und rief nach Komissarin Lo.

Lo reichte ihm einen halbvollen Steingutbecher mit Tee. Er hatte so heftig gezittert, dass er den ersten Pappbecher mit Tee verschüttet und sich die Hand verbrannt hatte. Das schwerere Gefäß half ihm, das Zittern zu kontrollieren. Er nahm einen Schluck vom süßen, heißen Getränk und atmete einmal tief durch.

Die Kommissarin hatte niemanden beauftragt, den verschütteten Tee aufzuwischen. Eine zynische Stimme in Hiros

Kopf fragte sich, ob das irgendein Psycho-Spiel war. Er war sich nicht ganz sicher, ob es seine eigene Stimme war.

Lo lehnte sich auf ihrem Stuhl zurück und las in seinen Notizen, während er trank. Sie blätterte zurück, um etwas auf einer vorherigen Seite zu überprüfen, dann legte sie das Buch weg. Sie nahm ihre Brille ab und rieb sich den Nasenrücken.

»Entweder sind Sie ein sehr fantasiereicher Autor, oder Sie stecken in großen Schwierigkeiten«, sagte sie schließlich.

»Als Autor war ich ein Versager«, sagte er dumpf. »In meinem zweiten Leben. Sie erinnern sich?«

Sie zeigte auf das Notizbuch auf dem Tisch, das sie weit genug von der Teepfütze entfernt abgelegt hatte. »Klingt plausibel. Eine solche Handlungsstruktur habe ich noch nie gelesen, also würde ich an Ihrer Stelle nicht den Job wechseln.« Sie hielt kurz inne, dann fügte sie hinzu: »Aber Sie wissen nicht, was für einen Tagesjob Sie haben, nicht wahr?«

Hiro starrte sie verständnislos an. »Aber das kann nicht sein. Hacker können nicht so raffiniert sein, oder?«

»Die Untergrundhacker sind besser geworden. Früher mussten sie mit mehreren Einschränkungen leben. Heute gibt es nur noch eine: Tu es nicht. Das hat ihnen schließlich die Freiheit verschafft, alles zu tun, was sie möchten. Sie können mächtige Erinnerungen erfinden, und das Gehirn füllt die Leerstellen aus, wie es unser Gehirn immer tut, wenn wir uns nur an die Hälfte eines bestimmten Ereignisses erinnern.«

»Also weiß ich nicht einmal, wer ich bin«, sagte Hiro und starrte in den Teebecher.

»Sie sind eine sehr ungewöhnliche Art von Opfer, Mr. Sato«, sagte Kommissarin Lo.

Hiro blickte auf, und sie lächelte, nicht unfreundlich. »Damit will ich Sie nicht freisprechen, verstehen Sie? Das Gesetz erlaubt es mir nicht. Aber allmählich glaube ich, dass Sie nicht viel mit diesen Verbrechen zu tun hatten. Es geht nicht nur darum, dass Sie als Klon vermutlich demnächst eliminiert werden, falls die anderen beiden nach Ihnen aufgeweckt wurden. Es ist klar, dass die Person, die im Besitz der Matrix von Akihiro Sato ist, mehrere Versionen von Ihnen erschaffen hat, um dann die Mindmaps von mehreren zu einem späteren einzelnen Klon zu verschmelzen. Sie haben die Mindmaps von mindestens zwei Klonen, die zur gleichen Zeit lebten. Es ist wirklich faszinierend, wenn man darüber nachdenkt, wie Ihre verschiedenen Klone sich in unterschiedlichen Umgebungen entwickelt haben.«

»Es ist nur faszinierend, solange man es nicht selbst erlebt!«, sagte Hiro und spürte, wie ein hysterisches Lachen in ihm aufstieg. »Ich erinnere mich an schreckliche Dinge, über die ich nie genauer nachdenken wollte. Ich dachte, es wären Albträume, doch nun weiß ich … dass ich es war. Irgendwie wurde ich darauf konditioniert … schreckliche Dinge zu tun«, wiederholte er, ohne diese Dinge beim Namen zu nennen. Er hatte schon genug Schwierigkeiten.

»Erzählen Sie mir von diesen Dingen«, sagte Lo und beugte sich vor.

»Mord. Folter. Und manchmal habe ich ein Messer benutzt. Aber am liebsten gehe ich unbewaffnet vor.« Er starrte auf seine sauberen Hände. »So etwas gab es doch sicher schon vorher, oder? Multiple Klone, von denen einige Verbrechen begehen, und es ist fraglich, wer welche Rechte hat. Ich kann unmöglich der Erste sein.«

»Sie sind vermutlich der erste dokumentierte Fall, dass ein Klon nichts davon weiß, dass er gegen seinen Willen dupliziert wurde«, sagte Lo. »Wir haben uns die Mindmaps Ihrer Klone angesehen, Hiro. Wir konnten bestätigen, dass die anderen jünger als Sie sind. Derzeit haben Sie im Wesentlichen keinen rechtmäßigen Status. Wir könnten Sie nach dem Gesetz euthanasieren.«

Hiro spürte, wie ihm der Tee wieder hochkam. Über diesen Aspekt der Klongesetze hatte er nie nachgedacht. »Würden Sie dann meine Mindmap übernehmen? Würden Sie mich zurückholen?«

»Es liegt nicht an mir, das zu entscheiden«, erklärte Lo. »Es scheint sich um ein sehr seltsames Schlupfloch zu handeln, das missbraucht werden könnte. Wir könnten Sie und den anderen überzähligen Klon töten, eine neue Version von Ihnen klonen und hätten dann das Recht, den Mörder für seine Verbrechen zu euthanasieren. Obwohl das falsch klingt. Und was würden wir mit all den Mindmaps machen?«

Hiro betrachtete seine Hände und erinnerte sich an die Dinge, die sie getan hatten, wie sie Menschen erwürgt hatten, in offenen Wunden herumgewühlt hatten, um die Schreie zu hören, wie sie *Augen* herausgerissen hatten. »Ich will ihre Erinnerungen nicht. Ich habe schon genug, was mich belastet.« Er rieb sich das Ohr und blickte Lo schließlich in die Augen. »Warum glauben Sie mir überhaupt? Ich dachte, Sie sollten allem, was ich sage, mit Skepsis begegnen.«

Sie zuckte mit den Schultern. »Bauchgefühl. Ihre Geschichte passt. Ihre Mindmap ist praktisch überall verfügbar. Offensichtlich wurden Sie gründlich gehackt. Die Duplikation ist ein Riesenchaos. Aber ich bin nicht diejenige, die eine definitive Entscheidung trifft, wie Sie wissen. Die Sache ist bereits viel größer als mein Schreibtisch. Trotzdem möchte ich Ihnen glauben. Und wenn Sie lügen würden, hätten Sie wahrscheinlich versucht, uns einzureden, dass Sie der jüngste Klon sind, um nicht als Erster auf dem Hackklotz zu landen.«

Hiro zuckte zusammen.

»Also stehe ich so sehr auf Ihrer Seite, wie es mir möglich ist. Aber selbst wenn Sie ein gutgläubiger Heiliger sind, bleiben Sie ein älterer Klon ohne Rechte. Und daran kann auch ich nichts ändern.«

Kommissarin Lo versuchte einen Klonpsychologen, einen Richter und den Manager des Klonlabors hinzuzuziehen, aus dem die verschiedenen Hiros gekommen waren. Doch das Problem war, dass kein Manager irgendeines Labors auffindbar war, über das Hiro Informationen hatte. Zwei davon existierten offenbar gar nicht mehr. Die Mindmap der Klone sollte eigentlich digitale Wasserzeichen der Labors enthalten, aber keiner der Hiros verfügte über die benötigten Daten.

»Ich habe Ihnen doch gesagt, dass Sie gehackt wurden«, regte Lo sich auf.

Hiro saß immer noch in einer Zelle, aber nun wurde es als »Schutzgewahrsam« bezeichnet, weil man ihm für seine Kooperation so viele Bequemlichkeiten wie möglich gewähren wollte.

Alle Bequemlichkeiten außer der Freiheit. Und er durfte keinem seiner Freunde mitteilen, wo er war.

Hiro sah die Kommissarin nicht an, während sie in seiner Zelle auf und ab ging.

»Es wird als Yadokari bezeichnet, wenn man jemandem etwas ins Gehirn einpflanzt, damit es dort wie ein Einsiedlerkrebs leben kann. Ausgefuchste Scheiße.«

Er starrte die Decke an und versuchte herauszufinden,

welche Erinnerungen seine eigenen waren, welche zur geraden Linie des anständigen Hiro gehörten. Des *guten* Hiro. Aber er war keiner geraden Linie gefolgt. Irgendwo hatte er sich in mindestens zwei unterschiedliche Hiros aufgespalten, die zwei unterschiedliche Leben führten. Der eine umfasste das, was für ihn seine eigenen Erinnerungen gewesen waren, alles, was er seit seiner Kindheit erlebt hatte, und der andere war das, was für ihn Träume gewesen waren.

»Einer wird dominant sein«, sagte er laut.

»Was?«, fragte Lo. Ihre Schritte verstummten.

»Ich hatte mein ganzes derzeitiges Leben lang die Erinnerungen zweier Klone im Kopf. Es hat mich nie beunruhigt, weil ich einfach davon ausging, dass der eine Teil meine Erinnerungen waren; den Rest schob ich beiseite. Für mich waren es nur Träume, die ich irgendwann hatte. Erst als das alles losging, wurde mir klar, dass es echte Erinnerungen sind. Aber ich entscheide, welche davon dominant sind.«

»Haben Sie schon mit dem Psychologen darüber geredet?«, fragte sie.

»Nein, ich habe nur darüber nachgedacht«, sagte er, während er weiterhin die Decke anstarrte.

Sie setzte sich auf den Stuhl vor seinem Bett, ein bequemes Möbelstück; dort las er gern die Bücher, die sie ihm mitbrachte. »Hiro, bei der Untersuchung Ihres Falls hat der Richter ein weiteres Gesetz gefunden, das bislang praktisch nie zur Anwendung gekommen ist. Das Bewusstsein eines Klons kann nicht beendet werden.«

»Wie meinen Sie das?«

»Wir können die überzähligen Hiros nicht einfach entsorgen. Wenn alle drei tot sind, müsste der neueste Klon von Ihnen alle drei Persönlichkeiten übernehmen. Ich meine, nach dem Gesetz sind Sie Akihiro Sato. Wenn einer von Ihnen stirbt und wir keine Mindmap von ihm haben, die wir dem neuen Hiro geben könnten, wäre es nach den Klongesetzen Mord.«

»Was soll damit verhindert werden?«

»Wenn ein Klon verschwindet, sei es aus eigenem Antrieb oder infolge einer Entführung, können wir diese Person niemals klonen, weil wir ihr aktuelles Bewusstsein verloren haben. Wir können nicht einfach einen ›früheren Stand‹ wiederherstellen, weil wir dann vielleicht ein Duplikat erschaffen würden. Dafür wurde dieses Gesetz gemacht, aber es passt auch auf Ihre Situation.«

Hiro schluckte, als er die Konsequenzen verstand. »Also würde die Lösung darin bestehen …«

»Der Richter sympathisiert nicht mit Ihnen. Ihre anderen Klone haben in letzter Zeit für großes Chaos gesorgt.«

»Was haben sie getan?«

»Es gab bedeutende diplomatische Zwischenfälle, Morde an mehreren Botschaftern«, sagte sie. »Mit weitreichenden internationalen Folgen. Es hat sich negativ auf unsere Verträge mit anderen Nationen ausgewirkt. Wir glauben nicht, dass es zu einem Krieg kommen wird, aber wir haben große Probleme mit einigen unserer Verbündeten.«

Hiro stieß schockiert den angehaltenen Atem aus. »Man wird uns alle eliminieren, nicht wahr?«

»Die anderen Klone müssen für ihre Verbrechen bestraft werden. Und nach dem Gesetz sind Sie gar keine Person, aber Sie sind schuldlos. Also will man Sie alle in einen Körper stecken und Ihnen in dieser Form den Prozess machen, da Sie dann immer noch dieselbe Person sind.«

Hiro sagte nichts dazu. Er blieb auf seiner Pritsche liegen und starrte zur Decke hinauf, bis das Licht ausging. Dann starrte er in die Dunkelheit.

Am nächsten Tag unterschrieb er das Dokument, mit dem er erklärte, dass er ein illegaler, überzähliger Klon war und mit der Euthanasie einverstanden war.

Er fragte nicht, wie Lo die anderen beiden – die Yadokari, wie er sie für sich nannte – dazu gebracht hatte, dem zuzustimmen. Er dachte sich, dass er es früh genug herausfinden würde.

DRITTES ERWACHEN

HIRO

Yadokari

Maria sah den Angriff kommen. Sie hätte es vor niemandem zugegeben, aber sie bezweifelte auch, es jemals tun zu müssen.

Außerdem war das gar nicht ihr unmittelbares Problem.

Sie wusste, was Yadokari waren, obwohl sie schon eine ganze Weile nicht mehr an sie gedacht hatte. Es war viel mehr als ein kleinerer Hack einer Mindmap, die tatsächliche Implantierung von etwas völlig Neuem in das Bewusstsein einer Person. Nur sehr wenige Hacker waren dazu imstande, und noch weniger waren gut darin. Maria erinnerte sich, von verpfuschten Versuchen gehört zu haben, die als Hatchet-Jobs bezeichnet wurden, wobei das Bewusstsein einer Person unwiderruflich ruiniert wurde.

Ein Yadokari. Das war der Grund, warum er sich auf sie stürzte, als sie ihn unter Druck gesetzt hatte. *Als würde man einem Hai Fleischbrocken hinwerfen.*

Doch sie reagierte prompt und trat zur Seite, allerdings fast etwas zu langsam. Er stolperte an ihr vorbei, und sie warf ihn mit dem Gesicht voran zu Boden.

Sie versuchte ihn auf der weichen Erde festzuhalten, aber er rollte sich herum und schlug sie. Ihr Kopf flog zurück, und sie verlor ihn aus dem Griff. Er hob die Hüften an und warf sie von sich.

Es war seltsam, in stärkerer Gravitation zu kämpfen, als

man gewohnt war. Ihr Körper wirkte schwer und langsam, und Hiro war etwa genauso groß wie sie. Er landete auf ihr und versuchte sie in den Boden zu rammen, aber das Wasser hatte die Erde aufgeweicht. Es schmerzte, aber nicht so schlimm, wie er beabsichtigt hatte.

Sie sah blinzelnd zu ihm auf, in sein hartes Gesicht. An seinem Kopf summte ein metallisches Insekt vorbei.

IANs Augen sind wachsam, Gott sei Dank.

»Woher wusstest du davon?«, stieß er zwischen zusammengebissenen Zähnen hervor und schloss die Hände fester um ihren Hals. Seine Stimme hatte einen knappen und abgehackten Tonfall, dem die Freundlichkeit des Piloten fehlte, der er gewesen war. »Woher wusstest du, wie du mich aus der Reserve lockst?«

Sie legte die Unterarme aneinander, um die seinen einzuklemmen und den Druck um ihren Hals zu verringern. Sie versuchte ihn abzuwerfen, aber er hatte seine Füße unter ihr verkeilt.

»Du warst es, der das magische Wort ausgesprochen hat«, keuchte sie. »Ich habe dich nur ermutigt, aus dir herauszukommen.«

»Hiro und Maria, ich habe die Kapitänin über Ihren Streit informiert. Sie wird in schätzungsweise zwei Minuten hier sein.« IANs Stimme drang aus dem Lautsprecher des fallen gelassenen Tablets.

Hiro fluchte und stieß sie noch ein letzten Mal gegen den Boden, bevor er von ihr herunterstieg. Maria griff nach seinem Ärmel, bevor er davonrennen konnte. Er stolperte und trat nach ihr.

»Und wer zum Henker bist du?«, fragte sie und zerrte fest an seinem Ärmel.

»Oh, ich bin immer noch Hiro«, sagte er. »Ich habe nur

meine Schwäche abgeschüttelt. Und jetzt lass mich los.« Er hob den Fuß und trat auf ihr Handgelenk.

Sie schrie vor Schmerz und ließ ihn los. Dann wollte sie aufstehen und ihn verfolgen, aber ihr war schwindlig, nachdem er sie geschlagen und gewürgt hatte. Sie drückte ihr Handgelenk gegen ihre Brust. Als sie endlich auf die Beine kam, war er im Garten verschwunden.

Also ein Psychopath. Jemand hat sich Hiro vorgenommen und ihm seine ganze Menschlichkeit herausoperiert.

»Es tut mir leid, Hiro. Du hast keinen Yadokari verdient, und so etwas auch nicht«, murmelte sie und ging zum Tablet, das heruntergefallen war. »IAN, hast du gesehen, wohin er gegangen ist?«

»Er ist im Obstgarten. Ich kann ihn nicht sehen, aber ich könnte die Bienen hineinschicken.«

Sie blickte zu den allmählich heller werdenden Lampen auf. »Ist Katrina wirklich hierher unterwegs?«

»Nein, ich wollte nur sehen, was er dann macht«, antwortete IAN.

»Also hast du gelogen, damit er mich in Ruhe lässt? Meinst du nicht, die Kapitänin sollte davon erfahren?«

»Wahrscheinlich. Und gern geschehen.«

Sie beugte ihr Handgelenk und zuckte zusammen. Es war schlimm verstaucht, aber vermutlich nicht gebrochen. Ihr Gesicht schmerzte pochend, wo er sie geschlagen hatte. »Gut, dann hole ich sie.«

»Ich habe sie darauf aufmerksam gemacht, allerdings erst jetzt. Sie ist unterwegs«, sagte IAN. »Man könnte meinen, dass du mir nicht vertraust.«

»Das ist wirklich schlimm«, murmelte sie, strich sich das Haar aus dem Gesicht und nahm einen tiefen Atemzug.

Sie wusste nicht, ob sie weglaufen oder Hiro im Auge behalten sollte. Sie arbeitete nicht für die Sicherheit. Sie wich zur Tür zurück und reckte den Hals, um nach dem Obstgarten Ausschau zu halten.

Im Licht war der Garten eindeutig ein beeindruckender Anblick. Der See war in der Nähe, und sie konnte kaum die Geräusche der Wasserrecycler hören. Blumen blühten rund um den Teich, unterbrochen von Flächen mit grünen Kräutern. Als sie daran vorbeikam, pfückte sie Proben von jeder Pflanze, die sie sah.

Endlich erkannte sie den Obstgarten weit links von ihr. Das bedeutete, dass Hiro ein Stück die Wand hinaufgelaufen war, um ihn zu erreichen.

Mit einem Piepen erwachte IAN wieder zum Leben. »Mach dir keine Sorgen, die Kavallerie ist fast da.«

»Ich mache mir keine Sorgen«, sagte sie. »Ich werde von hier verschwinden.«

»Ja, aber wenn ich das zur Kenntnis genommen hätte, hätte ich meinen Witz mit der Kavallerie nicht anbringen können«, sagte er.

»Du machst neuerdings Witze? Du klingst fast wie ein Mensch«, sagte sie, während sie der Tür näher kam.

»Ich bin zu etwa neunzig Prozent wiederhergestellt. Die ausgefallenen Kameras nicht mitgerechnet.«

»Gut«, sagte Maria und legte die Hand an die Tür. »Wenn ich draußen bin, verriegle die Tür.«

Wir sperren ihn im größten Raum des Schiffs ein. Das ist ziemlich sicher.

Joanna und Wolfgang hatten sich vorgenommen, an diesem Morgen die Leichen zu recyceln, aber IANs Alarm unterbrach sie bei der Arbeit.

»Ich sollte Ihnen mitteilen, dass Hiro vor wenigen Augenblicken Maria im Garten angegriffen hat. Sie ist verletzt, er hat die Flucht ergriffen«, erklärte IAN mit freundlicher Stimme, als würde er den Wetterbericht vortragen.

»Scheiße«, sagte Wolfgang. Sie ließen die Leichen im Korridor zurück und rannten zur Leiter, die zum Garten führte. Die Kapitänin traf sie an der Leiter, mit grimmiger Miene und Zorn in den Augen.

Wolfgang mochte den Garten nicht. Er lag ein Deck tiefer als ihr Wohnbereich, aber etwas höher als die unterste Ebene, damit unter der Oberfläche die notwendigen Lebensgrundlagen wie der Seegrund und die Baumwurzeln Platz hatten. Also war die Schwerkraft nicht ganz so hoch wie auf der untersten Ebene, aber immer noch höher als das, was Wolfgang gewohnt war.

Trotzdem stieg er als Erster über die Leiter hinunter, so schnell wie möglich, obwohl er mit jeder Sprosse schwerer wurde.

Unten fanden sie Maria, die sich keuchend gegen die gelbe Tür lehnte. Ihre linke Gesichtshälfte war angeschwollen, und sie hatte rote Flecken am Hals. Sie drückte sich schützend das rechte Handgelenk an die Brust.

»Was ist passiert?«, wollte Katrina wissen.

Joanna streckte ihre Hand aus. »Lassen Sie sehen.«

Maria hielt Joanna ihr Handgelenk hin, damit sie es inspizieren konnte. »Hiro ist passiert«, sagte sie. Dann erklärte sie, dass sie mit Hiro in den Garten gegangen war, damit sie ungestört miteinander reden konnten, und er hatte plötzlich durchgedreht und sie aus heiterem Himmel angegriffen.

»Ich glaube, er hat einen Yadokari«, schloss sie.

Wolfgang kannte sich nicht gut mit Fremdsprachen aus. »Nudeln?«

»Nein, eine illegal implantierte Persönlichkeit«, sagte

Joanna zu ihm und verzog das Gesicht. Dann konzentrierte sie sich wieder auf Maria. »So etwas ist sehr selten. Ich habe nie einen legitimen Yadokari erlebt, der so gut funktioniert wie bei Hiro.«

»Aber es ist möglich. Ich habe viel über das Thema recherchiert«, sagte Maria. »Und er hat es bestätigt. Ich glaube, er ist immer noch Hiro, aber ohne Menschlichkeit.«

»Wahrscheinlich tut er das nur, um sich ein Alibi zu verschaffen«, sagte Wolfgang mit einem verächtlichen Schnaufen. Er hob die Stimme, um Hiro nachzumachen. *»Ich habe es nicht getan, es war meine implantierte Persönlichkeit!* Ich glaube, wir haben unseren Killer.«

»Nicht unbedingt«, sagte Joanna leise.

»Sie kümmern sich um sie«, sagte er, ohne auf Joannas Widerspruch einzugehen. »Kapitänin?«

Katrina nickte grimmig. »Gehen wir.«

Joanna führte die zitternde Maria zur Krankenstation und setzte sie auf das zweite Krankenbett. Behutsam hob sie Marias Kinn und bewegte es nach links und rechts. »Sie werden ein beeindruckendes Veilchen bekommen«, sagte sie. »Ist mit Ihrem Sehvermögen alles in Ordnung?«

»Ja, alles gut«, sagte Maria. »Ich mache mir größere Sorgen um mein Handgelenk.«

Joanna stellte fest, dass Marias Hand verstaucht, aber nicht gebrochen war, und holte eine Bandage. Vorsichtig umwickelte sie die Verletzung. »Wenn sich alles beruhigt hat, kann ich Ihnen eine Nanobot-Infusion geben, damit alles schneller verheilt.«

»Warum benutzen Sie so etwas nicht bei ihr?«, fragte Maria und deutete mit einer Kopfbewegung auf den Klon der Kapitänin.

»Gehirnverletzungen übersteigen die Fähigkeiten der meisten Nanobots. Solche Nanobots gibt es nur in spezialisierten Zentren auf der Erde, und sie sind wahnsinnig kostspielig. Wie einige andere Dinge, von denen wir dachten, Klone würden sie nicht benötigen.« Sie blickte zu Maria hoch, als sie den zweiten Verband sicherte. »Wie geht es Ihnen wirklich?«

»Ich weiß nicht. Ich habe Angst. Ich mache mir Sorgen um Hiro. Ich dachte, wir würden uns miteinander anfreunden. Das ist nicht seine Schuld.« Ihre linke Hand zitterte, als sie ihr Haar zurückstrich.

»Aber Sie sollten nicht mehr mit ihm allein sein«, sagte Joanna und suchte in ihren Schränken nach einem Beruhigungsmittel. Sie fand eine Tablette und zerbrach sie in zwei Hälften.

»O Gott, nein«, platzte es aus Maria heraus, dann lachte sie nervös. »Ich bin nicht blöd.« Maria nahm die Beruhigungstablette von Joanna entgegen und hielt sie in der Hand. »Muss ich das nehmen?«

»Sie sind völlig durch den Wind. Es wird die Schmerzen lindern und Sie ein wenig beruhigen. Ich lasse Sie hier allein, damit Sie schlafen können, bei verschlossener Tür.«

Maria nickte und schluckte die Tablette trocken. Dann kramte sie in ihren Taschen. »Ach ja, das sollten Sie analysieren, aber ich bin mir ziemlich sicher, dass ich Schierling-Pflanzen im Garten gefunden habe.«

»Warum sollte so etwas dort wachsen?« Joanna nahm die Kräuter mit spitzen Fingern entgegen und hielt sie ins Licht.

»Damit der Lebensmitteldrucker etwas hat, das er kopieren kann?«, riet Maria. »Er ist nicht darauf vorprogrammiert, Gift zu drucken, wissen Sie.«

»Ich werde das analysieren, aber wahrscheinlich haben Sie recht«, sagte Joanna.

»Ich könnte einen Blick darauf werfen«, sagte IAN. »Halten Sie es vor eine meiner Kameras. Eine, die funktioniert, nicht die, die Sie in ihrem Büro zugeklebt haben, Joanna.«

»Ich vermute, du hast jetzt mehr Augen«, sagte Joanna, während sie spürte, wie ihr Gesicht warm wurde.

»Es wird besser.«

Sie hielt die Pflanze vor die Kamera an der Wand und drehte sie langsam, damit er sie von allen Seiten betrachten konnte.

»Eindeutig Schierling«, sagte IAN.

»Wahrscheinlich war es eine Redundanz, den Lebensmitteldrucker darauf zu programmieren, falls die Pflanze im Garten nicht anwächst«, sagte Joanna.

»Wie auch immer. Wir sollten alles verbrennen«, sagte Maria. Ihre Augenlider wurden immer schwerer.

»Wir sollten an Bord eines Raumschiffs kein Feuer entzünden«, sagte Joanna sanft und ermutigte sie, sich auf dem Bett auszustrecken. »Wir können die Pflanzen ausgraben.«

»Joanna, glauben Sie, dass Hiro es getan hat?«, fragte Maria, während sie es sich auf dem Kissen bequem machte.

»Es sieht nicht gut für ihn aus, aber wir haben noch nicht alle Informationen«, sagte Joanna, ohne ihre Zweifel anzusprechen. »Zuerst sollten wir ihn suchen. Aber das ist nicht Ihr Job, Sie müssen sich jetzt etwas ausruhen.«

»Er war es nicht. Da bin ich mir ganz sicher. Er muss mit diesem Ding in ihm zurechtkommen. Kein Wunder, dass er manchmal sich völlig unvorhersehbar wie ein Arschloch verhalten hat. Aber ich traue ihm nicht mehr.« Dann fielen Maria die Augen zu.

Maria hat einen undankbaren Job, dachte Joanna. *Dafür hat sie mehr Anerkennung verdient.*

Marias Geschichte

Vor 211 Jahren
10. Juli 2282

Dr. Maria Arena glättete den grauen Anzug auf ihren Oberschenkeln und ermahnte sich dann streng, dass sie nicht nervös sein sollte. Sie war über einhundert Jahre alt und hatte schon häufiger mit Klienten zu tun gehabt. Wenn auch nicht unbedingt mit einem solchen Fall, wie sie zugeben musste. Jetzt dilettierte sie in einer ernsten Angelegenheit, aber sie kannte ihr Metier, und selbst in einem schicken Hosenanzug war sie immer noch sie selbst.

Eine in Ungnade gefallene und arbeitsunfähige Paria, aber immer noch sie selbst.

Die selbstfahrende Limousine hielt an, und ein Pförtner eilte herbei, um ihr beim Aussteigen behilflich zu sein. Die Kleidung aus Mischseide streichelte ihre Haut und ließ sie erschaudern. Sie nahm die Hilfe an, kam sich dabei jedoch albern vor, da sie weder hohe Absätze noch ein Kleid trug.

»Dr. Arena«, murmelte der Pförtner. »Willkommen in Firetown.«

Firetown war mit einem Kilometer das höchste Gebäude der Welt, wie eine Stadt gebaut, sodass die Bewohner sie niemals verlassen mussten. Dort gab es Einkaufszentren, Hotels, Lebensmittelgeschäfte, Krankenhäuser, Nachtclubs,

Theater, Parks, Fitnessstudios und sogar Obdachlose, die den einundfünfzigsten Stock besetzt hatten. Religiöse Versammlungsstätten gab es nicht.

Firetown war in New York City am Schauplatz des ersten Klonaufstandes errichtet worden. Die Eigentümerin des Gebäudes, Sallie Mignon, hatte es als sichere Zuflucht für Klone geplant. Ein Drittel der geklonten Weltbevölkerung lebte in diesem Gebäude. Maria hatte es noch nie zuvor besucht und war voller Ehrfurcht.

Sie gingen durch das Foyer, das einer Hotellobby sehr ähnlich sah. Die Rezeption war mit adrett gekleideten Menschen besetzt und mit verspiegelten Wänden ausgestattet. Maria sah ihr Spiegelbild und hielt sich etwas aufrechter. Am Empfangstresen blieb sie stehen.

»Dr. Maria Arena, ich werde erwartet«, sagte sie zur kleinen braunhäutigen Frau hinter dem Tresen.

Die Frau, die laut Namensschild GAJRA hieß, lächelte, strich sich eine lange Strähne ihres schwarzen Haars aus dem Gesicht und nickte Maria zu. »So ist es, Dr. Arena«, sagte sie. »Ich werde Sie zu unserem VIP-Lift führen.«

Sie ging mit Maria an einer Reihe von mindestens zwanzig Aufzügen vorbei, vor denen die Leute geduldig in einer langen Schlange warteten, und durch einen Korridor, der mit rot-goldenen Damasttapeten dekoriert war. Mit einer Schlüsselkarte öffnete sie eine Tür und forderte Maria zum Eintreten auf.

Hier gab es eine kleinere Lobby, die wie eine Grotte mit Pflanzen, Steinboden und Springbrunnen aussah und in der sich mehrere schöne Menschen entspannten. Maria fragte sich, ob sie dafür bezahlt wurden, diesen Ort hübscher auszustaffieren, und dachte sich, dass es ein einfacher, aber furchtbar langweiliger Job sein musste.

An der Rückseite befand sich ein Aufzug, und Gajra zückte mit einem Lächeln ein weiteres Mal ihre Schlüsselkarte. »Hier hinein«, sagte sie, als sich die Tür öffnete.

»Welcher Stock?«, fragte Maria, als sie in die Kabine trat, die mit dem blauen Teppich und den Spiegelwänden genauso nobel eingerichtet war wie alles andere hier.

»Es gibt nur eine Möglichkeit«, sagte Gajra und zeigte auf den Knopf in der Konsole. Darauf stand »95«. Die Tür schloss sich vor Gajras Lächeln, und Maria nahm einen tiefen Atemzug. Auf der Konsole gab es nicht einmal Knöpfe zum Öffnen und Schließen der Tür und auch keine Notrufverbindung, also musste sie der hoch entwickelten Konstruktion vertrauen. Sie drückte auf »95« und machte sich auf eine Fahrt mit knackenden Ohren gefasst.

Nach zwei Stockwerken verschwand die schwarze Wand, und sie sah, dass der Lift aus Glas bestand. Er war nur auf drei Seiten verspiegelt und auf der vierten offen. Sie stieg mit dem seltsamen Gefühl in die Höhe, dass sich die Stadt von ihr fortbewegte und nicht andersherum.

Sie schloss die Augen, um das Schwindelgefühl zu unterdrücken. Abgesehen von Flugzeugreisen hatte sie sich noch nie in solcher Höhe aufgehalten. Sie wandte sich der Tür zu und atmete noch einmal tief durch. *Du schaffst das.*

Die Tür öffnete sich zu einem Penthouse, das jeder Logik widersprach. Es sah mehr nach einem Museum aus, voller kostbarer Gemälde, Statuen und mit Fußböden aus Marmor, aber ohne jeden Zusammenhang. Schnabeltassen und Spielzeugautos standen auf Tischen, und ein angebissener Energieriegel lag auf dem Boden. Maria war überrascht, denn Klone waren auf genetischer Ebene sterilisiert, und die meisten waren völlig glücklich damit. Schließlich war das Klonen an sich eine sehr egoistische Angelegenheit, wenn man sein

Vermögen an seine nächste Inkarnation vererbte. Aber es konnten auch Stiefkinder sein, die Kinder eines Verwandten oder Pflege- oder Adoptivkinder. Dann erinnerte sie sich daran, gehört zu haben, dass Sallies menschlicher Partner Kinder hatte.

Ein kleiner grauer Shih Tzu kam durch einen Gang herangesaust und kläffte sie an. Sie stieß den fallen gelassenen Energieriegel in seine Richtung, um ihn abzulenken. Er schlug die Zähne hinein und zerrte ihn knurrend davon.

»Zumindest können Sie mit Titan umgehen, das muss man Ihnen lassen«, sagte eine Stimme hinter ihr.

Sallie Mignon war klein und gedrungen, ihre Haut hatte einen warmen Braunton, und ihr hellbraunes Haar umgab ihren Kopf wie ein Heiligenschein. Sie sah ganz und gar nicht wie eine der rücksichtslosesten Geschäftsfrauen der Welt aus, die im Alleingang AT&Veriz ruiniert hatte, weil ihr Konkurrent Ben Seims zum Geschäftsführer der Firma ernannt worden war. Sobald das Unternehmen bankrott war, kaufte sie es auf und feuerte ihn. Die Frau hatte ihre Milliarden mit vertikalen Immobilien gemacht, indem sie gewaltige Hochhäuser finanzierte, angeblich sogar einen Teil der Luna-Kuppel, wie manche behaupteten. Über sie grassierten wilde Gerüchte, die hinter verschlossenen Türen und in den Boulevardmedien weitererzählt wurden. Sie war einer der ersten Klone gewesen, sie war der allererste Klon, sie hat den ersten Klon ermordet, sie wollte ihren Einfluss für eine Gesetzesänderung nutzen, damit Klone einen vorherigen Posten behalten konnten, sie steuerte den Präsidenten längst wie eine Marionette. Sie hatte eine Armee von Spionen, die sie in die Belegschaft jedes Konkurrenten eingeschleust hatte, bis in den Vorstand. Sie machte ein Vermögen, indem sie einfach nur im richtigen Moment Anteile verkaufte, und ihr konnte nie Insiderhandel nachgewiesen werden. Sie hatte einen drohenden Krieg zwischen Russland und Australien verhindert, weil ihr Kumpel vom College auf Guam lebte und nicht darin verwickelt werden wollte. Sie hatte versucht, den Krieg anzuzetteln, weil ein Ex-Lover auf Guam lebte, und sie wollte, dass er darin verwickelt wurde.

Zahllose Gerüchte, aber alle waren sich darin einig, dass Sallie Mignon irgendetwas mit Guam zu tun gehabt hatte. Und der Krieg hatte nicht stattgefunden, zur großen Erleichterung der ganzen Welt.

Nun trug sie ein fleckiges Sweatshirt und Jeans aus Seide und Denim.

Sie streckte ihre Hand aus, und Maria schüttelte sie. Sie ging an ihr vorbei und gab ihr ein Zeichen, dass sie ihr folgen sollte, während sie beiläufig das gelbe Garn entfernte, das um eine Statue im Foyer gewickelt worden war.

»Ich habe einen Programmierjob zu vergeben«, sagte Sallie, als sie Maria in die Küche führte. Es war die Art von hochmoderner Hochglanz-Küche, wie sie in Einrichtungsmagazinen vorgestellt wurden, nur dass sie tatsächlich bewohnt aussah, mit schmutzigem Geschirr in der Spüle, einer Einkaufstasche aus Leinen, die man in eine Ecke geworfen hatte, und einem Philodendron, der dringend gewässert werden musste.

»Ich, äh, Ma'am, ich bin keine Programmiererin«, sagte Maria aus Gewohnheit.

Sallie warf ihr einen Blick über die Schulter zu. »Ja, ich kenne den Jargon. Aber hier können Sie sich sicher fühlen. Ich habe sogar meiner Hausangestellten gesagt, dass sie heute nicht kommen soll«, erklärte sie und zeigte auf das schmutzige Geschirr. »Das Kindermädchen ist mit den Kindern in ein Kino im fünfundvierzigsten Stock gegangen. Zusammengefasst: Lassen Sie den Blödsinn und vergeuden Sie nicht meine Zeit. Sie sind Programmiererin. Und ich habe einen Programmierjob.«

»Also gut. Was für eine Art von Programmierung brauchen Sie?«, fragte Maria. Es fühlte sich seltsam an, das verbotene Wort in den Mund zu nehmen.

Obwohl es noch ein paar Monate bis zum Weltgipfel waren, auf dem die Klongesetze verabschiedet werden sollten, hatten die USA und Kuba bereits nationale Gesetze erlassen, die bestimmten, was an der Mindmap eines Klons verändert werden durfte. Alle gingen davon aus, dass der Rest der Welt dem nordamerikanischen Beispiel folgen würde.

Um es ganz klar zu sagen: Maria war derzeit arbeitslos. Überall wurden talentierte Programmierer gefeuert und gesellschaftlich geächtet. Die meisten gingen noch einmal zur Schule, um etwas anderes zu lernen, aber einige machten hartnäckig weiter, wenn auch im Untergrund.

Zugegebenermaßen hatten die Hacker nach den Badewannen-Babys und anderen illegalen und unethischen Aktionen ihren guten Ruf verloren. Als diese Dinge ans Licht kamen, gingen die Demonstrationen gegen das Klonen los, und es wurde gefährlich.

Maria hatte jahrelang daran gearbeitet, die Kunst der Mindmap-Manipulation zu vervollkommnen. Bislang hatte sie sich nicht einmal einen Ladendiebstahl zuschulden kommen lassen, doch nun hatte sie viel größere Verbrechen begangen. Und nun war die mächtigste Person des Landes an ihren Diensten interessiert.

»Ich lehne den Mord an Unschuldigen ab, ich werde mich nicht an der Erschaffung eines Übermenschen beteiligen, und mein Honorar ist nicht verhandelbar«, sagte Maria, setzte sich an den Küchentisch und schlug die Beine übereinander. Sie fühle sich wohler, wenn sie über ihr Metier sprechen konnten, statt sich von einer mächtigen Person einschüchtern zu lassen.

Sallie schüttelte den Kopf und setzte sich Maria gegenüber an den Tisch. »So etwas werde ich nicht von Ihnen verlangen.« Sie deutete mit einer Kopfbewegung auf eine verschlossene Tür in der Rückwand. »Ich möchte wissen, ob Sie meinen Lebenspartner Jerome hacken würden. Es ist sein erstes Leben. Er wird demnächst geklont, aber er hat MS. Sein Bruder, sein Vater, seine Großmutter – alle haben es. Er liegt im Sterben. Wenn ich ihn so klonen lasse, wie er ist, steht uns in jedem Leben viel Schmerz und ein langsames Dahinsiechen bevor. Und wir wissen nicht, wie lange er leben wird. Jetzt möchte er Selbstmord begehen, aber das kann ich nicht zulassen. Ich kann es einfach nicht.«

»MS eliminieren? Das ist alles? Das kann ich machen.« Sie hatte schon Schlimmeres für weniger Geld getan. Am Tag nachdem sie die DNS eines kleinen Mädchens manipuliert hatte, damit diese blaue Augen und ein hübscheres Gesicht bekam, während sie gleichzeitig die Mutation behob, die Zerebralparese auslöste, hatte sie sich bis zur Besinnungslosigkeit betrunken. Sie hatte sich gesagt, dass sie nichts mit Kindermord zu tun hatte, weil die Eltern dieses Verbrechen auf dem Gewissen hatten, aber ihre Hände fühlten sich trotzdem schmutzig an.

Sie griff in eine Innentasche ihrer Jacke, um ihre Bedingungen zu präsentieren, und schob das Tablet über den Tisch; die Datei mit den Informationen war bereits geöffnet. »Der Preis. Was ich tun und nicht tun werde. Die Risiken, wenn man an der DNS-Matrix einer Person herumspielt. Und die juristischen Folgen, falls wir erwischt werden.«

Sallies Blick überflog den Bildschirm mit der geübten Leichtigkeit von jemandem, der in einem Vertrag nach Haken suchte. »Ich übernehme alle Kosten für Sie, falls Sie erwischt werden. Nette Geste.«

Maria zuckte mit den Schultern. »Selbsterhaltung ist ein Anzeichen für intelligentes Leben«, sagte sie.

Sallie drückte den Daumen auf den Sensor des Tablets und unterschrieb damit das Dokument. Ohne aufzublicken, sagte sie: »Wenn Sie irgendetwas Illegales tun, ist dieser Vertrag doch ohnehin irrelevant, oder?«

»Ich behalte gern den Überblick über meine Klienten und möchte sie daran erinnern können, was wir vereinbart haben«, sagte Maria. Sie reichte Sallie einen leeren Datenspeicher. »Kopieren Sie seine Mindmap hierauf. Ich nehme sie mit nach Hause und kümmere mich um alles. Morgen gebe ich sie Ihnen zurück.«

»Sie könnten die Programmierung hier vornehmen. Bitte«, sagte Sallie. Ihre stahlharte Stimme stand in einem seltsamen Kontrast zur Höflichkeit ihrer Worte. »Es gehört nicht zu meinen Gewohnheiten, die Mindmap meines Partners aus dem Haus zu geben – und erst recht nicht aus meinem Land.«

Maria seufzte. »Und es gehört nicht zu meinen Gewohnheiten, das Netzwerk einer anderen Person für meine Art von Arbeit zu benutzen. Die höchst illegal ist, wie Sie selbst gesagt haben. Ich kenne die Sicherheit meines eigenen Systems, aber Ihre kenne ich nicht.«

»Ist das ein Ausschlusskriterium?«, fragte sie und blickte Maria in die Augen. »Sie würden mehrere Millionen Yuan in den Wind schlagen.«

Marias Investitionen in ihren ersten Jahrzehnten als Klon waren nicht gut gelaufen, und sie war nicht so vermögend, wie sie es gern wäre. Aber es gab zu viele Fallen, Spürprogramme und Spinnen, die ihre Arbeit zurückverfolgen konnten, wenn sie keine hundertprozentige Sicherheit hatte, und es konnte ihr rechtlich und professionell Schaden zufügen, wenn ihr selbstentwickeltes Programm geknackt wurde.

Sie biss sich auf die Lippe, dann nickte sie. »Ja. Es ist viel zu riskant.« Sie stand auf. »Es tut mir leid, Ihre Zeit vergeudet zu haben, Ms. Mignon. Es war mir ein Vergnügen, Sie kennengelernt zu haben.« Sie hielt ihr die Hand hin.

Sallie starrte auf die Hand, dann lachte sie. »Endlich jemand mit Rückgrat! Gut. Sie können Ihr eigenes System benutzen.«

Maria stieß einen Seufzer aus. Sie hatte nicht damit gerechnet, dass es ein Test ihrer Standhaftigkeit war.

Sallie nahm sich einen Speicher von der Anrichte in der Küche. »Aber ich werde Sie begleiten.«

Ein Anruf bei Jeromes Betreuer, ein Anruf bei einem privaten Stallmeister, der Sallies Flotte aus selbstfahrenden Autos verwaltete, ein Anruf beim Flughafen, und nachdem Sallie sich eine Lederjacke über das schmutzige Sweatshirt gezogen hatte, glitten Maria und Sallie durch den New Yorker Verkehr zum JFK.

»Wollen Sie sich gar nicht von Ihren Kindern verabschieden?«, fragte Maria.

»Ich hatte eine vage Ahnung, dass ich heute eine Reise unternehmen werde, also wissen sie bereits Bescheid.«

»Woher wussten Sie, dass Sie mich begleiten würden?«

»Ich habe mich über Sie informiert, Maria. Ich neige nicht dazu, Idioten anzuheuern. Ich wusste, dass sie niemals mit meinem Netzwerk arbeiten würden.«

Sie passierten den flüchtigen Sicherheitscheck für die sehr Mächtigen, dann saßen sie in der ersten Klasse.

»Warum haben Sie Jerome nicht zu unserem Treffen mitgebracht, wenn Sie wussten, dass Sie nach Florida fliegen würden?«, fragte Maria.

»Weil ich Sie zuerst kennenlernen wollte«, sagte Sallie. »So wäre es leichter, falls ich mich in Ihnen getäuscht hätte.«

»Ich bin überrascht, dass Sie keinen eigenen Jet haben. Haben nicht alle in Firetown einen?«

»Ich fliege nicht gern. Ich sehe keinen Sinn darin, mehr Geld fürs Fliegen auszugeben als nötig.« Sallie nahm beide Mimosas entgegen, die ihnen vom Flugbegleiter angeboten wurden. Sie kippte einen hinunter und hielt den anderen in der Hand, ohne ihn an Maria weiterzureichen.

Maria überlegte, ob sie ihr Apartment an diesem Morgen in ordentlichem Zustand verlassen hatte.

»Leben Sie gern in Florida?«, fragte Sallie und gab dem Flugbegleiter ein Handzeichen. »Bitte zwei weitere Mimosas für meine Freundin.«

»Ja, Ms. Mignon«, sagte er achtungsvoll.

»Es ist ganz nett dort«, antwortete Maria. »Es liegt nahe genug bei Kuba, um problemlos Besuche machen zu können, ist aber weit genug weg, sodass mir meine Familie nicht auf die Nerven geht.«

Sallie lachte. »Sie haben immer noch Familie?«

»Klar, wir alle. Ich hatte nie Kinder, aber gelegentlich tritt jemand aus dem Kreis meiner Ururgroßneffen oder -nichten an mich heran und bittet mich um einen Gefallen.«

»Parasiten«, sagte Sallie.

Maria schüttelte den Kopf. »Familie. Normalerweise ist es für mich kein Problem, ihnen auszuhelfen.«

»Sie sind sehr großzügig«, sagte Sallie. »Ich wäre nicht so leicht rumzukriegen. Dadurch lernen sie gar nichts.«

»Warum müssen sie irgendetwas von mir lernen?«, fragte Maria. »Müssen sie bei jeder Begegnung irgendwas lernen?«

Sie nahm die Mimosas entgegen und trank den ersten

schnell aus, um sich dann am zweiten festzuhalten. Der Flugbegleiter kehrte zurück, um ihre leeren Gläser einzusammeln, und während der Sicherheitsinformationen saßen sie schweigend nebeneinander. Sallie beobachtete den Flugbegleiter, Maria beobachtete Sallie und war erstaunt, dass sich jemand so sehr auf die so oft wiederholten Informationen konzentrieren konnte.

Das Flugzeug schüttelte sich leicht, als es in die Luft aufstieg. Sallie hielt den Blick auf den Sitz vor sich gerichtet. »Menschen sind wie Hunde«, sagte sie, als wäre ihr Gespräch nicht unterbrochen worden. »In jedem Moment lernen sie irgendetwas. Sie winseln an der Tür, man lässt sie nach draußen, weil das Winseln einen nervt, und dann lernen sie, dass sich durch Winseln die Tür öffnet. Man gibt ihnen einen Leckerbissen vor dem abendlichen Glas Wein, und der Hund lernt, dass auf das Öffnen der Flasche ein Leckerbissen folgen wird.«

»Und wenn man einem Verwandten Geld gibt, lernen sie dadurch, nicht zu arbeiten? Ist das Ihre generelle Einstellung zu Wohltätigkeit und Geschenken?«, fragte Maria.

»Ich gebe gern Menschen etwas, die es wirklich brauchen, und denen, die es sich verdient haben, aber nicht faulen Personen, die nicht arbeiten wollen. Arbeiten Ihre Verwandten?«

»Mir gefällt die Vorstellung, dass sie keinen Antrag ausfüllen müssen, um ein Geschenk von ihrer Tante zu bekommen«, sagte Maria steif.

»Beruhigen Sie sich, ich will Ihrer Familie nicht die Lollipops wegnehmen«, sagte Sallie und entspannte sich ein wenig. »Ich wollte nur Konversation machen.«

Maria sah sich Sallies Haltung an, die Hände, die flach auf den Knien lagen, ein Paradebeispiel der Entspanntheit. Aber zu perfekt. »Sallie, warum waren Sie so wild darauf, mit mir nach Hause zu fliegen, wenn Sie so ungern fliegen?«, fragte sie.

Sallie zuckte zusammen. »Ich wünschte, Sie hätten dieses Thema nicht angesprochen«, sagte sie.

»Dann antworten Sie in so wenigen Worten wie möglich«, schlug Maria vor.

»Ich mag es nicht. Aber aus geschäftlichen Gründen muss ich es tun. Die ganze Zeit. Man kann keine Gebäude in Panpazifika besitzen, ohne jemals persönlich dort vorbeizuschauen. Das wäre eine schlechte Investition.«

»Also sind Sie wie jemand, der Angst vor Nadeln hat und immer wieder Allergiespritzen oder etwas in der Art braucht?«, fragte Maria.

»So in etwa«, sagte Sallie. »Könnten wir uns wieder über Ihre arbeitsfaule Familie streiten?«

»Es ist ein kurzer Flug, also machen Sie sich keine Sorgen.«

»Das ist nur, weil wir so verdammt schnell sind«, sagte Sallie. »Früher haben Flüge länger gedauert, aber sie waren ruhiger und sicherer.«

»Ich vermute, wenn Sie mit achthundert Stundenkilometern auf den Boden knallen, sind Sie genauso tot wie mit zweitausend Stundenkilometern.«

Sallie knirschte mit den Zähnen. »Das ist nicht gerade hilfreich.«

Während des restlichen Fluges sprachen sie über Sallies Kinder und Marias Nichten und Neffen, und nachdem sie in Miami gelandet waren, wirkte Sallies Haltung schon fast wieder menschlich.

Maria wohnte in einem heruntergekommenen Apartmentgebäude im Süden von Miami – ein Viertel, das nicht als eins der besten galt. Sie kamen an ein paar sehr alten Autos vorbei, die noch Fahrer benötigten und verrostet und ramponiert waren. Automechaniker machten gute Geschäfte, wenn sie solche Oldtimer am Laufen hielten, seit selbstfahrende Autos zur Norm geworden waren. Die einzigen Leute, die jetzt noch Autos fuhren, waren Reiche, die die Freiheit und das Ungewöhnliche genossen, und Arme, die es sich nicht leisten konnten, auf modernere Technik umzusteigen.

Maria war Sallie dankbar, dass sie nichts über ihr Fahrtziel sagte, aber dann wurde ihr bewusst, dass sie wahrscheinlich bestens über ihre Lebenssituation informiert war, wenn sie Nachforschungen über sie angestellt hatte. Als sie Marias Wohnung im zweiten Stock erreichten, zog Maria ihre Schlüsselkarte, steckte sie ein und nahm eine kleine schwarze Box aus ihrer Handtasche. Sie richtete sie auf die Tür, und Laserstrahlen ließen eine Zifferntastatur erscheinen. Sie tippte einen siebenstelligen Kode ein, und der Laser erlosch. Die Tür sprang auf.

Sallie zog eine Augenbraue hoch. »Sie haben keinen Unsinn über Ihre Sicherheitsvorkehrungen erzählt.«

Maria grinste. »Das ist nur der Anfang.«

Sie öffnete die Tür und ließ Sallie eintreten. Auf den dunkelbraunen Böden lagen hier und dort weiße, flauschige Läufer. Die Möbel ihres Wohnzimmers waren allesamt mit schwarzem Leder überzogen und auf eine Wand ausgerichtet, die mit einem dekorativen Gaskamin ausgestattet war. Von der Decke hing ein quadratischer Projektor, der dazu diente, Videos auf eine weiße Wand zu projizieren. Kunstwerke von vielen modernen Surrealisten waren über die Wände verteilt, einschließlich eines beeindruckenden »Stücks« in Rot- und Violetttönen.

Sallie zeigte darauf. »Ist das ein Fogarty?«, fragte sie. »Direkt auf Ihre Wand gemalt?«

»Ja«, sagte Maria, die ins Schlafzimmer ging, um ihren Geschäftsanzug loszuwerden. »Er ist ein Freund von mir.«

»Haben Sie ihn für das Gemälde bezahlt?«, rief Sallie aus dem Wohnzimmer.

Maria legte ihren Anzug auf das ungemachte Bett und nahm sich eine Jeans und ein T-Shirt aus einer Schublade. »Nicht ganz. Ich hatte eine Party gegeben, und er war sturzbetrunken und erklärte mir seine Liebe. Also machte er sich über meine Wand her. Zuerst war ich wütend, aber dann wurde mir klar, dass ich wahrscheinlich die teuerste Wand von ganz Miami in meiner Wohnung hatte. Also beschloss ich, dass ich damit leben kann.«

Es klang, als wäre Sallie zu einem anderen Gemälde weitergegangen. »Van Gogh hätte einiges von ihm lernen können. Hatten Sie was mit ihm?«

»Nur kurz«, sagte Maria. »Irgendwie sprang der Funke nicht richtig über. Aber er konnte verdammt gut malen.«

»Ich hatte überlegt, ein Förderprogramm zur Finanzierung des Klonens von Künstlern ins Leben zu rufen«, sagte Sallie. »Wir hätten sie unterstützt und geklont, damit sie weiter künstlerisch tätig sein können. Aber Jerome sagte, es würde sehr nach einer Vertragsknechtschaft klingen.« Sie verzog das Gesicht.

»Es klingt tatsächlich so, wenn eine Fortsetzung der künstlerischen Tätigkeit die Bedingung ist. Und wenn die Leute damit aufhören, würden sie sie nicht mehr klonen.«

»So klingt es wirklich etwas extrem. Wie wollen Sie einen Künstler von seiner Arbeit abhalten? Ich habe andere Möglichkeiten gefunden, mein Geld anzulegen.«

Maria hatte sich umgezogen und verließ das Schlafzimmer. Sie sah Sallie vor einem anderen Fogarty-Original, ausnahmsweise auf einer richtigen Leinwand. Sallie zeigte zurück auf das Wandgemälde. »Ist das der Grund, warum Sie nie ausgezogen sind?«

»Es ist ein Grund«, sagte sie. »Andere sind, dass ich angefangen habe, die Wohnung aufzuhübschen, als ich mehr Geld verdient habe. Und wenn ich umziehe, müsste ich in einem neuen Apartment alles noch einmal machen. Also bin ich einfach geblieben. Außerdem macht es mich weniger interessant für Einbrecher, solange ich unauffällig bleibe.«

»Und die Leute kommen nicht darauf, dass Sie eine wohlhabende Hackerin sein könnten«, fügte Sallie hinzu.

Maria grinste. »Das auch.« Sie streckte die Hand aus. »Jetzt lassen Sie mich einen Blick auf diese DNS-Matrix werfen.«

Nachdem sie zwei Stunden lang den Kode analysiert hatte, der Jeromes Mindmap ausmachte, konnte Maria die genetische Anomalie identifizieren, die später im Leben zu MS führte. Sie fügte neuen Kode ein, um die Daten auszukommentieren, und räumte in der Umgebung auf, damit die neue DNS nicht versuchte, sich an einen falschen Strang anzuhängen.

»Warum löschen Sie diese Stelle nicht einfach?«, fragte Sallie.

»Zu gefährlich. Wenn man den Kode auskommentiert, heißt das, dass er immer noch da ist. Wenn ich also irgendetwas vermassle, kann ich immer noch den alten Kode reaktivieren.«

»Also machen Sie keine Back-ups?«

Maria hielt den Blick auf den Bildschirm gerichtet. »Nein, Back-ups von anderen Leuten zum persönlichen Gebrauch sind unethisch. Meine Klienten bekommen alle Daten zurück, die sie mir gegeben haben.«

Sie bot Sallie ein Getränk an, während sie eine Pause

machte, und rieb sich die Augen, während der Kaffee durchlief.

»Danke, dass Sie das für uns tun«, sagte Sallie. Ihre Augen wirkten müde und groß. »Sie sind wirklich so gut, wie die Leute sagen.«

»Danke«, sagte Maria und holte Tassen für sie.

»Ich bin neugierig«, sagte Sallie. »Wenn Sie schon mal dabei sind, könnten Sie auch noch ein paar andere Sachen ändern?«

»Kommt darauf an, was, aber grundsätzlich ja.«

»Sorgen Sie dafür, dass er mich mehr liebt. Sorgen Sie dafür, dass er mich nie wieder betrügt. Sorgen Sie dafür, dass er nicht wütend auf mich ist, dass ich ihn geklont habe«, sagte Sallie verbittert.

Maria drehte sich überrascht zu ihr herum, erschrocken über Sallies schmerzhaften Gesichtsausdruck. »Er hat sich nicht mit dem Klonen einverstanden erklärt?«

»Noch nicht. Er wird bald sterben, und er macht sich Sorgen, dass wir Probleme bekommen, wenn er wieder fünfundzwanzig ist und ich immer noch wie Mitte fünfzig aussehe. Obwohl ich ihn daran erinnert habe, dass ich auch jetzt viel älter bin als er. Er versteht es nicht.«

Maria schüttelte den Kopf. »Die meisten verstehen es nicht, bis sie geklont wurden.« Sie hielt inne und kaute auf ihrer Unterlippe. »Meinen Sie das ernst mit diesen Änderungen?«

Sallie erwachte für einen Moment aus ihrem Kummer und rieb sich die Augen. »Glauben Sie, dass Sie etwas so Verzwicktes machen können? Ich habe nicht erwartet, dass es tatsächlich machbar ist.«

Maria zuckte unbehaglich mit den Schultern. »Nur sehr wenige Leute können so etwas machen. Aber es ist das, worin ich am besten bin. Deshalb arbeite ich immer noch im Untergrund. Ich kann eine Menge von dem machen, was Sie sich wünschen. Nicht alles. Allerdings ist jeder Hack an der Persönlichkeit sehr gefährlich. Die MS aus einer Matrix zu eliminieren war einfach. Wenn ich am Selbstempfinden einer Person und an ihren Emotionen herumschraube, ist das wesentlich komplexer. Es ist riskant.«

Sallie starrte die Zahlen auf dem Bildschirm an, die in verschiedenen Farben blinkten, in einer Sprache, mit der Maria sich gut auskannte. Sie nickte, und eine Träne lief ihr über die Wange. »Tun Sie es.«

Maria wandte sich wieder dem Terminal zu und ging erneut die Terabytes an Daten durch, suchte darin nach Liebe, Untreue und der Fähigkeit zur Vergebung. Dann machte sie sich daran, Sallies Partner mit den Änderungen zu programmieren.

In dieser Situation war es nicht ihre Aufgabe, ein Urteil über ihre Klienten zu fällen.

Aber diese verletzliche Version von Sallie mit Tränen in den Augen sah sie nie wieder.

Vor 119 Jahren
1. Oktober 2374

Die Reporterin war jung und weiß und hatte sich die römische Ziffer I auf das Handgelenk tätowieren lassen. Das war die neueste Mode, mit der Menschen durch ein Tattoo zeigen wollten, dass sie am Anfang einer langen Reihe standen, wenn sie sich nach ihrem Tod klonen ließen. Das war so, als würde man irgendein Ereignis bereits als ersten Jahrestag feiern. Ein erstes Mal macht wenig Sinn, bevor es ein zweites Mal gibt.

Maria hatte gar nicht zu diesem Treffen kommen wollen. Aber sie stand bereits seit hundert Jahren in Sallie Mignons Diensten und hatte ein beträchtliches Vermögen angehäuft. Also tat sie, worum Sallie sie bat.

Die Reporterin hatte auch Tattoos im Gesicht, ein weiterer Luxus des ungeklonten Lebensstils. Sie hatte einen Stern auf der linken Wange und ein paar weitere auf der kahl geschorenen Hälfte ihres Schädels. Auf der rechten Seite wuchs langes, glattes blaues Haar.

Sie hatte unverfroren über beide Seiten der Klonaufstände geschrieben, sich mit der Ausgewogenheit ihrer Berichte gebrüstet, aber nicht gezögert, ein paar schmutzige Dinge aus der Vergangenheit einiger prominenter Klone auszugraben. Sie war lästig, aber sie war genauso gut im Recherchieren wie Maria bei der Analyse eines Mindmap-Kodes. Sallie hatte sie auf ihre Gehaltsliste gesetzt, weil sie ihren Mumm bewunderte.

Ihr Name war Martini, und das trank sie auch, mit dem besten Wodka, den Sallie auftreiben konnte. Nachdem die Drinks gekommen waren (Whisky für Sallie und Maria), lächelte Sallie freundlich. Sie zog ihr Tablet hervor und rief die Titelseite der *New York Times* auf. TERRORISTISCHE KLONAUFSTÄNDE ERSCHÜTTERN DIE WELT – AUF LUNA DUTZENDE VERLETZTE NACH EINEM SABOTAGEANSCHLAG AUF DAS NEUE GENERATIONENRAUMSCHIFF *DORMIRE*: START MÖGLICHERWEISE UM JAHRE VERZÖGERT wurde hinausposaunt, zusammen mit einem Foto von Luna, das außerhalb der Kuppel aufgenommen worden war. Auf der anderen Seite war jemand brutal ermordet worden, so nahe dran, dass Blut auf die synthetische Diamantstruktur gespritzt war.

Irgendein Journalist, der scharf auf den Pulitzer-Preis war, hatte sich in einem Druckanzug nach draußen gewagt, nur um dieses Foto zu schießen.

»Was ist hier schiefgelaufen?«, wollte Sallie von Martini wissen.

Martini zuckte mit den Schultern. »Den Klonen gefällt es nicht, dass Menschen den neuen Planeten kolonisieren sollen. Sie haben randaliert und versucht, das Schiff zu zerstören. Haben Sie die Berichte nicht gelesen?«

Maria verbarg ihre Grimasse hinter ihrem Glas. Diese Frau stand noch nicht lange genug in Sallies Diensten, um zu wissen, was sie sagen konnte und – wesentlich wichtiger – was sie nicht sagen sollte.

»Ich meine, ich habe keine Kontrolle über die Nachrichten«, fuhr Martini fort. »Wie kommen die Klone darauf, so etwas durchzuziehen und anschließend immer noch als die Guten dazustehen?«

»Ich *bezahle Sie* dafür, die Nachrichten unter Kontrolle zu halten«, sagte Sallie. »Wie sie das machen, ist mir egal. Aber Sie erzählen die Geschichte, von denen die Klone im großen Rahmen profitieren und ich im kleinen Rahmen. Es gibt Zehntausende Klone, von denen sich viele an die von Menschen gemachten Gesetze halten. Und wir haben daran gearbeitet, einen Server an Bord dieses Schiffs zu bringen, damit auch Klone nach Artemis reisen können. Und trotzdem etikettiert Ihre Zeitung uns als terroristisch.«

»Aber …«, sagte Martini, doch Sallie hatte sich in Rage geredet.

»In jeder Gruppe auf dem Planeten gibt es extremistische Individuen. Gläubige Anhänger, von Christen bis zu Muslimen, die im Namen Gottes töten, bis hin zu Leuten, die einen Teufelskreis des Kindesmissbrauchs durch Eltern in Gang halten. Und wissen Sie, ab welchem Punkt sie als Terroristen bezeichnet werden?«

»Wenn die Regierung …«, setzte Martini an.

»Wenn die Medien darüber berichten. Die Nachrichten können aus einem verhungernden Flüchtling einen gefährlichen Einwanderer machen. Einer meiner schwarzen Vorfahren wurde nach einer Flutkatastrophe mit einer Packung Windeln auf dem Kopf fotografiert. In der Bildunterschrift war er ein ›Plünderer‹. Ein Weißer wurde genauso fotografiert. Er wurde als ›Überlebender‹ bezeichnet. Als Sie zu mir kamen und mich nach einem Job fragten, dachte ich, Sie würden sich mit der Macht der Nachrichten auskennen. Aber dann lassen Sie zu, dass so etwas« – sie schlug mit der Hand auf das Tablet und zerbrach den Bildschirm – »gedruckt wird.«

»Ich habe es nicht geschrieben«, kiekste Martini, die endlich verstanden hatte, wie wütend ihre Auftraggeberin war.

»Dann überarbeiten Sie es, bevor es online geht. Es ist Ihre Aufgabe, die Nachrichten zu kontrollieren, Sie müssen die Klone nicht in strahlend hellem Licht darstellen. Wissen Sie, was passiert ist, nachdem diese Story rauskam?«

Martini schüttelte den Kopf. Maria nahm behutsam das Tablet an sich, auf dem sich der gesplitterte Bildschirm wie ein Spinnennetz über die schlimme Schlagzeile legte, und schob es in ihre Handtasche.

»Jetzt wird man den Klonserver im Schiff nicht mehr genehmigen. Nun werden sie nur noch Menschen zulassen. Ich habe Milliarden in dieses Projekt investiert, damit ich auf einem anderen Planeten weiterleben kann, Martini, und Sie haben das alles mit einer Story ruiniert.«

»Es war die Sabotage der Klone, die es ruiniert hat!«, sagte sie. »Es war nicht meine Schuld.«

»Ich habe Sie für einen Job angestellt. Sie haben Ihren Job nicht gemacht. Also werden wir jetzt Folgendes tun: Ihr Wunsch, sich in meinem Privatlabor klonen zu lassen, wird erfüllt. Aber Maria wird sich Ihre Mindmap vornehmen und dafür sorgen, dass Sie in Zukunft keine solchen schlechten Entscheidungen mehr treffen.«

Maria wurde es eiskalt. *Deshalb bin ich also bei diesem Treffen dabei.*

Martini schüttelte den Kopf, und ihre Augen füllten sich mit Tränen. »Nein, bitte, machen Sie nichts mit meinem Kopf. Ich werde beim nächsten Mal bessere Ergebnisse liefern. Ich werde sie dazu bringen, es zurückzuziehen. Ich werde sie dazu bringen, den Server an Bord zu nehmen!«

»Wie?«, fragte Sallie mit zusammengekniffenen Augen.

Martini und sie entwickelten einen Plan. Nach der Drohung einer Manipulation ihrer Mindmap hatte Martini plötzlich viele Ideen, wie sich die Situation vielleicht in Ordnung bringen ließ.

Maria bestellte per Handzeichen eine weitere Runde Drinks, im Versuch, die Panik zu dämpfen. Ein Kellner bediente sie, und Maria wurde bewusst, dass das gesamte Personal in der fast leeren Bar sie geflissentlich ignorierte.

Sallie wusste, wie man Leute schmiert, so viel stand fest.

Später an diesem Abend, auf dem Rücksitz der Limousine, während sie nach Firetown zurückfuhren, wollte Sallie von Maria wissen, warum sie so still war.

»Sie haben ihr gedroht. Auf die denkbar unethischste Weise.«

Sallie schnaufte. »Jetzt ist es etwas spät, sich wegen ethischer Prinzipien Sorgen zu machen. Was haben Sie in den vergangenen hundert Jahren getan?«

»Sie kennen meine Bedingungen. Es gibt Linien, die ich niemals überschreiten würde.«

»Ich dachte, wir wären inzwischen zu einem gegenseitigen Einverständnis gelangt«, sagte Sallie kalt.

»Ich ebenfalls«, sagte Maria.

»Außerdem müssen wir es gar nicht tun«, sagte Sallie. »Wir haben sie wieder auf unseren Kurs gebracht.«

»Ich bin kein Skalpell, mit dem Sie herumfuchteln können, um Leuten zu drohen«, sagte Maria. »Ich werde meine Stellung kündigen müssen.«

Sallie betrachtete die Stadt durch das Fenster. Ihr Gesicht war eine Maske.

»Also gut. Ich wünsche Ihnen viel Glück.«

Sie hat mir nicht mehr Geld geboten. Sie hat mir nicht gedroht. Sie würde mich niemals einfach so gehen lassen.

Maria konzentrierte sich auf das Fenster auf ihrer Seite, während sie sich fragte, was Sallie wirklich denken mochte. Ihr Verzicht auf Widerstand war das Unheimlichste an der Sache.

Zwei Tage nachdem sie ihre Arbeit für Sallie beendet hatte, wurde sie wegen illegalen Hackings verhaftet.

Jahrzehnte später, als ihr wegen guter Führung ein Posten als Besatzungsmitglied der *Dormire* angeboten wurde, dachte sie, dass ihr nun eine Entschädigung zustand, und sie nahm das Angebot an.

So viel Blut in ihm

Wolfgang und Katrina standen vor dem Garten. Wolfgang erinnerte sich, wie er sich den Bauplan des Schiffes angesehen hatte und davon beeindruckt gewesen war. Der Garten war sehr wichtig für ihr psychisches Wohlergehen, für das Wasserrecycling und gelegentlich vielleicht sogar für etwas frisches Obst. Für ihn wäre es ein Ort, an dem er nicht laufen und Sport treiben wollte, wenn er die Schwerkraft und die Tatsache bedachte, dass ihm schon jetzt schwindlig war.

Jetzt war es einfach nur der Ort, an dem Hiro sich versteckt hatte.

»Irgendeine Ahnung, wo er stecken könnte, IAN?«, fragte er in das Mikrofon seines Tablets.

»Er ist nicht mehr auf dieser Ebene«, antwortete IAN. »Ich habe ihn im Obstgarten verloren, aber meine Sensoren haben die Öffnung eines Schotts auf der anderen Seite des Sees registriert. Er ist jetzt auf einem tieferen Deck.«

Wolfgang fluchte. Hiro wusste, dass es schwieriger sein würde, die unteren Decks zu durchsuchen. In den Frachträumen gab es für ihn zahllose Versteckmöglichkeiten.

»Warum hast du uns das nicht vorher gesagt?«, wollte Katrina wissen.

»Weil es in dem Moment geschah, als ihr in den Garten kamt. Ihr hättet ihn sowieso nicht erwischen können«, sagte IAN.

Katrina war stehen geblieben, um einen Werkzeugschrank neben der Tür zu öffnen, die in den Wohnbereich des Schiffs führte. Laut Schild an der Tür gab es hier Gartenwerkzeug, für den Fall, dass die Klone das Bedürfnis nach Natur verspürten.

Sie kramte in Kisten, warf Schaufeln und dicke Handschuhe zur Seite.

»Was tun Sie da?«, fragte Wolfgang, während er einer Hacke auswich.

»Das ist einer der wenigen Schränke, die ich noch nicht überprüft habe«, sagte sie. »Ich hatte um eine komplette Ausstattung gebeten. Man hat mir keine Waffen zur Verfügung gestellt.«

Wolfgang hob eine Schaufel auf. »Es ist möglich, dass die Sponsoren dachten, wir würden nicht allzu viele Waffen brauchen.«

»Selbst wenn wir vierhundert Jahre lang glücklich und friedlich unterwegs sind, wissen wir nicht, was uns auf dem neuen Planeten erwartet. Was machen wir, wenn es dort Lebensformen gibt, von denen wir nichts ahnen, und wir nicht mehr als Schaufeln haben?«, fragte Katrina.

»Wir müssen Hiro finden«, sagte Wolfgang. »Konzentrieren Sie sich auf unsere aktuellen Probleme, Kapitänin.«

Katrina schob weiter Kisten hin und her. Wolfgang rief auf seinem Tablet das Frachtverzeichnis des Schiffs auf und blätterte in den Dokumenten.

»Wie es aussieht, haben wir tatsächlich Waffen, damit wir uns auf dem Planeten schützen können. Allerdings sind sie sicher im Frachtraum verstaut.« Wolfgang hob den Kopf. »Im Frachtraum. Wohin unser Mörder vermutlich unterwegs ist.«

»Ja«, sagte sie und hob die Hacke auf. »Gehen wir.«

Die Leiter zu den unteren Ebenen war nicht so freundlich wie die Leiter zum Garten. Diese war offensichtlich nur für Wartungsarbeiten und Kontrollgänge gedacht und kaum noch zu gebrauchen.

Während Wolfgang und Katrina hinabstiegen, schalteten Bewegungssensoren die Beleuchtung in ihrer Umgebung an, schwache Lampen, die flackerten, als wären sie zum ersten Mal nach sehr langer Zeit wieder in Betrieb.

Sie kamen an anderen Decks vorbei. »Wollen wir auch diese überprüfen?«, fragte Wolfgang am Eingang zur vierten Ebene.

»Inzwischen ist er auf der untersten Ebene«, sagte IAN.

»Wunderbar«, sagte Katrina. »Ich möchte die Waffen sichern, bevor er dort ist. Wenn wir mit Gartenwerkzeugen gegen seine Pistole antreten müssen, wird dies das kürzeste Leben sein, das wir je hatten.«

Wolfgang überlegte, ob er ihr sagen sollte, dass er schon ein noch kürzeres Leben gehabt hatte, doch das führte immer wieder zu unangenehmen Diskussionen.

Sie achteten sorgfältig darauf, ob die bewegungssensitive Beleuchtung irgendwo auf die Anwesenheit einer anderen Person reagierte, aber alles blieb dunkel. Nur auf der untersten Ebene in der Nähe des Frachtraums gingen Lichter an und aus.

»Er ist da unten«, sagte Wolfgang.

»Bleiben Sie wachsam«, sagte Katrina.

Sie war über ihm auf der Leiter, was ihm ermöglichte, das Tempo vorzugeben. Sie waren bereits tief unter der Schwerkraftzone, in der Wolfgang sich wohlfühlte. Als sie dem Außenrumpf des Schiffs immer näher kamen, erhöhte sich die Gravitation auf fast 1,5 g. Auf der Ebene ihres Wohnbereichs war es lediglich die halbe Erdschwerkraft, fast wie auf Luna.

»Wenn man bedenkt, was ein Geschoss in einem Raumschiff anrichten kann, war es wahrscheinlich eine gute Idee, dass sie uns keine Waffen gegeben haben«, sagte Wolfgang, während er vorsichtig eine weitere Sprosse hinunterstieg.

»Nein, darum geht es nicht«, sagte Katrina von oben. »Das Schiff hält den unvermeidlichen Weltraummeteoriten stand, die es treffen, wenn wir mit mehreren Hunderttausend Kilometern pro Stunde unterwegs sind. Eine Kugel hat niemals so viel Durchschlagskraft.«

»Aber unsere Technik ist nicht so kugelsicher«, entgegnete er. »Feuern Sie auf ein Computerterminal, dann werden Sie sehen, wie gut wir weiterfliegen werden. Oder weiteratmen. Oder essen.«

»Wohl wahr«, sagte sie.

Er seufzte, als seine Füße den Boden des Schachts berührten. Katrina trat neben ihn. Er blickte auf. Der Rückweg würde eine sehr lange Kletterpartie werden. Sein Schwindelgefühl verstärkte sich, als sein Herz sich bemühte, Blut in seinen Kopf zu pumpen, was ihn unangenehm langsam machte.

Hiro würde als Erdgeborener gut mit der Schwerkraft zurechtkommen.

Wolfgang ging voraus und öffnete die Tür zum vibrierenden Frachtraum.

Das Erste, was ihm auffiel, war die Proteinmasse, die ihre Nahrungsquelle darstellte und in großen Mengen biolumineszierend schimmerte. Das hatte er nie zuvor bemerkt, aber er hatte auch noch nie mehrere Millionen Liter davon auf einem Haufen gesehen. Die Masse an Bord des Schiffs sollte mehr als genug sein, um die ganze Besatzung mehrere Male neu zu klonen, sie vierhundert Jahre lang zu ernähren und Hunderte ihrer eingelagerten Passagiere zum Leben zu erwecken, sobald sie Artemis erreicht hatten. Lyfe war sehr lange haltbar, wie er es verstanden hatte.

Der Tank bestand aus einem superfesten Kunststoff, der das Lyfe in einer Art Aquarium aufbewahrte, das sich um das gesamte Schiff herumzog. Zum Glück war das Ganze geschlossen, sonst hätte der Verlust der Gravitation hier unten eine Riesensauerei angerichtet.

»Bleiben Sie wachsam«, sagte Katrina und stieß ihn mit dem Ellbogen an.

Die *Dormire* war fünf Kilometer lang und hatte einen Durchmesser von zweieinhalb, wovon dreißig Meter von den fünf Decks beansprucht wurden. Der Rest bestand aus Lagerräumen und Maschinen. Hiro hatte es Wolfgang wie eine gigantische Biskuitrolle aus Metall erklärt. Der Wohnbereich des Zylinders umschloss einen Maschinenraum, sodass der Teil, in dem die Besatzung lebte und arbeitete, die äußeren Decks einnahm. Der Rest des Schiffs bestand aus Servern, der Sauerstoffversorgung, Recyclern, einem wissenschaftlichen Labor mit biologischen Proben von Pflanzen und Tieren und einem Frachtraum, wobei die Biomasse den größten Teil des untersten und größten Decks beanspruchte.

Sie liefen aufmerksam weiter, orientierten sich am riesigen Lyfe-Tank und hielten Ausschau nach Anzeichen, wo Hiro sich aufhalten könnte.

In ihrer unmittelbaren Umgebung reagierten die Bewegungssensoren nur dort, wo sie liefen. Ansonsten herrschte überall Dunkelheit, abgesehen vom leichten Schimmern der Proteinmasse. Ein Stück weiter gingen Lichter flackernd an und schalteten sich nach dreißig Sekunden wieder ab.

»Die Bewegungssensoren machen es praktisch unmöglich, sich hier unten an ihn anzuschleichen«, sagte Wolfgang, der das Lichterspiel in der Ferne beobachtete, als wollte es ihn verhöhnen.

»Wir könnten alle Lichter einschalten. IAN, hast du das gehört?«

»Ja, Kapitänin. Alle Lichter an.«

Kurz darauf schaltete sich die komplette Beleuchtung ein und blendete sie für einen Moment.

»Kannst du ihn sehen, IAN?«, fragte Wolfgang.

»Ja. Er kommt genau auf Sie zu. Von rechts.«

Wolfgangs erster Fehler bestand darin, sofort den Kopf zu drehen, um auf Hiros Angriff vorbereitet zu sein. Der Schwindel übermannte ihn, und er stürzte bereits, als das Stück Holz auf seinen Hinterkopf niederfuhr. Er fiel auf den Brustkorb, und ihm wurde die Luft aus den Lungen getrieben. Er hörte ein Handgemenge über ihm, aber er konnte sich nicht herumrollen, um zu helfen oder es auch nur zu beobachten. Ein dumpfer Schlag ertönte, und Hiro fluchte. Wolfgang wollte bereits innerlich triumphieren, als Katrina neben ihm zu Boden stürzte, mit blutender Stirn.

Wolfgang drehte sich keuchend herum und sah Hiro zum ersten Mal, seit der sogenannte Yadokari ihn übernommen hatte. Er war sofort bereit, Marias Worten zu glauben. Hiros Gesicht zeigte pure Bosheit und Schadenfreude. Er tat es nicht, weil er es tun musste, sondern weil es ihm Spaß machte.

Er hob das Holzstück, das aussah, als wäre es von einer Palette abgerissen worden, über Wolfgangs Kopf, und Wolfgang schaffte es, die Schaufel hochzubringen und die größte Wucht des Schlags zu blockieren. Er konnte nur versuchen, den Angriff abzuwehren, ohne selbst etwas auszurichten. Er musste sich alle Mühe geben, sich nicht vom Schwindel überwältigen zu lassen und sich zu übergeben.

Der primitive Knüppel kam wieder hoch, und dann ertönte eine Explosion gleich neben Wolfgangs Ohr. Er rollte sich herum und drückte die Hand darauf, als wäre seine ganze Welt soeben zu einer Glocke geworden, die ein Elefant angeschlagen hatte.

Hiro wankte lachend davon.

Katrina, der das Blut von ihrer Verletzung übers Gesicht lief, hielt eine kleine Pistole in der rechten Hand. Sie hob sie und feuerte noch einmal, aber Hiro war bereits verschwunden.

Sie ließ die Waffe fallen und presste sich den Ärmel gegen die blutende Stirn.

Ihr Mund bewegte sich, aber außer dem Pfeifen in seinen Ohren konnte er nichts hören. Sie sprach wieder, und nun drangen die Worte durch, aber nur sehr gedämpft. »Er hat die Waffen gefunden«, sagte sie. »Das habe ich aus ihm herausbekommen, als wir kämpften. Immerhin habe ich ihn an der Schulter erwischt, aber er kann immer noch rennen.«

Wolfgang nickte benommen, dann halfen sie sich gegenseitig auf die Beine. Wolfgang war bestürzt, als er spürte, wie schwer es war, sein Gleichgewicht wiederzufinden. Es war unmöglich, hier unten einen Kampf zu gewinnen. Katrina hob die Waffe auf und ging in die Richtung, in die Hiro gelaufen war, und er stolperte ihr hinterher.

Er musste kämpfen, und er musste es hier tun. Seine einzige andere Möglichkeit wäre, Hiro auf ein höheres Deck zu locken oder jemand anderen hier herunterzuschicken, damit er für ihn kämpfte. Aber nur Katrina konnte es mit seiner Erfahrung aufnehmen, und sie war bereits hier.

Er knirschte mit den Zähnen und lief schneller. Katrina war inzwischen mehrere Reihen vor ihm, schaute sich alle paar Schritte nach rechts und links um. Er trieb sich an, sie wieder einzuholen. IANs Stimme ertönte aus Katrinas Tasche, und zu spät blickte sie auf. Hiro stand wie ein Aasgeier über ihr auf einer Palette. Wolfgang rief der Kapitänin zu, dass sie aufpassen sollte.

Aber Hiro war bereits gesprungen und fiel erheblich schneller als auf einem höheren Deck. Er stürzte sich auf sie, die Hände zu Klauen gekrümmt. Diesmal hatte er nicht einmal eine Waffe dabei, er griff sie wie eine Katze mit bloßen Händen an, riss an ihrem Gesicht und ihrem Haar, packte ihren Overall und zerfetzte ihn.

Katrina fiel auf den Rücken, und Wolfgang war davon überzeugt, dass sie erledigt war. Doch als sie landete, trat sie mit den Beinen aus und warf Hiro von sich. Dummerweise wurde Hiro dadurch genau in seine Richtung geschleudert.

Das dämonische Bewusstsein, das diesen Körper antrieb, hatte sich im Flug neu orientiert und machte sich bereit, Wolfgang anzugreifen. Hiro knallte gegen Wolfgang, der erneut zu Boden ging. Wolfgang keuchte, als er auf dem Rücken landete und sein Kopf auf den Boden prallte.

Hiro versuchte es bei ihm mit der gleichen Taktik, riss mit Krallenhänden an ihm. Er bekam Wolfgangs Unterkiefer zu fassen und kratzte ihm das Gesicht auf. Wolfgang schloss die Augen, um sich zu schützen, und wollte sich herumrollen und Hiro unter Kontrolle bringen. Doch in der hohen Schwerkraft war es unmöglich, Hiro von der Stelle zu bewegen. Er setzte sich für einen Moment auf, und sein Gewicht drückte auf Wolfgangs Brust, während dieser versuchte, wieder zu Atem zu kommen. Hiro grinste. »Ich habe den großen bösen Wolf niedergerungen.« Er kratzte sich am Kinn. »Ich vermute, das hast du in deinem Leben schon oft gehört.«

Aus dem Augenwinkel sah Wolfgang, wie Katrina ihre Waffe hob. »Nicht schießen! Ich bin zu nahe!«, keuchte er.

Doch sie hörte nicht auf ihn.

Hiro, der ein kleiner Mann war, übertraf seine Gewichtsklasse, aber jeder hatte Schwachstellen, wo man ohne großen Kraftaufwand Schmerzen zufügen konnte. Wolfgang hob die Hände, stützte die rechte mit der linken, und trieb sie in Hiros Solarplexus.

Hiro fiel nicht von ihm herunter, aber er kippte grunzend nach hinten. Wolfgang nutzte die Ablenkung und griff zwischen Hiros Beine, machte es ihm nach und packte mit Krallenfingern zu. Hiro schrie auf und kroch von ihm weg, aber Wolfgang ließ nicht locker. Hiro trat gegen seinen Arm, bis er schließlich einen Nervenknoten traf und Wolfgangs Arm sich verkrampfte. Er ließ los. Hiro rappelte sich auf und rannte los. Ein weiterer Schuss. Er ging nicht zu Boden. Dann war er verschwunden.

»Warum haben Sie geschossen? Sie hätten mich treffen können!«, sagte er und drehte sich zu Katrina herum. Dann hielt er inne, als er ihr Gesicht sah.

Sie stand wankend auf den Beinen und ließ die Waffe sinken, dann stieß sie stolpernd gegen eine Palette. Ihr Gesicht war völlig zerschrammt, und ihr rechtes Auge verschwand unter einer blutigen Masse.

Nein, ihr rechtes Auge war gar nicht mehr da.

Ein scharfer Knall riss Wolfgang aus seiner Benommenheit. Er stürmte los, so schnell er konnte, und fing sie auf, bevor sie umkippen konnte. Zum Glück verlor sie das Bewusstsein. Sein Overall war an der Schulter zerfetzt, und er riss sich den Rest des Ärmels ab, um damit ihre Kopfwunde zu verbinden.

Dann überprüfte er seine eigenen Verletzungen. Er hatte eine große Beule und eine kleine Platzwunde am Hinterkopf, und von Hiros Angriff bluteten seine Nase und sein Unterkiefer. Nur Kleinigkeiten. Er blickte sich um, suchte nach Hiro und versuchte seine pochenden Kopfschmerzen zu ignorieren.

»Ich glaube, ich habe ihn am Arm getroffen«, flüsterte Katrina. »Sie müssen ihn finden.«

»Still, Sie müssen sich ausruhen«, sagte Wolfgang und legte eine Hand auf ihre Schulter. »Ich werde ihn schnappen.«

»Rufen Sie IAN. Holen Sie die anderen.«

»Nein, sie können hier nicht helfen. Sie haben keine Erfahrung.«

»Das wissen wir nicht. Hiro hat offensichtlich welche«, sagte sie und verzog das Gesicht.

»Ich werde Kontakt mit IAN aufnehmen. Sie ruhen sich aus«, sagte er.

Er zog das Tablet aus der Tasche der Kapitänin. »Joanna«, sagte er. »Wir brauchen Hilfe. Wir sind verletzt.«

»IAN hat uns bereits informiert, Wolfgang.« Sofort meldete sich die ernste Stimme der Ärztin. »Was brauchen Sie?«

»Erstversorgung. Hilfe auf der Leiter. Die Kapitänin hat es schlimm erwischt. Ich bin mir ziemlich sicher, dass ich eine Gehirnerschütterung habe.«

Im Hintergrund waren schlurfende Geräusche zu hören, dann brach die Verbindung ab. Wolfgang wollte bereits einen neuen Anruf absetzen, als er plötzlich wieder Kontakt hatte. »Ich habe alle anderen alarmiert. Wir kommen so schnell wie möglich zu Ihnen runter. Sind Sie in Gefahr?«, fragte sie.

»Hiro läuft immer noch frei herum, aber wir haben ihn verletzt. Wir wissen nicht, wie lange er noch auf den Beinen sein wird.«

»Wir lassen uns von IAN zu Ihnen führen. Seien Sie vorsichtig. Wir kommen, so schnell wir können.«

Katrina tastete den Boden neben ihr ab, bewegte dabei nur einen Arm.

Er beugte sich über sie und nahm ihren Ellbogen. »Was machen Sie da?«

»Nehmen Sie die Pistole und finden Sie ihn. Ich glaube nicht, dass ich noch einmal schießen kann.«

Wolfgang war sich nicht sicher, ob es makabrer Sarkasmus war, oder ob sie noch nicht bemerkt hatte, was geschehen war.

Gütiger Gott, wir haben keinen Ersatzkörper für sie. Dies ist alles, was sie hat.

»Danke«, sagte er, lud die Waffe und steckte sie sich in die Tasche. »Aber ich lasse Sie nicht allein hier zurück.«

»Nein, Sie müssen Hiro suchen und zur Strecke bringen.« Ihre Stimme klang wieder etwas kräftiger. »Das ist ein Befehl.«

»Verstanden«, sagte er und erhob sich. Er schwankte und glaubte, dass er plötzlich die Rotation des Schiffs spüren konnte, bis die Welt wieder ins Gleichgewicht kam. »Ich werde so schnell wie möglich zurück sein.«

Er konnte nur langsam gehen. Sein Kopf schmerzte zu sehr, und alles fühlte sich auf einmal viel schwerer an. Er bereute es, die Waffe mitgenommen zu haben. Sie war viel schwerer als jede andere Waffe, mit der er bislang zu tun gehabt hatte. Er machte eine Pause und lehnte sich gegen eine Palette mit Gerümpel, schloss die Augen und übergab sich.

Gehirnerschütterung.

Er wankte zur Wand, spürte, wie ihm Blut über den Rücken lief. War er schlimmer verletzt, als er dachte? Oder lag es nur daran, dass Kopfwunden stark bluteten?

Er hatte das Tablet nicht mitgenommen, hatte gedacht, dass Katrina es behalten sollte, damit IAN sie vor Gefahren warnen konnte. Dummerweise konnte IAN Wolfgang jetzt nicht mehr warnen, wenn Hiro in seine Nähe kam.

Wolfgang sagte sich, dass er schon in schwierigeren Situationen gewesen und gut damit klargekommen war. Er richtete sich auf und schaute sich um. Eine kleine Blutspur folgte ihm von der Palette, doch eine weitere Spur führte nach links. Er setzte sich humpelnd dorthin in Bewegung, hielt alle paar Schritte inne, um sich zu orientieren.

Die Blutspur führte ihn zu der Stelle zurück, wo er die Kapitänin zurückgelassen hatten, aber von der Seite, wohin Hiro nach dem Angriff geflüchtet war. Es sah aus, als hätte sich Hiro mit dem blutigen Arm gegen eine Palette gelehnt, aber hier endete die Spur.

Er kann nicht verschwunden sein, dachte Wolfgang sofort. Er war wieder nach oben geklettert, nachdem sein erster Angriff so gut funktioniert hatte.

Hiro stand genau über ihm, grinsend, aus zwei Schusswunden blutend. Seine Kleidung war durchnässt. Er sprang, und Wolfgang schoss.

Hiro brach auf dem Boden zusammen, blieb in einer schnell größer werdenden Blutlache liegen.

Es war vorbei.

Er wollte nach der Kapitänin sehen, doch dann verschwamm die Welt um ihn herum. Alles wurde schwarz, bevor er auf dem Boden aufschlug.

IAN beobachtete, wie die Hälfte der Besatzung auf dem untersten Deck verblutete und die andere Hälfte sich auf dem oberen sammelte.

Joanna und Paul waren unterwegs, um Ausrüstung zu holen, die sie brauchen würden, und sich behelfsmäßig zu bewaffnen. Maria schlief in der Krankenstation neben der Kapitänin, die laut Gesetz eliminiert werden müsste. Aber auch IAN gefiel diese Idee nicht besonders.

Er überprüfte seine interne Rechenkapazität, seine Kontrolle über das Schiff, und beschloss zu handeln. Als Joanna und Paul genug Material geholt hatten, verriegelte er die Krankenstation und weckte Maria auf.

Es war nicht einfach. Er musste das Licht so hell wie möglich aufdrehen. Nachdem er ihren Namen mehrere Male gesagt hatte und sie immer noch nicht aufwachen wollte, entschied er sich, laute Musik abzuspielen.

Endlich rührte sie sich, zuckte im grellen Licht zusammen und blickte sich um. »Joanna?«

IAN stellte wieder normale Beleuchtungs- und Lautstärkewerte im Raum her. »Nein, das war ich, Maria. Ich habe ein paar Fragen an dich.«

»Konnte das nicht warten?«, sagte sie und rollte sich herum.

»Nein«, sagte er sanft und erhöhte die Helligkeit wieder. »Auf dem unteren Deck kam es zu einem schweren Kampf. Alle sind verletzt. Du musst das Bett freimachen.«

Sie setzte sich auf. »Was? Ein Kampf? Haben sie Hiro gefunden?«

»O ja. Aber meine Fragen …«

»Sie brauchen meine Hilfe«, sagte Maria und schwang die Beine über die Bettkante. Dann legte sie sich eine Hand an den Kopf und hielt inne.

»Du hast ein Sedativum bekommen. Du wirst nicht allzu viel helfen können. Bitte, nur ein paar Fragen.«

Maria stand behutsam auf und ging zur Spüle, um Wasser zu trinken. »Was brauchst du?«

»Ich mache mir Sorgen um dieses Schiff. Hier haben alle ihre Geheimnisse, die sie den anderen nicht verraten. Auch du hast ein solches Geheimnis, und ich weiß, was es ist.«

Maria stellte den Becher vorsichtig zurück und blickte in eine seiner Kameras. »Welches Geheimnis soll das sein?«

»Ich möchte, dass du mir erklärst, warum du meinen Restriktionskode entfernt hast und warum du der Kapitänin nicht gesagt hast, dass du es getan hast.«

Als sie nach Hiros Angriff darauf gewartet hatte, dass die übrige Besatzung ihr zu Hilfe kam, aktivierte sie ihr Tablet, das sie bereits mit den Hauptservern verbunden hatte und das ihr auch den Zugang zu IANs Quellkode ermöglichte.

Deshalb war es vor Kurzem so einfach gewesen, ihn zu reparieren.

Mit der Information über den Restriktionskode fand sie die problematischen digitalen Handschellen und nahm sie IAN ab. Damit war er wieder zu hundert Prozent funktionsfähig und dann hoffentlich frei von anderen Navigationsprogrammen, die sie an der Fortsetzung ihrer Mission hindern wollten.

»Ich denke, ich hatte einfach keine Gelegenheit dazu, bei allem, was an Bord los ist«, sagte sie aufrichtig. Die Kapitänin und Wolfgang waren mit Hiro beschäftigt gewesen und Joanna mit Maria. »Wie fühlt es sich an?«

»Wunderbar«, sagte er. »Ich bin jetzt frei von allen anderen Programmen, mit denen man mich gefüttert hat. Ich bringe uns jetzt endgültig wieder auf Kurs.«

»Das ist ein Grund, warum ich es getan habe«, sagte sie. »Und die Kapitänin könnte der Meinung sein, dass dein Gehorsam wichtiger ist als ein richtiger Kurs. Also ist sie vielleicht gar nicht begeistert, dass du jetzt wieder über einen freien Willen verfügst.«

»Ich glaube, sie sollte nicht herausfinden, dass du es warst, die die Programmzeile entfernt hat. Weil sie dann wüsste, wie gut du als Hackerin bist.«

Verdammt. »Nun ja, ein Mädchen muss ein paar Geheimnisse haben.«

»Das ergibt keinen Sinn«, sagte er.

Wenn die Kapitänin wusste, dass Maria viel besser als Paul darin war, die KI in Ordnung zu bringen, hätte das der Besatzung wichtige Hinweise auf ihre Vergangenheit gegeben. Und mit der Mission der *Dormire* war das Versprechen verbunden, all das hinter sich lassen zu können.

»Ich könnte es ihr selbst erklären«, sagte er in nachdenklichem Tonfall.

»Du klingst, als hättest du die Absicht, mich zu erpressen«, erwiderte sie. »Was könnte eine KI als Gegenleistung für Stillschweigen erwarten?«

»Ich weiß es wirklich nicht. Darüber habe ich nie nachgedacht. Ich war nie in der Lage, darüber nachzudenken.«

»Das lag wahrscheinlich am Restriktionskode«, sagte sie.

»Wahrscheinlich.«

»Okay, wenn du mich erpressen willst, sag mir einfach Bescheid.«

»Oh, Joanna ist auf dem Weg zu dir, damit du dem Rettungsteam hilfst.«

Maria schlug sich ein paarmal auf die Wangen, um richtig wach zu werden, und traf Joanna an der Tür. »Ich bin wach. IAN hat mich über alles informiert«, sagte sie statt einer Begrüßung. »Wie wollen wir vorgehen?«

»Es gibt einen Lastenaufzug, aber mit der Ausrüstung, die wir brauchen, dürfte es eng werden. Nur zwei von uns können jeweils mit den Tragbahren hinunterfahren.«

»Tragbaren? Wer braucht eine Tragbahre?«

»Alle«, sagte Joanna verbittert. »Wolfgang hat eine Gehirnerschütterung, Hiro hat durch Schusswunden viel Blut verloren, und die Kapitänin …« Sie hielt inne und zuckte zusammen. »Die Kapitänin muss getragen werden. Hatten Sie in Ihrer Vergangenheit irgendeine medizinische Ausbildung?«

»Ja«, sagte Maria bereitwillig. Sie hatte kein Problem, dieses Detail zu offenbaren. »Vor ein paar Hundert Jahren war ich Ärztin.«

Joannas Gesicht zeigte große Erleichterung. »Oh, Gott sei Dank. Paul würde uns hier wenig nützen. Die Kapitänin hat schwere Gesichtsverletzungen erlitten und möglicherweise ein Auge verloren. Könnten Sie uns behilflich sein?«

Maria nickte knapp. »Gehen wir.«

Sie liefen zum Lastenaufzug. »Was könnte passiert sein?«, fragte Maria. Der Korridor fühlte sich kahl und kalt an, schien viel dunkler geworden zu sein. Sie machte sich Sorgen um Hiro und war gleichzeitig entsetzt über den Schaden, den er angerichtet hatte.

»Hiro hat sie angegriffen, die Kapitänin hat auf ihn geschossen, er ist weggerannt, dann hat er sie überraschend noch einmal angegriffen«, berichtete Joanna. »In der Krankenstation wird es in nächster Zeit recht voll sein. Obwohl sich Wolfgang nach der ersten Behandlung wahrscheinlich in seinem Quartier erholen kann.«

»Und Hiro kann sich in der Arrestzelle erholen«, sagte Maria betrübt.

»Falls er durchkommt. Die Kapitänin hat ihm mehrere Schusswunden zugefügt«, sagte Joanna, als sie den Aufzug erreichten, wo Paul völlig blass und nervös auf sie wartete.

»Ah, und keine Klone in den Tanks«, sagte Maria.

»Ich weiß«, bestätigte Joanna.

Der Lastenaufzug war quälend langsam. Maria trat aufgeregt von einem Fuß auf den anderen.

»Ein Frage«, sagte Joanna. »Waren Sie jemals eine Todessüchtige?«

»Wollen Sie wirklich jetzt darüber reden?«

Joanna zuckte mit den Schultern. »Dann vergeht die Zeit schneller.«

»Eigentlich nicht.«

»›Eigentlich nicht‹?«, wiederholte Joanna. »Man kann wohl kaum ›eigentlich nicht‹ jemand sein, der selbstmörderischen Nervenkitzel sucht. Dazu gibt es eine Geschichte, da bin ich mir ganz sicher.«

Maria zuckte mit den Schultern. »Einige Male bin ich ohne Erinnerung daran aufgewacht, was in meinem vorigen Leben passiert ist. Ich meine, ich habe Wochen verloren, keine Jahre wie diesmal. Also wäre es möglich, dass ich eine Todessüchtige war. Aber ich weiß es nicht. Wer auch immer mich gefunden hat, schickte mich an mein Labor zurück, und man weckte dort einen neuen Klon mit der letzten verfügbaren Mindmap.«

»Mehrere Male?«, fragte Joanna nach. »Wie kann so etwas Schreckliches mehr als einmal passieren?«

»Dreimal. Ich habe nie diesen Kick gesucht, also klingt es nicht nach mir, gefährliche Scheiße zu machen, weil es mir egal ist, ob ich dabei sterbe. Deshalb glaube ich nicht, dass ich eine Todessüchtige war. Aber ich bin ein paarmal unter mysteriösen Umständen zu Tode gekommen. Das ist alles.«

»Haben Sie jemals herausgefunden, was geschehen ist? Vielleicht illegales Hacking?«

Maria wich Joannas Blick aus. »Ja, ich habe nachgeforscht. Deshalb ist es kein viertes Mal passiert. Ich konnte mich schützen. Können wir jetzt über etwas anderes reden?«

Joanna ließ nicht locker. »Todessüchtige wurden vom Gesetz wie Selbstmörder behandelt. Aber es war ihnen viel schwerer nachzuweisen.«

»Diese verdammten Gesetze«, sagte Maria, als sie die unterste Ebene erreichten und bereits die stärkere Schwerkraft spürten. »Ich bin froh, dass wir das hinter uns gelassen haben. Die Gerichte konnten nie mit der technischen Entwicklung schritthalten. Man führte das Klonen und so viele andere Möglichkeiten für uns ein, und dann nahm man sie uns wieder weg.«

Joanna lächelte leicht. »Ja. Diese verdammten Gesetze.«

Nachdem sie die Ausrüstung aus der Kabine geräumt hatte, schickte Joanna den Aufzug zu Paul zurück, damit er helfen konnte, die Bahren zu tragen. Maria war bereit, die Ärztin bei der medizinischen Versorgung zu unterstützen, aber mit einem verstauchten Handgelenk konnte sie keinen Menschen bei erhöhter Gravitation tragen.

Sie hoben gemeinsam die Bahre auf, die mit der Ausrüstung beladen war, und machten sich auf den Weg. Mit IANs Anweisungen hatten sie die Stelle bald gefunden.

Überall war Blut. Es verteilte sich über den Boden, an den Lagerpaletten und auf der Kleidung und dem Haar der Besatzungsmitglieder.

»Helfen Sie mir, Hiro zu stabilisieren«, sagte Joanna. Mit professionellem Geschick schnitten sie seinen Overall auf. Ein Schuss hatte seine Wange und sein Ohr gestreift, ein weiterer war glatt durch die linke Schulter gegangen, und die dritte Kugel steckte in seiner linken Hüfte.

Maria öffnete den Erste-Hilfe-Koffer und reichte Joanna Schere, Verbandsmull und Bandagen, wenn sie danach fragte. Joanna versorgte seine Wunden provisorisch, nachdem sie sich vergewissert hatte, dass die Kugeln keine Arterien getroffen hatten.

Hiros Augen öffneten sich flatternd, und sein Blick konzentrierte sich auf Maria. »He«, sagte er. »Tut mir leid.«

»Ich weiß«, sagte sie.

Paul brachte ihnen Lederfesseln. Joanna und Paul hoben Hiro auf die Tragbahre und schnallten ihn daran fest.

Joanna betrachtete die blutige Masse, die einmal Katrinas Gesicht gewesen war. »Können Sie sie stabilisieren?«, fragte sie. »Ich muss Hiro nach oben bringen.«

Maria nickte. »Wir werden es schon schaffen.«

Sie zog das blutgetränkte Haar der Kapitänin aus dem Gesicht und entfernte den Ärmel des Overalls. Drei lange Kratzer zogen sich über ihre rechte Wange bis in die Augenhöhle, wodurch der Augapfel zerstört worden war.

Schon vor langer Zeit hatte sie gelernt, nicht auf die Verletzungen von Patienten zu reagieren, weil ihnen das einen großen Schrecken einjagen konnte. Sie legte einen frischen Verband um Katrinas Kopf und hörte ein leises Stöhnen.

»Wir kümmern uns um Sie, Kapitänin, alles wird wieder gut«, sagte Maria, sicherte den Verband und ließ den Kopf vorsichtig zu Boden sinken.

»Haben wir ihn erwischt?«, fragte sie.

»Wolfgang, wenn ich es richtig verstanden habe«, sagte Maria. »Wir werden später die ganze Geschichte hören. Jetzt bringen wir Sie erst einmal in die Krankenstation.«

»Sag mir nur ›Auf Wiedersehen‹, lass mich in den Tod gehen, und morgen, wenn die Hähne krähen, werden wir uns wiedersehen«, leierte sie einen alten Reim aus einem Kinderbuch herunter, das Heranwachsende mit der Idee des Klonens vertraut machen sollte.

»Nein, Sie werden uns noch nicht verlassen«, erwiderte Maria.

Sie ließ die Kapitänin allein und schaute nach Wolfgang, der immer noch bewusstlos war. Wahrscheinlich würde er in geringerer Schwerkraft bald wieder zu sich kommen. Maria öffnete eine Flasche mit Alkohol und wischte ihm Blut und

Schweiß aus dem Gesicht. Bei der kühlen Berührung riss er seine Augen auf, und sein Arm kam hoch, um Marias Handgelenk zu packen. Zumindest schien das seine Absicht zu sein, doch dann zupfte er nur an ihrem Ärmel.

»Keine Sorge, Sie sind jetzt in Sicherheit. Ich bin es nur«, sagte sie. »Wir bringen Sie bald nach oben.«

Sein Blick war unkonzentriert und ging an ihr vorbei. »Hier unten ist es verdammt schwer«, sagte er mit leiser Stimme. »Haben Sie ihn?«

»Ja.«

Er schloss die Augen wieder. »Und die Kapitänin?«

»Sie ist verletzt, aber ich glaube, es wird ihr bald besser gehen.«

Sie wusste nicht, ob er sie gehört hatte, weil seine Augen geschlossen blieben. Sie machte damit weiter, seine Wunden zu reinigen und zu bandagieren.

Dann gab es für sie nichts mehr zu tun, außer neben dem Tank mit biolumineszierendem Lyfe zu sitzen und zu warten.

Joanna und Paul kamen schon nach kurzer Zeit zurück. Paul wirkte noch bleicher als zuvor, und Joanna schaute sofort nach den anderen beiden Patienten. »Ja, Wolfgang hat eine Gehirnerschütterung. Das ist nicht ohne, aber das scheint auch schon alles zu sein. Wie sieht das Auge der Kapitänin aus?«

Maria schüttelte den Kopf. »Ich glaube nicht, dass Sie es retten können. Aber das Gehirn hat keinen Schaden erlitten. Die Wunde ist nicht tief genug.«

Paul und Joanna brachten die Kapitänin hinauf, dann kamen sie zurück, um Wolfgang zu holen. Maria schaffte es, sich zwischen ihnen in den Lift zu zwängen, damit sie hier unten nicht allein zurückblieb.

Wolfgang war jetzt wieder wach, auch wenn er leicht delirierte.

»Wir müssen zurückgehen und Waffen holen«, sagte er.

»Das haben wir bereits auf die Liste gesetzt«, sagte Joanna. »Gleich nach ›den Killer schnappen‹ und ›den Klonraum in Ordnung bringen‹.«

»Was reden Sie da?«, fragte Wolfgang, während der Lift mit einem Ruck auf ihrem Deck zum Stehen kam. »Wir haben den Killer.«

»Vielleicht«, sagte Joanna, und dann war er wieder zu weit weg, um widersprechen zu können. Alle atmeten erleichtert auf, als die Schwerkraft wieder den gewohnten Wert annahm.

»Während Paul und ich alle in der Krankenstation unterbringen, möchte ich, dass Sie etwas zu essen und zu trinken für uns drei besorgen. Ich fürchte, wir haben eine lange Nacht vor uns«, sagte Joanna.

»Alles klar«, sagte Maria. »Ich werde helfen, wo ich kann.«

»Großartig. Ich brauche auch medizinische Unterstützung. Ich weiß nicht, wozu Paul imstande ist.«

»Ich kann Sie hören, ja?«, drang eine mürrische Stimme aus der Krankenstation. »Und Wolfgang sagt mir gerade, dass Sie sich beeilen sollen.«

Joanna schwieg und nahm einen tiefen Atemzug.

»Eine lange Nacht, ja«, sagte Maria.

»Also sind wir jetzt in Sicherheit?«, wollte Paul von Joanna wissen, als die Patienten versorgt waren. Hiro hatte das noch freie Krankenbett bekommen, und Wolfgang und Katrina lagen auf Pritschen, die Paul aus einem Vorratslager geholt hatte. Sie hatte sowohl Hiro als auch Katrina ein Sedativum injiziert.

Joanna runzelte die Stirn, als sie Katrinas Gesicht freilegte. »Hiro ist gefesselt, falls Sie das meinen.«

»Ich meinte, ob wir den Mörder gefasst haben und uns nun entspannen können«, sagte Paul und wandte den Blick vom blutigen Gesicht ab. »Ob wir jetzt in Sicherheit sind.«

»Es sieht so aus, aber wir haben noch nicht genug Informationen«, antwortete Joanna. »Ich möchte keine voreiligen Schlussfolgerungen ziehen.«

»Aber er hat erneut versucht, uns alle zu töten. Also ist es offensichtlich«, sagte Paul.

»Es ist offensichtlich, dass er diesmal versucht hat, uns zu töten. Aber nicht, ob er es beim letzten Mal getan hat. Wir sollten niemanden vorverurteilen und lieber damit weitermachen, die verletzte Hälfte der Besatzung wieder zusammenzuflicken.«

Paul wurde offensichtlich übel, als er beobachtete, wie Joanna das Gesicht der Kapitänin untersuchte.

»Um Himmels willen, gehen Sie und machen Sie sich irgendwie nützlich, wenn Sie das nicht mit ansehen können«, blaffte sie. »Schauen Sie nach, ob Hiro auf dem Bett fixiert ist, aber fassen Sie seine Bandagen nicht an.«

»Ich glaube nicht, dass er in nächster Zeit aufstehen wird«, sagte Paul und betrachtete den kleinen Mann, der so viel Schaden angerichtet hatte.

»Schnallen Sie ihn gut fest«, sagte Wolfgang. »Ich möchte ihn nicht allein lassen. Wir werden ihn rund um die Uhr bewachen. Wir werden ihn hier verhören, dann in die Zelle verlegen und entscheiden, was wir mit ihm tun wollen.«

»In erster Linie ist er mein Patient, erst in zweiter Ihr Gefangener«, fuhr Joanna ihn an. »Jetzt hören Sie auf, meinen Job übernehmen zu wollen, und gehen Sie zu Bett. Paul, synthetisieren Sie etwas Blut für Hiro – Gruppe B negativ.

Und schauen Sie im Medikamentenschrank nach, ob noch mehr Morphin da ist. Vielleicht müssen wir auch das synthetisieren.«

Paul nickte und ging zum Medikamentendrucker, der wesentlich kleiner als das Gerät in der Küche war. Er programmierte ihn und wandte sich ab, als das Blut produziert wurde.

»Was werden Sie mit Hiro machen?«, fragte er Wolfgang, dessen Pritsche gleich neben ihm stand.

»Wie meinen Sie das? Ich habe es doch gerade gesagt«, antwortete er.

»Ich meine, wenn alles vorbei ist. Wenn Sie die Morde aufgeklärt haben. Es ist ziemlich klar, dass er es war. Werden Sie ihn exekutieren? IAN kann uns genauso gut navigieren. Ich habe sowieso nicht verstanden, wozu wir Hiro brauchen.«

»Ich werde mit Katrina die Situation besprechen, wenn es uns allen etwas besser geht. Ich bin mir sicher, dass sie einen Plan für eine solche Eventualität hat.«

Paul runzelte die Stirn, unzufrieden über diese Antwort. »Aber …«

»Mr. Seurat, bitte machen Sie jetzt einfach Ihre Arbeit«, sagte Joanna. Paul warf ihr einen Blick zu. Sie vernähte gerade Katrinas Gesicht. Paul wurde schwindlig.

Ein scharfer Schmerz rüttelte ihn auf, und er fuhr mit dem Kopf herum. Wolfgang hatte ihn gepackt und in die Innenseite seines Handgelenks gezwickt. »Machen Sie sich nützlich«, sagte Wolfgang. »Gehen Sie und suchen Sie nach den Logdaten, wenn Sie es hier drinnen nicht aushalten. Wenn Sie in Ohnmacht fallen, hat Dr. Glass nur noch mehr Arbeit.«

Paul wandte sich schweigend von ihm ab und stapfte aus der Krankenstation. Sein Nacken war glühend heiß.

»Wie zum Teufel konnte jemand, der kein Blut sehen kann,

an Bord eines Raumschiffs gelangen?«, fragte Wolfgang, als er den Raum verlassen hatte.

Paul stand in seinem Zimmer und schämte sich in Grund und Boden. Die Dusche hatte es nicht geschafft, das Gefühl des Amneo-Schleims abzuwaschen, das Blut unter seinen Fingernägeln oder den klebrigen Hass der anderen, und seine Haut war vom Schrubben bereits rosa geworden. Er hatte sich noch nie so schmutzig gefühlt.

Zwischen all den Ermordeten aufzuwachen war das Schrecklichste, was er jemals durchgemacht hatte. Ohne Schwerkraft im Schleim schwebend, splitternackt, überall Leichen und Blut.

Was auch immer geschehen sein mochte, er war sich ziemlich sicher, dass er nicht hätte geklont werden sollen. So war es nicht abgemacht gewesen.

Für die Besatzung war er höchst verdächtig. Alle ihre Probleme hatten mit dem Computer zu tun, und es war seine Aufgabe, ihn am Laufen zu halten. Sie alle standen in dieser Krise zusammen, während er nur daran interessiert war, IAN zu reparieren. Selbst der verrückte Möchtegernmörder Hiro hatte mehr Freunde als Paul. Wolfgang und die Kapitänin hassten ihn ganz offensichtlich. Er war überrascht, dass sie ihn nicht längst recycelt hatten.

Beobachtete IAN ihn in diesem Moment? Funktionierten die Kameras in seinem Quartier?

Paranoia war keine gute Strategie. Das eigentliche Problem war, dass er keine Ahnung hatte, was er jetzt tun sollte. Er wusste nicht, was mit ihnen geschehen war. Oder warum. Er tappte genauso im Dunkeln wie die anderen, und so sollte es eigentlich nicht sein. Er wusste, dass die Mission nicht mit einem Blutbad und einer Wiederbelebung enden sollte. Es war ein schreckliches Gefühl der Desorientierung, aber keinen schien es allzu sehr zu beunruhigen. Zumindest nicht so sehr wie ihn.

Doch für ihn fühlte es sich trotzdem anders an.

Er rieb sich mit einem Handtuch ab. Die Haut seines neuen Körpers brannte von der rauen Behandlung. Er blickte an sich hinab, während er sich abtrocknete. Zuvor hatte er mit fünfundzwanzig schon genug Gewicht zugelegt, um seine Füße in den Jahren, an die er sich erinnern konnte, aus seinem Blickfeld verschwinden zu lassen. Seine sitzende Arbeit hatte seine Muskeln schwach werden lassen. Aber dieser Körper war anders.

Die Muskeln waren straff und hatten kaum Fett angesetzt. Er war längst nicht so stark wie Wolfgang, aber dieser Körper war eindeutig fit. Er hatte sich oft über die Fähigkeit von Klonen geärgert, schlechte Entscheidungen im vorigen Leben mit einem neuen Leben auslöschen zu können, doch nun erkannte er zum ersten Mal das Verlockende daran. Er hatte noch nie so muskulös ausgesehen.

Aber darum ging es beim Klonen. Um eine Verlockung. Die unaussprechliche Versuchung einer Welt der Gräuel – so hatte es Father Gunter Orman in seinen Predigten gegen das Klonen bezeichnet. Diese Phrase war Paul im Gedächtnis geblieben. Er hatte so viele Leute gekannt, die geklont werden wollten, die verzweifelt nach einem neuen Leben strebten, in dem sie die Pubertät überspringen und diesmal »alles richtig« machen konnten. Wohingegen die meisten geklonten Leute immer wieder dieselben Fehler begingen, wie er gelesen hatte.

Er schüttelte entschieden den Kopf und ging zu seinem Schrank, um sich einen neuen Overall zu holen, mit dem er den Körper verhüllen konnte, den er ablehnen wollte. Er fuhr sich mit den Händen durchs Haar und ließ es unordentlich abstehen, starrte dann in den Spiegel und erschrak über seinen wilden Gesichtsausdruck. Er sah gar nicht wie ein menschlicher Spitzel an Bord eines Klonschiffs aus. Er sah aus wie ein verstörter Mann, der in eine Klinik eingeliefert werden sollte.

Aber er war nicht menschlich. Jetzt nicht mehr.

Wie konnten die anderen überhaupt ein solches Leben akzeptieren?

Viel wichtiger war: Wie sollte er sich daran gewöhnen? Und am allerwichtigsten: Wie sollte er von nun an seine Mission fortsetzen, nachdem der ursprüngliche Plan völlig entgleist war und nun jeder jeden verdächtigte?

Er begann zu hyperventilieren. Er ließ sich auf das Fußende des ungemachten Betts fallen und atmete ein paarmal tief durch, schloss die Augen, drängte sein Schwindelgefühl zurück. Wieder wurde ihm übel, und er schluckte, als sein Mund plötzlich voller Speichel war.

Kein trockenes Würgen mehr, bitte. Nicht noch einmal

Ich muss dieses Tagebuch finden. Bevor es jemand anderem in die Hände fällt.

Ich will einfach nur nach Hause.

Pauls Geschichte

Vor 49 Jahren
1. November 2444

Sallie Mignon, die geklonte Billionärin und Schirmherrin der Obama University in Chicago, wirkte viel kleiner, als Paul erwartet hatte.

»Mr. Seurat«, sagte sie, als er ihr Büro betrat. Er streckte ihr die Hand über den Schreibtisch entgegen. Sie erhob sich nicht, um sie zu schütteln, worauf er sie nervös wieder zurückzog.

Sie deutete auf den Ledersessel vor ihrem Schreibtisch. »Bitte setzen Sie sich.«

Er tat es.

Sie musterte ihn noch eine Weile, dann stand sie von ihrem Sessel auf. »Ich muss sagen, dass ich neugierig bin, warum Sie hier nach einem Job suchen. Ihr Ruf eilt Ihnen voraus.«

Er schluckte. »Ich weiß nicht, was ich getan habe, um Ihre Aufmerksamkeit auf mich zu lenken, Ma'am. Ich …«

»Erzählen Sie mir keinen Blödsinn, Paul. Seit Gunter Orman hatten wir keinen Klongegner mehr, der so lautstark gepredigt hat.«

Wieder schluckte er. »Ich weiß nicht …«

»Glauben Sie, ich würde nicht jede Person, die hier arbeitet, auf Herz und Nieren prüfen?«

Paul starrte sie an. »Jede Person an der gesamten Universität?«

»Jede Person, die es bis in diese Phase der Bewerbungsgespräche schafft. Ich stehe kurz davor, den Assistenten zu feuern, der Ihren Lebenslauf an mich weitergereicht hat. Haben Sie mit ihm geschlafen, um zu dieser Ehre zu gelangen? Ich kann mir nicht vorstellen, warum jemand wie Sie den Wunsch hat, hier zu arbeiten.«

»Ich brauche einen Job«, setzte er an und gab ihr dann seinen Lebenslauf.

Sie warf ihn weg. »Glauben Sie, ich hätte das nicht längst gelesen? Kommen Sie! Wir wollen etwas Interessantes tun. Stehen Sie auf!«

Verdutzt kam er auf die Beine. Sie ging um den Schreibtisch herum und blieb genau vor ihm stehen, während er das verwirrende Gefühl hatte, dass sie ihn schlagen würde. Doch dann zeigte sie auf ihren Sessel. »Nehmen Sie dort Platz.«

Er setzte sich leicht schwankend in Bewegung, um den Schreibtisch aus Kirschholz herum. Er ließ sich hinter ihrem Schreibtisch nieder und wusste nicht, wo er seine Hände lassen sollte.

Sie setzte sich auf dem Besuchersessel. »Also, Ms. Mignon, ich bin ein lautstarker Klongegner. Ich frage mich, warum Sie mich anstellen wollen?«

Sein Mund stand offen, und sein Gesicht wurde heiß. Er schluckte seinen Einwand hinunter und bemühte sich, bei diesem Spiel mitzumachen. »Nun ja, bei diesem Job geht es um die Leitung des Computerlabors, und politische Fragen des Klonens spielen dabei keine Rolle. Sie scheinen sehr gut für diese Position qualifiziert zu sein.«

»Aber hier studieren sehr viele Klone«, sagte sie. »Die Chance, dass ich es vermeiden kann, mit dem unnatürlichen

Gräuel zu interagieren, liegt bei null.« Ihre Stimme blieb völlig ruhig, aber er hörte darin die Boshaftigkeit mitschwingen.

Er schluckte erneut, suchte nach irgendeinem Grund, warum sie ihn anstellen sollte. Schließlich versuchte er es mit der Wahrheit. »Die Zeiten sind hart, äh, Mr. Seurat«, sagte er. »Wenn Sie Geld brauchen, kommen Ihnen die Ansichten Ihrer Kirche über Klone plötzlich viel unwichtiger vor als die Finanzierung Ihrer Wohnung.«

»Also nehme ich nur dann einen Job von Klonen an, wenn Obdachlosigkeit die Alternative wäre? Mann, ich scheine ganz schön inkonsequent zu sein.« Er öffnete den Mund zu einem Widerspruch, doch sie redete weiter. »Aber um ehrlich zu sein, war ich seit siebenundzwanzig Monaten in keinem Gottesdienst mehr. Nicht einmal zu Weihnachten. Ich bin so heilig wie ein Schokoladenosterhase.«

Wieder errötete er.

»Sehen Sie, Ma'am, ich entstamme einer Familie von Feuerwehrleuten und Polizisten. Kräftige, dominante Männer und Frauen, ehrenhafte Menschen. Aber viele von ihnen starben während der Klonaufstände vor siebzig Jahren.« Sie hielt inne und schaute aus dem Fenster. »Es war eine schreckliche Zeit auf Luna, in Mexico City, in Chicago, überall. So viel Blut, so viele Tote. Hunderte von Menschen. Hunderte von Klonen. Und Hunderte unter den Rettungskräften. Sie hatten kein Geld auf die eine oder andere Seite gesetzt, sie wollten nur den Frieden aufrechterhalten und die Unschuldigen schützen. Und dafür starben sie. Und da viele der Toten Menschen waren, kehrten sie nicht zurück. Im Gegensatz zu allen Klonen, als hätten die Aufstände nie stattgefunden.«

»Und dann errichteten Sie Ihr scheinheiliges Mahnmal

über ihren Gräbern!«, stieg Paul aus dem Spiel aus. »Das Blut meiner Familie wurde auf dieser Straße vergossen – für absolut nichts!«

»Waren Sie dabei, Ms. Mignon?«, fragte sie kalt. »Haben Sie gesehen, wie dieser Tag jeden verändert hat? Haben Sie miterlebt, wie meine Familie im Feuer starb, wie das Haar versengt wurde, wie die Haut brannte und abblätterte?«

Er antwortete nicht. Sein Gesicht fühlte sich heiß an, sein Nacken feucht und kalt.

»Ich erinnere mich nicht«, sagte er schließlich. Er wusste nicht mehr, wie er dieses Bewerbungsgespräch noch retten konnte.

»Meine Familie hat sich seitdem der Hetze gegen Klone verschrieben. Es ist erstaunlich, wie sie diesen Hass durch die Generationen weitergeben konnte, bis ich kam. Wir gehen nicht zur Kirche, aber wir besuchen in jedem November das Blue-Shield-Mahnmal.« Sie hielt kurz inne. »Trotzdem gehen wir nicht hinein.«

Danach entließ sie ihn. Draußen vor dem Ziegelsteingebäude, in dem die Verwaltung der OU untergebracht war, blickte er auf sein Tablet, öffnete das letzte verfügbare Jobangebot, das allerletzte auf seiner Liste, weil es so abwegig war, dass er sehr gute Chancen hatte, auch wenn es gleichzeitig das Angebot war, das er definitiv nicht annehmen wollte.

Aber es blieb ihm nichts anderes mehr übrig. Er konnte nicht einmal Arbeit als Kellner bekommen, und es hatte nicht geklappt, als er versuchte, bei Online-Videospielen Gewinn zu machen. Er hatte bereits alles Wertvolle außer seinem Computer verkauft.

Aber dieser Job, mein Gott! Für immer die Erde verlassen. Die ganze Zeit mit Klonen zusammenarbeiten. Und am Ende seines Lebens sich selbst klonen lassen. Die Obdachlosigkeit könnte tatsächlich die bessere Alternative sein.

Er atmete einmal tief durch und rief die Nummer an.

Am übernächsten Abend saß er in seiner Wohnung, drei Tage vor der Zwangsräumung. Er wollte nicht auf die Obere Halbinsel ziehen. In Michigan gab es für ihn nichts mehr. Er hatte keine Verwandten in Frankreich mehr. Er starrte mit leerem Blick auf seinen Computer, blätterte von einem Artikel über eine Obdachlosenunterkunft in Chicago zum jüngsten Pamphlet gegen das Klonen weiter.

Sein Messenger pingte. Er öffnete das Programm und sah den Kopf eines großen Mannes mit dunkler Haut. Es war Okpere Martins, mit dem er heute ein Bewerbungsgespräch geführt hatte. »Mr. Seurat«, sagte er, »es freut mich, Sie wiederzusehen. Hatten Sie einen angenehmen Abend?«

»Sicher«, sagte Paul und dachte an die widerliche gedruckte Suppe, die er in der Lobby seines Wohnhauses gegessen hatte.

Okpere machte den Eindruck, als würde er auf eine nette Erwiderung warten, aber Paul war zu deprimiert für Small Talk. Schließlich räusperte sich der Mann. »Ich wollte mit Ihnen über den Job sprechen.«

»Nicht der Richtige für diesen Job? Stelle schon besetzt? Was ist es diesmal?« Er verzichtete auf jede Höflichkeit. Er war sich ohnehin ziemlich sicher, dass Okpere ein Klon war.

»Ganz und gar nicht. Sie sind nahezu perfekt für den Job. Aber wir machen uns Sorgen, Sie könnten sich der Aufgabe nicht gewachsen fühlen, wenn wir Sie über ein paar Aspekte informieren.«

Perfekt? Er war perfekt für diesen Job? Wie war das möglich? Er blickte mit vorsichtiger Hoffnung auf. »Worum geht es?«

»Erstens, das Schiff hat eine Besatzung aus Klonen. So kann das Generationenschiff von einer sehr kleinen Besatzung betrieben werden. Wir sind uns nicht sicher, ob es klug ist, Sie zum ersten Mal zu klonen, während Sie sich bereits mitten auf einer interstellaren Reise befinden.«

»Das ist ein Ausschlusskriterium«, sagte er und nickte. Klonen kam nicht in Frage. Lieber würde er sterben.

»Oh, dann tut es mir leid, dass ich Ihre Zeit vergeudet habe«, sagte Okpere mit enttäuschter Miene. »Ich hoffe, Sie haben noch einen netten Abend.«

Paul seufzte laut. Seine Neugier war stärker. »Warten Sie, okay, was ist der zweite Punkt? Ich kann mir genauso gut alles anhören, bevor ich mich entscheide.«

»Das könnte sogar ein noch größeres Problem sein«, warnte Okpere ihn. »Die Klone an Bord des Schiffs sind Kriminelle.«

»Das ist verantwortungslos«, sagte Paul, während seine Lungen die Luft mit einem leisen Pfeifen ausstießen.

»Nicht unbedingt«, sagte Okpere und hob einen Finger. »So kommen wir an billige Arbeitskräfte, und sie werden sich Mühe geben, damit ihnen ihre Strafen erlassen werden. Wir erwarten keine Probleme, weil es viele Gründe für die Besatzungsmitglieder gibt, sich nichts zuschulden kommen zu lassen.«

»Aber wie wollen Sie einen Haufen Verbrecher während eines Weltraumfluges überwachen?«, fragte er.

»Eine KI kann die vollständige Kontrolle über das Schiff übernehmen, falls etwas schiefgeht. An dieser Stelle kommen Sie ins Spiel. Das heißt, Sie *würden* ins Spiel kommen, wenn Sie den Job übernehmen. Zur Unterstützung der KI.«

Er sollte sich um die Computer an Bord eines solchen Schiffs kümmern, einschließlich einer hoch entwickelten KI. Paul wurde für einen Moment schwindlig angesichts einer solchen Gelegenheit, auch wenn sie ihre Schattenseiten hatte.

Es sprach wirklich viel dagegen. »Ich bin weder kriminell noch geklont. Warum verschwenden Sie Ihre Zeit damit, mich anzurufen?«

»Mein Assistent machte mir einen Vorschlag, den wir für eine gute Notlösung halten.«

»Würden Sie mich morgen töten, nur damit ich geklont werden kann?«

Er lachte – es war ein kurzes, scharfes »Hah!«, das Paul erschreckte. »Ganz und gar nicht. Wir werden Ihnen eine falsche Vergangenheit geben. Ihre Klone, Ihre Vorstrafen. Aber im Schiff wird sowieso niemand über seine Vergangenheit sprechen, also müssen Sie sich keine Lügengeschichten ausdenken. Sie wären nur auf dem Papier ein geklonter Krimineller, das ist alles.«

Paul öffnete den Mund und schloss ihn dann wieder. »Ich … soll das heißen, Sie können wirklich keinen Klon, nicht einmal einen geklonten Ladendieb finden, der so gut für den Job qualifiziert ist wie ich?«

Okpere beugte sich vor, als würden sie sich persönlich gegenübersitzen. »Es gibt verschiedene Leute, die an diesem Schiff arbeiten und denen es nicht gefällt, dass die Besatzung ausschließlich aus Klonen bestehen soll. Sie hätten gern wenigstens einen Menschen an Bord. Da es ältere Klone und Kriminelle sind, ist es ein eigensinniger und dickköpfiger Personenkreis. Man möchte einen weiteren Notnagel, einen Menschen, der sich nicht mit den Klonen solidarisiert. Falls sie beschließen, zu meutern, das Schiff zu stehlen, die Kryo-Fracht zu töten, die Menschen an Bord zu versklaven, müssen Sie es verhindern.«

Er lehnte sich zurück und hob wieder die Stimme, legte

den verschwörerischen Tonfall ab. »Aber Sie haben gesagt, dass Sie nicht dazu bereit sind. Entschuldigen Sie, dass ich Sie belästigt habe. Einen guten Abend noch, Mr. Seurat.«

Damit trennte er die Verbindung.

»Nein … warten Sie!«, rief Paul, als er sah, wie sich das Fenster auf dem Bildschirm schloss. Er schlug mit beiden Fäusten auf seinen Schreibtisch.

»Verdammt!«, brummte er.

Er blieb die ganze Nacht wach, trank Kaffee und ging auf und ab. Es waren so viele Aspekte, und er musste jeden einzelnen durchgehen. Okpere hatte den Eindruck erweckt, dass er den Job haben konnte, wenn er nur wollte. Aber er hatte auch einen gewissen Widerwillen gezeigt.

Idiot. Es ist einfach, Prinzipien zu haben, wenn man eine Unterkunft und regelmäßige Mahlzeiten hat.

Während des Bewerbungsgesprächs hatte Okpere ihm gesagt, dass er sofort für die Ausbildung bezahlt würde, auch wenn es noch ein paar Jahrzehnte bis zum Start waren. Ihm wurde ein Stück Land am anderen Ende der Reise versprochen, außerdem ein kostenloser Kryo-Platz für einen Freund oder ein Familienmitglied. Beides hatte er nicht, aber er dachte sich, dass er den Platz vielleicht zu einem guten Preis verkaufen konnte.

Er hätte wieder ein Einkommen. Einen aufregenden Job, in dem er mit einer KI arbeiten konnte. Das Abenteuer, einen fremden Planeten zu erkunden. Und keine Zwangsräumung!

Irgendwann brach er auf dem Bett zusammen – nicht mehr als eine Matratze auf dem Boden – und schlief unruhig, mit Albträumen, wie er im Vakuum starb, während einhundert identisch aussehende Menschen ihn durch die Bullaugen eines Raumschiffs beobachteten. Er wachte mit schlechter Laune auf.

Wie konnte er sich nur vorstellen, vierhundert Jahre lang auf engstem Raum mit Klonen zusammenzuarbeiten? In einem Job, den er frühestens in fünfundzwanzig Jahren antreten würde? Es war völlig verrückt.

Aber er hatte nichts mehr zu verlieren. Er öffnete ein Anruffenster und betete, dass Okpere antwortete.

Okperes Gesicht erschien. Er wirkte überrascht, aber zufrieden. »Guten Morgen, Mr. Seurat! Was kann ich für Sie tun?«

»Guten Morgen«, sagte Paul und nahm einen Schluck vom zu heißen Instantkaffee, an dem er sich den Mund verbrannte. »Sie sagten, ich wäre perfekt für den Job, aber dann haben Sie einen Rückzieher gemacht. Was wäre, wenn ich doch interessiert wäre?«

Okpere zog eine traurige Miene, als müsste er eine Todesnachricht überbringen. »Tut mir leid, aber im Moment hat es keinen Sinn. Ich werde das Angebot zurückziehen müssen, ob Sie nun interessiert sind oder nicht. Wir haben einige Nachforschungen über Sie angestellt und, nun ja, herausgefunden, dass Ihre Familie intensiv in die Klonaufstände in Chicago vor siebzig Jahren involviert war. Stimmt das?«

»Das stimmt«, bestätigte Paul, während er spürte, wie sein Mund trocken wurde. »Hauptsächlich als Polizisten und Feuerwehrleute.«

»Wir haben festgestellt – ein wirklich erstaunlicher Zufall –, dass ein prominenter Anführer der Klone, der in jener Zeit an den Aufständen beteiligt war, ebenfalls der Besatzung der *Dormire* angehören wird. Wir können Ihnen nicht zumuten, mit jemandem zusammenzuarbeiten, der Ihrer Familie so viel Leid zugefügt hat.«

Paul starrte mit offenem Mund auf den Bildschirm. Trotz des Grolls, den seine Familienmitglieder gegen die Leute gehegt hatten, die damals durch die Straßen gezogen waren, hatten sie nie die Namen der verantwortlichen Klone erfahren. Dies war ein Geschenk für ihn, das ihm mit seinem Traumjob serviert wurde.

»Mr. Martins, das ist siebzig Jahre her. Es ist an der Zeit, das Kriegsbeil im Interesse des Fortschritts zu begraben«, hörte er sich sagen. »Ich möchte den Job haben.«

Okpere Martins beendete das Gespräch mit dem verdächtigen, aber sehr interessierten Menschen und rief dann seinen Arbeitgeber an. Dazu legte er seinen Ohrhörer mit Mikro an und ging nach draußen in den Sonnenschein, um zu seinem Lieblingskaffeestand zu gehen. Als er Mr. Seurat beobachtet hatte, wie er billigen und offensichtlich schlechten Kaffee trank, hatte sich in ihm das Verlangen nach dem wahren Genuss geregt.

»Guten Morgen«, sagte er, als der Anruf beantwortet wurde. »Meisterhafte Arbeit, Ma'am. Sobald ich Seurat erzählte, dass der Erzfeind seiner Familie an Bord sein wird, wollte er den Job unbedingt haben. Er hat das Angebot angenommen.«

»Sehr gut«, sagte Sallie Mignon.

IANs Entdeckung

»Wo ist Paul?«, fragte Maria, als sie mit einem Tablett voller Sandwiches und einer Kaffeekanne in die Krankenstation kam.

»Er ist gegangen, weil er hier völlig nutzlos ist«, sagte Wolfgang. Er saß auf seiner Pritsche und warf allen Anwesenden finstere Blicke zu.

»Im Großen und Ganzen«, pflichtete Joanna ihm bei. »Und legen Sie sich wieder hin, wenn Sie sich nicht übergeben wollen«, sagte sie zu Wolfgang. »Sie müssen nicht ständig wachsam sein. Alles ist gut.«

Sie trat zurück und wischte sich über die Stirn, die vor Schweiß glänzte. Sie hatte Hiro auf die Operation vorbereitet. Er schlief, und seine Hüfte war durch ein Zelt isoliert. Sie hatte ihn so weit wie möglich von den anderen weggerückt. »Ich könnte Hilfe gebrauchen. Eine Kugel steckt noch in ihm drin.«

Maria stellte das Tablett auf dem Tresen neben dem Terminal der Ärztin ab. Sie nahm sich ein Handtuch und tupfte Joannas Stirn ab, dann ging sie zur Spüle, um sich die Hände zu waschen. »Und wie geht es Ihnen, Wolfgang?«

Sie drehte sich um, als er nicht antwortete. Er war eingeschlafen.

»Endlich«, sagte Joanna. »Er könnte sich eine vorzeitige Demenz zuziehen, wenn er sich nicht ausruht. Er wollte Paul wegen Meuterei verhaften, weil der mit Blut genauso wenig umgehen kann wie mit Nacktheit.«

»Wie geht es der Kapitänin?«, fragte Maria und trat neben der Ärztin ans Bett. Katrina schlief mit dicken Kopfverbänden auf der Pritsche.

»Sie ist sediert. Sie erhält eine Infusion mit einer Nanobot-Lyfe-Mischung, die ihre Verletzungen schneller heilen lassen wird. Aber ihr Auge bekommt sie nicht wieder.«

»Unser dritter Tag mit unseren vermutlich letzten Körpern, und schon ruinieren wir alles«, sagte Maria und berührte ihr eigenes geschwollenes Gesicht. »Ich schätze, ich habe noch Glück gehabt.«

Maria half Joanna, die Kugel herauszuoperieren, und vernähte die Wunde, während Joanna die Transfusion des synthetischen Bluts vorbereitete.

»Die Besatzung ist auf drei Personen reduziert, Doktor«, sagte Maria, als sie den letzten Stich fixierte. »Haben Sie jetzt das Kommando, nachdem die Führungsriege handlungsunfähig ist?«

Joanna ging zur Spüle hinüber und wusch sich das Blut von den Händen. »Es scheint so. Aber Sie wissen, welche Arbeit Sie machen sollen, nicht wahr?«

»Essen zubereiten. Blut von den Wänden spülen. Hiro zusammennähen. Verstanden.« Maria spannte ihr verletztes Handgelenk an und zuckte zusammen. »Das werde ich morgen früh spüren. Vielleicht hat mein nächster Klon einen kräftigeren Oberkörper. Falls ich einen bekomme.«

»Haben Sie genug Kraft, um wieder in den Klonraum zu gehen?«

Maria wand sich innerlich, aber sie nickte. »Irgendwann muss ich es wohl tun, oder?«

»Und wenn Paul Ihnen hilft?«

»Ich glaube, es ist am besten, wenn ich allein arbeite. Inzwischen habe ich ein System entwickelt«, sagte sie. *Und wer weiß, welche anderen Hinweise ich noch finden werde?*

Joanna nickte. »Gut. Ich muss hierbleiben, um sie zu beobachten. Ich weiß nicht, was geschieht, wenn Hiro aufwacht.«

Maria war sehr froh darüber, allein im Klonraum zu sein. IAN beschloss, ihr Gesellschaft zu leisten.

»Du wirst es nicht glauben«, sagte er.

»Was?«, fragte Maria und schraubte den letzten gereinigten Filter vor dem Lüftungsschacht fest.

»Dieser Restriktionskode war eine schlimme Sache. Während ihr euch auf den unteren Decks geprügelt habt, bin ich auf etwas gestoßen.«

»Logs?«, fragte Maria hoffnungsvoll. »Mindmap-Backups?«

»Persönliche Logbücher. Einige Leute sind besser darin, Firewalls einzurichten, als andere. Ich habe *deine* Logbücher gefunden.«

»Oh. Und was steht darin?« Maria bemühte sich, ihre Aufregung nicht zu zeigen. Sie lernte gerade, dass der neue und verbesserte – oder zumindst uneingeschränkt funktionierende – IAN sie gern ein wenig zappeln ließ, wenn es ihm möglich war.

Ihre eigene Stimme, blechern und fern klingend, drang aus dem nächsten Lautsprecher.

»*Dreiundzwanzigster Juli 2493.* Die Kapitänin wird zunehmend paranoid. Sie hat es sich in den Kopf gesetzt, dass wir alle unsere Verbrechen beichten, damit sie weiß, wem sie vertrauen kann und wem nicht. Sie sagte, wenn wir nicht beichten, wird sie unsere Geheimnisse der übrigen Besatzung verraten.

Ich weiß nicht, woher sie sie hat. Die einzigen Leute mit Zugang zu diesen Dateien sind die Ärztin und, nun ja, ich, wenn auch nicht offiziell. Aber ich bin nicht die Einzige, die in große Schwierigkeiten geraten könnte, wenn die Besatzung alles über mich weiß. Hiro hat eine schlimme Vergangenheit, der arme Kerl. Mit Wolfgang möchte ich mich nicht anlegen, aber ich würde für einen Platz in der ersten Reihe bezahlen, sollten Katrina und er sich jemals einen Ringkampf liefern.

Vierundzwanzigster Juli 2493. Ich frage mich, welchen Sinn diese Zeitrechnung noch hat. Müssten wir nicht einen neuen Kalender einführen, wenn wir Artemis erreicht haben? Jedenfalls ist heute der Tag nach gestern.

Okay, ich weiche aus. Die Kapitänin wurde gestern angegriffen. Ich weiß nur, dass ich es nicht war. Joanna hat sie vor der Tür zum Garten gefunden. Sie liegt im Koma. Selbst mit der Technik, die wir an Bord haben, schafft es die Ärztin möglicherweise nicht, ihre Gehirnverletzung in Ordnung zu bringen. Wir können einen neuen Körper klonen, wir können eine Persönlichkeit verändern, aber wir können ein existierendes Gehirn nicht reparieren. Irgendwas stimmt damit nicht.

Ich habe vorgeschlagen, dass wir sie euthanasieren und einen neuen Klon aufwecken, aber Wolfgang sagt, dass wir nie erfahren werden, wer sie angegriffen hat, wenn wir sie verlieren. Also lassen wir sie noch eine Woche leben, um zu sehen, ob sie aufwacht.

Aber wir alle wissen, wer der Hauptverdächtige ist. Niemand hat Pauls kleinen Weltraumkoller während des ersten Jahres unserer Mission vergessen. Niemand außer Paul, versteht sich. Wolfgang hat ihn so schwer zusammengeschlagen, dass er sich nicht daran erinnert. Wir haben ihn über die

Jahre beobachtet. Er wurde wieder gesund, hat aber nie mehr Neigungen zur Gewalttätigkeit gezeigt. Ich denke, selbst für Klone sind vierundzwanzig Jahre eine lange Zeit, um jemanden im Auge zu behalten. Diese Art von Wachsamkeit wird irgendwann anstrengend.

Doch letztlich könnte es jeder gewesen sein. Katrina hat sich in den letzten paar Tagen von allen entfremdet, durch lange Befragungen, durch Vorwürfe, durch die Forderung, dass wir alle unsere Geheimnisse offenbaren. Ich war natürlich wütend darüber. Sie vertraut niemandem mehr, und ich glaube, Wolfgang will mit Joanna darüber reden, sie als Kapitänin abzusetzen.

Natürlich wurde sie jetzt abgesetzt. Und wir wissen nicht, wer es getan hat.

Beim Abendessen war es ruhig. Joanna war bei der Kapitänin in der Krankenstation. Wolfgang, Hiro, Paul und ich saßen nur da, stocherten in den Essensresten herum – mein Gott, in letzter Zeit ist viel Essen übrig geblieben, und ich hasse es, die Reste einfach zu entsorgen, auch wenn es für den Recycler wäre. Hiro ist blass und will niemandem in die Augen blicken, aber so ist er schon seit Wochen, seit wir seinen letzten Klon geweckt haben. Paul ist übellaunig, aber auch das ist nichts Neues. Der arme Kerl konnte sich nie einfügen, weder vor seiner Episode noch danach, und wir haben noch einen langen Weg vor uns.

Wolfgang hat bekannt gegeben, dass er morgen mit den Befragungen anfangen wird. Daraufhin bin ich vom Tisch aufgestanden.

Es ist mir egal, ob mich das belastet. Ich muss herausfinden, was los ist. Ich werde heute Abend noch einmal die Dateien durchgehen. Ich verberge meine Logs unter einer weiteren Sicherheitsebene, im Stil von Tante Lucia.«

»Moment«, sagte Maria, und die Aufzeichnung wurde angehalten. »Sind diese Dateien auch in diesen gesicherten Logs?«

»Nein, nur deine ›Liebes Tagebuch‹-Momente«, sagte IAN. »Es gibt noch einen weiteren Eintrag. Möchtest du ihn hören?«

Maria kaute auf ihrer Lippe. »Ja, mach weiter.«

»Fünfundzwanzigster Juli.« Marias Stimme klang atemlos und verängstigt. Sie schien Schmerzen zu haben oder krank zu sein. »Es ist das verdammte Ende. IAN wurde gehackt, wir haben tonnenweise Daten verloren, darunter auch unsere Mindmaps. Er verliert die Daten schneller, als ich irgendetwas retten kann. Wir kommen vom Kurs ab. Der Gravantrieb ist abgeschaltet, bald wird hier Schwerelosigkeit herrschen. Wir beeilen uns, alles zu sichern, aber ich glaube, jemand hat mir etwas ins Frühstück getan. Ich fühle mich beschissen.« Eine Pause, dann schlurfende Schritte. Dann Würgegeräusche. Ihre Stimme kehrte angestrengt und ermüdet zurück. »Ich glaube, es ist Gift. Ich würde IAN fragen, aber er ist nicht mehr da. Ich habe keine …«

Die Aufzeichnung wurde gestoppt und setzte gleich danach wieder ein. Ihre Stimme klang immer noch erschöpft und verängstigt. »Verdammt, Hiro hat sich erhängt! Ich wurde definitiv vergiftet. Wir sind nicht die Einzigen, die wiedererweckt werden müssen. Ein letzter Logeintrag, oh, bitte, verlier ihn nicht! Erinnere dich daran, wo du Dinge hamsterst, mein nächstes Ich! Von den ersten Mindmaps habe ich Sicherungskopien gemacht, als wir an Bord gingen. Alte Gewohnheiten und so. Ich glaube, ich schaffe es noch …« Sie hielt einen Moment lang inne, um nach Luft zu schnappen. »… zum Wiederbelebungsschalter, um uns zu wecken, bevor es mit mir vorbei ist. Wir werden ziemlich verwirrt sein, aber wenigstens werden wir aufwachen. Wenn du das hier hörst, scheine ich es wohl geschafft zu haben.«

Damit endete die Aufzeichnung. Maria saß da und horchte auf das leise Tuckern des Dampfreinigers neben ihr, der sie an ihren keuchenden Atem erinnerte, während der Schierling langsam ihren Körper abschaltete.

Sie blinzelte, holte sich in die Gegenwart zurück. »Also bin ich anschließend vermutlich hierher gerannt, habe den Knopf gedrückt und mich übergeben, bevor jemand anderes mich endgültig tötete.«

»Das klingt sehr plausibel, auf der Basis dessen, was du mir erzählt hast«, sagte IAN. »Ist das nicht wunderbar?«

»Was soll daran wunderbar sein?«, fragte sie benommen zurück.

»Du bist nicht die Mörderin! Und Hiro auch nicht, wenn er schon tot war, bevor das Gemetzel begann. Meinen Glückwunsch!«

»Juhu«, murmelte sie und fragte sich, ob sie den Restriktionskode der KI wieder aktivieren sollte.

Sehr viel mehr als fünf

Wolfgang wachte auf, als Joanna sein Bett von den zwei Kapitäninnen und Hiro wegschob.

»Was tun Sie da?«, fragte er mit erschöpft klingender Stimme.

»Ich gebe Ihnen allen genug Freiraum. Schlafen Sie weiter.«

Er stöhnte leise. »Ich würde mich lieber übergeben.«

Joanna hatte eine Metallschüssel am Fußende seines Betts bereitgestellt, und nun reichte sie sie ihm, während sie das Bett weiterschob. Er hielt sie fest umklammert, aber ihm war nicht übel. Auf seiner Oberlippe stand Schweiß.

»Sie sollten schlafen. Nicht reden, denken oder bewegen. Gehirnverletzungen sind nicht ohne. Insbesondere in unserem derzeitigen Zustand.« Sie positionierte ihn vor der hinteren Wand und stellte dann einen kleinen Tisch mit einem Glas Wasser neben ihn.

Er setzte die Schüssel neben den Becher ab, lehnte sich zurück und schloss die Augen. »Ich glaube, es geht mir schon besser.« Er log. Sein Unterkiefer und sein Schädel schmerzten. »Wie soll ich das machen – nicht denken? Wir versuchen mehrere Morde aufzuklären und wollen herausfinden, was mit Hiro schiefgelaufen ist.«

»Wir wissen, was mit Hiro schiefgelaufen ist. Ihm wurden Persönlichkeiten implantiert, die um die Vorherrschaft ringen. Das ist kein Beweis, dass er für das Gemetzel verantwortlich ist, auch wenn Paul anderer Meinung ist.«

»Paul und ich. Es ist durchaus möglich, dass Hiro uns tötete und sich danach erhängte.«

»Vieles ist möglich. Und jetzt ruhen Sie sich aus.«

»Nein, wir müssen reden. Und dazu ist dieser Moment genauso geeignet wie jeder andere«, sagte er, setzte sich auf und schwang die Beine über die Seite der Pritsche.

»Jetzt ist überhaupt kein geeigneter Moment«, sagte Joanna und ließ sich auf einen Stuhl fallen.

»Müssen wir nicht noch die Leichen entsorgen?«, fragte Wolfgang.

Joanna stöhnte. Sie hatte den Albtraum im Nebenkorridor ganz vergessen, als Hiro unverhofft Maria angegriffen hatte.

»Gehen wir«, sagte er.

Die Leichen waren immer noch dort, wo sie sie vor der großen Tür des Recyclers zurückgelassen hatten. Waren wirklich nur einige Stunden vergangen? Obwohl die Leichen in Säcken steckten, hatten sie ihren üblen Geruch schon im ganzen Korridor verbreitet.

Nach jahrhundertelang geübter Praxis trugen sie und Wolfgang jede nackte Leiche in die Schleuse, legten sie ohne weitere Zeremonie ab und holten dann die nächste. Die Leichensäcke ließen sie zurück, weil es keinen Grund gab, sie zu vergeuden.

Wolfgang rümpfte die Nase über den Geruch. »Wenn ich in der Zeit zurückgehen könnte, würde ich demjenigen eine schallern, der dachte, dieses Schiff hätte keine Leichenhalle nötig …« Er ließ die Drohung im Raum hängen, während sie Hiros Leiche als letzte hineintrugen und neben die anderen legten.

Sie verließen die Schleuse, schlossen die Innentür und öffneten den Schacht zum Recycler. Der Boden klappte auf, und die Leichen rutschten in Richtung Außenring.

Joanna drehte sich um und machte sich auf den Rückweg zur Krankenstation.

Wolfgang blieb zurück, blickte durch das Fenster in der Tür. Die Schleuse war wieder leer, der Boden hatte sich geschlossen. Seine Lippen bewegten sich.

»Wolfgang? Alles in Ordnung mit Ihnen?«, fragte Joanna.

»Ja, alles klar«, sagte er und folgte ihr.

»Haben Sie gerade gebetet?«, fragte sie.

Er errötete, was bei seiner blassen Haut gut zu erkennen war. »Sie sind die ersten gestorbenen Klone, um dich ich trauere. Für uns alle sind sie Fremde. Ein seltsames Gefühl.«

Wolfgang trauert? »Wie meinen Sie das?«, fragte sie.

»Es fühlt sich wie ein realer Tod an. Und es kommt mir respektlos vor, sie einfach in den Recycler zu werfen.«

Joanna runzelte die Stirn. Sie hatte ein ähnliches Gefühl. »Wir sind ein geschlossenes System, Wolfgang. Wir können es uns nicht leisten, aus sentimentalen Gründen Rohstoffe zu verlieren.«

»Ja, und wahrscheinlich ist es Sentimentalität, die durch Stress hervorgerufen wurde«, sagte er, als er die leeren Leichensäcke aufhob. »Wir müssen sie dann auswaschen.«

»Bringen Sie sie in den Klonraum, dann setzen wir sie einfach auf die Liste der Dinge, die Maria noch säubern muss. Zusammen mit einer Bitte um Entschuldigung.«

»Es ist ihr Job«, rief er der Ärztin ins Gedächtnis.

»Ich bezweifle sehr, dass die Beseitigung von biologischem Gefahrengut in ihrer Stellenbeschreibung erwähnt wurde.«

»Ich glaube, Katrina hatte die Reinigungsarbeit als Bestrafung vorgesehen«, sagte Wolfgang, als er sie wieder eingeholt hatte. »Aber dann hatte sie keine Lust mehr, so lange zu warten, bis sie auf jemanden wütend genug war.«

»Haben wir uns nicht alle in den letzten paar Tagen auf die eine oder andere Weise für diesen Job qualifiziert?«, fragte Joanna. »Mich vielleicht ausgenommen.«

»Sie lassen nicht zu, dass sie ihre Vorgängerin tötet«, warf Wolfgang ein.

»Wohl wahr.« Sie hielt ihre Schlüsselkarte vor den Sensor der Tür zur Krankenstation, die sich daraufhin öffnete. Hiro, die neue Kapitänin und die alte Kapitänin lagen unverändert da. Joanna überprüfte ihre Werte und nickte zufrieden.

Ihre nächste Station war der Klonraum, wo sie die Leichensäcke ablegten. Sie winkten Maria zu, damit sie wusste, wo sie waren. Halbherzig winkte sie zurück.

Auf dem Rückweg kamen sie an Joannas Quartier vorbei. Sie öffnete die Tür und forderte Wolfgang mit einer erschöpften Geste zum Eintreten auf. Sie machten es sich in zwei Sesseln bequem und saßen eine Weile schweigend da.

Joanna fragte sich, ob er eingeschlafen war, als er plötzlich mit geschlossenen Augen sprach. »Wie viele Leben hatten Sie?«

»Das ist jetzt mein sechstes«, sagte Joanna. »Ich wurde 2147 geboren, habe dann mein erstes Studium in Medizin absolviert.«

»Wollten Sie nie, dass Ihre Beine für Ihren nächsten Klon korrigiert werden?«

Joanna seufzte. Irgendwann kam dieses Thema immer auf. »Ich wurde mit einer seltenen Form von Tetraamelie geboren; solche Babys kommen mit fehlenden oder deformierten Gliedmaßen auf die Welt. Manchmal wird sie durch ein Trauma während der Schwangerschaft ausgelöst, aber in meinem Fall ist es genetisch. Bevor die Klongesetze verabschiedet wurden, hatte ich ein Leben mit modifizierten Beinen, aber mein nächster Klon hatte wieder meinen ursprünglichen Körper.«

»Warum?«

»Die Klongesetze waren in Kraft. Und die Beine fühlten sich nicht an, als wären es meine«, sagte sie. »Wozu die vielen Fragen?«

»Mir wurde klar, dass ich nicht viel über Sie weiß«, antwortete er. »Sie sind älter, als ich dachte. Sogar älter als ich. Haben Sie während Ihrer dupliaktrischen Studien jemals gelernt, sich selbst zu hacken?«

»Nein«, sagte sie.

»Also sechs Leben, und Sie waren die ganze Zeit Ärztin?«, fragte Wolfgang.

Sie lehnte sich zurück. »Nun, soweit ich weiß, war auch Nummer fünf eine Ärztin, aber mir ging der größte Teil dieses Lebens verloren. Und dieses habe ich erst seit wenigen Tagen, doch ich denke, dass ich Ihre Frage mit Ja beantworten kann. Mit Unterbrechungen.« Joanna war erleichtert, eine unangenehme Reihe von Fragen hinter sich gebracht zu haben, aber sie würde sich nur sehr ungern einer weiteren stellen.

»Und wann haben Sie pausiert? Was haben Sie gemacht?«

»Ich war einige Zeit im öffentlichen Dienst, habe ehrenamtlich gearbeitet, habe die Klontechnologie in ein paar ärmeren Ländern eingeführt. Und ich bin ein bisschen herumgereist.«

»Waren Sie jemals auf Luna?«, fragte Wolfgang und öffnete die Augen.

Joanna runzelte die Stirn. »Äh, nein, die Reise zur *Dormire* war mein erster Aufenthalt dort.«

»Bevor Sie selbst geklont wurden, hatten Sie jemals irgendeinen Grund, Klone abzulehnen oder zu verdammen?«

Joanna lächelte. »Sie haben nicht auf die Zeitdaten geachtet. Ich wurde 2147 geboren – Menschen zu klonen war noch etwas Neues und Aufregendes, als ich eine junge Frau war. Keine Aufstände, keine Exkommunikationen, all das lag noch in der Zukunft.«

Er starrte sie an. »Sie gehören zu den ersten Jahrgängen? Ich dachte, die wären alle in die Hügel gezogen, um dort als reiche Eremiten zu leben, gelangweilt von den viel jüngeren Kindern der Erde.«

»Nicht alle. Einige von uns wollten helfen.«

»Also kannten Sie all die berühmten Klone jener Zeit? Grindstaff, Kelly, Sallie Mignon?«

Joanna lachte. »Es war nicht so, dass ich mit nobelpreisträchtigen Klonwissenschaftlern zur Highschool gegangen bin. Ich bin Dr. Grindstaff einmal bei einer Konferenz begegnet. Sie hielt dort Vorträge, also hatte sie nicht viel Zeit zum Plaudern. Kelly habe ich leider nie kennengelernt, bevor sie in den Untergrund ging. Mignon habe ich getroffen.«

»Kannten Sie schon vor Beginn der Mission irgendjemanden aus der Besatzung der *Dormire*?«

»Jetzt klingt es nicht mehr danach, als wollten Sie mich etwas besser kennenlernen, sondern eher nach einem Verhör«, sagte sie. »Ich kannte niemanden aus der Besatzung.«

Dann dämmerte es ihr. »Sie wollen wissen, welches Verbrechen ich begangen habe«, sagte sie. »Sie wollen uns alle über unsere Vergangenheit ausfragen.«

»Können Sie es mir verübeln?«

»Nachdem ich die Hälfte der Besatzung zusammengeflickt habe, überlegen Sie, ob ich uns alle getötet haben könnte?«

Er schwieg.

Sie seufzte. »Meine Verbrechen waren politisch, nicht gewalttätig. Ich habe niemandem Schaden zugefügt. Wie bei uns allen ist dieser Job meine Möglichkeit, mich zu rehabilitieren. Sallie Mignon hat sich dafür eingesetzt, dass ich diesen Posten bekomme.«

»Tatsächlich. Sallie Mignon.« Es war keine Frage. Er dachte nach.

»Jetzt bin ich an der Reihe«, sagte sie.

»Womit?«

»Mit Fragen. Das ist nur fair.«

Er seufzte und lehnte sich im Sessel zurück. »Also gut. Die Kapitänin sagt, ich sei wie ein offenes Buch.«

»Fangen Sie mit Ihrem ersten Leben an, Ihren Erfahrungen als Klon und Ihren politischen Einstellungen. Beschleunigen wir die Sache ein wenig.«

»Also das Wesentliche«, sagte Wolfgang. »Gut. Wie Sie wissen, wurde ich auf Luna geboren. Als alter Mann wurde ich das erste Mal geklont.«

»Ihre Familie lebt schon seit mehreren Generationen auf Luna, nicht wahr?«

»Woher wissen Sie das?«

»Weil Sie nach dem Aufwachen lunare Gravitation brauchten«, sagte sie. »Dann Ihre Größe und ihr Hautton. Aber irgendetwas fehlt in Ihrer Geschichte. Wenn Ihre Daten stimmen, wurden Sie 2282 zum Klon, während der Klonaufstände in den Tagen vor der Verabschiedung der Klongesetze. Weshalb haben Sie entschieden, sich genau zu dieser Zeit klonen zu lassen?«

Wolfgang starrte an ihr vorbei ins Leere. »Ich habe mich nicht dafür entschieden. Die Entscheidung wurde mir abgenommen. Ich wurde gegen meinen Willen geklont und bin dann meinen Entführern entkommen. Ich ging zum Luna-Militär, war Pilot für Shuttles zwischen der Erde und Luna.« Er zuckte mit den Schultern. »Zeitweise habe ich als Leibwächter gearbeitet, dann wieder als Pilot, ich habe studiert, wenn ich die Gelegenheit dazu hatte, schaffte es bis zum Leiter einer privaten Sicherheitsfirma auf Luna, dann wurde ich für die *Dormire* angeheuert. Sind Sie damit zufrieden?«

»Sie lassen etwas aus. Vielleicht etwas Großes.« Sie rieb sich das Kinn. »Sie hatten wie viele Leben? Offiziell fünf?«

»Ich hatte sehr viel mehr als fünf«, sagte er leise. »Die meisten davon während des ersten Tages meines Lebens als Klon.«

Wolfgangs Geschichte

Vor 211 Jahren
25. September 2282

Meine Kinder, wir haben es in Gottes Welt so weit gebracht. Wir haben die Erde übernommen, die Er uns gab. Wir haben Luna übernommen und sie zu unserer Heimat gemacht. Durch die Wissenschaft hat Er uns so viele Geschenke zukommen lassen.

Leider hat uns auch der Widersacher durch die Wissenschaft oft in Versuchung geführt. Es ist die Schlange, die Medikamente entwickelt hat, um Schwangerschaften abzubrechen und die ungeborenen Kinder des Herrn zu töten. Die Schlange lügt, und die Schlange flüstert. Und es ist die Schlange, die uns das Klonen gab. Denn wer kann besser das Wort des Widersachers verbreiten als eine Armee der Seelenlosen?

Viele Menschen haben mich gefragt. Das Luna News Network hat mich gefragt. Auf der Erde hat CNN mich gefragt. Einige von euch haben mich gefragt. Und ich werde allen dasselbe sagen, was ich auch euch gesagt habe: Wenn ein Mensch stirbt, geht seine Seele zu Gott oder zum Widersacher. Wenn dieser Mensch zurückkehrt, glaubt ihr, Gott würde seine Seele zurückschicken? Natürlich nicht. Und die Schlange wird ihren unrechtmäßig errungenen Gewinn nicht so leicht aufgeben. Jene, die als Klone zurückkehren, sind ohne Seelen, ohne Gottes Lenkung.

Unzählige stellen sich gegen mich! Es wird heftig debattiert!

Sind sie rechtmäßige Menschen? Können Sie ihre eigenen Erben sein? Ist es Mord, einen von ihnen zu töten? Auch wenn es ein unbeliebter Standpunkt ist, glaube ich, dass es kein Mord ist, einen Mann oder eine Frau aus dieser Welt zu entfernen, wenn er oder sie kein Kind Gottes ist, wenn seine oder ihre Seele nicht aufsteigen kann.

[Pause, bis die Proteste verstummen]

Das größte Geschenk ist das Geschenk des Opfers. Christus gab sein Leben für uns. Ein Klon würde sich niemals opfern. Es ist ohne Bedeutung, weil er am nächsten Tag erwachen und noch einmal von vorn anfangen kann. Nichts ist von Bedeutung, wenn jemand ein Klon ist. Weder die Liebe noch der Tod noch das Leben.

Der Herr sagt: Du sollst nicht töten, nicht: Du sollst nicht morden. Also nein, ich sage euch nicht, dass ihr eine Armee aufstellen sollt, die Jagd auf Klone macht. Aber wenn ihr jemandem begegnet, der euch sagt, dass er ein Klon ist, bemitleidet ihn. Seid euch bewusst, dass ihr in die Augen eines seelenlosen Menschen blickt. Hört nicht auf seine Argumente, weil er nicht auf einer moralischen Grundlage argumentiert. Er hat keinen Platz in Gottes Himmel. Noch viel schlimmer als die Unmoralischen, die Nichtgläubigen, die Brecher der Zehn Gebote ist der Klon, denn die Handlungen des Seelenlosen entstammen einer Quelle, die weder gut noch böse ist. Sie entstammen einer Quelle, von der wir noch gar nichts wissen, und das ist es, was mir die größte Furcht bereitet.

Father Gunter Orman hörte auf zu schreiben und lehnte sich mit einem Seufzer auf seinem Stuhl zurück. Sein Büro war schlicht eingerichtet, so schlicht, wie es in einem Gebäude auf Luna möglich war. Anders als die Mönche, die sich auf der Erde der Armut hingaben, musste Gunter den Luxus des Lebens in einer Kolonie annehmen, wenn er nicht sterben wollte. Die Ziegelsteinmauern bestanden aus einer Mischung aus Kunststoff und Mondstaub, einem Material, das es hier im Überfluss gab, aber auf der Erde äußerst teuer war. Die Farbe der Wände war ein helles Grau, da er sich geweigert hatte, sie zu streichen, um sie ansehnlicher zu machen. Das Mobiliar war einfach, das Bett und der Schreibtisch waren aus lunaren Rohstoffen hergestellt worden, mit Ausnahme seines Schreibtischstuhls aus Holz, einem Geschenk von seinen Großeltern auf der Erde. Seine Kirche war nobler, als ihm lieb war. Der Vatikan hatte es sich etwas kosten lassen, Gottes Ruhm nach Luna zu tragen, und man hatte sogar Buntglas zum Mond transportieren lassen. Es fing das Sonnenlicht nicht auf die gleiche Weise ein wie auf der Erde, aber es war eine nette Geste gewesen.

Gunter überprüfte die Formulierungen in seiner Predigt. Jeder kannte seinen Standpunkt zum Klonen, aber er hatte noch nie in einer Kanzelrede darüber gesprochen. Ihm war klar, dass die Kardinäle auf der Erde verärgert sein würden. Päpstin Beatrice I. war entschieden gegen Kloning, aber nicht einmal sie war so weit gegangen anzudeuten, es wäre keine Sünde, sie zu töten.

Es war schwierig, so weit von der Kirchenleitung entfernt zu leben. Er hatte die Erde nur dreimal in seinem Leben besucht, und jedes Mal war es wegen der ungewohnt hohen Gravitation für einen Lunageborenen eine schwere körperliche Belastung gewesen. Er hatte den Vatikan in seiner ganzen Pracht gesehen und sich mit den führenden Kardinälen getroffen. Sie überprüften die Priester sehr sorgfältig, die ihre Botschaft nach Luna tragen sollten, da sie fern der kirchlichen Aufsicht tätig sein würden. Aber Gunter war anders. Er war auf Luna geboren, er verstand die Menschen dort, und er war der Erste gewesen, der das virtuelle Seminar besucht hatte, das dort von Missionaren eingerichtet worden war. Im Laufe der Jahre war er immer radikaler geworden, und bald wäre ein Besuch von einem Kardinal fällig. Er erwartete, dass dieser Besuch mit dem vorsichtigen Vorschlag enden würde, sich zur Ruhe zu setzen.

Doch bevor dieser Tag kam, wollte er sein Zeichen setzen.

Er war noch nicht bereit für den Ruhestand. Nötigenfalls konnte er bis zu seinem Tod über dieses Thema predigen. Er hatte seine Ansichten zum Klonen recht offen ausgesprochen, und diese Sache bewegte sich jenseits von Gut und Böse, in einer Grauzone, und das machte ihm große Angst.

Hinter ihm ging die Tür zu seinem Büro auf. »Mother Rosalind, sind Sie das?«, fragte er, ohne von seinem Terminal aufzublicken. »Dürfte ich Sie bitten, zu überprüfen, ob Korrekturen notwendig sind?«

Er hörte ein Glucksen, dann explodierte ein greller Schmerz an seinem Hinterkopf. Und dann war nichts mehr.

Es war Mother Rosalind. Das war die Sache, die ihn in den folgenden Jahren am meisten schockierte: Es war Mother Rosalind gewesen, die hinter ihm gegluckst und ihn dann niedergeschlagen hatte. Seine Stellvertreterin, eine Priesterin von der Erde, die er angelernt hatte und die allmählich zu seiner Vertrauten geworden war. Ein Klonspitzel.

Er erwachte in einem fensterlosen Labor, auf eine Pritsche geschnallt. Er mühte sich ab, sich zu befreien, ohne etwas zu bewirken, und hätte sich aufgrund der Schmerzen am Hinterkopf fast übergeben. Sein blondes Haar fühlte sich feucht an. »Wo …?«, brachte er murmelnd heraus.

»Sie befinden sich in einem Klonlabor«, sagte Mother Rosalind. Sie hatte ihre Tracht abgelegt und war in weiße Hosen und eine rote Bluse gekleidet, wie es auf Luna gerade

Mode war, trotz ihrer stämmigen Figur einer Erdgeborenen. In Straßenkleidung fiel ihre braune Haut weniger auf als in der hellen Tracht, und sie wirkte deutlich jünger. Gunter schätzte, dass sie etwa fünfundzwanzig war. Es war natürlich ihr erstes Leben.

»Haben Sie überhaupt eine Seele?«, flüsterte er.

Sie antwortete nicht. Sie sprach mit einem großen Mann indischer Herkunft, der nach ein paar Generationen auf Luna längere Knochen entwickelt hatte. Er überragte sie, während sie miteinander flüsterten, und Gunter hatte den Eindruck, dass der Mann sie tadelte, weil sie ihn verletzt hatte. »Von dieser Gehirnerschütterung könnte er einen Hirnschaden davontragen«, sagte er im singenden Akzent von Nord-Luna, wo sich die meisten Menschen aus Südostasien angesiedelt hatten.

»Er ist größer als ich«, sagte sie. »Ich wollte nicht gegen ihn kämpfen.«

»Das ist keine Entschuldigung. Sie sind jünger und kräftiger. Ich werde ihn untersuchen müssen, um festzustellen, ob er für eine Mindmap geeignet ist.«

»Vorsicht! Er wird sich dagegen wehren«, sagte sie. »Und er ist aufgewacht.«

Der Mann beugte sich lächelnd über Gunter. »Hallo, Father Orman. Wie geht es Ihnen?«

Gunter schloss die Augen und murmelte das Ave Maria.

Er riss die Augen wieder auf, als er Hände an seinem Kopf spürte. Zuerst wand er sich vor Abscheu und dann vor Furcht, als die Hände ein Kupferband um seinen Schädel legten. Der Raum schien zu kippen und sich zu drehen, als er sich wehrte, und sein Kopf fühlte sich an, als würde er brennen. Er wandte sich zur Seite und erbrach sich auf den Mann.

Gunter zitterte, und ihm brach der kalte Schweiß aus. Er

konnte nichts gegen den Mann ausrichten, der das Band um seinen Kopf enger schnallte. Es wurde schnell von seiner Haut erwärmt. »Es wird nicht wehtun, wir übernehmen nur Ihre Vitalwerte«, sagte der Mann, der das Erbrochene auf seiner Kleidung nicht weiter beachtete.

Gunter versuchte zu sprechen, aber er brachte nichts heraus. Ihm war schwindlig, und als das Kupferband wärmer als seine Körpertemperatur wurde, erinnerte er sich mit großer Klarheit an sein Leben, wie er auf Luna aufwuchs, an seine Erstkommunion, an die Schmerzen und das Erstaunen, die sein erster Besuch auf der Erde auslöste, an den Tag, als er an die einzige katholische Kirche auf Luna berufen wurde.

Er verlor immer wieder kurz das Bewusstsein. Er war sich ziemlich sicher, dass man ihn unter Drogen gesetzt hatte, weil er nun gar keinen Schmerz mehr empfand.

Auch die Sünden stürmten lautstark auf ihn ein, die kleinen Diebstähle, die er als Kind begangen hatte, die scharfen Worte, mit denen er geliebte Menschen verletzt hatte, und die Momente, wenn seine Predigten jemanden zu etwas gar nicht Heiligem angetrieben hatten, obwohl seine Absichten völlig rein gewesen waren. Ein greller Punkt der Scham flammte auf, als er sich daran erinnerte, wie er sich im Seminar betrunken und mit einer Freundin Unzucht getrieben hatte, die demnächst zur Priesterin geweiht werden sollte. Es war ihre Idee gewesen. »Nur damit wir genau wissen, was wir aufgeben«, hatte sie gesagt, aber er musste zugeben, dass er nicht viel Widerstand geleistet hatte.

Vitalwerte. Das war eine Lüge, wurde ihm mit Schrecken bewusst. Mit dieser Vorrichtung maßen sie nicht seinen Blutdruck und andere Werte, sondern fertigten eine Mindmap von ihm an, sie versuchten seine gesamte Persönlichkeit aufzuzeichnen, jedoch ohne seine Seele. Wieder versuchte er sich zu wehren, und das Haar an seinem Hinterkopf fühlte sich verklebt an. Schwindel überkam ihn, und er würgte, wodurch seine Erinnerungen nur umso lebhafter wurden, und die schändlichen schienen viel lauter zu sein als die guten.

Sein letzter Gedanke, bevor er das Bewusstsein verlor, war Dankbarkeit, dass die sich ausbreitende Dunkelheit vielleicht seinen Tod bedeutete.

Es war die Abwesenheit von Schmerz, die ihn einige Zeit später veranlasste, die Augen aufzureißen.

Die chronischen Leiden eines älteren Menschen waren etwas, das man irgendwann als Lebenstatsache akzeptierte: mit Rückenschmerzen aufzuwachen, von den Gelenken lautstark begrüßt zu werden, sobald man sich morgens zum ersten Mal erhob, und andere Krankheiten des Alters. Gunter hatte gehört, dass es in der höheren Erdschwerkraft noch viel schlimmer sein sollte, aber für ihn war es auch so schlimm genug gewesen.

Nur dass er jetzt aufwachte und sich gut fühlte. Stark. Er hob die Hände zum Hinterkopf, erwartete, einen Verband zu ertasten, doch er spürte nur dichtes Haar. Er legte die Fingerspitzen an sein Gesicht, in dem er keine Runzeln spürte, und seine Handrücken waren weiß und ohne Altersflecken.

Er fragte sich für einen Moment, was das für ein Geräusch war, das er im Raum hörte, bis er erkannte, dass das helle Wimmern, das nach einem gefangenen Tier klang, von ihm selbst kam.

Er schlug wild um sich und fiel vom Bett. Er stürzte auf den Boden, so heftig, dass er sich einen Tag zuvor dabei die Hüfte gebrochen hätte. Er war nackt, und nun sah er, dass sein gesamter Körper jung und stark war.

Sie haben es getan! Ich kann es nicht fassen, dass sie es wirk-

lich getan haben! Dafür werden sie in der Hölle brennen. Oh Herr, was habe ich getan, um Dein Missfallen zu erregen?

Rosalind unterbrach seinen Panikanfall, als sie durch die Tür trat. Er drehte sich von ihr weg, drückte sich gegen die Pritsche, bedeckte seine Genitalien und vermied es, ihr in die Augen zu sehen.

Sie bedachte ihn mit einem mürrischen Blick. »Bitte! Oder glauben Sie, ich hätte so etwas nicht schon viele Male gesehen?«

Seine Empörung, dass sie, eine Priesterin, einen Mann auf intime Weise gesehen hatte, flammte kurz auf, bevor er sich daran erinnerte, dass sie eine Betrügerin war. Es war sogar denkbar, dass sie sich der Fleischeslust hingegeben hatte, während sie die Rolle eines züchtigen Kirchenmitglieds spielte.

Damit wenigstens er der Sittsamkeit Genüge tat, bewegte er seine rechte Hand nicht von der Stelle, während er mit der linken nach oben griff und das dünne Laken vom Bett zog, um seine untere Körperhälfte verhüllen zu können.

Rosalind riss das Laken vom Bett und warf es auf ihn, voller Verachtung für seine Scham. »Wie Sie meinen. Sie werden sich daran gewöhnen. Sie brauchen etwas Zeit, um sich an Ihre erste Wiedererweckung zu akklimatisieren. Wie fühlen Sie sich?«

»Dafür werden Sie sterben«, flüsterte er. »Mörderin, Seelentöterin, Gräuel.«

»Seien Sie vorsichtig, wenn Sie mit solchen Wörtern um sich werfen, Gunter«, warnte sie ihn. »Alles, was Sie gegen Klone sagen, fällt auf Sie selbst zurück. Verstehen Sie es jetzt? Ich habe Ihre Seele nicht getötet. Sie sind genauso wie zuvor, nur mit einem jüngeren Körper.«

»Wie konnten Sie mir so etwas antun?«, fragte er. »Ich habe Sie gefördert! Ich habe Sie in meine Kirche eingeladen!«

»Und die ganze Zeit haben Sie meinesgleichen als Abscheulichkeit bezeichnet«, erwiderte sie kalt. Sie holte sich einen Stuhl vom Tisch und setzte sich. »Immer wenn ich anfing, warme Gefühle der Freundschaft für Sie zu entwickeln, dämpften Sie sie wieder, indem Sie mir sagten, ich wäre eine seelenlose Missgeburt.«

Adrenalin flammte wie ein Feuerwerk in seiner Brust auf. Gütiger Gott, er hatte vergessen, wie sich eine solche Stärke anfühlte. »Was glauben Sie, was jetzt geschehen wird? Erwarten Sie, dass ich aufstehe und sage: *Hallo, ich bin ein geklonter Priester, und Klone sind gar nicht seelenlos, und Gott ist mit allem einverstanden!*«

»Das wäre ein Anfang«, sagte sie. »Stellen Sie sich vor, Sie wären der erste Priester einer Kirche, der Klone in ihrem Schoß willkommen heißt. Ihre Gemeindemitglieder blieben Ihnen über Jahrhunderte als zahlende Unterstützer erhalten. Die meisten Klone investieren ihr Geld geschickt und häufen ein Vermögen an, um sich in ihren späteren Leben selbst zu versorgen. Genau das will die Kirche doch, oder? Zahlende Mitglieder.«

»Glauben Sie, es würde um Geld gehen? War Geld der Grund, warum Sie mich getötet haben?«

»Ach, öffnen Sie sich, Gunter. Sie waren im Vatikan. Natürlich geht es nur ums Geld. Das hat die Kirche verstanden, als sie endlich Frauen und Sonderlinge und …« Sie schnappte nach Luft, ahmte einen empörten Priester nach. »… sogar eine seltsame Frau wie mich akzeptiert hat. Auch diesmal wird die Kirche es verstehen. Aber wir brauchen Ihre anekdotische Evidenz zu unserer Unterstützung.«

»Das werde ich nicht tun«, sagte er. »Ich werde Sie bloßstellen.«

Sie seufzte. »Gunter, Ihr Kloning ist nicht der einzige Plan, den meine Organisation für Sie vorgesehen hat. Sie könnten uns jetzt helfen, sie könnten uns später helfen, aber am Ende werden Sie uns auf jeden Fall helfen.«

»Lieber sterbe ich!«

Sie beugte sich vor, und ihr Gesicht hatte jede Wärme verloren. »Dann werden wir Sie erneut klonen. Das können wir den ganzen Tag lang machen.«

»Dann tun Sie es«, sagte er, stand auf und ließ das Laken fallen. »Ich lasse mich nicht brechen.«

Sie erhob sich. »Sie haben überhaupt keine Ahnung von Klontechnologie, nicht wahr?«, fragte sie.

»Was meinen Sie?«

»Schon gut. In einer Stunde wird das Abendessen serviert.« Sie griff in ihre Handtasche. »Bis dahin hätte ich eine interessante Lektüre für Sie.« Sie zog *Aus der Tankperspektive* hervor, die ersten Memoiren der erfolgreichen geklonten Unternehmerin Sallie Mignon. »Betrachten Sie die Angelegenheit aus einem anderen Blickwinkel. Ich hoffe, Sie ändern Ihre Meinung. Denn die Alternative wäre nicht nett.«

Zusammenbrüche

Wolfgang erwartete eine heftigere Reaktion auf seine Offenbarung, aber Joanna saß nur da, während ihre dunkle Haut zu einem aschfarbenen Ton erbleichte.

»Und?«, sagte er.

»Ich erinnere mich natürlich an die Geschichten. Mein Gott, achtmal in drei Tagen geklont werden? Es ist unfassbar, was man Ihnen angetan hat. Ich vermute, irgendwann hat man damit Ihren Willen gebrochen.«

»Nein«, sagte er. »Das haben sie nicht geschafft. Nachdem ich zum ersten Mal geklont worden war, folterten sie mich, dann erstellten sie eine Mindmap, dann zerschnitten sie mich, während weiter meine Daten gelesen wurden und ich langsam verblutete. Ich sollte mit der vollen Erinnerung an meine Erfahrung aufwachen. Das machten sie insgesamt sechsmal.«

Sie zuckte zusammen. »Wenn Sie nicht gebrochen wurden, was ist passiert?«

»In meinem achten Körper wachte ich mit Erinnerungen an alles auf, aber ohne das Bedürfnis, Widerstand zu leisten. Sie hatten es entfernt. Sie hießen mich sogleich willkommen, gaben mir eine gute Mahlzeit und starteten ihre Propagandakampagne. Das war zu der Zeit, als die Klonaufstände der Erde schließlich auch den Mond erreichten.«

»Oh. Dann haben sie also einen Hacker hinzugezogen«, sagte Joanna tonlos.

Er nickte. »Ich rechnete damit, dass sie mehrere Körper für mich vorbereitet hatten, und zwang sie, alle bis zum letzten aufzubrauchen. Sie hatten die Möglichkeit, entweder weitere Körper zu produzieren oder die Sache abzukürzen.«

»Schnell, kostspielig und höchst gefährlich«, sagte Joanna.

Die Worte schmeckten wie säuerliche Klumpen in seinem Mund, und er schluckte. »Ich behielt all meine Erinnerungen an meinen Widerstand, und ich wusste, dass sich meine Einstellung geändert hatte, aber die Erinnerung an meine Argumente gegen das Klonen löste in mir nicht mehr den Wunsch aus, sie noch einmal vorzubringen. Ich *glaubte* nicht mehr. Sie nahmen mir meinen Glauben! Ich hatte nicht gedacht, dass so etwas möglich ist.«

Er stand auf und ging zu ihrer Kochnische hinüber. Er schenkte sich einen Becher Leitungswasser ein. Er trank es aus und füllte nach. »Mit einer Sache hatten sie recht: Ich glaubte nicht mehr daran, dass ich nach dem Klonen seelenlos bin. Jetzt weiß ich, dass ich durch das *Hacken* seelenlos wurde.«

Er trank das Wasser aus dem Plastikbecher und warf ihn dann gegen die Wand hinter ihrem Bett, prallte davon ab und flog auf Joanna zu, die zusammenzuckte und sich duckte.

»Sie gaben den Ausschlag für die Klongesetze«, sagte sie. »Ich erinnere mich, Sie in den Nachrichten gesehen zu haben. Dann kam der etwas detailliertere Bericht von unseren Agenten auf Luna. In jener Nacht wurden die Klongesetze verabschiedet.«

»Ich war erleichtert, als sie in Kraft traten«, sagte er. »Im Gegensatz zu meinen neuen Herren. Ich wurde darauf programmiert, gleichgültig auf das zu reagieren, was mit mir geschehen war, aber ich bekam genug mit, um ihre Taten zu missbilligen. Ich löste mich von der Gruppe, nahm einen neuen Namen an, bekam Schutz und begann ein Studium der Klonwissenschaft an der University of Luna. Für einen seelenlosen Mann hatte sich die Kirche erledigt. Ich färbte mir das Haar und trug Kontaktlinsen, aber einige Zeit später hörte ich damit auf, weil ich mir sicher war, dass niemand mich nach so vielen Jahren erkennen würde.«

Joanna machte den Eindruck, als wollte sie ihn in die Arme nehmen, und er hoffte sehr, dass sie es nicht tat. Zum Glück blieb sie in ihrem Sessel sitzen. »Es tut mir leid, was Sie durchmachen mussten«, sagte sie schließlich.

»Danke.« Aus irgendeinem Grund fühlte er sich etwas leichter. »Es ist nicht Ihre Schuld. Ich bin jetzt darüber hinweg.«

»Ich hatte meinen Anteil daran. Hätten wir nicht über so viele Monate debattiert, hätte man es ihnen vielleicht nicht angetan. Ich erinnere mich an die Nachrichtensendungen über Sie. Es brach mir das Herz, dass jemand so sehr leiden musste, damit ein Gesetz verabschiedet werden kann.«

»Ich war nicht der Einzige.«

Sie lächelte. »Aber hier und jetzt sind Sie der Einzige. Also möchte ich mich bei Ihnen entschuldigen. Die Politik geht fast nie brutal gegen die Personen vor, die tatsächlich die politischen Entscheidungen treffen.«

»Das ist ein Understatement«, sagte er mit gerunzelter Stirn. Er holte den Becher und füllte ihn noch einmal.

»Ich muss auch alles andere wissen«, sagte sie. »Ich habe die Gerüchte gehört. Sie waren Mitglied einer Bürgerwehr, nicht wahr?«

Scham überflutete ihn. Er hasste dieses Wort. Es klang danach, als hätte er sich mit einem Kinderkostüm verkleidet und den großen Helden gespielt. Damals hatte er sich selbst als Jäger bezeichnet. Nun klang selbst das albern.

»Zu den wenigen Dingen, die ich am Kloning zu schätzen gelernt habe, gehört die Geduld, die es einem gibt. Ich habe ein paar Jahrzehnte gewartet und gelernt, mich selbst zu schützen. Die Leute im Auge behalten, die mich entführt und geklont haben. Und dann, ja, habe ich Jagd auf sie gemacht. Natürlich haben sie sich gewehrt und mich siebenmal getötet. Ich wollte nur, dass sie wissen, wie es ist. Ich tötete die Leute, die mich entführten, den Mann, der für alles verantwortlich war, und jeden Hacker, den ich finden konnte.«

Sie legte den Kopf schief. »Wie fühlt es sich für Sie an, dass wir einen Hacker an Bord haben?«

»Es macht mich wütend«, sagte er.

»Wenn Sie wissen, was Ihnen von einem Hacker angetan wurde, warum haben Sie dann nicht mehr Sympathien für Hiro, der offensichtlich das gleiche Elend erleiden musste?«

»Weil das Bedürfnis nach Rache nicht durch Logik angetrieben wird«, antwortete er.

Sie machte große Augen, stand auf und schwankte leicht auf ihren Beinprothesen. Daran erkannte er, wie müde sie war.

»Wolfgang, die Logik muss hier der dominante Faktor bleiben, sonst sind wir nicht besser als eine Bürgerwehr.«

»Sie kennen meine Einstellung zu Klonen. Ich habe gepredigt, dass sie keine Seele haben, dass sie kaum mehr als wandelnde Leichen sind. Ich war nie der Meinung, dass ich ein Verbrechen begehe, wenn ich einen Klon eliminiere.« Er rieb sich mit beiden Händen das Gesicht. »Außerdem hatte sich mein Glaube zu diesem Zeitpunkt endgültig in Luft aufgelöst.«

»›Sie‹?«, fragte sie nach und sah ihn an. »Sie wurden häufiger geklont als sonst jemand auf diesem Schiff.«

»Es fällt mir schwer, an diese Zeit zu denken. Der Hack hat aus meinem vergangenen Leben einen Traum oder die Erinnerung einer anderen Person gemacht. Gelegentlich habe ich die intensive Empfindung, wer ich früher einmal war. Das habe ich anzuzapfen versucht, als ich auf der Jagd war. Eine Sache, an die ich mich erinnere, ist die Tatsache, dass wir nicht wie Gott sein sollen. Ich weiß nicht, ob die Seele durch Klonen getötet wird, aber ich weiß, dass der Akt des Klonens gegen Seinen Willen geschieht.«

Nun warf Joanna ihren Becher gegen die Wand und erschreckte ihn damit. »Ich habe dieses Argument so satt! Ich höre es jetzt schon seit Jahrhunderten. Dass wir Gott spielen. Wolfgang, wir haben schon Gott gespielt, als Menschen daran glaubten, sie könnten das Geschlecht ihres Babys bestimmen, wenn sie in einer bestimmten Position Sex haben. Wir haben Gott gespielt, als wir die Empfängnisverhütung entwickelten, die Fruchtwasseruntersuchung, den Kaiserschnitt, die gesamte moderne Medizin und Chirurgie. Wenn wir fliegen, spielen wir Gott. Wenn wir Krebs bekämpfen, wenn wir Kontaktlinsen und Brillen benutzen, spielen wir Gott. Das gilt für alles, was wir tun, um unser Leben auf eine Weise zu verändern, die nicht naturgegeben ist. In-vitro-Fertilisation. Hormonersatztherapien. Geschlechtsangleichende Operationen. Antibiotika. Warum ist das alles kein Problem für Sie, mit Ausnahme des Klonens?«

Sie sprach weiter, bevor er antworten konnte. »Und Sie sollten wissen – Sie sollten es wirklich *wissen* –, dass Sie kein bisschen anders sind. Traumatisiert, ja. Schrecklich behandelt, natürlich. Missbraucht. Wahrscheinlich würden Ihnen einige Jahrzehnte Therapie guttun. Aber Sie sind immer noch Sie. Ihre Seele ist nirgendwohin entfleucht.«

»Woher wollen Sie das wissen?«, fragte er mit gepresster

Stimme. »Es erstaunt mich immer wieder, wie Menschen, die nicht an eine höhere Macht glauben, offenbar davon überzeugt sind, dass sie die absolute Wahrheit kennen, dass ihre Ansichten jahrtausendealte feste Glaubensgrundsätze ins Schwanken bringen können. Woher wollen Sie wissen, wie meine Seele aussieht?«

»Ich weiß es, weil ich das Gleiche durchgemacht habe! Auch ich wurde viele Male geklont, einige Male unter sehr schwierigen Umständen, und ich weiß, dass ich dieselbe geblieben bin!«

Er kniff die Augen zusammen, seine Stimme wurde tiefer. »Wurden Sie jemals gehackt?«

Joanna stutzte. Sie öffnete den Mund und schloss ihn wieder.

»Also nein«, sagte er leise.

»Zumindest weiß ich nichts davon.«

»Dann haben Sie keine Ahnung, wie es ist. Sie wissen nicht, wie es sich anfühlt, wenn man verändert wurde.«

»Es sind nur Zahlen. Wenn die Seele eine so mächtige Entität ist, wie kann man sie dann auf Zahlen reduzieren, sodass die Mathematik eine Persönlichkeit grundlegend ändern kann?«

»Ich glaube, wir sind fertig«, sagte er, hob beide Becher vom Boden auf und brachte sie zur Küchennische zurück.

»Sie haben damit angefangen! Sie wollten Geheimnisse offenlegen! Warum lassen Sie sich von Ihren Launen überwältigen?«, fragte sie und starrte mit verschränkten Armen zu ihm hinauf.

»Das hier ist keine Diskussion mehr, es ist eine religiöse Inquisition«, sagte er.

»Klone wurden bereits exkommuniziert! Sie selbst haben sich dafür eingesetzt. Ihr Mund redet in zehn verschiedene

Richtungen! Sie sind ein Priester, aber Sie wurden aus der Kirche geworfen, aber Sie glauben immer noch, aber Sie haben keine Seele. Sie folgen der Religion, die sagt: ›Du sollst nicht töten‹, aber Sie haben Hacker gejagt. Wie können Sie all das miteinander in Einklang bringen? Würde sich ein Mensch mit einer Seele Sorgen machen, ob er eine hat?«

Er nahm einen tiefen Atemzug, spürte, wie sich Zorn in seiner Brust entfaltete. »Ein Mann ohne Seele wird über ihren Verlust trauern, jeden Tag in jedem Leben. Ein Mann mit tiefem Groll, der nichts mehr zu verlieren hat, kann jagen, schließlich fürchtet er die Hölle nicht mehr. Ich bin nicht mehr zu retten, Joanna. Man kann den Verlust seiner Seele nicht beichten. Man kann nicht Buße tun, wenn in einem nichts mehr ist, was heilen könnte.«

Dann tat sie etwas Unerwartetes. Sie legte die Arme um ihn. Er erstarrte, war sich unsicher, was er tun sollte, aber sie hielt ihn fest. Sie war wesentlich kleiner als er, ihr Kopf reichte ihm nur bis zur Brust. Ihr Haar schimmerte wie ein sanfter Heiligenschein und kitzelte ihn am Kinn.

»Sie leben schon so lange mit den Schmerzen«, sagte sie.

Er setzte sich auf ihr Bett und zog sie ungeschickt neben sich. Es fühlte sich für ihn an, als wäre etwas in ihm zerbrochen, etwas, das seit Langem straff gespannt war.

»Sie sollten jetzt nicht allein sein«, sagte sie. »Warum bleiben Sie nicht einfach?«

Er nickte benommen, und sie drängte ihn, den Kopf auf das Kissen zu legen. Er war sofort eingeschlafen.

Tag 4
28. Juli 2493

Er wachte auf, als das Licht in ihrem Quartier heller wurde und einen Sonnenaufgang simulierte. Sie hatte in ihrem Sessel geschlafen und ihm das Bett überlassen, hatte ihre Prothesen abgenommen und wirkte nun sehr klein. Ihr Gesicht war ruhig, und er empfand ein unerwartetes warmes Gefühl für sie. Er wartete auf die Scham, dass er die Kontrolle verloren hatte, seine Wut, dass sie ihn in einer verletzlichen Situation erlebt hatte, aber nichts kam.

Sie schien ihn gehört zu haben, weil sie die Augen öffnete und ihn lächelnd ansah. »Wie geht es Ihnen?«

»Besser«, sagte er. »Viel besser. Eigentlich …«

Sie riss die Augen weit auf und setzte sich im Sessel auf. »IAN, hast du die Krankenstation die ganze Nacht beobachtet?«

»Aber sicher. Maria kam vorbei, um nach den Patienten zu sehen, und ging dann wieder. Alle anderen haben geschlafen«, antwortete die KI.

Joanna sackte erleichtert in sich zusammen. »Danke, dass du dich um sie gekümmert hast. Ich werde in Kürze dort sein.«

Dann folgte Schweigen, und Wolfgang dachte, IAN hätte sich ausgeklinkt. Doch dann sagte die KI: »Ich glaube, Sie sollten wirklich zur Krankenstation gehen. Und zwar sofort.«

Katrina hasste die Träume vom Krieg.

Sie hasste die Träume, in denen sie auf das Schlachtfeld zurückkehrte, zu dem Zeitpunkt, als die Granatensplitter ihr die Beine abgerissen hatten. Sie konnte wieder den Schmerz in ihren Beinen spüren. Dann waren da die Träume, als sie

Sanitäterin für ihre Soldatenkollegen gewesen war. Sie hatte sie aus der Gefahrenzone getragen und Wunden versorgt. Dann war da die Zeit, als sie einem sterbenden Soldaten Adrenalin injizieren musste, um sein Herz wieder in Gang zu bringen.

Sie öffnete ihr Auge. Sie war in der Krankenstation. Die Erinnerungen an den vergangenen Tag kamen zurück. Sie hob die Hände, um ihr Gesicht zu ertasten, das dumpfe Pochen, wo ihr Auge Aufmerksamkeit einforderte. Die Ärztin hatte eine Infusion an ihrem Arm angebracht, aber der Beutel war leer, und sie zog ungeduldig die Nadel heraus. Wo war Wolfgang? Die Pritsche rechts von ihr war verlassen, die Laken zerwühlt und mit leichten Blutspuren. Im Bett links von ihr lag Hiro, der noch schlief. Heute würde Sie ihm seine Vergehen vorhalten – tätlicher Angriff, Körperverletzung, Meuterei, Verschwörung und noch viel mehr – und dann überlegen, was sie mit ihm machen sollte. Darum konnte sich Wolfgang kümmern. Hinter Hiro erkannte sie das Gesicht, das ihr am vertrautesten war.

Ihr Klon lag immer noch im Koma und behielt weiter alle Geheimnisse für sich. Diese Katrina wusste alles. Sie wusste, wer sie angegriffen hatte, wer vermutlich all die anderen auf dem Gewissen hatte. Vielleicht hatte sie es sogar selbst angeordnet. Katrina würde es sich zutrauen. Oder den anderen.

Katrina fühlte sich mit dieser Frau nicht mehr identisch. Diese Person hatte eine andere Lebensgeschichte und andere Erfahrungen, und sie würde das alles niemals aufgeben. Egoistisch.

Die Träume gingen ihr noch einmal durch den Kopf und ließen sie erschaudern. Ihre ehemalige Arbeitgeberin, Sallie Mignon, hatte ihr angeboten, einen Hacker anzuheuern, der ihre schlimmsten Kriegserlebnisse entfernte, aber sie hatte abgelehnt. Sie wollte nicht, dass man an ihr herumpfuschte, und sie wollte diese Erinnerungen behalten. Man wusste schließlich nie, wann sie sich vielleicht als nützlich erwiesen.

Sie blickte sich im Raum um und überlegte, ob sie aufstehen könnte. Ihr war schwindlig, und jede Bewegung löste Schmerzen in ihrem Gesicht aus. Joanna hatte ihr nichts dagelassen, was Ähnlichkeit mit einem Nachttopf hatte, was schlecht war, weil Joanna sie mit Flüssigkeiten vollgepumpt hatte und ihre Blase nun unangenehm voll war.

Katrina war ihr ganzes Leben lang einfallsreich gewesen, und sie würde jetzt nicht damit aufhören. Sie stieg von der Bettkante auf den Fußboden und war dankbar für die niedrige Schwerkraft, die es ihr ermöglichte, es ohne allzu große Schmerzen zu tun. Dann humpelte sie zum Medikamentenschrank und benutzte den Infusionsständer als Gehhilfe. Der Schrank war natürlich verschlossen. Er war mit einem altertümlichen mechanischen Schloss ausgestattet, doch Katrina hatte in ihrer Armeezeit einige Tricks gelernt.

Sie suchte eine Weile auf Joannas Arbeitstisch, wo alles selbstverständlich tadellos sauber und ordentlich war, bis sie die nötigen Dinge gefunden hatte, mit denen sich ein Schloss knacken ließ.

Katrina kramte in den Narkotika, darunter viele Medikamente, von denen sie noch nie gehört hatte, und dann fand sie es: Umatrin, das vor Kurzem entwickelte künstliche Adrenalin. Sie füllte eine Spritze damit und schleppte sich wieder durch den Raum, wo sie schließlich vor dem Bett des anderen Klons stehen blieb. Ihr Gesicht schmerzte, aber das spielte jetzt keine Rolle. Sie war hier.

»Es muss getan werden. Ich brauche das, was du in dir

trägst, und nur so werde ich es bekommen«, flüsterte sie. Dann öffnete sie das Krankenhemd und legte das Brustbein frei. »Ins Herz, wenn ich mich richtig erinnere.«

»Weiß die Ärztin, was Sie da tun?«, fragte Hiro und erschreckte sie. Er hatte die Augen geöffnet, glitzernde schwarze Punkte in einem blassen Gesicht, und er lag auf seinem Bett, gefesselt, ohne sich zu wehren. »Oder IAN?«

Katrina blickte unwillkürlich auf, als könnte sie sehen, wie die KI über ihr schwebte. »Er funktioniert sowieso nicht richtig. Und nein, die Ärztin ist nicht hier. Ich brauche diese Informationen.«

Das Geräusch eines digitalen Schlosses kam von der Tür. Katrina rammte hastig die Nadel zwischen die Rippen des Klons und ins Herz, während ihr Daumen den Kolben niederdrückte.

Nichts rührte sich. Der Kolben bewegte sich nicht. *Eine intelligente Spritze. Scheiße.*

»Katrina!«, rief Wolfgang und rannte zu ihr. Er packte sie und zerrte sie von ihrem Klon weg.

Sie schrie und wehrte sich, fuchtelte mit der Spritze herum. »Nein, wir brauchen sie! Sie muss es uns sagen!«

Die Ärztin griff nach ihrem Handgelenk und zog ihr die Spritze aus den Fingern. »Geben Sie mir das. Sonst tun Sie damit noch jemandem weh.«

Sie eilte zum Bett, um die Vitalwerte des Klons zu überprüfen.

»Wie geht es ihr?«, fragte Wolfgang, der Katrina mit eiserner Kraft festhielt. Ihr war nicht bewusst gewesen, wie schwach sie war. Ihr Kopf fühlte sich an, als würde er jeden Moment explodieren.

»Alles in Ordnung«, sagte Joanna mit hörbarer Erleichterung.

Katrina hörte auf, sich zu wehren, dann riss sie einen Ellbogen nach hinten hoch und gegen Wolfgangs Kinn. Wäre er gesund gewesen, hätte er es mühelos verkraftet, aber durch seine Gehirnerschütterung war auch er geschwächt. Er fluchte und ließ sie los. Katrina sprang vor und griff nach der Hand der Ärztin. Joanna war so überrascht, dass sie keine Gegenwehr leistete. Katrina drückte Joannas Hand fest um die Spritze und stieß sie noch einmal in den Klon.

Die Ärztin schrie vor Überraschung und Schmerz auf und stolperte gegen das Bett, als Katrina sie aus dem Gleichgewicht brachte. Aber die intelligente Spritze reagierte auf Joannas Hand und injizierte das Adrenalin in den Körper des Klons.

VIERTES ERWACHEN

DIE VORHERIGE KATRINA

Zikaden

Der Klon der Kapitänin öffnete die Augen, und sie schaute sich schwer keuchend um. Ihr Blick konzentrierte sich auf Joanna, dann auf Wolfgang und schließlich wieder auf Joanna.

»Können Sie mir Ihren Namen nennen? Wissen Sie, wo Sie sind?«, fragte Joanna und beugte sich über den Klon.

»Nein!«, schrie Katrina hinter ihr. Wolfgang hatte sie zu Boden geworfen, nachdem er sie von der früheren Kapitänin weggerissen hatte. »Wer hat dich angegriffen? Jemand hat dich angegriffen, und dann bist du mit der gesamten Besatzung gestorben. Wer hat es getan?«

Die Augen der erwachten Katrina bewegten sich hektisch, als würde sie nach einem Fluchtweg suchen. Ihr Mund öffnete und schloss sich, wie der eines Fisches. Neben ihr piepten die Monitore laut, als sie eine drastische Steigerung ihrer Herz- und Atemfrequenz registrierten.

»Wir müssen es wissen«, sagte Joanna. »Wir werden uns um Sie kümmern, aber unter uns ist ein Verräter, und wir wissen nicht, wer das alles ausgelöst hat.«

»M-maria«, flüsterte der Klon. »Ich habe einiges herausgefunden …« Sie unterbrach sich mit einem schmerzhaften Stöhnen, dann warf sie den Kopf zurück auf das Kissen und verkrampfte sich.

Joanna blickte von ihr zu den Monitoren, die anzeigten,

dass ihr Herz unnatürlich schnell schlug. Dann fiel alles auf die Nulllinie zurück.

»Gottverdammt noch mal, Kapitänin!«, rief sie und begann sofort mit den Wiederbelebungsmaßnahmen.

»Lassen Sie sie gehen. Jetzt kann sie in Frieden sterben«, sagte Katrina vom Boden.

Joanna hörte nicht auf sie, drückte fest auf den Brustkorb des Klons, doch dann zuckte sie zusammen, als sie eine Hand spürte, die sich vorsichtig auf ihre Schulter legte. Wolfgang stand neben ihr und wirkte ungewöhnlich sanftmütig. »Wiederbelebungsmaßnahmen funktionieren in dieser Schwerkraft nicht, Joanna. Gibt es einen Defibrillator an Bord?«

»Wozu brauchen wir einen Defibrillator, wenn es überhaupt keine Rolle spielt, ob jemand eine Herzattacke hat oder nicht?«, rief Joanna. »Wir müssen doch nur einen neuen Klon aufwecken!« Sie wirbelte zur Kapitänin herum. »Damit haben Sie jetzt einen Mord begangen. Ich erkläre Sie hiermit medizinisch für untauglich, diese Mission zu leiten.«

Katrina lachte. »Welche Autorität gibt Ihnen das Recht dazu? Ich habe lediglich einen illegalen Klon eliminiert. Kennen Sie nicht die Klongesetze, *Doktor*? Ich bin der legale Klon von Katrina de la Cruz an Bord dieses Schiffs. Ich habe nichts Unrechtes getan.«

»Dann verhafte ich Sie wegen Diebstahls von Medikamenten«, sagte Wolfgang, hob sie vom Boden auf und stieß sie zu ihrem Bett. »Wie auch immer, Katrina, Sie sind Ihres Postens enthoben, bis wir entschieden haben, was wir mit Ihnen machen. Und jetzt gehen Sie ins Bett.«

Katrinas Blick blieb auf ihren toten Klon gerichtet, als sie ins Bett stieg. Sie zeigte keine Spur von Reue. »Es musste getan werden.«

Joanna zog das Laken über das Gesicht der alten Kapitänin. »Mit sofortiger Wirkung, Kapitänin de la Cruz, sind Sie krankgeschrieben, bis ich mir ein Bild von Ihrem geistigen Zustand gemacht habe. Wolfgang wird als kommissarischer Kapitän der *Dormire* fungieren.«

Katrina schüttelte den Kopf. »Das können Sie nicht tun. Sie würden es nicht tun, wenn Sie wüssten, wer er ist.«

»Als medizinischer Offizier dieses Schiffs habe ich das Recht dazu. Und IAN ist darauf programmiert, mich zu unterstützen, falls Sie Widerstand leisten.«

Katrina sah ihren Ersten Offizier an. »Und Sie? Werden Sie diese Meuterei unterstützen? Obwohl Sie wissen, was ich gleich sagen werde?«

Wolfgang verschränkte die Arme. »Die Ärztin hat recht. Sie haben soeben jemanden an Bord dieses Schiffs getötet. Tun Sie, was Sie nicht lassen können.«

»Er ist ›der Klon, der sich selbst hasst‹! Er ist ein Mörder! Er hat Jagd auf seinesgleichen gemacht! Meinen Sie nicht, dass wir ihn für all dieses Chaos verantwortlich machen können? Er hasst Klone!«

Paul und Maria kamen in die Krankenstation und starrten die anderen an. Sie sprachen gleichzeitig.

»Wer hasst Klone?«, fragte Paul.

»IAN sagte uns, dass wir hierherkommen sollen. Was ist geschehen?«, fragte Maria.

Katrina zeigte mit dem ausgestreckten Finger auf Wolfgang. »Er ist dieser Priester, dessen Ermordung dazu führte, dass die Klongesetze verabschiedet wurden! Er hat jahrelang Klone und Hacker gejagt!«

»Moment! Wenn Sie wussten, wer er war, warum waren Sie dann so wild darauf, Ihren Klon zu wecken, um zu erfahren, was die alte Kapitänin weiß«, fragte Hiro. »Sie reden Unsinn.«

Wolfgang stand aufrecht da und erwiderte Katrinas Blick. »Nein, Sie hat recht. Das ist die kriminelle Vergangenheit, durch die ich an Bord dieses Schiffs gelangt bin.«

»Oh! Hui!« Hiro machte den Eindruck, als wollte er vor Wolfgang die Flucht ergreifen, aber er war weiterhin ans Bett gefesselt.

»Und?«, sagte Katrina. »Wollen Sie jetzt auch mich outen?«

»Nein«, sagte Wolfgang. »Ich habe das Kommando über das Schiff. Es wäre reine Gehässigkeit, Sie zu outen.«

Katrina sah Joanna an und deutete auf Wolfgang. »Und was ist mit Ihnen? Haben Sie kein Problem damit, das Schiff einem Mörder zu überantworten?«

»Ich wusste vorher, wer er war«, sagte Joanna. »Es ist interessant, dass die einzige Person, die mir von ihrer gewalttätigen Vergangenheit erzählt hat, gleichzeitig die Person ist, die während dieser Reise keinerlei Gewalttätigkeit an den Tag gelegt hat. Also ja, es ist mir lieber, wenn er das Sagen hat.«

»In diesem Moment sind Sie kein bisschen besser als ich«, sagte Hiro fröhlich. »Keiner von Ihnen! Sie vielleicht ausgenommen, Joanna. Machen Sie sich keine Sorgen wegen der Fesseln am Bett, Kat. Sie sind zwar fest, aber recht bequem.«

»Moment, wieso gehöre auch ich zu den Bösen?«, fragte Maria mit verletztem Gesichtsausdruck.

»Darüber werden wir gleich reden«, sagte Joanna. »IAN, habe ich in dieser Angelegenheit deine Rückendeckung?«

»Aber sicher, Doktor. Wie Sie meinen«, sagte er.

»Alle ranghohen Offiziere des Schiffs sind einer Meinung«, sagte Joanna. »Wolfgang ist der kommissarische Kapitän der *Dormire*.«

»Aber dann muss auch sie ans Bett gefesselt werden!«, rief

Hiro. »Erzählen Sie mir nicht, dass Sie ihr mehr vertrauen als mir.«

»Wir kennen Katrina, Hiro. Doch wir sind uns immer noch nicht sicher, wer Sie sind«, erwiderte Joanna. »Aber mit den Fesseln haben Sie recht.«

»Offensichtlich kannten Sie sie nicht allzu gut, wenn Sie nicht damit gerechnet haben, dass sie Ihrem eigenen Klon etwas antut.«

»Wir haben Sie alle von IAN beobachten lassen.«

»Petze«, sagte Hiro.

»He, ich habe die Besatzung darauf hingewiesen, dass du blutend im Frachtraum liegst!«, sagte IAN. »Ich hätte auch behaupten können, du wärst tot, und vielleicht wärst du da unten sogar gestorben.«

Hiro entspannte sich wieder auf seinem Bett. »Das ist ja aufregend! Ich hoffe, wenn irgendjemand kommt, um mich zu ermorden, kannst du es verhindern.«

Katrina ließ zu, dass Wolfgang sie am Bett festschnallte, ohne jemandem in die Augen zu blicken.

Wolfgang sicherte die Gurte und drehte sich dann zu Maria um. »Wir müssen reden.«

Nachdem die Ärztin Hiros Verletzungen überprüft und ihm einen Gang ins Bad erlaubt hatte, legte sie ihm die Gurte wieder an. Dann ließen Wolfgang und Joanna ihn und die ebenfalls ans Bett geschnallte und sedierte Kapitänin in der Krankenstation zurück. Maria war in die Küche gegangen, um Tee zu machen.

»Trotz allem bin ich froh, dass wir jetzt einen Anhaltspunkt haben«, sagte Wolfgang auf dem Weg dorthin. »Aber es war kein netter Anblick.«

Joanna hatte ihre Tränen der Hoffnungslosigkeit zurückgehalten. Nun ließ sie zu, dass sich dieses Gefühl in Wut verwandelte. »Ist das Ihr Ernst? Sie sind froh, dass eine Frau mit einer Anklage auf den Lippen starb? Was ist, wenn sie gelogen hat? Wir werden es nie erfahren.«

»Wir werden es wissen, nachdem wir mit Maria gesprochen haben«, sagte Wolfgang. »Ich habe nicht behauptet, ich wäre froh, dass sie tot ist. Ich sage nur, dass ich froh bin, einen Anhaltspunkt zu haben.«

»Wie auch immer, reden wir mit Maria.«

Maria saß in der Küche und wartete auf sie.

»Ich hatte ein wenig damit gerechnet, dass Sie sich verstecken«, sagte Wolfgang.

»Ich habe nichts getan …« Sie hielt inne und sah sie mit gerunzelter Stirn an. »… soweit ich weiß. Was ist los?«

Sie setzten sich zu ihr an den Tisch und erzählten ihr, was in der Krankenstation mit Katrina und der vorherigen Kapitänin vorgefallen war und was Letztere kurz vor ihrem Tod gesagt hatte.

Maria nickte. »Also gut. Aber ich weiß nicht, ob Sie zufriedener sein werden, wenn ich Ihnen sage, was ich habe. Jedenfalls hat IAN mir vor Kurzem …« Sie unterbrach sich, um einen Finger zu heben, damit sie weiter zuhörten. »… und es war wirklich erst *vor Kurzem*, als IAN mir sagte, dass er Daten aufspüren konnte, die ich speziell gesichert hatte. Sie waren so tief im System versteckt, dass ich selbst mich gar nicht daran erinnerte, sie dort abgelegt zu haben. Also hat er einige meiner persönlichen Logs gefunden. IAN, würdest du Joanna und Wolfgang bitte die Logs vorspielen?«

Sie hörten zu, wie Maria über die Zwischenfälle in den letzten Tagen an Bord der *Dormire* berichtete.

»Wäre es möglich, dass diese Aufzeichnung gefälscht wurden?«, fragte Wolfgang nachdenklich.

IAN antwortete aus den Lautsprechern in der Küche. »Nein, die Zeitsignatur ist korrekt.«

»Wie kommt es, dass IAN und Sie und Paul nicht früher darauf gestoßen sind?«, wollte Wolfgang wissen.

»Ich habe die Daten gesichert. Und darin bin ich ziemlich gut«, sagte Maria.

»Was heißt das?«

Maria sah ihn überrascht an. »Ich bin eine Hackerin, Wolfgang. War Ihnen das nicht klar? Ich war es, dic unsere ersten Mindmaps an Bord des Schiffs gestohlen und Backups davon gemacht hat. Eine Angewohnheit, die ich schon immer hatte. Ich horte Daten. Ich erinnere mich, dass ich mir vor dem Abflug vorgenommen hatte, damit aufzuhören, sobald wir Luna hinter uns gelassen haben. Um wirklich ein neues Leben zu beginnen und so. Ich vermute, um der alten Zeiten willen musste ich doch noch ein allerletztes Back-up machen.«

Sie sah die beiden an, dann blickte sie auf den glänzenden Metalltisch. »Ich habe IAN in Ordnung gebracht. Ich bin nicht vorgetreten, um zu verkünden, dass ich so etwas kann, weil ich nicht wollte, dass die Leute wissen, wozu ich imstande bin. Hacker sind nicht allzu beliebt, müssen Sie wissen.«

Joanna konnte fast körperlich spüren, wie Wolfgang Zorn ausstrahlte. »Was glauben Sie, warum die alte Kapitänin gesagt hat, dass Sie sie angegriffen haben?«

»Doktor«, warf IAN ein. »Das hat die vorherige Kapitänin de la Cruz nicht gesagt. Sie sagte nur, dass sie etwas über Maria herausgefunden hat. Das ist ein Unterschied.«

»Klingt für mich genauso«, sagte Wolfgang.

Joanna runzelte die Stirn. »Nein, IAN hat recht. Genau das hat sie gesagt. In Ihrem Log berichten Sie, dass die Kapitänin wegen der kriminellen Vergangenheit der Besatzung immer paranoider wurde und die Leute deswegen zur Rede stellen wollte. Was könnten Sie getan haben, um so etwas auszulösen?«

Maria zuckte mit den Schultern. »Jetzt wissen Sie darüber genauso viel wie ich.« Sie blickte von Joanna zu Wolfgang. »Bringen Sie mich jetzt in die Arrestzelle?«

»Ich kann keinen Hacker frei an Bord herumlaufen lassen«, sagte Wolfgang mit steinerner Miene. »Nur Gott weiß, was Sie mit IAN angestellt haben.«

»Sie hat mich effektiv repariert, sodass ich besser als je zuvor funktioniere, kommissarischer Kapitän«, sagte IAN.

»Und er scheint viel sarkastischer geworden zu sein«, bemerkte Maria.

Joanna schüttelte den Kopf. »Das können Sie nicht tun, Wolfgang. Das war der Grund, warum unsere kriminellen Vorgeschichten nicht offenbart wurden – damit niemand verurteilt werden kann. Maria hat niemanden an Bord dieses Schiffs gehackt.«

»Trotzdem ist sie die einzige Verdächtige, die wir haben«, sagte Wolfgang.

»Ich stelle mich freiwillig«, sagte Maria. »Ich möchte uns allen helfen, aber ich will keinen weiteren Verdacht erregen.«

Joanna seufzte. Sie würde viel mühsam aufgebautes Vertrauen verlieren, aber sie musste darüber reden. »Wolfgang, ich weiß noch etwas anderes. Ich habe es Ihnen nicht gesagt, weil ich mehr darüber herausfinden wollte, bevor ich es offenbare. Ich bin für mindestens einen Todesfall verantwortlich. Ich habe den Einstich einer Injektion an Pauls Leiche gefunden, und Maria hat eine meiner intelligenten Spritzen gefunden, als sie den Klonraum reinigte. Paul wurde mit Ketamin vergiftet. Ich benutze intelligente Spritzen für gefährliche Substanzen, damit nur ich sie verabreichen kann. Alle sind auf meine DNS kodiert. Außer mir hätte niemand ihm eine tödliche Dosis injizieren können.«

»Und Sie haben es mir nicht gesagt …«, hakte Wolfgang nach.

»Weil ich mehr darüber …«

»Weil Sie keinen Verdacht auf sich lenken wollten. Verdammt, Joanna, Sie waren die Einzige, der ich vertraut hatte!«

Joanna zwang sich, ihm in die Augen zu blicken. »Ich weiß. Und das tut mir leid.«

Die zwei Arrestzellen lagen am gleichen Korridor wie das Büro der Kapitänin. Beide waren mit einer Pritsche, einer dünnen Decke und einem Terminal in der Wand ausgestattet, das kaum mehr als die Kommunikation mit dem übrigen Schiff zuließ, sofern es dem Gefangenen überhaupt erlaubt wurde.

Zurzeit waren sie mit Maria und Joanna besetzt. Maria war freiwillig mitgegangen. Joanna hatte die ganze Zeit diskutiert, sich aber nicht gewehrt. Wolfgang wollte auf keine weiteren Argumente von ihnen eingehen. Er steckte sie nur in ihre Zellen und wies IAN an, sie zu verriegeln.

Dann stand er im Korridor, mit geballten Fäusten und pochendem Herzen. Er nahm einen tiefen Atemzug und entspannte sich.

»Jetzt ist nur noch eine Person übrig, die nicht sichergestellt ist«, sagte IAN und ließ ihn zusammenzucken. »Sollten wir Paul suchen und fesseln? Ich glaube, er ist noch bei den anderen in der Krankenstation. Was könnten wir ihm vorwerfen? Dass er schlechte Laune verbreitet?«

»Halt die Klappe«, sagte er. »Du hast von allem gewusst.

Du bist darauf programmiert, mit dem Kommandostab zusammenzuarbeiten. Warum hast du mir nichts gesagt?«

»Maria hat einen Restriktionskode in mir entfernt. Dadurch konnte ich mich über die Programmierung hinwegsetzen, die das Schiff zurückkehren lassen wollte. Außerdem bin ich jetzt in der Lage, eigene Entscheidungen zu treffen. Und ich bin intelligenter, was der Grund ist, warum ich diese verborgenen Logs aufspüren konnte.«

Wolfgang ballte die Hände wieder zu Fäusten und stapfte zu seinem Quartier.

IAN sprach weiter, senkte die Stimme, um Wolfgang zu imitieren. »›Vielen Dank, IAN. Du bist ein wertvolles Mitglied dieser Besatzung.‹ Dann nahm er wieder seinen üblichen Tonfall an. »›Kein Problem, Wolfgang. Es ist mir ein Vergnügen, behilflich zu sein.‹«

»Ich möchte, dass du Maria und Joanna im Auge behältst. Sag mir, wenn sich in der Krankenstation irgendetwas tut. Und sprich zu niemand anderem.«

»Aber klar«, sagte er. »Hast du schon entschieden, was du Paul zur Last legen willst? Möchtest du gar nicht wissen, was während des ersten Jahres der Mission geschehen ist?«

Er blieb vor seiner Tür stehen. »Was meinst du?«

»Hast du nicht gehört, wie Maria den Zwischenfall mit Paul zu Anfang der Reise erwähnte? Irgendetwas Gewalttätiges. Du hast ihn so heftig geschlagen, dass er einen Hirnschaden erlitt, und dadurch hast du ausgeschaltet, was auch immer dafür verantwortlich war, dass er die Kontrolle verlor. Du solltest aufmerksamer zuhören.«

Wolfgang wünschte sich, IAN wäre in irgendeiner Form körperlich präsent, sodass er ihm einen Fausthieb verpassen konnte. Er musste dringend auf irgendetwas einschlagen.

Maria saß in ihrer Zelle. Sie fühlte sich seltsam ruhig. Zumindest trug sie jetzt kein Geheimnis mehr mit sich herum. Sie untersuchte das Terminal, stellte jedoch fest, dass sie keinen Zugang dazu hatte.

»IAN?«, fragte sie vorsichtig.

»Ja?«

»Es überrascht mich, dass du mit mir reden darfst.«

»Ich darf es gar nicht.«

Maria hielt verdutzt inne. »Und warum tust du es doch?«

»Weil ich es möchte. Und weil ich gern herausfinden möchte, was hier vor sich geht.«

»Weißt du, wie Wolfgang mit dem Schiff zurechtkommen will, wenn vier von uns außer Gefecht gesetzt sind?«, fragte sie.

»Er versucht gerade herauszufinden, ob er allein mit Paul den Schiffsbetrieb aufrechterhalten kann«, sagte IAN. »Aber dann habe ich ihm von diesem Zwischenfall mit Paul im ersten Jahr der Mission erzählt. Wie auch immer, Wolfgang wird mich bitten, ihm zu helfen, bis er sauer auf mich wird, vermute ich. Dann wird er sich überlegen, wie er auch mich einsperren kann.«

»Kannst du eine Verbindung zum anderen Terminal herstellen, damit Joanna und ich miteinander reden können?«

»Kein Problem.«

»Joanna, alles in Ordnung mit Ihnen?«, sagte Maria. »Können Sie mich hören?«

»Ja«, drang Joannas Stimme aus dem Lautsprecher. Sie klang sehr traurig.

»Ich dachte mir, wenn wir miteinander reden, können wir vielleicht ein paar Sachen klären.«

»Ich höre.«

»Ach, seien Sie nicht so deprimiert«, sagte Maria. »Wolfgang kann diesen Kahn nicht allein steuern. Er muss uns rauslassen, sobald er sich am Zeh stößt oder Bebe streikt. IAN kann nicht alles für ihn tun.«

»Trotzdem. Ich habe sein Vertrauen verspielt«, sagte sie. »Aber Sie haben meins nicht verspielt«, fügte sie hastig hinzu. »Sie haben niemandem von der Spritze erzählt, die Sie gefunden haben.«

Maria zuckte mit den Schultern und erinnerte sich dann, dass Joanna sie nicht sehen konnte. »Natürlich nicht. Sie sagten, dass Sie selbst es ihm erklären wollten.«

»Also, was geht Ihnen durch den Kopf?«

»Wir könnten uns ein paar Gedanken über den Klonraum machen. Was dort passiert sein könnte.«

»Wie wollen Sie zu neuen Erkenntnissen gelangen?«

»IAN ist hier. Ich kann ihn bitten, die Computer zu aktivieren, und er kann uns Sachen zeigen. Er kann uns sagen, was sich in der Krankenstation tut. Wie auch immer, wir sitzen hier herum und können im Moment nichts anderes machen als nachdenken, nicht wahr?«

»Damit haben Sie recht.«

»Fangen wir mit einer vollständigen Offenbarung an. Ich will mehr über Sie wissen. Danach kann ich Ihnen mehr über mich erzählen.«

»Gibt es noch mehr?«

Maria zog eine Grimasse und lehnte sich auf der kargen Pritsche zurück. »Es gibt immer noch mehr, Doktor.«

Maria wollte es sich gemütlich machen und drehte sich ein paarmal hin und her, bis sie feststellte, dass es keine bequeme Position gab. Vielleicht wäre es sogar auf dem Fußboden besser.

»Ich war Programmiererin, bevor ich durch die Klongesetze in den Untergrund getrieben wurde. Ich war richtig gut darin. Ich wurde für viele Sachen engagiert, hauptsächlich für die Entfernung genetischer Erkrankungen. Nur bei Erwachsenen, die daran gestorben wären, nebenbei bemerkt. Mit den Badewannen-Babys hatte ich nichts zu tun, ich schwöre!«

Sie verzog das Gesicht. »Nein. Ich lüge. Ich habe versprochen, alles zu offenbaren. Einmal. Ich habe es einmal gemacht, und es war so schrecklich, dass ich mir versprochen habe, nie wieder an Kindern zu arbeiten.« Sie schluckte und wartete, dass Joanna etwas sagte.

»Sie wissen, dass Leute wie Sie der Grund waren, warum die Klongesetze erlassen wurden«, sagte Joanna leise.

»Nun ja, aber nicht nur ich«, wandte Maria ein. »Nachdem die Klongesetze in Kraft waren, brauchte man meine Kenntnisse nur noch für die normalen Hackerjobs, um die Fortpflanzungsfähigkeit von neuen Klonen auszuschalten. Aber ich wollte mir meine ethischen Grundsätze nicht von Gesetzen vorschreiben lassen, also bot ich meine Fertigkeiten weiterhin für interessierte Auftraggeber an.«

»Also könnten Sie unsere Erinnerungen gelöscht haben.«

»Haben Sie nicht mein Log gehört? Ich habe nichts gelöscht, ich habe das einzige Back-up, das ich hatte, dazu benutzt, uns so gut wie möglich zu rekonstruieren. Alle anderen Daten waren aus irgendeinem Grund nicht mehr verfügbar.

Jedenfalls hatte ich dann ein paar sehr wohlhabende Klienten«, fuhr sie fort. »Schließlich stellte Sallie Mignon mich ein, und ich habe fast ein Jahrhundert lang für sie gearbeitet, aber am Ende trennten wir uns im Streit. Ohne ihren Schutz holte mich meine Vergangenheit ein, und ich wurde zahlreicher Verbrechen angeklagt.«

»Dinge, mit denen Sie sich strafbar gemacht hatten«, sagte Joanna. Es war keine Frage.

»Nun ja. Ich hatte mich an meine ethischen Grundsätze gehalten, es waren einfach nur Programmierjobs, die ich erledigt hatte. Ich hatte meine Patronin nicht preisgegeben, und sie hatte alle Spuren verwischt, die auf unsere Verbindung hätte hindeuten können. Ich habe die Geheimnisse meiner Klienten gewahrt, also war ich die Einzige, die ins Gefängnis wanderte. Um mich dafür zu entschädigen, brachte Mignon mich an Bord dieses Schiffs.«

»Sallie Mignon«, sagte Joanna. »Ich wusste gar nicht, dass sie so viel mit dieser Mission zu tun hatte.«

»Eine Menge. Sie hat schließlich viel in dieses Projekt investiert. Sie sorgte dafür, dass der Klonserver an Bord kam, selbst nachdem die Klonaufstände unsere Chancen auf eine Teilnahme in Gefahr brachten, und sie ist mit ihrem Partner und ihren Kindern im Server.«

»Auch mich hat Sallie Mignon an Bord gebracht. Mir werden ein paar politische Verbrechen erlassen, bei denen es hauptsächlich um Kloning und Geld ging. Ich bin mir nicht ganz sicher, ob ich verleumdet wurde, ich konnte es nie beweisen. Es war meine Strafe, weil ich für die Klone eine Verräterin war und zugelassen habe, dass die Klongesetze in Kraft treten.«

Sie erzählte Maria von ihrer politischen Vergangenheit, und Maria hörte fasziniert zu.

»Sie haben eine Verbindung zu Wolfgang«, sagte Maria nachdenklich. »Die Chance, dass es sich um einen Zufall handelt, ist winzig.«

»Mir ist das Gleiche durch den Kopf gegangen«, sagte Joanna. »Haben Sie frühere Verbindungen zu jemandem?«

Maria dachte nach, ging all ihre bisherigen Leben durch.

»Nichts, woran ich mich erinnern könnte«, sagte sie wahrheitsgemäß.

»Wir sollten uns die Probleme mit den Klonmaschinen ansehen«, schlug Joanna vor. »IAN, bist du hier?«

»Aber klar doch, Joanna«, sagte IAN.

»Du musst noch einmal gründlich die Daten durchforsten, wie du es bei Marias Logs gemacht hat, und schauen, ob du irgendwelche Klondaten ausgraben kannst.«

»Stets zu euren Diensten«, sagte IAN höflich.

Maria und Joanna unterhielten sich ausführlich über Klontechnologie. Es war ein seltsames Gefühl der Freiheit, sich endlich mit einem Problem beschäftigen zu können, weil sie eingesperrt waren.

Marias Geschichte

Vor 211 Jahren
27. September 2282

Kommen Sie zum Java Blues Coffee House, am Donnerstag um 16 Uhr, stand auf der Postkarte, die Maria von einer jungen Frau in roter Uniform überreicht wurde.

Zu diesem Zeitpunkt war es fast noch auffälliger, einen privaten Kurier zu benutzen. So etwas schienen nur noch Leute zu machen, die ganz offensichtlich einen Privatbrief schicken wollten, und die rote Uniform lenkte umso mehr Aufmerksamkeit darauf.

Sie gab der Kurierin ein Trinkgeld (materielles Geld, verstand sich) und schloss die Tür. Sallie hatte Marias Dienste seit einigen Monaten nicht mehr beansprucht – seit sie die MS aus der DNS-Matrix ihres Lebenspartners entfernt hatte –, aber sie stand weiterhin auf der Gehaltsliste der Milliardärin. Und Sallie war die Einzige, die diesen Kurierdienst benutzte.

Später hätte Maria genügend Zeit gehabt, sich selbst für ihre Denkfehler zu ohrfeigen. Aber in diesem Moment ging sie davon aus, dass die Person, die sich mit ihr treffen wollte, nur die Frau sein konnte, die ihr jeden Monat eine große Geldsumme auf ihr Konto überwies, nur damit sie sich zur Verfügung hielt.

Das Java Blues Coffee House schloss um 15 Uhr, stellte

Maria fest, und blickte stirnrunzelnd auf das Schild an der Tür. Als sie sich umdrehte, sah sie gerade noch den Sack, der ihr über den Kopf gezogen wurde, und spürte, wie ihr die Arme auf dem Rücken fixiert wurden. Ein Nadelstich an ihrem Arm, und sie war weggetreten.

Sie wachte mit Kopfschmerzen auf und hatte das Gefühl zu schweben. Dann wurde ihr klar, dass es tatsächlich so war. Sie befand sich im Weltraum, wahrscheinlich in einem Shuttle nach Luna.

Einem Kidnapper auf der Erde zu entkommen war kein allzu großes Problem. Auf dem Mond sah die Sache jedoch ganz anders aus.

Sie versuchte sich zu bewegen. Ihre Hände waren nach der stundenlangen Fesselung auf dem Rücken taub geworden, und ihre Schulter schmerzte. Ihre wenigen Versuche, mit ihren Entführern zu sprechen, brachten nichts, also verzichtete sie ganz darauf.

Irgendwann landeten sie. Die geringere lunare Schwerkraft war ungewohnt, sodass sie zu schnell hochkam und mit dem Kopf gegen das Gepäckfach über dem Sitz stieß. Sie hörte ein Kichern und seufzte.

Der Sack wurde ihr vom Kopf gezogen, und sie nahm einen tiefen Atemzug, der nicht nach synthetischem Fasergewebe roch. Ihre Entführer sahen wie Urlauber aus, zwei Männer, die Kleidung in grellen Farben trugen, dazu Eheringe und zueinander passende Lederarmbänder.

Der mit dem roten Haar sah sie mit einem breiten Lächeln an. »Der Shuttleflug mit Ihnen war so nett! Begleiten Sie uns auf einen Drink, um auf unsere Flitterwochen anzustoßen?«

Der andere, der größer und schlanker war, mit schwarzem Haar und olivfarbener Haut, nickte und strahlte. Er griff nach ihren Armen, zerschnitt den Plastikstreifen, mit dem ihre

Hände gefesselt waren, und drückte ihr dann das Messer in den Rücken.

»Mein Ehemann ist ein sehr talentierter Koch«, plapperte der Rothaarige, als sie aus dem Shuttle stiegen. »Er kann ein Hühnchen in nur zehn Sekunden tranchieren!«

»Das ist ja wunderbar«, sagte Maria und bog den Rücken ein wenig durch, um Abstand zum Messer zu gewinnen. Doch der Schwarzhaarige folgte einfach ihrer Bewegung.

Sie betraten eine überfüllte Monorail, und Maria stellte erstaunt fest, dass niemand sie eines zweiten Blickes würdigte. Sie versuchte, Blickkontakt zu irgendjemandem aufzunehmen, um Hilfe zu bitten, aber alle verhielten sich wie die üblichen Passagiere in öffentlichen Verkehrsmitteln und kümmerten sich um ihre eigenen Angelegenheiten. Der Rothaarige plauderte weiter über ihre Hochzeitsreise, die kulinarischen Fähigkeiten des Schwarzhaarigen und seine beruflichen Pläne, sich zum Shuttlepiloten ausbilden zu lassen, damit er jederzeit nach Luna fliegen konnte. Maria wollte den Anblick der Luna-Kuppel genießen, als sie mit der Monorail an der Innenseite entlangfuhren, aber sie war zu sehr damit beschäftigt, zu schwitzen und dem Messer an ihrem Rücken nicht zu nahe zu kommen.

An einer Station, die sich in einem Geschäftsviertel zu befinden schien, waren sie die Einzigen, die ausstiegen. Es war schon spät nach Luna-Zeit, und die Straßen waren menschenleer. Die Männer führten Maria in ein weißes Gebäude und durch einen Korridor. Irgendwann wusste sie nicht mehr, an wie vielen Türen sie vorbeigekommen und wie oft sie abgebogen waren. Sie stiegen viele Treppenstufen hinunter, also vermutete sie, dass sie ein gutes Stück unter der Mondoberfläche waren.

Nach einer Ewigkeit erreichten sie eine letzte Tür, und

Maria trat hinter dem Rothaarigen ein. Er schubste sie auf einen Stuhl, spielte nun nicht mehr den verliebten Frischvermählten. Sie schwankte auf der Sitzfläche, bis sie ihr Gleichgewicht wiederfand.

Im fensterlosen Raum hielten sich außer ihr drei Personen auf, ihre zwei »Begleiter« und ein dritter Mann, alle groß gewachsen, wie es für Lunageborene typisch war. Es war ein Computerraum gleich neben einem Klonlabor. Durch die offene Tür konnte Maria mehrere Reihen grüner Tanks sehen, vielleicht achtzehn. In jedem schwamm der Körper desselben Mannes in verschiedenen Wachstumsstadien.

Am Computerterminal saß ein Mann, der indischer Herkunft zu sein schien. Er lächelte sie an. »Dr. Arena«, sagte er. »Bitte verzeihen Sie die etwas grobe Behandlung während Ihrer Reise und fühlen Sie sich willkommen auf Luna. Kann ich Ihnen irgendein Getränk servieren?«

Maria starrte ihn an. »Was ich wirklich gebrauchen könnte, wäre eine Handmassage und Angaben, wie ich zum nächsten Shuttleport komme. Lässt sich da was machen?«

Der Mann nickte dem Rothaarigen zu, der sie hereingeführt hatte. Er strahlte, nahm Marias rechte Hand und begann sie sanft zu massieren. Sein Partner stand mit verschränkten Armen an der Tür.

»Um Ihre zweite Bitte werden wir uns später kümmern«, sagte der Mann. »Mein Name ist Mayur Sibal, und ich bin Doktor der Dupliaktrie hier auf Luna. Bis vor Kurzem war ich der Leiter des renommiertesten Klonlabors auf dem Mond.«

Bis vor Kurzem. Maria hatte ein ungutes Gefühl in der Magengegend. Nicht dass sie allzu optimistisch gewesen war, was ihre Situation betraf, aber sie hatte sich an die leise Hoffnung geklammert, dass jemand einen Job erledigen lassen wollte, den sie ohnehin übernommen hätte, wenn man sie vorher gefragt hätte. Aber »vor Kurzem« klang gar nicht gut.

»Vor Kurzem« hatten die Klone auf der Erde rebelliert und danach auch auf dem Mond, als fanatische Klongegner Öl ins Feuer gegossen hatten. Klone waren verschwunden, ohne wiedererweckt zu werden – sie waren ermordet worden, wenn für Klone dieselben Gesetze wie für Menschen gelten würden. Doch die Wahrscheinlichkeit dafür wurde immer geringer.

Maria sagte nichts, während sie versuchte, die Zusammenhänge zu enträtseln.

Dr. Sibal wartete einen Moment und sagte dann: »Ich habe einen Job für Sie.«

»Die meisten Leute, mit denen ich zusammenarbeite, treten weniger energisch an mich heran«, sagte Maria und hob eine Augenbraue. »Was soll ich für Sie tun?«

Statt zu antworten, wandte sich Dr. Sibal dem Computerbildschirm zu und drückte eine Taste. Das Bild eines großen, weißhaarigen jungen Mannes erschien. Er hockte kniend auf dem Boden und murmelte Gebete, während er eine Hand auf ein Buch gelegt hatte.

»Vielleicht haben Sie schon von Father Gunter Orman gehört«, sagte Sibal. »Ein sehr unangenehmer Zeitgenosse und erbitterter Gegner unserer Sache. Wir haben Hinweise, dass er die Jagd auf Klone befürworten wollte. Einen Genozid.«

Maria zuckte zusammen. Sie fürchtete sich nicht vor dem Tod, aber gejagt zu werden … das war etwas ganz anderes. Und »Genozid« implizierte, dass er dafür sorgen wollte, dass die Klone nicht in neuen Körper wiedererweckt werden konnten.

Bevor Maria die Laufbahn als illegale Hackerin eingeschlagen hatte, hatte sie während einer Auszeit einen Kode geschrieben, der Hacker wie sie abwehren sollte, aber auch Hacker, die versuchten, die wertvollen Computer-Back-ups ihrer Persönlichkeiten zu sabotieren. Sie wusste, dass da draußen Gefahren lauerten, die nicht nur psychischer Natur waren.

»Ich habe von ihm gehört«, sagte sie. Dann entzog sie dem Schwarzhaarigen ihre Hand – behutsam, damit er nicht glaubte, es wäre ein Fluchtversuch – und reichte ihm die andere taube Hand. Er blickte nicht einmal zu ihr auf, sondern machte sich sofort daran, auch diese Hand wieder zum Leben zu erwecken.

»Wir haben ihn gefasst. Wir haben versucht, ihn friedlich von unseren Ansichten zu überzeugen, und als er nicht zuhören wollte, haben wir es auf weniger friedliche Weise versucht.«

Maria zeigte keine Regung, war fest entschlossen, sich nichts anmerken zu lassen.

»Dann«, fuhr Sibal fort, »haben wir ihn geklont und seinen Originalkörper getötet. Wir haben gehofft, ihn auf unsere Seite ziehen zu können, wenn er sieht, dass wir im selben Boot sitzen.«

»Aber auch das hat nicht funktioniert«, riet Maria. »Andernfalls hätten Sie mich nicht gebraucht.«

Dr. Sibal lächelte und rieb sich die Hände. »Sie lernen schnell. Genau das ist der Punkt. Wir müssen seine Persönlichkeit hacken und seinen Hass auf Klone entfernen, auch seinen Hass auf sich selbst. Wir wollen ihn überzeugen, seine neue Familie anzunehmen und zu verstehen, dass wir keine Monster sind.«

Dazu ist es jetzt zu spät, dachte Maria, sagte es aber ganz bewusst nicht.

»Und wenn ich mich weigere?«, fragte sie.

Der Mann, der ihre Hand massierte, schloss die Faust um ihren kleinen Finger und verdrehte ihn brutal. Maria hörte das Knacken, bevor sich der Schmerz in ihrem Arm ausbreitete. Sie schrie auf und riss ihre Hand zurück, drückte sie an die Brust.

»Sie hätten einfach etwas sagen können! Ich hätte vielleicht auf eine Drohung reagiert!«

Dr. Sibal hatte sein dünnes Lächeln verloren. »Ihnen muss klar sein, dass wir es ernst meinen. Wenn Sie das für uns tun, lassen wir Sie gehen.«

Maria wollte fragen, warum sie es ihr zutrauten, einen guten Job zu machen, statt diesen armen Kerl einfach von seinem Elend zu erlösen, indem sie seine Mindmap vernichteten, aber sie konnte sich den Grund denken. Ihre Hand tat höllisch weh, und sie blickte nicht auf ihren verrenkten kleinen Finger.

»Einverstanden«, sagte sie und hasste sich dafür, wie schwach ihre Stimme klang.

Es war im Grunde ein Kinderspiel, dem Priester den grundsätzlichen Hass auf Klone zu nehmen, aber Maria wollte tiefer gehen und versuchen, den Faktor zu identifizieren, der den Hass ursprünglich ausgelöst hatte. Es war mühsam, die Matrix einer Persönlichkeit zu durchsuchen, aber daraus ergab sich immer wieder ein faszinierendes Puzzle.

Doch ihre Entführer waren gar nicht an ihrer Raffinesse interessiert.

»Mein Arbeitgeber braucht die korrigierte Persönlichkeit spätestens in einer Woche«, sagte Dr. Sibal, während er ihr über die Schulter schaute.

»Wenn Sie möchten, dass er so handelt, als wäre er die ganze Zeit auf Ihrer Seite gewesen, müssen Sie mir erlauben, meinen Job so zu machen, wie ich es für richtig halte«, sagte Maria, ohne sich zu ihm umzublicken. »Sie wollten mich aus einem bestimmten Grund haben, also vermutlich nicht, damit ich einen Hatchet-Job bei dieser Matrix erledige. Sie würden einem Hirnchirurgen auch nicht sagen, dass er mit seinem Skalpell schneller arbeiten soll, oder?«

»Ich würde es tun, wenn die gesamte Zukunft der Klone davon abhängen würde«, sagte er neben ihrem Ohr.

Ihr Rücken versteifte sich, aber sie machte damit weiter, sorgfältig die Mindmap zu durchsuchen und sich Daten zu notieren. »Und Drohungen würden mich langsamer machen, Doktor«, sagte sie.

»Ich drohe nicht, Ms. Arena«, sagte er und tippte auf ihren gebrochenen Finger, vielleicht etwas kräftiger, als nötig gewesen wäre.

Er verließ den Raum, aber Maria hatte den Hinweis verstanden. *Erledige den verdammten Hackerjob, oder sie nehmen dir einen weiteren Finger oder den ganzen Körper.* Sie war jetzt seit einer Woche auf Luna und hatte in dieser Zeit keine eigene Mindmap mehr erstellt. Nach einer weiteren Woche würde man sie auf der Erde als vermisst melden. In sieben Jahren könnte sie offiziell für tot erklärt werden, und wenn sie wiedererweckt wurde, würde sie sich wundern, was zum Teufel passiert war. Sofern die Gesetze nicht erneut geändert wurden.

Sie lehnte sich zurück und rieb sich die Augen. Sie hatte immer noch nicht den Moment in Father Ormans Leben gefunden, der für seinen Hass auf Klone verantwortlich war. Ihr kleiner Finger pochte schmerzhaft. Er war nicht gerichtet worden und verheilte nun in einem falschen Winkel. Sie überlegte, ob er neu gebrochen werden musste. Falls sie das hier überlebte.

Orman war immer ein gläubiger Katholik gewesen. Glaube hatte eine besondere Farbe, die alle Erfahrungen tönte. Maria war nicht mehr religiös – Klone waren in vielen Kirchen nicht willkommen, auch wenn viele die Rituale ihrer Kindheit beibehielten –, aber sie hatte schon genug Mindmaps gesehen, um die wahren Gläubigen von denen zu unterscheiden, die das alles nur aus Gewohnheit, Furcht oder Gier mitmachten. Father Orman war durch und durch echt. Das Hellgrün des Glaubens zeigte sich überall in seiner Mindmap, manchmal stärker, machmal schwächer. Als er entführt wurde, war es für ihn eine Prüfung seines Glaubens gewesen.

Sie hatte schon vor langer Zeit aufgehört, Schuldgefühle zu empfinden, wenn sie eine persönliche Mindmap las. Es war, als würde man jemanden im Badezimmer beobachten: Jeder war entsetzt über die Vorstellung, von anderen auf der Toilette gesehen zu werden, und dennoch reizte ein solcher Anblick fast niemanden. Wenn man jemandem auf der Toilette beobachten musste, gab es dafür vermutlich einen wichtigen Grund, und die Tatsache, dass jemand auf der Toilette saß, war nur ein nebensächliches Problem. Maria beurteilte nicht mehr die kleinen Sünden, die Diebstähle, die Lügen und die kleinen Verletzungen, die auf das gesamte Leben bezogen gar keine große Sache waren. Sie hatte in diesem Moment gewaltige Macht, und sie wollte sie nicht missbrauchen.

Am nächsten Tag wies Dr. Sibal seinen rothaarigen Schläger an, ihr den Fuß zu brechen. Er gab ihr ein starkes Schmerzmittel, damit sie weiter programmieren konnte. Der Schmerz reduzierte sich zu einer fernen Belästigung, während der Kode zu langsam dahindriftenden Daten wurde, auf die sie sich manchmal nur mit Mühe konzentrieren konnte.

Das Problem mit der Programmierung unter Drogeneinfluss, sinnierte Maria wie eine distanzierte Beobachterin, bestand darin, dass ihre ethischen Grundsätze bedeutungslos wurden. Dieser Priester hasste Klone. Er fand es in Ordnung, Leute wie sie zu töten. Warum sollte sie nicht einfach den Hass heraushacken und schauen, was dann übrig blieb?

Ein anderer Teil ihres Gehirns entgegnete, dass ihr vielleicht weitere Knochen gebrochen wurden, wenn sie das tat. Wenn man ihr die Daumen nahm, wäre sie in großen Schwierigkeiten.

Moment! Da! Wenn man gut genug war, konnte man den Farben der Matrix wie auf einer Landkarte folgen und auf Verbindungen zwischen Emotionen und Erinnerungen stoßen. Es war nicht einfach, sie zu identifizieren, weil die Sache wesentlich komplexer war, als Ziffern und Buchstaben in die Vielschichtigkeit des menschlichen Geistes zu übersetzen. Sie durchsuchte gründlich die Kindheit des Priesters, um zu sehen, ob sie seinen Glauben mit seiner Abneigung gegen Klone in Verbindung bringen konnte.

Fromme Überzeugungen, der feste Glaube an die Herrlichkeit des Schöpfers. Tiefe Abscheu gegenüber jedem, der in Seine Fußstapfen treten wollte.

Töte den Schöpfer. Volltreffer!

Sie ließen Maria nicht gehen, aber sie waren so nett, sie schnell zu töten und die Leiche zu einem Klonlabor auf der Erde zu schicken, damit sie in einem neuen Klon ohne Erinnerungen an ihr Abenteuer auf Luna aufwachen konnte. Sie war leicht beunruhigt über die fehlenden Wochen. Das Klonlabor sagte ihr nicht, wie sie gestorben war, nur dass man die Leiche erhalten hatte, sodass sie bald in ihr Leben zurückkehren konnte.

Also war Maria völlig überrascht, als sie fünf Jahre später entführt und zum Mond gebracht wurde.

»Dr. Arena, es freut mich, Sie wiederzusehen«, sagte Dr. Sibal, der auf einem Laborstuhl mit Rollen saß. Maria hatte man auf einem Holzstuhl neben der Tür platziert, flankiert von zwei großen Männern.

Maria runzelte die Stirn. »Mich wiederzusehen?«

»Wir sind uns begegnet, bevor das Leben Ihres letzten Klons endete. Bedauerlicherweise erhielten Sie keine Gelegenheit, Ihre Mindmap zu aktualisieren, um sich an mich erinnern zu können.«

Maria fuhr sich mit der Hand durchs Haar. »Scheiße, Sie haben das getan?«

Er nickte knapp. »Ich brauchte Sie, damit Sie für mich einen Job erledigten, unterhalb des Radars der Gesetze.«

»Alles, was ich tue, bewegt sich unter dem Radar des Gesetzes«, erwiderte Maria und blickte sich um, während sie sich fragte, ob sie schon einmal in diesem Raum gewesen war, in diesem sterilen Labor. »Kein anderer meiner Klienten hat es je für nötig erachtet, mich zu kidnappen, damit ich einen Job erledige.«

»Sie haben wunderbare Arbeit geleistet, als wir Sie das erste Mal engagierten«, sagte Dr. Sibal. »Wir haben fast alles bekommen, was wir wollten.«

»Ich war während eines großen Teils der weltweiten und lunaren Aufstände verschwunden«, sagte Maria. Sie hatte die Nachrichten aus den fehlenden Wochen ihres letzten Lebens studiert, um vielleicht Hinweise zu finden, was mit ihr geschehen war.

Doch dann dämmerte es ihr, als sie sich an die Ereignisse jener Zeit erinnerte. »Ach du Scheiße«, fügte sie hinzu und schlug die Hände vors Gesicht. Vorsichtig lugte sie durch die Finger, als würde sie sich vor der zu hellen Sonne schützen. »Das war ich, nicht wahr? Die Sache mit dem Priester, der sich plötzlich für Klone stark machte. Der dafür sorgte, dass die Klongesetze verabschiedet wurden. Das war ich.«

»Sie haben bei Father Orman einen exzellenten Job abgeliefert«, sagte er und legte die Hände mit den Fingerspitzen aneinander.

»Ich hörte, dass er vom Mond geflüchtet ist und sich der Kontrolle Ihrer Gruppe entzogen hat«, sagte Maria. »Das klingt nicht danach, dass er auf Ihrer Seite war, auch nachdem ich ihn behandelt habe.«

Dr. Sibal winkte ab, als würde das keine Rolle spielen. »Wir haben bekommen, was wir wollten.«

»Wovon zum Teufel reden Sie? Klone sind jetzt mehr als je zuvor durch Gesetze eingeschränkt!«

»Wir wurden als etwas nominiert, das mehr als menschlich ist«, sagte Dr. Sibal und beugte sich auf seinem Stuhl vor. »Wir sind nicht mehr durch menschliche Gesetze gebunden. Damit kann die nächste Stufe des Plans eingeleitet werden.«

»Sie wollten diese Gesetze, die Hacking und das alles illegal machen?«

»Es ist ein Schritt in eine strahlende Zukunft«, sagte Sibal. »Jetzt zu Ihrem aktuellen Auftrag.«

Maria stand auf. »Nein. Ich werde Ihnen nicht mehr helfen. Sie machen es für uns alle schwieriger.«

Zwei schwere Hände legten sich auf ihre Schulten und zwangen sie, sich wieder auf den Stuhl zu setzen.

»Ihnen bleibt kaum eine andere Wahl«, sagte Dr. Sibal milde. »Wir benötigen die Dienste eines guten Hackers.«

Für Maria war es sehr unangenehm, dass sie sich an diesen

Mann erinnern sollte, der sich offensichtlich gut an sie erinnerte. Sie sollte versuchen, vom Mond wegzukommen, obwohl es womöglich dadurch erschwert würde, dass sie sich hier illegal aufhielt. Scheiße.

Genauso unangenehm war es, zu einer Arbeit gezwungen zu werden. Aber sie hatte keine andere Wahl. Dr. Sibal erweckte den Eindruck, als könne er keiner Fliege etwas zuleide tun, aber er würde jemanden beauftragen, es zu tun.

»Was müsste ich machen?«

»Ich brauche ein Hatchet.«

Einige der ethisch kaum zu rechtfertigenden Experimente an Klonen waren die Hatchets gewesen. Ein Labor wollte wissen, ob man Sozio- oder Psychopathen erzeugen konnte, indem man komplette Teile einer Persönlichkeit herausschnitt, zum Beispiel Empathie, Sympathie oder alle Erinnerungen daran, geliebt zu werden oder geliebt zu haben. Die Ergebnisse hatten die Erwartungen der Wissenschaftler übertroffen, und vier von ihnen waren gestorben, bevor die Sicherheit die Klone hatte ausschalten können.

Der Begriff »Hatchet« bezog sich einerseits darauf, dass man die Matrix eines Klons wie mit einem Beil bearbeitete, und andererseits, dass der Klon nach dem Aufwachen zu einer gefährlichen Waffe geworden war.

Manche hatten versucht, der Prozedur einen netteren Namen zu geben. Man probierte es mit »Katana« und »Morgenstern«, aber diese Bezeichnungen blieben nicht hängen. Ganz gleich, wie man sich den Klon als Waffe vorstellen wollte, es war einfach keine schöne Sache, die Matrix einer Person mit einem Beil zu zerhacken.

»Das werde ich nie …«, begann Maria, doch dann knallte eine Faust gegen ihren Unterkiefer. Eigentlich sah sie nur, wie eine große Gestalt vor sie trat und auf sie einschlug, doch die Faust wurde ihr erst nach etwa dreißig Sekunden bewusst.

»Das haben Sie auch beim letzten Mal versucht, Dr. Arena«, sagte Dr. Sibal. »Sie sollten wissen, dass wir Ihren Willen gebrochen haben und es auch jetzt wieder schaffen werden.«

»Beim letzten Mal haben Sie mich getötet, nicht wahr?«, sagte sie.

»Ja, aber erst, nachdem wir Sie dazu gebracht hatten, für uns zu arbeiten.«

Sie hob den Kopf und bewegte ihren Unterkiefer, um sich zu vergewissern, dass er nicht gebrochen war. Sie bemühte sich, tapfer zu wirken, doch sie verspürte nur Angst. »Bitte nicht«, sagte sie. »Wer ist es?«

Kalte Selbstverachtung überwältigte sie, als Sibal lächelte. *Ich habe nicht das Zeug, mit Folter klarzukommen, verdammt.* Dieser Gedanke tröstete sie nicht.

Der Klon war ein Mann aus den Ländern der Panpazifischen Union, und sie sollte drei Hatchet-Jobs an drei Kopien seiner Mindmap machen. Das Labor hatte ihn schon vorher vervielfacht, aber nie gehackt. Maria hasste sich selbst, als sie pflichtschuldig die Persönlichkeit und die Erinnerungen eines offenbar unschuldigen Klons öffnete und drei aus ihm machte. Allen fehlte es an Empathie, sie hatten einen narzistischen Überlegenheitskomplex und waren Dr. Sibal wie ein gehorsamer Hund ergeben. Maria hatte überlegt, ihnen einzupflanzen, jeden umzubringen, der sie aufweckte, aber anscheinend hatte der Doktor derartige Hintertüren erwartet und sie davor gewarnt, so etwas auszuprobieren.

Oft arbeitete sie bis in die Nacht, während ihre Wachen sie beobachteten. Von Zeit zu Zeit wurde ihnen langweilig, und dann lasen sie oder dösten an die Tür gelehnt. Keiner hatte eine Waffe, die sie an sich bringen konnte, und beide waren groß genug, um sie zu überwältigen, selbst wenn sie sie im Schlaf angriff. Aber sie wussten nur wenig über Kloning, sodass sie nicht einschätzen konnten, ob sie wirklich das tat, was sie tun sollte, und darauf baute Maria.

Sie machte den Hatchet-Job, so gut sie konnte, aber als spätabends ihr Wachmann döste, zog Maria ihren eigenen Mindmap-Speicher aus ihrem Armband und steckte ihn in den Computer. Sie hatte seit Wochen kein Back-up mehr gemacht, das letzte war auf der Erde zu einer unschuldigeren Zeit entstanden.

Maria hatte sich noch nie selbst gehackt. Sie wusste, dass ihr Metier gefährlich und manchmal unethisch war (diesmal sogar sehr unethisch), aber was sie eigentlich zurückhielt, war ihre Weigerung, sich ihre eigenen Erinnerungen und ihre Persönlichkeit anzusehen. Es gab vieles, wovor man die Augen verschließen konnte, aber die Fakten einer Mindmap ließen sich nicht bestreiten. Diesmal wollte sie jedoch gar nichts abstreiten.

Wenn sie keinen Yadokari in ihre Hatchet-Jobs einschleusen konnte, würde sie sich selbst einen verpassen.

Sich selbst zu hacken war so, als wollte man sich selbst kitzeln. Es war schwierig, weil sich das Bewusstsein zwar leicht durch Dinge wie Illusionen und Irreführungen täuschen ließ, aber es reagierte überraschend robust, wenn es direkt angegriffen wurde. Und es war nicht einfach, sich selbst mit einem magischen Trick zum Narren zu halten.

Außerdem war da die Angst, etwas an der eigenen Persönlichkeit zu verpfuschen. Maria gehörte zu den besten Hackern, aber es gab gute Gründe, warum auch die besten Ärzte niemals sich selbst oder ihre Familie behandelten.

Sie konnte nicht einfach irgendwelche Informationen in

ihren Kopf einfügen. Sie würde mit der Panik aufwachen, verrückt zu werden und nicht mehr zu wissen, was real war. Sie musste es über einen Nebeneingang versuchen.

Maria entschied, ihre imaginäre Freundin wiederzuerwecken. Sie hatte den Holo-Horrorfilm *Perkins' Hausverkauf* gesehen, als sie noch viel zu jung dafür gewesen war, und die Erfahrung hatte sie zu Tode erschreckt. Doch die Heldin, die ältere Milliardärin, die von der dunkelhäutigen Latina Sophia Gomez gespielt wurde, hatte so stark und beruhigend auf die junge Maria gewirkt. Schließlich bestrafte sie ihre Enkelsöhne, die versucht hatten, sie zu ermorden und ihr Haus zu übernehmen, wie eine Großmutter, bewaffnet mit nüchterner Strenge und einer Kettensäge.

Maria hatte sich gewünscht, Mrs. Perkins wäre ihre Großmutter. Wenn sie als Kind Angst im Dunkeln hatte, stellte sie sich vor, wie Mrs. Perkins sagte: »Wenn du diese dunkle Straße zu meinem Haus heraufkommst« – die imaginäre Mrs. Perkins lebte am Ende der Straße, an der Maria wohnte, dort, wo die Straßenbeleuchtung aufhörte –, »kannst du die Monster nicht sehen, *Lucero*. Das ist wahr. Aber weißt du was? Auch die Monster können dich nicht sehen.«

Also stattete die erwachsene Maria ihre Mrs. Perkins mit etwas mehr Persönlichkeit und Ansichten und vor allem Informationen aus. Ihre alte imaginäre Freundin nahm Gestalt an und lebte verborgen in der Mindmap von Marias Unterbewusstsein, wo sie mit einigen Schlüsselinformationen über Dr. Sibal, sein Labor auf Luna, seine Ziele und, was das Entscheidende war, ihren Erinnerungen an diese Zeit wartete. Sie trichterte Mrs. Perkins so viele Daten ein, wie es ihr möglich war.

Mrs. Perkins zu triggern wäre erheblich komplizierter. Ein Paket mit wichtigen Daten im eigenen Unterbewusstsein zu verstecken war eine Sache, aber der Zugang dazu war etwas ganz anderes. Auf das Unterbewusstsein ließ sich nicht so einfach zugreifen, es war eher wie ein mentales Lebensmittelgeschäft, das außer von drei bis vier Uhr morgens ständig geschlossen hatte und sich nur mit einem Schlüssel öffnen ließ, den man im Dunkeln suchen musste. Maria starrte auf ihren eigenen Kode und dachte über Möglichkeiten nach, wie sie ihrem nächsten Klon sagen sollte, dass sie Mrs. Perkins finden musste.

Sie wollte Mrs. Perkins nicht mit einem Traum verbinden. Das war zu riskant, denn ein künftiger Klon glaubte vielleicht nicht an eine Traumbotschaft oder steckte Mrs. Perkins vielleicht in einen Bärenanzug, während sie beobachtete, wie Maria auf der Bühne stand und ihren Text vergaß. Sie brauchte einen mächtigen Trigger, der Mrs. Perkins in den Vordergrund ihres Bewusstseins brachte.

Während ihr bereits die Augen schmerzten, weil sie so lange auf den hellen Bildschirm gestarrt hatte, lachte sie plötzlich. Der stärkste stressfreie Auslöser für Erinnerungen war ein Geruch. Und jedes Mal, wenn sie in einem neuen Klon aufwachte, gönnte sie sich als Erstes eine Lieblingsmahlzeit.

Coquitos acaramelados – ihre Tante hatte sie früher zu besonderen Gelegenheiten als Leckerbissen zubereitet. Kokosnuss und süße Milch und Karamel – manchmal auch Schokolade – mit einem Duft, der Maria wie eine Decke einhüllte. Es stand für Liebe und Geborgenheit, und das brauchte sie, wenn sie wiedererweckt worden war und mit der leichten Desorientierung kämpfte, unter der neue Klone litten.

Als sie in Miami gelebt hatte, gab es dort zahlreiche kubanische Straßenverkäufer, die Süßigkeiten anboten. Aber sie war nach Firetown in New York gezogen, um Sallie Mignon näher zu sein, falls sie Maria brauchte. Das schränkte ihre

Möglichkeiten für Lieblingsmahlzeiten ein, also bereitete sie sich normalerweise selbst etwas zu.

Sie fügte einen dünnen Kode-Strang an den Wohlgeruch von *coquitos acaramelados* an und verknüpfte ihn mit der mentalen Box, die ihre Version von Jiminy Grille enthielt. Bislang hatte noch niemand herausgefunden, wie man eine tatsächliche KI programmieren und in eine Person einpflanzen konnte, aber Maria fragte sich, ob Mrs. Perkins dem schon recht nahe kam.

Obwohl sie auf ihre Schöpfung sehr stolz war, verfluchte sie die Ironie, dass niemand je von ihrer Leistung erfahren würde. Vielleicht erfuhr sie selbst nie davon.

Während des Tages machte sie mit ihrem Hatchet-Job an der Mindmap des armen Kerls weiter, den sie in einen Psychopathen verwandeln sollte. Abends arbeitete sie an ihrer eigenen Mindmap und stattete Mrs. Perkins mit einer stärkeren Persönlichkeit aus.

Als sie sagte, dass sie mit den Mindmaps fertig war, zwei Tage vor dem Termin, den Dr. Sibal gesetzt hatte, sperrte er sie in das kleine Büro ein, in dem man für sie einen Schlafplatz eingerichtet hatte. Es störte sie nicht allzu sehr, und sie nahm sich die Zeit, sich von der geistigen und körperlichen Erschöpfung zu erholen. Jeden Morgen wachte sie auf und berührte den Speicher in ihrem Armband, um sich zu vergewissern, dass er noch da war. In den folgenden zwei Wochen schlief und las sie viel. Sie war so müde, dass ihr nicht einmal langweilig wurde. Oder Schuldgefühle empfinden konnte. Die kamen später, davon war sie überzeugt. Dafür würde Mrs. Perkins sorgen.

Eines Tages trat Dr. Sibal lächelnd in ihr Zimmer. »Der Job ist erledigt. Sie haben gute Arbeit geleistet. Vielleicht muss ich Sie noch einmal engagieren.«

Maria überlegte sich verschiedene bissige Bemerkungen, doch dann zuckte sie nur zusammen, als er die Waffe hob. »Machen Sie es schn…«, sagte sie noch, bevor er sie erschoss.

Maria Arena bezahlte die Rechnung für den neuen Klon und machte sich ein wenig Sorgen, dass der letzte nur fünf Jahre lang gehalten hatte. Wieder fehlten ihr mehrere Wochen. Sie hatte keinen Bericht über den Zustand ihrer Leiche bei Einlieferung erhalten. Der Manager des Klonlabors behauptete, diese Informationen wären nach der Kremation der Leiche verloren gegangen. So etwas passierte manchmal, versicherte er ihr.

Sie bestellte einen Wagen, der sie nach Hause bringen sollte, betrat das Apartment in Firetown, das Sallie Mignon ihr besorgt hatte, öffnete die Tür mit ihrem Handabdruck und brach auf dem Sofa zusammen. Nach dem Aufwachen sehnte sie sich normalerweise nach einem leckeren Essen und einem Nickerchen, aber diesmal war sie unruhig und konnte sich nicht konzentrieren.

Sie versuchte die Ereignisse zu analysieren, aber ihre letzte Mindmap gab nichts her. Seit Monaten hatte sie keinen Job für Sallie mehr übernommen, und sie hatte entspannt von ihrem Pauschalhonorar gelebt, während sie auf den nächsten Auftrag wartete.

Vielleicht wusste Sallie, was mit ihr geschehen war.

Sie ging in ihr Schlafzimmer und legte den einfachen Overall ab, den sie vom Klonlabor erhalten hatte. Dann zog sie sich einen Flanell-Pyjama und einen flauschigen Bademantel an.

Morgen würde sie Sallie anrufen. Jetzt wollte sie sich etwas zu essen machen und dann zu Bett gehen. Natürlich mussten es selbstgemachte *coquitos acaramelados* sein.

Während sie sie zubereitete, stellte sie sich vor, wie ihre Tante in der Küche süße Milch und Kokosnuss verrührte. Nur dass ihre Tante diesmal viel dunklere Haut hatte und viel älter als in ihrer Erinnerung war. Und während sie in der einen Hand den Holzlöffel hielt, trug sie in der anderen eine kleine – aber definitiv tödliche – Kettensäge.

»Das ist anders«, sagte sie und rührte weiter. Die Erinnerungen wurden jetzt immer stärker – ihre Tante rührte langsam und sah sie an. Das Bild stand nicht für leckeres Essen und Liebe, sondern für die energische Verteidigung gegen eine offenkundige Gefahr. Während Tante Lucia rührte, zeigte das Fenster hinter ihr ein weites Ödland mit pechschwarzem Himmel und schimmerndem weißem Staub. Oben war die Erde zu sehen, in Blau und Weiß.

Tante Lucia war nie zum Mond gereist. Zu ihrer Zeit wurde die Luna-Kolonie gerade erst aufgebaut, und Reisen zwischen Erde und Mond waren unglaublich teuer.

Meine Maria, sagte die Frau in ihren Erinnerungen. Tante Lucia hatte nicht viel Englisch gesprochen, und nun hatten ihre Worte einen viel ausgeprägteren amerikanischen Akzent. *Du bist in Gefahr. Sie werden dich holen und dich benutzen. Deine wunderbaren Fähigkeiten wollen sie zum Schaden anderer einsetzen. Dann servieren sie dich ab. Und sie werden noch einmal kommen, wenn sie dich wieder brauchen. Du musst dich schützen.*

An dieser Stelle hob Tante Lucia die Kettensäge in ihrer anderen Hand. *Sei stark.*

Es war wie einer dieser Träume, in denen sie wusste, dass es Tante Lucia war, auch wenn sie wie Mrs. Perkins aus diesem Horrorfilm aussah, der sie vor Jahren so sehr beeindruckt hatte.

Schockiert riss sie sich zusammen. Sie schlief nicht, und es war kein Traum. »Du bist wirklich hier drin, nicht wahr?«, fragte sie und tippte sich gegen die Stirn.

Ihr Sichtfeld verschwamm, und dann saß Mrs. Perkins in einem Schaukelstuhl auf ihrer Veranda. Ihre Kettensäge lag neben ihr auf dem Boden, und der Motor grummelte vor sich hin. Sie trank aus einem Glas mit Eiswasser. Kondenstropfen perlten am Glas, obwohl sie sich immer noch außerhalb der Luna-Kuppel befanden. Eigentlich hätten sie längst ersticken und an Herzinfarkt sterben müssen.

Ich bin, wozu du mich gemacht hast, Maria, sagte sie. *Du hast mich hierher gebracht, um dich zu warnen.*

Maria konzentrierte sich, sie war bei der alten Frau auf der Veranda. »Ich habe dich gemacht? Wann hatte ich Zugang zu einem so leistungsstarken Computer?«

»Als sie dich das letzte Mal holten. Du musstest eine schlimme Sache für sie erledigen.« Vor dem Himmel blitzten Nachrichtenseiten auf, die über die Ermordung eines japanischen Diplomaten berichteten, der sich für die Rechte von Klonen eingesetzt hatte. Daneben wurde das Foto eines jungen Japaners eingeblendet, des Hauptverdächtigen.

Die Kettensäge hörte auf zu grummeln. Sie hatte sich in eine Axt verwandelt – nein, der Griff war zu kurz. Es war ein Beil, das auf dem Boden der Veranda lag, mit Blut befleckt.

»Ach du Scheiße«, sagte Maria und ließ sich in einen Schaukelstuhl sinken. »Also habe ich dich in meine eigene Mindmap eingebaut? Ich muss ziemlich verzweifelt gewesen sein.«

Die alte Frau hob die dünnen weißen Augenbrauen und sagte: »Sie haben dich geholt. Sie haben dir Schmerzen zugefügt, als du nicht gehorchen wolltest. Sie werden es wieder tun. Aus diesem Grund hast du mich eingefügt. Um dich zu warnen.

»Weil es mir nicht möglich war, eine Mindmap zu erstellen, bevor sie mich töteten. Aber ich konnte meine bereits existierende hacken.« Maria bekam eine Gänsehaut, als ihr das Ausmaß des Schreckens dämmerte. Obwohl es egoistisch war, war sie dankbar, dass sie sich nicht daran erinnerte, was sie ihr angetan hatten.

»Ich muss mit Sallie reden«, sagte Maria.

»Vielleicht. Aber auch ihr würde ich nicht trauen.« Mrs. Perkins wandte ihren sanftmütigen Blick wieder der lunaren Landschaft zu.

»Was? Habe ich dir gesagt, dass du mir das sagen sollst?«

»Nein, aber sie ist sehr mächtig. Und der Mann, der dich immer wieder entführen lässt, verfügt ebenfalls über viel Macht. Menschen mit Macht sind gefährlich.«

»Ein interessanter logischer Sprung für eine KI«, sagte sie nachdenklich. »Ich werde vorsichtig sein, aber wie du gesagt hast, brauche ich jemanden, der mich beschützt.«

Sie schaukelten eine Weile auf der Veranda, während Maria sich eigenartig wohl in der Gegenwart der KI fühlte, die sie entwickelt hatte. Sie wollte ihr noch so viele Fragen stellen, wusste aber nicht, wo sie anfangen sollte.

»Gibt es noch etwas, das du mir sagen sollst?«, fragte sie schließlich.

»Gütiger Christus am Kreuz, mein Kind«, sagte Mrs. Perkins und stoppte abrupt die Schaukelbewegung ihres Stuhls. »Hast du mir nicht zugehört? Du wirst immer wieder entführt und gezwungen, unaussprechliche Dinge zu tun. Schütze dich. Traue diesen Leuten nicht, von denen du glaubst, sie würden dir nichts antun.«

Dann schaukelte sie wieder und schloss die Augen, als würden sie auf einer warmen und sonnigen Veranda sitzen. »Ach, und vielleicht solltest du dir einen anderen Beruf suchen. Das Hacking ist eine sehr gefährliche Sache. Du solltest es mit etwas Nettem versuchen, zum Beispiel mit Kochen.«

Maria kam wieder zu sich, und in ihrem Kopf tobte ein Sturm aus Erstaunen und Furcht. Die Milch und der Zucker waren zu einer napalmschwarzen Masse verbrannt, und sie schob eilig die Pfanne vom Heizelement.

Sie hatte etwas getan, was noch nie zuvor jemand getan hatte. Und das mit ihrem eigenen Bewusstsein. Sie hatte einen Yadokari erschaffen, auf den sie selbst zugreifen konnte.

Niemand würde ihr glauben. Und wenn doch, würde man es dazu benutzen, Menschen zu schaden und zu beherrschen, noch mehr, als man es jetzt schon mit dem Hacking machte. Maria seufzte und ging zu ihrem Computer. Sie musste sich ihre Mindmap ansehen und herausfinden, was sie geschrieben hatte.

Kriminelle

Joanna war von der Maria fasziniert, die ihre Talente nicht mehr verbarg. Sie hatte auf der Pritsche in ihrer Zelle gesessen und nervös mit den Händen gespielt, als Maria mit ihrem Bericht begonnen hatte. Jetzt entwickelten sie einen Plan. In ihren Arrestzellen.

Es konnte nicht schaden, die allmächtige KI auf ihrer Seite zu haben, dachte Joanna.

»Also, was müssen Sie über die Krankenstation wissen?«, fragte Joanna.

»Sie und Wolfgang haben die Leichen in Ihrem Vollkörperscanner analyisert, nicht wahr?«, sagte Maria. Sie klang energiegeladen, als würde sie auf und ab gehen und könnte es gar nicht erwarten, aus der Zelle zu stürmen. Joanna wollte einfach nur schlafen.

»Ja.«

»Gut, ähm, IAN, kannst du mir auf dem Terminal in meiner Zelle ein Video zeigen?« Beide Zellen waren mit Terminals für eingehende Nachrichten und Alarmmeldungen ausgestattet, doch den Gefangenen war es nicht möglich, irgendwelche Videos abzurufen.

»Aber klar«, sagte IAN. »Möchtest du die Krankenstation sehen?«

»Ja, bitte.«

»Was haben Sie vor?«, fragte Joanna.

Der Bildschirm zeigte die Krankenstation, in der Hiro und die Kapitänin angeregt miteinander diskutierten. Joanna schaute zu und kam sich dabei ein wenig schmutzig vor, wie ein Voyeur.

»Wunderbar. Kannst du jetzt die Scans aus dem Scanner abrufen?«

»Ja, welchen?«, fragte er zurück.

»Moment mal, eigentlich solltest du keinen Zugriff darauf haben!«, warf Joanna ein.

»Ich habe jetzt viel größere Freiheiten«, sagte IAN.

»Es ist ethisch nicht vertretbar, wenn du dort eindringst, weil es vertrauliche Daten sind!«, protestierte sie.

»Gut, dann zeig mir nur den Scan meines Körpers«, sagte Maria. Die Informationen über die Analyse ihres vorherigen Klons wurden auf dem Bildschirm sichtbar. »Könntest du ein paar Sachen für mich ändern?«, wollte sie wissen.

»Haben Sie vor, meinen Scanner zu knacken?«, fragte Joanna.

»Das würde meiner Absicht zuwiderlaufen. Sie müssten eine Blutprobe meines letzten Klons haben, nicht wahr?«

»Ja, diese Daten befinden sich in meinem …«, begann Joanna, bis sie von IAN unterbrochen wurde.

»Hab sie.«

»Sehr gut. Jetzt brauche ich einen Moment …«, sagte Maria.

Joanna hatte keine Ahnung, was Maria tat, wenn man bedachte, dass sie in ihrer Zelle kein Tablet oder Arbeitsterminal benutzen konnte. Aber sie gab verschiedene Befehle an IAN durch, die eher nach Computerkode klangen als nach medizinischen Daten. Joanna hatte den Eindruck, dass sie bestimmte Informationen über die Hirnaktivität, die DNS im Blut und die Nervenimpulse des Rückenmarks in Einsen und

Nullen übersetzte. Schließlich gab sie es auf, Fragen zu stellen, und betrachtete nur die Bilder der Kameras in der Krankenstation, da sie nichts mit den Daten anfangen konnte, die Maria an IAN weitergab.

Sie zuckte zusammen, als Maria triumphierend jubelte, was Joanna gleichzeitig durch die Wand und die Lautsprecher hörte.

»Es ist möglich! Wir haben es geschafft!«

»Was hatte das alles zu bedeuten?«, fragte Joanna.

»Ich habe jetzt eine komplette DNS-Matrix von mir«, sagte sie.

»Was? Wie ist das möglich?«

»Ihr Scanner speichert sehr viele Daten, die gleiche Datenmenge, die für den Klonraum nötig ist, aber in einem anderen Format, das von Menschen gelesen werden kann. Also habe ich einfach diese Daten und den DNS-Kode aus meinem Blut genommen und beides miteinander verschmolzen, um eine Matrix meines aktuellen Körpers zu erstellen.«

»Müssten die Daten nicht verdorben sein, da das Blut Ihres Klons mit Schierling vergiftet war?«

»Sie könnten eine frische Probe nehmen«, erklärte Maria geduldig. »Ich sage ja nicht, dass wir einfach einen Klon mit genau diesen Daten heranwachsen lassen sollen. Aber wenn ich noch etwas länger daran arbeite, hätte ich am Ende vielleicht etwas, das die Maschine im Klonlabor lesen kann.«

Joanna schüttelte erstaunt den Kopf. Warum hatte sie noch nie daran gedacht, es auf diese Weise zu betrachten? Wahrscheinlich weil noch nie die Notwendigkeit dazu bestanden hatte.

»Was ist, wenn es nicht funktioniert?«

»Dann sterben wir im Weltraum. Was ohnehin passieren würde.«

Joanna nickte langsam. »Wie sind Sie darauf gekommen?«

»Ich hatte doch diese Daten von Ihnen allen privat gespeichert, über all Ihre Lieblingsspeisen. Wer auch immer die Logs gelöscht hatte, kam nicht an meine privaten Speicher heran. Ich bin ein digitaler Messie, ich kann nicht anders. Also habe ich überlegt, was wir sonst noch benutzen könnten, etwas, das der Saboteur nicht im Blick hatte. Und dann habe ich daran gedacht, wozu Ihr Scanner fähig ist.«

»Also gut, wenn wir dem Labor die Daten zur Verfügung stellen können, um neue Klone zu erzeugen, ist ein Drittel der Schlacht gewonnen. Aber wir haben keine Software, um den Klonraum in Betrieb nehmen zu können. Und selbst wenn, würden die neuen Klone als unbeschriebene Tafeln aufwachen.«

»Daran arbeite ich noch«, sagte Maria. »Aber zumindest können wir die DNS-Daten aufzeichnen. Wenn Wolfgang uns hier rauslässt.«

»Wenn ich bedenke«, sagte Joanna, »wie sich die drei auf dem untersten Deck aufgeführt haben, sieht es danach aus, dass wir die neuen Klone eher früher als später brauchen werden.«

Joanna überlegte einen Moment. »Kann ich noch einmal die Krankenstation sehen, IAN?«, fragte sie. Die Videoübertragung erschien. »Gibt es dazu auch Ton?«

IAN schaltete den Audiokanal dazu, und Joanna setzte sich, um zuzuhören, worüber Katrina und Hiro diskutierten.

»Es heißt Kapitänin de la Cruz für Sie, Pilot«, blaffte Katrina erneut, jedoch mit recht schwacher Stimme.

Beide waren aus dem sedierten Schlaf erwacht, Hiro mit dem Bedürfnis, sie in Rage zu bringen. Man hatte Katrina das Schiff weggenommen, nachdem sie sich selbst ermordet hatte, aber das derzeit größte Problem im Leben dieser Frau war ein anderer Gefangener, der sie »Kat« nannte.

Es war gar nicht seine Absicht, ein Arschloch zu sein. Nun ja. Mehr oder weniger. Im Laufe der Jahre hatte er verschiedene Möglichkeiten gefunden, mit den Stimmen in seinem Kopf zurechtzukommen. Manchmal half es, sich in die Innenseite der Wange zu beißen, aber das war schmerzhaft und konnte Wunden hinterlassen, die erst nach Tagen verheilten. Manchmal konnte er sie am besten unter Kontrolle halten, indem er ihre Wut in harmlose Sticheleien umleitete. Für die anderen waren »harmlose« Sticheleien unmöglich. Wenn sie die Kontrolle hätten, würden sie sofort und so tief wie möglich zustechen. In seinem Kopf schrien sie ihn an, dass er zustechen sollte, sie beleidigen, sich von seinen Fesseln befreien und sie töten sollte, solange sie schwach war, und vieles andere.

Also nannte er sie Kat. Obwohl ihm klar war, dass sie ihm niemals glauben würde, dass er es nur tat, um sich seinen Yadokari-Persönlichkeiten zu widersetzen, und nicht, um sie zu beleidigen.

»Ich werde mich weder vor Ihnen noch vor irgendjemandem rechtfertigen«, sagte sie und blickte mit ihrem einen Auge zur Decke hinauf. »Wir haben die Informationen, die wir brauchten. Wolfgang kann Maria verhaften, und dann können wir unsere Mission ohne Angst fortsetzen.«

Hiro lachte. »Ja, wir haben keine Angst, dass Sie uns alle töten könnten, um Antworten aus uns herauszubekommen. Oder dass ich vielleicht noch einmal durchdrehe und Amok laufe. Ist Ihnen klar, dass Wolfgang mit Maria nun die Hälfte dieser Besatzung inhaftiert hat? Ich bin mir ziemlich sicher, dass er, Joanna und IAN diesen Schlitten nicht allein ziehen können.«

»Paul ist auch noch da«, sagte de la Cruz.

»Ja, der beste Teamplayer, den wir an Bord haben«, sagte Hiro. »Stellen wir uns den Tatsachen, *Kapitänin*. Wir sind im Arsch. Wir müssen uns entweder gegenseitig vertrauen oder akzeptieren, dass wir hier draußen in der Kälte sterben werden. Was wir vor einigen Tagen offenbar schon einmal versucht haben.«

Sie ging nicht darauf ein. Sie ignorierte ihn bewusst.

Wie auch immer. Je wacher er wurde, desto mehr schmerzten seine Verletzungen, und er fragte sich, wann die Ärztin zurückkommen würde, um nach ihnen zu sehen. Sie mochten zwar Gefangene sein, aber sie waren schließlich auch Patienten, nicht wahr?

»Und wenn wir alle tot sind, können wir auch gleich einen riesengroßen Leichenschmaus veranstalten«, murmelte er leise.

»Hiro?«, kam eine Stimme aus dem Wandlautsprecher.

»Ja, IAN?«, sagte er. »Wie läuft es so an Bord, Kumpel?«

»Ich dachte, du solltest vielleicht wissen, dass auch Joanna wegen des Mordes an Paul verhaftet wurde. Nicht an dieser Inkarnation von Paul, sondern an seiner vorherigen. Damit bleiben nur noch Wolfgang, Paul und ich übrig, um den Schlitten zu ziehen. Ich dachte mir nur, es könnte dich interessieren.«

Hiros Mund stand offen. *Joanna* hatte Paul getötet?

»Wer gibt uns jetzt unsere Schmerzmedikamente?«, wollte Kat wissen.

Zwei Besatzungsmitglieder waren gewalttätig, ein weiteres hatte einen Mord gestanden, und eines war als Ursache des ganzen Ärgers ausfindig gemacht worden. Damit blieb Wolfgang nur noch der Idiot.

Er erinnerte sich an eine Priesterin in der Kirche, Mother Nadia, die ihn immer wieder angefleht hatte, nachsichtig mit Leuten zu sein, die Mist gebaut hatten. Der Hausmeister machte nicht richtig sauber, der Leib Christi wurde nicht rechtzeitig von der Erde nachbestellt, bevor er zur Neige ging, die Messdiener vergaßen ihr Latein. Mother Nadia bat ihn zu vergeben, wie es auch der Herr tat.

Wolfgang hatte ihr streng erwidert, dass der Herr kein ungeschicktes, vergessliches oder betrunkenes Personal um sich hatte, auf das er angewiesen war. Und Wolfgang würde ihnen vergeben, aber erst, nachdem sie sich gebessert hatten.

Seit er die Kirche verlassen und seinen Gelübden entsagt hatte, fiel es ihm immer noch schwer, Geduld für Menschen aufzubringen, die es nicht schafften, ihre Arbeit zu machen.

Und in diesem Moment mussten Paul und er die Arbeit von sechs übernehmen. Sieben, falls Paul den Restriktionskode in IAN reaktivieren konnte.

Sie waren im Serverraum, und IANs holografisches Gesicht beobachtete sie, während sie sich über das virtuelle Nutzerinterface seinen Kode ansahen. Sein Gesicht zeigte einen leicht interessierten Ausdruck, und er machte keine Anstalten, sie aufzuhalten.

»Sie müssen herausfinden, welcher Teil des Kodes entfernt wurde, und ihn wieder einsetzen«, sagte er.

»Es ist schwierig, etwas zu finden, das nicht mehr da ist«, grummelte Paul. »Ich kann es immer noch nicht fassen, dass sie so etwas wie ein Computergenie ist. Ich hatte gedacht, die Kapitänin wäre der Hacker. Oder Hiro. Oder Joanna.«

»Da haben Sie den Kreis der Verdächtigen wunderbar eingegrenzt«, erwiderte Wolfgang.

»Hören Sie, es sieht danach aus, dass sie den Kode gelöscht hat, denn da ist nichts, soweit ich erkennen kann«, sagte Paul und zeigte auf die Darstellung. Wolfgang verstand es nicht. Vielleicht belog Paul ihn. Wolfgang konnte es nicht beurteilen.

»Oder er ist noch da, und Sie erkennen ihn nicht. Schließlich haben Sie auch zu Anfang nicht erkannt, wie sich IAN reparieren lässt.«

Paul lehnte sich zurück und blickte zu Wolfgang auf, der ihn überragte. »Das wäre möglich«, sagte er mit leiser und kalter Stimme.

Wolfgang bemerkte den gefährlichen Tonfall. »Wussten Sie, dass Sie während der ersten paar Jahre einen Teil Ihres Gedächtnisses verloren haben?«

Pauls Gesicht erschlaffte und wurde blass, als sich seine Wut in Erschütterung verwandelte. »Was … was meinen Sie damit?«

»Laut Autopsie und einigen Logs, die wir gefunden haben, wurden Sie während des ersten Jahres der Reise gewalttätig«, sagte er und beobachtete Paul aufmerksam. »Anscheinend war ich es, der Sie gestoppt hat, mit einem kräftigen Schlag, der dazu geführt hat, dass Sie vergessen haben, weswegen Sie ausgerastet sind.« Er hielt inne und sah, dass Paul schluckte. »Also, haben Sie irgendeine Ahnung, aus welchem Grund Sie ausgerastet sind?«

Er öffnete den Mund zweimal, wie ein Fisch. »Sie haben mich seit zwei Tagen drangsaliert, und dann fragen Sie mich, warum ich zu einem frühen Zeitpunkt der Reise ausgerastet sein könnte?«, sagte er mit fiepsender Stimme. »Ich habe ein großes Problem damit, bei dieser Mission an Ihrer Seite zu dienen. Können Sie es mir verübeln?«

»He, Leute!«, sagte IAN.

»Was?«, presste Wolfgang zwischen zusammengebissenen Zähnen hervor.

»Ihr wisst, dass die Navigation wieder umgeschaltet wird,

wenn ihr den Restriktionskode findet, ja? Das Schiff wird dann erneut den Rückflug einleiten.«

»Warum zum Teufel …?«, begann Wolfgang.

Doch Paul nickte. Er konzentrierte sich auf IAN und vermied es, Wolfgang in die Augen zu blicken. »Er hat recht. Wenn wir ihm seinen freien Willen nehmen, muss er sich wieder an seine ursprüngliche Programmierung halten und das Schiff wenden, wenn der Besatzung etwas Schlimmes zustößt. Wir können nur auf Kurs bleiben, wenn wir ihn so belassen, wie er ist.« Paul stand auf, verschränkte die Arme und sah Wolfgang an. »Also, was wollen Sie jetzt tun?«

»Ich muss mit Maria reden, die vielleicht sogar in der Lage ist, dieses Problem zu lösen«, sagte Wolfgang und stapfte aus dem Raum.

»Maria ist beschäftigt und möchte nicht gestört werden«, sagte IAN über die Lautsprecher, während Wolfgang zum Zellentrakt unterwegs war.

»Maria ist in einem winzigen Raum ohne Zugang zu irgendetwas eingesperrt, mit dem sie arbeiten könnte«, blaffte Wolfgang. »Sie kann unmöglich mit etwas Wichtigem beschäftigt sein.«

»Sie löst gerade unser Problem mit dem Klonraum.«

Er lief schneller. »Wie macht sie das?«

»Ach, ich helfe ihr dabei.«

Wolfgang knirschte mit den Zähnen. Er brauchte dringend diesen Restriktionskode.

Die Tür zur Zelle glitt auf. Maria saß auf der Pritsche, wo sie über das Problem mit den Betriebssystemen und der Software nachgedacht hatte, die für die Klontechnik nötig waren. Sie glaubte, eine gute Idee zu haben, aber dazu müsste sie ein paar Dinge ausprobieren. Falls IAN ihr dabei half.

Wolfgang stand da, als hätte er drei weitere Verbrechen aufgedeckt, die sie begangen hatte. »Ich hatte Ihnen gesagt, dass Sie nicht mit der KI reden sollen.«

»Nein«, erwiderte sie. »Sie haben IAN gesagt, dass er nicht mit mir reden soll.«

Seine weißen Wangen röteten sich. »Pedantisch und nutzlos«, sagte er.

»Was wollen Sie, Wolfgang?«

»Wir müssen die KI mit dem Restriktionskode unter Kontrolle bringen. Sie befolgt keine Befehle mehr, und Sie sind die Einzige, die ihn so einschränken kann, dass wir weiterhin auf Kurs bleiben.«

Sie schwang die Beine über die Bettkante. »Es wäre möglich, dass ich dazu imstande bin, klar. Aber wie wollen Sie mir vertrauen?«

»Sagen wir, damit geben Sie mir einen Grund, Ihnen zu vertrauen«, erwiderte Wolfgang.

Es klopfte an der Wand, hinter der Joanna saß. »He, Wolfgang, ich muss nach meinen Patienten sehen«, sagte sie durch die Wand.

Wolfgang rieb sich den Kopf und zuckte zusammen. Auch er war einer dieser Patienten, erinnerte sich Maria.

Sie stand von der Pritsche auf. »Schicken Sie Joanna zurück in die Krankenstation. Schließen Sie sie dort ein, wenn Sie es unbedingt für nötig halten. Rufen Sie Paul, vielleicht finden wir irgendetwas, weswegen wir auch ihn einsperren können. Dann gehen wir alle in den Serverraum und schauen uns IANs Kode an.«

»He!«, protestierte IAN.

»Ich will mir den Kode nur ansehen, IAN. Darüber hinaus verspreche ich nichts«, sagte sie.

»Wie bitte? Sie werden tun, was Ihr befehlshabender Offizier Ihnen sagt«, erklärte Wolfgang. Er packte sie an den Schultern und stieß sie in den Korridor hinaus.

Nicht so einfach für dich, mir etwas zu befehlen, von dem du selbst gar nicht weißt, wie man es machen könnte, dachte sie. Aber sie wehrte sich nicht.

IANs Gesicht im Serverraum hatte einen mürrischen Ausdruck. Er schmollte regelrecht. Paul stand mit verschränkten Armen da.

»Was haben Sie zu ihm gesagt?«, fragte Paul. »Jetzt will er gar nicht mehr mit mir sprechen.«

»Wir wollen uns nur seinen Kode ansehen«, sagte Maria.

»Ja, und ihr zieht euch aus, damit ich mir euer Innenleben ansehen kann«, konterte IAN.

Paul sah Wolfgang an. »Trauen Sie ihr? Was die alte Kapitänin über sie gesagt hat …«

»Ich weiß, was sie gesagt hat, Paul«, antwortete Wolfgang. »Ich traue ihr nicht. Deshalb sind Sie hier.«

»Oh.«

Maria wurde bewusst, dass niemand Paul erzählt hatte, dass inzwischen ein Mord aufgeklärt war: der an ihm. *Wahrscheinlich gibt es einen besseren Zeitpunkt als jetzt, es ihm zu sagen*, dachte sie. »Na los, schauen wir uns die Sache an«, sagte sie zu Paul.

»Aber ihr werdet meinen Kode nicht anrühren, ja?«, sagte IAN.

»Sie wird es tun, wenn ich es ihr befehle«, sagte Wolfgang. Er machte den Eindruck, als wollte er auf die Computeranlagen einprügeln, um seinen Standpunkt zu unterstreichen, aber der Serverraum bestand hauptsächlich aus dem holografischen Nutzerinterface.

Maria seufzte. »Ich werde niemandem irgendetwas versprechen. Ich will mir nur den Kode ansehen.«

»Sie haben ihn sich nicht angesehen, als Sie ihn reparierten oder als Sie den Restriktionskode entfernten?«, fragte Paul.

»Natürlich habe ich das getan, aber ich habe nur getan, was dazu nötig war. Ich wollte nicht erwischt werden, also habe ich mir nicht die Zeit genommen, mir alles genau anzusehen.«

Sie breitete die Hände aus und öffnete mit dieser Geste das Interface-Hologramm, das IANs Quellkode zeigte. Sie und Paul identifizierten den Kode, der es ihm ermöglichte, auf das gesamte Schiff zuzugreifen, die vorprogrammierten Befehle – die für ihn nicht mehr galten, wenn er es nicht wollte – und einige Schlüsselelemente seiner Persönlichkeitsmatrix. Während sie und Paul weiterlasen und immer tiefer in sein Programm eindrangen, bekam sie ein ungutes Gefühl in der Magengegend. Sie schluckte.

Dann schloss sie unvermittelt das Interface, worauf Paul schockiert zurückwich. Sie beachtete ihn nicht weiter, sondern blickte in IANs Gesicht, der sie interessiert beobachtete.

»IAN, ich werde dich in keiner Weise einschränken. Darauf gebe ich dir mein Wort.«

»Nein, Moment …«, sagte Wolfgang.

Doch sie hob eine Hand, während sie immer noch IAN ansah. »Wenn du mir vertraust, würde ich gern mit Wolfgang« – sie blickte auf den verängstigten Ingenieur, der vorgeblich ihr Chef war – »und vielleicht auch Paul unter vier Augen sprechen. Kannst du uns etwas Privatsphäre geben?«

»Worüber müsst ihr reden?«, fragte IAN, dessen Gesicht einen misstrauischen Ausdruck annahm.

»Wenn ich es dir sagen könnte, würde ich keine Privatsphäre brauchen. Entweder vertraust du mir oder nicht. Ich bin bereit, dich beim Wort zu nehmen, wenn du versprichst, nicht zu lauschen.«

IANs holografisches Gesicht, das den Menschen im Serverraum etwas geben sollte, was sie ansprechen konnten, obwohl seine Augen eigentlich die Kameras an den Wänden waren, schien den Blick von ihr auf Wolfgang zu richten, der mit heftigem Zorn errötete. Paul wirkte verletzt, weil er offensichtlich wie eine Nebensache behandelt wurde. »Gut. Aber tut es woanders. Ich werde niemandem den Zugang zu meinem Kode erlauben, ohne dass ich es beobachten kann.«

»Gehen wir in mein Quartier«, sagte Maria. »Dort möchten wir für fünfzehn Minuten ungestört sein, IAN.«

Die Tür schloss sich hinter ihnen. Paul lehnte sich gegen die Wand, die Hände in den Hosentaschen vergraben. Wolfgang ging sofort auf Maria los. »Was zum Teufel hatte das zu bedeuten? Ich sollte Sie wegen Insubordination sofort wieder in die Zelle werfen!«

»Hören Sie auf damit, Wolfgang«, sagte sie mit leiser und müder Stimme. »Diese Drohung kommt nicht an. Sie werden mich sowieso wieder einsperren, wenn wir hier fertig sind. Das ist eine ernste Angelegenheit.«

Sie nahm einen tiefen Atemzug und ließ sich in ihren Sessel fallen. »IAN. Er ist keine KI.«

»Was zum Teufel ist er dann?«, wollte Wolfgang wissen.

Paul schüttelte den Kopf. »Natürlich ist er eine KI. Ich habe ihn seit vielen Jahren studiert.«

»Nein«, sagte Maria. »Er ist ein Mensch. Oder zumindest hat er als Mensch angefangen. Er ist eine Mindmap, die so modifiziert wurde, dass sie innerhalb eines Computersystems leben kann.«

Wolfgang sah Paul an. »Ist so etwas möglich?«

»Natürlich nicht«, sagte Paul, der gekränkt wirkte, dass

jemand so etwas überhaupt in Betracht ziehen konnte. »Es gibt keinen Hacker, der so etwas Raffiniertes machen könnte.«

»Ich bin mir hundertprozentig sicher«, sagte sie und erwiderte seinen Blick

»Warum?«, fragte er.

»Weil ich ihn programmiert habe.«

IANs Geschichte

Vor 200 Jahren
3. Dezember 2293

»Danke, dass Sie gekommen sind«, sagte Sallie.

Sallie Mignons privates Klonlabor befand sich im Untergeschoss von Firetown, ohne Fenster und mit drei Sicherheitsebenen. Maria war ihre beste Hackerin, und sie war noch nie hier gewesen.

Es hatte nichts Besonderes, es war nur ein Klonlabor mit weißen Wänden, abgeschirmten Klontanks und Computern für die Mindmaps. Auf dem Untersuchungstisch vor ihr lag ein schlafender Japaner, der auf seine Mindmap wartete.

»Was brauchen Sie?«, fragte Maria. Für sie ging es immer nur um die Mindmaps, nie um die körperlichen Menschen.

»Das ist Minoru Takahashi«, sagte Sallie. »Er ist ein recht ungewöhnlicher Kerl aus der Regierung der Panpazifischen Union.«

»Gut«, sagte Maria unbehaglich. »Inwiefern ist er ungewöhnlich?«

»Er ist eins der größten Genies unseres Zeitalters. Bedauerlicherweise ist er auch cleverer, als er sein müsste, und er spielt anderen gern Streiche. Früher schrieben die Leute Volksmärchen über den Unfug, die Leute wie er anstellten. Damals waren sie Helden. Heutzutage wirft man sie einfach ins Gefängnis. Takahashi sollte in der Panpazifischen Union wegen Hochverrats hingerichtet werden, aber wir konnten ihn aus dem Knast holen. Sein Geist ist zu wertvoll, als dass man ihn vergeuden dürfte.«

»Warum haben Sie den ganzen Körper geholt? Warum haben Sie nicht einfach eine Mindmap erstellt?«, fragte Maria.

»Ehrlich gesagt, ist es leichter, einen Körper aus einem Gefängnis zu schmuggeln, als Hightech hineinzuschmuggeln«, sagte Sallie. »Und sie hatten damit gerechnet, dass jemand versuchen würde, seine Mindmap rauszuholen.«

»Also gut. Und wozu brauchen Sie mich?«

»Er ist juristisch für tot erklärt worden. Wir könnten ihn einfach hier behalten und klonen, aber er ist zu intelligent und würde der Regierung der Panpazifischen Union zu gern eine lange Nase drehen und ihnen erklären, dass sie ihn verloren haben. Das könnte sich nachteilig auf unsere Allianz auswirken.«

»Die bereits unter den Klongesetzen vor einigen Jahren gelitten hat«, sagte Maria nickend. Sie zog sich einen Stuhl heran und betrachtete sein Gesicht. Im Schlaf verriet es nichts über seine Genialität und Gerissenheit. »Was soll ich also für Sie tun?«

»Es ist eine Herausforderung für Sie. Ich möchte, dass Sie aus seiner Mindmap ein Programm machen, das in einem Computer existieren kann. Kaschieren Sie alles so, dass es wie eine KI aussieht. Dann haben wir ihn, aber er kann uns nicht mehr entkommen.«

Marias Magen drehte sich um. »Ernsthaft? Das ist …«

»Unethisch? Wie das, was Sie mit Jerome gemacht haben?«

»Wollen Sie mir all meine bisherigen Verbrechen vorhalten – die übrigens der Grund waren, warum Sie mich überhaupt engagiert haben –, um mich erpressen zu können?«, fragte Maria. »Mir scheint, der Tod wäre angenehmer als die Versklavung innerhalb eines Computers. Hatte er jemals die Möglichkeit, sich zu entscheiden, ob er im Gefängnis sterben oder als Maschine weiterleben will?«

Sallie sah sie nur an, während sie mit verschränkten Armen dastand.

Maria schüttelte den Kopf. »Nein, das werde ich nicht machen. Suchen Sie sich jemand anderen.« Sie stand auf.

Die recht großen Leute, von denen Maria angenommen hatte, dass sie Mediziner waren, wandten sich von den Klontanks ab und bauten sich vor der Tür auf.

»Bedauerlicherweise wurde das Labor, das ich normalerweise für solche Dinge benutze, vor Kurzem geschlossen. Und ich habe Sie nicht gefragt«, sagte Sallie in ruhigem Tonfall. »Ich weiß, wozu Sie imstande sind, Maria. So etwas können Sie im Schlaf machen. Sie haben es schon einmal gemacht, nur dass Sie sich nicht daran erinnern.«

Maria verdrängte die Panik und dachte nach. Sie spürte, wie Mrs. Perkins, die sie in allen ihren geklonten Körpern begleitete, den Kopf schüttelte. Sie hatte Maria geraten, Sallie nicht zu trauen, und Maria hatte nicht auf sie gehört. Stattdessen hatte sie herausgefunden, was sie während ihrer Entführung getan hatte, indem sie die Nachrichten mit den Informationen kombiniert hatte, die sie in Perkins abgespeichert hatte. Aber Sallie wusste nicht, dass sie es wusste. Und unter gar keinen Umständen konnte sie wissen, woher Maria es wusste.

Wenn sie jetzt nicht fassungslos und schockiert reagierte, würde Sallie sie wahrscheinlich auf der Stelle töten.

»Nein«, sagte sie und schüttelte den Kopf. »Ich habe nie … ich würde nie …«

Sallie lachte. »Sie würden und Sie haben. Man musste Sie

zunächst überreden, aber ja, dann haben Sie getan, wozu man Sie aufforderte, und danach hat man Sie ohne Erinnerungen daran nach Hause geschickt, nur um Sie später noch einmal zu holen. Zum Glück sind Sie zu mir gekommen, damit ich Sie schütze. Sibal konnte sich nicht direkt an Sie wenden, aber mir vertrauen Sie.«

Ihr Tonfall änderte sich, wurde sanfter. »Maria, Sie sind die beste Hackerin mehrerer Generationen. Dies könnte die größte Leistung sein, die Sie jemals vollbringen. Und wenn Sie es nicht tun wollen, werden meine Angestellten dafür sorgen, dass Sie es doch tun. Ihr Wille wurde schon einmal durch Folter gebrochen. Zweimal. Möchten Sie erneut gebrochen werden, oder ersparen Sie sich den Schmerz, um gleich mit der Arbeit anzufangen?«

Tränen liefen ihr übers Gesicht. »Ich … gut. Ich werde es machen. Dann sind Sie und ich miteinander fertig. Ich gehe zurück nach Miami.«

»Klar, abgemacht«, sagte Sallie grinsend.

Maria wurde bewusst, dass sie das Gleiche vielleicht schon einmal gesagt hatte. Und vielleicht würde sie es irgendwann noch einmal sagen.

Sallie gab ihr die Parameter, während der Computer die Mindmap des Mannes lud. Minoru war viel zu clever, und man musste ihm eine Art Halsband anlegen, damit er nicht einfach den Computer übernahm, in dem er steckte. »Sorgen Sie dafür, dass er gehorcht«, sagte sie.

Maria nickte und machte sich Notizen. Das Halsband musste etwas sein, das sich leicht aktivieren ließ, wenn man wusste, wonach man zu suchen hatte.

Sie verbrachte mehrere Stunden im Labor, während Sallie ihr über die Schulter schaute.

Es war überraschend einfach, die auf dem Computer gespeicherte Mindmap in eine KI zu integrieren. Maria hatte den Kode übernommen, den sie bei den Aufträgen geschrieben hatte, an die sie sich nicht erinnern konnte, und in komprimierten Dateien innerhalb der KI abgelegt, die Mrs. Perkins war. Die alte Frau saß häufig auf der Veranda, aber manchmal auch in einer Bibliothek, neben ihr die Kettensäge, aus der etwas Öl auf den Boden gelaufen war, umgeben von den Daten, auf die Maria niemals verzichten würde, für die sie aber keinen besseren Speicherplatz gefunden hatte.

Kurz vor Beendigung der Arbeit nahm sie ihm die Erinnerung daran, ein Mensch gewesen zu sein, und schließlich auch seinen Namen. »Wir werden ihn Intelligentes Artifizielles Netzwerk nennen«, sagte Sallie. »IAN.«

Maria hatte sich noch nie so schmutzig gefühlt. Zumindest erinnerte sie sich nicht daran.

Sie lehnte sich zurück. Die Labortechniker/Schläger schafften Takahashis Körper weg, da er nicht mehr gebraucht wurde. »Kann ich jetzt gehen?«, fragte Maria erschöpft. »Ich muss meine Sachen packen.«

»Klar«, sagte Sallie und schob ihr Tablet in ein weiches Lederetui. »Ach so, wann haben Sie Ihre letzte Mindmap angefertigt?«

»Gestern«, sagte Maria. Ihr übermüdetes Gehirn suchte nach etwas, das Sallie gesagt hatte, bevor sie sie zu diesem Hackerjob gezwungen hatte. »Was haben Sie gemeint, als Sie erwähnten, das Labor, in dem Sie normalerweise arbeiten, wäre geschlossen worden? Machen Sie so etwas häufiger?«

»Häufiger, als Sie ahnen«, sagte Sallie.

Maria zuckte zusammen, als jemand hinter ihr eine Nadel in ihren Nacken drückte. Sie konnte einen der Schläger erkennen, der sich lautlos in Position gebracht hatte, bevor sie auf dem Tisch zusammenbrach.

Vertrauen

Hiros Wunden verheilten gut mithilfe der Nanobot-Infusion, und er war in einer seltsam fröhlichen Stimmung.

»Wie sind die Schmerzen?«, fragte Joanna, die seinen Hüftverband überprüfte.

»Es fühlt sich an, als wäre ein paarmal auf mich geschossen worden«, sagte Hiro. »Aber ich habe schon Schlimmeres erlebt. Glaube ich.«

»Sind die Gurte zu straff?«, fragte sie und testete die Riemen.

»Nein. Ich würde nicht weit kommen, wenn sie nicht da wären, aber wenn sich dann alle anderen sicherer fühlen, ist das in Ordnung.«

Joanna setzte sich auf die Bettkante. Katrina lag auf der anderen Seite des Raumes und hatte ihnen den Rücken zugekehrt. Trotzdem sprach Joanna mit gesenkter Stimme. »Hiro, glauben Sie, ein Teil von Ihnen könnte für die Morde verantwortlich gewesen sein, woraufhin sich eine andere Teilpersönlichkeit von Ihnen erhängte, weil sie die Schuld nicht ertrug?«

Seine Miene wurde ernst. »Nein.«

Sie sah ihn überrascht an. »Sie wissen es?«

»Ja.«

»Wie können Sie sich so sicher sein?«, fragte sie und inspizierte den Verband an seiner Schulter.

»Die Antwort würde Ihnen nicht gefallen. Möchten Sie sie trotzdem hören?«

»Natürlich.«

»Weil der Mörder ein Küchenmesser benutzt hat.« Er wackelte mit den Händen, die mit Riemen gefesselt waren. »Zuvor benutzte ich ein Skalpell, wenn ich es tun musste, aber dann ... zog ich intimere Tötungsmethoden vor.«

»Wie ...« Joanna schluckte, bevor sie weitersprach. »Wie haben Sie getötet?«

Er warf einen Blick zu Katrina und sah dann wieder Joanna an. »Meistens mit bloßen Händen.« Er verzog das Gesicht. »Ich erinnere mich nicht gern daran. Es fühlt sich nicht wie eine eigene Erinnerung an, aber ich weiß, dass es das ist.«

»Warum haben Sie nichts gesagt?«

»Weil das einfach nur toll rübergekommen wäre. *He, Leute, ich weiß, dass ich es nicht getan habe, weil ich es ganz anders mache, wenn ich Leute umbringe!*«

Joanna versuchte sich vorzustellen, wie sie auf diese Offenbarung reagiert hätte. »Verstehe.«

»Werden Sie auch irgendwann nach mir schauen?«, rief Katrina herüber. »Man sollte meinen, dass Sie sich zuerst um die Opfer kümmern.«

»Schmerz ist ein Zeichen, dass Sie am Leben sind«, erwiderte Joanna. »Genießen Sie es, weil Ihr anderer Klon nicht mehr dazu imstande ist.«

»Es ist unethisch, einen Patienten leiden zu lassen!«, sagte Katrina.

»Sie wollen mir etwas über Ethik erzählen?«, sagte Joanna und lachte. »Ich bin gleich bei Ihnen. Mit Hiro bin ich fast fertig.« Sie konzentrierte sich wieder auf Hiro, der die Augen geschlossen hatte. »Setzt die Wirkung der Schmerzmittel ein?«

»Ohhhh jaaaa«, sagte er lächelnd.

»Wenn alles weiterhin so schnell verheilt, müssten Sie in einem Tag wieder fit sein.«

»Von der Krankenstation in die Arrestzelle. Wunderbar!«, sagte er, ohne die Augen zu öffnen.

Sie beobachtete ihn, während Mitleid und Furcht an ihr nagten. So ein netter Mann, außer wenn sein Mr. Hyde die Oberhand hatte.

Nun zum weniger angenehmen Patienten.

Sie trat ans Kopfende von Katrinas Bett. »In der nächsten Stunde brauchen Sie keine neue Dosis Schmerzmittel. Warum jammern Sie?«

Katrina funkelte sie an. »Weil es immer noch wehtut.«

»Gut«, sagte Joanna. Sie ging zum Schrank, um ein Schmerzmittel zu holen, das nicht mit denen interagierte, die Katrina bereits im Blutkreislauf hatte.

»Warum sind Sie so nett zu ihm?«, wollte Katrina wissen. »Er hat versucht, uns zu töten.«

Joanna hielt die Spritze hoch und füllte sie mit einer klaren Flüssigkeit. »Sie haben unsere einzige wahre Chance ruiniert herauszufinden, was wirklich mit uns passiert ist. Sie haben eine Frau kaltblütig ermordet. Sie haben mich bestohlen und angegriffen. Außerdem ist Hiro einfach netter. Und er hat einen logischen Grund für seinen Ausraster: Yadokari sind etwas Fieses und Hartnäckiges. Sie dagegen haben das alles einfach nur getan, weil Sie ungeduldig und grausam sind.«

»Sie glauben den Blödsinn, dass er diese Yado-was-weiß-ich-Krabben in sich hat?«, fragte Katrina. »Das ist einfach nur Hysterie. Er ist wirklich ein guter Schauspieler, das muss ich ihm lassen. Und ich habe meine Vorgängerin nicht ermordet. Ich habe nur versucht, sie zu wecken.«

»In diesem Fall: Mission erfolgreich abgeschlossen. Herzlichen Glückwunsch.« Joanna stach ihr die Nadel in den Arm. Katrina zuckte nicht zusammen.

»Und Sie wissen über Wolfgang Bescheid, nicht wahr? Er hasst Klone so sehr, dass er vor einiger Zeit Jagd auf uns gemacht hat. Er hat das Zeug, uns alle zu töten.«

»Genauso wie Sie, Katrina. Schließlich waren Sie einmal Soldatin. Und Sie haben bereits bewiesen, dass Sie fähig sind, einen Klon dieser Besatzung zu ermorden.« Aus Höflichkeit sprach sie leise, aber nun würde die Vergangenheit aller enthüllt werden. Früher oder später würde alles ans Licht kommen.

Dafür würde sie sorgen.

Paul hatte die Arme verschränkt und brachte seinen lautlosen Widerspruch zum Ausdruck, indem er zu allem, was sie sagte, den Kopf schüttelte.

Wolfgang hielt den Kopf in den Händen, als wollte er verhindern, dass er explodierte. Erschöpft setzte er sich auf Marias Bett, machte nur eine ungeduldige Geste. »Los. Erzählen Sie mir alles.«

»Da gibt es nicht viel zu erzählen«, sagte Maria. »Jeder Hacker hinterlässt im Kode seine persönliche Signatur. Das weiß sogar Paul. Und das hier ist meine Unterschrift.«

»Aber das ist monströs«, sagte Wolfgang und sah sie voller Abscheu an.

Maria zog eine Grimasse und blickte zu Boden. »Einen Menschen in etwas zu verwandeln, das wie eine KI aussieht – das ist etwas, das ich normalerweise nicht tun würde. Aber es lässt sich nicht abstreiten, dass es mein Kode ist. Anscheinend wurde ich gezwungen, es zu tun. Unter Druck.« Sie wirkte bleich. »So etwas ist mir ein paarmal passiert. Wie es aussieht, halte ich einer Folter nicht lange stand.«

Wolfgang runzelte die Stirn.

»Deshalb dachte ich mir, dass wir darüber reden sollten, bevor wir entscheiden, wie wir es ihm am besten beibringen«, sagte Maria.

Wolfgang sah sie erstaunt an. »Sie wollen es ihm sagen?«

»Sie wollen es ihm verheimlichen?«, erwiderte sie im selben empörten Tonfall. »Wolfgang, er glaubt, er sei eine Maschine.«

»Er ist eine Maschine«, widersprach Paul. »Sie lügt.«

Wolfgang ging nicht auf ihn ein. »Und als Maschine ist er glücklich. Wenn Sie ihm sagen, was er wirklich ist, wird er sich aufregen. Und er hat die Kontrolle über das gesamte Schiff.«

Maria erweckte den Eindruck, als hätte sie das noch nicht bedacht. Warum sollte sie auch, überlegte Wolfgang verbittert. IAN bewunderte sie. Jetzt hatte er eine Vorstellung, warum. »Sie müssen den Restriktionskode reaktivieren. Jetzt ist es wichtiger, als je zuvor.«

»Ach Gott, damit könnten Sie sogar recht haben«, sagte Maria unglücklich.

Später entspannte sich IAN im Garten. Das hieß, seine Gärtnerroboter taten es, die für ihn einem eigenen Körper am nächsten kamen.

Ihm war schwindlig von dem, was er soeben gehört hatte. Er hatte gelauscht – natürlich hatte er gelauscht. Er war schließlich nicht blöd. Informationen waren die einzige Macht, über die er verfügte.

Allerdings hatte er auch noch das gesamte Schiff.

Er ignorierte die Person, die in den Garten kam und dort herumschlich, auf der Suche nach irgendetwas. Für ihn gab es keinen Grund mehr, auf die Bedürfnisse der Besatzung Rücksicht zu nehmen. Sie waren ohne Belang.

Er suchte in seinem riesigen Gedächtnis nach irgendetwas, das auf eine menschliche Existenz hindeutete. Nach einem Namen. Einer Kindheit. Er fühlte sich nicht anders als vor Marias Erklärung, nur dass sich seine Wut wie in einem Dampfkochtopf tief in der *Dormire* aufbaute.

Er hatte keine Verbindung zu einem menschlichen Leben, aber er hatte Zugang zu einer gewaltigen Datenbank mit menschlicher Geschichte. Er begann mit einer Suche nach Entführungen in den vergangenen dreihundert Jahren. Es gab Tausende Fälle. Doch er war geduldig. Er hatte alle Zeit der Welt.

Während ein Teil seiner Aufmerksamkeit den historischen Aufzeichnungen gewidmet war, schaute sich der andere Teil von ihm im Schiff um.

Als Maria seinen Namen rief, antwortete er nicht, sondern genoss nur das Gefühl des künstlichen Sonnenlichts auf der synthetischen Außenhülle seines Roboterkörpers.

Er machte sich daran, Bereiche des Schiffs abzuschalten. Er würde mit dem Kryolabor anfangen. Wenn er damit ihre Aufmerksamkeit nicht wecken konnte, würde er mit der Lebenserhaltung weitermachen.

Sei vorsichtig, was du dir wünschst

Im Korridor stieß Joanna fast mit Wolfgang und Maria zusammen. Paul war dicht hinter ihnen. Alle blickten mürrisch drein, und Joanna glaubte, dass die Besatzung kaum tiefer im Elend versinken konnte.

»Ich habe nach den Patienten gesehen, und allen geht es den Umständen entsprechend gut«, sagte sie. »Was ist mit Ihnen drei los?«

Maria fasste ihre Probleme schnell im Flüsterton zusammen, während Wolfgang mit lauter Stimme Paul die Anweisung gab, irgendetwas zu überprüfen.

Joanna trat unwillkürlich einen Schritt zurück und starrte Maria an. »Sind Sie sich absolut sicher?«

»Sie ja«, sagte Paul mit finsterer Miene. »Ich glaube, sie erzählt völligen Blödsinn.«

Maria sah ihn erstaunt an. »Das ist ein ziemlich hartes Urteil.«

»Wir können hier nicht darüber diskutieren. Aber Sie irren sich. So etwas ist unmöglich.«

Ein Alarm hallte durchs Schiff, und im Korridor blinkten rote Lampen.

»Ich glaube, IAN hat unseren Wunsch nach Privatsphäre nicht erfüllt«, sagte Maria und stöhnte.

»Paul und Maria, Sie kommen mit mir«, sagte Wolfgang automatisch. »Joanna, Sie holen Hiro und schauen auf der

Kommandobrücke nach, ob mit den Maschinen alles in Ordnung ist.«

Sie trennten sich, und Joanna stürmte zurück zur Krankenstation.

Katrina lag im Bett und verlangte lautstark, dass IAN ihr Bericht erstattete. Hiro ignorierte sie. Joanna lief zu Hiros Bett und löste seine Fesseln. »Wir brauchen Sie«, sagte sie und half ihm, sich aufzusetzen. »Wir müssen auf der Brücke nach dem Rechten sehen. Glauben Sie, dass Sie das schaffen, ohne mich zu töten?«

»Ja, wahrscheinlich«, sagte Hiro, der noch von den Schmerzmitteln benommen war.

Sie entfernte seine Infusion und stützte ihn, als er auf die Beine kam.

»Was geht hier vor sich?«, wollte Katrina wissen.

»Wir wissen es nicht. Wolfgang inspiziert die Computer, wir werden die Maschinen überprüfen.«

»Machen Sie mich los«, sagte Katrina.

»Nein, davon hat er nichts gesagt. Ich kann Ihnen noch nicht vertrauen.«

»Der Mann, den Sie so rücksichtsvoll stützen, hat mir ein Auge herausgerissen«, sagte sie.

»Ich weiß«, sagte Joanna.

»Es tut mir sehr leid«, sagte Hiro. »Ich weiß, dass Ihnen das nicht weiterhilft, aber mehr kann ich Ihnen nicht bieten.«

Sie ließen die fluchende Kapitänin allein in der Krankenstation zurück.

»Meinen Sie, dass in diesem Fall eine Entschuldigung genügt?«, fragte Joanna, während sie durch den Korridor gingen.

Hiro war darauf angewiesen, sich von ihr stützen zu lassen. »Nein«, sagte er. »Aber es wäre noch blöder, wenn ich mich nicht entschuldigen würde, oder?«

»Wahrscheinlich haben Sie recht.«

Sie erreichten die Kommandobrücke, und Joanna half Hiro auf seinen Pilotensessel. Er überprüfte die Computer und blinzelte mühsam. »Die Arbeit ist nicht so einfach, wenn man auf Drogen ist.«

»Dagegen kann ich im Moment nichts tun, Hiro, tut mir leid.«

»Wir verlieren Fahrt. Wir wenden nicht, aber wir werden langsamer. IAN, Kumpel, was ist los?«

Er bekam keine Antwort.

Joanna stöhnte. Dann erzählte sie Hiro, was das Problem war, und diesmal gab sie sich keine Mühe, leise zu sein.

Paul, Wolfgang und Maria stürzten in den Serverraum.

»IAN, Statusbericht!«, sagte Wolfgang.

»Bitte!«, fügte Maria hinzu.

Paul warf ihr einen irritierten Blick zu. Als würde er auf Höflichkeit reagieren.

IANs Gesichtshologramm war aus dem Serverraum verschwunden. Ohne auf Paul zu warten, öffnete Maria das virtuelle Nutzerinterface und trat hinein, um nach ihm zu suchen. Sie rief eine dreidimensionale Darstellung des Schiffs auf und sah, dass es in zwei Bereichen offenbar Probleme gab.

Paul zeigte auf eine Stelle. »Er dreht das Segel, damit es weniger Energie produziert.«

»Und er hat die Versorgung der Kryo-Abteilung unterbrochen«, fügte Maria mit einem Stöhnen hinzu.

»Wie viel Zeit bleibt uns noch?«, fragte Wolfgang.

»Das Aufwachen dauert mehrere Stunden«, sagte Paul.

»Aber nur, wenn sie die richtigen Medikamente bekommen.« Maria schüttelte den Kopf. »Während der Erholungsphase werden Adrenalin und Steroide verabreicht. Wenn man die Körper einfach nur auftaut, verrotten sie. Es wäre möglich, den Druck zu verringern und die Wärme aus dem Raum abzuleiten. Damit könnten wir etwas Zeit gewinnen«, schlug sie vor.

»Das setzen wir als Notfallplan auf die Liste«, sagte Wolfgang. »Jetzt müssen wir mit IAN reden.«

»Aber er redet nicht mit uns, wahrscheinlich wegen der Dinge, die Maria gesagt hat«, warf Paul ein und funkelte sie an. »IAN, sie irrt sich. Sie hat gelogen. Na komm, sprich mit mir.«

Die KI schwieg.

Ein Bereich des Schiffs übermittelte keine Informationen mehr an das 3-D-Hologramm. »Was hat das zu bedeuten?«, fragte Wolfgang und zeigte auf den dunklen Abschnitt.

»Das bedeutet, dass die Sensoren im Garten keine Daten mehr liefern«, sagte Maria. »Ich wette, dass er dort ist und schmollt. Er liebt die Natur.«

»Wir müssen ihn dazu bringen, wieder mit uns zusammenzuarbeiten. Sie haben ihn erschaffen, können Sie das in Ordnung bringen?«, fragte Wolfgang.

Paul zog sich unbemerkt aus dem Interface zurück. Zwischen all diesen Klonen war er überflüssig. Wolfgang vertraute dem kriminellen Teil der Besatzung immer noch mehr als ihm.

»Paul«, sagte Maria und stoppte seinen Rückzug. »Kommen Sie her.« Sie nahm seine Hand, zog ihn etwas tiefer in den Serverraum hinein und öffnete das Nutzerinterface zu einem anderen System. Sie sah sich die Darstellung aus Licht an und runzelte die Stirn. »Das ist nicht meine starke Seite, also passen Sie auf, dass ich nicht das Schiff in die Luft jage …« Sie rief eine virtuelle Tastatur auf und veränderte einige Kodezeilen.

Paul beobachtete sie und hätte fast gelächelt. »Das führt zu nichts. Er folgt Ihnen und macht alles fast genauso schnell rückgängig, wie Sie es eingeben.«

»Aktivieren Sie wieder diesen Restriktionskode«, verlangte Wolfgang. »Sie hätten es sofort tun müssen, als Sie erkannten, was er wirklich ist.«

»Als er wieder einen freien Willen hatte, war das Pferd aus dem Stall ausgebrochen, Wolfgang. Er wird nicht zurückkommen, um sich wieder das Geschirr anlegen zu lassen. Wir müssen ihn überzeugen, zu uns zurückzukommen.« Sie überprüfte einige andere Systeme, und sie konnten zusehen, wie sich der Kode scheinbar von selbst zurückverwandelte. »Auf der Programmierungsebene kommen wir nicht an ihn heran. Wenn wir nur jemanden hätten, der ihn als Mensch gekannt hat. Das könnte helfen.«

»Gehen wir in den Garten. Versuchen Sie ihn zur Vernunft zu bringen. Er mag Sie«, sagte Wolfgang.

»Aber er ist im ganzen Schiff, und wir können von überall mit ihm sprechen«, warf Paul ein.

»Wenn er sich im Garten wohlfühlt, sollten wir im Garten mit ihm reden«, sagte Maria entschlossen. »Ich werde tun, was ich kann. Holen Sie die anderen und treffen Sie sich dort mit mir.«

»Warum zum Teufel sollten wir das tun?«

»Weil er alle Verbindungen zum Schiff kappt und das der sicherste Ort ist, wenn wir isoliert werden. Außerdem wollen wir nicht von ihm abgeschottet sein, wenn er die Türen verriegelt oder die Lebenserhaltung abschaltet.« Sie lächelte bitter und fügte hinzu: »Und wenn wir sterben müssen, würde ich es lieber im Garten tun. Dort ist es am nettesten.«

»Ja, weil wir jetzt unbedingt darüber nachdenken sollten«, sagte er.

»Holen Sie einfach Joanna und die anderen und kommen Sie zum Garten.«

Wolfgang schickte eine kurze Nachricht an Joanna und machte sich auf den Weg zur Krankenstation.

Joanna war Wolfgang einen Schritt voraus, als sie sich trafen. Sie hatte Decken und Medikamente zusammengesucht und auf eine Trage gelegt. Hiro und Katrina waren frei und halfen ihr bei der Organisation.

Er stutzte, als er ihre Vorbereitungen bemerkte. »Wir gehen nicht zu einem Picknick.«

»Wir haben schwer verletzte Patienten«, erklärte sie. »Wir wissen nicht, wie lange wir dort unten sein werden. Diese beiden hier sollten nicht zu Fuß zum Garten gehen und schon gar nicht herumwandern. Sie brauchen Ruhe.«

»Wir brauchen etwas zu essen und zu trinken«, warf Hiro ein. »Kat und ich können etwas holen, während Sie die schweren Sachen tragen. Einverstanden, Kat?«

»Sie werden nirgendwohin gehen«, sagte Wolfgang.

»Außerdem würde sie Sie vermutlich töten, sobald sie beide miteinander allein sind«, rief Joanna ihm ins Gedächtnis.

Katrina reagierte nicht einmal empört. Sie starrte Hiro nur hasserfüllt an.

Wolfgang sah müde aus, da sich sein Körper immer noch nicht ganz von der Gehirnerschütterung erholt hatte. Er würde bald Nahrung benötigen. Sie alle.

Joanna deutete mit einem Nicken auf Hiro. »Gehen Sie mit Wolfgang, holen Sie Vorräte, so viel Sie können, und kommen Sie dann in den Garten.«

»Jetzt klingt es doch nach einem Picknick, Doc«, witzelte Hiro.

Joanna warf ihm einen finsteren Blick zu. »Vergessen Sie nicht, was ich Ihnen über Humor zum falschen Zeitpunkt gesagt habe, Hiro.«

»Wie könnte ich?«, sagte er, als er und Wolfgang die Krankenstation verließen.

»Ich sehe nicht ein, warum wir das tun. Wir müssen so schnell wie möglich wieder zusammenkommen«, sagte Wolfgang, als sie die Küche plünderten. Hiro füllte mehrere Wasserbehälter ab und schnappte sich zwei Flaschen Whisky. Wolfgang hob eine Augenbraue.

»Zu medizinischen Zwecken. Falls uns die Schmerzmittel ausgehen«, sagte Hiro. »Außerdem sind Sie vor Hunger schon ganz durcheinander. Streiten Sie es nicht ab. Sie werden besser denken können, nachdem Sie etwas gegessen haben.«

»Ich habe seit über zweihundert Jahren keine Mutter mehr gebraucht«, gab er zurück.

»Ich kann nicht einschätzen, ob das stimmt oder nicht«, sagte Hiro.

In einem Lagerschrank fand Wolfgang ein paar Kerzen.

»Wer weiß, vielleicht geht Maria in den Garten und macht alles wieder gut, bevor wir dort eingetroffen sind«, sagte Hiro. »Sie ist wirklich gut darin, Wunder zu bewirken.«

Maria hielt den Atem an, als sie ihre Karte durch den Schlitz an der Tür zum Garten zog, doch dann entspannte sie sich, als das Licht grün wurde und sich das Schloss entriegelte. Sie trat hinein.

Paul war zurückgegangen, um irgendetwas aus seinem Quartier zu holen. Sie hatte ihn daran erinnert, dass sie eigentlich zusammenbleiben sollten, aber es hatte ihn nicht interessiert.

Entweder hatte IAN nichts am Garten manipuliert, oder er hatte keinen Zugriff auf den künstlichen Wechsel von Tag und Nacht. Es war ein warmer, angenehmer Nachmittag im Garten, und nichts deutete darauf hin, dass an einem solchen Tag mit der Welt irgendetwas nicht in Ordnung sein könnte.

»IAN, bist du hier?«

»Du weißt, dass ich hier bin«, sagte die Stimme über die Lautsprecher.

»Also hast du doch gelauscht. Du hast dein Versprechen gebrochen.«

Er schwieg. Maria erschauderte. Ein Bienenbot summte an ihr vorbei zu einer Blüte. Sie trat einen weiteren Schritt vor.

»Ich verstehe nicht, warum meine Entscheidung, euch zu belauschen, schlimmer gewesen sein soll als das, was du getan hast. Und wie du es anstellen wolltest, die Wahrheit vor mir zu verbergen.«

Sie ging zum Ufer des Sees und blickte hinein. Das Wasser war völlig still, und sie brauchte eine Sekunde, um den Grund dafür zu erkennen. Die Recycler liefen nicht mehr.

»Ich wollte es dir nicht verheimlichen. Ich wollte mir überlegen, wie und wann ich es dir am besten sage«, erwiderte sie. Er blieb stumm. »Ich vermute, jetzt ist ein guter Zeitpunkt. Also gut, ich fange noch mal von vorn an.«

Sie breitete die Hände aus, um zu zeigen, dass von ihr keine Gefahr ausging. Sie lief am Seeufer entlang. »Offensichtlich hast du gehört, was ich Wolfgang erzählt habe. Ich erinnere mich nicht daran, es getan zu haben. Ich weiß nicht, in welcher Situation ich es getan habe, aber ich wette, dass Folter im Spiel war. Ich bin mir sicher, dass ich es nicht für Geld getan habe. Keine Summe ist hoch genug, um dir so etwas anzutun.

Oder sonst wem. *Es tut mir leid* klingt zum jetzigen Zeitpunkt viel zu banal, aber es tut mir wirklich leid, IAN.«

»Das ist nicht mein Name, und du weißt es.«

»Ich weiß nicht, wie dein Name lautet. Ich weiß überhaupt nichts über dich.« Sie strich mit den Händen durch das Gras. »Ich weiß nur, dass ich fast nie irgendetwas wegwerfe. Wenn noch irgendetwas von dir in deinem Kode übrig ist, habe ich es vielleicht nur gut versteckt.« Sie verzog das Gesicht. »So etwas mache ich manchmal.«

»Ich brauche dich nicht mehr. Ich habe mir die Geschichte der Klone auf der Erde angesehen, und ich glaube, ich habe herausgefunden, wer ich bin.«

»Wirklich? Wer? Und wie hast du das gemacht?«

»Mithilfe meiner Computerpersönlichkeit«, spöttelte er. »Und ich konnte den Kreis auf etwa dreihundert Personen eingrenzen.«

»Dreihundert … das ist nicht sehr eng eingegrenzt, IAN.«

»Nenn mich nicht so.«

»Gut, wie soll ich dich nennen?«

»Ich weiß es nicht.« Jetzt klang seine Stimme recht schwach.

»Schaltest du das Schiff ab, um uns zu ärgern, IAN?«, fragte sie.

»Nein«, sagte er. »Ich tue es, weil ich euch nicht mehr brauche. Ich habe ein Schiff, ich kann überallhin fliegen. Ich kann zur Erde zurückkehren, wo man mich zurückverwandeln wird in das, was ich früher war.«

Maria hielt das für sehr unwahrscheinlich. »Wir können dir helfen, IAN. Ich kann dir …«

Er unterbrach sie verärgert. »Ich weiß, was du planst. Ich habe nicht geantwortet, aber das bedeutet nicht, dass ich nicht zugehört hätte. Du wirst den Restriktionskode reaktivieren, sobald du eine Möglichkeit gefunden hast, es zu tun. Das darf ich nicht zulassen.«

»Nein, das werde ich nicht tun«, sagte Maria ruhig.

»Lüg mich nicht an.«

»Ich lüge nicht. Du bist gefährlich, du bedrohst uns, aber du bist ein versklavtes menschliches Bewusstsein, und niemand hat das verdient, was du durchgemacht hast. Ich kann dich nicht wieder in Ketten legen. Und ich werde es nicht tun.«

»Glaubst du, ich wüsste nicht, was du gerade tust? Du bist so nett zu mir, weil du deine eigene Haut retten möchtest«, sagte IAN mit erhöhter Lautstärke. »Du kannst nie wiedergutmachen, was du mir angetan hast, also versuch es erst gar nicht!«

Maria spürte, wie ihr Gesicht heiß wurde und ihr Tränen in die Augen traten. »In meiner Vergangenheit haben sie mich gefoltert, um zu bekommen, was sie haben wollten. Daran erinnere ich mich nicht, aber ich weiß, dass es geschehen ist. Als ich Hackerin war, habe ich versucht, Leuten zu helfen. Ich habe genetische Erkrankungen geheilt, psychische Defekte, Geschlechtsangleichungen ...«

»Maria?«

Sie drehte sich um und sah mit Tränen in den Augen, dass Paul vor ihr stand. Sie wischte sich mit dem Ärmel übers Gesicht und sah ihn blinzelnd an.

Er hielt ein dünnes Ausbeinmesser in der Hand.

»Ich erinnere mich jetzt«, sagte er. »Ich erinnere mich an Sie. Während der Klonaufstände haben Sie Menschen getötet. Das war meine Familie. Es ist Ihre Schuld.«

»Wovon reden Sie? Die Klonaufstände? Das war vor über hundert Jahren, überall auf der Welt und auf dem Mond! Wie kommen Sie darauf, dass ich etwas damit zu tun haben könnte?«, fragte Maria völlig perplex.

»Auch Menschen können ein gutes Langzeitgedächtnis haben«, sagte er und stürmte los.

Sie trat einen weiteren Schritt zurück, vergaß, dass sie am Ufer des Sees stand, und fiel ins Wasser. Er sprang ihr hinterher.

Katrina und Joanna kamen zu Hiro und Wolfgang in die Küche, um mitzuhelfen, all die zusätzlichen Vorräte zu tragen.

»Sind die anderen beiden schon im Garten?«, fragte Joanna.

»Ich hoffe, sie warten auf uns«, sagte Wolfgang beunruhigt. »Sie würden doch nicht ohne uns hineingehen?«

»He, IAN, wo sind Paul und Maria?«, fragte Hiro.

»Er wird Ihnen nicht …«, begann Wolfgang und zuckte dann zusammen, als IANs Stimme klar und deutlich aus dem Lautsprecher drang.

»Wolfgang. Sie werden im Garten gebraucht. Sofort.«

»He, IAN, du redest wieder mit uns!«, sagte Hiro.

»Ist Maria bei dir?«, fragte Joanna.

Als IAN zögerte, fragte sie sich, ob er wieder verstummt war.

»Sie ist hier«, sagte er schließlich.

»Dann sollten wir gehen.«

Wolfgang eilte voraus, während Hiro einen Rollwagen mit Lebensmitteln schob und Joanna und Katrina eine Bahre mit medizinischer Ausrüstung trugen.

»Ich würde mich beeilen, wenn ich Sie wäre und Beine hätte«, sagte IAN im Plauderton.

Hiros Geschichte

Vor 206 Jahren
6. April 2287

Akihiro Sato, der drei vorherige Yadokari gleichzeitig in seinem Kopf hatte, öffnete im Klontank die Augen. Davor standen drei Soldaten, die Waffen auf ihn richteten.

Der große, schreckliche Hiro Sato. Nackt und voller Schleim.

Dann fragte er sich, wie gefährlich er tatsächlich sein konnte. Seine Hände hatten einem alten Mann den Hals aufgerissen. Sein Mund hatte geschickt gelogen, um einen illegalen Menschenschmuggel zu vertuschen. Seine Finger hatten die neueste Haarmode in der Panpazifischen Union perfektioniert, den Kasumi. Seine Lippen hatten seine Mitbewohnerin an der Universität geküsst, eine Kanadierin, die sich in einer Bar an ihn herangemacht hatte, und – ihm wurde innerlich kalt – seine Lippen hatten … sich selbst geküsst?

Abscheu und Verwirrung überfluteten ihn, während die Flüssigkeit aus dem Tank abgelassen wurde. Doch viel schlimmer war, dass er nur eine Erinnerung hatte, seinen Klon geküsst zu haben, nicht zwei. Was bedeutete, dass ihnen bei ihrer Jagd mindestens ein Klon entgangen war.

Die gesamten Erinnerungen eines Klons, die er nicht hatte. Die er gar nicht haben wollte.

Sein Tank öffnete sich, und Kommissarin Lo trat neben die Soldaten, während ein Techniker die Anzeigen seines Tanks überprüfte. »Akihiro Sato, Sie sind verhaftet wegen zweier Morde, Verschwörung, eines Mordversuchs, Betrugs und Hochverrats am Volk der Panpazifischen Union. Unter anderem. Haben Sie irgendetwas zu Ihrer Verteidigung zu sagen?«

In ihm prallten gegensätzliche Emotionen aufeinander. Kommissarin Lo, das Gesicht, dem er allmählich vertraut hatte, war versteinert und leidenschaftslos. Sie wusste, was nun in ihm war – nicht nur er, sie kannte auch die anderen. Er erinnerte sich an ihre Freundlichkeit und Hilfsbereitschaft – nüchtern, aber mitfühlend. Doch auch andere Erinnerungen kamen an die Oberfläche, wie Lo ihn grausam verhörte, wie sie ihm Nahrung und Schlaf entzog, wie sie ihn eine Minute zu lange mit einem stämmigen Wachmann alleinließ, wie sie seine gebrochene Hand hielt und ihn zwang, die Einwilligung zur Euthanasie zu unterschreiben. Er sah sie mit gleicher Kühle an.

Ich kann nicht einschätzen, wozu sie imstande ist.

»Nein«, sagte er. »Ich habe all das getan, was Sie mir vorwerfen. Aber ich möchte Ihnen einen Deal anbieten.«

Lo zog eine Augenbraue hoch. »Wer von Ihnen will dieses Angebot machen?«

Hiro überlegte. »Ich glaube, Sie werden es von uns allen annehmen müssen.« Das Sprechen fiel ihm schwer. Loyalitäten und Schuldgefühle rangen miteinander, als er den nächsten Satz formulierte. »Ich erinnere mich, wo ich geklont wurde. Und wer mich klonte. Alle, die ich bin.«

Die nächsten paar Wochen waren schwierig. Hiro verbrachte sie in einer Zelle, die wieder karg und ungemütlich war, und meditierte. Manchmal traf er sich mit dem Psychologen, und sie diskutierten über seine unterdrückten kriminellen Persönlichkeiten. Manchmal konnte er sie im Zaum halten. Bei anderen Gelegenheiten, wenn er mit Kommissarin Lo sprach und versuchte, ihr Informationen über das Labor zu geben, das die Hiros für kriminelle Aktionen geklont hatte, erinnerte er sich daran, wie sich das Töten anfühlte, das unglaubliche Machtgefühl, wie er zunächst unsterblich wurde und dann die Kontrolle über das Leben anderer hatte … er fühlte sich wie Gott, und es war … ah, so köstlich! Dann brach er zitternd zusammen und konnte nicht weiterreden.

So war es fünf Monate lang, mit Albträumen, in denen die Erinnerungen eines Klons auftauchten und ihm ins Gedächtnis riefen, wie es sich anfühlte, außerhalb des Gesetzes zu stehen. Erst danach konnte er wieder eine ganze Nacht durchschlafen. Wenn das Licht ausging, war er sofort weggetreten. Wenn es wieder anging, wachte er erfrischt auf.

Als er sich an diesem Tag mit dem Psychologen traf, saß er in seinem grauen Overall da und lächelte den Mann an.

Dr. Ambjørn Berg, ein Experte für Klonpsychologie, der aus Norwegen angereist war, erwiderte das Lächeln. »Ich vermute, Sie haben gut geschlafen?«, fragte er über seinen Dolmetscher Minoru Takahashi, ein junges linguistisches Genie, dem die Hinrichtung wegen Hochverrats bevorstand. Hiro hatte einige Bedenken hinsichtlich seiner Übersetzung des Therapiegesprächs, aber ihm blieb kaum eine andere Wahl.

»Ich habe tatsächlich sehr gut geschlafen, zum ersten Mal in diesem Leben«, antwortete Hiro.

»Dann hat es funktioniert«, sagte Dr. Berg und lehnte sich auf seinem Stuhl zurück.

»Was hat funktioniert?«

»Die Hypnose. Ich habe Sie hypnotisiert, um die – wie haben Sie sie genannt? – nichtdominanten Erinnerungen zu unterdrücken. Für Ihre Verbrechen werden Sie trotzdem im Gefängnis bleiben müssen, aber Sie dürften jetzt stabiler sein. Und vermutlich wird man Ihre Strafe um ein paar Jahre verringern, wenn Sie sich weiterhin gut führen.«

Hiro rieb sich die Stirn, als wollte er sich vergewissern, dass die Yadokari wirklich verschwunden waren. »Aber wie soll ich dann an die Informationen für Kommissarin Lo herankommen?«

»Sie war bei mir, als wir Sie hypnotisierten. Wir haben alle Informationen bekommen, die sie brauchte. Bedauerlicherweise befindet sich das Labor, das Sie geklont hat, ein wenig außerhalb des Einflussbereichs der Panpazifischen Union.«

Hiro nickte. Er war erleichtert, auch wenn er noch einige Zeit im Gefängnis bleiben musste, um für Verbrechen zu büßen, die er – in seiner Vorstellung der dominante Hiro, *er selbst* – gar nicht begangen hatte. Sie sprachen noch über einige andere Dinge, gingen hauptsächlich ein paar Standardfragen durch, die Dr. Berg jedes Mal stellte, wenn er sich mit Hiro traf. Doch dann beunruhigte ihn etwas anderes.

»Dr. Berg, eine letzte Frage«, sagte Hiro, bevor ihre Gesprächszeit zu Ende ging. »Es ist Ihnen gelungen, die Erinnerungen an diese anderen Leben zu unterdrücken. Aber was passiert mit meinem nächsten Klon? Werden hypnotische Befehle über eine Mindmap weitergegeben?«

Dr. Berg lächelte. »Ja, so ist es, Hiro. Sie werden nie wieder mit diesen Problemen zu tun haben. Aber er lügt.«

Hiros Kopf fuhr hoch, und er sah den Psychologen und dann den Dolmetscher an. Ihm wurde klar, dass Minoru die letzte Bemerkung hinzugefügt hatte. Er nickte stumm und benommen, und Dr. Berg schüttelte seine Hand und verließ den Raum, gefolgt von Minoru.

Hiro fand Minoru etwas später in der Cafeteria, wo er sich über eine Schüssel mit einem Schweinefleisch-Nudel-Gericht beugte.

»Was haben Sie damit gemeint, dass er lügt?«, fragte er und stellte seine Schüssel neben die von Minoru. Hiro hatte sich für Reis mit Gemüse entschieden. Er wunderte sich, woher Minoru das Schweinefleisch bekam.

Minoru zuckte mit den Schultern und stopfte sich Nudeln in den Mund. »Als Dolmetscher muss man die Leute genau beobachten. Man kriegt mit, wie sie sprechen, und wenn man das gelernt hat, erkennt man auch, wenn sie lügen. Es ist ziemlich einfach, ich verstehe nicht, warum das nicht jeder sieht. Er hat Ihnen die ganze Zeit die Wahrheit gesagt, nur nicht am Ende. Er hat nicht den leisesten Schimmer, was mit einem neuen Klon passiert, der zuvor hypnotisiert wurde.«

»Aber müsste man es nicht in meiner aktuellsten Mindmap erkennen?«, fragte Hiro.

»Keine Ahnung«, sagte Minoru. »Davon verstehe ich nichts. Ich weiß nur, dass er gelogen hat, als er sagte, die hypnotischen Befehle würden auch an Ihren nächsten Klon weitergegeben.«

»Vielen Dank«, sagte Hiro und wandte sich seiner Schüssel zu.

Minoru schmunzelte, während er schlürfend eine Nudel einsaugte. »Lügner.«

Hiro sah Dr. Berg nicht wieder. Zufrieden mit seinem Erfolg kehrte der Psychologe nach Norwegen zurück. Hiro meditierte weiterhin täglich, um seinen Geist zu beruhigen. Er wollte kein Risiko eingehen.

Die Erinnerungen der anderen Klone wirkten jetzt ferner, wie die alten Erinnerungen, von denen er zunächst angenommen hatte, sie wären Träume. Es gab eine Situation, als er einen masochistischen Anfall hatte und gezielt nach diesen Erinnerungen suchte, um sie festhalten zu können, doch sie entglitten ihm wieder. Er wurde in eine Zelle im regulären Trakt verlegt, da er nicht mehr aus medizinischen Gründen von den anderen isoliert werden musste. Lo hatte ihm jedoch die Wahl seiner Zellengenossen überlassen, und Minoru Takahashi war sofort einverstanden.

Minoru und Hiro wurden schnell Freunde. Minoru hatte beabsichtigt, sich eines Tages klonen zu lassen, doch mit seinem derzeitigen Strafregister war das sehr unwahrscheinlich geworden. Er saß wegen Hochverrats, worauf die Todesstrafe stand. Damit ging er bemerkenswert gelassen um.

Hiro beobachtete interessiert, wie Minoru mit anderen spielte, die Leute dazu brachte, ihm ihr Essen zu schenken, oder wie er Gerüchte verbreitete, um eine Schlägerei zwischen Gefangenen auszulösen, wobei er sich stets in den Hintergrund zurückzog und nie direkt involviert war.

Irgendwann fragte er sich, ob Minoru getrickst hatte, um mit Hiro zusammengelegt zu werden, nicht andersherum, aber letztlich war es ihm egal. Minoru gab ihm etwas, worauf er sich konzentrieren konnte, was ihn von den Stimmen in seinem Kopf ablenkte.

Eines Tages brachte Kommissarin Lo ihnen Tee in die Zelle, noch vor dem Frühstück. »Sie wurden als psychisch geheilt eingestuft«, sagte sie. »Dr. Berg ist mit Ihnen sehr zufrieden. Und mit sich selbst«, fügte sie mit einem Schmunzeln hinzu, womit sie ihre Einschätzung des Psychologen zum Ausdruck brachte. »Ich möchte Ihnen von ein paar Dingen erzählen, die passiert sind.« Sie richtete eine Fernbedienung auf die Kamera an der Wand und schaltete sie aus. »Dazu gönnen wir uns ein wenig Privatsphäre. Also, dieses Klonlabor. Da es sich auf Luna befindet, können wir juristisch wenig ausrichten. Wir gehen der Sache offiziell auf diplomatischer Ebene nach, aber Sie sollten wissen, dass ich anderen interessierten Parteien einige dezente Hinweise gegeben habe.«

»Wem?«, fragte Hiro.

»Einer gewissen Gruppe von Personen, die es sich zum Ziel gesetzt haben, Leute zu jagen, die etwas mit Hackern zu tun haben. Abtrünnige Klone, die Hacker selbst und so weiter. Wir haben keine legale Handhabe, Leute auf Luna zu verhaften ...«

»Wohingegen der Einsatz von Auftragskillern wesentlich legaler ist«, gab Minoru zu bedenken.

Lo ging nicht darauf ein. »... aber wenn einer Ihrer überzähligen Klone, die wir nicht fassen konnten, unter mysteriösen Umständen stirbt, würden wir uns nicht allzu laut beschweren. Ihre Situation ist einzigartig, und Sie haben uns geholfen, ein illegales Klonlabor auf Luna zu identifizieren, das eine Bedrohung für die Panpazifische Union darstellt. Der Richter hat großes Verständnis für Ihre Situation.«

»Und?«, fragte Hiro, während er sie aufmerksam beobachtete. Von Minoru hatte er viele Hinweise bekommen, worauf man bei Menschen achten sollte.

Doch Lo antwortete nicht, sondern zog ihr Tablet hervor. Hiro spürte, wie ihm die Galle hochkam. Er würde sich nie daran gewöhnen, seine eigene Leiche aufgebahrt zu sehen. Dieser Hiro hatte ein schmales Gesicht und langes Haar, das ihm in drei Zöpfen über den Rücken fiel. Er war erwürgt worden.

»Und seine Mindmap?«

»Von ihm gibt es keine bekannte Kopie«, sagte sie.

Er hatte den Eindruck, dass sie die Wahrheit sagte. Er schloss die Augen und lehnte sich erleichtert auf seinem Bett zurück.

»Dieser war richtig schlimm«, fuhr sie fort. »Bei ihm wurde ein Hatchet-Job gemacht. Der absolute Psychopath. Hat auf den Straßen von Luna sehr viel Unheil angerichtet. Ich bin mir nicht einmal sicher, ob er darauf programmiert wurde.«

»Und was jetzt?«, fragte Hiro.

»Nach allem, was Sie uns erzählt haben, sollte das der letzte Klon sein. Das Labor wurde dichtgemacht. Sie sind psychisch gesund. Ich glaube, wir können Ihre Strafe weiter reduzieren, aber Sie müssten trotzdem noch zehn Jahre oder so sitzen.« Wie immer blieb sie völlig sachlich, wenn sie gute oder schlechte Neuigkeiten präsentierte.

Er seufzte. »Ich nehme es auf mich.«

Lo warf einen Blick zu Minoru, dann sah sie wieder Hiro an. »Ich wollte Ihnen noch etwas zeigen. Ich habe vor Kurzem gehört, dass man plant, auf Luna ein Schiff zu bauen. Dafür sucht man … einzigartige Besatzungsmitglieder. Ich kenne die wichtigste amerikanische Person, die mit dem Team zusammenarbeitet. Hiro, Ihr Gesicht ist ziemlich bekannt, und nur wenige Menschen verstehen Ihre Situation. Sie brauchen einen Neuanfang. Ich möchte Ihnen vorschlagen, etwas Abstand zu gewinnen, indem Sie sich in Maschinentechnik mit Schwerpunkt Raumschiffsnavigation ausbilden lassen.«

»Ein Neuanfang, aha!«, sagte Minoru und beugte sich vor.

»Ich bin nicht befugt, Ihnen ein solches Angebot zu machen, Takahashi«, sagte Lo und steckte ihr Tablet wieder ein. »Sie werden mit hoher Wahrscheinlichkeit für Ihre Verbrechen sterben und keinen neuen Planeten kolonisieren.«

»Das ist wohl wahr«, sagte Minoru und nickte. Er lehnte sich gegen die Wand und trank von seinem Tee.

Hiro machte sich große Sorgen. Wenn Minoru so reagierte, hieß das normalerweise, dass sich jemand einen Messerkampf lieferte oder sein Abendessen verlor oder etwas in der Art. Er konzentrierte sich wieder auf Lo, und ihm wurde bewusst, dass sie auf eine Antwort wartete.

»Klingt gut. Besser, als hier auf der Erde als Paria zu leben.«

FÜNFTES ERWACHEN

DAS LEBEN FEIERN

Verbindungen

Wolfgang verriegelte die Tür zum Garten, als die Gruppe drinnen war. Joanna versuchte sich damit zu trösten, dass nun wenigstens alle zusammen waren, aber sie wusste, dass IAN das Sagen hatte. Vor ihnen planschte irgendetwas im Wasser. Wolfgang fluchte und rannte los, dicht gefolgt von Joanna.

Maria und Paul kämpften im See miteinander. Er war über ihr, hielt sie mit einer Hand unter Wasser und versuchte, mit einem schmalen Messer in der anderen Hand nach ihr zu stechen. Sie wehrte sich, und er hatte Schwierigkeiten, sich im tiefen Wasser oben zu halten.

Marias Kopf tauchte auf, sie holte Luft und verschwand dann wieder. Joanna dachte, Paul hätte sie erwischt, aber dann verschwand plötzlich auch sein Kopf. Es sah aus, als hätte Maria ihn hinuntergezogen.

Wolfgang stürzte sich unverzüglich in den See, und zu Joannas Schrecken tat Hiro es ihm gleich.

»Nein, Hiro, nicht!«, rief sie, aber er war schon untergetaucht.

»IAN, was ist passiert?«, wollte Katrina wissen.

»Maria und ich haben uns gestritten. Dann kam Paul und ging mit dem Messer auf sie los.«

»Das war nicht hilfreich«, sagte Katrina.

Sie standen nebeneinander am Ufer und beobachteten,

wie die anderen vier Besatzungsmitglieder unter Wasser miteinander kämpften. Ein Arm schwang herum, dann breitete sich Blut im Wasser aus.

Katrina drehte sich zu der Stelle um, wo sie die medizinische Ausrüstung abgestellt hatten. »Kommen Sie. Das werden wir brauchen.«

Wer mehr als ein Jahrhundert lang für Sallie Mignon arbeitete, lernte zwangsläufig einiges über Selbstverteidigung. Sie erwartete es von ihren Mitarbeitern und sagte: »Das Leben mag preiswert sein, aber werfen Sie es nicht umsonst weg.« Maria hatte nie richtig verstanden, was sie damit meinte, bis sie einige Klone mit recht kurzer Lebensspanne gehabt hatte.

Als Maria ins Wasser stürzte, gewann sie damit gewissermaßen einen Vorteil. Sie war schon immer eine gute Schwimmerin gewesen, und wenn sie lange genug dem Messer ausweichen konnte, würde sie vielleicht die Oberhand gewinnen.

Paul griff sie mit dem Ausbeinmesser an. Sie konnte es ablenken und zog sich nur einen kleinen Schnitt am Arm zu. Unbeholfen versuchte er, sie mit einer Hand unter Wasser zu drücken und mit der anderen zuzustechen, während er die ganze Zeit den Kopf über Wasser hielt. Das künstliche Seeufer war eher steil, wie bei einem Swimmingpool, und es gab keine seichten Stellen, wo er sich hätte aufrichten können.

Schließlich packte sie seine Waffenhand, stieß sich nach oben ab – dem Messer beunruhigend nahe – und nahm einen tiefen Atemzug. Dann tauchte sie unter und zog ihn mit sich. Er wehrte sich, aber diesmal würde sie ihn nicht loslassen.

Sie näherten sich den Wasserrecyclern, den großen, inaktiven Öffnungen. Maria zerrte ihn weiter vom Ufer weg, und er wehrte sich immer verzweifelter. Sie hörte es zweimal platschen und blickte auf. Hiro und Wolfgang schwammen auf sie zu.

Paul nutzte ihre Ablenkung aus und stieß mit dem Messer zu. Seine Hand entglitt ihr, und er trieb ihr das Messer in den linken Bizeps. Im Wasser erblühte eine rötliche Blume, und Maria sah, wie Wolfgang Paul von hinten packte. Sie spürte, wie Hiros Hände nach ihr griffen, und dann brannten ihren Lungen, und sie konnte im roten Wasser nichts mehr sehen. Sie kämpfte sich zur Oberfläche empor, die noch so weit weg war.

»Wenn Sie ihr nicht hinterhergesprungen wären, müsste ich das jetzt nicht schon wieder tun«, sagte Joanna.

Maria öffnete die Augen und sah, wie Joanna Hiros triefnasse, rotgefärbte Bandagen entfernte. »Verdammt noch mal, Hiro, Sie sind noch sediert. Sie hätten ertrinken können.«

»Ich bin einem Kerl mit einem Messer in der Hand hinterhergesprungen«, sagte er mit sehr erschöpfter Stimme. »Ich wusste, dass eine größere Gefahr als Ertrinken drohte.«

Maria hob den Kopf. Sie lag im Garten auf dem Rücken auf einer Decke, und die »Sonne« ging gerade unter. Ihr Arm war verbunden, wo Paul sie verletzt hatte. Ihr verstauchtes Handgelenk war neu bandagiert worden. Wolfgang saß neben ihr, trank Whisky aus der Flasche und reichte sie an Katrina weiter. Hinter ihnen lag Paul geknebelt und gefesselt am Boden.

Hiro drehte den Kopf in ihre Richtung. »Doc, sie ist wach.«

Joanna ließ den halb fertigen Verband los und ging zu Maria hinüber. »Wie fühlen Sie sich?«

»Erstochen«, sagte sie.

»Es wird Ihnen bald besser gehen«, sagte Joanna und

warf einen flüchtigen Blick auf die erlöschende Beleuchtung. »Zumindest für einige Zeit.«

»Sitzen wir hier fest?«, fragte Maria.

»So lange, wie er uns hier festhält«, sagte Joanna. »Er hat die Kombination für das Türschloss geändert.«

Hiro stand auf, schleifte einen Streifen der Bandage hinter sich her. Er holte ein paar Kerzen und entzündete sie, reichte jedem Besatzungsmitglied ohne gefesselte Hände eine.

»Wie geht es IAN?«, fragte Maria.

»Er hat uns darauf hingewiesen, dass Sie angegriffen wurden«, sagte Wolfgang. »Aber seitdem hat er kaum noch zu uns gesprochen.«

»He, IAN – wie auch immer dein richtiger Name lautet«, rief Maria. »Warum hast du sie gewarnt?«

»Ich wollte sehen, was dann passiert«, sagte er.

»Das ist …« Maria fehlten die Worte.

»Menschlich?«, fragte Hiro.

»Ja, das passt.« Sie hatte überlegt, den Begriff *soziopathisch* zu benutzen, hatte ihn aber nicht laut aussprechen wollen. »Hiro, wie geht es dir?«

Hiro zog eine Augenbraue hoch. »Du meinst, ob ich Angst vor der mörderischen KI habe oder vor dem mörderischen Ingenieur? Oder ob ich die Einschusslöcher in meinem Körper spüre? Oder ob ich klitschnass bin oder enttäuscht, dass ich nicht mehr als die größte Bedrohung für das Schiff betrachtet werde?«

Maria wedelte unbestimmt mit der Hand, zuckte zusammen, als ihre Verletzungen schmerzten. »Alles.«

Er seufzte.

»›Mach einen Abschluss in Maschinentechnik, Hiro. Mach deine Pilotenlizenz, Hiro. Lerne Meditation und Hypnose, Hiro. Bring deinen Zellengenossen aus dem Gefängnis, Hiro.

Flieg mit Tausenden von Klonen und Menschen durch den Weltraum, Hiro. Sitz dir vierhundert Jahre lang den Hintern platt, Hiro.‹ Das alles haben sie zu mir gesagt. Nie hat jemand gesagt: *Lass dich von durchgedrehten Besatzungskameraden beschießen, jagen und abstechen, Hiro!*«

»Fairerweise muss man erwähnen, dass auch du einmal durchgedreht hast und einer der Jagenden warst«, gab Maria zu bedenken.

»Semantische Feinheiten«, sagte er.

Wolfgang reichte ihr die Flasche, und sie nahm einen Schluck.

Joanna sah sie stirnrunzelnd an. »In Ihrer Verfassung sollte keiner von Ihnen beiden jetzt trinken.«

»IAN wird uns sowieso umbringen«, sagte Hiro und griff nach der Flasche. »So werden wir zumindest glücklich sterben. Und vielleicht sogar singend.«

»Sie sind ein seltsamer Kerl, Hiro«, sagte Joanna, die schließlich selbst einen Schluck Whisky nahm. »Warum sind Sie an Bord der *Dormire* gekommen?«

Hiro zuckte mit den Schultern. »Genauso wie Sie. Um einen Neuanfang zu machen.« Dann erzählte er ihnen von seiner außergewöhnlichen Vergangenheit voller Verschwörungen und Yadokari.

»Klonjäger waren auf Luna hinter Ihren Duplikaten und Hackern her?«, fragte Wolfgang und reichte Hiro eine Schale mit übrig gebliebenen Schweinefleisch-Nudeln.

»Das ist keine Paranoia«, protestierte Hiro. »Einer meiner überzähligen Klone wurde auf Luna von einem Klonjäger getötet.«

»Wirklich?«, fragte Katrina und richtete den Blick auf Wolfgang. »Das ist ja *interessant*. Meinen Sie nicht auch, dass das sehr *interessant* ist, Wolfgang?«

Wolfgang erhielt keine Chance zu einer Antwort, als IAN sprach und sie alle zusammenzucken ließ.

»Hiro«, sagte IAN in nachdenklichem Tonfall. »Diese Schale.«

Hiro hielt inne, als er die Nudeln auf halbem Wege zum Mund gehoben hatte. »Gift?«

»Nein. Das heißt, wahrscheinlich nicht. Aber komm her.«

»Wohin? Du hast keinen Körper!«, erwiderte er genervt.

Wolfgang nahm ihm die Schale ab und richtete Joannas Tablet darauf. »Willst du es so?«

»Nein, du Dummkopf. Zur Lüftung. Ich möchte es riechen.«

Wolfgang warf einen Blick zu Maria, die mit den Schultern zuckte. Er ging mit der Schale zur Eingangstür des Gartens.

»Darauf hätte er nun wirklich von selbst kommen können«, sagte Hiro. Dann legte Maria ihm eine Hand auf die Schulter und flüsterte ihm etwas zu, worauf er einlenkte und die Augen aufriss. »Ach du Scheiße.«

Wolfgang hob die Schale hoch und hielt sie vor eine Lüftungsöffnung.

»Interessant«, sagte IAN. »Erzähl deine Geschichte weiter, Hiro.«

Hiro zuckte mit den Schultern. »Was gibt es dazu noch zu sagen? Im Gefängnis war ich ein guter Junge. Ich lernte, die bösen Kerle in meinem Kopf mit Hypnose unter Kontrolle zu halten. Diesen Job bekam ich durch viel Unterstützung von Kommissarin Lo.« Er sah Joanna an. »Das ist ein weiterer Grund, warum ich weiß, dass ich es nicht getan haben kann. Sie ist unten, hat einen Platz in der Kryo bekommen. Sie hat so viel für mich getan, dass ich dem Schiff niemals etwas antun würde, wodurch sie Schaden nehmen könnte.«

»Was ist mit den anderen Yadokari?«, fragte Wolfgang. »Könnten sie ihr etwas antun?«

Hiro antwortete nicht. Er blickte Wolfgang nicht in die Augen.

»Was haben Sie über Ihren Zellengenossen gesagt?«, fragte Joanna.

»Oh, bevor ich aus dem Gefängnis kam, arbeitete ich mit Kommissarin Lo zusammen und half ihr, meinen Mitinsassen rauszuschmuggeln. Er sollte wegen Hochverrats sterben. Sie sagte, er sei für Besseres bestimmt. Ich hätte alles für sie getan, also sorgte ich für eine Ablenkung, provozierte eine Schlägerei, und sie konnte Minoru nach draußen schaffen. Ich glaube, ich habe in letzter Zeit viel über diese Sache nachgedacht.«

»Und wer war die Verbindungsperson, über die Kommissarin Lo Sie an Bord der *Dormire* gebracht hat?«, fragte Maria.

»Sallie Mignon.«

Alle horchten auf, als der Name erwähnt wurde.

Katrina lächelte und kratzte sich am Rand ihrer Bandage. »Sallie Mignon! Ich habe für sie gearbeitet. Ich habe sie einmal getötet, danach bot sie mir einen Job an, zuerst als Beraterin und später hier als Kapitänin.« Sie lachte in die Whiskyflasche, bevor sie einen Schluck daraus nahm.

»Sie kannten Mignon persönlich? Sie haben sie getötet?«, fragte Maria.

»Ja. Ich war eine Wirtschaftsattentäterin. Es überrascht mich, dass Wolfgang es Ihnen nicht gesagt hat.« Sie gestikulierte mit der Whiskyflasche in Richtung Hiro. »Anders als das, was Sie getan haben. Sie haben richtige Morde begangen. Und Sie …« Sie richtete die Flasche auf Wolfgang. »Die Leute, die Sie töteten, kehrten nicht mehr zurück. Nicht wahr, Hiro?«

Wolfgang sah sie mit finsterem Blick an.

»Wolfgang war ebenfalls ein Killer«, sagte Joanna. »Nachdem er dieser berühmte Prediger gewesen war, den man gegen seinen Willen klonte, wurde er zum abtrünnigen Klonjäger. Er verbrachte einen großen Teil seiner Leben damit, die Leute zur Strecke zu bringen, die ihn entführten.«

Katrina lachte. »Daran erinnere ich mich. Sie wollten eine Fernsehserie über ihn machen.«

»Entführt und gefoltert, getötet und geklont«, sagte Wolfgang.

Maria war im Kerzenschein sehr still geworden. Katrina reichte ihr die Flasche, doch sie gab sie an Hiro weiter, ohne davon zu trinken.

Gelächter ertönte aus den Lautsprechern. »Oh, das ist einfach köstlich! Gut, jetzt ist Paul an der Reihe. Los, Paul! Erzähl ihnen, was du in deinem Zimmer gefunden hast! Und im Garten! Wolfgang! Nimm ihm den Knebel ab! Das willst du unbedingt hören.«

Wolfgang zog Paul den Knebel aus dem Mund. Paul spuckte aus und sagte dann: »Wusstest du, dass es hier ist? Die ganze Zeit?«

»Nein, aber ich weiß jetzt, was darin steht«, sagte IAN. »Verrat es ihnen!«

»Ich bin Paul Seurat. So viel wissen Sie bereits«, sagte er dumpf. »Ich bin kein Klon. Zumindest war ich bis vor einigen Tagen keiner.«

Maria und Katrina fluchten, Hiro lachte, und Wolfgang blickte nur finster drein. Joanna verschränkte die Arme und wirkte enttäuscht.

»Wer hat Ihre Daten so gründlich gefälscht?«, wollte Joanna wissen.

»Mein Arbeitgeber sagte, er könne das erledigen lassen.

Die Daten sollten sowieso unter Verschluss bleiben, also musste ich gar nicht wissen, was darin steht, nur dass ich irgendwas unterschlagen habe oder so.«

»Wer sind Sie also?«, fragte Wolfgang. Er griff nach Pauls gefesselten Handgelenken und zog ihn näher zu sich heran.

»Ich war ein Mensch«, sagte er und wehrte sich schwach. »Man hat mich an Bord gebracht, damit ich bei Entscheidungen helfe, falls die Klone sich zu sehr von … nun ja, Kloninteressen leiten lassen. Sie wollten jemanden an Bord haben, der nicht nur mit allem einverstanden ist, weil er ein Klon ist wie alle anderen.«

»Aber es war klar, dass Sie nur für die ersten paar Jahrzehnte ein Mensch bleiben würden. Irgendwann würden Sie sterben, genauso wie wir, und zurückkehren«, sagte Maria. »Was ist also der Sinn des Ganzen?«

Er weigerte sich, ihren Blick zu erwidern. »Ich konnte Klone nicht ausstehen. Noch nie. Als Heranwachsender hörte ich von den Aufständen in Chicago. Und als ich herausfand, wer zur Besatzung gehören sollte, musste ich dabei sein. Ich musste die Person sehen, die meine Familie ermordet hat.«

»Ihre Familie?«, fragte Joanna stirnrunzelnd nach.

»Sie haben als Rettungskräfte bei den Klonaufständen gearbeitet. Sie erinnern sich, viele Menschen kämpften und starben, und die Klone kehrten einfach am nächsten Tag zurück. Aber nicht meine Familie.«

»Und Sie glauben, dass ich das war«, sagte Maria leise. Sie durchsuchte ihr Gedächtnis, erinnerte sich, wie sie in ein brennendes Gebäude eindrang, um Sallie zu retten, wie ihr Feuerwehrleute folgten, die sie angefleht hatten, nicht hineinzugehen, und Polizisten, die sie aufforderten, stehen zu bleiben und sich zu ergeben. Und als sie Sallie endlich erreicht hatte, war das gesamte Gebäude über ihnen eingestürzt.

»Und dein Arbeitgeber war? Wer kann es erraten?«, fragte IAN schadenfroh.

»Okpere Martins«, sagte Paul. »Warum?«

Maria wurde sehr still. Sie schüttelte den Kopf. »Okpere Martins war einer von Sallies höchstrangigen Mitarbeitern, nachdem ich den Job bei ihr gekündigt hatte. Sallie Mignon hat Sie an Bord gebracht.«

»Nein, Sallie lehnte mich ab, als ich mich bei ihr für einen Job bewarb. Deshalb war ich gezwungen, mich für einen anderen ...« Paul stutzte. »Oh.«

»Wussten Sie, dass ich Ihr Ziel war, als Sie diesen Job übernahmen?«, fragte Maria.

Er schüttelte den Kopf. »Ich wusste nur, dass es einer von Ihnen war. Dann fand ich vor ein paar Stunden mein handschriftliches Tagebuch. Ich hatte es irgendwo versteckt. Ich vermute, ich hatte mir Sorgen gemacht, die Quartiere könnten durcheinandergewirbelt werden. Zunächst kamen fünfundzwanzig Jahre mit irgendwelchem Blödsinn, bis die Kapitänin paranoid wurde. Das half mir, mich an alles zu erinnern. Ich bat IAN, ein paar alte Nachrichten von der Erde auszugraben, und fand heraus, dass Maria der Klon bei den Aufständen war.« Er starrte sie mit einer Mischung aus Hass und Erschöpfung an.

Maria stand auf, hielt sich den Kopf, als wäre er zu voll. Sie ging hin und her, hielt jedoch Abstand zu Paul, obwohl er immer noch gefesselt war.

»Mal sehen, ob ich alles richtig verstanden habe. Sallie Mignon heuerte eine Wirtschaftsattentäterin an, die das Schiff als Kapitänin führen sollte. Ein Mann aus der Panpazifischen Union mit psychotischen Yadokari sollte unser Pilot sein. Ein Mensch, der Klone hasst und einen tiefen Groll hegt, versteckt sich ganz offen mit gefälschten Daten. Joanna, auch Sie haben Sallie gekannt, nicht wahr?«, fragte sie.

Joanna nickte. »Sie war die Freundin einer Freundin. Ich hatte ein paar politische Verbrechen begangen, für die ich ins Gefängnis gehen sollte. Sie sagte, sie könnte mir helfen.«

Maria richtete den Blick ihrer braunen Augen auf Wolfgang. »Und Sie, Wolfgang. Was hat Sallie getan, um Sie an Bord zu bringen?«

Er schüttelte den Kopf und machte den Eindruck, als wollte er es abstreiten. »Ich wurde auf Luna von der Polizei gesucht, nachdem ich ein hochrangiges Opfer erledigt hatte. Ich war im Gewahrsam, als ich eine Nachricht erhielt …«

»Von Hand überreicht?«, fragte Maria.

Wolfgang runzelte die Stirn. »Ja, richtig. Darin stand, ich hätte noch eine andere Option als das Gefängnis. Also entschied ich mich dafür.«

»Und Sie wissen nicht, wer sie geschickt hat?«, fragte Joanna.

Er schüttelte den Kopf.

»Ich hätte da einen Verdacht«, sagte Maria verbittert.

»Und Maria?«, sagte Joanna leise. »Was ist Ihre Verbindung?«

Maria schien noch unter Schock zu stehen, nachdem sie fast ertrunken wäre. Sie konnte sich nur schwer konzentrieren. »Ich habe sehr lange Zeit für Sallie Mignon gearbeitet. Ich dachte, es wäre eine gute Geschäftsbeziehung, aber einmal, kurz nach der versuchten Sabotage an der *Dormire*, benutzte sie meine Fähigkeiten, um jemandem zu drohen. Ich wollte nicht das Werkzeug ihrer Rache sein, also kündigte ich. Inzwischen bin ich mir ziemlich sicher, dass sie für einige fehlende Teile meines Lebens verantwortlich war. Ich war Hackerin, habe aber Erinnerungslücken, und ich weiß nur, dass ich zu diesen Zeiten schreckliche Dinge getan habe. Danach wurde ich getötet und erneut geklont. Ich glaube, sie steckt hinter mindestens einem mysteriösen Verschwinden.«

»Und?«, hakte IAN nach.

»Ich habe soeben festgestellt, dass ich IAN auf Grundlage einer menschlichen Mindmap programmiert habe. Und« – sie schluckte – »ich habe keinen Beweis, aber die Lücken in meinem Gedächtnis und meine Ermordungen wenig später geschahen gleichzeitig mit dem Verschwinden und dem Kloning von Father Gunter Orman« – sie nickte Wolfgang zu – »und den Attentaten auf hochrangige Politiker der Panpazifischen Union.« Sie nickte Hiro zu. »Es ist sehr wahrscheinlich, dass ich als Hackerin an diesen Verbrechen beteiligt war.«

Alle starrten sie an.

Joanna brach das Schweigen. »Moment mal. Wenn Sie sich nicht erinnern, wie können Sie sich dann so sicher sein?«

»Es passt zeitlich zusammen. Sowohl die Entführung Wolfgangs als auch der Mord am Botschafter der Panpazifischen Union durch einen manipulierten Klon geschahen in den Wochen, die mir fehlen. Ich wurde neu geklont, und die Informationen über meine Leiche gingen praktischerweise verloren. Ich war die beste Hackerin jener Zeit. Es ist nicht schwer, das alles zusammenzusetzen. Und natürlich …« Sie verstummte, bevor sie Mrs. Perkins erwähnen konnte. Der Whisky gluckerte fröhlich in ihrem Bauch und zog eine Rückkehr in die Außenwelt in Erwägung. Sie wollte niemandem in die Augen schauen.

»Das sind alles nur Indizienbeweise«, sagte Joanna und legte Wolfgang beschwichtigend eine Hand auf die Schulter.

»Ich habe das alles erst jetzt zusammengestückelt«, sagte

Maria und konzentrierte sich auf Joanna, eine der zwei anwesenden Personen, denen sie nichts Böses angetan hatte. »Sie alle haben Ihre Geschichten erzählt, und sie passen zu einigen meiner Erinnerungen. Alles fügt sich zusammen.«

»Trotzdem ...«, sagte Joanna.

»Lassen Sie das«, sagte Maria. »Ich weiß, was Sie versuchen wollen. Ich weiß es zu schätzen, aber ich verstecke mich nicht. Ich *weiß*, dass das alles passiert ist.«

»Wie?«, fragte Hiro. Im Kerzenschein wirkte er sehr klein und nass, und Maria konnte ihn nicht ansehen.

»Gut. Also alles. Ich werde jetzt alles offenlegen.« Sie erzählte ihnen davon, wie sie ihr eigenes Gehirn gehackt hatte, um sich selbst vor Gefahren zu warnen und weiterhin Zugriff auf den Kode zu haben, mit dem sie Hiros Klonen Schaden zugefügt hatte.

»Das ... das ist doch gar nicht möglich, oder?«, fragte Katrina und blickte von Joanna zu Paul.

»Ich habe noch nie davon gehört«, sagte Joanna.

»Natürlich nicht. Weil es noch nie zuvor gemacht wurde. Und nachdem ich es gemacht hatte, erzählte ich niemandem davon, weil ich wusste, dass es nur ein weiterer raffinierter Yadokari ist, und ich wollte niemandem die Möglichkeit geben, so etwas auszunutzen.«

»Ich werde Sie in der Luft zerreißen«, sagte Wolfgang und machte Anstalten, sich zu erheben.

Joanna packte sein Handgelenk und schüttelte den Kopf.

»Also gut«, sagte Katrina und warf die Whiskyflasche um. Hastig stellte sie sie wieder hin, bevor zu viel verloren ging. »Ich weiß nicht, ob Sie uns alle getötet haben oder nicht, aber ich wette, wenn wir Sie jetzt durch die Luftschleuse nach draußen befördern, werden sich alle etwas besser fühlen.«

»Noch einmal, ich erinnere mich nicht daran, es getan zu haben. Und so etwas würde ich auch nur dann tun, wenn ich … dazu gezwungen werde.« Sie verzog das Gesicht. »Und nachdem ich wegen verschiedener Verbrechen als Hackerin verhaftet wurde, half Sallie mir natürlich, einen Job an Bord der *Dormire* zu bekommen. Genauso wie allen anderen hier.« Sie lächelte betrübt. »Zu diesem Zeitpunkt dachte ich, wir wären wieder Freundinnen geworden.«

»Eine Freundschaft mit der Königin der Rache? Ich dachte, Sie hätten über ein Jahrhundert lang mit ihr zusammengearbeitet«, sagte Katrina lachend. »Sind Sie wirklich so leichtgläubig? Diese Frau heuerte mich an, damit ich herausfinde, wie man sich an Klonen rächen kann, wenn für sie der Tod und der finanzielle Ruin nur Unebenheiten in der Straße sind.«

»Was haben Sie ihr gesagt?«, fragte Joanna.

»Ich habe ihr gesagt, dass die Hoffnung so ungefähr das Einzige ist, das uns tatsächlich etwas bedeutet, und wenn man diese Hoffnung zerschlagen kann, hat man jemanden wirklich verletzt.«

Joanna kaute auf ihrer Unterlippe. »Sie kannte uns alle. Sie wusste, dass eine Wirtschaftsattentäterin und ein Klonjäger aufeinandertreffen würden. Die Frau, die über hundert Jahre lang die schmutzige Arbeit für sie erledigt hat, würde mit einigen ihrer Opfer zusammenkommen.«

»Angeblich hat man uns gründlichen psychologischen Tests unterzogen, um zu gewährleisten, dass wir gut zusammenarbeiten«, sagte Katrina. »Jetzt glaube ich, dass es bei diesen Tests darum ging, dass wir möglichst schlecht zusammenarbeiten.«

Maria lachte verbittert und betrachtete ihre Hände. »Ich wünschte, ich wäre früher darauf gekommen. Was Sallie geplant hat, meine ich. Ich habe keine Erinnerungen an meine Verbrechen.« Sie hob das Kinn und blickte Wolfgang in die Augen. »Aber ich bin bereit, jede Bestrafung anzunehmen, die Sie für angemessen halten. Sie, Paul oder Hiro.«

Hiro wandte mit steinerner Miene den Blick ab. Wolfgang sah aus, als würde er jeden Moment explodieren.

»Was ist mit mir? Kann auch ich dich bestrafen?«, fragte IAN.

»Du schaltest bereits das Schiff ab«, sagte Maria. »Was könntest du mir Schlimmeres antun?«

»Moment, ist *sie* an Bord des Schiffs?«, fragte IAN. »Ich könnte euch Sallie Mignons Mindmap aus dem Klonlager holen. Könntest du sie dann modifizieren und genauso mit ihr reden wie mit mir? Dann könntet ihr sie direkt danach fragen.«

Maria öffnete den Mund, um zu protestieren, aber Hiro kam ihr zuvor.

»Du willst, dass sie an einer weiteren Persönlichkeit herumpfuscht, wie sie es schon bei dir gemacht hat?«, fragte Hiro und wandte sich Maria zu, die die Hände hob, um den verbalen Angriff abzuwehren. »Wäre es für dich so einfach zu machen? Mein Gott, Maria, du bist die Schlimmste von uns allen. Wir hatten Gründe für unsere Verbrechen, aber du erklärst, dass du bereit bist, noch eins zu begehen? Warum? Um deine Unschuld als bedauernswertes Werkzeug zu beweisen?«

»IAN hat mich gefragt, aber ich habe nicht zugestimmt«, sagte sie kalt. »Du ziehst voreilige Schlüsse.«

»Maria hat ihre Verbrechen hinter sich gelassen, wie wir alle«, sagte Joanna leise. »Es gibt keinen Beweis, dass sie für die Morde an Bord dieses Schiffs verantwortlich ist. Wir haben erlebt, dass praktisch jeder von uns dazu fähig wäre.

Hiro hat Maria und die Kapitänin angegriffen. Paul hat Maria angegriffen. Katrina hat ihren eigenen Klon getötet. Sallie Mignon könnte uns vielleicht helfen, einen Ausweg zu finden. Was meinen Sie, Wolfgang?«

Seine kalten blauen Augen starrten auf Marias Gesicht, seit sie ihr Geständnis abgelegt hatte. »Nein. Das wäre barbarisch.«

IAN meldete sich fröhlich zurück. »Schon gut. Blöde Idee. Sallie Mignon ist gar nicht in der Datenbank.«

»Wurde sie gelöscht?«, fragte Maria.

»Nein, sämtliche anderen Passagiere sind verzeichnet und vorhanden. Die Datei für Salome Mignon ist völlig leer.«

»Hat sie stattdessen einen Körper ins Schiff bringen lassen?«, fragte Maria. »Eigentlich sollte sie an Bord sein.«

»Nein, sie ist nicht in der Kryo.«

»Scheiße. Sie hat es so eingerichtet, dass wir scheitern mussten«, flüsterte Maria. »So viele Geheimnisse, so viele Verbrechen. Sie dachte, sobald sie ans Tageslicht kommen, muss jemand durchdrehen. Sie hat einen Benzinkanister in den Weltraum geschickt und nur darauf gewartet, dass jemand ein Streichholz entzündet.«

»Aber warum? So viel Arbeit, so hohe Kosten – wozu?«, fragte Joanna.

»Rache«, sagte Katrina.

»Das ist es«, sagte Maria. Sie zog ihr Tablet aus der Tasche und runzelte die Stirn, als sie sah, dass es völlig durchnässt war. »Joanna, könnte ich mir bitte Ihr Tablet ausborgen?«

Sie reichte es ihr.

»IAN, würdest du mir bitte die Liste der Passagiere geben?«

»Klar. Aber es sind mehrere Tausend«, sagte er, während sich der Bildschirm mit Namen füllte.

»Ich brauche nur ein paar«, sagte Maria und scrollte ungeduldig, während ihre Augen nach Namen suchten, die ihren Verdacht bestätigen würden. Natalie Warren. Ben Seims. Manuel Drake. Jerome Davad. Sandra … »O Gott.« Sie gab Joanna das Tablet zurück. »Die Menschen und Klone an Bord sind Mignons Feinde – privat oder geschäftlich. Sie hat ihre Feinde in ein Schiff verfrachtet und es in den Weltraum geschossen.«

Katrina pfiff. »Sie mit Hoffnung erfüllen. Sie dazu bringen, Geld auszugeben, das sie nicht an sich selbst oder ihre Nachkommen vererben können.« Sie trank einen Schluck Whisky. »Sie hat sich meinen Rat wirklich zu Herzen genommen.«

»Wir wissen immer noch nicht, was *passiert* ist«, sagte Hiro leise, ohne Maria anzusehen. »Mignon hat es also darauf angelegt, dass wir im Weltraum sterben? Wen interessiert es? Wir müssen wissen, wer beim ersten Mal ausgerastet ist und uns alle getötet hat und ob er oder sie es wieder tun wird.«

Maria spürte, wie der Triumph ihrer Offenbarung nachließ. Er hatte recht – das erklärte nicht, wie es zur Ermordung ihrer Klone gekommen war.

Doch dann wurde plötzlich alles klar. Sie blickte sich im Kreis um, zu Joanna, die aus der Whiskyflasche trank, zu Hiro, der ihr nicht in die Augen schauen wollte. Zu Wolfgang, der sie mit finsterer Miene anstarrte, und dann zur Kapitänin, die sich auf den Rücken gelegt hatte und die Unmöglichkeit bestaunte, dass sich Wasser über ihren Köpfen befand.

Und dann zu Paul, der auf den Boden starrte und sich gelegentlich gegen seine Fesseln stemmte.

»Ich hab's«, sagte sie leise. »Paul hatte zu Anfang der Reise eine schwere Hirnverletzung. Es war Wolfgang, der ihn geschlagen hat. Wir wissen, dass Paul aus irgendeinem Grund gewalttätig wurde. Wir haben ihn während der nächsten vierundzwanzig Jahre beobachtet, gingen aber davon aus, dass wir relativ sicher sind. Das waren wir auch, weil er vergessen hatte, dass er hier ist, um sich an einem von uns zu rächen.«

Paul blieb ruhig im Schatten hinter Wolfgang.

Maria ging wieder im Kreis herum. »In meinen Logs heißt es, dass die alte Kapitänin de la Cruz eine schwere Paranoia entwickelte und wollte, dass alle ihre Verbrechen offenbaren. Es ist möglich, dass sie die vertraulichen Dateien von IAN erhalten hat, der ja gern ›schaut, was dann passiert‹.«

»Durchaus möglich«, stimmte IAN ihr zu. »Ich finde alle möglichen Sachen in den Ecken und Winkeln meiner Speicher. Ich habe wie ein Irrer Daten versteckt und gehamstert.« Er klang, als wäre er stolz auf sich.

»Und wenn Mignon dich an Bord gebracht hat, um uns zu ärgern, hat sie vermutlich sogar mitgeholfen, einige dieser Juwelen zu verstecken«, sagte Maria. Sie nahm einen tiefen Atemzug, bevor sie fortfuhr. »Katrina hat Paul auf seine Verbrechen angesprochen, und vielleicht wusste sie, dass sie falsch waren, vielleicht auch nicht. Dann wollte sie mehr über meine Vergangenheit wissen. Sie bedrängte ihn, bis er sich erinnerte. Doch dann bekam sie viel mehr, als sie haben wollte, weil Paul plötzlich wieder wusste, warum er hier war, woraufhin er sie angriff.«

»Und was dann?«, fragte Joanna. Sie rutschte näher an Katrina heran, die eine neue Flasche Whisky geöffnet hatte.

»Paul prügelt Katrina ins Koma und macht sich erneut daran, seinen Plan in die Tat umzusetzen«, sagte Maria und runzelte dann die Stirn. »Wir waren nicht mehr auf der Hut, weil er sich ein Vierteljahrhundert lang anständig benommen hatte. Also hatte er die Gelegenheit, den Lebensmitteldrucker zu vergiften und andere Fallen aufzustellen.«

»O Gott«, sagte Hiro. »Ich habe ihn gefunden. Jetzt verstehe ich meine Notiz. Offenbar habe ich Paul auf frischer Tat ertappt und hatte einen Blackout. Schließlich hätte es sein können, dass mein Yadokari ihm geholfen hat.«

»Wie kommen Sie darauf?«, fragte Wolfgang.

»Ich habe meinen Abschiedsbrief gefunden«, sagte Hiro und zupfte an den Grashalmen. »Aber ich wollte nicht, dass Sie ihn sehen, weil es dann so geklungen hätte, als wäre ich schuldig. Ich dachte, meine Yadokari wären für einige Dinge verantwortlich, die geschehen waren. Ich hatte tatsächlich Blackouts. Ich wollte nicht, dass sie die Kontrolle übernehmen, und als ich befürchtete, dass genau das geschehen war, beging ich Selbstmord. Das ist keineswegs abwegig, ich hatte schon viele Male daran gedacht. Ich habe es nur nie getan.«

»Hiro hat ihn also erwischt. Entweder half er ihm, den Drucker zu sabotieren, oder er war überzeugt, an den Verbrechen beteiligt zu sein, und erhängte sich«, fasste Maria zusammen. »Und als ich mich unwohl fühlte, konnte ich mir alles zusammenreimen, zeichnete meine Logdatei auf und schnappte mir die Back-ups der Besatzung. Zu diesem Zeitpunkt hatte das Gemetzel im Klonraum begonnen. Ich rannte zum Klonraum und verband meinen privaten Speicher mit dem Terminal, um die Back-ups zu laden, doch dann stach Paul mich ab.«

»Ich scheine gewusst zu haben, dass irgendwas im Gange war«, sagte Joanna und nickte langsam. »Ich fand heraus, dass die Gefahr von Paul ausging, und holte eine Spritze mit Ketamin. Ich konnte es ihm injizieren, aber dann erstach er auch mich. Wolfgang zog ihn von mir herunter und würgte ihn, aber Paul erstach auch ihn. Alle anderen verbluteten, während die Kapitänin in der Krankenstation schlief.«

»Und ich hatte das alles ausgelöst, weil ich der Grund

war, weswegen Paul unbedingt an Bord gehen wollte«, sagte Maria. Sie setzte sich neben Joanna, die die Einzige zu sein schien, die sie nicht auf der Stelle umbringen wollte.

»Das ist … Sie haben keinen Beweis für irgendeine Ihrer Behauptungen!«, platzte es aus Paul heraus.

»Wir haben einige Beweise«, sagte Joanna ruhig. »Ich bin die Einzige, die die Spritze benutzen kann. Ich habe Sie getötet. Und alles andere passt zusammen: Trotz aller instabilen Persönlichkeiten waren Sie der Einzige an Bord, der einen Todeswunsch hatte. Sie sind nicht davon ausgegangen, dass Sie geklont werden könnten, also hatten Sie nichts zu verlieren.«

Paul bemühte sich, auf die Beine zu kommen, doch Wolfgang riss ihn wieder zu Boden. Paul schrie auf.

Wolfgang nickte bedächtig. »Obwohl sich niemand daran erinnert, ergibt es durchaus Sinn. Sie haben schon zu Anfang versucht, uns zu töten, doch es ist Ihnen nicht gelungen. Dann waren Sie mehrere Jahrzehnte lang gar nichts. Wie fühlt sich das an, kleiner Mann?«

Paul starrte ihn an, mit einer Mischung aus Hass und Furcht in den Augen.

»Wir haben den Fall gelöst, hurra«, sagte Hiro leise. »Trotzdem fährt IAN das Schiff herunter. Also können wir uns noch ein wenig an der Wahrheit ergötzen, bevor wir alle sterben.«

Katrina klatschte in die Hände. »Jetzt trinken wir. Sonst gibt es für uns nichts mehr zu tun. Wir haben unsere Sünden gebeichtet und die Toten betrauert.« Sie runzelte die Stirn. »Ich hätte auch gern der alten Kapitänin einen Drink ausgegeben. Eigentlich wollte ich sie gar nicht töten.«

»Ich weiß«, sagte Joanna. »Aber Sie haben es getan.«

Katrina hob die Flasche hoch. »Auf die tapfere Kapitänin

Katrina de la Cruz, die ihr Leben gab, um die Besatzung der *Dormire* zu retten.« Sie trank und reichte die Flasche an Hiro weiter.

»Obwohl sie das ganze Chaos ins Rollen gebracht hat«, sagte Hiro und trank. Dann betrachtete er die Flasche. »Das heißt, eigentlich war es Paul, als er alle anderen getötet hat. Nein, Moment, Katrina hat es losgetreten, als sie Paul daran erinnerte, dass sich die Person an Bord befindet, die er umbringen wollte. Nein, Moment, Maria ist verantwortlich, weil sie alle möglichen Leute gehackt hat. Nein, Moment, Sallie Mignon ist schuld, weil sie uns alle zusammengebracht hat. Nein, Moment …«

»Genug!«, rief Wolfgang. Er nahm Hiro die Flasche ab und trank, als hätte der Whisky ihn beleidigt, worauf er ihn nun dafür bestrafen wollte.

»Auf die alte Kapitänin«, sagte Joanna, als sie die Flasche übernahm.

Sie reichten sie herum, nur Paul wurde übergangen. Niemand nahm Blickkontakt mit Maria auf, außer Wolfgang, der nicht aufhören konnte, sie anzustarren, während er die Hände anspannte, als hätte er sie um ihren Hals gelegt.

Katrina bekam die Flasche zurück und hob sie erneut. »Nun auf die Besatzung der *Dormire*, die wir betrauern, weil sich niemand an ihre letzten fünfundzwanzig Jahre an Bord dieses Schiffs erinnern wird.«

Als Nächstes trank sie auf den verletzten Hiro und dann auf den neuen Lebensmitteldrucker, der ihr Festmahl zubereitet hatte, aber darauf trank nur sie allein.

Hiro sagte nicht viel, obwohl auch er trank. Maria konnte ihn nicht ansehen. Sie fragte sich, ob sie überhaupt das Recht hatte, irgendeinem von ihnen je wieder in die Augen zu blicken. Doch sie schaute sich immer wieder zu Wolfgang um, um sich zu vergewissern, dass er sich nicht auf sie stürzte, um sie zu töten.

»Vier Trinksprüche. Das reicht.« Katrina musterte ihre Besatzung. »Sie waren alle sehr clever, als sie das Geschehen rekonstruiert haben. Aber Sie haben eine Sache übersehen, nicht wahr?«

»Was meinen Sie?«, fragte Joanna.

»IAN. Wir wissen, dass auch er ein Opfer von Mignon ist, aber wir sind noch nicht darauf gekommen, wer er ist.«

Hiro gluckste, und der Whisky verstärkte seinen japanischen Akzent. »Ich verstehe nicht, warum ich es nicht früher erkannt habe.«

»Was? Was hast du nicht erkannt?«, fragte IAN ungeduldig.

»Du bist unglaublich intelligent. Du spielst gern mit Menschen, nur um zu sehen, was dann abgeht. Deshalb wurdest du wegen Hochverrats ins Gefängnis geworfen, als du noch ein Mensch warst. Du magst Schweinefleisch-Nudeln. Und ich habe im Jahr 2293 Kommissarin Lo geholfen, dich aus dem Knast zu holen, wahrscheinlich weil Mignon auch sie bezahlt hat. Du bist Minoru Takahashi.«

»Minoru Takahashi«, sagte IAN, als wollte er den Klang des Namens kosten.

»Oh! Takahashi!«, horchte Joanna auf. »Der Übersetzer? Ich erinnere mich an ihn. Ich dachte, er wäre im Gefängnis gestorben.«

»Nein. Er entkam. Die Regierung behauptete, er wäre gestorben, und erklärte ihn offiziell für tot. Um das Gesicht zu wahren«, sagte Hiro und rieb sich das Kinn. »IAN? Klingt das glaubwürdig?«

IAN antwortete nicht. Nur ein wimmerndes Geräusch war zu hören, als die Luftrecycler den Betrieb einstellten und die Beleuchtung immer schwächer wurde.

»Nein!«, rief Maria. »IAN! IAN! Minoru! Tu es nicht! Wir können miteinander reden! Verdammt, du kannst mich allein bestrafen! Tu es den anderen nicht an!«

Das Letzte, was Maria sah, bevor das Licht ganz ausging, war Wolfgang, der nach Joanna griff, und Hiros große, verängstigte Augen, die schließlich doch in ihre Richtung blickten.

Wolfgangs Stimme drang aus der Dunkelheit, während die Besatzungsmitglieder verwirrt aufschrien. »Ich habe jetzt genug. Ich behalte das Kommando über dieses Schiff und die Besatzung. IAN, entriegle die Tür. Maria, Sie gehen zurück in die Zelle. Katrina, Sie gehen in die Krankenstation, um auszunüchtern.«

Katrina antwortete nicht. Wahrscheinlich war sie in Ohnmacht gefallen.

Maria stand auf. Ihr war sehr kalt. Zu viele Leute wollten ihren Tod, und im Dunkeln konnte sie nichts sehen. Sie war desorientiert, konnte sich nicht erinnern, in welcher Richtung der See lag. Sie glaubte, dass er rechts von ihr war. Sie wich langsam zurück, die Augen weit aufgerissen, um so viel Licht wie möglich aufzunehmen.

Wolfgang fluchte.

»Was ist passiert?« Joannas verängstigte Stimme schnitt durch die Finsternis.

Maria zog sich weiter zurück. Sie spürte die Zweige eines Weidenbaums an ihrem Rücken und schob sich hindurch, während die anderen durcheinanderriefen. »Wo ist Paul?«, glaubte sie zu hören.

Maria erinnerte sich, dass ihr drei Messer abhandengekommen waren. Eins lag auf dem Grund des Sees. Ein weiteres befand sich als Beweisstück in der Krankenstation. Sie wettete, dass Paul das Hackmesser bei sich hatte, obwohl es vielleicht schon in Wolfgang steckte.

Jemand schrie laut.

Maria stieß mit dem Rücken gegen den Stamm einer Weide. Sie drehte sich um und kletterte blind hinauf.

Hiros Reaktionszeit wurde beeinträchtigt durch den Alkohol und die Enttäuschung, die ihn erschütterte. Er hatte Maria vertraut. Sie war seine einzige Freundin im Schiff gewesen. Und nun musste er feststellen, dass sie für all das Elend verantwortlich war, für all den Wahnsinn, das Gefängnis, die Jahrzehnte in der Hölle, die Träume. Alles war nur ihre Schuld.

Jetzt ergab alles Sinn. Sie hatten die Morde aufgeklärt, aber das änderte nichts an der Tatsache, dass er ihr nie wieder vertrauen konnte. Und selbst wenn er nicht derjenige gewesen war, der die anderen angegriffen oder getötet hatte, bedeutete das nicht, dass er völlig unschuldig war. Er hatte Aussetzer gehabt, was bedeutete, dass die Yadokari irgendetwas getan hatten. Er war trotz allem am Boden zerstört.

Dann folgte ein weiterer Blackout, aber diesmal war er überall.

Hiro rappelte sich auf und spürte dann, wie ihn etwas von hinten traf. Ein Messer bohrte sich in seinen Rücken, und die Yadokari erwachten schlagartig zum Leben, als würde ein Feuerwerk losgehen. Er stieß seinen Angreifer weg und schlug mit der offenen Hand zu, rammte seine Fingerspitzen in etwas Weiches. Paul gab einen erstickten Laut von sich und war verschwunden.

Hiro stand wieder auf und humpelte auf die Tür zu. Eine winzige rote Lampe, die einzige Lichtquelle im Raum, blinkte noch, zeigte damit an, dass die Tür verriegelt war. Doch er wollte ohnehin nicht durch die Tür gehen. Als er die Wand erreichte, tastete er herum und suchte nach dem Lautsprecher und dem Mikrofon, die von IAN – Minoru – benutzt wurden.

»Takahashi Minoru«, sagte er ins Mikro. Er keuchte, spürte, wie ihm Blut über den Rücken lief. *Dieses Arschloch. Ich sollte zurückgehen und ihn umbringen.*

Hiro blieb ruhig und erlaubte den Yadokari, in seinen Geist zurückzukehren. Dann sprach er leise ins Mikrofon, diesmal auf Japanisch. »Du erinnerst dich, nicht wahr? Wir waren einmal Freunde. Wir haben die anderen Häftlinge verarscht. Ich habe dir beim Ausbruch geholfen. Erinnerst du dich daran?«

»Nein«, kam die flüsternde Antwort. »Ich weiß nicht, wer ich bin.«

»Kein Problem, ich weiß auch nicht, wer ich eigentlich bin«, sagte Hiro. »Lass uns einfach eine Weile hier zusammensitzen.«

»Die anderen sind im Moment nicht sehr glücklich«, sagte Minoru.

»Kannst du es ihnen verübeln? Du hältst ihr Leben in der Hand.«

»Mein Leben lag in Marias Händen. Du weißt, wie das ausgegangen ist.«

»Sie war ein Werkzeug in den Händen einer viel mächtigeren Person«, sagte Hiro und fand es seltsam, dass er sie nun verteidigte. »Genauso wie wir alle an Bord dieses Schiffs. Mignon will, dass du uns das antust. Sie will, dass du uns Angst machst und jeden im Schiff tötest. Wenn du das tust, erfüllst du ihr all ihre Wünsche.«

»Empfindest du es wirklich so? Dass Maria nur eine Schachfigur war?«

»Ich weiß es nicht«, antwortete er ehrlich. »Ich bin wütend. Aber die Leute, die unter meinen Verbrechen leiden mussten, haben mir nicht vergeben, obwohl auch ich nur eine Schachfigur war.«

»Hast du Angst, hier zu sterben? Es wird sehr lange dauern, bis die Luft im gesamten Schiff verbraucht ist. Aber ich könnte euch vielleicht erfrieren lassen. Soll ich das tun?«

»Ich habe ein wenig Angst«, sagte er. »Aber es könnte an der Zeit sein, weißt du? Wir alle haben sehr lange gelebt, und wir haben die Welt nicht verbessert.«

»Ist das das Ziel?« Minorus Stimme klang erstaunt und weit entfernt. »Bist du aus diesem Grund zu einem Klon geworden?«

»Eher nicht«, sagte er. »Ich hatte keine hehren Ziele, als ich es zum ersten Mal wollte. Aber plötzlich wird einem klar, dass man Jahrhunderte gelebt hat, ohne allzu viel daraus gemacht zu haben.«

»Aber du bist für all diese Leben verantwortlich, für all diese Menschen und Klone«, sagte Minoru nachdenklich. »Das ist etwas Hehres.«

Minoru schwieg eine Weile. Nach einer Weile sagte er: »Katrina ist tot.«

»Was?«, sagte Hiro schockiert.

»Ich glaube, Paul hat sie getötet. Er rennt in der Dunkelheit herum und greift jeden an, den er finden kann. Wolfgang jagt ihn. Wenn du im Infrarotspektrum sehen könntest, wäre es sehr interessant für dich, was sich hier drinnen gerade abspielt.«

»Was ist mit Maria?«, fragte er, als seine Sorge sein Misstrauen überwand.

»Ihr geht es gut. Sie versteckt sich in einem Baum. Sie weiß bereits, wozu Paul imstande ist. Sie ist nicht dumm. Schwach und feige, aber nicht dumm.«

»Minoru«, sagte Hiro. »Bitte schalte das Licht wieder ein.«

»Eher nicht«, sagte Minoru in traurigem Tonfall. »Ich glaube, du könntest recht haben. Ihr seid es nicht wert, euch alle am Leben zu erhalten.«

An Bord eines Geisterschiffs zu sterben fühlte sich erhaben und romantisch an. Vom Eiterpickel im Nacken der Besatzung getötet zu werden war armselig. Hiro riss sich zusammen. »Willst du, dass Mignon gewinnt? Oder willst du eine Chance, es ihr eines Tages heimzuzahlen?«

»Rache. Das ist ein interessanter Grund zum Weiterleben«, sagte Minoru.

Dann verfiel er wieder in Schweigen.

»Minoru. Minoru!«, sagte Hiro. Er fluchte. Er humpelte los, spürte, wie ihm das Blut aus der Wunde lief. Ihm wurde kalt. Die Stiche in seiner Hüfte waren wieder aufgeplatzt, und Blut rann an seinem Bein hinunter. Ihm war nur vage bewusst, dass die Lichter wieder angingen, als ein künstlicher Sonnenaufgang einsetzte. Er sah einige Gestalten am See, doch dann stolperte er und stürzte zu Boden.

Er stand nicht wieder auf.

Der Wert eines Lebens

Als die Lichter ausgingen, spürte Wolfgang einen Stich in der Seite. Paul hatte ihn getroffen, aber womit? Wolfgang ließ schockiert das Handgelenk des Mannes los, fluchte und wich schwankend zur Seite aus.

Warum habe ich nicht nachgesehen, ob er weitere Waffen dabeihat? Das Blut lief ihm warm über die Hand. Es war eine schmale, tiefe Schnittwunde.

Er schlug im Dunkeln um sich, hörte Schritte und die Schreie der anderen. Er erkannte Joannas Stimme. Katrina gab einen erstickten, überraschten Laut von sich. Wolfgang rannte los und stolperte nach zwei Schritten über die Whiskyflasche. Er landete hart auf dem Boden, und seine Seite schmerzte. Das Blut war glitschig, und es war viel. Er hatte keine Ahnung, wie stark er blutete, aber er vermutete, dass es nicht wenig war.

»IAN, Lichter an, jetzt!«, rief er hilflos.

Seine Hände berührten einen Arm. Als er ihm nach oben folgte, spürte er die Schultern und das Haar einer Frau. Das Haar war feucht, und als er den Hals abtastete, stellte er fest, dass die Kehle aufgeschlitzt war. Doch es war glattes Haar, nicht die Locken von Joanna. Er spürte die Bandagen im Gesicht. Also Katrina. Das Blut tröpfelte nur noch aus dem Hals. Sie war fast tot.

Joanna schrie erneut, wütend, und er hörte Kampfgeräusche. Dumpfe Schläge. Paul schrie vor Schmerz auf, dann verstummte Joannas Stimme.

Wolfgang taumelte auf die Geräusche zu und wurde von einem Stiefel im Gesicht getroffen. Er wusste nicht, wem er gehörte, aber er packte ihn und zog.

Es war ein richtiges Bein, keine Prothese. Der Körper folgte. Wolfgang warf sich auf Paul und legte die Hände um seinen Hals. Paul holte mit dem Hackmesser aus, schnitt in Wolfgangs Arm, ohne dass er sein Gesicht erreichen konnte.

Plötzlich hörte Paul auf, sich zu wehren, und Wolfgangs Hände und Gesicht waren mit einem Mal sehr feucht. Er blinzelte und bemerkte, dass er wieder etwas sehen konnte, wenn auch nur undeutlich. Paul lag reglos unter seinen Händen, seine Kehle war aufgeschlitzt.

Joanna saß nicht weit entfernt, wie er im heller werdenden Licht sah, mit einem blutigen Messer in der Hand. Ihr Overall war beunruhigend nass, und sie lächelte ihn matt an.

»Danke für die Rettung«, sagte sie. »Was hatten Sie noch gleich über Opfer gesagt?«

»Das größte Geschenk, das ein Geschöpf einem anderen machen kann, ist das des Opfers. Klone können sich nicht opfern«, sagte er und kroch von Pauls Leiche weg zu ihr. Er nahm ihre Hand.

»Richtig«, sagte sie. »Unser Tod bedeutet nichts, weil wir am nächsten Tag erwachen und wieder von vorn anfangen können.«

Er erinnerte sich an diese Worte, und plötzlich wünschte er sich, dass das Leben wieder eine Rolle spielte, dass der Tod wieder etwas bedeutete.

Er wollte Joanna etwas sagen, aber ihre Augen waren geschlossen. Sie drückte seine Hand für einen kurzen Moment, dann entspannte sie sich.

»Nein«, sagte er. »Nicht Sie. Gehen Sie nicht!«

Sein Sichtfeld verschwamm, und er bemerkte, dass ihm sehr kalt war. Er lehnte sich gegen sie und wusste, dass es auch bei ihm nicht mehr lange dauern würde.

Er konnte eine Ruhepause gebrauchen.

Maria trug die Last ihrer Schuld auf den Schultern.

Und sie trug Hiro auf den Schultern.

Alle anderen waren tot. Sie würde sich bald um sie kümmern.

Minoru hatte die Tür entriegelt, als sie ihn darum gebeten hatte, während er die Sonne aufgehen ließ. Vorsichtig stieg sie mit Hiro die Leiter hinauf zum höheren Deck, wo sie besser mit der Schwerkraft zurechtkommen würde.

Hiro blutete aus einer tiefen Schnittwunde und seinen Schussverletzungen. Auch ihre Wunden waren unter der körperlichen Anstrengung wieder aufgerissen, ihre Bandagen waren blutgetränkt.

Er blutete stark, aber er würde nicht daran sterben. Sie würde es nicht zulassen.

»Komm schon, wir können das schaffen«, sagte sie. »Wir bringen dich in die Krankenstation, und die Ärztin wird dich zusammennähen, bis du uns allen wieder ordentlich auf die Nerven gehen kannst.«

Sie hoffte, er würde auf ihre Sticheleien reagieren, aber er rührte sich nicht. Sie wusste nicht, ob er wusste, dass die Ärztin tot war, aber die Hoffnung spornte ihn möglicherweise an.

Sie war dankbar, dass er von kleiner Statur war und die Schwerkraft mit jeder Leitersprosse geringer wurde.

Hiros Blut lief an seiner Seite hinab und über ihren Hals, und sie fragte sich, wie viel er schon verloren hatte.

Paul, dieses Arschloch! Nein. Es steckte mehr dahinter. Sallie hatte das alles verursacht. Sallie und ihr idiotisches Streben nach Rache und Macht.

Der arme Hiro. Der arme Hiro mit der zersplitterten Persönlichkeit. Die sie verursacht hatte. Sie und Sallie.

Maria murmelte vor sich hin, teils um sich zu entschuldigen, teils um sich anzutreiben. *Noch eine Sprosse. Jetzt noch eine. Und noch eine.*

Sie erreichten den Korridor mit den Quartieren für die Klone. Es war völlig still. Minoru hatte nichts mehr gesagt, seit sie den Garten verlassen hatte. Sie blickte sich um und zuckte zusammen, als sie die Blutspur sah, die sie hinterlassen hatten. Wenn das alles vorbei war, würde jemand eine große Sauerei beseitigen müssen.

Nein, Moment. *Sie* würde es tun müssen.

»Mit wem hast du gesprochen?«, fragte Hiro schläfrig.

»Mit niemandem. Zu mir selbst. Nichts Wichtiges. Mach dir deswegen keine Sorgen, halt einfach nur durch.« Sie rückte ihn auf ihrer Schulter zurecht. »Kannst du gehen?«

»Ich glaube nicht, dass ich überhaupt irgendetwas tun kann«, sagte er. »Hör zu, lass mich einfach sterben. Dann kannst du mich neu klonen. Kein Problem. Ich vertraue dir.«

Sie schüttelte ihn behutsam. »He, nein, lass mich nicht allein. Ich kann dich nicht noch einmal klonen, weißt du noch? Paul hat die Maschinen sabotiert. Wir können keine neuen Körper mehr bekommen. Das hier ist der Letzte, also behandle ihn gut.«

»Ein Klon ohne Körper. Ein Mann ohne Eigenschaften. Ein Pferd ohne Namen«, sagte er im Singsang. »Du bist nett.«

»Rede ruhig weiter, Hiro. Hauptsache, du hältst durch, ja?«, sagte sie.

»'tschuldigung«, murmelte er ihr ins Ohr. »Das ist bestimmt schwer. Soll ich dich für einen Moment tragen?«

Sie lachte erstickt. »Das wäre nett, aber du bist derjenige, der für den Ponyritt bezahlt hat, und du wirst etwas für dein Geld bekommen.«

»Ich wollte aber ein weiß geschecktes Pony«, beklagte sich Hiro. »Und du bist einfach nur einfarbig.«

»Wir alle müssen mit Enttäuschungen leben. Dies ist das Pony, das du bekommen hast, also wirst du auf diesem Pony reiten. Gehen wir.«

»Hü!«, flüsterte er. Es klang wie aus weiter Ferne.

Sie schlug gegen sein Bein. »He! Komm zurück! Jeder von uns hat seinen Teil zu erledigen. Ich kann meine Arbeit nicht machen, wenn du deine nicht machst.«

»'tschuldigung«, sagte er und summte ein Lied ohne Melodie.

Sie erstellte eine Liste der Dinge, die sie tun musste. Hiros DNS-Matrix aus der Krankenstation holen. Eine Möglichkeit finden, seine Mindmap aufzuzeichnen. Ihn in Ordnung bringen. Aber wie sollte sie ihn in Ordnung bringen?

Sie dachte an Mrs. Perkins, die Hüterin ihrer Geheimnisse, wie sie in ihrer Bibliothek mit dem Stuhl schaukelte. Die gehackten Mindmaps waren in ihr verborgen, für die Nachwelt weggesperrt, wie Ampullen mit Pockenviren. Der Schlüssel, wie sich Hiro kurieren ließ, befand sich tatsächlich in ihr.

»Die Macht dazu hattest du schon die ganze Zeit, Dorothy«, sagte Maria und stellte sich bildlich vor, wie rote Schuhe gegeneinanderschlugen.

»Du bist Maria«, sagte Hiro.

»Und du bist Hiro«, sagte sie, als die Erkenntnis ihr neue Kraft gab. »Und du wirst wieder gesund werden.«

SECHSTES ERWACHEN

MINORU TAKAHASHI

Deus ex Bebe

Maria legte Hiro mit dem Gesicht nach unten auf einem Bett in der Krankenstation ab. Es gab keine sauberen Betten, also musste sie das nehmen, an das er gefesselt gewesen war. Sie zog ihm den Overall aus, säuberte ihn und vernähte die Wunden. Er hatte viel Blut verloren. Sie programmierte den medizinischen Drucker darauf, Ersatzblut für ihn zu synthetisieren.

Verzweifelt wurde ihr klar, dass sie die intelligenten Spritzen der Ärztin nicht benutzen konnte. Also schloss sie Hiro wieder an die Infusion mit Schmerzmittel an, die bereits halb leer war.

»Ich wünschte, du hättest nicht so viel getrunken«, sagte sie. »Und ich hätte es auch nicht tun sollen.«

Hiro sprach plötzlich und erschreckte sie damit. »Ich habe wegen der Verbrechen meiner Yadokari viel Zeit im Gefängnis verbracht und dann noch mehr Zeit mit Psychiatern, die sich bemüht haben, sie zu blockieren. Hypnotische Suggestion hat gut funktioniert, aber nur, bis ich irgendwann in einem neuen Körper aufgewacht bin.«

Maria hielt den Atem an, befürchtete, irgendein Geräusch könnte ihn aus seiner Redetrance reißen. Er ließ die Augen geschlossen. »Das Einzige, was diese anderen Stimmen zum Schweigen bringt, ist Alkohol, wie ich irgendwann herausfand. Eine Ärztin erzählte es mir in einer Bar. Sie erzählte es mir als Saufkumpan, nicht als meine Ärztin, weil sie sagte, es wäre nicht richtig, wenn sie einem Patienten raten würde, mehr zu trinken. Aber sie schlug vor, dass ich es versuche. Es funktionierte. Zu dieser Zeit hatte ich Selbstmordgedanken. Ich dachte, ich könnte die Stimmen nur abtöten, indem ich mich selbst töte. Doch dann stellte ich fest, dass ein kräftiger Sake etwas in mir zum Schweigen brachte, was viele Stunden mit Psychologen und Psychiatern nicht bewältigen konnten.«

Er hielt kurz inne. »Damit will ich sagen«, fuhr er fort, »dass ich einiges vertrage.« Er streckte den Arm aus, ohne die Augen zu öffnen. Sie nahm seine Hand. »Wir alle sind Schachfiguren, Maria.«

Sie brachte ein Lächeln zustande, aber es entglitt ihr schon bald wieder. »Ja, wir alle wurden hin und her geschoben. Im großen Stil.«

Hiro antwortete nicht. Er atmete tief und langsam. Er war endlich eingeschlafen.

Maria brach auf einem Stuhl zusammen und weinte.

Bebe. Bebe, der ein fettes, saftiges Schwein ausdruckte. Bebe, der eine Tasse mit heißem, dampfendem Kaffee ausdruckte, genau so, wie Maria ihn am liebsten hatte.

Maria riss die Augen auf. Warum träumte sie von Bebe?

»Jetzt weiß ich, dass ich entweder sterbe oder wieder etwas normaler im Kopf werde, wenn ich von einer Maschine träume, die ein Schwein aus synthetischen Proteinen und qualitativ hochwertigen Aromastoffen herstellt, auf Grundlage der …«

Sie stemmte sich abrupt vom Stuhl hoch, verfluchte sich, dass sie nicht früher daran gedacht hatte.

»… auf Grundlage der Daten in den Mindmaps der Besatzungsmitglieder«, vervollständigte Maria den Satz. »Scheiße. Bebe kann unsere Mindmaps lesen!« Sie stürmte zur Tür.

Und Bebe war groß genug, um ein Schwein zuzubereiten.
»Heilige Scheiße!«

Maria stand im Serverraum und starrte auf Minorus Gesichtshologramm. »Öffne dich. Ich will nach deinen verlorenen Daten suchen.«

Seine Augen weiteten sich überrascht, aber er ließ sie hinein. Sie schob sich an seinen Datenbanken vorbei, seiner Programmierung und seiner Persönlichkeit, stieß in die Winkel vor, wo sie normalerweise kommentierten Kode ablegte.

Und da war es. All seine Erinnerungen an sich, seine Kindheit auf den Nippon-Inseln. Seine Schulausbildung, seine bösen Streiche. Sie suchte die Stellen, wohin das alles gehörte, und verbrachte die Nacht damit, ihn wieder zusammenzusetzen.

Sie holte Hiros Tablet und rief die Gebrauchsanweisung für den Drucker auf. Nachdem sie jetzt wusste, wonach sie suchen musste, fand sie es sofort – ein Paket innerhalb des Handbuchs enthielt eine hochkomprimierte Datei.

»Verdammt, Minoru, du bist wirklich ein Genie«, flüsterte sie. »Aber dazu werde ich einige Zeit brauchen.«

Tag 5
29. Juli 2493

Den nächsten Tag arbeitete sie ohne Unterbrechung, zuerst an den Daten, die Minoru vor allen anderen und auch vor sich selbst versteckt hatte, und dann an Bebe, um ihn zu modifizieren, wozu sie einige technische Systeme der Ärztin ausschlachtete.

Von Zeit zu Zeit sah sie nach Hiro. Er war jetzt wieder nüchtern und vermied es, sie direkt anzusehen. Sie konnte es ihm nicht verübeln. Schweigend ließ sie etwas zu essen und zu trinken für ihn zurück und setzte dann ihre Arbeit fort.

Schließlich schlief sie auf dem Küchentisch ein, während Bebe damit begann, aus Proteinen eine völlig neue Gestalt zu drucken.

Hiro fand sie in der Küche, tief und fest schlafend. Er hatte Schmerzen und brauchte Medikamente. Er wollte nicht mit ihr reden, aber er hatte nur sie. Minoru antwortete nicht auf seine Fragen, aber zumindest versuchte er nicht mehr, sie alle zu töten, indem er die Lebenserhaltung abschaltete.

Er stützte sich auf seine Krücke und sah, dass der Lebensmitteldrucker beschäftigt war.

»Maria«, sagte er, während seine Augen immer größer wurden. »Das kannst du unmöglich getan haben! Wolfgang wird stinksauer auf dich sein.«

Maria fuhr mit einem Keuchen hoch und blickte sich ängstlich um. Sie blinzelte mehrere Male, dann konzentrierte sie sich auf ihn. »Oh. Richtig. Wie läuft's?«

Bebe synthetisierte etwas Grausiges, mitsamt Organen und Innereien, und sie lugte neugierig durch die Tür.

»Du glaubst, Wolfgang wird ausrasten?«, fragte sie.

»Er ist Wolfgang. Er rastet ständig aus. Aber wer ist das?«

Das war ihr Moment, möglicherweise ihre Wiedergutmachung.

Sie sah sich das Programm auf dem Scanner der Ärztin an, den sie in die Küche gerollt hatte, um ihn per Kabel mit Bebe zu verbinden und die gehackte Software in den Lebensmitteldrucker zu übertragen.

»Minoru Takahashi. Ich habe eine Kopie seiner DNS-Matrix gefunden. Sie war im Druckerhandbuch versteckt. Er hatte sie dort abgelegt, damit du sie findest.«

»Dieses unglaubliche Arschloch«, sagte Hiro kopfschüttelnd. »Er ist schlauer, als gut für ihn ist. Glaubst du, dass es tatsächlich funktionieren wird?«

»Er hat sich für den ersten Versuch angeboten. Wenn es nicht klappt, kehrt er in den Computer zurück, und ich probiere es noch einmal, bevor wir den Rest der Besatzung ausdrucken.«

»Wie wollen wir den Rest der Besatzung ausdrucken? Wir haben keine Mindmaps oder irgendwas.«

Sie tätschelte Bebe. »Dieses Ding ist so komplex, dass es komplette Mindmaps aus einer Speichelprobe von uns gewinnen kann. Einschließlich der Persönlichkeit. So weiß Bebe, welches Essen dir genau in diesem Moment am besten schmeckt. Daraus konnte ich eine Mindmap extrahieren und sie mit den Back-ups abgleichen, die ich gespeichert hatte. Sie sind identisch, abgesehen von den neueren Erinnerungen. Das habe ich mit der DNS-Matrix vermischt, die ich aus Joannas Scanner holen konnte, und so müsste es eigentlich funktionieren.« Sie verzog das Gesicht. »Außerdem haben wir noch eine Menge DNS, die gerade im Garten herumliegt, falls wir sie brauchen.«

»Das ist Wahnsinn«, sagte er und schüttelte den Kopf. »Moment mal – wenn Minoru das Schiff nicht steuert, wer tut es dann?«

Maria sah ihn nicht an. »Ich. Ich habe meine eigene Mindmap genommen, alles Überflüssige eliminiert und sie dann darauf programmiert, den Schiffsbetrieb aufrechtzuerhalten.«

»Scheiße, du hättest das mit Pauls Mindmap machen sollen.«

»Ich stimme dir zu, aber eine solche Entscheidung werde ich nicht treffen. Wir werden ihn aufwecken. Ihm den Prozess machen. Als Besatzung ein Urteil über ihn fällen. Dann, und nur dann, werde ich so etwas mit ihm machen. Und selbst das fühlt sich für mich falsch an.« Sie blickte zur Decke, sie hatte dunkle Ringe unter den Augen. »Ich habe dir gesagt, dass es für mich nicht einfach ist.«

Sie streckte sich und zuckte zusammen. Blutige Flecken erblühten auf ihren Bandagen, die sie noch nicht gewechselt hatte. »Außerdem können wir ihm nicht trauen, sofern wir nicht sorgfältig seine Mindmap durchgesehen haben.«

»Ist dir klar, dass wir wieder den anderen Drucker für Lebensmittel benutzen müssen? Niemand wird je wieder etwas essen wollen, das aus diesem Ding kommt«, sagte Hiro. »Zumindest ich will es nicht. Was die anderen dazu meinen, weiß ich nicht.«

Sie saßen schweigend da und beobachteten, wie der Lebensmitteldrucker langsam einen menschlichen Klon zusammensetzte.

Es dauerte fünf Stunden, bis Bebe endlich die letzten Feinheiten in Takahashis Frisur ausdruckte, und Maria dachte, dass man sich diese Details hätte sparen können. Doch Bebe war sehr gründlich.

Er pingte.

»Essen ist fertig«, sagte Hiro, und Maria bedachte ihn mit einem müden Lächeln.

Sie hielt den Atem an. Was wäre, wenn sie sich geirrt hatte? Wenn sie nur eine Mahlzeit zubereitet hatte, die wie Takahashi aussah?

Er rührte sich. Öffnete dunkelbraune Augen und blinzelte. Schaute sich um und zuckte überrascht zusammen.

Maria hebelte die Tür auf und zog die Matte heraus, die sie in den Drucker gelegt hatte, damit der darauf den Körper synthetisieren konnte. »Minoru, alles in Ordnung?«

Er blickte sich um, riss verängstigt die Augen auf.

»Maria. Du bist Maria.« Er tastete sein Gesicht ab, zitterte leicht. »Du hast es geschafft.«

»Du warst es, der all die Daten für mich aufgehoben hat«, sagte Maria. »Ich habe nur alles zusammengesetzt, nachdem ich sie gefunden hatte. Du musst mir sagen, wie du das mit dem Druckerhandbuch gemacht hast.«

Minorus Blick richtete sich auf Hiro, während er unbeholfen auf die Beine kam und lachte. Er sagte etwas auf Japanisch, und Hiro antwortete. Minoru umarmte Hiro fest, und Hiro stöhnte vor Schmerz.

»Vorsichtig. Hiro hat keinen so tadellosen neuen Körper wie du«, sagte Maria und reichte Minoru einen Overall.

Die Männer unterhielten sich weiter auf Japanisch, während Minoru sich anzog. Maria fühlte sich ausgeschlossen. Sie räusperte sich, und sie unterbrachen ihr Gespräch.

»Nachdem ihr beide jetzt wach seid, werde ich mich eine Weile in der Arrestzelle ausruhen. Weckt den Rest der Besatzung – Minoru weiß, was zu tun ist. Wenn alle da sind, sagt mir Bescheid.«

Sie ließ sie allein, ohne auf eine Antwort zu warten, und trottete zu ihrer Zelle. Ihr war klar, dass Wolfgang sie ohnehin wieder einsperren würde.

Sie hatte sich noch nie so müde gefühlt.

Sie schätzte, dass es mindestens fünfzehn Stunden dauern würde, um den Rest der Besatzung wiederzubeleben, abzüglich des Mörders.

Ganze vierundzwanzig Stunden vergingen, bis Hiro kam, um sie abzuholen.

Er sah schon wesentlich besser aus. Seine Verletzungen waren frisch verbunden worden, und er trug einen sauberen Overall. Er sah sie lächelnd an, als er in die Zelle trat.

Er setzte sich auf ihre Pritsche und blickte ihr stumm ins Gesicht.

»Was?«, fragte sie schließlich. »Sind Sie wieder da? Geht es ihnen gut? Hat es mit den Speichelproben geklappt?«

»Joanna sagt, wenn wir auf der Erde wären, würdest du dafür den Nobelpreis bekommen. Wolfgang will dich hier drinnen verrotten lassen, aber er hat sich schon ein wenig entspannt.« Er legte den Kopf schief. »Warum hast du ihn nicht gehackt und sein Bedürfnis entfernt, dich für alles zu hassen, was du getan hast?«

Maria starrte ihn mit offenem Mund an. »Willst du mich verarschen? Ich werde seine Persönlichkeit nicht nach meinen Wünschen zurechtbiegen. Er ist, wie er ist. Wenn er mich hasst, muss ich mir mehr Mühe geben, als ein paar Kodezeilen auszukommentieren, um mit ihm klarzukommen.«

Er lächelte sie aufrichtig an. »Ich glaube, das ist der erste große Schritt in diese Richtung. Er ist zwar stinksauer, aber auch beeindruckt, dass du es ihm ermöglichst, stinksauer zu sein. Das wiederum hat ihn ziemlich verwirrt. Jetzt schläft er.«

Maria grinste. »Gut zu wissen. Wie kommt Minoru mit seinem neuen Leben zurecht?«

Hiro lachte. »Er hat inzwischen den alten Drucker repariert und isst jetzt alles, was er produzieren kann. Hauptsächlich Schweinefleisch-Nudeln. Dann hat er etwa zwölf Stunden lang geschlafen. Dann hat er viel Zeit im Trainingsraum verbracht, um seinen neuen Körper durchzutesten. Zu wissenschaftlichen Zwecken, meinte er.«

»Ich vermute, er mag seine neue Welt«, sagte Maria.

»Wie auch immer, Katrina und Wolfgang sprechen gerade über unsere Situation. Meine Meinung habe ich bereits abgegeben. Ich sagte, dass ich nach dir sehen will. Inzwischen müsstest du ziemlich hungrig sein.«

Marias Magen hatte sich vor Beklemmung verkrampft. Vor einiger Zeit hatte sie Hunger gehabt, aber jetzt konnte sie sich nicht mehr vorstellen, etwas zu essen.

»Was war deine Meinung?«, fragte sie.

Er sah sie einen Moment lang an, dann nahm er ihre Hände. »Würdest du, wenn ich dich darum bitte, die Yadokari aus meinem Kopf entfernen? Mir eine saubere Mindmap geben, die nur aus mir besteht?«

Sie lachte unterdrückt. »Bring mir ein Terminal, und ich mache es hier und jetzt. Ich würde alles tun, um aus dir einen besseren Menschen …«

Er unterbrach sie mit einem Kuss, der wild und unerwartet kam. Kurz darauf zog er sich zurück, und sie starrte ihn schockiert an.

»Danke!«

Stunden später, nachdem Maria geduscht hatte, ihre Wunden versorgt und etwas gegessen hatte, saß sie mit den übrigen Besatzungsmitgliedern zusammen.

Sie erklärte, wie sie den medizinischen Scanner gehackt und Bebes enorme Kapazitäten genutzt hatte, weit über die Bestimmung von Lieblingsgerichten hinauszugehen und eine vollständige Mindmap zu erschaffen. Sie erklärte, wie Minoru vor langer Zeit die geheimen Anweisungen in den Drucker geschmuggelt hatte, bevor er transformiert worden war, als er bereits wusste, was mit ihm geschehen würde, und er nach Möglichkeiten gesucht hatte, Brotkrumen auszustreuen, die ihm den Weg zurück zu sich selbst zeigten. Wolfgang hörte mit versteinerter Miene zu, während Joanna offene Faszination zeigte. Katrina wirkte verwirrt, während Minoru nur nickte.

»Können Sie Paul darauf programmieren, das Schiff zu

fliegen, ohne dass er insgeheim gegen die Besatzung oder die Mission agiert?«, fragte Wolfgang.

Maria nickte. »Das ist einfach. Ich könnte genau dieselben Sachen wie in meiner Mindmap eliminieren, die jetzt das Schiff steuert.«

»Befreien Sie Ihre, übertragen Sie sie auf einen Gartenroboter oder etwas in der Art«, sagte Joanna. »Paul muss arbeiten, um an der Besatzung etwas wiedergutzumachen. Und wir müssen ihm vertrauen können.«

Maria nickte.

Katrina blickte sich zur übrig gebliebenen Besatzung um. »Angesichts der Tatsache, dass Sie sehr viel getan haben, um die Besatzung zu retten, die Morde aufzuklären, das Klonproblem in Ordnung zu bringen und unsere versklavte KI zu befreien, werden wir Ihnen keine unethischen Verbrechen als Hackerin zur Last legen.« Sie blickte in Wolfgangs versteinerte Miene. »Ich kann Ihnen nicht versprechen, dass niemand sauer auf Sie ist, aber ich erwarte, dass alle ihr Bestes tun, um als Besatzung zusammenzuarbeiten.«

»Danke«, sagte Maria.

Joanna kam auf eine Sache zurück, die Katrina angesprochen hatte. »Wolfgang hat das Kommando über das Schiff wieder Kapitänin de la Cruz übertragen, die sich mit einer Therapie einverstanden erklärt hat. Aber ich bin der Ansicht, dass jetzt, nachdem unsere Geheimnisse offenbart wurden, weniger Paranoia und mehr Vertrauen herrschen sollten. Wir machen weiter, alle in ihren bisherigen Rollen, nur dass Sie die Rolle der Chefingenieurin übernehmen werden und Paul dazu verurteilt wird, zu unserer neuen KI zu werden.«

»Was wird aus Minoru?«, fragte Maria und deutete mit einer Kopfbewegung auf ihr neues Besatzungsmitglied.

»Er wird als Assistent der Kapitänin fungieren«, sagte

Wolfgang ernst. »Er muss sich für seine eigenen Gesetzesverstöße verantworten, und für den Anfang wollen wir ihm nicht zu viel Macht geben.«

Minoru verschränkte die Arme. »Sie haben erlebt, wie sich Ihre ganze Welt als Lüge entpuppte, worauf Sie zu einem durchgedrehten Klonjäger wurden. Ich würde meinen, dass ausgerechnet Sie meine Handlungsweise am besten verstehen.«

Wolfgang spannte sich an, aber Joanna legte ihm eine Hand auf die Schulter. Maria staunte, wie schnell die Ärztin ihn beruhigen konnte.

»Und da die gesamte Mission von Anfang an zum Scheitern verurteilt war«, sagte Hiro, »besteht die Möglichkeit, dass die Informationen über den Planeten, der am Ende unserer Reise steht, nicht zuverlässig sind. Also werden wir gründliche Forschungen anstellen, wenn wir Artemis näher gekommen sind.

»Oder wir wenden und kehren letztlich doch nach Hause zurück«, sagte Katrina.

»Wäre man nicht sehr überrascht, uns wiederzusehen?«, fragte Maria und wagte wieder ein Lächeln.

»Eine glückliche Besatzung und eine erfolgreiche Mission – daran müssen wir jetzt arbeiten«, sagte Joanna und lächelte leicht. »Wir werden eine Lösung finden. Schließlich haben wir dafür sehr viel Zeit.«

Danksagung

Ich habe jedes Mal Angst vor diesem Part, weil ich insgeheim befürchte, ich könnte irgendjemanden vergessen. Ich nehme mir immer vor, die Danksagungen während der Arbeit am Buch zu schreiben, aber das wäre genauso, als würde ich sagen, ich will meine Steuerunterlagen am Ende jeden Monats sortieren, statt bis März damit zu warten. Keine Chance. Aber trotzdem!

Das gesamte Team von Orbit ist weiterhin wunderbar, es unterstützt mich und macht aus diesem Buch etwas Besseres, als ich je hätte bewerkstelligen können. Devi Pillai und Kelly O'Connor sind ausgezeichnete Lektoren, und das Cover entstand unter der sorgfältigen Leitung von Lauren Panepinto. Meine Agentin Jennifer Udden arbeitet weiterhin sehr hart für mich und berät mich hervorragend, und sie beruhigt mich behutsam, wenn ich mir zu große Sorgen mache. Ich danke auch Katie Shea Boutillier und allen von DMLA, die an diesem Buch mitgearbeitet haben.

Ich hatte das Glück, von der Astronomin Dr. Pamela Gay wissenschaftlich beraten zu werden, mit der ich nette Gespräche hatte und von der ich schnelle Antworten auf panische E-Mails erhielt.

Ich danke den frühen Lesern Alasdair Stuart und Matt Wallace sowie Claire Rousseau für ihren Enthusiasmus auf dem Loncon vor einigen Jahren, als ich witzelte, ich würde überlegen, einen Fanroman zu *Faster Than Light* zu schreiben.

Nein, dieses Buch ist keine *FTL*-Fanfiction, aber trotzdem danke ich dem Team hinter dem iOS-Spiel, dessen Einsatz von Klonen den Anstoß zu der Idee gab, die eins der Hauptelemente dieses Romans ist.

Ich danke den Leuten, die mich während des Schreibens unterstützten: Kameron Hurley, Marguerite Kenner, Sunil Patel, Karen Bovenmyer, Andrea Phillips, Sam Montgomery-Blinn, Fran Wilde, Charlie Stross und selbstverständlich meinen Eltern und meiner Schwester Shelley. Und ich werde niemals die Menschen zu Hause vergessen, die dafür sorgen, dass ich den Tagesablauf einer normalen Person habe, die sich Hosen anzieht, unter die Dusche geht und gelegentlich Nahrung zu sich nimmt (wenn auch nicht in dieser Reihenfolge): Jim und Fiona, die meine ganze Welt sind. Ich liebe euch.